Quatro mulheres sob o sol da Toscana

Frances Mayes

Quatro mulheres sob o sol da Toscana

Tradução de Geni Hirata

Título original
WOMEN IN SUNLIGHT
A Novel of Tuscany

Esta é uma obra de ficção. Nomes, personagens, lugares, e incidentes são produtos da imaginação da autora, foram usados de forma fictícia. Qualquer semelhança com acontecimentos reais, localidades, ou pessoas, vivas ou não, é mera coincidência.

Copyright © 2018 *by* Frances Mayes

Todos os direitos reservados, incluindo o de reprodução no todo ou em parte sob qualquer forma.

O direito moral da autora foi assegurado.

Direitos para a língua portuguesa reservados
com exclusividade para o Brasil à
EDITORA ROCCO LTDA.
Av. Presidente Wilson, 231 – 8º andar
20030-021 – Rio de Janeiro – RJ
Tel.: (21) 3525-2000 – Fax: (21) 3525-2001
rocco@rocco.com.br
www.rocco.com.br

Printed in Brazil/Impresso no Brasil

CIP-Brasil. Catalogação na fonte.
Sindicato Nacional dos Editores de Livros, RJ.

Mayes, Frances
M421q   Quatro mulheres sob o sol da Toscana / Frances Mayes; tradução de Geni Hirata. – 1ª ed. – Rio de Janeiro: Rocco, 2019.

Tradução de: Women in sunlight: a novel of Tuscany
ISBN 978-85-325-3135-3
ISBN 978-85-8122-763-4 (e-book)

1. Toscana (Itália) – Descrições e viagens – Ficção. 2. Mulheres solteiras – Ficção. 3. Ficção americana. 4. Livros eletrônicos. I. Hirata, Geni. II. Título.

19-55409   CDD-813
                                                      CDU-82-3(73)

Meri Gleice Rodrigues de Souza – Bibliotecária – CRB-7/6439

O texto deste livro obedece às normas do
Acordo Ortográfico da Língua Portuguesa.

PARA RENA WILLIAMS

Caminhe nas nuvens, a despeito de si mesmo.
Seamus Heaney, "The Gravel Walks"

Sumário

Parte I

Chegadas   15
Salada louca   23
Por acaso   27

Parte II

Orientação   33
Um edredom macio   48
Exílio   54
As responsabilidades começam nos sonhos   60
Musa   69
Castelo de areia   75

Parte III

O que os turistas querem   95
Glicínias brancas   100
San Rocco   111
A domani: Até amanhã   118
A boa nova: *cena*   129
Apenas uma semana   136

O X em fluxo   149
La Raccolta: a colheita   156
Verde   164
O jardim inesperado   168
Tornando-se transparente   172
Caminho da descoberta   179
O que quer que você queira dizer   182
Papel em branco   185
Para o norte, em direção a Veneza   190
Vespas amarelas   206
Invasão   229
Fechos e correntes   238

Parte IV

O que é mais precioso?   243
A esfera de Susan   247
Festas de fim de ano   258
A conversa de onze mil quilômetros   268
Dispersando-se   272
Portas de papel   277
À luz de velas   282
Amigos   285

Parte V

Em contato   297
Atravessando a ponte   301
Amêndoas: a primeira flor   308
Lo studiolo: o estúdio   320
Florença: fim de inverno   328
Uma carta a enviar?   332
Entreouvido   337

Maravilhas   342
Per sfizo: por diversão   347
Buganvília, uvas, figo-da-Índia   351
Mudanças provocam mudanças   360
Tangos   365
Carpe Diem   372
Pérolas   375
A abertura de Portas de Papel   382

Parte VI

A gestação chega ao seu termo   393
Eliminando a distância   396
Algum lugar, alguém   405
Uma parábola de luz   417
Jardim de delícias terrenas   420
Horas itálicas   425
Suposição   432
Salte antes de olhar   440
Algo que eu pretendia dizer   453
Primeira noite   458

Agradecimentos   461

I

Chegadas

Por acaso, eu testemunhei a chegada das três americanas. Estava lendo no meu jardim havia umas duas horas, fazendo algumas anotações e marcando pontos em preto nas margens, uma forma de localizar frases interessantes mais tarde sem danificar o livro. Por volta das quatro e meia, nestes dias em que escurece cedo, surge certo impulso para o jantar, e comecei a cogitar as costeletas de vitela na geladeira e a pensar em cortar um maço das folhas de acelga que ainda estão se espalhando pelo *orto*. Acelga com passas, alho e casca de laranja. Tomilho e salsinha para as minúsculas batatas que Colin desencavou no fim do verão. Como as noites estavam ficando cada vez mais frias, eu larguei o livro, peguei o cesto de carregar lenha dentro de casa e fui até o barracão buscar aparas da poda das oliveiras para a lareira.

Mais uma fuga. Estou adiando escrever a respeito de Margaret, minha amiga difícil e rigorosa, cuja escrita eu admirava. Sim, ainda admiro, mas este projeto mais parece uma vã tentativa de acender fósforos mofados — eu fico relendo, em vez de escrever. Eu li seu *Stairs to Palazzo del Drago* uma dúzia de vezes.

Um livro pode ser um portal. Cada um que escrevi vedou hermeticamente uma câmara nautilínea (será que a palavra *nautilínea* existe? No sentido de pertencer a um náutilo?) e depois passou ao espaço habitável seguinte. Até aqui, meus temas sempre me escolheram. Sou a feliz seguidora de imagens fugazes que correm à frente, às vezes até perdendo-se de vista, de linhas que dão meia-volta e se quebram como uma falha nos batimentos cardíacos. Pois *bustrofédon* não é o sistema de escrita vigente que imita as voltas que um boi dá quando está arando um terreno?

Às vezes, a escrita se incendeia, como fogo ateado a um terreno baldio por delinquentes. É quando fico exultante. Dessa vez, no entanto, escolhi minha amiga como tema. Sinto-me como na universidade, me digladiando para produzir um artigo de pesquisa sobre "O conceito de tempo em *Quatro quartetos*, de T.S. Eliot". Eu gostava do trabalho, mas logo me sentia humilhada pelas minhas limitações.

Eu me distraio facilmente. Aquelas maçãs enrugadas no terceiro terraço, ainda douradas e dependuradas, tão radiantes quanto no mito das três Graças, me atraem e seduzem para fazer uma galette. Fitzy tem carrapichos no pelo sedoso e precisa ser escovado. Meus próprios cabelos se tornaram rebeldes. Eu gostaria de receber alguns amigos para servir polenta com cogumelos e linguiças, agora que os *funghi porcini* estão brotando sob os carvalhos. Minha mente surfa sobre divagações infindáveis.

Quando se é movido por um senso de dever, é fácil sair dos trilhos.

Enquanto escolhia gravetos secos da pilha de lenha no terraço de oliveiras superior, olhei para baixo e vi quando Gianni, o taxista local, virou bruscamente no longo caminho de entrada da casa dos Malpiedi, do outro lado da estrada, sua van branca crepitando na grama curta e seca. Malpiedi — Pés Ruins. Sempre amei os nomes italianos que me fazem lembrar aqueles que meus amigos e eu adotávamos quando brincávamos de índios selvagens no terreno baldio ao lado da casa da minha família em Coral Gables. Urso Errante, Coração de Veado, Flecha Certeira. Um dos meus amigos escolheu Descarga de Privada. Mas aqui é Bucaletto, Buraco na Cama; Zappini, Enxada Pequena; Tagliaferro, Corta Ferro; e, mais estranho ainda, Taglialagamba, Corta a Perna — talvez um açougueiro especializado em perna de cordeiro? —; Cipollini, Cebolinha; Tagliasopra, Corta Acima; Bellocchio, Olho Bonito — como esses nomes são cheios de vida!

Nos meus primeiros anos na Itália, fascinada pelo som de cada sílaba, eu costumava colecioná-los. Nos hotéis, onde houvesse catálogos telefônicos, eu lia os nomes à noite pelo prazer de me deparar com Caminomerde, Merda de Chaminé — há uma história ali —, e Pippisecca, Cano (ou Pênis) Seco; e Pescecane, Cação. O sublime Botticelli? Barris Pequenos.

Os Pés Ruins já se foram. Compareci ao velório de Luisa, a mulher que teve um bolo decorado eroticamente em seu último aniversário — figuras como aquelas dos afrescos de banquetes de Pompeia no Museu de Nápoles, onde o falo é tão grande que é levado em uma bandeja. Passando por sua mesa no restaurante, onde ela comemorava com amigos, fiquei chocada ao olhar para o extravagante bolo cor-de-rosa e verde do qual todos estavam rindo. Depois disso, sempre ficava envergonhada quando via Tito, seu marido roliço, encurvado, de olhos de coelho. Ela morreu de diverticulite, uma ruptura repentina que não pude deixar de pensar que fora causada por excesso de bolo, e Tito a seguiu pouco tempo depois. Ele realmente se engasgou, mas com *arista,* um assado de carne de porco com osso, sem que houvesse ninguém por perto para realizar a Manobra de Heimlich. Tento não imaginar seus olhos remelentos saltando para fora das órbitas. A filha, Grazia, que ronca e depois zurra quando ri, pintou alguns cômodos, instalou uma máquina de lavar louça e colocou a casa para alugar antes de ir morar com sua velha tia na cidade. (Fiquei sabendo depois que os termos do aluguel incluíam uma opção de compra após um ano.) Grazia não iria voltar para criar caso pela grande casa de pedra que era fria no verão e fria no inverno. Eu sentia falta deles como vizinhos. Sentia falta até dos guinchos dos anos de prática de violino de Grazia, do piano de Luisa e do saxofone de Tito. Horas de notas irritantes flutuando morro acima. Nós vivemos vidas paralelas na mesma encosta de colina por onze anos e, depois, em seis meses, a casa ficou vazia, com a persiana da cozinha batendo durante a noite, quando o *tramontana* soprava dos Alpes.

Sempre gostei da casa deles — sua estrutura grande e quadrada, firmemente plantada em uma projeção longa e plana de nossa encosta recortada em terraços, e o majestoso *portone* com aldravas em forma de rostos de esfinge, do tempo em que a Itália estava saqueando o Egito. Acima da porta, os elaborados caracóis de ferro da pequena bandeira em forma de leque, enroscados em torno da letra S, a inicial, suponho, da pessoa que construiu essa sólida estrutura há trezentos anos. Se as trepadeiras de jasmim fossem arrancadas, veríamos VIRET IN AETERNUM, "Floresce para sempre". Um lema imponente. O nome da casa — Villa Assunta. Talvez tenha sido concluída por volta do feriado de Ferragosto, quando da assunção da Virgem Maria aos céus. Seis grandes aposentos quadrados em cima, seis embaixo. Os banheiros foram acrescentados depois, mas tudo bem.

Às vezes, eu levava uma cesta de ameixas para Tito e Luisa, quando minhas ameixeiras estavam carregadas. Quando a porta se escancarava, um jorro de luz se derramava sobre os tijolos encerados. Ao final do corredor, eu via a enorme janela de amplas vidraças repleta de folhas verdes de tília, e, no inverno, galhos negros e angulosos, como um desenho a carvão feito apressadamente.

⁌

LÁ EMBAIXO, em meio às oliveiras, a van de Gianni surgia e desaparecia de vista. Através de árvores prateadas, vislumbres de branco, encostas de cascalhos e árvores, um lampejo branco. Ele desceu o tosco caminho, parando no estacionamento ao lado da casa, agora tomada pelo mato, onde Luisa costumava deixar seu Fiat Cinquecento azul exposto à chuva, com a capota aberta. Eu sempre quis usar essa imagem em um poema, mas ela nunca se encaixou.

Três mulheres desceram do carro, nada parecidas com as três Graças, arrastando suas bagagens de mão, mochilas e sacolas volumosas. Com grande esforço, Gianni retirou quatro malas gigantescas do carro e carregou cada uma até a porta. Eu não podia ouvir as mulheres, que pareciam estar exclamando e rindo. Imaginei que estivessem ali para umas férias de outono. Há certo tipo de viajante que foge dos agitados meses de verão e chega para a estação de mais isolamento. Eu esperava que não fossem barulhentos; o som se propaga nas colinas. Se seus maridos estão chegando e jantares regados a bebida sobrevierem, poderia ser o caos. Quem são? Não são jovens. Isso eu podia notar.

Minha própria chegada aqui, *Dio* — há doze anos, parece que foi ontem. Eu saí do carro, ergui os olhos para a abandonada casa de fazenda feita de pedra e soube, o que eu soube? *É isso. É aqui que vou inventar o futuro.*

Poderiam elas estar pensando da mesma forma? E Margaret, também, meu tema, minha amiga perdida, um dia chegou, muito antes de mim, à sua casa de pedra dourada sob a torre de Il Palazzone (de fato, um grande *palazzo*), sem saber que vida poderia encontrar. O que realmente encontrou de imediato foi um enorme e estridente porco, deixado preso no nível inferior pelos antigos donos/fazendeiros (camponeses, ela os chamava) como presente.

Margaret era uma verdadeira expatriada, não como eu, alguém que vai e vem e, em suas sapatilhas bordadas e casaco veneziano de veludo devorê preto, em nada se parecia com estas tardias recém-chegadas de botas e pomposas jaquetas magenta, laranja e açafrão.

A de magenta berrante iça uma caixa de transporte de cachorro pela porta traseira da van. Ela se ajoelha e solta um cãozinho de latido estridente, de cor caramelo, que imediatamente começa a correr em círculos em torno delas, quase decolando de tanta alegria. Assim, pensei, já que trouxeram um cachorro, não estão aqui para umas curtas férias.

Reunindo mais gravetos para a lareira, caí em uma espécie de devaneio. Seus gestos e movimentos abaixo de mim pareceram repentinamente distantes, uma cena estática. Uma ilustração moderna para um livro das horas medieval: sob um céu mosqueado de cinza, a sólida casa recebendo os últimos raios de luz, pedras reluzindo como se cobertas de rastros de lesmas; as vidraças manchadas das janelas refletindo a luz do sol como um espelho. Entre mim e a Villa Assunta, sombras alongadas de ciprestes desenham listras na estrada do vilarejo. Como se ocultas por véus (já que a luz da tarde aqui adquire uma transparência pálida, cor de mel), as mulheres em câmera lenta caminham em direção à porta, onde Gianni tateia com a chave de ferro que costumava ficar pendurada por uma fita velha, cor de laranja, em um gancho do lado de dentro da porta. Eu sabia que elas logo iriam inalar o cheiro de livros velhos da casa fechada. Elas entrariam e veriam aquela janela do corredor incendiada por trás com folhas de tília douradas, provavelmente parariam para tomar fôlego. *Oh, então é aqui que estamos.* Por que me vieram lágrimas aos olhos?

Ah, Luisa, você, na verdade, nunca mandou tirar aquela verruga escabrosa de seu queixo, nunca sequer arrancou o pelo grosso e duro que eu estranhamente tinha o impulso de tocar. Tarde demais. Você se foi (o quê, um ano?) e Tito também, com seu enorme falo, ou não, seu sorriso dócil, e agora quase totalmente apagadas estão as muitas estações na excelente e velha *cucina*, com uma lareira grande o suficiente para puxar uma cadeira, servir um pouquinho de *vin santo* e contar histórias da guerra, quando muitos homens do lugar voltaram a pé, sem sapatos, desde a Rússia. Aquela excêntrica Grazia poderia ter mandado limpar um pouco o quintal. Tudo desapareceu. *E o vento levou*, o livro que devorei no começo da minha adolescência. Ainda um grande título. (Margaret também *via col vento*.) Que escritora contundente, *la* Margherita. Que olhos brilhantes. Eu costumava estudar seu estilo de prosa, claro e sucinto. Gosto de usar *e* porque para mim tudo se conecta. Ela nunca usava *e* porque para ela nada se conectava. Na escrita, não se consegue esconder quem realmente é.

Com o passar dos anos, seu trabalho simplesmente evaporou da opinião pública, até mesmo *Sun Raining on Blue Flowers*, que recebeu uma impressionante atenção crítica e que, apesar disso, ainda conseguiu figurar nas listas de best-sellers. A maioria dos meus amigos escritores nunca ouviu falar dela. Sinto-me compelida a reanimar o interesse em seus poucos livros, não que eu tenha o poder de lhe assegurar um lugar no cânon, se é que o *cânon* ainda existe.

Chegadas. Repletas de potencial. Lembro-me da minha, a chave de ferro preta que o agente imobiliário Pescecane (sim, Cação) me entregou depois que eu assinei o último documento, eu andando pelos aposentos vazios, contando-os: onze, a maioria pequenos. Quatro, embaixo, um dia abrigaram animais da fazenda e ainda possuíam extensos pisos de pedra lisa e uma película de mofo branco e felpudo de ácido úrico. Em cima, os tetos eram altos porque um dia houve sótãos (há muito tempo desmoronados) para armazenagem de grãos e de castanhas. Eu havia me esquecido da úmida *cantina*, atrelada à ala da longa cozinha e da sala de jantar. Lembro-me do rangido do trinco, depois abrindo as persianas, a vista derramando-se dentro de casa como uma graça recebida. Casa Fonte dele Foglie, fonte de folhas. Talvez tenha sido por isso que me encantei com ela, esse nome poético rabiscado nos mapas mais antigos do local. Apropriada para meu pequeno pedaço de terra verdejante, plantado de oliveiras, tília, azevinho e pinhos estendidos por uma curva da encosta. Eu só vira o interior da casa uma vez e não me lembrava sequer das duas lareiras no andar de cima ou do caibro envergado na cozinha. Nem tampouco dos esqueletos de ratos na despensa. Minha casa, pelo lado de fora, parecia *minha*. Eu literalmente arregacei as mangas e me lancei no trabalho.

O que as três mulheres estão vendo agora — ficará impresso para sempre em suas mentes ou irá dissipar-se pouco a pouco depois que as férias terminarem? Como aquela casa que eu aluguei em um mês de julho em Mugello, ao norte de Florença. A geladeira vintage formava tal iglu que a porta não fechava. Se você tocasse na maçaneta, levava um choque gélido. Não consigo me recordar nada dos quartos, mas lembro-me de cartões de Natal velhos de décadas e convites de batizados na gaveta do aparador. A memória fechou as portas ao longo de um infindável corredor. Somente uma permanece aberta no final, um aposento branco vazio com excrementos brancos de pombos em uma linha no assoalho embaixo de uma viga. Quem é que arranca suas raízes e vai pousar em um país estrangeiro onde não conhece ninguém? Eu fiz isso. Margaret — bem, ela nasceu para vagar a esmo. "Agora você nunca mais pode voltar para casa", ela costumava ameaçar.

Mas você pode voltar para casa; não é algo drástico, isto é, até você não ter certeza de onde é "casa". Quantos esperançosos eu vejo chegar e começar a vida aqui apenas para acordar um dia — depois da restauração da casa, depois das aulas de italiano (*achei que a língua italiana fosse fácil*), depois que o poço secou, depois de seguidos almoços regados a bebida alcoólica com outros que quase não falam italiano, depois de um inverno glacial — e pensar: *Que diabos eu estou fazendo aqui?*

Ainda assim, impulsos poderosos nos movem. Afetaram Margaret, me afetaram. Na estação de trem de Florença, painéis luminosos de chegadas aparecem ao lado das sedutoras partidas. *Treni in arrivi, treni in partenze,* um sugerindo o outro. (Eu ainda sinto vontade de embarcar em cada um deles.) Margaret abandonou sua Casa Gelsomino, Casa Jasmim. Seu destino durante muito tempo, depois não mais. Por dois verões, ela retornou e ficava hospedada conosco. A essa época, ela era crítica da Itália e certa noite, quando sua paciência se esgotou, ela me disse: "Você parece uma criança. Ingênua. Perpetuamente deslumbrada." Eu não disse nada. Ela já havia me atacado uma vez antes.

Colin repreendeu-a. "Ah, Margaret, você sabe que isso é besteira. Kit vê tudo." E ele lhe serviu uma dose de grapa como saideira.

"A Itália é um país velho. Isso, ao menos, você sabe. Os bebês já nascem velhos aqui. Isso você não sabe." Ela engoliu a grapa de um só gole, arregalou os olhos por um instante e disse: *"Buona notte."*

E essas três, acabando de escolher seus quartos e atirar suas bagagens em cima da cama, acabando de notar que nessas mansões toscanas não há closets, apenas um decrépito e cavernoso *armadio em cada quarto.* O que as traz à austera *villa* de Luisa? Estaria o fim de sua história já embutido no começo? *Em meu começo está meu fim,* de Eliot, me exasperava no começo da faculdade. Que deprimente, eu pensava, mas agora realmente me pergunto quando e como o meu tempo aqui chegará ao fim? Destino, uma palavra propícia demais — mas que fio vermelho conecta um fim imprevisível ao dia em que cheguei num vestido branco de verão, abri a porta, atirei os braços para cima, girei nos pés — para surpresa do agente imobiliário — e gritei: *Cheguei em casa!*

CAMINHANDO DE VOLTA, cesta de gravetos na mão, os últimos raios de sol explodindo em manchas derretidas nos lagos lá longe no vale, uma braçada de espinafre, galhinhos de tomilho e alecrim no bolso, Colin acenando da porta da frente, Fitzy saltando atrás de uma folha cor de cobre que cai em espiral em direção à grama, *Stairs to Palazzo del Drago* esquecido na cadeira de jardim, Gianni buzinando, dizendo *buona sera, signora,* conforme sua van livre de passageiros passava a toda velocidade, um pouco de música — Lucio Dalla? — flutuando da minha casa, pronto, bem desse jeito, o tema me escolheu.

Salada louca

As costeletas de vitela de Colin, lareira acesa, um extraordinário *brunello* de nosso estoque e uma chuva inesperada batendo nas janelas escuras — o que poderia ser melhor? São muitas as grandes experiências de minha vida, mas nada supera a simples felicidade de um anoitecer em casa, Bach em concerto de violoncelo ao fundo, alguns punhados de castanhas para assar sobre as brasas. É mais do que sorte estar sentada aqui ouvindo Colin comparar versões de óperas de Mozart que ele tanto adora, conversar sobre *Arcades Project*, de Walter Benjamim, o livro mais confuso um dia escrito, e sobre como o bolso de sua calça de veludo cotelê se rasgou. Além do mais, ele mantém nossos copos até a metade, saúda vários amigos ausentes e, inclinando-se para frente para atiçar o fogo, parece afetuoso e bonito à luz saltitante da lareira.

Conforme giro meu copo, as chamas lançam meias-luas incandescentes na parede: luas partidas, transparentes, colidindo. Como devo prosseguir? O que posso registrar que represente antecipadamente o destino que me aguarda e que aguarda essas três mulheres, que agora já devem ter descoberto a adega de vinhos assombrada por aranhas de Tito e estão abrindo algum empoeirado, e certamente estragado, *vino nobile di Montepulciano*? Nitidamente impresso em minha mente, o ritual que os antigos egípcios praticavam. No dia do nascimento de um faraó, os escravos começavam a construir seu túmulo. Será que quando meu caderno de papel bom terminar, quando meus arquivos de computador estiverem abarrotados de anotações, listas de palavras e questões, essas recém-chegadas à colina já terão ido embora, Margaret poderá finalmente descansar, eu partirei ou permanecerei aqui?

Eu acho que sou uma narradora confiável, mas não tenho certeza. Sou o tipo de escritora que gosta de ter dois projetos em andamento ao mesmo tempo. Ou três. Minha poesia é esporádica; não a pressiono. Nessa questão, estou com Keats, que achava que os poemas têm que sobrevir ao poeta tão naturalmente quanto as folhas em uma árvore. De uma maneira mais mundana, para mim, escrever é como cozinhar — eu gosto de ver *todas* as bocas do fogão acesas quando estou na cozinha. Embora possa soar como se eu fosse uma casa em chamas como escritora, escrevi apenas três livros de poesia e duas curtas obras em prosa. A primeira destas foi sobre Freya Stark, que partiu na década de 1920 para a Arábia e a Assíria, para onde nenhuma outra mulher ocidental já havia viajado. Ela era uma escritora brilhante. O segundo livro — uma curta biografia — foi dedicado a Maud Gonne. Yeats, meu poeta favorito de todos os tempos, amava-a apaixonadamente e dedicou a seu rosto alguns versos imortais. Dois dos mais estranhos têm a ver com comida. "O côncavo da face parecia sorver o vento/e usar uma miscelânea de sombras como sua carne." Em outro poema, ela inspirou "uma salada louca com sua carne". Ela própria era uma salada louca. Certa vez, ela fez sexo dentro da sepultura de seu filho morto de dois anos de idade. Esperava captar seu espírito em um novo filho. (Quase posso entender uma dor como a dela.) Escrever também é uma salada louca. Prato principal louco e sobremesa também.

O que me dá confiança para começar um novo livro? Bem — ganhei dois importantes prêmios pela minha coletânea *Momentary Maps*. George Clooney, ao atravessar San Rocco, meu vilarejo por adoção, de motocicleta, provocou muito mais interesse local do que minhas distantes premiações. Os habitantes da Toscana não se impressionam facilmente com celebridades de nenhum tipo, nem mesmo Clooney, apesar de os *carabinieri* em seus uniformes Valentino terem de fato escoltado o prefeito à minha casa e me presenteado com um buquê de lírios. Eu fui a Nova York, Boston, D.C., a Costa Oeste. Que glória ser louvada e brindada, mas, depois disso, nada pareceu acontecer por causa dos dois prêmios, exceto alguns convites para palestras em universidades; e por que eu haveria de querer fazer isso? Inverno em Ithaca, verão no Arizona? As duas fundações me deram uma considerável quantia em dinheiro (considerável ao menos para um poeta), com a qual eu agradecidamente substituí meus sistemas séptico e de calefação.

A poesia, dizem, não faz nada acontecer, mas, na verdade, faz tudo acontecer. O verso elétrico, o cerne da língua, a imagem figurativa certa, essa é a minha praia, meu primeiro amor e aquilo pelo qual as pessoas perecem quando ausente de suas vidas. (Alguém disse isso, mas quem?) Fiquei honrada. Muitos poetas trabalham a vida inteira em um vácuo. Gostaria de acreditar que os prêmios foram merecidos, mas suspeito profundamente de que morar na Itália, bem longe das guerras literárias internas, tenha ajudado. Talvez eu fosse apenas aquela sobre a qual todos podiam concordar.

Se você já ouviu falar de mim, do que duvido, provavelmente foi por *Broken Borders,* meu livro sobre Freya. Por intermédio da ligação de Margaret com um produtor, o impensável aconteceu e meu conciso tributo a uma das minhas heroínas tornou-se um filme de ampla divulgação. Você o viu, certamente viu, mas quem sabe o nome de um escritor por trás de um filme? A casta Freya não teria apreciado o acréscimo do roteirista, de cenas de sexo com senhores da guerra do deserto assírio. Consolei-me com o fato de que muitos leitores novos encontraram o caminho para os verdadeiros livros de Freya. Ela (apesar de falecida), Hollywood e eu ganhamos dinheiro. Novamente, não dinheiro como os gênios digitais ou mesmo como meu primo no ramo imobiliário, mas uma bênção para mim. Terminei a reforma da cozinha. O resto eu guardei.

Meu livro sobre Maud também me proporcionou acesso a mundos mais amplos. Ela simplesmente clamava para que escrevessem sobre ela, e eu a ouvi. A dramaturga Orla Kilgren adaptou meu *Swan of Coole* para o palco, maravilhosamente entremeando poemas de Yeats com meu texto. Cinco anos mais tarde, a cortina ainda se levanta quatro noites por semana em Dublin. Colin e eu fazemos muitos amigos em diversas produções e festivais e, Deus é testemunha, muitos dos atores e diretores encontraram seus caminhos à Toscana para longas e exaustivas visitas.

Há algum tempo expatriada como eu sou, apaixonada pela Europa desde a minha infância na Flórida, nunca adotei um tema americano, certamente não cinco — as mulheres, eu e Margaret, que é americana apenas de nascença e, além do mais, de Washington D.C.

Voarei em minha memória cultural, instinto, asas de cera se necessário.

Por acaso

ENQUANTO COLIN APAGA O FOGO, EU SAIO PARA VER o céu aveludado e negro, salpicado de estrelas-diamantes. Em outros lugares, elas brilham; aqui, elas fulguram. Você tem que prender a respiração. Melhor é cair de joelhos. Através das árvores, a casa Malpiedi parece uma mancha quadrada cinzenta contra o morro mais escuro. Estará uma das mulheres olhando pela janela, espantada com as constelações flamejantes? Esta noite, cinco estrelas formam uma queda-d'água, do tipo "ligar os pontos", que se despeja sobre uma fatia de lua. Estará uma outra tendo seu primeiro sonho na Itália? E a terceira, o cãozinho aos seus pés, talvez durma o profundo sono do campo, escuro e silencioso, e acorde às quatro da manhã deslumbrada pela compreensão de que ela está acordando na Itália. *Itália!*

⁂

ARTESÃOS LOCAIS AINDA FAZEM cadernos em branco com lombadas de couro e belas capas de papel. Os amigos me presenteiam com eles nos aniversários. Visitantes os deixam com bilhetes dizendo que esperam que eu me sinta inspirada. Um escritor deve estar sempre precisando de um caderno em branco, certo? Nesta vida ou na próxima, não conseguirei preencher todas as intimidantes páginas brancas, principalmente porque eu geralmente trabalho em um bloco de anotações ou no computador. Mas esta noite eu tiro um especial da prateleira. Uma lombada de velino cor de osso e flores amarelas abstratas encadernam um grosso caderno que se abre com facilidade. Encontrarei meu caminho? Um crítico descreveu minha poesia como "contida e ríspida". Minha prosa, ao contrário, esbanja detalhes — que eu considero iluminuras. (Para que escrever prosa se você não puder partir em viagens paralelas, estratificá-las e voltar para o assunto em pauta?) Aqui, espero começar no início de uma odisseia, cem revelações e histórias.

O final? Como no último verso de um poema, um romance (mesmo este híbrido) pode descobrir que seu próprio fim parece um começo. Ou um rodopio — uma moeda atirada de uma ponte alta.

SAN ROCCO FICA APENAS a duas curvas morro abaixo. Desço em zigue-zague por uma estrada romana e em dez minutos estou no portão da cidade. Sem dúvida, é por isso que as três mulheres escolheram a casa Malpiedi. Eu vi o site na internet. "Curta distância a pé da cidade" se sobressai como aquilo que todos desejam: uma casa isolada, mas próxima à *piazza*. Quando eu for até lá amanhã de manhã, como é meu costume, muito provavelmente terei notícias da chegada das três mulheres; provavelmente um ou dois incidentes terão circulado via Gianni, o taxista; e também a opinião de Grazia, formada talvez por três e-mails, será amplamente citada.

Antes de ir para a cama, eu desenho uma folha de laranjeira na primeira página e escrevo *Folha nova*.

O que se segue irá se acumular lentamente. Suas histórias flutuarão pela cidade. Muitas virão diretamente até mim. (Ah, certamente vou inventar.)

Mesmo agora, intermitentemente esqueço o livro de Margaret. (Desapontando-a.)

Título provisório: *Margaret Merrill: Exílio à janela*. Um livro curto, um tributo, na verdade — algo que eu me sinto na obrigação de realizar, já que, no fim, eu falhei na minha parte de nossa atribulada amizade. Estou incomodada com isso. *Atormentada* pode ser um exagero, mas lá está, uma sensação incômoda, imprecisa, como ter faltado à consulta do médico quando você já está tão atrasada para uma mamografia, que toda vez em que se despe imagina os raios X de seus seios salpicados de marcas brancas de calcificações como a superfície da lua.

Que ela possa encontrar espaço aqui para respirar novamente.

~

Eu montarei o quebra-cabeça da minha própria história, mapeando constelações. Gostaria de poder.

~

As três americanas chegaram pouco antes da primeira geada de outubro de 2015. Suas histórias individuais começaram na terra dos contos de fadas, mas sua história juntas começou por acaso, como acontece com a maioria das histórias (e se eu não tivesse me sentado ao lado de Colin Davidson no ônibus do aeroporto de Florença). Como fiquei sabendo, elas se conheceram no final de abril, em Chapel Hill, Carolina do Norte, Estados Unidos.

Quando o ônibus chegou à estação de trem de Florença há dez anos, Colin me ajudou com minha bagagem volumosa. Um estranho chega à cidade, essa história. Nós nos cruzamos. Milhões de átomos fervilharam como um enxame e se reorganizaram no ar. Tenho um senso exagerado do olfato (nem sempre uma vantagem). Quando ele colocou minha mala no meio-fio, acima dos vapores de diesel, eu captei seu aroma de limão e roupa seca ao sol, um cheiro de alguma ilha tropical idílica que eu ainda deveria visitar. Tive vontade de afundar minha cabeça em seu ombro. Você está aqui, pensei. Ele sorriu e eu me lembrei de uma citação de algum lugar, *o poeta de lábios grandes*. Olhamos um para o outro, creio que com surpresa. Sou uma pessoa reservada, jamais faria isso, mas do nada eu disse: "Sou Kit Raine. Tem tempo para uma bebida?"

Desenho um grande X na segunda página e escrevo *X em fluxo*. Não faço a menor ideia do porquê.

Tudo escuro lá embaixo. Tranco as venezianas.

Benvenuti. Welcome.

II

Orientação

Chapel Hill, Carolina do Norte

— Você está atrasado, Charlie, o que para mim não tem importância. Eu não quero ir, de qualquer modo.

— Ingrid tinha um arame solto no aparelho que estava cortando sua boca e eu tive que levá-la às pressas para o ortodontista antes da escola. Desculpe. Esses arames devem ter se soltado em metade das crianças na cidade. Ficamos esperando mais de uma hora para um conserto de cinco minutos. É sempre uma loucura quando Lara está fora. Chegaremos com tempo de folga, mamãe; só começa às onze.

Camille vestiu um suéter leve, verde-limão. Não era uma cor fácil de usar e, com a pele clara e cabelos recém-clareados com mechas, ela achou que parecia subaquática, ou possivelmente alguém com icterícia, no espelho do vestíbulo. Sentiu um instante de vergonha. Será que toda mulher de meia-idade avançada nos Estados Unidos faz mechas nos cabelos? E o que é meia-idade avançada? Sem dúvida, ela se qualificava simplesmente como velha. Ela viu Charlie por cima do ombro, olhando para ela com o cenho franzido, um olhar preocupado que ela vira nele pela primeira vez no jardim de infância quando sua batata-doce não brotou e a de todo mundo apresentava um broto comprido e pendente.

— Acho que você vai adorar — ele disse. Sem muita convicção, ela achou.

— Onde está Lara desta vez? Em algum lugar exótico? — a mulher dinamarquesa de Charlie trabalha como inspetora autônoma de hotéis e restaurantes para um guia de viagem anual da Escandinávia. Ela está sempre viajando, e Charlie tem que espremer sua pintura entre transportar Ingrid de um lado para o outro e — recentemente — levar sua mãe às sessões de fisioterapia, ao Fresh Market e, hoje, para conhecer Cornwallis Meadows. Normalmente, Camille iria ela própria dirigindo, mas três semanas após a substituição de seu joelho direito, ele achou que o mínimo que poderia fazer era levá-la.

— Sabe, eu não tenho certeza. Talvez Vancouver. — É Lara quem está encorajando Camille a se mudar para Cornwallis Meadows, uma idílica comunidade para pessoas com mais de cinquenta e cinco anos. Desde a morte de Charles pai, no ano passado, Lara tem insistido no assunto dos cinco quartos, do desperdício e do quanto deve ser solitário, sem mencionar o fardo de pilhas de coisas estocadas na garagem e no sótão. Charlie compreende seu ponto de vista, mas não consegue imaginar a mãe longe da espraiada casa de madeira, o deque construído ao redor de um grande carvalho. Quantos aniversários foram celebrados sob aquele dossel de galhos? Camille possui longos canteiros delimitando o terreno, sim, uma responsabilidade, mas ela adora andar pelo meio da flox e da artemísia, acrescentando uns duzentos narcisos a cada outono e colhendo alegres peônias no fim da primavera. Charlie lembra-se de sua experiência, de como as formigas caíam das peônias brancas e cor-de-rosa sobre o piano laqueado de preto conforme ele martelava "Old Man River" e "Clair de Lune". As brancas tinham uma mancha rosada no meio, e ele achava que sua mãe havia beijado cada uma delas.

— Vancouver parece ótimo. Um excelente jantar e um hotel de luxo. Prefiro isso a este passeio. — Camille soltou apenas esta alfinetada. Ela concordara em visitar Cornwallis Meadows. Sua nora, ela sabia, não estava tentando apenas manipulá-la. Ela estava genuinamente preocupada com a possibilidade de Camille começar a descobrir o que Lara chamava de "a próxima etapa" de sua vida.

Mas Camille também desconfiava de que ela estivesse de olho na casa em que Charlie crescera — sua sala de estar espaçosa, de paredes de vidro com vista para Spit Creek, e a cozinha com quilômetros de bancadas de mármore travertino. Quem poderia culpá-la? A carreira de pintor de Charlie talvez nunca os tirasse dos condomínios de casas simples e frágeis de Karlswood Valley. Lara, na verdade, detestava os aeroportos. Serviço de quarto, visitas à cozinha, a inspeção de portas de boxes de chuveiro, serviço de abertura de cama que batia na porta exatamente quando você se vestia para o jantar e até mesmo ter que olhar debaixo das camas dos hotéis. Não era um emprego glamoroso.

Talvez Charlie fosse infantil. Ele não queria pensar na perda da casa, estranhos entulhando tacos de golfe e decorações de Natal no sótão onde ele ainda guarda seus velhos equipamentos de mergulho, raquetes de tênis, livros da faculdade e primeiras pinturas. As pinturas de sua mãe também estão lá em cima, viradas e apoiadas contra a janela do telhado. Lara havia mencionado que talvez, se sua mãe gostasse de Cornwallis Meadows, eles pudessem se mudar para lá, sair do rancho de tijolos com três quartos minúsculos e assoalhos de madeira amarelados. Charlie não via como isso seria possível, a menos que a mãe continuasse a custear a manutenção e os altos impostos. Ele não sabia quanto dinheiro seu pai havia deixado. Presumia que o bastante para o resto da vida de sua mãe e uma boa e inesperada herança para ele depois. Ele sabia do vultoso seguro de vida porque sua mãe lhe dera um polpudo cheque de presente de aniversário.

— Mamãe, dê uma chance à ideia. Apenas uma olhada. Seja justa. Você pode realmente gostar da velha Cornwallis. Todas as aulas de arte. Você nunca deveria ter parado de pintar. Você sabe tudo sobre isso, tem na memória toda pintura desde 1500. E dizem que o restaurante é bom, halibute grelhado, carne assada, galinha ao alho... Eu vi o cardápio online, realmente ótimas opções no almoço e toda noite, nada de comida sem graça. Sempre haverá alguma companhia para fazer as coisas, sabe, você e papai eram tão... tão chegados. E você teria seu próprio apartamento e carro.

— Eu sei, querido. Manterei a mente aberta, mas, realmente, meu joelho vai ficar bom e eu... — Ela abanou o braço, abrangendo a sala de estar, inclusive as estantes abarrotadas de livros, o piano, os dois sofás de veludo azul e o tapete trazido da Turquia em uma de suas expedições, como sempre chamavam suas viagens. — Sabe, Charlie. Lar, tudo isto — gesticulou outra vez — durante muito tempo.

Charlie viu sua expressão perplexa se tornar um ar de preocupação, a testa franzida.

— Mamãe, faça exatamente o que quer fazer. Você sempre faz, de qualquer modo.

Que bom que ele pensa assim. Desde a tarde na última primavera, quando Charles voltou para casa do trabalho, ela não faz a menor ideia do que *quer* fazer.

— Cheguei em casa! — ele gritou da porta da frente. Suas últimas palavras.

— Estou na cozinha.

Ele atirou sua pasta no chão, junto à mesa do hall, e entrou no banheiro para se refrescar. Lavando alfaces na pia da cozinha, na água corrente, ela não ouviu o baque surdo quando ele caiu no chão, derrubado por um fulminante ataque cardíaco tão rápido quanto fatal.

CORNWALLIS MEADOWS, antes uma grande fazenda de gado leiteiro, limitada, como dizia a placa, por um caminho de comércio indígena (mais tarde uma trilha de mulas) que supostamente o general britânico e seus soldados percorreram durante a Guerra de Independência dos Estados Unidos. A comunidade conseguiu um endereço de Chapel Hill, embora ficasse, Charlie agora percebia, próxima a Hillsborough, muito longe da cidade. Sua mãe colocou isso de forma mais sucinta quando, após uns quinze minutos a toda velocidade pela velha Highway 86, ela comentou:

— Este lugar fica onde Judas perdeu as botas.

Ambos riram e Charlie abriu o teto solar e todas as janelas pelo cheiro da terra marrom de campos arados, das tenras auras verdes da primavera em torno das árvores e da água das chuvas de abril que se precipitavam pelas canaletas ao lado da estrada. Logo as madressilvas ficariam exuberantes, lançando ramos de perfume intenso. Um restaurante local faz sorvete de madressilva toda primavera e Charlie sempre leva sua mãe para jantar durante essa breve estação. Ele se encanta com sua reação a pequenos agrados, o modo como sorri com o rosto inteiro diante de um punhado de tulipas da mercearia ou uma cesta de ameixas do quintal dele. Então, ele começa a se sentir pessoalmente responsável pela sua satisfação.

DIANTE DOS PORTÕES BRANCOS escancarados de Cornwallis Meadows, Charlie entrou atrás de três outros carros que serpenteavam pelo caminho de entrada até a casa de colunas do período de antes da Guerra de Secessão americana e que agora servia como sala de jantar e quartos de apresentação para o complexo. A casa havia pertencido à família Dalton por muitos anos, a família que há um século financiou metade dos prédios universitários da região, assim como, mais recentemente, o centro de pesquisas médicas, que ainda atrai multidões de aposentados para as redondezas.

Gerações posteriores dos Dalton criaram cavalos da raça Tennessee Marchador, fizeram maus casamentos e perderam grande parte da sólida fortuna que o primeiro Tanner Dalton havia feito, quem ainda se lembra como? Foram morrendo e o último deles, Tanner IV, em sua senilidade, vendeu a terra e a casa, casou-se com sua enfermeira e mudou-se para Sarasota. A ilustre casa e a tranquila propriedade que se estendia até o rio Eno foram abocanhadas por um construtor de Charlotte apoiado por importantes capitalistas de risco. Daí, portanto: Cornwallis Meadows.

EDIFÍCIOS ANEXOS, BRANCOS E QUADRADOS, espalhavam-se por trás da casa — quatro discretos estabelecimentos comerciais. Camille já ouvira falar do café *locavore*; da loja de caras toalhas de mesa, velas e sabonetes; de um cabeleireiro e da Ink, uma livraria com a virtude de atrair grandes escritores para eventos. As ruas que se estendem de cada lado da casa grande são ladeadas por apartamentos interligados, em estilo de chalés, cada qual com um pequeno jardim na frente e uma cerquinha de madeira. Ao longe, assoma um prédio grande, mais institucional, em forma de U, uma ala com estúdios para moradia de quem precisa de assistência médica permanente, a outra para os casos terminais e tratamentos paliativos. Ela conhecera C Meadows, como os residentes a chamavam, quando foi visitar Karen, uma colega de magistério que foi fazer uma consulta para visão turva e descobriu que tinha um imenso tumor cerebral e apenas dois meses de vida. Ela se arrastou silenciosamente por oito meses, gentilmente tratada pela equipe assistencial. Depois de uma visita a ela, quase no fim, Camille parou para comprar algo para ler na livraria e viu, na prateleira de usados — nunca abertos —, os livros que havia comprado para Karen. Ela comprou novamente *Hóspedes na Terra,* pensando, sim, e não é o que somos? É isso mesmo.

⁕

CHARLIE PAROU EM FRENTE e saltou do carro para abrir a porta de Camille. Ela colocou o pé direito — o lado ruim — no cascalho, então lançou para fora a outra perna e deixou que Charlie a levantasse. Uma vez de pé, ficava bem, mas sair da cama, de um carro ou de uma poltrona funda provocava fisgadas de dor ardentes pela sua perna. Às vezes, em solidariedade, a outra perna doía.

— Você está ótima, mamãe. Gosto do seu cabelo assim.

Camille de fato estava com excelente aparência. Os sete quilos extras que havia aceitado como seu destino dissolveram-se ao longo dos meses e seu corpo esbelto, de jogadora de tênis, locomovia-se com sua graça normal outra vez. Uma de suas amigas dissera recentemente com uma franqueza rude: "O luto lhe cai bem."

— Tchau, querido. Não precisa voltar. Eles têm um ônibus para a cidade. Uma pequena caminhada até em casa me fará bem.

⁕

Uma mulher de calça vermelha e um suéter vermelho e azul-turquesa parou no começo do caminho de tijolos que levava até a casa. Ela fitou os canteiros de begônias, cor-de-rosa, branco, cor-de-rosa, branco, que delimitavam cada lado. Enquanto Camille passava, a mulher disse:

— Eu teria preferido *grupos* de cor-de-rosa, *grupos* de branco, e não em fileiras militares.

Camille sorriu.

— Sou Susan Ware. Vai à reunião de calouros lá dentro? — Sua mão tinha um toque sólido e seco. A de Camille era o oposto. Ela gostou dos olhos cinza arregalados de Susan, mais escuros do que seus cabelos prateados e espetados.

— Sim. Sou Camille Trowbridge. Eu também detesto fileiras retas de qualquer coisa. Especialmente tulipas, porque elas já são bastante ruins!

Susan riu, surpreendentemente alto.

— Sim! Alguém que concorda comigo. Elas parecem impressas em 3D! Você não consegue ver este canteiro entremeado de aglomerados de cinerária marítima, salsa e campânulas lilases?

— Ficaria muito bonito. Bem, ao menos as begônias vão encher e durar até o outono.

Ela seguiu Susan para dentro, onde receberam crachás e foram apresentadas à gerente residencial, Blair Griffin, uma sósia perfeita de Hillary Clinton até no terninho azul neon. Ela apertou a mão das duas com firmeza e deu-lhes as boas-vindas.

— Temos certeza de que vão adorar o estilo de vida em C Meadows, senhoras. Todos adoram. Vão ficar sabendo de tudo. Andem pela casa, conheçam outras pessoas e tomem um café enquanto aguardamos os retardatários.

Sua assistente entregou-lhes folhetos e indicou-lhes o café, pães e doces.

— Você não detesta ser chamada de "senhora"? Oh, lá está Bitsy Sanford! Ela está aposentada? Eu costumava pegar carona solidária com ela há uns cem anos. — Susan caminhou até a poltrona onde uma mulher de ossos largos em uma blusa de listras com um laço sentava-se desmoronada sobre sua xícara de café. Camille se dirigiu à sala de jantar e inspecionou os croissants e pães doces.

— Ei, bom dia, são tão bons quanto parecem. Sou Julia Hadley, mas não devo apertar sua mão, meus dedos estão amanteigados.

E estavam. E ela não havia notado que seu croissant soltara farelos em seu terninho azul-marinho e sobre o tapete.

Camille sorriu e se apresentou; em seguida, pegou um croissant.

— Se nos mudarmos para cá, imagino que poderemos comer isso de manhã. Acha que os entregarão em sua porta?

— Duvido. E, se fizessem isso, teríamos que duplicar os exercícios matinais.

— Só estou verificando o lugar. Vai se mudar para cá? — Camille perguntou.

Julia fez uma pausa.

— Não faço a menor ideia do que estou fazendo aqui. — Em seguida, deu de ombros.

Camille pensou: eu também não. Mas eu não *tenho* que fazer nada. Eu *não vou* fazer nada. Julia, então, irrompeu em voz alta:

— Eu realmente tenho que fazer uma mudança... — Sua voz definhou e ela abocanhou um grande e último pedaço de seu croissant.

Outras mulheres e dois homens reuniam-se sobre suas xícaras de café de porcelana e conversavam em voz baixa. Como se estivéssemos em um funeral, Camille pensou. Uma imagem do marido lhe veio à mente. O costume que ele tinha de deslizar os dedos pela mecha de cabelos louro-escuros caída sobre a testa. Charles. Cujas mãos pareciam esculpidas em mármore, cujo lóbulo da orelha ela gostava de morder. Charles, voltando para casa, jogando suas chaves na bancada, tirando o casaco, colocando sua volumosa pasta no closet de casacos. Charles, seu leve cheiro de chuva e sua colônia aromática. Nenhum funeral. Memorial no jardim. Depois, depois, ele, depois ele se tornou fogo. Completamente. Ele virou fogo e foi consumido pelo fogo. Não havia um medidor, como um termômetro de forno, ou ela imaginou isso? Inimaginável, Charles uma urna de resina de cinzas, pedaços de ossos. Ele todo, cujos ombros se sacudiam quando ria. Ela e Charlie nunca espalharam as cinzas. Ele ainda está em casa. Um ano e ela ainda não acredita que a vida dele lhe foi tirada. Seu esteio. Você está com alguém. Você mais ele. De repente, ele é um sinal de subtração. Desapareceu. Não somente ele, mas essa terceira entidade criada, o casamento, quebrado tão simplesmente e com tanto barulho quanto um prato estilhaçando-se em um piso de ladrilhos. Esse ente maior do que a soma de planos, passado, ambições, tristezas, êxtase, sem parar. Tudo que *nós* fomos. Do pó ao pó. Elementar, mas ela não consegue compreender o fato. Ela girou o pé para aliviar a dor que apunhalava seu joelho. Talvez tenha sido por isso que perdi meu joelho, pensou. Eu, perneta.

Respire fundo, respire fundo.

Sua atenção retornou à sala de jantar de teto alto com a grande janela que dava para um jardim inglês e uma fatia branca e fina da unidade de tratamentos paliativos. Será apenas a decoração formal, o estilo Williamsburg que mantém todos quietos? Armários de canto cheios de compoteiras de prata e copos de cristal, o desgastado tapete oriental e os assentos bordados nas cadeiras em estilo Chippendale. Os padrões florais nos assentos das cadeiras seriam todos da flora local? A mulher de alguém consumiu os olhos bordando aquilo. Ah, Camille concluiu, tudo isto lembra velho, duradouro, família. E quase todos aqui são mulheres sozinhas.

— Dezessete, estamos todos aqui e eu lhes dou calorosas boas-vindas a C Meadows.

Cadeiras dobráveis complementavam as poltronas e sofás na espaçosa sala de estar, onde Blair Griffin estava de pé em frente à lareira, olhando de cima para aqueles reunidos esta manhã para ouvir sobre a vida em Meadows, fazer uma pequena turnê, almoçar e decidir se comprariam ou não uma unidade. O almoço seria especial, uma salada de alface crespa e bolinhos de siri, com um respeitável *Chardonnay* e uma torta de amêndoas de sobremesa. Alguns comprariam hoje mesmo. Iria depender da atuação dela. Blair sorriu para os rostos de olhos erguidos para ela. Todos eram brancos, exceto uma mulher elegante em um sári roxo decorado com fio metálico, uma japonesa com um andador e um afro-americano apoiado em uma bengala com uma cabeça de cavalo de marfim.

— Há uma cadeira ali — ela disse, indicando-a a ele. Um casal parecia estar exatamente no limite de cinquenta e cinco anos para ingresso. — Todos estão confortáveis? Vamos começar. Se está na hora de virar uma página, esperamos que amem o que vão ver aqui hoje.

Susan voltou-se para a tela acima da lareira quando fascinantes fotografias começaram a se suceder sem interrupção, ao estilo de Ken Burns. Aula de ginástica em uma piscina coberta, em seguida espreguiçadeiras floridas ao redor de uma piscina ao ar livre. Aula de arte, uma mulher moldando um jarro de argila no torno. Duas idosas andando tropegamente por um caminho de jardim, cenas da sala de jantar onde todos erguiam um brinde, a casa grande na neve, iluminada para o Natal, quatro residentes mais novos jogando cartas em um terraço: o estilo de vida ativo magnificamente cultivado.

Um pequeno movimento ao longo do rodapé chamou a atenção de Susan e uma barata preta saltou para dentro da grade do sistema de ventilação.

— Menus da estação — dizia Hillary Clinton. Qual era mesmo o nome dela? Blair. — O chef Amos convida todos para ajudarem a cuidar da horta. Ainda é cedo, mas em junho a horta fica exuberante! — O interesse de Susan aumentou. Vieram fotos de quatro mulheres ajoelhadas em almofadas de espuma amarelas arrancando ervas daninhas. Duas outras amarrando feijões em uma pirâmide de arame. Susan olhou ao redor da sala. Mulheres bem-vestidas, a maioria com cortes de cabelo práticos e pouca maquiagem. Como seria o mundo sem tintura de cabelo? Ela imaginava que todos ali tivessem de cinquenta e cinco a oitenta anos. Divorciados? A maioria viúvos? Usavam suéteres informais e calças largas ou elegantes vestidos trespassados, alguns vestiam os indefectíveis macacões jeans ao antiestilo de Chapel Hill ou saias longas e amorfas com Birkenstocks, deixando seus cabelos propositadamente grisalhos soltos e seus rostos exibindo o que o tempo fez a eles.

Ela se lembrou de quando um dos novos jovens vendedores de Ware Properties a tomou por uma colega de trabalho.

— Não sou Katie — ela o corrigiu. — Sou Susan.

Ele riu.

— Todas vocês corretoras de meia-idade são iguais.

Foi então que ela mandou fazer aquele corte de cabelo descolado, renovou seu guarda-roupa, começou a usar cores vivas com bijuterias extravagantes e sapatos de saltos mais altos. Ela era a única pessoa na sala de vermelho, exceto pelo colete do homem que cochilava (narcolepsia?) três cadeiras à sua frente.

— Isso é apenas uma amostra — Blair concluiu. — Vamos, cada um de nós, nos apresentar e, em seguida, visitar as unidades. Depois, iremos ver o que o chef Amos tem para nós. Apenas diga algumas palavras para sabermos quem você é, e seus interesses. Obrigada por virem e estou ansiosa para conversar com cada um de vocês. Qualquer dúvida, basta perguntar. Vamos começar por você.

Ela indicou Camille, que se levantou e olhou ao redor da sala.

— Sou Camille Trowbridge. Dei aula, em tempo parcial, no departamento de história da arte da universidade até cinco anos atrás. Fui casada com Charles Trowbridge e... Ele. Eu o perdi no ano passado. Temos um filho que é casado e tenho uma neta. Gosto de jardinagem, de viajar e estaria interessada nas aulas de arte. Há muito tempo eu costumava pintar, e ainda me considero uma pintora. Ah, adoro ler e pertenço ao mesmo clube do livro há vinte e cinco anos. — Encolheu os ombros, sorriu e sentou-se. Meu Deus, pensou. Só isso. Nem dissera que gostava de caminhar na praia por quilômetros, jogar tênis, assistir à Netflix com Charles após um bom jantar e uma garrafa de vinho, ir a antiquários e lojas de consignação, voar até Washington para ir a exposições. Gostava de arrumar closets e prateleiras, tomar banhos de banheira, passar horas na biblioteca, fazer sopa, encomendar bulbos todo final de verão, escrever longos e-mails para amigos, molhar a grama nas noites de verão, ler *Pippi Longstockings* para Ingrid. O clube do livro? Havia mais de um ano não se encontravam. E a pintura? Ela parara de dar aulas para tentar outra vez e ainda está adiando até mesmo a compra de material. Sentia-se exausta. O problema do joelho já se estendia por um tempo longo demais. E não está sarando tão depressa quanto o médico havia dito. Ele fez parecer um caso de rotina. Bem, talvez fosse para ele, mas não era para ela, e também era assustador. Ela havia lido inúmeras vezes sobre aquela primeira queda, prenúncio de tudo que estava por vir. Durante um ano, quando subia escadas, seu joelho soava como um fecho de velcro sendo aberto e, então, certo dia, ele se dobrou quando eu guardava as compras do mercado no porta-malas. Por fim, inevitavelmente: cirurgia. Em seguida, previa, banho de chuveiro e o quarto no andar térreo. Ah, depois disso, um lar de idosos.

Ela percebeu que não ouvira as apresentações seguintes, mas Susan levantou-se, sua vistosa indumentária vermelha parecendo um cardeal entre cambaxirras.

— Olá, pessoal. Sou Susan Ware, nascida e criada aqui em Chapel Hill. Sou sozinha, meu marido morreu há três anos. Alguns de vocês provavelmente compraram uma casa com ele. Ainda vendo imóveis, mas estou pensando em parar e buscar outros interesses. Que interesses? Jardinagem. Qualquer coisa que tenha a ver com flores. Se eu pudesse começar de novo, seria uma paisagista. Além disso, por favor, não riam, gosto de pescar na costa e gosto de experimentar todos os restaurantes novos que estão surgindo em Durham. Tenho duas filhas crescidas, ambas na Costa Oeste.

Esses estranhos resumos. Buracos de fechadura. Camille gostou de Susan logo de cara. Então, ela está sozinha. Nenhuma alusão a um companheiro atual. Talvez se ela fosse minha vizinha aqui, seria divertido. Ela e Julia Hadley também. E a elegante indiana? Ou a que acabou de falar, Catherine alguma coisa. Esbelta e de feições marcantes de uma forma interessante, o nariz parecendo uma seta de quartzo. As Catherines geralmente eram sólidas, e esta estava se mudando de Connecticut para cá. Tinha quase certeza de que ela iria assinar a compra de um chalé hoje. As primeiras impressões são misteriosas, o modo como acontecem rápida e decisivamente.

Camille não ouvira mais ninguém por quem sentisse alguma atração. Grosseiro, cordial, desconfiado, rabugento, falante, tímido, amável, ansioso, condescendente — todos apresentaram uma qualidade, ao que parecia, e dentro de um instante uma reação logo se estabelecia. Ou talvez fosse mais primitivo, como Charles sempre insistia: toda atração baseia-se no cheiro.

Agora era a vez de Julia.

— Sou Julia Hadley. Sou de Savannah e só me mudei para cá recentemente. Eu... eu fui casada. Agora passo meu tempo livre principalmente lendo, porque estou decidindo o que fazer em seguida. — Ah, não, que deprimente. Uma gota de suor escorreu pela sua espinha. Ela continuou: — Adoro cozinhar e esta é a minha paixão: comida. Foi assim que passei minha carreira. Trabalhei como editora de aquisições na Mulberry Press. Eles publicam livros sobre comida, lindamente produzidos, não só livros de culinária, mas de história cultural também, como a vida nas plantações de arroz. Eu também ainda testo receitas para eles. — Ah, já chega. Julia apressou-se a continuar: — Ah, gosto de ópera, fotografia e de velejar. — Sentou-se bruscamente, como se não quisesse dizer nem mais uma palavra. Velejar. Ela costumava gostar de velejar. Agora não.

Camille ouvia. A indiana era uma cirurgiã cardíaca que teve que parar de trabalhar por causa da precoce doença de Parkinson. Outra mulher, que parecia uma Audrey Hepburn mais velha, era uma psicóloga que, durante anos, avaliou presidiários no corredor da morte. Bitsy, a de ossos largos, dirigiu uma empresa de mudanças por vinte anos. A maioria das pessoas que falou havia trabalhado. Três reivindicaram o título de "dona de casa". Duas se descreveram como sobreviventes de câncer e uma mencionou seu transplante de coração. Isto não é orientação de calouros, Camille pensou. Ninguém diz que ama Jack Kerouac ou que passou o verão percorrendo a Trilha dos Apalaches.

Ela saiu com Susan e Julia para a turnê. Pequenas placas indicavam o nome dos chalés: Vinca, Delfino, Azaléa, Cravo-amarelo, Lantana, Zínia. Ao contrário das duas primeiras unidades que viram, ambas mobiliadas genericamente como uma suíte de uma cadeia de hotéis, Glória da Manhã era uma unidade de esquina, o que lhe permitia uma ampla vista sobre a campina e uma varanda lateral, além do jardim da frente.

— Alguém realmente gosta muito de narcisos — Camille observou — e de diversas variedades deles.

Um beija-flor de garganta roxa zumbiu embaixo de um brinco-de-princesa suspenso.

— Olhem! Que venham os beija-flores! Eles realmente sabem como tornar este lugar atraente. — Susan inclinou-se para cheirar um narciso dobrado que ela sabia ser perfumado. — Muito bem-feito. Olhem só os jacintos brotando. Julia, você consegue se ver na varanda, na cadeira de balanço, ouvindo *"Nessun Dorma"*, até à velhice?

Julia cutucou Camille quando exploravam o interior.

— Quem não gostaria deste pequeno ninho, hein? — Se já não fosse habitado por alguém que saíra de férias para as Bermudas, pensou, ela iria resgatar suas economias agora mesmo, voltar correndo para a casa da qual era *house-sitter* para pegar uma mala e já estaria cozinhando quando anoitecesse. — Adoro as cores que ela usou, este tipo de melão gelado com a sálvia... e esse grande e confortável sofá de cor creme. — Todos os chalés tinham plantas abertas — uma grande sala de estar, cozinha de canto com uma ilha como bloco de corte e lugar para armazenar vinhos embaixo, bastante espaço para uma mesa, um quarto de dormir de tamanho médio, um banheiro surpreendentemente luxuoso, bom armazenamento. — Gostaria de estar batendo claras em neve naquela enorme tigela de cobre. Olhem só para isso! — As paredes acima do espaço de trabalho estavam inteiramente cobertas de panelas de cobre.

— Estou impressionada — Camille admitiu. Assim que disse isso, seus pulmões se esvaziaram com uma respiração profunda. Na verdade, o lugar parecia uma miniatura, como se reconhecesse que, ao ficar velha, você deverá ser encolhida. Reduzam-me, ela pensou, repentinamente se sentindo alta e desajeitada demais.

A última unidade que visitaram parecia tão sombria que ela se perguntou por que a mostravam. Um enorme aparelho de TV dominava a sala de estar, com uma igualmente enorme poltrona reclinável estacionada à sua frente. Assoalhos nus, nada nas paredes cinza-claro, pilhas de jornais junto à lareira sem nenhum sinal de fuligem.

— Acho que estamos vendo esta por causa da planta de dois quartos — Julia disse, olhando para a cozinha vazia. Blair as fez circular rapidamente pela casa, dizendo qualquer coisa sobre o proprietário não ter se estabelecido ali ainda e direcionando-as para a vista de um pequeno lago onde patos deslizavam de um lado para o outro.

Todos adoraram a horta por trás de uma cerca branca com um alarme para manter os guaxinins e veados afastados. Fileiras de alfaces crespas prontas para serem colhidas, folhagens de aspargos oscilando por trás de moitas de ervas saudáveis e parreiras espalhando-se por um longo caramanchão, desenrolando folhas tenras verde-amarelas. Sulcos de solo fértil pareciam prontos para plantar assim que a terra se aquecesse.

No almoço, Camille sentou-se ao lado de Blair. Tudo estava cuidadosa e delicadamente temperado e muito saboroso.

— Qual está sendo sua impressão, sra. Trowbridge, ou posso chamá-la de Camille?

— Oh, por favor! Claro. Tudo parece perfeito, absolutamente perfeito. Se esta for o tipo de situação de que você necessita.

— Você pode se ver vivendo aqui, realmente desfrutando deste lugar?

— É fascinante para contemplar. Acho que vou prestar atenção a como me sinto quando voltar para casa hoje, ver como é realmente.

Esta obviamente não vai se decidir hoje, Blair concluiu. Ela mexeu seu chá gelado. Nada de Chardonnay para ela com todo o trabalho que restava fazer.

A maioria das pessoas que se muda para cá desejaria ter feito isso antes.

Camille olhou ao longo da mesa à procura de Susan e Julia. Susan conversava com o homem de colete vermelho, animadamente acordado agora, e Julia, no final da mesa, parecia olhar para seus companheiros à esquerda e à direita, mas não falava. Talvez estivesse apreciando cada bocado do suculento caranguejo e as tenras verduras com molho de *buttermilk*.

Camille, Julia e Susan desceram do ônibus que as transportou na mesma parada. As ruas fervilhavam de estudantes em camisetas e shorts, um sinal tão seguro quanto os narcisos de que a primavera chegara.

— Minha casa fica apenas a quatro quarteirões daqui — Susan disse. — É cedo demais para um copo de vinho? Eu adoraria conversar! Depois, posso levá-las de carro para casa.

Um edredom macio

Camille não sabia por que deixara o relógio na mesinha de cabeceira de Charles ou por que continuava a dormir do outro lado em vez de dormir no meio. Tinha que rolar na cama à noite e tocar no mostrador para ver a que maldita hora havia acordado sem a menor possibilidade de dormir novamente. Ela apertou os olhos para o luminoso 3:07 vermelho, deslizou debaixo das cobertas e ficou deitada em cima do edredom macio como uma nuvem. Concentrou-se em flutuar nos travesseiros de penas, os braços abertos (espaço de sobra), dedos, dedos dos pés, cabelos, todas as partes do corpo flutuando (exceto esse joelho direito de chumbo). Sentiu-se sublimemente confortável, irritantemente acordada.

Se ela mudasse o relógio de lugar, isso significaria que Charles não iria desligar o despertador com uma pancada às sete da manhã. Ele não iria mesmo, de qualquer forma, isso ela sabia, mas não queria reconhecer. Olhou fixamente para os quadrados negros das vidraças, observando um incandescente planeta branco cruzar o vidro do meio e extrapolar a moldura. Como nós, ela pensou. Uma breve passagem de luz. Uma partícula. Então, suspirou, cansada desse insistente padrão de pensamento de morte. Qualquer coisa podia deflagrá-lo: flores murchando em jarros, o noticiário da noite sobre tiroteios em escolas e terrorismo, a mulher louca de cabelos encaracolados que a agarrou pela manga no mercado e disse "Sou uma sobrevivente", quando obviamente não era.

Esforçou-se para pensar em algo positivo. Hoje foi um bom dia. Ela conheceu Susan e Julia! A casa de Susan, na avenida Hillsborough, era uma que Camille sempre admirava quando passava de carro. Um chalé da década de 1930, expandido ao longo do tempo por vários proprietários. Aposentos pequenos, aconchegantes, com arte folclórica sulista, cortinas de tafetá parisiense e tapetes orientais finos. Uma mulher peculiar, Susan, ajoelhando-se à mesinha de centro para servir grandes taças de Sauvignon da Nova Zelândia.

Camille não conseguia se lembrar da última vez em que fizera uma amiga. Por umas duas horas, riram juntas, gargalhadas, não apenas um riso educado.

— Por que será que esses lugares de aposentados são sempre chamados de "campinas"? — Susan perguntou.

Todas riram quando Julia respondeu:

— Porque é para onde você é levado para pastar.

— Acha que vai mesmo se mudar para lá, vender este lugar fantástico? — Camille perguntou. Ela de fato podia imaginar Susan na unidade Glória da Manhã com o atraente jardim.

— Acho que sim e que não. E vocês, o que acham? É como se você estivesse fazendo check-in em um lugar onde não há check-out. Oh, é divertido agora, todos fazendo hidro-yoga, aula de cerâmica e arrancando ervas daninhas da horta para o chef.

— Sim — Julia disse —, eu sempre estava pronta para voltar para casa depois da segunda semana de acampamento. Realmente não queria outro laço trançado ou bailarina de gesso. Mas talvez seja como a faculdade sem as aulas.

— Ou talvez prisão domiciliar sem a tornozeleira.

— Credo! Seria assim? Há muitos intelectuais, pessoas realizadas por lá, a maioria mulheres. E cheias de vida. Elas não devem pensar assim. — Camille estendeu seu copo para mais um pouco de vinho.

— Ou talvez sejam pessoas extremamente práticas. O que foi mesmo que Blair disse? Soou bem agradável: "cuidados permanentes à medida que progredimos ao longo do *continuum* do envelhecimento", sim, foi o que ela disse. Pessoas realistas.

— *Continuum* do envelhecimento! É exatamente isso, uma mentalidade. E lembrem-se de que ela disse brincando, ah-ah, que os residentes chamam o lugar de "A Bolha". — Susan despejou um saquinho de castanhas de caju em uma pequena tigela. — O lugar é realmente bonito, mas parece o próximo grande passo? Vocês acham que podem respirar dentro de uma bolha?

Julia foi ambivalente.

— Adoro o lugar... e será que eu preciso de um refúgio? Mas será que eu quero provavelmente trinta anos disso? Droga, quarenta. Eu posso viver até os cem anos.

Camille concordou.

— Acho que há uma marcha sincronizada, em fileira cerrada, em andamento ali, e nós devemos acompanhar o passo. No entanto, o lugar propõe uma resposta agradável àquela horrível pergunta: "E se eu me sentir solitária?"

— Colocando nesses termos... sim, é viável. Mas trinta anos... Obviamente, podemos muito bem ter muito tempo para inventar. E se você for uma dessas de noventa e três anos que ainda é sócia de um clube do livro, vai ao cabeleireiro e faz compras na liquidação online da Saks?

O welsh terrier de Susan, Archie, latiu, querendo sair.

— Talvez estejamos exagerando — Julia observou. Ela pegou seu casaco. — Vamos conversar mais sobre isso. Estou confusa a respeito de muitas coisas! Podem ir à minha casa para jantar amanhã? Estou tomando conta de uma casa enquanto penso no que fazer. Explico melhor depois.

꙰

O AMPLO CÍRCULO DE AMIZADES de Camille e Charles começou a se dissolver há cerca de cinco anos. Um estranho movimento se desencadeou que a fez se lembrar de seus vinte e poucos anos, quando tinha certeza de que manteria contato com todos para sempre, mas de repente as pessoas se espalharam e se mudaram para outros lugares. Há pouco tempo, alguns amigos haviam morrido precocemente. Foi horrível que Bing tivesse caído de um lance de escadas e a efervescente Alice tenha sentido uma pontada no lado do corpo e já estivesse no estágio IV de câncer pancreático. Pequenas pedras na lua são examinadas minuciosamente, mas não a parede fina do abdômen liso de Alice. Daisy já estava em estado avançado de demência; os grandes amigos Frieda e Juan mudaram-se para uma comunidade de aposentados em Asheville e, quase na mesma época, Ellen e Vick — tantas viagens maravilhosas juntos — compraram um apartamento de condomínio com uma varanda de vidro voltada para a praia Santa Rosa. *Venham quando quiserem. Sentimos falta de vocês.* Os colegas de trabalho foram desaparecendo quando a força da proximidade se evaporou; depois que o emprego termina, gradualmente você deixa de ser convidado e também não convida.

Amigos desaparecidos enchem a lista de contatos de Camille. Ela tem que excluir, excluir, excluir. Os vizinhos com quem Charles e ela frequentemente tomavam drinques se tornaram estranhamente extremistas, achando que os professores deveriam carregar armas e que os muçulmanos estavam assumindo o controle do país. No memorial de Charles, eles sugeriram que ela comprasse uma arma para se sentir segura.

— Bem, são amáveis em se preocupar comigo — ela respondera, embora quisesse dizer: *Comprar uma arma para me sentir segura? Isto é um paradoxo, seus idiotas!* Ela também evita alguns conhecidos: a exageradamente solícita Mindy Sampson, cujas condolências sempre incluíram um lembrete do quanto ela, Mindy, era afortunada em ter seu Bill ainda no campo de golfe todo sábado.

— Sei que você não está pensando em nada agora além de conseguir atravessar o dia, mas *vai* encontrar a felicidade outra vez, talvez através de encontros pela internet. Conheço uma pessoa até mais velha do que você que encontrou seu parceiro dessa forma. Estão em um cruzeiro no momento.

Camille ficou alarmada com as vergonhosas tolices de Mindy.

— Eu detestaria um cruzeiro — ela retrucou, pensando, *se ela agora mencionar os sete estágios do luto, eu vou ter que dar um tapa nela.*

Depois que Charles morreu, Camille percebeu sua crescente intolerância para com a maior parte dos seus contemporâneos.

Ela sempre soube que qualquer um pode ser eliminado em um instante, mas agora sabia disso visceralmente. Ela não queria se sentir dessa forma, conhecendo a causa: sua raiva por Charles ter morrido enquanto o resto de nós ainda está aqui. Alguns ficam apenas maçantes. Alguns ficam apenas sombrios à medida que envelhecem, Camille pensou. Àquela altura, sessenta e nove anos de idade, vamos admitir, ela queria evitar as pessoas que anteriormente a haviam aborrecido ligeiramente. Agora elas pareciam irritantes.

❧

4:20. Seu quarto fica frio e Camille desliza para baixo do edredom outra vez. Termostatos novos e inteligentes, com mente própria, parecem caprichosamente decidir cortar o aquecimento no meio da noite. Geralmente, tinha que esperar toda uma noite de insônia, percorrendo as lembranças (*Cheguei em casa!*, ele gritou), mas ela cochilou, acordou de repente, cochilou outra vez.

O cheiro límpido da resina de pinho recém-cortado invadiu seu sonho, ou ela estaria dormindo? Tábuas, uma pilha delas, e ela as está pregando, fazendo uma longa caixa. Ela pinta a caixa com cores alegres, verde-água brilhante; imagens passam esvoaçando, ela vai pintar ouriços-do-mar cor de laranja, um olho grego, azul, contra mau-olhado, sóis de muitos raios. As batidas sonoras e vibrantes do martelo ressoam com baques surdos ao longo de sua coluna vertebral. Ela fecha os olhos a cada golpe — não, não posso estar dormindo, ela pensa. Opérculos de múmias egípcias com hieróglifos, batalhas de mármore em sarcófagos — ah, sim, estou construindo meu próprio caixão. Ela laqueia as tábuas em um dourado brilhante, com flores de malva roxas e tristes salgueiros-chorões sempre esculpidos em antigas sepulturas da Nova Inglaterra; ela continua a pintar, um compasso na cabeça, um aro de pequenas chaves, a caixa sólida, retangular e, sim, cantos lisos. Um metro e oitenta centímetros, suficientemente grande. Estarei sonhando?, ela se pergunta. Aquela bola de praia azul, de borracha, que eu tinha quando era pequena, coelho branco, cobra cascavel embaixo da escada, a Terra, uma bola de gude azul estriado vista da lua. Ela pinta rapidamente, precisamente, livremente. Uma camada mais fina de pensamento se impõe. Ainda não. Posso colocar a caixa em pé e usá-la para guardar alguma coisa. Pregar alguns pinos para colocar prateleiras e guardar cobertores e a porcelana Spode de minha mãe; depois, que inteligente, como sou inteligente, as quatro prateleiras podem se tornar a tampa para fechar a caixa.

⁂

9:00. CHARLES DORMIU DEMAIS e perdeu a hora. As janelas brilham com a luz orvalhada da primavera. Já é tarde. Mas a mão de Camille varre o lado frio da cama. Vazio. Ela é metade de um corpo, dividido ao meio. Seu lado esquerdo está faltando. Precisa levantar-se. Tem fisioterapia para o maldito joelho. O sonho volta, aquela caixa pintada, horrível e magnífica. Charles era bom em interpretar sonhos. Ele sempre os tornava mais absurdos do que já eram. O que ele teria pensado? Não hoje. Não em nenhum dia, Camille pensou. Não saberemos o que ele teria dito, não é mesmo? Ela enfiou-se nas roupas de ginástica e amarrou os tênis. Seu joelho parecia melhor. Não, Charles. Eu já sei o que o sonho significa.

Exílio

Julia pegou o carro e dirigiu-se bem cedo ao mercado Carrboro porque fazia questão daquele pão de azeitonas da Chicken Scratch Farm e uma caixa de papelão de seus ovos cor de marfim, cor de malte e azul-claro. Desde o instante em que Susan a deixou na casa do professor ontem à noite, ela começara a planejar o menu do jantar com suas novas amigas.

As insípidas semanas dos últimos três meses movem-se em espiral atrás dela. Julia levanta-se cheia de determinação. Ao final da segunda xícara de café, o dia parece infindável. Ela não conhece ninguém na cidade, a não ser garçons e garçonetes — e agora Susan e Camille —, e não faz a menor ideia de como mudar isso. Quando viu o anúncio de página dupla na *Chapel Hill Magazine* para Cornwallis Meadows, o que a levou a se inscrever para a turnê foi a atração de dias estruturados ao lado de outros que também viviam dias estruturados. O drama de mais ninguém controlando suas horas. Coisas interessantes para fazer, amigos, tranquilidade, um lugar para guardar seus pertences. Quem esperava ser exilado da vida que tiveram aos sessenta anos? Não, ela vai ter apenas cinquenta e nove anos este ano, mas os sessenta redondos que a esperam no próximo ano, esta infância da velhice já parecia tê-la alcançado. Às vezes, ela acorda no meio da manhã sentindo que está sendo arremessada por centrifugação em um brinquedo de parque de diversões, pressionada pela força g, e incapaz de neutralizar a força gravitacional. Ansiedade crônica e generalizada, só isso.

Ela caminha bem cedo pela manhã e descobre as ruas alinhadas de casas que parecem abrigar vidas interessantes lá dentro. Ela assina blogs de culinária e lê as alegres brincadeiras de mulheres alto-astral que parecem passar metade de seus dias pairando sobre o fogão e a outra metade nas redes sociais postando fotos cênicas de pratos de chef. Algumas a inspiraram. A pilha de livros da Mulberry Press, onde ela era editora, lhe faz companhia. Ela passa duas horas por dia testando receitas para o histórico da Mulberry de aperitivos e picles sulistas, o último projeto obtido antes de sair da empresa. Paul e seu filho, também Paul, ainda enviam dúvidas e perguntas e compartilham os planos de projetos em andamento. Eles sentem sua falta e ela sente terrivelmente a falta deles.

No almoço, ela experimenta restaurantes altamente elogiados em Durham, *food trucks* e espeluncas mexicanas, alguns deliciosos. Às vezes, ela janta no Crook's Corner, a simpática meca da comida sulista, onde se senta no bar e pede camarão e *grits*. Ela se inscreveu em uma aula de *spinning*, mas desistiu. Pedalar dessa forma enfatizava o óbvio: não estou chegando a lugar nenhum.

˙˜˙

JULIA ESTÁ EM CHAPEL Hill por cortesia do prof. Hubert Ganyon, seu professor de Ciências Humanas III em seu segundo ano na UNC. Ele lhe ofereceu sua casa enquanto viaja à Turquia em um ano sabático. Ela não conseguia se lembrar de seu projeto, algo a ver com gregos exilados lá, um estudo de um vilarejo abandonado de onde, por fim, eles foram expulsos. Ela comparecera a uma palestra que ele deu em Savannah, da qual ela tomou conhecimento, por acaso, através do jornal, e acabara tomando café com ele depois de suas observações.

Quando ele perguntou sobre sua vida, ela de certo modo mencionou que seu casamento estava se dissolvendo (um eufemismo) e que ela tinha lembranças muito agradáveis de seus anos de faculdade em Chapel Hill. Ele estava muito pequeno agora, esquelético, com uma vistosa cabeleira branca, espetada, e olhos ainda tão ardentes como na época em que lecionava sobre a expansão romana por vastas extensões do mundo. Havia também um ar compreensivo naqueles olhos brilhantes, cor de estanho, enquanto ela lhe contava um pouco de sua vida desde seu memorável curso.

— Se você quer ir embora, ou precisa, isto é um belo achado. Vou ficar fora quase um ano. Esta viagem é meu ansiado presente de aposentadoria para mim mesmo. Vou enquanto ainda consigo lidar com aquelas encostas pedregosas. Minha casa fica perto de tudo. Não tenho nem sequer um gato. Nada a fazer senão manter as luzes acesas, pegar a correspondência e lembrar o jardineiro de arrancar as ervas daninhas.

Essas dádivas inesperadas que surgem em seu caminho — melhor aceitá-las. A oferta do professor era o impulso de que Julia necessitava para fugir da situação torturante, absurda em que sua vida se transformara.

Ela não lhe contou a respeito de Lizzie, não conseguia falar de sua Lizzie, apenas uma versão abreviada sobre seu marido, Wade, que havia pirado, que a havia traído, que perdera o rumo, que estava tão longe de seu alcance que ela mal podia olhar para ele. O que mais a confundia era o quanto ele parecia tolo. Diante do que acontecera, foi assim que ele reagiu. Bem, Julia pensou, e eu reagi desaparecendo. Nós dois uma bagunça.

⁂

Em seus oitenta e poucos anos, Hugh (Hubert) vivia sozinho em uma casa parada no tempo, repleta de livros, bem próxima ao campus. Dois quartos de dormir trancados, de filhos que há muito tinham ido embora, ainda decorados com bandeirolas de vela náuticas de acampamentos e troféus de beisebol; um andar térreo de pé-direito alto, sofás do Velho Mundo em brocado verde, venezianas que deixam entrar escadas douradas de luz e somente três fotografias da mulher que perdera havia anos para a leucemia. Julia se perguntou se o vestido de casamento, de renda e gola alta, ainda estaria envolto em papel de seda no sótão. Hugh, na foto jovem e cheio de vida, contemplava sua noiva, obviamente louco por ela. Mais alta, ela olhava para frente, a cabeça lançada para trás, para algum futuro confiante. Um futuro confirmado diariamente por Hugh.

A casa era bem-arrumada, não era empoeirada como Julia temia, graças ao trabalho entusiástico de Belinda, que vinha duas vezes por semana e limpava furiosamente por três horas. Julia passava horas folheando seus livros e passando à leitura do próximo na estante. *Medeia*, aquela fúria certamente lhe parecia familiar. Os gregos antigos não sabiam tudo? Ela mergulhou em Jung e copiou em seu caderno de anotações sua ideia de que, quando uma mudança se faz necessária, alguém aparecerá do outro lado do abismo e oferecerá a mão. Ela leu *Broken Borders,* de Kit Raine, uma biografia da indomável Freya Stark. Viajando sozinha há muito tempo, quando nenhuma mulher e poucos homens se aventuravam em terras árabes, ela parecia mais corajosa do que qualquer super-herói hollywoodiano. As citações de Freya a faziam sonhar. *Quando Mehmet já havia nos dado o jantar na cabana de Elfin, subimos no pequeno barco e remamos pelo porto do sul sob a lua cheia. Três dos trezentos caíques de pesca de Budrum estavam lá ao nosso lado, as esponjas capturadas no dia espalhadas nas pedras talhadas do cais de Triopium. Os próprios barcos se agachavam, escuros, na sombra do promontório, seus marinheiros rudes e esfarrapados todos adormecidos. Um alheamento mágico, assombrado, se estendia sobre a cidade adormecida...*

Eu gostaria que meu jantar me fosse dado por Mehmet na cabana de Elfin, Julia sonhou, depois remar à noite, ver os raios de luar cortando como espadas sob a água, e muito abaixo antigas pedras de alicerces "corroídas pelo mar há mais de dois mil anos".

Desde a faculdade que ela não lia tanto. É por isso que estou aqui, pensou. Preciso de um ano sabático de leitura. Preciso de ideias novas, estímulo, possibilidades. Quando adormeceu no sofá, sonhou que estava remando, mas não saía do lugar. Olhou para baixo e viu a corrente da âncora enrolada em seu tornozelo.

Ela já esperava o rico tesouro de livros, mas a cozinha foi uma surpresa, modernizada durante o romance de Hugh aos setenta e poucos anos com uma mulher mais jovem que cozinhava. Ele dissera que o romance não durara — ela se apaixonou por um subchefe na Carolina Inn —, mas Julia estava agradecida por um fogão robusto e aquelas bancadas de granito que todos preferiam na época. Teria a namorada instigado o investimento em panelas e utensílios All-Clad que não estavam nem chamuscados nos fundos?

Julia trouxera com ela de Savannah uma caixa de livros de culinária da Mulberry Press e suas próprias facas, seu carro uma confusão de livros, suéteres, um envelope de fotografias, cartas e seu laptop atirados no banco traseiro. Ela ainda pode ouvir Wade gritando conforme ela tirava o carro da garagem de ré.

— Julia, volte aqui agora mesmo. Você não vai a lugar nenhum! — Ele segurava um pé-de-cabra, pego na mesa de ferramentas. Brandiu-o no ar. Não, certamente ele não iria feri-la, embora pudesse golpear o carro. Ele agarrava a barra de ferro com tanta força que as veias se incharam em todo o seu braço enquanto ela se lançava de ré no meio da rua. Savannah rapidamente ficou no espelho retrovisor. Ela atravessou metade da Carolina do Sul a toda velocidade. Agora, vivia cada dia com o alívio do vazio na alegre cidade universitária onde a vida continuou com sua invisível participação. Ela não abriu os e-mails nem respondeu aos telefonemas de Wade. Um dia, ela voltaria para pegar o resto de seus objetos queridos. Ela não se importava com a mobília ou mesmo com a casa, embora tivesse crescido lá, mas queria suas tigelas e travessas. E a porcelana de sua mãe, o resto das fotografias. A casa legalmente pertence a seu pai. Ele a entregou a ela e Wade pouco depois da morte da mãe de Julia. Ele sempre dizia que eles poderiam morar lá para sempre, depois passá-la a Lizzie. Lizzie, dona de uma majestosa peça do patrimônio de Savannah. Bizarro ao extremo.

⁓

ELA DESCARREGOU A PROFUSÃO DE PRODUTOS do mercado: um maço de ranúnculos e frésias, berinjelas e pimentões para rechear de mozzarella e tomates, enormes dentes de alho, o bom pão, ovos e uma gorda galinha para assar com limões. Ela vai cozinhar! Vai passar a manhã assando alho para sua maravilhosa e saborosa sopa, folheando seus livros de culinária para encontrar uma sobremesa inspiradora, arrumando a mesa com a prata de lei e a encantadora porcelana floral da falecida esposa.

As responsabilidades começam nos sonhos

— Susan! Isso é esquisito! Nós duas morando aqui há décadas sem jamais nos encontrarmos. E um dia depois que finalmente nos conhecemos, esbarramos uma com a outra. — Estão no A Southern Season. Susan curva-se sobre as nicotianas púrpuras e brancas e os buquês mistos de primavera na seção da florista enquanto Camille empurra seu carrinho com queijos para a caixa registradora, a fim de levar para o jantar de Julia.

— Sabe, provavelmente passamos uma pela outra dezenas de vezes. Acha que Julia iria gostar destas — Susan ergue um punhado de fragrantes nicotianas, tirando-as da água — ou uma dessas orquídeas? — Inclina a cabeça, avaliando.

Camille tinha visto placas da Ware Properties em muitas casas desde sempre e tinha uma vaga lembrança de ter conhecido o marido de Susan, Aaron Ware, em uma arrecadação de fundos política. Alto, bem-vestido. A imagem não vai além disso. Mas um terno memorável, de corte impecável, caimento perfeito. Talvez Susan o tenha comprado para ele. Ela não se lembra de ter visto Susan. Se tivesse, se lembraria de alguém com um estilo tão marcante. Camille admira o casaco cinzento de Susan, na altura dos quadris, estampado com medalhões pretos, urbano e um pouco severo, saia curta preta e sandálias de tiras e saltos altos.

— As delicadas combinam com Julia. Mas talvez uma orquídea durável possa ser melhor.

— Um pouco banal, mas elas são alegres. Eu sempre as toco para ver se são de verdade.

— Passei o dia todo esperando pelo jantar dela. — Camille não diz que o dia todo ela ficara ansiosa para ver suas novas amigas outra vez. Conversando na noite anterior na casa de Susan, apenas proseando, fora *divertido*. Ela não se divertia assim há... quanto tempo?

— Eu também. Até logo mais. — Susan sente-se empolgada com a perspectiva da noite que terão. As três, cada qual à beira de mudanças. E muito a saber umas das outras. Susan pressente a mágoa de Julia e que Camille ainda se sente traída injustamente pela morte do marido. Será mais fácil para mim?, ela se pergunta. Aaron se foi há três anos. Ela viveu em um vácuo por um ano, e então, certo dia, saiu de casa e um passarinho em um galho começou a cantar freneticamente, uma cantoria muito mais forte do que o minúsculo corpo sensatamente poderia produzir. Susan ouviu, fascinada, e depois disso a vida serenamente começou a ser retomada, não a vida que tivera antes, mas uma vida que ela iria continuar. Susan, então, administrou a companhia, mas vendeu o prédio e a firma no ano passado. Ela continua trabalhando para alguns poucos clientes. Nenhuma de suas meninas, Eva e Caroline, interessou-se em vender casas. Adotadas da China quando bebês, as meninas enfrentaram alguns desafios crescendo no Sul. Susan sempre fez questão que tivessem as melhores festas de aniversário, com pôneis e palhaços, usassem as roupas mais bonitas e frequentassem as melhores e mais exclusivas escolas particulares. Sua estratégia tornou-as invejáveis. Ainda assim, elas fugiram para a Califórnia para fazer faculdade, e desde então se lançaram com sucesso em suas carreiras de TI na multicultural Bay Area, onde se sentem menos estrangeiras.

Susan agora está à espera do próximo grande acontecimento. Embora saiba que as meninas vão se opor, ela está verdadeiramente considerando um pequeno ninho em Cornwallis Meadows. Ela se sentiria livre para viajar. Livre das dolorosas lembranças em cada centímetro quadrado. Casada com um dinâmico corretor de imóveis, ela também estava casada com alguma transação sempre pendente. A maior parte das viagens que de fato fizeram estava atrelada a algum negócio.

Haviam conseguido fazer algumas viagens de férias de avião com suas filhas, mas suas escapadas ocorriam principalmente em Figure Eight Island, onde Aaron vendera os primeiros terrenos às dúzias quando a ilha de barreira ao largo da costa da Carolina do Norte começou a se desenvolver. Ele conseguiu um lote na praia para si mesmo, onde construíram uma casa icônica com telhas Shingle cinza, com um longo alpendre. Originalmente planejada como um investimento de longo prazo, Castelo de Areia se tornou seu refúgio apenas a duas horas de casa. Podiam carregar o carro depois do trabalho e estar grelhando hambúrgueres à noite.

⁂

AARON, SEIS ANOS MAIS VELHO, começou a apresentar sinais de demência aos sessenta e cinco. Ele se esforçava para esconder lapsos de memória e de palavras. Eva e Caroline, em casa para as férias, insistiram: "Todo mundo esquece as coisas, você simplesmente armazenou mais nomes e fatos do que a maioria das pessoas, seu disco rígido está sobrecarregado." E "Papai, vou inscrevê-lo em um desses programas de desafio de palavras, KenKen e Lumosity. São divertidos e mantêm sua mente ágil".

Negação, negação, até que Susan começou a encontrar anotações e listas de que ele dependia. Ela foi ficando cada vez mais desesperada conforme o inteligente, brilhante Aaron fitava uma garrafa de leite ou uma cebola, tentando se lembrar de seu nome. Início precoce, disse o médico. Não contaram a ninguém. Diziam um ao outro: *A progressão disso é lenta, ainda restam muitos anos bons. Novos remédios vão ajudar.* E começou a tomar os remédios que o deixavam nauseado. Começou a engoli-los com umas duas doses de bourbon. Quem poderia culpá-lo? Tinha que tomar antidepressivos, caso contrário não suportava se levantar da cama. Contar para trás de sete em sete? Ele chorava. Antes, ele costumava somar números de três colunas mentalmente. Após dois anos complicados, eles reestruturaram a empresa de modo que ele pudesse se aposentar. A esmagadora depressão desapareceu quando ele se esqueceu de que estava sucumbindo à demência. Então, o golpe de misericórdia. O irmão mais novo de Aaron precisava de um transplante de medula e Aaron se ofereceu para ser o doador. O que tinha a perder? Ele tinha que se submeter a uma ressonância magnética para se habilitar. Um tumor assintomático apareceu em seu pâncreas, uma mancha do tamanho da cebola da qual Aaron não conseguia lembrar o nome.

Susan ficou perplexa: ele diminuía diariamente diante de seus olhos. Piedosamente, ele morreu depressa. Susan tinha sessenta e um anos, Aaron, sessenta e sete. Cedo demais. As meninas levaram Susan com ela para a Califórnia por três meses, e ela ia e vinha de seus apartamentos em Berkeley e Mill Valley, cega pela luminosidade ofuscante do Oceano Pacífico. Dentro da dor aguda alojada em sua caixa torácica, uma vela votiva ardia secretamente de triste alívio. O saudável Aaron poderia ter vivido muitos anos, descendo cada vez mais na terra de ninguém do Alzheimer, levando sua vida para dentro do poço com ele. Entre as muitas temerárias perspectivas de viver com um Aaron apagado, Susan tinha um recorrente horror de sexo se ele não tivesse a menor ideia de quem ela era. O sexo alguma vez era esquecido? Ela não quis saber.

Em casa outra vez, ela imediatamente doou todos os seus ternos de corretor de imóveis, todas as camisas sociais, roupas de golfe e de jogging para o abrigo dos sem-teto. Ela começou a trabalhar lá como voluntária dois dias por semana. Cuidava dos homens derrotados ou beligerantes que deixavam o abrigo durante o dia. Marcava consultas médicas, arranjava transporte e os registrava antes do toque de recolher. Às vezes, um deles usava um terno de Aaron, ainda com a vistosa aba de seda no bolso do peito.

⁓

S*usan colocou as flores* de primavera em seu carrinho. Deveria comprar as nicotianas para Julia também? Sorriu ao lembrar-se de Aaron debruçando-se sobre a mesa no sofisticado restaurante de Nova York, dizendo *Querida, por que não pedir a lagosta* e *o caranguejo?* Lembrou-se de algo mais que ele dissera; vai compartilhar esta noite para darem uma risada. Pegou as nicotianas, em seguida resolveu dirigir-se ao fundo da loja para uma garrafa de vinho de excelente qualidade.

༄

QUANDO CAMILLE ENTROU NA CASA de Julia e ouviu o nome Hubert Ganyon, lembrou-se bem dele. Ela adorava assistir como ouvinte a seu seminário sobre arte grega e romana quando começou a lecionar. Ela e Julia descobriram que estiveram no campus na mesma época, Julia como estudante, enquanto Camille, recém-casada e de posse de seu recém-obtido diploma de Master of Fine Arts — MFA, começava a ensinar História da Arte. Hugh posteriormente mudara-se para Princeton, mas conservara a casa para a sua aposentadoria.

— Ainda posso vê-lo na sala de aula, de pé ao lado do slide de Hermes, de Praxiteles. Ele ficou em absoluto silêncio diante de algo tão belo, apenas deixou a turma observar, absorver aquela forma perfeita. O professor Ganyon era, é claro, ele próprio jovem e bonito. Eu tinha uma queda por ele.

— Foi uma coincidência termos nos encontrado no café exatamente quando ele estava buscando uma pessoa para tomar conta da casa e eu, uma fuga rápida de Savannah.

Susan notou que Julia nunca mencionava seu marido, ela sempre dizia "deixei Savannah". Ele ainda estaria lá?

— E que coincidência! Nós três nos encontrarmos em um lugar improvável. Podíamos ter seguido caminhos diferentes e nunca termos nos encontrado.

༄

JULIA ABRIU AS LONGAS VENEZIANAS e acendeu velas nos peitoris. Uma luz cálida iluminou as lombadas de livros, as cores rosadas desbotadas das cortinas, os rostos das três mulheres: Julia, pálida e atenta, toda em seda castanho-acinzentada e cachos negros soltos; Camille, cada traço bem definido, e olhos azuis, intensos e absortos, as longas pernas dobradas sobre o sofá; Susan, juvenil e angulosa, pronta a rir, cheia de energia. Não demorou a se pronunciar.

— Isso é totalmente espontâneo, apenas me digam se estou maluca, nós nos conhecemos apenas há dois dias, mas eu adoraria que vocês duas viessem comigo no próximo fim de semana para Figure Eight. Nós... eu... tenho uma casa praticamente na água. A praia é larga e geralmente bem vazia nos fins de semana da primavera. Não sou uma grande cozinheira, mas posso preparar um bom café da manhã, até mesmo pãezinhos de presunto. Podemos caminhar, cozinhar ou ir a esse grande mercado de peixes, conversar sobre o que queremos que aconteça, não apenas o que pensamos que deveria acontecer.

— Ou o que outra pessoa acha que deveria acontecer. — Camille suspirou, pensando no sorrisinho sinistro da nora.

— Acabei de me lembrar de algo que Aaron disse certa vez, quando uma cliente queria que lhe mostrassem uma propriedade em um retiro de aposentados. Ele brincou com ela dizendo: "Quer adquirir um cruzeiro de luxo pelo rio Estige?" — Todas riram.

— Eu adoraria ir à sua casa de praia. Meu filho e a mulher dele, talvez principalmente a mulher, estão convencidos de que eu preciso "simplificar", como costumam dizer. Quando Charlie ligou para saber se eu gostara de Cornwallis Meadows, pareceu decepcionado por eu não ter caído de amores pelo lugar.

Uma pequena pressão crescia em sua cabeça. Ser mais velha, ser sozinha fazia com que as pessoas à sua volta quisessem ver você trilhar um caminho que imaginam que seja apropriado. Ela não se sentia nem um pouco obsoleta e não iria tolerar as intenções alheias, boas ou más.

— Bem, sem dúvida, Meadows iria simplificar enormemente a vida. — Julia abriu o Pinot Noir que Susan levara. — Lembram-se daqueles croissants? E o Chardonnay bem saboroso no almoço? Lembram-se do chalé Glória da Manhã?

— Também me lembro da deprimente poltrona reclinável naquele lugar escuro com pilhas de jornais por toda parte — Camille comentou. Sua posição começava a se solidificar.

Todas riram.

— Queremos simplificar? — Susan perguntou. — Essa é a questão. E se quisermos *mais* complicação? Por que esta pressão para simplificarmos agora? Eu realmente adorei a cozinha do Glória da Manhã. Mas não havia um cheiro esquisito lá?

— Eu com certeza prefiro um fim de semana na praia a tomar qualquer decisão agora. Levarei um grande guisado de carne. Este é o problema, Susan: simplificar. É o ponto crucial. Estou achando que para mim essa é a questão número um. Escapei de um grande caos em Savannah. Um dia calmo para mim parece um bom dia.

Julia afastou-se para a cozinha. Sentira-se atraída pela estável e monótona rotina do Meadows, embora ela fosse a mais jovem delas e pudesse iniciar qualquer vida complexa que quisesse.

À mesa de Julia, elas elogiaram sua sopa de alho, o frango ao limão, o purê de batatas e as vagens minúsculas com estragão e bacon esfarelado.

CAMILLE PASSOU A TRAVESSA do frango ao redor.

— Tive um sonho muito estranho ontem à noite. Veio do nada, como a maioria dos sonhos malucos. — Conforme ela descrevia o caixão e as imagens, teve um lampejo de compreensão. Talvez o sonho, na verdade, viesse de algum lugar. Estaria mesmo dormindo? — Depois que eu preguei as tábuas e fiz a caixa, vi uma palheta de cores brilhantes diante de mim, e do que eu me lembro agora é de como fiquei *feliz* em pintar desenhos por toda a caixa. A sequência deve ter durado horas. Quanto tempo demoram os sonhos? Todos eles são instantâneos? Não faço a menor ideia. Mas que tarefa funesta, construir meu próprio caixão. É negativo *demais*. Por que eu sonharia isso? Então, eu coloco a caixa em pé para colocar prateleiras. Uma atitude muito prática. Cobertores e lençóis, eu acho. Por quê? Ainda estou intrigada com tudo isso.

— Na turnê, você não disse que costumava pintar? Talvez fossem símbolos de pinturas que significassem alguma coisa para você — Julia disse —, mas a questão do caixão é um pouco assustadora.

— Estudei artes plásticas na faculdade, até obtive um MFA. Então, achei que seria pintora, mas eu me casei, tive um filho, tudo isso me desviou totalmente, e eu amava um ou dois cursos que fazia por semestre. Nós íamos a Nova York. Meus amigos artistas já estavam expondo. Eu voltava para casa sentindo-me enojada. Tudo parecia muito trivial. Uma galeria exibia rabiscos de blocos de anotações de hotéis, bonecos de Ken e Barbie com as roupas um do outro; uma galeria prestigiosa exibia uma sala cheia de pneus. Depois, em casa, estavam exibindo *kitsch*. Algumas paisagens boas, mas a maior parte era lixo. E a vida era, ah, ocupada. Eu estava feliz com a casa, os jantares, com tudo. Durante algum tempo, mantive uma pequena sala de pintura junto à garagem. Estive lá recentemente e encontrei duas caixas de materiais de pintura ressecados. Finalmente os joguei fora! A verdade é que eu segui outro caminho.

Silêncio. Então, Julia soltou um longo suspiro.

— Bem. Aí está, minha amiga. Obviamente, *obviamente,* a pintura é a grande mensagem desse sonho. E o caixão, você o aprontou para enterro por puro desespero, achando que a vida tivesse acabado, mas logo você está pintando como louca e colocando essa caixa em pé para *guardar* coisas, a obsessão da dona de casa!

— Muito bem, srta. Freud! — Mas Camille estava intrigada. — O que você sonhou?

— Eu estava em uma cabana na floresta e um urso enorme tentava arrombar a janela. Por alguma razão, eu sabia que o caixilho aguentaria uma força de cinquenta e seis quilos.

— Exatamente o seu peso — Susan arriscou. — Talvez você seja o urso e, no fundo, também você mesma. — Julia serviu uma salada verde leve com abacate e crocantes lâminas de pepino e rabanete. Susan continuou: — Enquanto vocês estavam lutando com grandes forças, eu estava mergulhando em uma enorme piscina e dando cambalhotas embaixo da água. Sempre que estava prestes a explodir, eu subia à tona para profundos tragos de ar.

— Gosto disto: liberdade e liberação — Camille observou.

— Quem disse que cada parte do sonho é você mesma, como se quando você sonha com uma casa, você é todos os cômodos?

— Isso parece irremediavelmente egoísta. Eu, eu, eu.
— Não foi Jung? — Julia fizera algumas anotações a respeito.
E a noite continuou. Camille e Susan compartilharam suas histórias, mas não Julia. O suflê de limão foi devorado e a garrafa de vinho, esvaziada até a última gota.

Enquanto Julia tirava a mesa depois que as duas se retiraram, ela aumentou a música. Etta James cantando "At Last" encheu a cozinha e, pela porta aberta, até mesmo o quintal onde as pererecas da primavera pareciam acompanhar o ritmo, guinchando na noite. *My love has come along.* Sem chance, Julia pensou. Ela cantou também, a voz trêmula, mas plena de *vibrato*.

Musa

SERIA UMA PENA ABANDONAR MARGARET, COMO COLIN sugere. (Por que ele vem com essa ideia? Porque ela o deixa nervoso. Porque ela o encarava. Porque ela ridicularizava os outros, de modo que ele sabia que ela nos ridicularizava? Porque ela ia contra qualquer ideia aceita.) Se eu realmente rasgasse suas páginas, ela se transformaria em pedacinhos de esquecimento, ela que era tão vívida. Ela que era determinada. Ainda, droga, ela que me deixara o dinheiro para ter esta liberdade de escrever, exatamente quando eu estava prestes a retornar aos Estados Unidos para um emprego de professora. Eu teria mantido a casa, graças ao que restava dos prêmios de poesia e de minha herança. Eu poderia alugá-la a amigos e colegas de trabalho, ainda passando os verões aqui. Não gosto de alguém dormindo em minha cama. Um problema de Primeiro Mundo, eu sei, mas a vida criativa de uma pessoa é importante também, e abrir mão de dois terços de minha vida por ano iria desencorajar o espírito. Já dei aulas antes. É gratificante às vezes, mas você entra na sala de aula, abre a torneira de prata na garganta e o sangue da vitalidade jorra em volta de nossos pés. Como por mágica, os alunos não percebem.

Por enquanto, Margaret fica.

"Que tipo de nome é esse, srta. Kit Raines." Essas foram as primeiras palavras que Margaret me dirigiu.

Logo depois de eu ter comprado minha arruinada casa na Toscana em 2003, fui convidada a jantar no apartamento de duas mulheres gregas expatriadas, ambas tradutoras, elegantes de uma forma vintage e dadas a citar poesia, o que me fez gostar delas imediatamente. Nós nos conhecemos quando elas se apresentaram na fila da barraca de *porchetta*.

As mulheres gregas, Ritsa e Vasiliki, viviam em um apartamento em um vasto *palazzo*. As paredes e o teto da sala de jantar eram cobertos de afrescos da época da invasão napoleônica. Um pouco descoladas — a mesa formal tinha uma fileira de velas enfiadas em garrafas de vinho, um toque de taverna. Tudo estava arrumado no aparador e nós mesmas nos servimos. Um substancial ensopado de legumes e costeletas de carneiro. Saladas frias com feta e outros queijos, e montes de frutas. Era uma noite quente. Um patético ventiladorzinho soprava um arremedo de brisa. Fui apresentada aos outros convidados: escritores (Oh, meu Deus, Muriel Spark e seu parceiro); William Weaver, o tradutor; um escritor de não ficção cujo nome não entendi; um jornalista de Turim; e Riccardo, agora meu amigo e o único que restava que conheceu Margaret. De repente, percebi que uma colônia de escritores vivia naquelas colinas que eu pensei ter descoberto.

Uma das convidadas era Margaret Merrill, uma escritora que, havia muito tempo, eu admirava. Ela se mudara para San Rocco há cerca de vinte anos, depois de viver durante anos na Sicília e em Roma. Eu sabia que ela estava nas vizinhanças e me perguntava se a conheceria algum dia.

Eu estava impressionada com a companhia, interessada nas gregas sáficas e atraída por Margaret Merrill, que escrevia sobre situações políticas intrincadas, as vidas tumultuadas dos trabalhadores, mulheres de negros, crianças, e sobre a infiltração insidiosa da máfia na vida diária. Eu havia lido apenas um de seus livros políticos, *In the Cold Shadow*. O que esses tipos de livros informativos, investigativos custam ao escritor! São publicados, causam um rebuliço ou não, e inevitavelmente caem em um abismo. Mas sua ficção luminosa me ofuscava. Certamente uma escritora original, ela me fazia lembrar

Marguerite Duras, Djuna Barnes, Jean Rhys. Aquele estilo elíptico, conciso. O poder da sugestão.

Ali estava ela, comendo delicadamente, bebericando seu vinho, a mulher que escolheu viver na inóspita ilha da Sicília, conduzindo a caneta página por página, registrando a tenacidade, o humor e a astúcia dos mais pobres. Quando li *Labranda*, o romance que germinou do arruinado sul do pós-guerra, soube que era um daqueles livros abençoados que eu iria reler, ensinar com ele (quando necessário) e passar aos amigos. Nele, ela escreveu sobre um caso de amor que jamais poderia dar certo (algo a ver com homem casado), mas entremeou o romance com as histórias de três famílias. Suas vidas eram miseráveis e árduas, sua humanidade resplandecente e inquebrantável. Ela denunciou a questão do incesto, quase uma norma. Meninas eram presas fáceis de pais e tios. Margaret escreveu sem piedade, brutalmente, sobre o vaivém do caso de amor predestinado, bem como das vidas fatídicas. Eu lancei meu olhar sobre ela como uma grande águia olhando fixamente do alto de seu ninho na montanha. Atingiu-me com a mesma força de *Let Us Now Praise Famous Men*, de James Agee, um livro com que se parece em sua penetração do tempo e do espaço. Suas fotografias combinavam com sua prosa — reservada e austera. Pensando nisso, ela deve ter sido influenciada por Agee. Devo perguntar a ela?

Sempre associarei a cor azul a Margaret. Ela está usando uma blusa de *voile* translúcida com um medalhão azul do olho grego no pescoço. Ela tem o olhar fixo e direto que eu associo às palavras *intelecto de aço*. Quando ela era jovem, aquelas pálpebras veladas deviam ser consideradas ardentes. Agora se pareciam um pouco a olhos de tartaruga. Arrisquei-me:

— Eu estava pensando, você é influenciada por James Agee?

— Certamente espero que não — ela retruca. Eu estaria vendo o esboço de um sorriso? — Ele é um pouco sincero demais para mim. — O modo como disse "sincero" quase escorreu de sua boca. Ela se volta rapidamente para o famoso tradutor ao seu lado. *Droga*. Aperto os olhos e, com um esgar, abaixo a cabeça para a minha salada.

Quando o *gelato* de pistache é servido, já há uma dúzia de garrafas de vinho vazias na mesa. Participo como posso, mas esse é um grupo animado de velhos amigos, quase como uma reunião de família. (Eu sempre era escolhida para brincar de Red Rover, Red Rover, por minha habilidade de irromper pelos braços entrelaçados.) Juntos, eles começaram a migrar de Roma durante os anos de terrorismo das Brigadas Vermelhas e nos anos do auge da Máfia, e continuaram até a década de 1980. Estabeleceram-se em casas abandonadas e apartamentos de *palazzos* que adquiriam por uma ninharia e os restauravam. As gregas não fizeram grandes reformas; poeira do reboco do teto se espalhava sobre a mesa.

Margaret fala de suas viagens de pesquisa à Bulgária e à Rússia. Ela foi seguida, seu quarto foi vasculhado, um homem misterioso no trem da meia-noite para Bucareste. Uma mulher cujo nome eu não entendi fala de uma disputa familiar sobre a publicação da correspondência de seu avô com Winston Churchill. Ah, esses papéis deixados para trás. Transformam-se em granadas. (Nota para mim mesma: queime todos os diários antes que o *rigor mortis* se estabeleça.)

Quando o grupo se desfaz, Margaret pergunta sobre meu nome.

— Bem, é Catherine, é claro. Catherine sempre foi minha avó, então me tornei Kit.

Impulsivamente, eu a convido para jantar no domingo. Impulsivamente. Eu não tenho nenhuma mobília e a louça é pouca, a cozinha é rudimentar, com alguns tachos e panelas. Mas tenho a prataria de minha mãe.

꩜

ESCOLHO UMA TOALHA de xadrez azul no mercado para cobrir a mesa de mármore manchada que os proprietários anteriores abandonaram no jardim. Vamos torcer para que o chão permaneça seco, de modo que a mesa não afunde. Melhor manter tudo simples: crepes de espinafre (comprados na cidade), peito de frango enrolado com *prosciutto*, aspargos assados e frutas.

Coberta e com um arranjo de flores, a mesa parece bem convidativa. Qualquer coisa pareceria, na verdade, sob uma pérgula carregada de jasmins. Margaret, fico sabendo, restaurou completamente uma torre em ruínas ligada a uma pequena casa de pedra. Seu local de trabalho, onde ela escreve, no topo da torre de vigia medieval, lhe permite uma visão de trezentos e sessenta graus da paisagem toscana. Desde seus primeiros anos na Itália, trabalhou para a American Renewal Foundation no pós-guerra na Sicília, onde supervisionava uma equipe de professores, e acabou dirigindo a reconstrução de escolas bombardeadas (o pós-guerra demorou muito tempo no sul), ela possui sólidos conhecimentos técnicos de estruturas bem como das fraquezas e hábitos dos trabalhadores. Ela era seu próprio empreiteiro. Minha inocência (ignorância) deve ser alarmante para ela. Margaret hesita ligeiramente antes de falar, como se devesse reconsiderar o que está prestes a dizer. Mas em seguida ela deslancha. Imediatamente, ela começa a corrigir meu italiano.

— Por favor, não deve dizer *G-O-vannie*. Diga *Jo-vannie*. Ênfase em *vannie*. — Ela faz você sentir que está sendo observada. Julgada? Provavelmente. Mas sei que gosta de mim. Sempre se lê sobre um brilho de olhos, mas ela é a primeira pessoa que conheci que o possui. Ela toma emprestadas cópias de meus poemas.

༄

UM LONGO JANTAR sob os jasmins. Margaret soprando anéis de fumaça para a lua, eu escorando a mesa com meu joelho para impedir que ela afunde. Ela começa a cantar "Blue Moon" com uma voz deprimida. Eu permaneço imóvel. Ela vai a algum lugar. Onde? Fico intrigada. Ela é uma escritora como eu, solteira. País estrangeiro. Meu futuro? Bem, meu futuro não inclui a CIA ou qualquer que seja o serviço secreto da Itália, como se sussurra a respeito dela. Desde o início, lavando a louça depois que ela foi embora, sei que minha tristeza sobre o destino de minha mãe sobreveio na presença de Margaret. Mãe Musa.

༄

ONDE ESTARÁ COLIN a essa altura? Ele está flutuando no éter onde não nos conhecemos. Ainda faltam dois anos até que ele faça as malas para Florença, onde sua firma de arquitetura londrina contratou um extenso projeto de restauração. Enquanto aterrissa lá, meu avião chega de casa, onde eu finalmente resolvi o destino da propriedade de minha mãe. Colin e eu pegamos o mesmo ônibus para a cidade, e nossos futuros se realinham.

MARGARET SE RECUSA A incorrer na narrativa direta que eu pretendo. Oh, sou eu. Um pouco fora do meu alcance está um link. E haverá uma conexão para encontrar as três mulheres que pousaram nos galhos próximos? Eu espero que ela continue a ser essencialmente Margaret. Para si mesma.

Castelo de Areia

— Inacreditável! Susan, isto é espetacular! — Julia deslizou a enorme panela de *boeuf bourguignon* pelo balcão da cozinha. Camille estava às voltas com sua mala de rodinhas e uma sacola de verduras. Susan largou as sacolas do mercado na porta e começou a abrir venezianas, deixando entrar a luz branca da primavera e o cheiro pungente de maresia. A cozinha, aberta à sala de jantar e a grandes aposentos, tinha vistas arrebatadoras de dunas, praia e mar.

— É sempre um grande, grande *alívio* estar aqui — ela disse. — Adoro este lugar. Toda a minha família adora. Adorava. — Ela abriu portas duplas que davam para uma varanda com cadeiras de balanço. O barulho da arrebentação das ondas encheu o aposento. Archie, que dormira durante todo o trajeto para a costa, começou a latir.

— Sempre parece impossível que alguém possa se sentir infeliz onde as marés o embalam para dormir, e você abre os olhos de manhã e vê aquele nascer do sol púrpura sobre o oceano. Incrível... acontece todos os dias!

༄

Fizeram uma nova viagem ao carro de Susan, resgatando a panela de sopa de legumes de Julia, que só derramou um pouco no porta-malas, várias sacolas de praia, o bolo de limão que Camille havia feito e a caixa especial de chás e café em grãos de Susan. Camille não ficou surpresa com o líquido derramado. Susan ultrapassava dois ou três carros de uma vez, dando uma guinada de volta para o seu lado da pista quando um carro surgia em sua direção. Camille também vira Julia lançando um olhar ao velocímetro conforme ele oscilava em torno de cento e quarenta quilômetros por hora.

— Não há radares por aqui? — Camille finalmente perguntou. Ficou imaginando se Susan não teria uma tendência incauta.

— Conheço esta estrada como a palma da minha mão. Os tiras só aparecem aqui aos domingos.

— Não conheço a linha da vida em sua mão, espero que não seja curta — Julia brincou.

— Está bem! Minhas meninas sempre implicaram comigo. — Susan entendeu o recado e reduziu a velocidade para cento e vinte.

— Nós não vamos passar fome, não é? — Julia limpou o carpete do porta-malas com toalhas de papel. Haviam parado na Harris Teeter para comprar caranguejos, vinho e queijos.

Depois de instalar Julia e Camille em seus aposentos — quartos de Eva e de Caroline — apenas a alguns passos da areia, Susan propôs uma longa caminhada pela praia, almoço e descanso. Sexta-feira, sábado e domingo. Três dias. Susan tinha uma ideia maluca que queria propor. Também planejava cuidar do escritório de Aaron e do depósito, caso se sentisse motivada. Achava que poderia ser rápida com os dois armários de arquivos repletos de recibos amarelados para conserto de máquina de lavar roupa, recolhimento de lixo e pavimentação do caminho de entrada da garagem. Mais trabalhoso: prateleiras de armários cheias de boias infláveis esvaziadas e edredons mofados. Algum dia ela poderia vender Sand Castle? Eva e Caroline quase nunca a visitam e, quando o fazem, ficam apenas por um longo fim de semana. Seu irmão mais novo, Mike, às vezes traz a família para passar uma semana no verão. Às vezes, sua prima Mary e seu companheiro vêm de Atlanta. Teria a vida se esvaído do lugar? De vez em quando, Susan dirige até lá e passa alguns dias sozinha. Archie persegue gaivotas e corre como um louco pela praia. É preciso dar banho nele depois de cada saída; caso contrário, seu pelo fica duro de sal.

Há um ano, ela trouxe o magricela Willis Sherman, cuja casa ela vendeu quando ele se divorciou, a Castelo de Areia para passar o fim de semana da Páscoa. Sua mulher, aos sessenta e cinco anos, um belo dia o deixou pelo dono da empresa de manutenção do jardim. A mulher, Willis contou a Susan, disse que fora bastante feliz com ele, até o dia em que o encarregado do jardim a fez rir. Tomaram um café, depois outro, e logo ela estava entrando com o pedido do que alegremente chamava de "divórcio de prata". Willis não ficou mortalmente ferido. Depois de fechar a venda da casa, ele começou a convidar Susan para jantar. Ela gostava de sua amável companhia, suas berrantes gravatas-borboleta e os lábios finos e apertados que evidenciavam sua autossuficiência, o que aparentemente deixava sua mulher enlouquecida. Tudo bem para Susan. Ela não queria nenhum apêndice permanente. Sair com ele era uma distração e, então, ela o levara ali, se perguntando se gostaria de conhecê-lo melhor.

Se havia considerado a ideia de dormir com ele, ela viu assim que atravessou a porta que nada do tipo iria acontecer. Ele parecia um intruso estranho e agigantado em seu santuário. Seu nariz afilado e pontiagudo o fazia parecer um pelicano gigante. Ele pegou as conchas da família no grande vaso de vidro e ela teve que se conter para não gritar: *Não toque nisso!*

Ela lhe mostrou o quarto de hóspedes no fundo, não querendo que ele ficasse nos quartos das meninas. Ele era boa pessoa. Tiveram um fim de semana tranquilo jogando Scrabble e vendo filmes. Ela fez vista grossa a seus shorts folgados e sandálias feias que revelavam unhas dos pés amareladas e curvas como presas. Ele gostou do cachorro e das caminhadas pela praia. Por fim, preparou uma deliciosa margarita. Ela nunca mais atendeu quando seu nome surgia em seu telefone.

○

Agora, Castelo de Areia parece desabitada. Camille a cumprimenta por sua enorme sala branca e azul com suas poltronas e cadeiras com estampa *ikat*, tapete de sisal e mesinha de centro octogonal empilhada com guias de viagem e revistas de moda. Julia adora a longa mesa de cavaletes e a cozinha lustrosa sem nada nas bancadas. Susan vê através dos olhos delas o quanto a casa ainda é revigorante e convidativa, não apenas um repositório de lembranças.

❦

...
    Julia desfaz sua pequena bagagem e, pela primeira vez em três dias, verifica suas mensagens. Automaticamente, exclui algumas de Wade, apenas duas desta vez, sem abri-las. Seus amigos tentaram entrar em contato com ela durante o primeiro mês, depois de sua fuga da cidade, mas ela nunca respondeu a suas mensagens e finalmente eles pararam de escrever, exceto por um ocasional *espero vê-la em breve*. Ela era um escândalo, mas não se importava. Irá procurá-los depois, diz a si mesma. Uma mensagem de seu pai. Somente ele conhece toda a história. E está confortavelmente acomodado em seu condomínio envidraçado sobre o rio Savannah. O texto de sua mensagem apenas um breve *Saudades*.
    Mas ali está uma mensagem de Alison, sua vizinha ao lado. Talvez haja alguma coisa sobre Lizzie, que sempre adorara a coleção de animais de estimação de Alison. A cozinha de Alison cheirava a geleia de laranja e bolo de especiarias. Ela lê rapidamente: *Querida Julia, estou sentindo sua falta hoje. Acabamos de comprar um novo cachorro — uma mistura peluda e desgrenhada — que adora babar e pular em você. Estou dizendo isso, minha amiga, porque não sei o que dizer. Deus sabe que você teve razões para ir embora. Tenho certeza de que sabe que as pessoas sabiam quem ele é. Wade parece envergonhado e infeliz. Aposto que espera que ele esteja mesmo! Posso compreender que você queira cortar ligação com tudo. Só espero que não seja para sempre, com ou sem Wade. Gostaria de ter algo bom a lhe contar, mas não vi sinal de vida em sua casa, a não ser pelas idas e vindas de W. Saudades, Alison.*
    Excluir.
    Ela sente falta de seu pai. Aos oitenta e seis anos, ele adora cozinhar, joga tênis e coleciona duas coisas: molhos de pimentas e pinturas de

barcos. *Papai*, ela escreve, *estou em uma praia da CN com duas novas amigas. É fantástico! Conversamos na semana que vem. Abraços.*

Se eu conseguir reunir coragem, ela pensa, contarei a Susan e Camille.

♾

ARCHIE PARTE EM DISPARADA assim que Susan atravessa a porta. O mais rápido que suas pernas podem levá-lo, ele corre em direção às ondas, entra na água e cai, rola na areia, sacode-se, em seguida foge em disparada e late para os maçaricos. Atordoadamente exultante, ele dispara e corre de volta, latindo nos seus calcanhares. *O que há com você, por que não está espadanando na água?*

As três mulheres caminham até a ponta da ilha, onde quatro casas estão escoradas com sacos de areia contra a erosão.

— Isso deve doer — Camille diz —, seu investimento indo pelo ralo. Quem compraria estas perigosas mansões?

— É realmente triste. Trechos da praia estão desaparecendo, tragados pelo mar. Muitas pessoas estão plantando grama, trazendo grandes blocos de pedra, erguendo estas cercas frágeis para reter a areia, mas ainda assim a ilha continua se esvaindo todos os anos. Temos sorte de nossa casa ficar em uma ligeira elevação. Considerei a possibilidade de vender Castelo de Areia, não por causa do nível da água. Estamos a salvo por cinquenta anos! É só que... não é mais o lugar revigorante que costumava ser para mim. Adoro estar aqui com vocês, mas geralmente venho sozinha. Como um monte de sorvete diretamente da embalagem e assisto a estúpidos programas de TV. Jardinagem na areia não é divertido. Eu realmente ainda adoro as longas caminhadas. A paz.

Naqueles fins de semana solitários, ela às vezes sentia que a casa estava respirando e ela, não. A casa abrigava todo o passado enquanto ela estava desaparecendo em um futuro nebuloso.

— Tem muito tempo para decidir — comenta Camille.

— Sim, nós a reanimaremos com você, é só nos convidar. — Julia ri. A praia larga, vazia — uma bênção e uma dádiva. Ela mesma tem vontade de mergulhar na arrebentação, e o faria se não estivesse fazendo quinze graus e não houvesse uma brisa cortante se aproximando.

Susan continua:

— Ótimo! Realmente, não posso imaginar ficar sem ela. A casa faz parte do mapa interior *de mim mesma*. Se eu a apagasse, ficaria uma grande lacuna.

— Se você precisar, é uma coisa; mas se não... — Camille deixa a voz desaparecer.

— Vocês sabem que eu vendi a empresa e Aaron foi suficientemente inteligente para fazer um seguro de vida bastante polpudo. Não que jamais tivéssemos economizado muito. Gastávamos muito, mas tive sorte de ele ter sido tão responsável. Se eu abrisse mão desta casa, poderia dar às meninas o suficiente para comprarem dois apartamentos pequenos na Califórnia, onde tudo custa os olhos da cara. Vocês não imaginam o aluguel que elas pagam por espremidos apartamentos de um quarto.

Ela não conta que acordou cedo hoje de manhã pensando em enfiar uma placa "Ware Properties à Venda" ao lado da caixa de correio de Castelo de Areia. Naquele estado semidesperto, ela alegremente fincou a estaca na areia porque achou por um instante que houvesse outro lugar para onde realmente quisesse ir, embora não soubesse exatamente *onde*.

Quando voltam, de frente para o vento, nuvens turbulentas cruzam o céu. Elas apressam o passo. Quando chegam a Castelo de Areia, gotas frias de chuva começam a se espatifar em suas cabeças. Julia não consegue se lembrar de onde deixou suas sandálias e então avista Archie no corredor, mastigando as delicadas tiras.

∽

SUSAN LIGA A LAREIRA a gás para expulsar a friagem do enorme aposento. Não sendo chegada a carregar lenha, ela a mandou instalar depois da morte de Aaron. Julia seca com uma toalha seus cabelos finos e ondulados, ajeitando os cachos. Susan traz para a lareira um bule de chá de bergamota e um prato com fatias do bolo de limão de Camille. Os cabelos mais compridos de Camille caem em mechas desgrenhadas, mas o corte curto de Susan parece mais arrumado, liso e penteado.

— Quarenta e cinco minutos — Julia diz, adicionando batatas e cenouras à carne, de modo que estejam prontas quando ela retirar seu substancioso guisado do forno.

Todas vestem seus suéteres. Uma chuva de vento açoita as janelas. Ao longe, no mar, raios como galhos de prata cortam o céu em ziguezague e perfuram a água.

— Obrigada por nos proporcionar este evento dramático — Julia diz com um sorriso. Os trovões estrondeiam pela casa até os alicerces.

Susan joga uma manta fofa como uma nuvem para Julia.

— Está congelando?

— Chuva na praia sempre parece gelar os ossos. — Ela passa o prato de bolo e ninguém recusa ou faz qualquer observação sobre já estar quase na hora de jantar. À luz da lâmpada nas estantes, a enorme janela refletindo as mulheres ao redor do fogo, Camille se deleita. Pela primeira vez em um ano, ela não sente que iria sair flutuando se não estivesse amarrada. Ela nota o repentino e misterioso lampejo no teto quando sua aliança de casamento cintila. Durante muito tempo, tem buscado sinais da presença de Charles. Tolice, ela sabe.

Julia se enrola em um cobertor de lã. Beberica lentamente o chá de Susan, com seu leve traço de laranja-amarga.

— Acho que este é o primeiro momento em que não sinto nenhuma tensão sobre os ombros desde que saí correndo de Savannah. — Abre um largo sorriso. Esta felicidade fácil a anima, iluminando seus olhos azul-escuros que sempre parecem ligeiramente surpresos.

— Você está linda neste momento — Susan diz. — Seus olhos são da cor do anel de lápis-lazúli que minha mãe usava, a mesma profundidade de azul.

— Oh, obrigada! Acho que todas nós nos sentimos um pouco redimidas pelo dia de hoje. Estou feliz de estar aqui com vocês duas. — Julia coloca sua xícara na mesinha. Repentinamente encorajada, ela diz:

— Não sei se estamos prontas para isso. Vocês duas foram muito francas, e eu sei que não fui. Gostaria de tentar lhes contar o que vem acontecendo comigo.

— Ei, não se preocupe. Você não tem *nenhuma* obrigação de remexer no passado por nossa causa! — Camille adora que Archie tenha pulado sobre seus pés e começado a cochilar.

Os trovões ressoam pela casa.

— Santo Deus, se continuar fazendo tudo tremer assim vai tirar as obturações dos nossos dentes! — Susan grita.

Camille não tem certeza de que quer ouvir a história de Julia. Pressente que não será nada bonita, e ela está desfrutando essa trégua da torturante dor do luto.

Mas Julia continua:

— É difícil. Difícil. Mas eu realmente gostaria de dizer algumas coisas. Não para sobrecarregá-las; minha saga pode detonar nosso fim de semana. — Julia sorriu. — Sei que vai parecer truncado, mas eu quase senti inveja de vocês. Seus maridos morreram. Terrível dizer isso! Mas, nestes meses em que estou em Chapel Hill, tenho desejado muitas vezes que o meu tivesse morrido também. Ah, meu Deus, tudo seria tão descomplicado. Eu seria deixada em um espaço livre, ao menos livre dele.

A boca de Susan fica ligeiramente aberta. Camille dobra os lábios para dentro, como costuma fazer quando fica sem fala, mas nenhuma das duas diz nada.

Julia solta um longo suspiro sibilante.

— Será que posso fazer isso?

— Julia, não, não se preocupe. Apenas se você quiser! Estamos nos divertindo e ninguém acha que precisamos apressar as coisas, certo, Susan? — Camille serve mais chá.

Susan traz três copos e uma garrafa de seu habitual Sauvignon.

— Para o inferno com o chá! Eu, por mim, adoraria ouvir toda a história, Julia. Você sempre parece transtornada, desculpe-me... tão distraída e adorável. Eu gostaria de conhecer sua história agora mesmo. Talvez possa realmente ajudar.

Então, Camille pensa, Susan é daquelas que vão direto ao ponto. Não tinha certeza se gostava disso.

～

Elas são três à luz do fogo da lareira, a tempestade amainando, o *boeuf bourguignon* fervendo lentamente no forno. Mais tarde, Susan preparará a salada e Camille, um prato de queijos. Susan pôs a mesa com seu jogo americano de conchas e os generosos copos de vinho de Aaron, apropriados para sentir o aroma da bebida.

E agora, o fogo, o vinho, a voz hesitante de Julia e a tempestade se afastando.

— Talvez a primeira coisa a dizer seja que tenho uma filha, Lizzie.

— Onde ela está? — Susan perguntou, pensando nas suas doces meninas, ambas longe, na Califórnia.

— Bem, este é o grande horror. Não sei no momento, acho que em San Francisco. Ela é viciada em, bem... cocaína e medicamentos prescritos, sem dúvida, e, provavelmente, heroína, outra vez... a pior. Deixe-me retroceder um pouco. Meu marido é Wade, Wade Tyler. Está em Savannah. Ah, eu nunca mudei o nome. Mantive meu nome, Hadley. Isso se tornou um problema mais tarde, mas, no começo, Wade não se importou. Mais tarde, ele disse que parte de mim nunca se casou. E ainda estou pensando nisso.

Tanto Susan quanto Camille franziram o cenho; em seguida, sorriram encorajadoramente, sem saber o que esperar em seguida.

— De volta a Lizzie. Tivemos esse terrível incidente no outono passado. "Overdose de opioides", dizia o prontuário médico. São ópios, como os que o dentista usa quando arranca dentes do siso. Você se sente bem e abobalhada.

— Ah, sim — Camille observa. — Gostei do Percocet depois da minha cirurgia de joelho.

— Quando você é viciada, é outra história. Seus medicamentos eram oxicodona e alprazolam. Ela engoliu um vidro inteiro. Suas colegas de quarto, igualmente viciadas como sempre são, a levaram para a emergência do hospital. Ela sobreviveu.

— Voltando ao começo: Lizzie começou com as drogas quando estava no colégio. Dizem que maconha não é um portão para outras drogas, mas para ela foi. Ela me contou certa vez que se viciou imediatamente. Uma festa regada a bebidas e maconha, e ela diz *É isso que eu quero para mim.*

"Detesto falar dela desse jeito, vocês só vão conhecê-la como uma drogada patética. Quando pequena, ela era inteligente e curiosa. Uma florzinha que adorava argila, livros e cavalos alinhados no peitoril da janela. Tínhamos a melhor das vidas. De qualquer modo, disso eu nunca vou me esquecer. Tenho quinze anos de puro ouro em uma caixa de joias na minha cabeça. Wade é um escolhido. Se eu acreditasse em Deus, diria que é abençoado. Cada parte dele é bela, até a ponta dos pés. Eu fui a garota mais sortuda de Savannah, acreditem. Um marido sexy, essa garotinha esperta que gostava de roupas de princesa e quebra-cabeças do mundo. Agora eu nem sei se ainda a amo. Acho que não. Adoro quem ela era antes de se tornar quem se tornou, esse monstro inflado da minha adorável filhinha.

"Mas ainda posso vislumbrar a Lizzie que está sempre lá. Quando saímos para caminhar hoje, pensei nela no St. Simons, aonde costumávamos ir no verão. Ela adorava surfe de peito, 'pegar jacaré'. Encontrar bolachas-do-mar. Adorável. Nós sempre nos divertíamos muito com ela."

Camille se remexe embaixo de sua coberta e Archie pula para o chão. Ela se inclina para Julia. Susan coloca a mão no pé de Julia.

— Ah, querida.

— Avançar a gravação, depois dos anos felizes na caixa de joias para o florescente vício de Lizzie. Podem imaginar como debatemos sobre o que poderia tê-la feito resvalar para as drogas. Há pouca coisa à qual atribuir isso. Wade abriu a porta do quarto dela quando voltamos mais cedo certa noite e a encontramos seminua com o namorado. Lizzie tinha quinze anos. Wade teve um chilique e ameaçou o pobre garoto magricela que tentava entrar em sua cueca. Eu estava nas escadas, sem acreditar que aquele adolescente estava passando correndo por mim segurando a calça e chorando, e Wade berrando "Seu filho da mãe!".

Susan e Camille não conseguem deixar de rir e, então, Julia também ri.

— Wade sacudiu Lizzie pelos ombros, gritando "Que vergonha" e "Indecente". Ele viu o cachimbo e a chamou de idiota. Lizzie não falou com ele por uma semana. Esse tipo de coisa. Nada de mais. Geralmente. E não ficamos muito preocupados. Muita gente experimenta maconha, cresce e segue em frente. Eu sabia que éramos bons pais. Ela era adorada. Esqueci-me de dizer, meu pai é meu esteio. Ele mimava Lizzie, como minha mãe, que morreu quando Lizzie tinha oito anos. Ele sempre foi generoso com Lizzie. Obviamente, agora nós o fizemos parar de lhe dar dinheiro de aniversário e de Natal. Paramos há muito tempo. Wade ficou farto de ver seu dinheiro ganho com tanto suor servir para financiar a autodestruição de Lizzie. Mas depois nos sentíamos culpados, pensando no seu aluguel, no seguro de seu carro. Ela ligava, desesperada. Cedemos muitas vezes. Vou lhes dizer, é uma situação em que todos perdem. No final do colégio, ela começou a ficar fora até muito tarde, sempre rabugenta e mal-humorada. Achamos que era apenas uma fase. Último ano, uma trégua: ela passou sem problemas pelos exames nacionais, se saiu bem no colégio e achamos que estava bem. Depois, em seu primeiro ano de faculdade, em Emory, ela disse que queria ser médica, quando veio para casa para as festas de fim de ano, achei que tinha uma aparência estranha. Sua pele fresca, aveludada, ficara pálida. Até mesmo o branco dos olhos parecia embaçado, amarelado como uma casca de ovo, sem nenhum brilho. Sugeri um almoço só de mulheres, hora marcada no cabelereiro, sair para comprar presentes. Ela não queria ir, mas aceitou de má vontade. Lembro-me, estávamos fazendo as unhas uma ao lado da outra e eu olhei para ela: pegajosa, cabelos desgrenhados, olheiras, um olhar apático, não tentava sequer conversar com a simpática manicure vietnamita, e eu pensei, se ela não fosse minha filha, eu acharia que é uma viciada. Instinto? Aquilo simplesmente me ocorreu. Conversei com Wade e ele concordou que ela parecia alheia e alienada. Ela não quis fazer correntes de pipoca para a árvore ou ajudar a decorá-la. Fiquei preocupada que ela estivesse debilitada ou pegando um resfriado, porque estava sempre fungando.

Não comeu nada dos almoços de Natal que costumava adorar. Nem sequer comprou presentes para ninguém.

"Na noite de Natal, estávamos prontos para ir à casa de meu pai para jantar. Ela havia deixado o casaco e a bolsa no andar de baixo. Enquanto ela estava no chuveiro, eu a abri. Pílulas, saquinhos de maconha e um frasco de pó branco. Contei a Wade, ele ficou furioso e começou a bater violentamente na porta do banheiro. 'Que diabos está acontecendo...' e assim por diante. Resumindo, nós nem a vimos nas férias da primavera, até o verão em que voltou para casa, após ter sido dispensada da universidade. Terapia, faculdade municipal perto de casa, terapia. Mas ela sempre desaparecia. Uma espiral. Wade estava devastado; nós dois estávamos, e ele foi muito bom, tentando de tudo para ajudar — Julia fez uma pausa —, somente às vezes com uma explosão de raiva, que resultava na saída dela de casa com alguns de seus amigos esquálidos, parecendo indigentes, e desaparecendo por vários dias. Wade tem o que eu depois soube que se chamava de "dificuldade em lidar com a raiva". Eu estava tão furiosa com ela quanto ele, mas optei pela abordagem "me diga o que posso fazer para ajudar", "estamos muito preocupados", "confie em mim", que também não funcionou.

— Isso é o pior, Julia. — Camille sente novamente sua raiva impotente no momento em que Charlie engravidou sua namorada de dezessete anos quando estavam no terceiro ano do colégio. Charles permanecera mais calmo do que ela, reunindo-se com os pais da jovem, discutindo aborto, adoção, todas as opções impossíveis. Então, a menina sofreu um aborto natural e Charlie não namorou mais pelo resto do colégio. Que acontecimento insignificante em comparação!

Julia se levanta para mexer o guisado, depois se deixa cair novamente no sofá.

— Bem, só piora, mas eu não vou continuar batendo nesta tecla por muito mais tempo. Lizzie abandonou a faculdade municipal e perdeu todos os seus amigos da Emory e até mesmo os amigos do colégio, que a essa altura já haviam se endireitado, entrado para uma união de estudantes, se formado em psicologia ou iniciado um curso preparatório para direito. Em seguida, ela foi para uma pequena faculdade experimental no Arizona. Não funcionou. Ela detestava "o maldito deserto". Da outra vez que tivemos notícias, ela saíra de lá e fora parar em Nova Orleans. Ela telefonou dizendo que queria tentar Tulane e que por favor enviássemos o dinheiro da matrícula, ela estava bem agora, compreendia em que situação complicada se metera, logo viria nos visitar e será que poderíamos sair para velejar? Enviamos o dinheiro. Bem, imaginem o que aconteceu.

"Avançar a fita outra vez. Nós a colocamos em reabilitação por três vezes, uma das vezes sem sua autorização, e isso não levou a lugar nenhum. Nas outras duas ocasiões, ela concordou, mas deixou a clínica de Nova Orleans depois de duas semanas de detox. Então, Califórnia. Tudo que é desregrado se encaminha para o Oeste, meu pai costuma dizer. Ela ficou na superclínica próxima a San Francisco apenas um mês. Saiu de lá limpa, pensamos, insistindo em dizer que estava bem. Insistindo em não ficar nem mais um dia naquele fim de mundo. E não, ela não ia voltar para casa. Em duas semanas, a polícia a prendeu quando saiu dirigindo de uma espelunca com algum idiota. Estavam a mil por hora em mais de uma maneira. A polícia os examinou. Ele foi preso por posse de alguma droga, ela passou a noite na cadeia e foi liberada. Mais um namoro estraçalhado.

"A essa altura, não tínhamos mais nenhuma negação e pouca esperança nos restava. Corríamos de um lado para o outro quando ela batia contra várias paredes. E ela se deu mal muitas vezes. Estávamos chovendo no molhado.

"Em San Francisco, ela serviu mesas, trabalhou em um centro de atendimento a pacientes terminais e morou com um bando de outros perdedores em uma loja em Tenderloin, o paraíso dos drogados. De vez em quando, uma de suas amigas telefonava para nós e dizia que estava realmente preocupada com Lizzie, que ela levava para casa todo tipo de homens que conhecia nos bares e a AIDS estava se espalhando. Que ela tinha apagões, perdia a consciência e não se lembrava da noite anterior.

"Lizzie não manteve contato. Depois de tudo que significamos uns para os outros, ela estava vivendo uma realidade alternativa, inteiramente engolida por seu vício estúpido. Nós tivemos uma vida ótima, nós três. Uma vida de verdade! — Julia rói a unha, olhando fixamente para o fogo.

"Tentamos ser amorosos, mas severos, tentamos ser compreensivos, tentamos não a julgar... vocês não têm ideia de como é difícil. Sim, sim, são as drogas falando. Mas ela ouve! Que parte dela se recusa a acordar? Ela se torna evasiva. Ela nos manipula. Mente. Nós três acabamos em seu círculo vicioso.

"Sinto como se ela fosse o centro de uma rotatória e eu tenha que dar a volta, não importa a direção que eu precise tomar. Ela gosta das drogas. Não quer ficar limpa. Às vezes, quer. Chora horas a fio. Culpa todo mundo, exceto ela mesma. Ela possui esse humor irônico, tudo para ela acontece entre aspas. Ela afirma que funciona bem, quando é óbvio que não é verdade. Ela é um desastre, uma tragédia.

"Está com trinta e cinco anos agora, de modo que tudo isso tem sido um calvário extremamente longo. Quando teve uma overdose em San Francisco, nós mal podíamos admitir isso para nós mesmos, mas ela quis que soubéssemos. Deixou um bilhete. Dizia, e eu nunca falei sobre isso, nem mesmo para meu pai, o bilhete dizia: *Para quê? Não tem sentido.* Ficamos destroçados e aterrorizados. Mas algo mais também se destroçou. Eu simplesmente congelei em relação a ela. *Para quê?* Minha raiva era monumental e Wade estava prestes a explodir. Tentamos agir com calma. Certamente, este seria o estopim de uma reviravolta em toda aquela loucura. Nós a trouxemos para casa. Ela tremia no avião e parecia um zumbi. Derramou sua água. Pressionava a cabeça contra a janela. Bateu a cabeça contra o vidro algumas vezes. Tentei ampará-la com lembranças felizes. 'Lembra-se daquela vez em que voamos para Nova York? Foi sua primeira viagem de avião e...' Ela me parou ali mesmo. 'Precisamos mesmo fazer essa viagem ao passado?'

"Esperávamos que ela tivesse chegado ao proverbial fundo do poço que dizem que você tem que atingir antes de melhorar. Encontramos a melhor ajuda, mais uma vez, mas ela riu do médico que tentou fazer com que elaborasse uma lista das coisas que podiam inspirá-la a mudar. Algo dentro de mim começou a resistir, eu havia sido despojada de minhas ilusões. A parte mais estranha: comecei a ficar entediada com tudo aquilo.

"Ela tomava café aos litros e ficava sentada junto à janela da cozinha balançando-se para frente e para trás e olhando para o jardim. Lia livros de autoajuda que papai levava para ela, depois os jogava na lixeira. Certa tarde, saiu para dar uma caminhada e voltou drogada e má, totalmente diferente da boneca de trapos vulnerável que trouxemos do hospital para casa. Tinha vendido as joias que minha mãe deixara para ela. Descobrimos depois que ela havia comprado alprazolam e clonazepam pela internet. Ela usou o computador de Wade! Ela chegou até a pegar o dinheiro que ficava guardado na lata de açúcar da cozinha. Ficar em casa a deixava maluca, ela nos disse. Iria pegar o primeiro avião na pista, de volta a San Francisco. Foi a última vez que a vimos ou ouvimos falar dela. Encontrei uma carta na cesta de papéis de seu quarto. Estava endereçada a Honor Blackwell, em San Francisco. Procurei o endereço no Google: uma casa de cômodos em uma vizinhança não inteiramente horrível. A carta dizia: *Estou voltando. Estendam uma cama para mim*. Depois as palavras começaram a se perder e ela a atirou no lixo. Quando olho para o céu e vejo rastros de fumaça de avião se dissolvendo, eu penso: é Lizzie."

— Não é de admirar que você goste da casa silenciosa e vazia de Hugh — comenta Camille. — Você é corajosa, realmente corajosa, para ter largado tudo que a estava destruindo.

— Acho que sim. Mas no que se refere a Wade... não fui corajosa. Na última vez em que ela foi embora, Wade e eu ficamos destruídos, enormemente aliviados e com um grande sentimento de culpa. Vocês podem pensar que tínhamos nosso próprio coquetel tóxico. Vocês imaginariam que iríamos nos apegar um ao outro, mas o oposto aconteceu. Começamos a desistir, talvez um do outro também. Toda vez que eu olhava para o seu rosto bonito, ele me lembrava de nosso fracasso, e as reclamações explosivas contra Lizzie que fazia para mim tornaram-se insuportáveis. Todas aquelas discussões onde-foi-que-erramos! Eu não conseguia mais formular as palavras. Comecei a trabalhar mais horas, gostando do meu trabalho ainda mais do que antes.

"Lizzie *é* a vítima das drogas, mas sabem de uma coisa? Nós somos as vítimas *dela*. Ela praticamente aniquilou nosso espírito. Às vezes, acho que ela é como alguém correndo aleatoriamente, arremessando um enorme martelo para todos os lados. Que caia sobre quem cair. Eu usei a palavra *quem* agora mesmo?"

Camille diz que sim.

— Por favor, encha um grande copo desse vinho para mim, Susan!

O forno toca. Elas se entreolham como se tivessem sido acordadas por um despertador estridente.

— Seu famoso guisado! — Camille diz.

Julia se desvencilha de sua manta.

— Vamos apreciar um longo jantar. Há mais para contar, mas não à mesa. — Ela parece corada e alerta.

Ok, Camille pensa, sabemos o pior.

Vai ser bom para superar o assunto, Susan pensa.

Susan acende as velas enquanto Camille fatia o pão. Elas se servem do fragrante ensopado enquanto conversam sobre cachorros, o mercado do produtor, clubes do livro e carros. O pão é excelente para mergulhar no caldo quente.

༄

Susan prende a correia de Archie e o leva para fora, enquanto Julia e Camille lavam a louça do jantar. As estrelas surgiram outra vez, a lua desapareceu.

— Antes de irmos para a cama, quero deixar o camarão na marinada — Julia diz. Ela trouxera os ingredientes já preparados em um vidro. — Uma deliciosa salada de camarão, caranguejo grelhado e aspargos: isso vai dar um ótimo jantar amanhã.

— Julia, você é igual a mim, pensando em uma refeição o que vai ser para a próxima. Ainda há muito do meu bolo de limão para a sobremesa.

— Temos suco de laranja natural. Talvez eu faça um sorvete.

Archie visita suas moitas favoritas, enquanto Susan envia mensagens para suas filhas. *Em Castelo de Areia. Pensando em vender. O que acham?*

༄

ARCHIE SAI CORRENDO PARA sua cama junto à lareira e as três mulheres resolvem encerrar o dia também. Susan permanece na grande sala, buscando comparação de preços na internet para sua casa. Ela também está em outra missão. Camille seleciona um romance de Joanna Trollope da estante e se dirige ao seu quarto. Abre a janela para ouvir a maré vazante escoando pelo meio das conchas. Julia quer apenas dormir. Uma lembrança vem à tona. Seu casamento. Uma sirene de polícia do lado de fora da igreja ressoando durante a cerimônia inteira. Um presságio? Ela não chorava desde que deixara Savannah. Agora ela chora.

III

O que os turistas querem

QUINTA-FEIRA — SEMANA DE COLIN EM LONDRES. Após anos de implacáveis idas e vindas às segundas e sextas-feiras, de Florença para Londres e de volta para casa, ele tem trabalho suficiente na Itália para permanecer aqui semana sim, semana não, e todos os fins de semana. Ainda assim, quem gosta de ficar indo e vindo do trabalho? Eu fico em casa. Minha vida = meu trabalho, meu trabalho = minha vida. É por isso que eu me encaixo bem aqui. À maneira italiana: trabalhar para viver, não viver para trabalhar.

Com tanta solidão, devo produzir muito, não? Bem, este é um dos lugares mais sociáveis do planeta Terra. Tenho que me esforçar para conseguir tempo. Sempre há alguma coisa deliciosa sendo preparada na cozinha das casas de meus vizinhos e amigos. Sempre alguém dando uma passadinha para deixar castanhas, ricota ainda morna e uma garrafa de *vin santo* feito em casa. Quando Colin está fora, eu me demoro mais tempo na cidade, leio mais, vou ao cinema, convido amigas para o almoço, às vezes participo do almoço mensal do grupo do livro na Trattoria Danzetti, se tive tempo de ler o romance italiano.

A única maneira de poder andar como ando todo dia é ouvindo livros. Eu aturo os fones de ouvido (que me fazem lembrar os tampões de ouvido que eu tinha que usar nas piscinas fortemente cloradas da minha infância) porque os quilômetros passam voando quando estou envolvida com Hillary Mantel, Edith Pearlman, Virginia Woolf ou aquelas vozes rouquenhas dos poetas modernistas lendo seu trabalho nos primórdios da gravação.

O problema é que eu sempre encontro pessoas nas ruas e tenho que parar, pressionar pausa, conversar, afagar o cachorro delas. Hoje encontrei Grazia quando acabava de fechar meu portão. Ela parou o carro, saiu para o ritual de beijinhos e me pediu para ir à sua casa para dar uma opinião na questão do aluguel. Grazia ensina violino na casa de sua tia na cidade. Ela usa saias longas de crepe, botas surradas, blusas indefinidas e projeta para frente fartos peitos. Para apoiar o violino? Seus olhos semelhantes a feijões-pretos fazem movimentos rápidos e cintilam. Quando sorri, exibe dentes perfeitos, absolutamente brancos. Ela sorri.

— Certamente serão americanos. Coloquei o website em inglês porque os americanos são os que pagam melhor. Qual deve ser a expectativa deles? Você deve saber. Por favor, venha comigo e me diga.

Quando entramos no vestíbulo, a primeira coisa que eu digo é:

— Você tem que arejar a casa por vários dias!

— Sei bem disso. Quase não venho aqui desde… Duas romenas virão fazer uma faxina de cima a baixo. O que eu tenho que fazer para que os americanos *gostem* da casa? Assim, alguém vai querer comprá-la e eu não terei com que me preocupar.

Percorremos a casa, aposento por aposento.

— Uma pessoa teria que ser completamente alienada para não adorar este lugar, Grazia. Não se preocupe. Seus pais tinham coisas lindas. Você vai guardar uma parte da porcelana?

— Não me agrada a louça. Prefiro a minha própria, toda branca — Ela abre gavetas repletas de toalhas de mesa de linho com monogramas, talheres de prata excessivamente grandes, travessas finas decoradas com peixes, algumas com flores. — Tudo antigo. — Ela parece entediada. Como cresceu ali, ela nem sequer olha para o afresco da sala de jantar que me encanta toda vez em que o vejo. Ela nem sequer colocou a fotografia do afresco no website onde anuncia a casa para alugar. Os italianos consideram a arte a coisa mais normal do mundo. (Outra razão para eu amar isso aqui.)

Entre as duas janelas, um artista cheio de imaginação criou uma ilusão de ótica — uma cena de jardim que devia reproduzir o que você de fato veria das janelas adjacentes. Ele (talvez ela) pintou uma sacada com uma balaustrada de pedra com vista para fileiras de buxo, arbustos podados em forma de bola e um caramanchão de roseiras, em arco, coberto de flores brancas e cor-de-rosa. (*Rampicante* é uma palavra que eu adoro. A palavra italiana para *trepadeira* tem mais força do que a inglesa *rambling*. Todas essas sílabas enfatizadas conferem vigor a rosas, glicínias ou madressilvas trepadeiras.) Um caminho ao longo do meio do afresco conduz o olhar para a vista de colinas, camadas de colinas, azul tornando-se mais escuro, os cones de dois vulcões extintos que se veem das janelas. Uma pintura inteligente e divertida. A vista das verdadeiras janelas é turva agora, mas a espirituosa réplica pode inspirar alguém que finalmente comprar este lugar a recriar o jardim original. O mais interessante é o seguinte: para o lado direito, veem-se duas figuras sentadas, olhando para a paisagem além da balaustrada. Só se veem as pessoas pelas costas e elas estão na sombra, apenas a sugestão de uma mulher usando um xale estampado com rosas, um homem com a cabeça inclinada, contemplativo. Devem ser os donos originais (o monograma S) admirando seu esplêndido jardim. Do outro lado, um pássaro branco e preto empoleira-se no meio das folhas de uma laranjeira plantada em um vaso.

— Sabe quem pintou o afresco? — pergunto.

— Mamãe sempre disse que foi uma freira. Há duzentos ou trezentos anos. Ela deixou o convento em desgraça e sobreviveu pintando panoramas nas mansões. Alguém devia estudar isso. Algumas outras *villas* possuem pinturas que parecem feitas por essa mesma mão. Prefiro paredes nuas, mas jamais pintaria a parede por cima porque mamãe se levantaria do túmulo. Ah, o pássaro branco e preto simboliza o hábito de freira.

Em cima, examinamos as camas e eu tenho muitos conselhos a dar.

— Livre-se destes travesseiros de penas de galinha. Eles pinicam à noite. Lençóis novos. Estes vintage são bonitos, mas difíceis de secar.

— Eu já quase esfolei minha pele com lençóis de cama pesados. —

Foi sua mãe, ou sua avó, quem fez esta colcha de crochê? — "Flocos de neve" de crochê, engomados, milhares deles.

— Vovó. Um dos tesouros da casa, mas eu vou deixá-la na cama.

— Sabe, Grazia, os americanos gostam de ler na cama. Eu colocaria algumas lâmpadas com voltagem maior. — Mais watts do que uma vela, eu acho. Os italianos sempre dizem que não leem na cama, fazem amor. Até mesmo nos hotéis de luxo geralmente há abajures de cabeceira tão fracos quanto luzes noturnas.

— Não sei, não. Parecem boas para mim.

No banheiro do andar térreo, o mofo se acumula em volta do chuveiro. Fede a água de sapo estagnada.

— Todas estas toalhas… eu as substituiria. Os americanos estão acostumados com toalhas macias. Sei que os italianos não, ainda mais porque eles as secam ao ar livre. — Não acrescento que estas finas antiguidades parecem verdadeiras lixas.

Grazia fica surpresa, jamais tendo visto uma toalha macia.

— Isso é caro. Para a casa toda?

— Acredite-me.

UM FÉTIDO CHEIRO DE CANO sobe da pia da cozinha. O aspirador de pó vintage com seu enorme saco vazio deve ser da década de 1950.

— Eu diria que um novo é uma prioridade. E também vassouras de pano. — Repugnantes, o esfregão encardido e esfarrapado e a vassoura já quase sem pelos.

Fazemos uma vistoria nas gavetas e prateleiras e elaboramos uma lista: duas frigideiras antiaderentes, uma robusta panela de macarrão (a de Luisa é de alumínio amassado), um bom escorredor de massas, colheres de madeira — rançosas — do século passado. Toalhas de pratos novas, tigelas, uma panela de pressão grande. Grazia recusa a ideia de uma cafeteira americana ou máquina de expresso e veta qualquer tipo de processador de alimentos ou batedeira. Sua mãe fazia tudo à mão. E uma cafeteira italiana Moka já está ótima.

— Devo mandar afinar o piano? Retirar todos os livros? Estão em italiano.

— Deixe-os. Afinal, essas pessoas estão vindo para a Itália. Quem sabe alguém vai querer tocar. Isso pode esperar, se quiser.

Um quarto abarrotado de baús, caixas e mobília vai ficar como está. Sete quartos são suficientes. Grazia ainda tem que esvaziar cada *armadio* no andar de cima. Luisa deixou alguns vestidos de festa e ternos sob medida. Uma loja vintage em Florença ficaria com eles sem pensar duas vezes, mas Grazia vai doá-los todos a sua tia, que um dia deixará novamente para Grazia a tarefa de se desfazer deles.

✑

QUEM QUER QUE VENHA para cá tem sorte. Há alguns problemas, mas a *villa* tem uma constituição nobre e espaços charmosos. Minha própria casa é mais íntima e combina conosco, mas acredito que acordar aqui expandiria sua mente todos os dias. Eu me vejo fazendo amor com Colin em cada um dos quartos e no *divano* em frente à lareira da sala de estar.

Subindo a estrada romana que leva ao monastério, volto à lembrança do que é real. Temos nosso lugar sob um muro de pedras no alto do terreno, um rebaixo na vegetação densa para onde levamos nosso cobertor verde nas tardes de domingo depois de nosso *pranzo* de saladas e galinha-de-angola assada. E nas noites quentes, pelas estrelas. Até agora, nenhum javali veio fuçar nossos corpos nus. Então, recoloco meus fones de ouvido e aumento a voz de Nicole Kidman lendo *Rumo ao farol*.

Glicínias brancas

Que bênção acordar com o barulho das ondas. Julia é a primeira a se levantar. Quando Camille e Susan entram na cozinha em seus robes, por volta das nove horas, ela já tem a massa de waffles pronta, suco servido nos copos e uma frigideira de bacon já preparada.

— Você consegue fazer tudo com o mínimo de esforço — Camille comenta. — Eu considero um grande acontecimento quando Charlie traz sua família para quiche e salada no *brunch* de domingo. E como a cozinha está arrumada!

— Minha arma secreta: limpe tudo à medida que for fazendo.

Depois do café da manhã e de uma caminhada pela praia, dirigem até Wilmington, onde a charmosa vizinhança as convida a passear e inventar histórias sobre os habitantes das casas brancas cercadas por azaléas brancas e cor-de-rosa. Compram sabonetes de cravo e de lavanda para a casa de Susan e param para tomar uma casquinha de sorvete na Cidade Velha. Depois do almoço, em um café à beira-mar, Susan encontra novos sapatos de caminhada e Julia lhes mostra algumas publicações da Mulberry Press na livraria. Na seção de artes da livraria, Camille seleciona tubos de aquarela, seis pincéis e papel.

— Talvez eu pinte um pôr do sol grande e clichê — ela brinca. Mas está empolgada com a ideia de levar o material de pintura para as dunas. Esta é a primeira vez que compra tintas em… quantos anos? Não consegue se lembrar.

Às três horas, já estava de volta a Castelo de Areia e na praia com Archie.

— Julia, conte-nos o resto, se quiser — Susan diz. — Sabe como os romances de crime sempre têm um "gancho" que os impulsiona de um capítulo para o outro, não é? Estou morrendo para saber mais sobre Wade.

— Isto é, se você quiser — Camille acrescenta. Ela se pergunta se Susan não estaria sendo um pouco insistente. Aquela filha, Lizzie. Que desastre.

— Sim, vou tentar. Tenho certeza de que já imaginaram o que aconteceu em seguida. Eu não podia culpá-lo. Ambos estávamos ressentidos. Eu de certa forma desejava ter encontrado um sujeito bonito. Mas — ela ri — não há muitos sessentões bonitos lá fora. Wade desceu bastante na escala de idade. Ela devia ter trinta, trinta e três anos.

— Ele ainda está com ela? — Susan pergunta.

— Não faço a menor ideia. Se não tivéssemos aguentado a longa provação de Lizzie, acho que eu teria sido forte o suficiente para superar uma traição, embora duvide de que isso tivesse acontecido. Mas, depois de todos os anos difíceis, pareceu-me algo inegociável. Sempre tivemos um ao outro. Foi como se a pedra angular tivesse caído do arco. Tudo se passou da seguinte maneira:

"Wade sempre foi muito temperamental. Fui tola o suficiente para ficar arrebatada por isso no início. Mostrava que ele era ardente, apaixonado, e ele era. Tinha ciúmes de qualquer pessoa para quem eu olhasse ou imaginava que eu tivesse olhado. Era um desses rapazes sulistas que vão para Woodberry Forest e UGA, depois voltam para casa mais sulistas do que nunca para trabalhar nos negócios da família. Seu pai tinha uma empresa de pintura e suprimentos de barcos. Wade adora a água, adora velejar. Encaixar-se na Georgia Marine foi fácil. Ele tem sessenta e dois anos, olhos verdes, intensos, da cor da malaquita. Eu me derretia quando ele olhava para mim. Embora seu pai tivesse cabelos escuros e sua mãe também — ela era judia e tinha um tom de pele mais moreno —, os cabelos de Wade eram louros como os de um anjo. Quem sabe como gira o caldeirão de genes? Quando o conheci, fiquei tão fisicamente atraída por ele que nem considerei nada além de seus ombros divinos, pernas de cavalo de corrida, pele cor de mel refletindo o sol e seu maravilhoso sorriso que prometia e entregava a lua e as estrelas. Meus pais também ficaram encantados, embora ele não fosse exatamente da nossa classe social. Coisas desse tipo realmente importavam em Savannah. Nem tanto agora.

"Éramos loucamente felizes. Quando Lizzie nasceu, era a nossa queridinha. *Those were the days, my friend...* Falhas? Wade perdia a compostura com uma garçonete vagarosa, derrubava a cadeira e saía intempestivamente do restaurante antes de sermos servidos. E deve ter sido ele quem inventou as explosões de raiva na estrada! Ele esbravejou com uma professora de Lizzie quando ela disse que Lizzie precisava ser mais organizada. E houve o incidente na drogaria, quando uma receita demorou a ser aviada. A segurança o conduziu para fora. Lizzie e eu éramos isentas de seus ataques de fúria. Eu dizia a mim mesma que ele estava sob estresse, et cetera, e, depois que os problemas de Lizzie começaram, ele realmente estava.

"Ok, avançando para depois que Lizzie foi embora pela última vez, quando começamos a nos afastar um do outro. Eu não pude suportar a devastação. Mergulhei no trabalho. Eu soube depois que ele se atirou para cima de Rose Welton, sua nova consultora de marketing e web designer. Eu só a encontrei uma vez, na festa de fim de ano da empresa. Ela tem lábios carnudos que devem ter passado por um preenchimento. Parecem dois camarões cozidos. Ah, droga. Ela é bem bonita.

"Ele passou a chegar tarde em casa, jantares de negócios, uma viagem para Atlanta e outra para Jacksonville para uma exposição de barcos. Eu nem notei. Eu assistia a filmes de fuga na Netflix e à infindável série sobre o fracote senhor de terras escocês. Apesar de eu mal poder olhar para ele, presumi que essa fase fosse passar e que por fim voltaríamos a uma vida normal, ou outra vez normal.

"Certa noite, quando ele saía, senti o perfume de uma colônia que eu havia lhe dado no seu aniversário, verbena, cheiro de almíscar e madeira, oitenta dólares! Muito provocante. Ah, ah! Sherlock Holmes! 'Onde você vai jantar?', perguntei. 'Oh, bem, só vamos ao clube. Esses representantes vão gostar.'

"Vocês já sabem que sou xereta — examinei a bolsa de Lizzie e encontrei drogas —, mas somente quando estou desesperada. Ele saiu. Estivera online e seu computador ainda não havia desligado. Olhei as contas do cartão de crédito, tudo pago automaticamente. Havia o suficiente para fazer meu sangue ferver, inclusive algumas despesas em Jacksonville em butiques e spa de hotel, quatro contas de restaurantes em Atlanta e mais em lugares fora de Savannah. Também havia contas realmente extravagantes de floristas. Lembrei-me de que ele havia me dado um pequeno ramalhete de margaridas pouco tempo antes. Senti como se meu cérebro fosse uma panela de óleo pegando fogo. Aquelas margaridas idiotas devem ter aplacado sua culpa pelas tulipas francesas ou as rosas com que ele gastou uma fortuna para se exibir, rosas, agora que penso nisso, por causa do nome dela.

"Uma hora depois que ele saiu, passei pelo estacionamento do clube. Nenhuma Range Rover preta. Obviamente, ele estava jantando em outro lugar. Aonde ele levaria alguém depois do jantar?, eu me perguntei. Certamente não a um hotel local. Talvez ao apartamento dela. Seria casada?

"Então, entendi: o barco, é claro. Assim, esta pequena detetive dirige até a marina, onde meu pai guarda o *Suncatcher*, seu barco a vela. Na verdade, agora é nosso barco. Estacionei na mais distante e escura vaga do estacionamento. Guardamos a chave da cabine em uma portinhola embaixo das almofadas. Entrei e guardei a chave no bolso. Tranquei a porta por dentro sem acender nenhuma luz. Enquanto ficava lá sentada, tive que perguntar a mim mesma o que eu iria fazer com a informação que estava prestes a obter. Não tinha a menor ideia. Não parava de pensar 'Então, é assim que se sente', 'Isto não vai acontecer'.

"Cerca de uma hora depois, vi luzes entrarem no estacionamento. E eis que vejo Wade pela cortina, sempre o cavalheiro, abrindo a porta para a Doçura. De braços dados, eles caminharam para o barco e ele a ajudou a entrar. Ela sentou-se e, eu não podia ver bem pela fresta na cortina, ajeitou um cachecol em volta do pescoço. Ele abriu a portinhola e logo a deixou bater. Experimentou a porta e eu o ouvi resmungar alguma coisa nervosamente, depois parar de repente. Não há janelas na frente da cabine, e eu havia cerrado as cortinas nas laterais. 'Devo ter deixado as chaves no trabalho', ele disse. 'Droga, isso é muito embaraçoso.' Ela disse alguma coisa; foram embora. Esperei, gelada e revoltada.

"Num impulso, olhei dentro da geladeira. Champanhe. De ótima qualidade. Abri a garrafa e servi uma taça para mim. A cama na proa estava arrumada com os lençóis de elástico que minha mãe mandara alguém fazer para o barco, e aquilo me enfureceu outra vez. Servi mais uma taça, liguei o rádio navio/terra e fiquei ouvindo as comunicações com estática no mar. Mandei uma mensagem para Wade: *Passando a noite na casa do meu pai.* Eu ainda não estava pronta para encarar a verdade. Em vez de uma festa de sexo naquela cama, eu dormi ali bastante bem."

℘

Elas sentam-se em um tronco de árvore caído. Camille quer tirar seu material de pintura da bolsa. Enquanto ouve a história de Julia, olha para as nuvens, o horizonte, a linha-d'água ondulada, imaginando que instante dessas imagens ela deve capturar, como se pudesse misturar branco com uma pitada de azul para captar a borda prateada da espuma conforme a onda recuava.

Julia continua:

— Fiquei remoendo a novidade. Eu evito o confronto sempre que possível, mas não iria ser possível. Pedi uma licença no trabalho, com a condição especial de que eu pudesse trabalhar como autônoma para eles. Foi quando vi a notícia no jornal da palestra de Hugh. Foi quando ele ofereceu sua casa. Contei a meu pai e a Alison, minha vizinha.

"Piquei papéis, doei uma pilha de roupas e livros que nunca havia relido. Um instinto fanático se apoderou de mim. Eu limpei e arrumei completamente a casa, exceto o quarto de Lizzie, que deixei exatamente como estava, com uma pilha de calças de moletom e camisetas no chão do closet. Imagino que ele tenha encontrado o champanhe choco no barco. Ele nunca disse nada. Continuei sendo cordial com Wade, conversa fiada e jantar à mesa, mas ele notou minha raiva latente e certa manhã me disse que eu era fria como uma pedra de gelo.

Naquela tarde, imaginem, eu limpei o limo de nosso banheiro com uma escova de dentes e cotonetes! Depois, carreguei meu carro. Ele voltou para casa para trocar de roupa para ir velejar "com clientes" e eu finalmente o confrontei enquanto enfiava meus livros de culinária em uma caixa. Ele tentou pegar minhas chaves e quase quebrou meu dedo. Ele gritava, negava e me acusava. É por isso que não quero mais saber das mentiras e dramas de outras pessoas."

— Você deve estar com TEPT. Ou ao menos em choque profundo. É um acúmulo de coisas ruins — Susan reage, e Camille concorda.

— Ajudaria conversar com alguém? Tenho uma amiga que é muito boa.

— Estou conversando com vocês! É melhor. Depois de todos os psiquiatras e clínicas com Lizzie, não quero mais saber disso. Não quero mais reincidir neste erro. Quando alguém está na pior, toda aquela conversa, conversa, conversa não adianta nada. Eu preciso de espaço para ver como é que eu vou viver, como silenciar as vozes que não param de clamar pela minha vida. Não, não *esse* tipo de vozes! Nada de alucinações. Lembranças. Agora eu quero avançar, ir em frente. Tirar os pés da areia movediça.

Camille abre sua bolsa e tira dela seu bloco de desenho novo.

— Sim, é exatamente do que você precisa — ela diz. — Vamos começar com uma aquarela deste lugar bem aqui. Você poderá pendurá-la na parede como um lembrete do seu momento de virada. Toda vez que a areia movediça puxá-la, você olhe para isto, ouça as ondas e pense em boas amigas. — Ela se levanta e abraça Julia.

— Vamos voltar, Julia. Estou faminta. — Susan assovia, chamando Archie. — Vou preparar um banho para você com sais de mimosa. Velas em volta da banheira. Você precisa esfriar, pra caramba. — Ela coloca a mão no ombro de Julia e elas se dirigem para a casa. Camille abre o tubo de azul. Outras vidas, ela pensa, extenuada.

⁓

Os dias de primavera começando a se alongar trazem de volta prolongados crepúsculos. A escuridão, não mais se abatendo sobre a terra como uma cortina de palco de veludo, a cada dia cede mais terreno à luz, permitindo um amplo espaço para brincar ao pôr do sol com flamingo, cor de malva tendendo a cinza e azul-celeste com uma borda brilhante. Enquanto as amigas preparam seu banquete de camarão e caranguejo, Susan abre as portas para o deque dos fundos e as chama. O céu a oeste sobre o charco atrás da casa está repleto de nuvens como bolas de algodão, fofas e avermelhadas por baixo. Através de camadas de matizes, o globo do sol declina, oscilando delicadamente.

— Gema de ovo fertilizada — comenta Julia.

— Bola de fogo — diz Camille.

Susan diz:

— Sol.

Quando se reúnem ao redor da lareira depois do jantar, Susan traz seu laptop.

— Só olhem. — Ela indica a tela. — Não precisam dizer nada. — Diante delas, surge uma casa de pedra quadrada em uma encosta de oliveiras. De um dos lados, uma pérgola arreia-se com o peso de glicínias brancas. Por trás da casa, estendem-se colinas distantes e dois picos cônicos. — Vulcões extintos — Susan diz. — Podíamos alugar esta casa. Fica bem na saída de San Rocco, na Toscana. A uma hora do mar. E não é longe de Florença. Firenze, devo dizer.

Camille e Julia olham para ela com curiosidade, franzem a testa e depois riem.

— Aluguel com opção de compra — Susan acrescenta. — Não é uma beleza? A glicínia é *branca*, e não roxa. A maioria das pessoas planta a roxa. Isso é um sinal. Procurei por toda a internet e em todas as minhas fontes, até olhei na França e na Espanha. Este é o lugar mais atraente que encontrei. Acho que iríamos adorar. E não simplifica, pelo contrário, complica.

Susan, há muitos anos, se apaixonara pela Toscana quando ela e Aaron comemoraram seu vigésimo aniversário de casamento lá. Ela sempre quis voltar àquele lugar, mas nunca teve a chance.

≈

— Está sugerindo que a gente alugue, quer dizer, que a gente se *mude* para lá? — Julia se admira. — Que ideia! Susan, como você é corajosa!

Camille gira a tela em sua direção para ver melhor.

— Clique nas fotos do interior!

Aposentos com vigas no teto alto passam rapidamente: cor de pêssego, creme, amarelo-claro, branco, cada qual com grandes janelas emolduradas de pedra. A cozinha tem um bloco de açougueiro de verdade sobre pernas firmes, uma pia de mármore longa e rasa que a faz lembrar de freiras enclausuradas cantando, bancadas de trabalho em vez de balcões e todo tipo de panelas e frigideiras ao redor da maior lareira que já tinha visto.

— Julia, olhe para estas panelas. As de cobre do pequeno Glória da Manhã simplesmente desaparecem no esquecimento, certo?

— Sim! Isso é um fogão a lenha? Tem um fogão normal também? Olhem só para esta mesa com tampo de mármore. Deve ser para fazer macarrão.

— Vocês poderiam considerar isso? — Susan pergunta.

Silêncio. Em seguida, Julia diz:

— Não posso imaginar nada mais sensacional. Mas, vejam, isso é fantasia.

Camille acrescenta:

— Bem, vale a pena investigar. Eu poderia simplesmente amar isso! Pensem em toda a arte! — Ela nem remotamente considerava aquilo possível.

Julia, sim. Algumas das melhores decisões da vida são tomadas irracionalmente. Uma lareira. Uma janela. Uma parede cor de açafrão. Uma vista de vulcões. A ideia de um mar mítico logo além das colinas.

Elas se empolgam com a ideia inesperada. Uma casa na Toscana, onde não conhecem ninguém. Tudo aberto à reinterpretação.

≈

OUTROS FINS DE SEMANA se seguem em Castelo de Areia. Conversam até altas horas. Relembram as irmandades na universidade e apartamentos com amigas após a universidade. Camille adorou o closet comunitário na casa Chi Omega. Nunca mais, nem antes, nem depois, teve tantas opções de guarda-roupa. Conversam sobre amigos, erros cometidos, biópsias, viagens, o que é ficar sozinha. Por que, perguntam-se, depois que a vida familiar termina, mais pessoas não conseguem banir a solidão e ir viver juntas? Coisas, concluem. As pessoas não conseguem se separar de suas coisas, das coisas de sua mãe, sótãos e porões cheios de coisas. Devemos ter medo de compartilhar uma cozinha ou um banheiro, percebem.

— Nós somos assim? — Susan pergunta.

Camille acha que ela é, mas fica tão encantada com a ideia da Itália que abafa o pensamento. Tomando conta de todo o seu ser está a percepção de que ela deve romper barreiras. Tanta conversa de mulheres e tetos de vidro. O dela faz pressão bem em cima de sua cabeça. Ela começa a gostar da maneira de Susan dirigir, que tanto a assustara no começo. Podia aprender com Susan. Julia é como uma mola comprimida, pronta para saltar. Acha toda a ideia maravilhosa. Falam sobre opções de residência, as cidades costeiras da Toscana e o sistema de trens de alta velocidade da Itália. Ela as imagina embarcando em um elegante Italo e atravessando o campo em alta velocidade, comendo sanduíches, as colinas verdes passando a toda velocidade pela janela. Sozinha em seu quarto, entretanto, às vezes se sente engolfada por ondas de temor de que Lizzie venha a precisar dela, ondas de esperança de que Wade se arrependa e ondas aleatórias que a banhem, erguendo seus pés da areia e lançando-a bruscamente na costa.

Susan apega-se à promissora noção de *o que tenho a perder?*

Camille recua ao final de julho. Ela não pode. E Lara trabalha para convencê-la de que não deveria. Ela não para de mencionar Cornwallis Meadows. Charlie, cético, não diz quase nada, embora em um domingo, no café da manhã, ele observe que seu pai certamente recomendaria Cornwallis, se pudesse.

— Mas ele não pode — retrucou Camille —, não é?

A ideia, então, realmente adquire raízes. Suas duas amigas a inspiram mais do que sua própria covardia intrínseca a detém. Sim. Ela vai. Todas se decidem.

Sim.

❧

Tal aventura leva tempo, mas foi realizada: Susan optou por fechar sua casa em Chapel Hill, não vendê-la. Em casa, sozinha, certa tarde, ela estava lendo no solário e sentiu um amor incontestável pelas barras de bronze da luz solar atingindo o assoalho de cerne de pinho, os livros de design na mesinha de centro, os dois pregos acima da lareira para as meias de Natal. Tudo aconteceu aqui, de uma forma gloriosa, boa, ruim. Seus abortos antes de desistirem e adotarem, aqueles dias tristes deitada na cama, a esperança esvaindo-se. Os projetos das meninas, a bagunça na cozinha depois de suas tentativas de fazer biscoitos e fudge. Os sacos de golfe e equipamentos de pesca de Aaron na varanda dos fundos. Vida cheia, atolada. Abrir mão da casa? Ainda não. E se Eva ou Caroline quiserem vir para casa? Ela deu uma festa de despedida em seu jardim e convidou todos os seus amigos e colegas de trabalho.

❧

Ela contratou um estudante de pós-graduação para ir lá duas vezes por semana para dar descargas, arejar os aposentos e pegar panfletos de propaganda na varanda. Ela confia em seu jardineiro. Suas centenas de vasos de plantas, ela colocou na calçada com uma tabuleta: GRÁTIS.

❧

Camille ofereceu seu carro e sua casa a Charlie e sua família, e eles conseguiram alugar sua pequena casa a um professor-visitante da China. Ela ficou contente por Lara ter finalmente superado o choque e ficado animada por ela. Quanto a Charlie, ela sempre soubera que seu menino a apoiaria qualquer que fosse sua decisão. Ela lhe contou o sonho do caixão e, como pintor, ele compreendeu intuitivamente o que significava. Planejaram uma visita no Natal. Que maravilha apresentar a Itália a Ingrid. Ela deixou para trás a urna de cinzas.

Julia entrou com o pedido de divórcio. Ela escreveu a Hugh dizendo que encontraria alguém de confiança para tomar conta de sua casa a partir de outubro. E ele poderia ir visitá-la na Toscana, porque talvez pudesse querer estudar os etruscos? Ela não teve nenhuma notícia de Lizzie e não fez nenhum contato com Wade, além da dolorosa tarefa de intimá-lo. Fez uma visita discreta a seu pai, que achou a Itália uma ideia esplêndida e perguntou quando iria poder visitá-la. Seu pai concordou em não revelar seu paradeiro, exceto em uma emergência. Ela não passou de carro em frente à sua casa.

Todas tomaram providências — jardins, contas bancárias, seguro, despedidas de amigos atônitos, checkups médicos e odontológicos. As três começaram cursos online de italiano. O divórcio da filha da zeladora da casa de Hugh coincidiu com a partida de Julia, e ela ficou encantada de se mudar para lá no dia em que Julia saiu. Susan fez uma plástica e ficou muito satisfeita de ver seus olhos cinza se alargarem outra vez. Colocou a placa À VENDA na praia. Suas filhas concordaram — era o momento certo para a mãe.

Camille praticou aquarelas e adorou seus estudos de cor e experimentações com transparência e opacidade. Julia encerrou seus testes de receitas. Susan vendeu duas propriedades espetaculares, depois fechou seu escritório em Ware Properties. Para sua surpresa, seu irmão Mike comprou Castelo de Areia.

Em outubro, voarão para Roma.

San Rocco

Na manhã seguinte à chegada das três mulheres, meu vizinho Leo assoviou embaixo da janela do meu escritório. Suas três notas imitam um certo pássaro (um melro?) que sempre canta ali perto, levando-me à janela porque eu penso que é o Leo. Ele sabe que eu acordo cedo, geralmente já começo a trabalhar, mas não faz absolutamente nenhuma ideia de que possa estar perturbando um verso de poesia importantíssimo. Ainda de camisola, olho pela janela. Ele segurava uma galinha.

— *Buon giorno.*

— *Porca miseria* — ele respondeu. Mais ou menos *Maldição*, uma das mais brandas imprecações toscanas. — Temos novos vizinhos. Trouxeram um cachorro. Ele fugiu e entrou no meu jardim. — A cabeça da galinha, notei então, estava caída e mole. — Eu corri atrás dele, Candida se esgoelava sem parar e ele a soltou.

— Ah, que terrível. O que vai fazer?

— Fui até a porta da *villa* e me apresentei. Elas começaram a esvoaçar ao redor como galinhas também quando viram Candida. Americanas, como você. Três senhoras. Uma delas saiu correndo de roupão de banho e começou a correr atrás do cachorro.

— Você deve estar furioso.

— *Boh*, ela já estava pronta para a panela. E também tenho um coelho de três meses. Eu as convidei para jantar amanhã. Você tem que vir também.

Sou sempre tomada de surpresa pela falta de sentimentos dos toscanos por suas fontes de alimentação. Leo tratava esse coelho como um animal de estimação, carregava-o no bolso, alimentava-o com pequenos pedaços de alface e agora está pronto a tirar sua pele e apreciar cada mordida. Realismo, imagino. Como o de Margaret. Quanto poder ela adquiria ao descrever crianças no sul da Itália do pós-guerra quando escrevia que surras em esposas e meninos aconteciam rotineiramente. Incesto não era algo "inesperado" nas vidas de meninas. Sempre o oposto de sensacionalista, sua atenuação da verdade cruel era devastadora.

Embora eu me contraia de horror agora, provavelmente não pensarei no coelhinho cinzento quando a mulher de Leo, Annetta, colocar seu *coniglio* desossado e recheado no meu prato. Especialmente se sua irmã tiver feito aquelas batatas crocantes com alecrim.

❧

DOZE HORAS NA TOSCANA e as três mulheres já têm um convite para jantar. Acontece o tempo todo em Dallas e L.A., certo? Alguém que vem correndo convidá-la antes que tenha tempo de desfazer as malas? Sim, especialmente depois que você atropelou o gato ou derrubou a caixa de correio deles ao dar marcha a ré.

❧

TENHO QUE ME CONCENTRAR em meus projetos. Na minha tela hoje de manhã: Margaret.
Quando Colin veio morar comigo, ele me perguntou:
— Vamos ter que comprar uma motosserra?
— Acha que as venezianas têm que ser lubrificadas todo ano?
— Aquela pintura romana de Jano no museu é falsa?
— Como vamos mandar testar a água do poço?
Eu levantava os olhos do meu livro.
— Ligue para Margaret, ela deve saber.
Breve biografia:

◦

Nascida em 1938, em Washington D.C., Margaret Merrill formou-se na Georgetown University. Exceto por períodos de estadia nos Estados Unidos, ela morou na Itália de 1964 até poucos meses antes de sua morte, em 2013. Escreveu três romances, três livros de não ficção investigativa e trabalhava para o Corriere della Sera. *Também era uma colaboradora frequente de grandes jornais e periódicos dos Estados Unidos e da Grã-Bretanha.* Stairs to Palazzo del Drago *foi publicado em 1968, seguido de* In the Cold Shadows *(1974),* The Taste of Terror *(1979),* Sun Raining on Blue Flowers *(1988),* World Mafia World *(1994) e* Labranda *(2009). Suas fotografias apareceram em seus livros e foram exibidas na Itália. Ela ganhou o Rome Prize, uma Guggenheim Fellowship, o Prima Donna Award, e foi finalista do National Book Award.*

◦

DEIXO DE FORA o último ato espetacular.

Depois de escrever por algumas horas toda manhã, sigo para a cidade pelo meu caminho especial que Colin mantém livre do mato. Entre dois antigos ciprestes na borda do meu terreno, um portão se abre para um estreito *sentiero* que vai serpenteando por cima da corcova da colina, passa por calçamentos de pedra da largura de uma carruagem que fizeram parte de uma estrada romana e desce até a vila. Sempre é um ligeiro choque descer da solidão e dos panoramas, para cair nas ruas que estão acordando, onde comerciantes salpicam água de garrafas de *acqua minerale* vazias e esfregam a soleira de suas portas, caminhões apressam-se para não perder os horários de entregas da manhã, a mulher com demência em grau avançado cumprimenta aos gritos da porta da sapataria de seu filho — *buon dí, tutti* — e a fragrância tostada de pão assando flui da porta do forno do outro lado da rua.

San Rocco está incrustada como um medalhão reluzente nas encostas mais baixas do Monte San Lorenzo. Nenhuma outra cidade de colina me encanta tanto. Se algum dia você já leu *Cidades invisíveis*, de Italo Calvino, esta poderia ser uma de suas oníricas criações ficcionais. O que encanta? Talvez seja a via Fulvio, antigo *decumanus*, a clássica rua romana reta orientada de leste para oeste, dividindo a cidade ao meio e projetada para captar o sol. Talvez seja o chafariz de ninfas e golfinhos mergulhando que fica no meio da *piazza* elíptica. Talvez seja o aglomerado de guarda-sóis numa extremidade e, ao longo de um dos lados, três restaurantes rivais, com mesas na calçada e menus resolutamente anunciados, somente em italiano. (Gosto disso.) O Duomo com afrescos do Juízo Final ancora o lado oposto e desgastados degraus de mármore oferecem aos habitantes do local um lugar para se sentarem e observarem a inevitável repetição de cada dia.

A feira das sextas-feiras, pequena e turbulenta, me atrai toda semana. Visito o caminhão de peixes na quarta-feira e a barraca de *porchetta* às quintas. Sempre algo delicioso para comer. É de admirar que eu não esteja gigantesca. Temos uma confeitaria, uma livraria/papelaria, várias lojas de roupas, uma lavanderia e três lojas de antiguidades que atraem pessoas de Milão e de Roma. Duas excelentes sorveterias e outras tratorias honestas espalhadas ao longo das ruas que se irradiam do *decumanus*, juntamente com duas butiques onde jovens chiques se apoiam na entrada, esforçando-se para não parecerem entediadas, e uma ramificação de *vicoli* — ruelas — levam a bijuterias artesanais, sapatarias e uma malharia. Cinco mil almas, todas especiais. (E naturalmente alguns patifes, fascistas e mal-humorados.)

Embora arqueólogos venham para cá em bandos para estudar os etruscos, a *piazza* principal originalmente era um *circus* romano para corridas de bigas, daí a graciosa elipse. Os romanos tinham mania de planejar as ruas formando uma grade, mas não vejo de que maneira esta cidade pudesse ser concebida de forma tão rígida, considerando-se que o terreno íngreme requer curvas para se ir de A B. Creio que desistiram no *cardo,* sua habitual estrada norte/sul que cortava o *decumanus.* Nos tempos medievais, o perímetro do *circus* foi estabelecido com pequenas lojas, barracas e casas que mais pareciam tocas de coelhos, e mais tarde com os *palazzos* nobres de formato irregular onde ainda é possível se perder. Toda vez que esgotos são consertados ou canos de gás instalados (e mais recentemente cabos de fibra ótica), os operários descobrem poços de armazenamento de grãos, câmaras subterrâneas, adegas e trechos de estradas etruscas. Alguns dos antigos arcos de pedra ainda funcionam como portas e janelas de lojas. Camadas de tempo coexistem harmonicamente, um dos confortos de se viver aqui.

Eu vou a todos os cafés porque os baristas estão entre meus italianos favoritos. Adoro sua eficiência e habilidade. Hoje de manhã estou no Bar San Anselmo, cuja proprietária é a Violetta. Ela forma na espuma do meu cappuccino o desenho de uma lira porque sabe que sou uma poetisa. (Este é mais um motivo para eu adorar a Itália. Uma pessoa que faz café sabe que a lira simboliza a poesia.)

— *Signora* — ela me diz —, tem vizinhas novas. Gianni diz que são *simpatiche, molto simpatiche.* Já as conheceu?

— Não, só chegaram ontem à noite.

— Sim, mas Leo já falou com elas. — Seria uma repreensão?

As notícias correm rápido nesta cidade. Violetta provavelmente já sabia antes de mim mesma o que eu iria usar hoje.

☙

MEU COSTUME DE SAIR CEDO para a cidade vem de Margaret. Quando nos conhecemos, eu a via de manhã, quando eu chegava. Eu tentava estabelecer um ritmo de trabalho, mas estava achando a Toscana muito fascinante — e ainda adoro ver a cidade despertar. Descendo a colina, levei meu livro de verbos italianos, para memorizar conjugações, mas, quando cheguei ao portão da cidade, guardei o livro e me concentrei em ver Anna arrumando verduras e legumes, o lixeiro varrendo a rua com uma daquelas vassouras feitas de gravetos secos, o barbeiro acendendo seu primeiro cigarro, reclinando-se em sua cadeira com um gato malhado dormindo em seu colo. Em geral, eu me depararia com Margaret no Bar Beato Angelico, onde eles deveriam manter, mas não o fazem, uma placa sobre sua mesa habitual. Ela colocava o jornal e o cigarro na mesa e fazia sinal para eu me unir a ela. Fumaça, fumaça, todos fumavam naquela época. (Eu não.)

Sem ter planejado, começamos a nos encontrar uma ou duas vezes por semana. Ela ficava igualmente feliz mesmo sem a minha presença.

O bar logo se enchia de gente do local bebericando um café antes de ir para o trabalho e também de turistas que, presumindo que ninguém ali falasse inglês, tinham conversas que escritores não podem resistir a prestar atenção. Como não é de surpreender, logo vi na própria Margaret a mesma extraordinária qualidade de sua escrita — a observadora com o sorriso arcaico.

❧

ENTRA GIANNI, nosso taxista local.
— As mulheres não têm nenhum homem — ele me diz. — Estão em viagem *solo*. Elas vêm da América do Sul, trazem um cachorrinho, muito levado, que fez pipi na caixa de transporte e latiu durante todo o trajeto desde o aeroporto de Roma.
— Não têm carro?
— Não, mas Grazia vai vender para elas o Cinquecento de sua mãe assim que os freios estiverem consertados.
— Isso é legal? — Sei que não é, a menos que sejam residentes registradas. Essa Grazia. Talvez ela tenha algum esquema para burlar a lei. Eu não me surpreenderia.
— Por que não?
Por que não é a resposta local para toda proposição absurda. Outra coisa que adoro.
— Contei-lhes sobre seus vizinhos famosos, a poetisa e o arquiteto. Serão amigos, já que são do mesmo país.
— Sim, somos todos americanos. Vamos nos dar muito bem. — Eu ri. Ainda sou uma estrangeira. Sempre serei, uma cutucada forte em minha carne toda vez que penso em ficar neste lugar para sempre. Se voltasse à vizinhança barra-pesada na Flórida onde nasci e cresci, eu me misturaria na paisagem como um jacaré ou um mosquito, sem jamais pensar em ser uma exilada longe de casa. Colin zomba disso.
— Somos as novas pessoas. Cidadãos do mundo.
Como o dia está excepcionalmente quente para esta época do ano, levo meu café para uma mesinha do lado de fora, na *piazza,* e abro meu livro encadernado em velino.

Notas:

Ainda não direi de que forma ela morreu. (Medonho.) Estou dizendo agora o que ela era como amiga. (Iluminada.) O que escreveu. (Janus!) Ela pode ter sido ou não uma "courier" entre a Itália e a CIA. (Ela negou; tenho certeza de que era.) Ela pode ter sido ou não lésbica. (Se assim for, era uma lésbica muito feminina, e agora quem se importa, de qualquer modo?) Certa vez, ela me humilhou em público. (Por quê? Ciúme?) Ela me incluiu em seu testamento. (Generosidade desenfreada.) Ela era atraída por locais problemáticos. (Por quê? Empurrada até à beira do abismo, ela gostava de decidir se deveria pular.)

❦

MARGARET, IRRITANTEMENTE ESQUIVA, MAS com um senso de humor ácido, perverso. Sinto falta disso. Naqueles sete anos em que a conheci na Toscana, ela era escorregadia até ao responder perguntas básicas que não deveriam ser difíceis entre amigas. *Por que você nunca se casou novamente? Você tinha apenas vinte e poucos anos...* Ela servia em um copo uma grande dose dos martínis que trazia à minha casa em um pote de conserva. Nós só bebíamos vinho, mas ela sempre preferiu martínis. Ninguém conseguia preparar um como Margaret, ou assim ela acreditava. Ela ria. "Tentei o casamento duas vezes e, depois do segundo desastre, pensei: Isso não vai funcionar", como se ela fosse ruim com massa de torta. E então ela havia notado as dálias brancas que eu plantara e me avisou que elas deveriam ser desenterradas no outono — jamais sobreviveriam ao inverno da Toscana. Com Margaret, a conversa era uma série de desvios. Estrada escorregadia à frente.

❦

QUANDO FAÇO MENÇÃO DE PAGAR, Violetta me diz que Gianni já pagou meu café. Esta é uma encantadora tradição de San Rocco e mais uma razão para eu amar esta cidade.

A domani: Até amanhã

— Bem-vindo à vizinhança, Archie!

Julia vasculha as prateleiras abertas à cata da cafeteira italiana Moka que sabe que deve estar ali — Grazia deixou um inventário obsessivo — e a descobre no peitoril da janela. Para a chegada delas, Grazia abasteceu a cozinha com algumas provisões — pão, queijo, presunto cru, café, laranjas.

— Invasão canina americana nas fronteiras! Matança e caos!

Julia para e olha ao redor da cozinha.

— Isso é estranho... Sinto como se tivesse cozinhado neste lugar a minha vida inteira. Como é simples! E essas cortinas de xadrez nas prateleiras mais baixas não são *tão* típicas? Já as vi em livros de culinária italiana. Piso de tijolos, como são chamados, *cotto*? Cozidos, que práticos. Pode-se derramar qualquer coisa que não mancha.

Julia já está vestida com jeans e um suéter vermelho, mas está descalça. Ela desembrulha a bolsa de feltro de facas de chef que trouxe na bagagem. Na Mulberry Press, ela era a chef para os eventos dos autores e às vezes prestava serviço de *catering* para amigos.

— Não dá para acreditar nesta imensa pia de mármore. Pode-se dar banho em dois bebês aqui dentro. Archie! Que desastre. Ele nunca viu uma galinha na vida. Agora, em nossa primeira manhã, ele assassinou a galinha do vizinho.

Qual é mesmo o nome dele? Leo! Ele foi muito amável em relação a isso, e agora vamos ter que comer a maldita galinha.

Susan não conteve o riso.

— Não posso acreditar que Archie, tão pateta, tenha este instinto assassino.

— Ele nunca saiu da Carolina do Norte. Está terrivelmente confuso. Quando formos à cidade, compraremos algo para Leo. Vinho?

Camille corta o pão, prepara uma travessa com tudo que Grazia trouxe e enche copos grandes de suco de laranja vermelha. Na longa mesa da cozinha, o monte de queijo, pão rústico e laranjas forma uma natureza-morta. O suco parece escuro e forte — um copo é capaz de energizá-lo para o resto do dia. Estão famintas, não comeram nada desde os sanduíches excepcionalmente gostosos em uma lanchonete na estrada depois que saíram do aeroporto.

Camille começa a fazer uma lista do que precisam comprar na cidade, mas, como precisam de tudo, ela começa a fazer um esboço da lareira da cozinha. Ela já está enamorada da casa. O inverno neste aposento de vigas no teto, ela imagina, o fogo crepitando na lareira, água fervente para a massa embaçando as vidraças... Ela não pensou em Charles desde que o avião pousou em Roma. Ele estaria exilado dali?

— Eu o deixei sair — Susan diz. — Devia ter usado a correia, mas achei que ele só iria dar um pulo lá fora e voltar depressa. — Ela pega Archie no colo e sussurra em seu ouvido: — Você foi muito malvado. — O pobre Archie choraminga. Ele gostou muito da sensação de penas na boca.

— Ei, vocês duas. Gianni vem às nove. Sinto como se estivesse indo ao baile de formatura. Archie, meu amigo, você vai ficar aqui. Vai ficar bem na cozinha.

Susan leva-o para passear outra vez, inspecionando a propriedade conforme caminham. Um pouco abaixo no declive, ela encontra uma construção de pedra com uma fachada de vidro, uma estrutura que sabe ser um depósito para limoeiros durante o inverno. Ela já vira uma dessas no famoso jardim La Gamberaia quando viajou com Aaron há muitos anos. A longa sala está cheia de vasos, aqueles maravilhosos garrafões de vidro verde pelos quais se paga uma fortuna na

Restoration Hardware, teias de aranha de dois metros de diâmetro, ferramentas de jardinagem (algumas em perfeito estado) e cadeiras de ferro enferrujadas. Bulbos, ela pensou. Eu poderia plantá-los agora para a primavera. Ela não sabe que narcisos aclimatados cobrem toda a encosta no começo de abril. Durante muitos anos, Luisa acrescentou íris e tulipas. Lírios selvagens com pintas cor de laranja vicejam em ramalhetes resplandecentes.

Ela dá a volta na casa. Árvores frutíferas, alguns recipientes de cerâmica de azeite de oliva, manchados de líquens, algumas roseiras com botões ainda irrompendo e muitos arbustos redondos de buxo. Gianni deve conhecer um bom viveiro. Ela visualiza as cadeiras enferrujadas embaixo da tília, da lavanda e da santolina ao longo do caminho até a estrada. Perto da porta de entrada, um derrame de erva-dos-gatos, pó-de-prata e verbena. Verbena rosa-claro. Água caindo em algum lugar. Archie começa a arranhar a terra e a escavar. Ele olha para cima, desvairado e com ar de culpa.

— O que é que você tem, garoto?

Camille pendura suas roupas no enorme *armadio* que range quando ela abre. Sua cômoda foi recentemente forrada com papel flor-de-lis azul e branco. Por causa de seu joelho, ela ficou com o quarto do andar térreo nos fundos da casa. Os quartos de Susan e Julia ficam no amplo andar de cima, onde há quatro outros, além de um enorme aposento que é usado como depósito. Esta casa foi construída para uma família de muitas gerações, não para três estrangeiras solitárias.

Pela janela, ela vê Susan espreitando para dentro de uma construção de pedra com portas de vidro em arco. Que belo estúdio, com todo aquele sol entrando. Ela estende seus suéteres e blusas pela cama e começa a enrolá-los, como sua eficiente nora a ensinou. Dispondo de apenas quatro gavetas, ela precisa de cada centímetro de espaço. Aquele deve ter sido o quarto do casal falecido. É espartano, o minimalista original, na verdade, com cômoda de nogueira, *armadio* e cama encostada em paredes brancas. Ela corre a mão pela grossa camada de argamassa, seguindo o movimento da mão de alguma outra pessoa quando alisou a parede. (Sua mãe brandindo a espátula, espalhando o glacê em seu bolo de aniversário. Ela teria admirado a colcha de crochê de flocos de neve do tamanho de sua mão.) Para Camille, embora amasse a cama esculpida, aquela colcha áspera terá que ir embora. Ela também gostaria de algumas toalhas boas. Aquelas azul-piscina no banheiro pareciam novas, mas pequenas e finas. Ela olha ao redor de seu quarto. Junto à cama, há um abajur de pé de vime no lugar de uma mesinha de cabeceira e, na cômoda do outro lado, uma relíquia de ferro com uma lâmpada de vinte watts. Os italianos não leem na cama?

∾

MATERIAL DE LIMPEZA, JULIA ANOTA. Amônia. Água sanitária. Ajax. Limpa-vidros. Esponjas de limpeza. A cozinha parece bem limpa, mas Julia sente necessidade de esfregar toda a superfície, especialmente a despensa, onde as prateleiras estão ligeiramente pegajosas embaixo de vidros de mel e geleias que terão que ir para o lixo. A geladeira, fechada desde a morte de Tito, cheira a ozônio. Ela consulta o dicionário e escreve sua lista em italiano. Será que eu conseguiria achar um processador de alimentos? Ou ao menos um *mixer*? Como dizer isso em italiano? Ela sabe que vai aprender a língua depressa. Susan tem uma habilidade natural para idiomas, exceto para carregar nos erres. Quando lê passagens em voz alta, ela ensinou a si mesma a ler depressa. Seu instinto está certo. Mesmo que pronuncie errado, ela acelera. *Professor particular*, ela escreve no topo da lista. Quer começar imediatamente. Hoje vai comprar um livro de culinária em italiano. Do lado de fora da janela da frente de seu quarto, o terreno começa um íngreme declive, com alguns pontos de casas de fazenda ao longe, bem mais abaixo. A outra janela dá para o leste. A moldura inteira é preenchida por uma árvore gloriosa, sem folhas, mas alegremente ostentando caquis amarelos e brilhantes. *Kaki*, ela aprende. A primeira coisa que vai cozinhar na cozinha de Villa Assunta.

∾

ÀS NOVE, GIANNI BATE NA PORTA. Ele vai deixá-las no portal da cidade e elas poderão explorar San Rocco a manhã inteira. Ele recomenda a Trattoria Stefano para o almoço e, então, as levará de volta à Villa Assunta por causa do *jet lag*. Amanhã, ele sugere uma ida à Ikea, perto de Florença, já que irão precisar de suprimentos para a casa, em seguida com uma parada no restaurante orgânico de seu primo, Verde. Depois disso, o Cinquecento da mãe de Grazia estará pronto e elas estarão por conta própria.

⁓

ASSIM QUE ATRAVESSAM O portão — elas se encantam com o arco medieval e as amplas portas —, Julia avista a loja de massa fresca.

— Vamos comprar um pouco na volta. Vamos entrar na cidade e começar da extremidade mais distante, de modo que não tenhamos que ficar carregando tudo.

Foi difícil. Elas querem parar no *forno*, na sorveteria com a tentadora loja de cama e mesa ao lado. Param para um cappuccino e conhecem Violetta, que oferece o café em seu bar. Ruelas descem ladeira abaixo a partir da rua principal. Elas vagueiam por galerias e joalherias da largura da extensão de seus braços abertos. No final da rua, encontram uma loja de utensílios de cozinha e se presenteiam com um processador de alimentos e uma boa cafeteira elétrica com cápsulas. Julia escolhe três espátulas e algumas formas de gelo. Elas ainda não sabem que os italianos acham que bebidas geladas causam problemas de estômago, daí não haver nenhuma forma de gelo na geladeira da casa. Elas compram um ferro a vapor, para substituir a relíquia que viram na despensa, e três secadores de cabelos. Martino, o proprietário da loja, se apresenta e se oferece para entregar em domicílio.

— Claro que sei onde estão morando — diz a elas. — *Una bela villa*. Vocês nos honram com sua preferência por San Rocco.

Elas tomam o segundo café numa praça menor, Piazza 22 Settembre, com vista para o jardim de rosas público e um panorama do vale agrícola abaixo. O barista, Paolino, faz uma mesura quando elas entram, sorrindo como se fossem primas que ele não via há muito tempo. Ele também oferece o café.

— O que é isto? — Camille se admira. — Eles sempre fazem isso?

— Bizarro. Imagino que seja por causa da família de Grazia, a casa... não sei, mas é ótimo.

Os guarda-sóis foram guardados para a estação que se inicia. Nas mesas ao ar livre, as mulheres viram o rosto para o sol do meio da manhã. Elas se esquecem dos perigos da exposição e do câncer de pele, e simplesmente se refestelam ao calor do sol, consultando suas listas e olhando as vitrines, uma sacada ainda carregada de gerânios cor-de-rosa, pedras brilhantes do calçamento e pessoas cuidando de sua vida diária. Elas se sentem como figurantes em uma peça teatral e, é claro, são mesmo, no drama permanente da vida em uma cidade pequena. Imagens da internet de San Rocco as mantiveram ocupadas durante os meses de planejamento, mas não estavam nem um pouco preparadas para a luz límpida banhando as fachadas renascentistas de ocre, rose, amarelo-girassol e creme. Os degraus de mármore branco que levam à igreja da *piazza* ao longo dos séculos se desgastaram até aquele suave brilho de sabonete, e os sinos da torre batendo o quarto de hora, a meia hora e a hora, de forma tão ressonante que seus ossos reverberam.

— Este é o sino da cabra.

Paolino indica a torre do sino com a cabeça enquanto recolhe suas xícaras. Ele trabalhou em navios de cruzeiro durante anos e fala inglês.

— Cada igreja tem um som diferente. Santa Catarina, a batida no alguidar. San Fillipo, a grasnada do ganso. Sant'Anselmo, o sino do leproso. Sabe, o leproso tinha que avisar que estava se aproximando.

Susan está fascinada pelos cabelos espessos de Paolino — cortados bem curtos nas laterais, com um topete que a faz lembrar o estilo *pompadour*. Ele dá um volteio para cima e para trás, uma onda de surfista, brilhante e preta como alcatrão, prestes a quebrar. Julia acha o croissant, chamado de *corneto*, terrível, a massa úmida demais e compacta no meio. Camille imagina um leproso perdido tocando seu sino pela *piazza*, seguido de uma cabra saltitante e de um ganso. *Jet lag*, um grave ataque de *jet lag*.

Paolino acena quando elas começam a recolher suas sacolas.

— *A domani.*

Até amanhã.

— Vou à livraria onde vendem material de pintura. Encontro vocês em uma hora nas escadas da igreja? — Camille leva uma sacola que pretende encher.

— Sim, e eu vou à mercearia — Julia acrescenta. — E comprar o pão.

— Eu só vou andar por aí. — Susan pendura a bolsa no ombro. — Toda rua parece tentadora.

Susan, acostumada a puxar conversa com estranhos, se apresenta na loja de *frutta e verdure*, de Anna e Pietro. A exorbitante exposição de cítricos a atraiu. Quantos tipos de tangerina existem? O que é isto? *Cedro*, enorme e de casca rugosa. Limões, alguns grandes e cascudos, outros pequenos e lisos. O que é isso? *Bergamotta*. A fragrância a alcança quando ela se inclina para ver as caixas rotuladas. Usado em chá, ela se lembra. O que quer que seja, ela pensa, cheira a flores de limoeiro e laranjeira; algo que eu gostaria de borrifar em mim mesma. Que bela palavra, *arancia*. Temos que comprar as laranjas vermelhas. Julia vai ficar encantada. Anna e Pietro escolhem as melhores frutas para ela e Anna descreve uma *insalata*, isso Susan entende, com laranjas e funcho. Anna também separa um molho de beterrabas. Ela parece em dúvida, mas segura os três juntos. Susan compra as beterrabas também. Em geral indiferente à culinária, ela tem vontade de levar metade da loja para casa — os enormes *funghi porcini*, castanhas reluzentes e algo chamado *gobbi*.

— *Dialetto* — comenta Anna. — *È il cardo*.

Bem, tentarei entender isso mais tarde, Susan pensa. Anna escolhe um *cedro* como presente para ela. Julia saberá o que fazer com isso.

Na loja de queijos, ela compra uma grande fatia de um suave gorgonzola, minúsculas azeitonas pretas e um pote de manteiga de trufas.

No começo, Camille não vê a dona da livraria agachada no fundo da loja. Ela está lendo em uma poltrona baixa, coberta com um surrado tapete oriental. *Signora* Bevilacqua se estica e se levanta. Ela é alta e curvada, os cabelos cortados em anéis grisalhos e o rosto de marfim delicadamente enrugado como papel crepom. Seus olhos são límpidos e cor de âmbar escuro.

Todas as palavras em italiano que ela havia decorado escapam da mente de Camille e ela se restringe a apontar para os tubos de tinta a óleo e acrílica, os pincéis e tecido enrolado para telas. O gato da loja gira ao redor de seus tornozelos, em seguida, dos tornozelos de sua *signora,* que abre gavetas e aponta pincéis com delicadas pontas de pelos de zibelina, conjuntos para aquarelas que custam uma fortuna e rolos de papel vegetal. Fita adesiva. Lápis, borrachas. Tubos de terra de siena natural, terra de sombra natural, terra de siena queimada e *terra verte,* um verde turvo para esta paisagem. Um círculo cromático.

— *Sì* — Camille concorda repetidas vezes. Com a sacola cheia, ela agradece à *signora* e lembra-se do que Paolino disse. — *A domani.*
— Até amanhã.

Ela se depara com Julia, saindo da mercearia.

— Imagine só! Eles entregam em domicílio! É um lugar bem civilizado. Eles estocam todos os vinhos locais também, e eu comprei uma caixa variada. A loja é minúscula, mas tem tudo que você precisa. Faz as nossas lojas gigantescas parecerem um pouco obsoletas. E foram muito gentis. Tem Cinzia, seu marido Quinto e seu filho Tommaso.

Julia não disse que o rosto oval e o nariz perfeitamente reto de Cinzia a faziam se lembrar de Lizzie. Momentaneamente, teve a terrível sensação familiar de estar presa em uma batisfera à deriva. Lizzy. Ficou zonza. Mas Quinto lhe deu uma fatia do presunto cru San Daniele e, concentrando-se no sabor amanteigado, ela se recompôs.

Um pouco cedo para isso, mas Susan pede um *gelato* de avelã. A jovem parece surpresa por ela ter escolhido apenas um sabor. Com uma de tamanho médio, ela disse, segurando uma casquinha e levantando três dedos, você pode escolher três. Susan sorri e ergue um dedo. De volta ao básico, ela pensa. Erguendo o dedo como uma criança de um ano. Tenho que começar a estudar *agora.*

Susan senta-se na beirada do chafariz, desfrutando um dos prazeres que ela quase sempre nega a si mesma. Uma jovem deslumbrante passa por ela, empurrando um carrinho de gêmeos, ambos sorrindo.

— *Buon giorno, signora* — diz a jovem, como se fossem vizinhas. Sua vida, Susan pensa, seus belos, incríveis anos de *vida* neste lugar. Ela se corrige. A vida daquela mulher pode ser horrível. Mas a encantadora jovem atira seus cachos para trás e se afasta, quem sabe, talvez de volta para as páginas da *Vogue*. Susan acha que vai chorar.

Meio-dia e quinze. Está cedo para as tratorias de San Rocco. O almoço começa a uma hora. Mas a porta da tratoria do Stefano está aberta.

— Ok. Estamos em um filme. O garçom é bonito demais.

A cabeça raspada brilha como uma noz lustrada. Ele ostenta uma mosca e uma barba pontuda, muito bem modelada. A camisa cinza justa e o jeans apertado não deixam dúvidas sobre seu corpo magro e musculoso. Ele é Stefano, filho de Maurizio, cuja família abriu as portas há sessenta anos e vem cozinhando massas e grelhados mistos desde então. Stefano, trinta anos, insiste em novas ideias. Não apenas a tradicional cozinha toscana, mas inovações também, especialmente na lista de sobremesas que anteriormente eram apenas *panna cotta*, *tiramisu* (que ele detesta como uma invenção americana) e *crème caramel*. Agora há rocamboles de frutas da estação, bolo de *vin santo* e, no outono, tortas de figo e nozes. Marizio concorda com isso, já que ouve expatriados locais suspirarem diante do "mesmo velho menu". A cozinheira-chefe, zia Valentina, irmã de Maurizio, é uma ferrenha simpatizante do que sua avó cozinhava. Bastante bom para a família durante séculos, bastante bom para turistas malvestidos. Daí, erupções de gritarias e panelas batendo na cozinha, em geral fazendo os clientes se entreolharem alarmados.

Hoje tudo está calmo. Como todo mundo, Stefano sabe que elas vão morar na Villa Assunta. Ele sabe até que uma delas é ou quer ser artista, já que ele encontrou a *Signora* Bevilacqua na fila dos correios. Ele vai ficar sabendo mais no final da manhã sobre a compra extravagante do processador de alimentos, um modelo com mais de dois anos que Martino ficou contentíssimo de vender. Ele sugere o *pici*, a massa preferida em San Rocco. Susan quer o seu com muito alho, Julia escolhe molho de javali e Camille se decide pelo molho de tomate apimentado. Elas adoram o *pici*, longo e fino, como um espaguete grosso. Depois que decidem não tomar vinho, Stefano traz um litro, de qualquer forma, e elas se surpreendem ao terminá-lo com seu segundo prato, os grelhados mistos com batatas assadas. As carnes são magras, quase fibrosas, mas extremamente saborosas. O pão local tem textura fina, mas, como a comida é salgada, a massa é preparada sem sal. Isso vai requerer um pouco de tempo para se acostumarem.

Elas não querem, mas Stefano traz a Mont Blanc, uma sobremesa de tirar o fôlego, feita de purê de castanhas e chantilly.

— Muito especial. Para clientes especiais.

✼

Por sorte, a loja de massa fresca ainda está aberta. Haviam decidido descansar longamente e à noite ir cedo para a cama, após um jantar leve. Susan lembra-se do tagliatelle e do vidro de manteiga trufada em sua bolsa, mas compra alguns raviólis também.

Os donos das lojas trancaram as portas e foram para casa, para o *pranzo*. Aromas de molhos e assados cozidos por um longo tempo fluem pelas janelas de cima.

— Não vou querer comer por dias — Susan se lamenta. Logo depois de atravessar o portão da cidade, elas avistam a van de Gianni.

— Gostaram de nossa San Rocco? — Ele desliza a porta da van e elas se amontoam ali dentro com suas sacolas.

— *Paradiso!* — Julia diz.

— Ah, não, *signora*, mas talvez esteja bem perto.

— O que *gobbi* significa, Gianni? E *dialetto*? — Susan pergunta.

— Corcunda. Dialeto. Vocês compraram *gobbi*? Parece alcachofra, porém é espinhoso, muito difícil. Pode chamá-lo de *cardo*.

— Por que corcunda?

— *Non lo so*. Talvez porque as folhas se curvem?

Julia entende.

— Deve ser o que chamamos de *cardoon*. O legume mais difícil do mundo. Nunca vi um de perto.

Quando Gianni começa a subir o caminho de entrada, a harmoniosa casa preenche o para-brisa. Camille abaixa o vidro e respira fundo. Ela se vira e olha para as outras no banco de trás.

— Estamos em casa.

✼

Quando Susan leva para a sala de jantar a tigela de massa trufada, com aroma de madeiras argilosas e *parmigiano,* ela para diante do afresco. Está escuro no jardim agora, mas notou anteriormente o conceito da vista da casa ressurgindo na parede — o jardim em primeiro plano, arcos inclinados sob o peso de trepadeiras de rosas, os dois vulcões distantes. Sente uma pontada de alegria: ela vai poder olhar para isto por muitos e muitos fabulosos jantares. Vou inspecionar todas as construções externas, ela pensa. Quem sabe se esses arcos de ferro trabalhado da pintura já não estão enferrujando em algum lugar?

Camille, trazendo uma jarra de água, une-se a ela.

— Não é demais? — Ela também passou meia hora olhando o afresco. Viu-se sorrindo o tempo todo. — Havia um grande espírito à solta aqui, empunhando os pincéis! Imagino se ela — certamente era ela — era a proprietária, ou a filha. Veja aquele passarinho tão nítido!

A boa nova: cena

Chego alguns minutos mais cedo na casa de Leo e Annetta para o jantar oferecido em homenagem à galinha assassinada. Se chegar à casa a tempo, Colin talvez venha se unir a nós. Ele não gosta de perder uma refeição na Casa Bianchi. Estou trazendo uma torta de pera, embora saiba que Annetta também irá servir sua *crostata* de abricó ou de ameixa. Meus amigos italianos instintivamente desconfiam da culinária de estrangeiros. Estão sempre me explicando como fazer as coisas mais simples, como se nós nos Estados Unidos não tivéssemos nenhuma ideia de como rechear um tomate ou picar uma cebola. Quando gostam de algo que eu sirvo, expressam verdadeiro prazer e surpresa, como se estivessem testemunhando um cachorro executando um truque inteligente.

Quando deposito minha torta e meu vinho na bancada da cozinha, Annetta e sua irmã Flavia estão pondo a mesa. Em uma das extremidades, elas colocaram um jarro alto de folhas de outono e galhos de rosa mosqueta. Em geral, não se preocupam com decoração. Esta é uma ocasião especial. O chefe dos *carabinieri*, sua mulher e seu bebê já chegaram, juntamente com o marido de Flavia, Roberto, que continua na família, embora Flavia o tenha deixado há anos e tenha ido morar com sua irmã e Leo. A galinha e o coelho giram devagar na lareira, juntamente com espetos de linguiças e fígado de porco.

Entram as três mulheres. Camille, Susan, Julia, elas dizem, e eu me apresso em me apresentar. Elas estão afogueadas pela caminhada no frio. Minha primeira impressão: muito americanas. O que será esse fator que denuncia o que a maior parte das culturas tem? Por que americanos não se parecem com suíços ou ingleses, ou alemães com americanos? Bem, aquela com cabelos curtos grisalhos, Susan, podia ser francesa, em sua saia de corte enviesado, botas de saltos altos e largos — ela subiu a colina com elas? — e suéter em um padrão assimétrico vermelho e cinza. Ela inclina a cabeça ligeiramente para trás, deixando-me ver que está nos avaliando. Não de uma maneira ruim, apenas atenta. Todas as três parecem bem-arrumadas, limpas na verdade, com cabelos brilhantes e rostos francos, todas sorrindo com seus dentes americanos perfeitos e brancos. Inocência? Será esse o traço revelador para mulheres americanas? (Mas Margaret nunca pareceu inocente.) Assim como calças folgadas são a marca registrada dos homens americanos?

Julia parece um pouco tímida. Ela examina as carnes que estão sendo assadas na lareira e as brasas chiando e estalando com os pingos de gordura. Ela possui um olhar franco, inquisitivo. Camille olha ao redor, observando tudo. Sua primeira casa de fazenda toscana. Ela cumprimenta Annetta e Leo pela sala aberta com a mesa longa dominando todo o ambiente.

— Posso ver quais são suas prioridades! — diz, rindo. (Vou trabalhar em dobro esta noite como intérprete.) Ela admira o conforto descontraído de seis poltronas grandes arrumadas em torno de uma mesinha baixa repleta de revistas, livros, cestas de linhas e equipamento de pesca. Ela me diz:

— Ei, Ralph Lauren, veja só! — É verdade: cobertores de xadrez, coruja empalhada, um piano de parede, cadeiras da mesa de jantar que não combinam umas com as outras.

Elas trouxeram flores e vinho e, na Ikea hoje, encontraram uma tábua de cortar de madeira de oliveira para Leo. (Estariam inconscientemente pensando nele decepando a cabeça da galinha?) Ele a revira na mão, examinando o trabalho. (Elas ficarão sabendo depois que ele próprio faz tábuas melhores do que aquela, assim como anéis esculpidos para guardanapos, bengalas e casas de passarinho.) Embora não seja nosso costume local, Annetta distribui taças de Prosecco porque esta é uma noite especial. Em geral, chegamos às oito e nos sentamos à mesa, sem preliminares.

— *Benvenuti, cin-cin!*

Então, aqui estão elas. Há dois dias, elas tinham seus próprios mundos. Agora, impulsiva e alegremente, têm este novo mundo. Não podem invejá-las? Tudo se desenrolando, tudo novo e reluzente. Gosto delas imediatamente.

Annetta, sensível à questão do idioma, senta as mulheres e eu juntas, em frente a eles. Os homens, como sempre, ficam em uma das extremidades da mesa. Chega o prato de antepasto: azeitonas *salumi*, *crostini* e pecorino.

— Vocês vão comer muito bem — digo às mulheres. — Annetta pode ter o tamanho de uma menina de dez anos, mas é uma cozinheira incrível.

Leo pergunta sobre Villa Assunta. Estão confortáveis? Ele se oferece para levar lenha para a lareira. Annetta observa que elas não fecharam as venezianas à noite e lhes diz que estarão mais quentes no inverno e mais frescas no verão se as venezianas estiverem fechadas. Eu raramente fecho as minhas e duvido que as mulheres tampouco o façam, porque os quartos ficam escuros como o interior de um caixão e é difícil acordar no escuro. Uma questão cultural.

O bebê é extraordinariamente grande para seis meses. Placidamente, ele chupa um pedaço de pão. A mãe, Margherita, parece exausta, cansada de carregar um bebê tão pesado de um lado para o outro. Eugenio, o chefe dos *carabinieri*, assegura às mulheres que fará tudo ao seu alcance para que a estadia delas seja agradável. Bonito como é, imagino que cada mulher está agora tendo um flash do quanto ele poderia tornar a estadia delas agradável. Não, certamente estou exagerando; será isso o que *eu* penso?

Flavia e Annetta trazem uma tigela de *penne* no que, para Julia, parece um simples molho de tomate. Em vez disso, é saboroso e complexo.

— Isto é delicioso — Julia exclama. — Como você faz? Annetta dá de ombros.

— É simples. — Ela sempre diz isso. — Acrescento dois punhados de ervas e salsa bem picadas e meu próprio molho de tomate. Um pouco de *peperoncino*, apimentado. Nós o cultivamos e eu vou lhe dar um pouco. Fica bom com quase todas as massas. — Julia nota que Roberto, marido da Flavia, está devorando seu prato. E ela faz o mesmo.

Todos têm um conselho a dar. Onde comprar eletrônicos, gasolina, quais vendedores na feira das quintas-feiras têm os melhores legumes e verduras, qual padre é o menos maçante. Perguntam às mulheres para onde elas planejam viajar, se já estiveram na Sicília e em Elba. São advertidas contra Nápoles (uma das minhas cidades favoritas) e recebem numerosas recomendações de lugares onde comer no campo. O que não vem à baila, como tampouco nunca veio para mim, é quem elas são, de onde vêm, o que fazem. Nunca descobri se meus amigos italianos são indiferentes à minha vida fora daqui ou se, como escrito nos mapas antigos, talvez haja uma mentalidade primitiva de que existem monstros e dragões em territórios desconhecidos. É muito estranho. Quando vou embora é como se eu tivesse caído da borda. Quando volto, todos ficam encantados por eu estar de volta, mas ninguém, absolutamente ninguém, faz nenhuma pergunta. Viver o momento? Sim, é o que fazem.

Flavia ajuda Leo a desmontar os espetos da grelha e a cortar as carnes. A travessa é colocada sem grandes cerimônias no meio da mesa, e logo as mulheres entendem qual é a ideia: você se debruça com seu garfo e espeta o pedaço que quer. As batatas com alecrim da Flavia, o pão e as saladas verdes apenas surgem e são passados de mão em mão. O bebê mastiga uma azeitona. Vejo Camille olhando com os olhos arregalados.

— Não se preocupe, há semanas que ela adora comê-las. E ela já nasceu com três dentes — diz a mãe.

Roberto precipita-se sobre uma linguiça.

— Acho que ele não come há semanas — diz Camille, rindo. Flavia elogia os vinhos que as mulheres trouxeram, mas para mim têm um sabor estranhamente metálico. Acho que estou ficando doente. Geralmente, sou voraz, especialmente nessa mesa, mas esta noite me sinto abstêmia e sem interesse nas saborosas carnes. Susan começa a repetir.

✦

AGORA A *CROSTATA* DE ABRICÓ, minha própria torta de pera, os copinhos dos amargos *digestivi* — Leo só bebe *grappa* — e o fogo transformado em carvão.

— Esta foi uma das melhores refeições da minha vida — Camille comenta. Ela ficou de costas para o fogo a noite toda e está prestes a derreter. Um pouco tarde para um fogacho.

Colin deve estar atrasado. Coitado, vai ter que se contentar com uma sobra de lasanha.

— *Una bella cena.* — Eu começo as rodadas de beijos de despedida.

— Foi um belo jantar? — Camille repete. — *Uma bela cena*, Leo, Annetta. Flavia.

✦

NÓS QUATRO SAÍMOS JUNTAS. Annetta chama e corre até elas com um frasco de vidro de flocos de sua pimenta.

— Temos sorte de tê-los como vizinhos — Julia diz. — Eles sabem que a comida deles é melhor do que em qualquer restaurante cheio de estrelas nos Estados Unidos?

De repente, sinto-me exultante por elas estarem entre nós. Cada uma possui a centelha da curiosidade. Lembro-me bem desta sensação exacerbada da chegada. Sob muitos aspectos, eu ainda a tenho. Todas as três falam com sotaque sulista, mas o de Julia é o melodioso sotaque da costa da Geórgia com um toque britânico. Eu gostaria que ela se sentasse ao meu lado na cama e lesse para mim. Susan, eu reconheço como uma pessoa objetiva e direta. Ela vai fazer muita coisa. Camille, minha impressão é a de que ela é a mais versátil no momento. Pronta a mudar o que for necessário. Não se parecem nem um pouco com Margaret.

— Sim, os Bianchi. São os melhores dos melhores. Mas vocês vão ver que a comida do dia a dia aqui surpreende o tempo todo. Só é possível apreender o padrão se você morar aqui.

— Não peguei seu sobrenome, Kit — Camille diz. — Trabalha aqui? Há quanto tempo está aqui? Gianni disse que você é escritora?

— Raine. Sou de Coral Gables, mas estou aqui há doze anos. Parece uma eternidade.

Julia dirige o facho da lanterna para a frente dos seus pés.

— Kit Raine! Oh, li um livro que você escreveu sobre Freya Stark! — ela recorda. — Estava na estante da casa de Hugh — ela explica para Camille e Susan. — Adorei.

— Estou surpresa. — Sempre fico surpresa quando alguém lê o que escrevo. — É tão bom ouvir isso. — Não, eu simplesmente trabalho na minha escrivaninha, nada além disso, embora faça alguma pesquisa para Colin. Acho que me apaixonei por ele porque eu mesma sempre quis ser arquiteta. Em suma, antes de vir para cá, lecionei na UC Santa Cruz, pegando ondas, como eu agora me lembro daquele ano. Depois, arranjei um emprego de tempo integral na Universidade do Colorado, mas tive que pedir demissão. Passei quatro anos tomando conta de minha mãe em Coral Gables. Ela sofria de esclerose múltipla. Depois, melanoma. Eu dava aulas em tempo parcial e tentei me convencer a casar com meu amor do colégio. Depois que ela morreu, ainda muito jovem, fiz minha grande escapada, *à la* Houdini, para a Itália. Este lugar me deu o grande espaço em branco para escrever, além de uma empolgante alternativa quando estou procurando diversificar.

Nenhum carro estacionado na rua. Colin deve ter ficado retido em algum lugar.

— Vocês precisam conhecer meu companheiro, Colin. — Expliquei que ele trabalha aqui em casa e em Londres, sempre às voltas com bagagem e passagens de avião.

— Que vida. E você ainda é jovem. E muito bonita, devo dizer.

— Susan, você é uma *principessa* por dizer isso! Tenho quarenta e quatro anos. Mas sou uma dessas almas antigas. Sempre tive quarenta e quatro.

Apenas uma semana

Julia. Camille. Susan. Todas bem instaladas e felizes depois de uma semana. As três compraram edredons de penas na Ikea e substituíram as colchas de crochê de Grazia. Trouxeram para a casa taças de vinho, cortinas novas para os banheiros, espátulas, tapetes de banheiro e uma cama macia para Archie. Esqueceram-se de procurar toalhas de banho melhores do que as novas (porém pequenas) que havia em seus banheiros. Ninguém queria voltar ao enorme estacionamento e aos infindáveis corredores da Ikea. Camille achou irritante estar lá, embora Gianni tivesse insistido que aquele era o único lugar onde podia haver um bom estoque de artigos práticos. Camille achou deprimente que alguém pudesse mobiliar um apartamento inteiro em uma única tarde e ter um lugar agradável sem absolutamente nenhuma perspectiva.

Na feira de antiguidades do terceiro sábado, Susan encontrou românticas arandelas de cristal — vinte euros! — para sua cabeceira. Camille descobriu uma luminária de latão, bastante potente. Julia deslocou um abajur de pedestal de mármore do baú do corredor dos fundos para seu quarto. Também comprou jogos americanos na cidade e Camille selecionou duas mantas macias para ler perto da lareira. Susan começou a manter flores na mesa da cozinha e no largo peitoril de pedra de uma janela da sala de estar. Equiparam cada banheiro com um pequeno aquecedor para espantar o frio matinal. O termostato da *villa* devia estar pré-programado, mas elas ainda não descobriram como alterar as configurações. O aquecimento é completamente desligado à meia-noite e volta a funcionar às seis, não com a rapidez suficiente para aquecer a casa até a hora de se levantar.

O wi-fi funciona melhor do que em casa na Carolina do Norte, mas, por alguma razão, os telefones, com os novos chips que Gianni comprou, têm sinais fracos. Somente as mensagens assinaladas TIM conseguem chegar.

— Quem é esse Tim que vive chamando? — Camille quer saber.

— Não conhecemos nenhum Tim — Julia reforça. Quando Gianni explica que Tim não é um estranho, mas a operadora Telecom Italia Mobile, elas o surpreendem quando começam a rir, se empolgam e não conseguem parar. Gargalhadas incontroláveis, do tipo que deixa a garganta dolorida, as arremete no próximo estágio, aquele em que percebem o quão pouco sabem e o quanto desejam descobrir.

A chegada do Cinquecento azul marca o início de uma nova etapa. Um carro. Grazia acrescenta o preço do carro e do seguro dele ao aluguel e retém com ela os papéis de proprietária. "Assim, é de vocês. Eu fico com os documentos para vocês se estabelecerem como residentes", ela explica. As mulheres não compreendem bem, mas concordam. Embora o banco traseiro exija contorções, o dianteiro é espaçoso. Sendo a menor, Julia não fica satisfeita com seu destino de ficar encolhida na parte de trás. Susan já vem admirando as habilidades de motorista dos italianos e está ansiosa para praticar. Assim que Gianni e seu primo entregam o carro, ela parte.

— Aonde você vai? — Camille grita para ela.

— Vou tentar achar aquele viveiro por onde passamos. Jacintos e açafrões ficariam bonitos ao longo do caminho de entrada. Eu me pergunto se anêmonas cresceriam aqui. Nunca tive sorte com elas. — Ela arranha as marchas, dá ré, muda de direção e dispara morro acima. Abre a capota do conversível exatamente como Luisa costumava fazer independentemente de como estivesse o tempo.

❧

Julia estuda seu novo livro de culinária, *Ciência na cozinha e a arte de comer bem,* um clássico de Pellegrino Artusi. Como foi publicado em 1891, ela pensou que seria apenas uma plataforma de lançamento para ela, as receitas antiquadas e requerendo muitos ingredientes que já não estariam disponíveis. Pelo seu trabalho de editora, ela está familiarizada com medidas métricas na cozinha, mas elas de forma alguma são intuitivas para nós. De qualquer modo, o autor é bem informal em relação a medidas. *Pugno,* ela lê, um punhado. *Quanto basto.* O quanto baste. Ótimo! Enquanto laboriosamente traduz receitas de ragu, risoto, ravióli, ela percebe o quanto da cozinha tradicional se mantém intacto. Exceto que ela não encontra uma receita de massa em lugar algum; Artusi presumiu que isso todos sabem. Ela comprou um livro de culinária de Lorenza de' Medici também e marca uma ou outra página. Tão simples, a *crostini di ricota,* até mesmo o ossobuco. Julia tem a ideia de criar um bom registro de tudo que cozinha. Então, ela se pergunta se poderia unir suas aventuras culinárias ao seu aprendizado de italiano. Tem um súbito lampejo — um livro publicado pela Mulberry Press! *Aprendendo italiano.* Ah, brilhante. Isso duplicaria a diversão de aprender ambos. Sobre tudo servido à mesa, deve haver uma história, uma anedota, algo a aprender e obviamente palavras novas.

                                                     ✿

Nesta manhã, Camille prepara um local para pintar no quarto em frente ao seu. Rearrumando os sofás-camas e as cadeiras de vime, ela limpa um canto espaçoso onde empurra uma escrivaninha para baixo da janela. Gianni está trazendo um retângulo de madeira sessenta centímetros mais longo do que o tampo da mesa. Ele a ajudará a recobri-lo de lona e colocá-lo sobre uma camada de feltro em cima da mesa. Isso protegerá o couro trabalhado incrustado no tampo, assim como lhe dará uma boa superfície de trabalho. Ela anseia pela luz da *limonaia* de frente de vidro, mas isso terá que esperar até a primavera. Ela planeja começar com naturezas-mortas, talvez *à la* Giorgio Morandi. Encontrou um livro sobre ele em uma das estantes, juntamente com um conjunto de dois volumes sobre a história dos afrescos e uma pilha de livros de arte em brochuras sobre Tiziano, Pontormo, Sassetta e Bronzino. Ela poderia, percebe, estudar apenas esse bando o ano todo. A cor favorita de Pontormo, e dela, é um damasco claro. Ele dava preferência à cor de malva, cinza, azul desbotado, mas também azul-piscina e ameixa. Bronzino, uma claridade extrema; Tiziano, aqueles rostos imortais, de cortar o coração; Sassetta — com que habilidade ele inseria paisagens ao fundo dos temas religiosos. Ela se debruça sobre as pinturas de Morandi. Garrafas, tigelas, jarros, formas essenciais reduzidas à abstração. Até mesmo suas paisagens só tinham a ver com volume. Se pintasse tantos ensaios como ele fez dos mesmos cilindros esbranquiçados, ela enlouqueceria. O mesmo com Cézanne e aquelas infindáveis paisagens do Mont Sainte-Victoire.

Comece com simplicidade. Três quincãs em um prato azul. Nem mesmo isto é simples, não se você quiser capturar na pintura a essência das quincãs, algo como essa névoa perfumada que elas exalam quando são descascadas. Em uma mesinha tirada da despensa, ela arruma seu material. Quando irá pegar um pincel, abrir um tubo de branco zinco e começar?

Julia deixa um bilhete sobre a mesa da cozinha: *Vou andando até a cidade e vou ficar para o almoço.* Ela guarda sua câmera e seu grosso caderno de notas de cinco assuntos na bolsa. *Vamos ver o Mágico de Oz,* ela costumava dizer a Lizzie. *Viva em algum lugar, Lizzie. Provavelmente confusa e doente e cheia de culpa. Wade.* Quatro da manhã em Savannah e onde ele descansa a cabeça? *Não, não, não agora,* ela diz à lembrança avassaladora de sua presença sólida e reconfortante na cama ao seu lado, sua respiração regular. Ela forçou sua silhueta em uma paisagem de colinas azuis cujas ondulações lembravam os contornos de um homem dormindo sob lençóis amarfanhados.

⁓

UMA MULHER, em um desses vestidos caseiros estampados, ou seria um tipo de avental envolvente, curvada, uma perna em cada lado de uma vala, separa as ervas daninhas. Julia olha para as plantas empilhadas em um jornal aos seus pés.

— *Buon giorno* — ela diz, surpreendendo a mulher. — *Mangia questa insalata?* — Você come esta salada?, ela consegue dizer.

— *Si, la nostra insalata del campo.* — Nossa salada do campo, mas Julia não entende mais nada depois disso. A mulher ergue um punhado de folhas crespas que acabou de cortar, em seguida atira-as sobre o jornal. De sua cesta, ela retira um cogumelo *porcini* do tamanho de um ovo frito e o oferece a Julia. *Crudo* é parte do que ela diz. Cru. Somente *parmigiano* e azeite. Isso Julia entende. Está eufórica com sua primeira conversa em italiano.

— *Sono* Julia. — Sou Julia. Ela estende a mão. — *Abito...* — Não conseguiu pensar no que dizer depois de "Moro", de modo que apontou para trás dela. — Villa Assunta.

— *La casa di Luisa* — diz a mulher. Seu sorriso revela lacunas onde deveriam estar seus incisivos. — *Sono Patrizia*. Ela aponta para a mancha quadrada que é sua casa, lá embaixo no vale. Julia presume que ela esteja dizendo que são vizinhas.

— *Grazie, Patrizia, ciao.* — Ela ainda não sabe que não se diz simplesmente *ciao* para alguém que se acabou de conhecer.

— *Arriverderla* — Patrizia responde formalmente.

Julia embrulha o precioso *porcini* em um lenço de papel e coloca-o cuidadosamente dentro da bolsa. Uma salada crua de *porcini* cortado bem fino, borrifada de azeite e *parmigiano*. Como um prato poderia ser mais simples?

Na cidade, ela admira os ornamentos de pedra acima das portas, lâminas de luz pelos becos, a fileira de elegantes colunas de mármore em uma longa sacada, o vislumbre de um teto com afrescos em um apartamento no alto, um garoto que parecia saído de um quadro de Piero della Francesca. (Mesmo que fique ali uma dúzia de anos, ela ainda verá algo novo toda vez em que entrar em San Rocco.) Ela lê todos os cardápios exibidos e faz algumas anotações — *ribollita, pollo al diavolo, stinco di manzo, zolfini*. A porta da Trattoria Danzetti se escancara de repente e ela vê um chef almoçando mais cedo com sua equipe. Gostaria de se unir a eles. Um garçom sai para fumar. Na confeitaria, ela admira as crostatas de frutas com sua massa trançada em cima, como a de Annetta. Que habilidade com a massa, embora ela não gostasse muito deste tipo de torta. Que diferença — as tortas americanas são empilhadas com frutas caramelizadas, ao passo que estas favoritas são apenas uma camada fina de torta com geleia de fruta. Ela seleciona alguns pães doces de passas para o café da manhã, depois, na loja de Anna, compra alcachofras recém-chegadas da Sicília.

Macelleria. Açougue. Ela entra e prende a respiração. Uma enorme vaca sem o couro pendura-se de uma corrente do teto. Uma toalha de papel no chão absorve as últimas gotas de sangue. Uma pequena multidão parece admirar a parte traseira do animal. Cobrindo a boca e o nariz, discretamente, ela espera e volta-se para os balcões de vidro. Quando seus olhos se encontram com os do açougueiro, ele ri e dá uma piscadela, reconhecendo imediatamente a reação melindrosa da americana ao seu prêmio do leilão de carne da Chianina. Julia morde o lábio e tenta não desviar o rosto da cabeça pendente de um galo e sua crista vermelha arriada. Ela consegue pedir três grossas costeletas de vitela. Na mercearia do tamanho de uma casa de boneca, ela faz um estoque de suprimentos e pede para ser entregue em domicílio. Eles também podem levar a vitela, o maravilhoso *porcini* e os pães doces. O jantar está tomando uma boa forma. Mas agora é hora do almoço e ela volta à tratoria de Stefano.

Um americano está de pé a uma mesa de seis mulheres. Stefano serve vinho enquanto o americano explica o varietal para os rostos erguidos para ele. Todas provam a bebida. Stefano senta Julia na mesa seguinte e recomenda o *ribollita* que sua tia está servindo hoje.

— Uma sopa que lhe dá a energia para subir o Monte Amiata. E deixe-me apresentá-la ao seu compatriota. É Chris Burns, e estas são suas clientes na turnê de vinho e comida. Ele sempre as traz à tratoria do maluco do meu pai para provarem *la cucina casalinga*, a comida caseira. Chris, esta *signora* é La Julia. Ela veio morar aqui.

Começam a conversar, todos parcialmente virados em seus assentos. São do norte da Califórnia, viajando por duas semanas com Chris, um importador de vinhos que leva clientes especiais em viagens de degustação duas vezes por ano. San Rocco é uma de suas paradas por causa da uva syrah local e porque Chris e Stefano se tornaram amigos em uma feira de vinhos há uns dois anos.

— Não quero interromper a degustação de vocês. Prazer em conhecê-los! — Ela estende a mão para seu caderno de notas, pronta para um adorável almoço solitário.

— Não coma sozinha, puxe sua cadeira para cá — diz Chris.

— Stefano pode juntar as mesas. — Ela aceita o convite. Senta-se entre Lucy, a proprietária de pizzarias em Marin, e Alicia, que, com o marido, é dona de uma cadeia de lojas de vinho em San Francisco.

Stefano traz *crostini* e uma travessa de *porcini* fritos. Chris lhe serve um copo do vinho que estão tomando.

— Este é interessante. — Ele retém um grande gole na boca e gira a cabeça em círculos. — Somente um ano em carvalho. — Julia pensa que ele vai continuar, explicando como o vinho é produzido, mas em vez disso ele diz: — Me faz lembrar o vestido de veludo roxo que minha namorada do colégio usou no baile de formatura. Simplesmente voluptuoso. Até hoje nunca vi nada mais voluptuoso do que aquele vestido. — As mulheres riem.

Julia saboreia um gole longamente e diz:

— Bem! Me faz lembrar uma tigela de uvas quentes ao sol quando beijei pela primeira vez meu namorado do colégio!

Todas tocam os copos exatamente quando o relógio bate uma hora. Ela conta o que Paolino lhe ensinou sobre o sino da cabra. Sua sopa chega com as batatas e o ravióli de presunto *speck* que Chris havia harmonizado com o vinho. Ele espeta um dos seus e coloca no prato de pão de Julia.

Conversam sobre comida. Tendo acabado de chegar de Florença, tem muitas recomendações, tantas que Julia pega seu caderno de notas.

— Estou doida para ir a Florença — ela diz. Em seguida, conta, resumidamente, a história de como ela e duas amigas deram uma reviravolta em suas vidas e vieram para San Rocco aprender italiano, comer, explorar e descobrir como o futuro deveria ser. Chris ouve atentamente.

Julia pensa: Ele é bonito. Bonito? Ela estaria voltando para a época dos bailes de formatura do colégio? Mas ele é atraente, não de uma maneira óbvia, um deus alto e bronzeado como Wade, mas cheio de vida.

Ele insiste para que ela compartilhe sua codorna assada com bagas de zimbro. Ele se levanta para abrir sua segunda proposta, um cem por cento sangiovese.

— Sangue de Júpiter, é o que sangiovese significa. O deus romano. Sim, é antigo. De volta às raízes mais antigas. Este é o vinho preferido dos toscanos desde então. — Ela nota suas mãos também. Bem torneadas, as unhas rentes, retas, segurando a garrafa com firmeza.

Ele para de vez em quando para dizer:

— Oh, isto é bom. Isto é *muito* bom.

Seus cabelos castanho-avermelhados de corte reto não param de cair na testa. Seu rosto parece esculpido, todo em ângulos que se complementam. Orelhas. Por que estou observando suas orelhas? Em geral, são feias e primitivas, mas as dele são perfeitas, pequenas conchas de vôngole contra a cabeça.

— Sou uma garota do sul — ela diz — e conheço codornas. Fui criada com codorna no bafo. E esta é a melhor que já provei.

Stefano passa a travessa à volta da mesa.

— Três horas no forno baixo. Até ficarem quase desmanchando. E tem o zimbro, o tomilho e, é claro, *vin santo*.

Chris fica encantado por ele mencionar o *vin santo*. Um dos melhores é feito ali perto e ele planeja oferecê-lo acompanhando a torta de figo e nozes da sobremesa. Apenas uma prova. Há muito a fazer esta tarde.

❧

No campo, a alguns quilômetros de distância, Susan vê uma placa indicando a direção para Borgo Santa Caterina. Como todas as estradas são intrigantes, ela desce uma viela ladeada por um muro de pedra, larga apenas o suficiente para o Cinquecento. Se ela cruzar com um carro, alguém vai ter que dar marcha a ré. Ela segue uma placa apontando para uma estrada de terra. Logo entra em um caminho de cascalhos ladeado por enormes limoeiros em vasos. Sem dúvida, um dos Médici viveu aqui. Plana e sem adornos, a fachada de estuque cor de pêssego da imensa *villa* deve ter o comprimento de meio quarteirão de uma cidade. Uma placa discreta: Hotel Santa Caterina. Curiosa para conhecer o hotel por dentro, ela decide parar para almoçar.

Esta deve ser a sede de uma família aristocrática dos anos 1300 — maciços *madie* e *armadi* de castanheira revestem um salão cujas janelas são ornadas com drapeados em brocado carmesim, as paredes recobertas com tapeçarias e quadros contemplativos de mulheres robustas seminuas, *putti* e cavalos. Um esbelto italiano — de terno cinza *brilhante* — a conduz a uma sala de jantar com portas de vidro em arco ao longo de um dos lados de uma antiga *limonaia*. Esse lugar só poderia existir na Itália. Terno Brilhante lhe oferece uma taça de Prosecco. Luca, ele se apresenta. Susan vê que o terno não é verdadeiramente mafioso; tem um corte perfeito e é pespontado, obviamente feito sob medida. Ela gosta do lenço da lapela de seda cor de laranja.

Uma garfada da massa com molho de pato e até mesmo uma novata sabe que é um italiano quem comanda a cozinha. Ela recusa um *secondo* e pede uma salada. Susan olha para o jardim, onde roseiras entrelaçadas em aros de ferro ao longo de um muro emolduram vistas de vulcões distantes e da vastidão do vale. Alguns brotos amarelos ainda florescem. Será erva-sereia? Uma trepadeira tão vigorosa, espinhos bastante pontiagudos para a coroa de Cristo, com flores planas da cor do suco de limão. Ela fica fascinada com a ausência de grama nos jardins italianos; é um elemento essencial dos jardins sulistas. E não há forrações; o prédio se assenta diretamente no solo, onde um estreito passeio de cimento contorna a construção. *Marciapiedi*, Luca explica. Marcha de pés? Drenagem para fora do prédio, ela imagina.

Depois do almoço, Luca abre uma porta e indica o jardim, a piscina e um spa.

— O hotel é o meu domínio. Tudo isso se deve à inspiração de minha mulher, Gilda. Pode encontrá-la no spa ou na escola de culinária, logo adiante.

— Você é o proprietário? Meus cumprimentos! Isto é um sonho da Itália. Vou ter que acordar? — Ele comenta que a estação do turismo está chegando ao fim e ela está viajando sozinha? Susan lhe conta a respeito da Villa Assunta, que ele conhece, tendo sido colega de escola de Grazia.

— Por favor, traga suas amigas. É sempre bem-vinda. Dê uma olhada nos arredores. Minha família está aqui há muitos séculos. Gostaríamos de escapar e ir para o Brasil ou algumas ilhas, mas temos que permanecer aqui o tempo todo.

Susan ri.

— Sabe que a grama do vizinho é sempre mais verde — ela diz, mas ele parece não entender. Talvez porque não haja grama.

Eva e Caroline vão adorar este lugar quando vierem visitar, especialmente a piscina térmica revestida de mosaico brilhante. Elas ficariam deslumbradas. Ela podia abdicar do banho de vinho tinto em uma banheira de cobre e das mesas de massagem com gel aquecido, mas, mesmo no final de outubro, a piscina externa em que se entra gradualmente, como em um lago, parece convidativa. Ela quase pode ver Eva em seu biquíni framboesa e Caroline em um brilhante maiô, disfarçando seus cinco, bem, talvez dez quilos extras, entrando na água.

Ela abotoa o casaco para se proteger de um vento penetrante que atravessa o olival. Longe de tudo que é conhecido, ela pensa. Que loucura estar sozinha, por conta própria, no mundo. Longe até do peso acachapante de Aaron, que agora não parece tão morto. Parece mais uma agradável lembrança. Ela podia pensar agora em como Aaron adoraria o pato. Ele teria usado a palavra *untuoso*. Ele iria querer comprar braceletes e sapatos para as meninas em San Rocco. Iria querer andar por todo o labirinto de vielas à noite. Ele já não era o rosto confuso olhando para ela com olhos acusadores. Ele era todas as suas idades outra vez, do manifestante contra a Guerra do Vietnã, com seus cabelos compridos, ao aterrorizado pai de primeira viagem inclinado sobre Eva quando foi enrolada em cobertas e levada do orfanato para o táxi, e ao educado empresário fechando um contrato.

Que estranho que estejamos nos sentindo tão confortáveis, ela reflete. Como se tivéssemos acabado de entrar em um barco e sentíssemos a corrente nos levando suavemente.

— *Ciao*, só vim cumprimentar. — Susan entra na construção de pedra identificada como La Cucina Santa Caterina. A mulher de Luca, Gilda, e uma assistente esfregam uma mesa de trabalho de mármore. Um caldo ferve em fogo baixo na parte de trás de um fogão azul de oito bocas. Ela se apresenta. — Acabo de sair de um almoço delicioso e Luca disse que eu deveria dar uma volta por aqui.

Gilda, pequena e esbelta como Luca, possui o rosto fino e cabelos ruivos penteados inteiramente para trás, dando-lhe a aparência de uma raposa benigna em um livro de histórias.

— Estamos nos preparando para um grupo de americanos que chega hoje. — Ela indica a pilha de costeletas de carneiro e uma montanha de hortaliças de aspecto rústico. A assistente desliza uma bandeja de *focaccia* para fora do forno. Gilda oferece um expresso e Susan sente-se tentada a ficar, mas certamente seria uma imposição. Em vez disso, ela pergunta se o curso de culinária é aberto somente a hóspedes.

— Sempre podemos dar um jeito — Gilda diz com um sorriso. Sim, Susan pensa, é a Itália. Começo a compreender. Esse é o lema.

Quando Susan remexe na bolsa em busca das chaves, um micro-ônibus Mercedes entra no estacionamento e um grupo de mulheres salta. Julia! Ela desce sorrindo.

— Julia, ei! O que está fazendo aqui?

— O que *você* está fazendo aqui? Susan, estes são amigos que conheci no restaurante do Stefano e eles me convidaram para participar de sua aula de culinária com uma excelente chef. Este é Chris. Ele as está levando a todos os melhores lugares da Toscana. Esta é minha amiga Susan. Nós fugimos juntas.

— Você vai adorar este curso de culinária. Eu conheci a Gilda. Já está com um cheiro bom lá dentro. Quer que eu volte para apanhá-la?

— Não, não — Chris diz. — Tenho que voltar à cidade mais tarde de qualquer modo. O jantar será bem mais tarde, o que quer que a gente cozinhe esta tarde reaparecerá com muitos vinhos bons para degustar. Vocês são todas bem-vindas.

— Em outra ocasião, eu adoraria, mas vou para casa agora. Meu cachorro, Archie, está preso o dia todo dentro de casa. Tchau! Divirtam-se.

CAMILLE ENCONTRA OS MANTIMENTOS entregues junto à porta. Julia e Susan ainda estão fora, explorando os arredores, enquanto ela está passando o dia em seu novo ateliê lendo livros de arte. Archie espia o interior do ateliê, a cabeça inclinada. Ela o deixa sair duas vezes, mas, fora isso, que luxo ter direito a um dia silencioso só para si. Elas andaram terrivelmente ocupadas colocando o lugar no jeito delas, agora finalmente chegou a hora de simplesmente estar ali. Ela nunca viveu numa casa com uma história mais longa do que sua própria vida multiplicada por dez. Todos os casamentos, funerais, lágrimas, orgasmos, batizados, encontros secretos, todos os turbilhões de emoções, os cheiros de comida, as vitórias pessoais e gritos de parto infiltrados nas paredes. (Ela espera que o pai de Grazia não tenha se engasgado à mesa da cozinha onde ela vai jantar esta noite.) A casa deve se assentar em um leito de rocha que penetra até a água e o fogo.

Em uma caixa embaixo da escada, ela encontrou imagens em tons de sépia datadas dos primórdios da fotografia. Homens pequenos usando os ternos rústicos com os quais casaram e foram enterrados, segurando seus chapéus e olhando fixamente para o futuro com um olhar vazio. Noivas com buquês decaídos: míopes, devotas, austeras, mas uma liricamente bonita, apoiada em uma balaustrada. De seu olhar alegre, pode-se ver que devia estar apaixonada pela pessoa que segurava a câmera, mas talvez ela fosse apenas uma dessas pessoas que olha para o mundo com gosto pela vida. Dois bebês mortos, apoiados em travesseiros, mas com os olhos fechados, algodão enfiado nas narinas, e um minúsculo buquê de florzinhas em suas pequeninas mãos entrelaçadas. Uma de uma festa na praia. Devia ser da época da Segunda Guerra Mundial — uma mesa longa, homens em regatas e mulheres em pesados maiôs. Emborrachados? Todos erguendo os copos. Fumando. Um rapaz troncudo de suspensórios faz um V com os dedos — chifres, o sinal do corno — acima da cabeça de outro. Os avós de Grazia devem estar entre eles, mas essa festa acabou há muito tempo e quem se lembra? A fotografia que Camille mais gosta é da porta da frente da Villa Assunta. Ninguém interfere com a imagem.

Apenas a porta pesada, esculpida. Quem teria tirado aquela foto? Semiaberta e um raio de luz do sol penetra como, ela pensou, um espírito. Ela brincou com a ideia de pintar alguma coisa das fotografias. Ela adorou examiná-las e imaginar a vida em cada uma. A porta semiaberta? Como pintar uma porta? Cuidadosamente, ela guarda tudo de volta na caixa e a recoloca na prateleira embaixo da escada. Não quero pintar o passado. Disto ela está certa.

———

— JULIA VAI CHEGAR TARDE — Susan anuncia, colocando na mesa uma sacola de mantimentos. — Tenho muita coisa para contar. Vi um jardim maravilhoso. O campo nos arredores é sublime. Você tem que se transformar numa pintora de paisagens. Ah, talvez eu mesma me torne. Não aqueles campos de girassol piegas que se vê em toda galeria. Mas, sabe, o coração deste lugar. E estão por toda parte, pinturas esperando para acontecer. — Ela conta a Camille sobre o encontro que teve com Julia, o grupo de Chris, o curso de culinária e a massa com pato.

— Vamos fazer uma surpresa para ela e preparar o jantar. Não que ela vá ter fome.

— Talvez ela saia com Chris. Ele é mais ou menos da idade dela, talvez mais novo. Sabe, não posso afirmar, ele é muito atraente, mas acho que ele tem um olho azul e o outro meio avelã.

O X em fluxo

O QUE COLIN TENTA ENCOBRIR, MAS NÃO CONSEGUE, é o quanto ele preferia trabalhar apenas de casa. Em Londres duas vezes por mês, cinco dias a cada vez, ele mora no escritório. Sempre fala em procurar um estúdio, mas acaba adiando. Ele não está dormindo no sofá da sala de recepção, não é tão ruim assim, mas em um canto do antigo depósito no renovado East End. Quando sua firma, Arkas/Wright, projetou um hotel para um sheik saudita, o cliente exigiu ver um aposento de amostra inteiramente mobiliado antes de assinar o contrato. O arquiteto no projeto, Patrick, amigo de Colin, projetou um quarto de luxo na extremidade do prédio empresarial deles, com um banheiro de mármore de veios marrons e brancos que agradou muito o sheik. Assim, Colin possui um bonito quarto de hotel, um pouco estranho, eu acho, e uma banheira de hidromassagem para usar, com a cama mais confortável que eu jamais experimentei. Há uma namoradeira ao pé da cama e uma janela de canto que dá vista para o Tâmisa. O problema é não ter cozinha, embora ele tenha conseguido adaptar um micro-ondas no nicho do frigobar. Quando ele está no seu hotel-residência, fica debruçado sobre sua mesa de desenho e seus computadores no seu escritório na outra extremidade do prédio. Ele sai para jantar, em geral com colegas do trabalho, depois trabalha até tarde, uma luminária pendurada acima da cabeça na escuridão cavernosa. Nós trocamos mensagens várias vezes por dia, conversamos depois do jantar até ele adormecer no quarto artificial.

Às sextas-feiras, ele retorna, nós comemoramos. Quando duas pessoas trabalham em casa o dia inteiro, todos os dias, a outra pessoa começa a parecer uma versão de você mesmo, ou você dela. Com as interrupções de Londres, nos mantemos separados (eu preciso) e com as baterias carregadas. Mas não sou eu quem tem que aturar os atrasos de voos, a viagem até a cidade e as noites cansativas nos escritórios fechados. Aprecio um pouco de solidão, mas me sinto muito mal por ele.

Ontem à noite, ele deveria chegar em casa até as nove, mas chegou às duas da manhã. A pista do aeroporto de Florença é curta. Com ventos fortes, os aviões não podem manobrar entre as colinas. Ele teve que aterrissar em Bolonha, pegar um trem para Florença e depois um táxi para o aeroporto, onde deixara seu carro. Depois, para casa.

Eu estava dormindo quando ele chegou. Ele se jogou na cama sem sequer tomar uma ducha. Cheirava a combustível de avião, como se tivesse voado para casa agarrado ao motor.

— O que aconteceu? — Eu já havia lido a mensagem dele sobre o redirecionamento para Bolonha. Apesar de ter sido despertada de um sono profundo, o cheiro revirou meu estômago. Metal. Vapores.

— Nem queira saber. — Em seguida, ele apagou. Fiquei acordada, curvada e abraçada a ele, até o céu começar a clarear e eu adormecer. No instante seguinte, Colin estava cutucando meu pé, inclinado sobre a cama com um cappuccino.

— Eu é quem deveria dormir até tarde. Droga, foi muito ruim, Kit, porque o piloto quase aterrissou em Florença. Então, bruscamente, e quero dizer muito bruscamente, ele arremeteu para cima outra vez. Chacoalhou, vibrando pesadamente como uma tartaruga gigante tentando voar. Muita gente gritou. O sujeito do meu lado soltou um berro. Como um som num pesadelo. Eu me senti como se estivesse puxando os braços da poltrona para cima para levantar o avião. Podíamos sentir as forças G nos puxando para baixo. Então, o idiota do piloto disse "Desculpe, pessoal", em inglês, embora metade das pessoas no avião não falasse a língua. "Cisalhamento do vento", ele disse, "essas coisas acontecem, pessoal." Detesto ser tratado como *pessoal*. Fiquei aterrorizado. Trêmulo por duas horas.

— Você deve ter ficado absolutamente petrificado. — Quando um avião cai, as pessoas dentro dele têm mais tempo para vivenciar o que está acontecendo do que imaginamos. Qualquer um com um pouco de imaginação tem que ter momentos de medo quando está flutuando a trinta e cinco mil pés de altitude. Eu realmente detesto café na cama. Mas o gesto foi tão carinhoso que eu ajeito os travesseiros e me recosto, tentando parecer acordada. Colin parece confuso, imaginando (eu estaria) o avião subindo repetidas vezes. Ele segura minha mão e cobre os olhos com ela. Menino choroso. O rosto de Colin. Você. A barba espetando.

— Talvez eu devesse abrir um escritório aqui e restaurar casas antigas para estrangeiros. Esquecer essa fantasiosa firma de Londres. O que acha?

— Acho que não. De jeito nenhum. — Restaurar casas para estrangeiros pode ser o pior pesadelo de Colin. Às vezes, as casas se tornam verdadeiras joias, mas geralmente os proprietários arruínam construções nobres com ideias contemporâneas ruins ou levam o arquiteto à bebida porque eles estudaram e querem restaurações históricas, até os pregos tortos feitos à mão. Pior ainda deve ser o cliente que envia uma centena de fotos de cozinhas. *Podemos discutir essas?*

O cappuccino tem o mesmo gosto metálico que notei à noite passada. E algumas outras vezes recentemente. Faço girar a espuma na xícara e não bebo. Não bebi muito à noite passada. Nada de ressaca — estou ficando doente com alguma coisa. Ou teria sido algo que não caiu bem? Não, não à mesa de Annetta. A estação da bronquite está começando. Colin está dizendo que Rick, seu chefe, quer que ele fique em Londres todo o mês de novembro e depois disso "poderemos reavaliar as tarefas".

— Temos zinco em casa? E é um mau presságio, o que Rick disse?

— Poderia ser. Ele pode precisar de mim em tempo integral. Santo Deus. — Colin deixa-se cair de costas na cama e me fala de sua semana: o trabalho para a firma jorrando da Irlanda, Dubai, Maiorca. Os amigos com que se encontrou para um drinque. O sonho que teve de que era erguido nas garras de uma águia e levado até a Toscana. Ele é muito bem-sucedido em sua firma, mas nós dois sabemos o que lhe faz falta. Ele agoniza com todos os projetos compartilhados — o hospital, o teatro universitário, as residências particulares dos super-ricos. Eu já vi seus blocos transbordando de projetos desenhados apenas por ele — alguns museus clássicos, mas supermodernos, estádios baseados em anfiteatros antigos, livrarias e pistas de corrida fantásticas, até mesmo uma biblioteca ideal que eu daria tudo para ver construída. Eu posso colocar minhas fantasias no papel. Meus poemas, embora poucos os leiam, são realizações completas da minha visão. O dele é o mundo real de tijolos, guindastes, transigência e clientes cheios de manias, um casamento improvável de arte e comércio. Ele tem que ter a sua chance.

Corro os dedos pelos seus cabelos desgrenhados. Ele imita um cliente tecnológico que deseja um ambiente de clube britânico de classe alta em seu apartamento. "Pode me dizer", falou o cliente, "o que é considerado de bom gosto?" Colin, diga-se a seu favor, gostava do cliente e eles passaram duas manhãs olhando livros e revistas de arquitetura e decoração, com Colin colocando marcas nas páginas de bom gosto e marcando com um X as páginas de terrível mau gosto.

Ele cochila por alguns minutos e eu coloco minha xícara na mesinha de cabeceira. O vento fazendo a curva nas quinas da casa guincha como almas penadas à solta. Ao longe, os dois cavalos de Leo relincham, longos lamentos que se misturam ao vento e são levados adiante. Quando dorme, algo em Colin relaxa e ele parece o menino de catorze anos que deve ter sido, quando a franqueza da infância ainda embeleza o rosto com inocência, mas as próximas mudanças para a idade adulta já estão se formando. Seus belos lábios ligeiramente abertos, franja de pestanas adejando uma vez, punho cerrado desdobrando aqueles longos dedos desenhados por Da Vinci.

No chuveiro, lavo os cabelos e me ensaboo generosamente com gel de ducha. Canto "Somewhere over the Rainbow". Meus seios estão sensíveis. Fico parada sob a água quente sem compreender, então compreendo.

Não sou eu mesma. Não estou bem.

Não estou grávida. Não poderia estar.

TRABALHANDO DURANTE A MANHÃ, enquanto Colin sai para o olival, examino meus papéis sobre Margaret. Seu livro *World Mafia World* acumula poeira em minha escrivaninha. Levo-o para a sala de estar, onde Fitzy já requisitou minha poltrona favorita. Ele abre espaço para mim e se insinua entre as páginas. Esta é a temerária Margaret, aproximando-se das jovens mulheres dos dons da máfia, funcionários e filhos, e aqueles por eles afetados. Sentou-se bem ereta, como uma professora de inglês em Catânia, fortaleza de feudos do crime. Por intermédio das crianças, ela é convidada a comemorações, cerimônias, almoços de domingo. Um ano inteiro dando aulas para crianças de seis a doze anos. Certamente uma boa professora. Ela é popular. Os dons, donos de lojas, até um padre tiveram que ser educadamente desencorajados. Ela ouve conversas, interroga sutilmente, ensina *Winnie the Pooh* para os mais novos, *Pippi Longstockijngs* para o grupo do meio e *Romeu e Julieta*, outras vítimas de clãs em guerra, para os mais velhos. Dizem que ela perdeu o marido na Guerra do Vietnã. Ela é discreta, vivendo sob o nome de Mary Merritt. Saia escura e blusa branca. Somente as pérolas indicando sua classe. Escrevendo furiosamente à noite, escondendo seu caderno de anotações em uma mala trancada embaixo da cama. *Brava*, Margaret. É aqui que eu a invejo. Uma guerreira doando uma parte de sua vida por uma causa. (E não a única. *The Taste of Terror,* uma análise dos tensos anos da Brigada Vermelha, serve como prévia para o terrorismo que agora estamos tendo que aceitar como a nova normalidade.)

O livro da Máfia, contundente e incriminador, colocou "Mary Merritt" em uma lista de observação tão perigosa que ela teve que retornar aos Estados Unidos por dois anos. Um retorno de sorte, porque foi então que ela escreveu seu clássico *Sun Raining on Blue Flowers*. Os livros de cruzada me dão uma visão de sua mente ágil, de sua tenacidade. Os romances revelam uma ternura lírica, amor pelo mundo natural, sua tristeza e humor contundente.

Mãos nos meus seios, sim, definitivamente sensíveis.

~

Depois do almoço na trattoria do Stefano (eu fiquei remexendo meu prato de massa), digo a Colin que preciso comprar algumas coisas na farmácia. Ele se une a Leo para um café na *piazza*. Dois outros sujeitos sentam-se à mesa deles e surgem as cartas.

~

Estou perplexa. Atingida por uma Taser. O cotonete é uma bombinha acesa em minha mão. Cor-de-rosa. Bonita em cor-de-rosa. Listras. Chiclete cor-de-rosa. Quando minha mente para de funcionar, passo a mão na minha barriga plana. Alguém lá dentro, dando o pontapé inicial. Impossível. Vinte e quatro anos de sexo e agora, agora... Então, quando? Eu sei. Depois do almoço de domingo, naquela suave tarde de setembro, levamos nosso cobertor verde para nosso refúgio oculto embaixo do azevinheiro, aquela doce depressão na grama que nos esconde do mundo. Colin havia se recuperado de uma de suas semanas em Londres e estava alegre, amoroso e fogoso. Uma folha marrom grudou em suas costas.

Grávida! Nunca foi uma opção. Quando eu tinha vinte anos e fui procurar orientação para controle de natalidade, meu médico me disse que eu não poderia engravidar com um útero assim inclinado. "Em tal ângulo", ele disse, "nenhum esperma determinado conseguiria escalar e passar por cima daquela borda." Imaginei um salmão de boca aberta, tentando saltar correnteza acima e sempre caindo para trás. Para mim estava bem não ter que lidar com pílulas, implantes, espumas e gosmas.

Vou guardar segredo até que eu possa pensar. Nunca diga nunca. Isso muda tudo. O X mais Y, ou X agora em fluxo. Um garotinho brincando com um barquinho a vela. E Colin... ele gosta das crianças de nossos amigos e até se ofereceu para ficarmos com elas para que os pais pudessem dar uma escapada de fim de semana. Mas ele sempre afirmou que não queria seus próprios filhos. Ele adorava sua irmã mais nova quando eram pequenos, mas ela se tornou uma alpinista social, fútil, manipuladora imbecil. (Gatinhos se tornam gatos.) Nosso trabalho seria cortado em pedacinhos. Ficaríamos atados.

Uma menina delgada de xadrez pulando corda, ela é uma menina determinada. Ela exibe o sorriso de minha mãe. Meus amigos sem filhos têm uma vida muito mais fácil e mais divertida. Há quanto tempo estou atrasada? Nem notei, mas devem ser dez dias. Nenhuma menstruação. Nenhuma "queda do telhado", como minha mãe costumava dizer. De onde veio isso?

Um silencioso aborto em Roma? Seria hediondo. Como as toupeiras que Fitzy mutila, trapos ensanguentados. Emergindo desesperada de alguma sala para a luz do inverno. Raspada, limpa. Ninguém para saber.

"Faxina completa" é como minha mãe chamava o procedimento. Colin tem quarenta anos, uma idade importante. Eu tenho quarenta e quatro. Último suspiro, óvulos envelhecendo. (Que enjoativo o cheiro de enxofre quando os ovos decorados da Páscoa foram encontrados semanas depois no meio dos arbustos.) Lembra-se de Margaret dizendo que os bebês italianos já nascem velhos? E as crianças nem sempre dão certo, independentemente de como você as eduque. O filho do joalheiro — pirralho balofo. Parece uma salsicha prestes a explodir de seu invólucro. Eu o vi derrubar a irmã, culpá-la e conseguir se safar. E se você tivesse Grazia? Sempre enfiando lenços de papel nos bolsos, e sua detestável risada. Isso não é gentil. Grazia é... Ora, por que estou pensando negativamente? *Nosso filho.* Uma parte de mim, uma parte de Colin. Ah, chás de bebê. A agulha no medidor está caindo, caindo, para vazio. Estou num impasse. Perde-se um dente a cada filho, minha mãe costumava dizer. Anunciação? De jeito nenhum. Este tardio milagre — como se este ser *sempre* estivesse flutuando lá fora, uma estrelinha cintilante no céu, esperando o momento dela. Dela?

La Raccolta: a colheita

Susan olha para baixo de sua janela no andar de cima. Por que Grazia está batendo na porta às sete da manhã? Ainda nem clareou completamente. Quatro homens atrás dela descarregam redes e escadas de um caminhão de três rodas.

— *Buon giorno*, Grazia.

— Sinto muito. Estava me esquecendo de lhes dizer que hoje iniciamos *la raccolta,* como você diz em inglês, das azeitonas?

— Ah… a colheita. Que interessante! Podemos ajudar?

— Claro. E Zia Maria e eu estaremos de volta à uma hora com a massa. A mesa está perto da casa do Leo. Se quiserem, juntem-se para o *pranzo*.

Os homens estendem uma rede em volta de uma árvore no terraço de cima e encostam duas escadas no meio dos galhos. No meio da manhã, já terminaram a colheita de um terraço inteiro. Os engradados estão cheios até a borda de brilhantes azeitonas verdes e pretas. Eles fazem uma pausa, recostados contra a encosta, para o lanche — um robusto *panini* de camadas de mortadela entre dois grossos pedaços de pão. Julia sobe em uma das escadas; Susan colhe do chão, enquanto Camille desenha a nanquim em papel azul de seu posto no terraço de cima. Ela caminhou pela plantação maravilhando-se com a índole das árvores retorcidas e das folhas ambíguas mudando de prata para cor de sálvia à mais leve brisa. De perto, ela não tem certeza de que gosta delas. Algumas parecem esqueletos torturados e enegrecidos contorcendo-se para fora da terra e tentando se transformar em árvores. Algumas se assemelham a loucas dançarinas sem cabeça. Ela se pergunta por que aquilo que simboliza a paz parece tão torturado. O homem mais velho, Pierino, deve ter oitenta e cinco anos. Ele se inclina sobre seu ombro e, como se lesse sua mente, diz:

— Mil anos no vento e na chuva.

Mas infelizmente ele fala em italiano e ela não faz a menor ideia do que ele disse.

— Está bom — ele diz em inglês.

Não está bom, Camille sabe, mas talvez desenhando mais mil folhas em forma de lancetas o desenho fique bom. Ele próprio fino como um galho de oliveira, o velho se mistura à árvore quando prende o cesto de colheita em volta da cintura. Se ela pudesse captar aquilo. Sua vida inteira presente à colheita anual, seu corpo em perfeita harmonia com o ritual da colheita. Provavelmente o mesmo suéter cinza e calça rústica há meio século. Ao menos eu posso *reconhecer* essa ligação, ainda que não possa vivenciá-la como ele. O que em minha vida é tão primordial? Somente Charles, aquela sensação inicial quando estávamos juntos de que éramos duas metades de uma única pessoa. *Aberta para mim,* o hino, *deixe que eu me divida ao meio em ti.* Embora a palavra certa fosse *me refugie,* e não *me divida.* Charles estaria em tudo isso. Mas não, ele não está porque ele é pó em uma urna de resina nos fundos de um armário de corredor onde guardei as roupas que deixei para trás. Uma velha jaqueta. O que eu posso fazer, ela compreende, é ajudar com o almoço. Ela guarda seu material na bolsa e grita:

— Volto em um minuto!

Susan gosta do ritmo, as redes de corda salpicadas de azeitonas caídas, um céu profundamente azul com nuvens fugidias. Archie fica com as patas presas na rede e é enxotado por Paolo, um alegre gigante que não precisa de uma escada. Um dos outros homens, Lucio, entoa canções que ela nunca ouviu. Sua voz de falsete, alta e plangente, vem de uma outra era. Isto vem acontecendo desde o início dos tempos e sem absolutamente nenhuma ajuda de nossa parte, Susan pensa.

— Ei, Julia, foi isso que viemos buscar? Algum dia você imaginou? Nossos braços vão ficar doloridos! — Uma onda de felicidade invade seu corpo. Aqui estou eu no começo da vida mediterrânea. Nós nos juntamos a esta dança estilizada. Adrenalina? Qualquer que seja a sensação, esta inundação de certeza é real. Estou à beira, pensou, de encontrar campos novos. Estou sendo arremessada para eles.

Julia apoia-se na escada, esperando que os galhos descarnados aguentem.

— Grazia diz que leva de quatro a cinco dias. Há muitas azeitonas! Quero colher cada uma, depois vou querer fazer a melhor salada do mundo com o azeite novo. — Chris vai encontrar-se com ela na cidade depois do intervalo. Na noite anterior, quando ele a deixou em casa, ele disse que tinha uma boa ideia sobre a qual queria conversar. — Acha que Grazia iria se importar se trouxéssemos Chris e seu grupo à colheita? Acho que iriam ficar fascinados.

— Vamos perguntar na hora do almoço. Podíamos servir um vinho mais ao final do dia. Seria divertido.

Tentando alcançar um galho alto, Julia lembra-se de repente de Lizzie assombrando-a em seu sono, usando o roupão de banho de *chenille* que Julia levou à tentativa de suicídio. Amarelo-claro, supostamente considerado reconfortante. Patético. Ela batia com força na porta da Villa Assunta, gritando *Me deixe entrar! Eu voltei!* É claro que você reapareceria depois de ontem, quando eu estava tão feliz, Julia pensou. Isso deve ter sido quando Grazia bateu na porta hoje de manhã. Ela desceu da escada e esvaziou seu cesto no engradado. Que gosto têm, cruas?, ela se perguntou. Mordeu uma azeitona madura. Horrível, amarga.

Quando todos se reúnem à uma hora, Camille traz uma bandeja de queijos e frutas da casa, bem como uma salada de alface, pepino e rabanete, e um prato de biscoitos. Grazia e sua tia surgem com *salumi*, lasanha, pão, vinho e mais frutas. Todo mundo arrasta bancos para a velha mesa carregada de comida. As mulheres deixam a conversa em italiano jorrar sobre elas. No ano que vem, Julia pensa, no ano que vem estarei fazendo piadas com eles. Camille pensa: Nunca vou compreender o italiano. Susan consegue juntar alguns trechos.

Depois que cada resquício de massa é raspado do prato, os homens descansam embaixo de uma árvore. Eles passam a grapa de mão em mão, tomando um gole diretamente da garrafa. Uns poucos goles, alguma conversa e, em seguida, caem em silêncio. Julia ouve Pierino roncar. Camille, Grazia e sua tia Maria empilham a louça. Maria prepara expressos em uma Moka em cima de um fogareiro a gás. Ela leva copinhos de plástico para os homens, enquanto Susan e Julia, sempre entusiásticas, retomam a colheita.

Quando se dirigem à cidade no final da tarde, elas percebem, como uma luz que se acende, que todo homem, mulher e criança estão nos olivais. Na *piazza*, a conversa gira em torno de azeitonas. Os italianos *bella figura* agora usam botas de borracha e casacos de lã disformes que cheiram a baús fechados e naftalina. Os homens fazem fila dupla em cada bar, bebericando um expresso ou vinho tinto. Este fenômeno dura três semanas, até todos estarem fartos de ouvir falar em safras e até fartos de si mesmos gabando-se de seu próprio azeite, que é, sem dúvida, o melhor. Azeites novos, não filtrados, já estão à venda em várias lojas. Julia compra garrafas de meio litro em três lugares diferentes.

Chris a aguarda no Bar San Anselmo, que está fervilhando de apanhadores de azeitonas. Ela o avista em um canto e exibe suas garrafas de azeite novo.

— Vamos pedir pão. Mal posso esperar para provar.

Chris admira a brilhante cor verde. Admira também o rosto corado de empolgação de Julia e seu arrebatamento em torno do azeite de oliva. Do balcão, Violetta vê o que tem e traz uma cestinha de pães. Eles demoram-se ali por duas horas com uma garrafa do vinho tinto da casa, ligeiramente ácido. Cada azeite tem um gosto um pouco diferente. Todos magníficos. Nenhum deles consegue escolher um favorito. Chris tentou algumas de suas descrições extravagantes — grama fresca e vento de primavera, esmeralda derretida no fundo de um poço (Julia ri), musgo irlandês. Desistem de tentar. Ele conta a Julia sobre a viagem do grupo a Montalcino de manhã.

— Os monges nessa antiga abadia ainda cantam as horas canônicas, oito vezes ao dia: matinas, laudes, todas as horas que devem ser cantadas. Não havia mais ninguém lá além de nós, e eles fazem isso todos os dias. — Ele cobriu a mão de Julia com a dele. — A abadia é simplesmente espetacular. Pura, austera e sagrada. — Ambos olham para suas mãos. Algo se move. Ele ergue os dedos dela e gira-os. — Você tem mãos bonitas. Devíamos ir lá um dia, à abadia de Sant'Antimo.

Julia inclina a cabeça e olha para ele. Seus olhos, cores tão sutilmente diferentes.

— Qual era a ideia sobre a qual você queria conversar? — Mova esta conversa de volta aos trilhos. Não posso me apaixonar por ele. Wade poderia entrar aqui agora e dizer *Vamos para casa*, e eu iria? A mão fria de Chris sobre a dela é o primeiro toque que ela sente em sete meses.

Ele serve mais vinho.

— Queria saber se você estaria interessada em me ajudar a expandir as turnês que trago aqui. A Toscana é uma segunda natureza para mim. Sempre virei para cá, mas estou pensando em ir a Friuli também.

— Isso é perto de Veneza?

— É, sim. Uma região magnífica. Magnífica. Conheço os vinhos e alguns dos produtores, mas preciso de uma pessoa na área, que seria você, para buscar os melhores lugares para se hospedar e comer. Depois, poderei acrescentar a Sicília, se eu conseguir deixar meus negócios em casa por tanto tempo. Gosto de viajar.

— *Mamma mia!* Será que eles realmente dizem isso? Estou impressionada. Me parece fantasticamente interessante. Um sonho. Sabe, vim reinventar minha vida aqui, mas isso vai além de qualquer coisa que eu tenha imaginado. — Eles conversam sobre detalhes e épocas.

— Posso esclarecer uma coisa? Eu me divorciei há cinco anos. Tenho um filho, Carter, que estuda enologia na UC Davis. Minha ex-mulher ficou com a casa e eu moro em um alojamento reformado de operários dos vinhedos.

— Ah, ok, você não precisa... — Julia diz.

— Está tudo bem. Apenas um desses casos em que cada um começa a ir para um lado diferente. A Itália se tornou cada vez mais importante para mim e ela sempre quis ir para o Havaí. Claro, naturalmente não foi por causa disso. Eu estava do outro lado do salão em uma festa certa noite e olhei para ela como se fosse uma estranha. Glamorosa, bronzeada, um largo sorriso. Cabelos exuberantes. Senti essa onda de tristeza me atingir porque eu pensei: eu não a amo da maneira como ela merece. Foi estranho. Eu me sentira educadamente vazio por um longo tempo, como que neutralizado. — Ele não disse que sexo com ela o deixava deprimido; ela parecia uma boneca inflável. — Eu não queria me sentir assim. Eu queria me atirar em minha vida outra vez. Foi quando expandi meus negócios e iniciei essas viagens em torno de vinhos. Arranjei um professor particular e trabalhei duro para aprender italiano. Sentia falta de Carter, meu garoto, quando viajava, mas não sentia falta da Megan. Nós nos separamos quando ele foi para a faculdade. Acho que eu estava tão desinteressado dela quanto ela de mim. Yoga, cárdio, tênis. Ela se mantém ocupada. Em forma. Oh, sim, em forma. Conheceu um piloto online. Carter está bem. Passa bastante tempo comigo. Eu até janto com Megan de vez em quando. Califórnia civilizada.

— Quem dera que meu divórcio, que ainda está pendente, fosse assim. Eu e Wade, meu ex-marido, nem trocamos e-mails. Estou bem agora. — Ela faz um rápido relato sobre o vício de Lizzie e de como isso os destruiu por dentro e por fora. — Isso destruiu nossa relação, que era boa, e fez tudo desmoronar. — Aquilo que a consumiu durante anos, ao menos neste momento, parece uma visão distante através de um telescópio. Enquanto fala de sua família, ela se sente, senão relaxada, ao menos calma. Sente uma pontada de compaixão por Wade, um foguete de sinalização na cena de um acidente. — O trabalho me salvou. Aprendi tudo na Mulberry Press. Os livros são sólidos e estéticos. Vou lhe mostrar alguns que eu trouxe comigo. Não são apenas *aqui está, receita e anedota*, mas vínculos culturais também, ou história ou por que a receita existe. Agora eu estou pensando em fazer eu mesma um projeto com a Mulberry. O trabalho com você seria um grande bônus. — Ela sorri. — Seria empolgante! Estou realmente eufórica!

Chris adora a ideia de seu *Aprendendo italiano*.

— Posso ser seu consultor de vinhos. — Engraçado ela ter escolhido estas palavras: *sólido* e *estético*. É o que ela lhe parece.

⁂

JULIA CHEGA EM CASA TARDE, exatamente quando Susan e Camille sentam-se para jantar. Ela se serve do risoto que Susan fez com limão e pistaches. Camille, a rainha das saladas, lavou mais alfaces pela manhã quando preparava o almoço no olival.

— Nós comemos incrivelmente bem — Julia diz. — Até o mais simples dos pratos é incrivelmente saboroso. Por que tudo é tão gostoso?

— Acho que eles não se preocupam com isso. — Susan despeja um fio de azeite fresco sobre a salada.

Julia imediatamente compartilha suas novidades sobre a possibilidade de fazer pesquisa em Friuli para Chris.

— Podemos sair em viagem? Susan, você poderia visitar jardins. Camille poderia pesquisar museus, arquitetura e ruínas. Eu descobrirei os melhores lugares para se comer. Tudo será uma grande aventura.

Camille propõe começar por Veneza antes de Friuli.

— Veneza fora da estação. Neve… e neva lá?… na Piazza San Marco? Imagine. Chocolate quente naquele *caffè* onde tocam música melodiosa, gôndolas…

Susan, sempre franca e adiantada, interrompe:

— E quanto a Chris? Ele é bem bonito. E parece perfeitamente à vontade no mundo. Está gostando dele?

Julia ri.

— Um leve formigamento nas extremidades há muito adormecidas? Acho que sim. Que sensação estranha. Sentada no bar com ele, tive uma visão de nós dois descendo a rua juntos em alguma cidade italiana. Apenas caminhando, lado a lado. E me pareceu apropriado.

— Eu teria um caso a esta altura? Por que não? Mas provavelmente seremos amigos. — Em vez disso, ela se viu torcendo por um caso amoroso. Um hotel romântico numa *villa* com lençóis finos, vista para um vinhedo podado para o inverno e… Tentou imaginar Chris em um roupão felpudo do hotel preparando um banho em uma enorme banheira de mármore, mas em vez disso ela ri. — Eu vivia com essa dor torturante, como a broca de um dentista constantemente em minha cabeça. Você não consegue pensar em nada com uma broca ligada. Acabou. O alívio é difícil de descrever. O *barulho* parou por enquanto, ao menos. Hoje, eu até senti um leve perdão em relação a Wade. Mas em relação a Lizzie, apenas um apelo para que resista ao inimigo, como aquele apelo do general na batalha: "Olhem para Jackson, parado lá, como uma muralha de pedras!" — Ela arruinou a vida dela e a nossa, Julia pensa. Nenhuma palavra pode descrever a frustração, a traição, a violência. E, se minha cabeça é um punhado de cacos, a dela deve ter se esfarelado em pó.

— Você está seguindo em frente agora. Está tudo bem. — Susan tira a mesa.

Camille faz uma pausa com o restante de seu vinho e Julia olha para suas imagens refletidas na vidraça da janela.

— Sim, está tudo bem. Graças a vocês duas.

༄

Susan trouxe para casa, da cidade, três novos livros de jardinagem. Camille atiça o fogo na sala de estar. Depois que Susan prepara um bule de chá perfumado de laranja, as três se acomodam com seus livros. Camille lê Elena Ferrante em inglês, com a versão original em italiano ao seu lado. De vez em quando, ela lê algumas frases em italiano, os lábios formando as difíceis construções das frases. Julia sobe para fazer as unhas, embora a colheita de azeitonas certamente vá manchar suas unhas coral novamente amanhã. Chris trará seu grupo por umas duas horas. Ele se ofereceu para fornecer um bom Prosecco. Logo, o novo azeite irá untar tudo.

Julia pensa, os anos, os anos sem nenhuma perspectiva. Agora, que sorte.

Susan atira mais um pedaço de lenha ao fogo e passa um livro para Camille.

— Veja este jardim, La Fosse. Vamos lá. Abrem às quartas-feiras.

Camille folheia as páginas.

— É a casa de Iris Origo. Ela escreveu um livro de memórias vigoroso, *War in the Val d'Orcia*. Vamos, sim.

Verde

Colin levantou-se cedo e está à sua escrivaninha, encarando mil itens a conferir do projeto do hotel em Florença. Do ponto de vista do design, ele terminou, mas precisa verificar o progresso do empreiteiro amanhã. Iremos juntos, eu andarei pela cidade e visitarei o museu Strozzi enquanto ele trabalha, depois teremos a noite livre para um jantar à beira do Arno e nosso hotel favorito. Hora da grande revelação. Sinto como se eu tivesse duas cabeças e ninguém notasse. Como ele pode não saber? Bem, eu não sabia até ontem.

Estranho que Camille tenha notado alguma coisa. Ontem, fomos à Villa Assunta para ver como a colheita de azeitonas estava indo. Nós só temos cinquenta pés, de modo que já havíamos terminado, graças a Deus, as azeitonas já levadas para o moinho por Fabio, que nos ajuda. Amanhã pegaremos nossos cinquenta litros, mais ou menos, e estaremos supridos para o ano todo.

Os novos amigos de Julia bebiam e celebravam. Chris parecia enamorado de Julia, seguindo seus movimentos com a atenção de um cãozinho. Ela espalhava sua glória sobre todos nós, mas notei sua mão demorar-se na manga do casaco dele quando ela lhe entregou um copo. Ela é uma luz brilhante e obviamente ele está caído por ela. Imagino se ela estaria surpresa.

Colin conheceu todos nessa ocasião. Não tenho certeza se ele sabia quais mulheres estavam na *villa* e quais estavam com Chris. Camille estava ao meu lado à mesa e, quando todos fizeram um brinde, ela se inclinou para mim e perguntou:

— Você está bem? Quer um pouco de Prosecco?

— Sim, estou bem. Só mesmo água.

— Parece pálida. Eu não a conheço direito, é claro, mas você, hum, não parece muito bem.

— Estou perfeitamente bem, talvez um pouco cansada com a colheita das azeitonas. Mas obrigada por perguntar. — Tive vontade de agarrar seu braço e dizer: *O que devo fazer?* Ou encostar a cabeça em seu ombro e chorar. Mas ela não conhece nem a mim, nem a Colin. Em vez disso, contei a todos o que acontece na moagem e o quanto o azeite novo é saudável enquanto fresco.

Um longo murmúrio de mulheres, entusiasmadas com a Itália. Transbordando com um fervor que eu reconheço e ainda sinto em rápidos lampejos, embora não pela colheita de azeitonas. É divertido participar por umas duas manhãs e desfrutar da camaradagem, mas se você for responsável, é um trabalho duro, hora após hora, com os braços para cima, o rosto às vezes açoitado pelo vento. Mesmo com nossa rápida *raccolta*, meus dedos estão doloridos. Tive muito cuidado na escada. (Bebê a bordo.)

Ao contrário da maioria dos visitantes, Susan entregou-se de corpo e alma a este ritual de final de outubro. Ela ficava fora o dia inteiro e acompanhava os homens ao moinho para ver todo o processo. Grazia lhe deu um enorme recipiente de plástico para guardar o azeite da casa e Julia comprou garrafas para transferir o azeite assim que o tivessem. Camille se pergunta se conseguirá captar aquele verde particular em papel.

— É límpido. Não é realmente a cor de mais nada. Nem aipo, nem couve, nem aspargos. Não é como uma luz verde ou uma garrafa de Coca-Cola ou musgo. Ah, talvez parecido com o verde da nota de um dólar?

Como eu *sei* que todos adoram poesia, ainda que não saibam, faço um brinde com meu copo de água e recito (incorretamente) um pouco de García Lorca, que sabia alguma coisa sobre a cor virente:

Verde que te quero verde.
Vento verde, ramos verdes.
Grandes estrelas de escarcha
Nascem com o peixe de sombra
Que rasga o caminho da alva.
A oliveira raspa o vento
Lixando-o com seus galhos,
Meu amigo, onde está ela — diga-me
Onde está sua filha amarga?
Quem virá? E por onde?
Verde que te quero verde...

Colin olhou para mim com o cenho franzido. Ele conhece o poema que eu desfigurei. Lorca nem sequer escreveu "oliveira". Sua árvore era uma figueira. Ele sorriu, sacudindo a cabeça.

— Esta é a minha garota. Agora sabemos qual é o verde.

Todos bateram palmas e o Prosecco foi passado novamente de mão em mão.

QUANDO SUBÍAMOS A COLINA, Colin passou o braço pelos meus ombros e esfregou o nariz carinhosamente no meu pescoço. Que consolo, seu cheiro tropical inato.

— O que está havendo, garota da poesia? Alguma coisa está te incomodando? Você parecia emotiva quando recitava o poema do verde.

— Sim, precisamos conversar.

Como foi que ele percebeu algum problema da minha citação?

— Eu já devia conhecer o seu radar aguçado a essa altura. Conversamos mais tarde, está bem?

— Seja o que for que você queira dizer, sou todo ouvidos.

Não consegui dizer *Ah, nada com que se preocupar*, já que não sei se isto é verdade. Ele pode surtar completamente. Estou preocupada, mas por outro lado eu sempre estou mesmo. *Não seja uma pessimista*, minha mãe costumava me advertir. Como não ser? Muitas coisas horríveis acontecem. Ele se mostrará inabalável e compreensivo? Eu o conheço perfeitamente, até seu dedinho do pé curvado para dentro como um minúsculo camarão. ("Preocupação", apreensão, angústia antecipada. Não é tão grave assim, é?)

O que quer que ele diga, o que quer que queira, o que quer que não diga, ele sempre se lembrará do momento em que receber a notícia. Em Florença, apoiados na ponte Santa Trìnita, observando os reflexos tortuosos do *palazzo* no Arno ao amanhecer? Durante a sobremesa em nossa trattoria favorita, onde pedimos *calamari* fritos na noite em que nos conhecemos? Os joelhos se tocando no trem com a paisagem de outono passando a toda velocidade?

O jardim inesperado

— Temos um ano. Mais, se quisermos! Você está simplesmente estupefata, como eu, de estarmos fazendo isso? — Susan acelera pelas subidas, descidas e curvas em direção a La Fosse, ultrapassando tratores na estrada estreita com um amistoso aceno da mão. Têm um encontro marcado às onze, confirmado pela filha de Iris Origo, para ver o jardim da escritora. Susan, se chegarem lá, irá devorar cada centímetro quadrado do elegante projeto. Jardins italianos, baseados em vasos, geometria, pérgulas e elementos aquáticos, são um conceito novo para ela, subvertendo totalmente suas ideias voltadas para jardins ingleses com solários e bordas com plantas perenes de ÁRDUA/alta manutenção — tão informal na aparência, mas extremamente trabalhosos para manter. Estão entrando no árido Val d'Orcia, uma vastidão de colinas ondulantes remediada por estradas ladeadas de ciprestes, faixas de quebra-vento de choupos emplumados, campos de terra marrom arada formando uma colcha de retalhos com outros campos de caules de girassol secos esmagados e culturas de cobertura de trevos — uma paisagem de subtração, mas ainda assim convidativa. Ela sai bruscamente da estrada.

— Vamos saltar. Camille, você deveria ter trazido o cavalete. Olhe para isto!

— Não estou pensando em pintar uma paisagem tão grandiosa. Devo ficar com minhas naturezas-mortas. Talvez eu conseguisse pintar aquela estrada branca lá, aquela ladeada de ciprestes.

— A Toscana está começando a parecer um único e imenso jardim — Julia diz.

❧

Susan está encantada com os esqueletos do jardim de outono. Cercas-vivas e bordas formais de buxo estão extensivamente plantadas, mas o jardim não é rígido. A jovem guia inglesa chama atenção para o que *não* está ali no momento — peônias, alliums, rosas e, é claro, as glicínias pelas quais o jardim é famoso.

— O que eu mais gosto em jardins — Susan diz — está por toda parte deste lugar: o elemento surpresa! Atravesse uma abertura na cerca-viva e se depara com um chafariz ou uma estátua. Olhem, campânulas penetrando pelas fendas de um muro de pedras e a erva-pinheira brotando em degraus de pedra porosos. Bacias rasas de pedra enfiadas em canteiros com minúsculos nenúfares, abrigos para rãs.

— É assim que você se veste — Camille observou —, de uma maneira muito entalhada ou angular, mas com padrões ou acessórios incomuns, como agora mesmo. — Elas param para observar Susan, o longo suéter mostarda sobre calça justa marrom, um cachecol vermelho, dourado e verde com um nó frouxo e sua bolsa de couro vermelha jogada sobre o ombro. — Eu nunca pensaria naquele amarelo ácido com vermelho, e, no entanto, é fabuloso. — No começo, Camille teve medo de que Susan pudesse ser agressiva demais para ela. No entanto, ela passou a ver essa característica como vivacidade. E Susan sempre as empurra para o novo.

Susan dá um rápido abraço em Camille.

— Você é um amor. — Ela retira seu novo caderno de anotações da bolsa e rabisca *O jardim inesperado* na capa. — Ainda bem que eu trouxe minha câmera boa.

Cem fotos depois, antes de irem embora, ela pede à jovem guia, Nella, para tirar uma foto das três embaixo de uma romãzeira. Elas posam com a antiga fruta de Perséfone pendurada ao seu redor, globos laranja-acastanhados, míticos e apetitosos. Um raio de sol através da árvore transforma os cabelos espetados de Susan em um halo iridescente. Na foto, ela parecerá eletrificada, se não sagrada. Julia é surpreendida prestes a falar, a boca entreaberta. O rosto de Camille está na sombra, mas ela exibe um largo sorriso e seus olhos captam a luz.

— Vocês são irmãs? — Nella pergunta.

— Quase — Camille responde.

— Qual é a palavra em italiano para romã? — Julia pergunta.

— *Melograna*. Uma palavra que eu adoro — Nella diz. — Peguem algumas para levar. Se as abrirem debaixo d'água, as sementes saem facilmente. Ficam lindas espalhadas em cima de uma sobremesa.

Julia balança a cabeça, confirmando.

— Você deve ser cozinheira. Onde podemos comer? — Nella sugere vários restaurantes favoritos nas proximidades.

— Voltaremos na primavera. Mal posso esperar. — Ela já está pensando em Chris. Ele deveria acrescentar este desvio aos seus dias nos vinhedos de *brunello*.

Elas encontram o restaurante favorito de Nella em um pequeno bosque de carvalhos. Assim que entram, se deparam com uma mulher fazendo *gnocchi*. Julia pergunta se pode fazer um vídeo. A mulher então exagera todos os seus gestos enquanto forma finas cordas de massa. Os italianos nascem atores. Ela arruma os pedacinhos de massa em um tabuleiro, limpa as mãos no avental, indica a massa terminada. "*Ecco!*", exclama. Pronto! Julia lhes mostra o vídeo durante o almoço.

— Food Network, pode chorar! — ela diz.

Ao rever as fotos de Susan, ela percebe que todos aqueles anos de agente imobiliária deram a Susan muita experiência com fotografia.

— Suas fotos são melhores do que as minhas — ela exclama. — Tive uma grande ideia! Gostaria de trabalhar comigo na produção das fotos de comida para o meu livro?

— Seria maravilhoso! Eu adoraria. — Em poucos minutos, estão comendo o nhoque mais leve já preparado. Ele pode se parecer com elásticos, mas este é paradigma, servido com um delicioso molho de tomates. Simples, sim, como a salada verde com apenas um fio de azeite novo. — Já tiveram a sensação de que complicamos demais as nossas vidas? — Susan pergunta.

❧

CAMILLE SE OFERECE PARA DIRIGIR para casa, na verdade, ela insiste. Susan senta-se no banco traseiro, olhando suas fotos e anotando novas ideias. Um caminho ao longo do terraço atrás da casa, um caminho tão estreito que suas pernas roçam em erva-de-gato, lavanda, hortelã silvestre e cosmos. Onde o terraço faz uma curva, um banco. Precisamos de lugares secretos em um jardim. Os planos voam mais depressa do que sua caneta. Camille está cantarolando e Julia adormeceu, a cabeça tombada para a direita. Ela vai sentir os efeitos disso mais tarde.

Tornando-se transparente

Folha nova, de fato. Quando escrevi essas palavras no frontispício de meu caderno de anotações, o que eu sabia? Estou na cidade cedo porque… como posso dormir? Folheio meu caderno, buscando inspiração para o dia que tenho pela frente. Violetta traz uma *ciambella*, um donut, com meu cappuccino. Uma descarga de açúcar pode ser exatamente o que eu preciso.

Colin é capaz de dormir em qualquer circunstância, caso contrário teria ficado acordado a noite inteira com a minha agitação. Assustada e chocada, é como estou. Durante a noite, pensei em minha mãe — naqueles quatro anos em que fiquei em casa para cuidar dela. Seu lento declínio, sua longa morte, estações e anos transcorrendo inexoravelmente. Eu fiquei presa por amor, querendo ajudar, mas querendo minha própria vida. E Ger — Gerald Hopkinson — sempre por perto. Ele era uma pessoa muito querida por mim, um amigo da família que se apresentou depois do diagnóstico, quando eu voltei de Boulder para ficar em casa. Nossos pais eram próximos e ele foi meu primeiro namorado, meu primeiro beijo. Ficamos namorando e terminando durante o colégio e a faculdade. Agora, estávamos ambos com vinte e poucos anos, nenhum dos dois tendo construído relacionamentos. Ele trabalhava, ainda trabalha, no ramo bancário. Nunca soube exatamente o que ele fazia — mercado financeiro, análises de ações, investimentos, geralmente acalmando pessoas ao telefone. Eu vivia em um limbo. Ger assumia os cuidados enquanto eu ia e vinha para terminar o semestre, e então voltei definitivamente de Boulder para casa (meu primeiro emprego em tempo integral ensinando redação) pelo tempo necessário. Felizmente, eu dava apenas um curso por semestre na Universidade de Miami. Mamãe voltou da cirurgia de melanoma, mas, com a perna esquerda parcialmente paralisada e com sua esclerose múltipla para piorar, a luta para cuidar dela era real e constante. Os esteroides incharam seu corpo até ela ficar apalermada e parecendo um balão prestes a explodir. O trabalho se tornou ainda mais pesado. Lembro-me de seus acessos de raiva, sua perna inchada e os pequenos pés brancos, delicados como os de uma boneca de porcelana.

Eu a queria em casa, e não em alguma clínica. Ela queria desesperadamente que eu ficasse com Ger e não se absteve de dizer que queria um neto. Eu nunca disse a ela que estava condenada a ser "estéril", como ela diria. Ger e eu nos aproximamos de novo e parecia que estávamos a caminho de nos casar e morar para sempre em Coral Gables. Por que, me pergunto agora, por que não engravidei — o tempo nobre da fertilidade — durante aquele curto casamento? À medida que minha mãe piorava, comecei a ter crises de claustrofobia quando estava no chalé de Ger. Mesmo sentada na varanda da frente com uma limonada depois do tênis, eu sentia um pânico crescente. *Não é a minha vida.* Não que eu não tenha podido praticar minha arte com ele. Ele me incentivava, apenas não sintonizava na minha faixa de frequência. E eu não conseguia me acostumar com assuntos financeiros. Mas nossos círculos se sobrepunham e, naquela zona cinzenta de convergência, tínhamos uma história em comum: uma ligação poderosa. Ele gostava de viajar, cozinhar e tudo o mais — mas quem não gosta? Eu não iria voltar para Boulder. Embora adorasse a cidade, não era meu lugar no universo. O boxer de Ger, sempre babando, girava e girava até desabar em um lugar confortável. Foi o que fiz também.

Quando minha mãe morreu (o melanoma voltou com toda a força), eu me inscrevi para uma residência em um retiro de escritores na costa da Toscana. Consegui entrar. Ger soube sem que eu lhe dissesse que eu havia colocado um ponto final em nossa relação, mas eu lhe contei mesmo assim. Eu realmente sentia muito e disse isso. Sempre um cavalheiro, mas ficou irritado e deixou claro que não iria me esperar outra vez.

Na Itália, semanas de cura, solidão e de abençoada escrita. A maioria dos poemas que me trouxeram prêmios foi concebida (aí está essa palavra) em um quarto de alojamento com vista para o mar Tirreno. Quando os leio agora, parecem azul-escuros com o luto que eu carregava. A morte de minha mãe trouxe de volta a do meu pai (uma batida por trás por uma carreta na autoestrada de Miami em sua vintage TR3 o lançou na baía rasa, uma trajetória que já rebobinei um milhão de vezes). Eu tinha trinta e um anos. Os pais mortos. Eu esperara no mínimo mais vinte anos com eles.

Com alguns outros escritores no retiro, eu viajava nos fins de semana. San Rocco está fora do circuito dos turistas. Chegamos lá por acaso. O encanto, a dignidade, o tempo abrangido — andei pela cidade e imaginei um longo período de recuperação ali, um grande projeto, algo inteiramente meu.

Quando a residência de escritor terminou, fui para casa e embalei tudo, deixando apenas a mobília nua, colocando incontáveis caixas de plástico em um depósito. O que fazer com milhares de fotos de família, os livros do ano das universidades de meus pais, a porcelana Spode de minha avó. Coisas. Mais coisas. Uma mulher chamada Stacy Jackson e suas duas filhas alugaram a casa e em seis meses ela e Ger já eram um casal. Como ele pôde ir morar na casa com ela e assumir os cheques do aluguel? Sinistro, eu acho.

Com o dinheiro dos meus pais, comprei minha casa, Fonte delle Foglie, minha Agulha do Coração, do poema de Snodgrass, na periferia de San Rocco. Agora tenho que agradecer a Ger por inadvertidamente me empurrar para um espaço mental mais amplo. O que pressenti estava absolutamente certo. Ele e eu não tínhamos aquela qualidade misteriosa que eu queria e sem a qual um relacionamento está em perigo. A definição de intimidade do poeta Rilke — que duas solidões protegem, saúdam e tocam uma na outra — nunca me soou correta.

Muito sombria e de outro mundo. Assustadora. Eu tinha um guia melhor. De *Corfu*, de Dessaix, copiei este trecho: "A intimidade é mais, no entanto, do que apenas uma explosão de reconhecimento amoroso entre duas pessoas. Mas o que é? Será, talvez, a experiência que temos às vezes — raramente, mas temos — de nos tornarmos transparentes, quando cada canto de seu ser é suavemente penetrado pelo olhar conhecedor do outro? E de ele ou ela ser perfurado e conhecido, por sua vez, por nosso olhar interno." Guiada por isto e por um milhão de outras coisas, escrevi furiosamente durante um ano.

Minha mãe, ela teria ficado satisfeita, se estivesse viva? Provavelmente já teria perdido suas esperanças a essa altura. Minha mãe chamava-se Idella Parkman Raine. Se eu tiver uma menina, se eu vier mesmo a ter um filho, talvez eu lhe dê o nome de Della Raine. O sobrenome de Colin: Davidson. Nada mau. Della Raine-Davidson. Della é lindo. Idella, não.

Folha nova. Talvez Leaf fosse um bom nome para um menino. Funcionou para Leif Erikson.

Pensar nas coisas guardadas de minha mãe me faz lembrar — uma roda da mala de Colin quebrou e ele foi ao barracão para procurar outra mala. Encontrou uma pertencente a Margaret que ela deixou quando partiu para Washington daquela última vez. Ele a abriu e trouxe para dentro um vestido extravagante.

— O que mais tem lá dentro? Provavelmente está cheio de mofo.

— Parece um monte de suéteres mofados.

Sacudi o vestido. Lembro-me dela em uma festa em Nova York naquele traje brilhante, veludo carmesim líquido como vinho tinto, ombros nus. Ela fumava um enorme charuto, o que gostava de fazer para impressionar. Eu fiquei observando. Ela não inalava. Anotação no caderno: Livre-se do lixo que ela deixou. Limpe o barracão. Alguém deveria usar aquele vestido, mas como fazer alguém usar o vestido de outra pessoa? Intimidade — às vezes existia, às vezes não. Ela também podia se isolar.

Será porque eu sou mulher que eu prossigo em meu caderno de anotações de "limpe o barracão" para um novo poema?

PROLE

Acendemos o chamado fusível,
gotas de sêmen que usamos como cola
para o papel de parede do quarto do bebê.
Um aquecedor de pomar na barriga, inflada
e implausível. Todos nós um dia estivemos encerrados:
caveiras e ossos cruzados, pequenos
piratas roliços sem saber que estávamos
nos mantendo reféns. As placas do cérebro lentamente
se empurram em direção ao centro e o redemoinho de água
no funil nada mais tem a fazer senão girar para baixo.
O que nos mantém neste mundo às vezes
Senão um erro grave ou um segredo ou
o oposto de imobilidade ou uma errância
deste pasto passado para o próximo
pasto atual. Nascimento — um gosto adquirido,
uma herança de montante fixo, uma visita ocitóxica
de surpresa por alguém que não esperávamos que fosse
tão divertido, tão aberto e não suturado,
tão brilhantemente nômade e desorganizado. Para isso
todos nós saímos para vê-lo, sem lei, ver tudo,
testemunhar a maior das explosões,
finalmente em liberdade.

Este poema surgiu por inteiro de palavras que eu havia listado no final do meu caderno de anotações: ágil, anomia (ausência de leis), funil (*imbuto*), moleira (*fontanelle*), prole, *haruspex*, na época dos etruscos aquele que adivinhava o significado e o futuro pelas marcas do fígado exposto de um animal sacrificado.

~

VIOLETTA TRAZ MEU SEGUNDO cappuccino exatamente quando Camille entra pela porta.

— Não vou interromper, você parece fascinada. — Ela acena do balcão.

Vou ter que reler o poema mais tarde.

— Ah, junte-se a mim. Vou embora daqui a pouco. Vamos a Florença por alguns dias. O que você está fazendo tão cedo?

— Acho que estou pegando o seu hábito. Eu simplesmente adoro a cidade quando está começando o dia. Vejo melhor quando há pouca gente nas ruas. Eu até gosto do barulho daquele minúsculo caminhãozinho de limpeza que varre a rua. E o barista que entrega expressos nos escritórios. Ele segura a bandeja no alto e vai assoviando. Ele parece saído direto de um quadro de Balthus. Aonde ele vai, por falar nisso?

— Acho que leva a dose de café que desperta o prefeito e sua equipe. Eu também adoro o varredor de ruas elétrico. O motorista é filho de um amigo. Às vezes, ele para e me dá um abraço. Onde mais isso pode acontecer?

Camille fala de suas assustadoras tentativas de "me tornar uma pintora novamente depois de tantos anos", do professor italiano que ela vê uma hora por dia e do que ela chama de suas "caminhadas de descoberta".

— Tenho momentos de eureca quando vejo uma coluna incrustada em uma parede ou um brasão de pedra com chifres de veado, peras ou carvalhos esculpidos. Nada sutil em relação àqueles dos Médici: seis bolas. Ou seriam laranjas? Há uma rua com o ressalto medieval da entrada escorado por paus de aparência bem frágil. É um palco de Shakespeare, não que seja medieval, mas se parece com o Globe Theatre. — Ela acrescenta: — Meu marido e eu adorávamos ir a Londres. Sempre tentávamos ver uma produção de Shakespeare.

— Você viu a *bottega* de restauração de dois pintores na *vicolo delle Notte*? — Ela não viu.

— Você vai adorar. Matilde, é uma com cabelos cor de cobre desgrenhados, e sua assistente, Serena, que realmente é muito serena, são excelentes restauradoras de arte. Elas trabalharam em muitos ciclos de afrescos em Siena, Montefalco e Arezzo, por toda a Toscana. A oficina delas está abarrotada de pinturas que foram cortadas ou manchadas ou estão simplesmente obscurecidas por camadas de sujeira. Elas fazem um trabalho de restauração incrível.

— Ok. Parece fascinante. Eu as encontrarei.

—Você trouxe Archie com você! — Quando ela abre a porta, eu o vejo, a correia presa na perna de uma mesa da calçada.

— Ah, sim. Archie quer ser como aquele terrier branco que está por toda parte, um cachorro da cidade. Direitos de cidadão para dormir no meio da rua!

Gosto de Camille. Das três, ela é de longe a mais introspectiva. Amável e atenta, sim, mas uma certa qualidade de, hum, de paciência/espera? Será isso? Ela é atraente agora e deve ter sido uma beleza estonteante um dia. Se tivesse cabelos prateados esvoaçantes, em vez de louros, ela pareceria um oráculo. Um escultor romano do século II teria apresentado esse rosto como da deusa da caça. Nós olharíamos para ele agora no museu Borghese. Gosto de pensar na Camille de mármore puxando a corda de seu arco. Na verdade, ela parou diante da loja de cerâmica, examinando uma bonita travessa. Tenho certeza de que ela está descobrindo que, quando se começa a cozinhar na Itália, você precisa de mais travessas do que jamais pensou. Então, ela segue em frente, conversando com Archie, sorrindo para os transeuntes. Sem absolutamente nenhuma ideia de que, dentro de uma hora, sua vida começará a mudar de uma forma que nunca considerou.

A felicidade pertence aos autossuficientes, assim disse Aristóteles.

Agora tenho que correr para casa e esperar que Colin esteja pronto. Temos que pegar o trem das dez horas.

Caminho da descoberta

Do que Camille gosta especialmente na cidade é das *vicoli*, as ruas que sobem ou descem a partir da rua principal. Dois burros mal poderiam passar lado a lado. Vicolo delle Notte cai abruptamente da via Gramsci, em seguida se contorce por trás de edifícios para dar de frente para o vale. A *bottega,* por onde ela nunca passou antes, está inundada da luz da manhã. Na janela, Matilde dos cachos flamejantes e Serena, austera como uma Quaker, estão paradas diante de uma imponente Madonna de azul segurando suas saias onde uma cidade em miniatura se aninha sob sua proteção. Serena dirige um secador de cabelos ao lado da cabeça de Madonna, como se estivesse secando seus cabelos. Que inteligente, aplicar um rápido calor a um pedacinho restaurado, depois ela pode prosseguir.

Camille, espreitando pela janela, obtém um sorriso e um aceno de Matilde, que se vira e grita para outra mulher nos fundos. Camille ouve um barulho e, em seguida, uma jovem surge à porta.

— *Buon giorno.* Podemos ajudá-la? — ela pergunta em inglês.

Camille explica que é nova na cidade, está tentando pintar e que Kit a enviou ali. A assistente a convida a entrar. Ela é Katie, uma estudante de arte de Boston, passando um semestre independente estudando com Matilde e Serena.

Matilde inclina-se sobre sua caixa de tintas, pincéis e pigmentos, seleciona um pincel com dois ou três pelos hirsutos e começa a retocar o lóbulo da orelha da Madonna. Ela fala em italiano, formando um círculo do tamanho de uma laranja com suas mãos. Katie traduz: Não sei como isto foi danificado. É difícil dizer, mas uma área deste tamanho foi um dia raspada por alguma coisa. Fico sempre perplexa com quanto sobrevive a pragas, guerra e tudo o mais, mas igualmente perplexa com os estranhos danos que ocorrem. Como? Quem faria isso?

— Essas tintas, o secador de cabelos... parece o material de um maquiador de Hollywood — Camille diz. As mulheres riem. Katie lhe mostra alguns trabalhos em andamento — uma grande crucificação furada bem no meio, uma paisagem desbotada não muito antiga, os óculos do rosto de um homem sério e uma mesa repleta de grandes pedaços de um afresco quebrado, como um quebra-cabeças infantil.

As mulheres são graciosas, mas Camille vê que está interrompendo um trabalho importante.

— Katie, por favor, diga a elas como estou encantada com o que elas fazem. Desculpe, mas meu italiano não é grande coisa.

— Digo, sim. Elas compreendem bastante o inglês por causa de todos os alunos que já tiveram. Obrigada por vir até aqui. E há algumas oficinas de trabalho, se estiver interessada. Estamos fazendo uma de produção de papel neste fim de semana. A *bottega* se especializa também em restauração de manuscritos com iluminuras. — Ela aponta para um armário de vidro com pilhas de papel grosso, cor creme. — Venha. É realmente divertido e você vai para casa com um belo pacote de maravilhosos papéis em tons pastel. — Ela entrega um folheto a Camille.

— Vou verificar. Minhas amigas estão planejando uma viagem a Veneza, mas não tenho certeza de quando partiremos. Eu adoraria fazer isso. — Camille solta Archie e se dirige de volta à *piazza*, onde passa uma hora no Beato Angelico, estudando furiosamente os pronomes italianos. Ela quer conversar com Matilde e Serena. Se eu estiver condenada a ser apenas uma pintora de domingo, ela pensa, talvez eu possa trabalhar de uma maneira diferente. O garçom traz um *biscotto* para Archie, uma distração perfeita, já que é duro como um osso.

Mais tarde nesta manhã, Susan e Julia dão suas voltas pela cidade: loja de vinhos, barracas de frutas e verduras, açougueiro. Julia para na livraria para comprar um guia de Veneza. Susan diz que tudo está online, não há necessidade de carregar um livro, mas Julia não é muito chegada a eletrônicos e prefere estilo e noção de lugar a fatos. Ela compra um mapa também e um exemplar de *Veneza*, de Jan Morris.

Todas se encontram para o almoço no restaurante do Stefano, que está se tornando uma base de operação, e mapeiam um plano de viagem para o norte na semana seguinte. Chris chegará de volta de uma excursão com seu grupo ao distrito vinícola de Maremma, perto da costa. Ele se despedirá de seus clientes no aeroporto de Florença na quarta-feira e Julia diz que ele se unirá a elas para a excursão a Friuli. Ela já dedicou horas de pesquisa a isso.

— Vamos pegar o trem de alta velocidade para o norte e passar umas duas noites em Veneza primeiro — Susan sugere. — Localizei um hotel bem no Grande Canal.

Ótimo. Camille pode fazer a oficina de papel de Matilde. Ela sai para conseguir um sinal e manda uma mensagem à *bottega* antes que Stefano traga o *crème brûlée*.

— É apenas uma sugestão. Será que Kit não gostaria de ir conosco? Ela fala perfeitamente o italiano e acho que estaria interessada em aventuras. Ah, isto é tão liso. Qual é o sabor que estou provando?

— Acho que é lavanda. Adoraria se ela pudesse vir. Acho que na semana que vem Colin vai trabalhar em Londres. Ela viajaria com novatas como nós? — Julia pensa rapidamente em Chris, mas, lembra a si mesma, isto é pesquisa. Negócios. Ainda bem que ele está acostumado a viajar com mulheres.

— Depois de Veneza, alugaremos um carro grande no aeroporto. Agora, vamos planejar a parte de Friuli... — Susan abre seu laptop.

— Você vai comer esta sobra? — Julia se inclina com sua colher parada no ar.

O que quer que você queira dizer

COLIN E EU PASSAMOS UM DIA IDEAL EM FLORENÇA. Deixamos nossas malas de mão no hotel onde sempre ficamos. Gostamos do ambiente de Velho Mundo — grossos livros de hóspedes, de couro, nas mesas de cavalete no saguão, grandiosas cadeiras de braços de espaldar alto, cortinas de seda azul-claro, vista para *duomos*. Existem muitos hotéis novos em que você poderia estar em qualquer lugar. Aqui, você só poderia estar na Itália.

Atrasados, pegamos o trem das onze e almoçamos em um novo lugar em Oltrarno, do outro lado do rio. Quando viajamos pela Itália, as tardes são sempre a hora para o amor. Gino nos deu nosso quarto favorito, com vista para a Piazza Tornabuoni e uma fatia do Arno. Mais tarde no dia, Colin foi ao seu projeto. Enquanto eu caminhava pelas vizinhanças de San Lorenzo, em direção à minha papelaria preferida, ensaiei o que direi para ele esta noite durante o jantar. Não posso simplesmente anunciar intempestivamente que nossas vidas estão mudadas para sempre. O melhor que consigo é apresentar uma hipótese: *Como, neste ponto de nossas vidas, você se sentiria se tivéssemos um filho?* Assim teremos uma chance de iniciar a conversa.

Talvez eu devesse perguntar primeiro se ele quer se casar. Ah, discutimos isso muitas vezes, e não sei por que eu resisto à ideia. Se estivéssemos nos Estados Unidos, provavelmente já teria me casado a esta altura, mas viver aqui e não ser casada simplesmente parece fazer parte do impulso de cortar laços que prendem. Gosto da ideia de poder ir embora sem consequências legais, muito embora eu ame Colin incondicionalmente. Mas agora, se vou ter um filho, eu gostaria de tê-lo para mim sozinha, da mesma forma como a quero *com* Colin. Ela, a pequena Della. Ha! Um garoto forte e sadio. Folha. Jamie, o nome de meu pai. Lionel, o nome do pai de Colin. De jeito nenhum.

———

Antes do jantar, subimos para o pequeno bar do hotel onde Gino sempre se lembra de nossos drinques favoritos.

— Não o Campari Soda, o Campari com apenas uma rodela de limão — ele me oferece.

— Gino, *grazie*, para mim um refrigerante.

Colin pede Campari.

Então, bum! Permaneço sentada ali enquanto Colin se inclina para a frente e coloca a mão em meu joelho.

— Kit, querida. Tenho que dizer uma coisa e me desculpe se eu estiver absolutamente maluco. Você anda um pouco estranha. Estaria grávida?

Eu aspiro um gole do refrigerante e ele espirra pelo meu nariz. Cuspindo, a boca aberta, chocada, eu balanço a cabeça dizendo que sim. Então, desato a chorar. Gino corre para me socorrer, mas eu abano a mão para ele ir embora, tentando sorrir, mas entornando o refrigerante no colo.

Colin aproxima sua cadeira e passa o braço ao meu redor.

— Kit, Kit, há quanto tempo você sabe? Querida, por que não me contou? Isto é… — Ele deixa as palavras morrerem, beijando meus cabelos, começando a rir. Estou soluçando agora. As duas mesas de outros hóspedes olham fixamente para nós.

Saímos para a fria noite florentina, uma lua inflada oscilando no rio. Não sei como ele se sente, talvez ele também não saiba. Até eu me acalmar, ficamos recostados na murada da ponte. Eu soluço apenas um pouco.

— *Madre di Dio* — Colin diz. Então, caminhamos em silêncio até a nossa trattoria favorita, esta noite exibindo na vitrine um polvo marrom enrolado que me deixa enjoada outra vez.

Somos instalados a uma mesa com vista para a Piazza del Carmine. Estou estranhamente faminta e peço um prato de *funghi porcini* frito de entrada. Colin analisa a carta de vinhos. Sem dúvida, ele está precisando de um ou dois copos. Ele se inclina sobre a mesa e envolve minhas mãos nas suas. Ele gira a safira montada em minúsculos engates que minha mãe me deixou, em seguida pega meu dedo anelar e o acaricia.

— Conheço um ourives aqui. Adoraria desenhar algo para nós.

Surpresa, eu digo:

— Não temos que...

— Olha, você, ei, estamos nisso juntos. Sei quando aconteceu, entendeu? Seis semanas? Sete? Fizemos amor depois disso, mas não como naquele domingo, aqueles momentos inesquecíveis juntos, bem, duas vezes, certo? Mas por que naquela ocasião? Tivemos inúmeras vezes como aquela antes. Ou talvez não, talvez eu tenha ido — ele baixa a voz — mais fundo, talvez você tenha arqueado seu corpo de uma maneira nova. *Gesù*, por que naquele dia?

Não quero pensar em salmões tentando subir a corredeira. Em vez disso, imagino alguém entornando azeite de oliva novo, verde, em uma ânfora fina, mas o meu corpo lembra é de um derrame dourado de paixão que sentimos ao mesmo tempo.

— Ok, minha Kitty — ele sabe que eu detesto que me chame assim —, não é para se preocupar. Verdade, tudo vai dar certo porque nós vamos fazer dar certo.

De volta à nossa cama drapeada de seda, suave é a noite.

Papel em branco

CAMILLE E OUTROS ALUNOS SEGUEM MATILDE POR uma escada estreita nos fundos da *bottega* e entram em uma mansarda com vigas no telhado. Rolos de papel puro como neve presos com pregadores em cordas para secar. As janelas no teto inclinado terminam na altura da coxa e você tem que se abaixar para obter uma vista dos telhados e torres de sinos de San Rocco. Camille olha à sua volta para a montagem de cubas, prensas de roscas de madeira, pilhas bem arrumadas de feltro em diferentes tamanhos, armações, caixas de algodão e linho e mesas compridas. Toda textura, monocromia, luz e granulação, a sala de trabalho parece uma matriz de xilogravura de outro século, exceto pela cuba de moagem de polpa, que é motorizada. O couro cabeludo de Camille pinica; a empolgação dispara pelo seu corpo. Ela sentia o mesmo em suas próprias aulas quando os slides de trabalho de Matisse, Sargent e expressionistas se sucediam. É isso, pensou, antes e agora.

Matilde começa:

— A oficina foi fundada em 1710, o que não é muito tempo em termos italianos.

Os papéis que balançam ligeiramente parecem ter vida própria. Camille tem vontade de erguer a mão e sentir as superfícies. "Como a colheita de azeitonas", ela dirá mais tarde a Susan e Julia, "você está entrando em rituais mais antigos do que pode imaginar. É difícil dizer, mas você está... bem, entrando em uma dança iniciada há muito tempo e mais tarde você sairá para o lado e alguém ocupará seu lugar." Uma dança parece a metáfora certa, conforme ela observa o ritmo do trabalho, os passos precisos e aonde você pode ir longe demais ou não o suficiente.

Como sulista, Camille acha que devia saber sobre algodoeiras, sobre as minúsculas plumas sedosas que se agarram aos caroços em uma bola de algodão depois que o processo de descaroçamento remove as fibras maiores. Montanhas de caroços são processadas uma segunda vez para colher esses delicados filamentos, que então são transformados em blocos. Matilde os adquire de um especialista em Arezzo. Serena mexe um pouco de algodão em uma panela com água, depois entorna a mistura na cuba, que transforma tudo em uma polpa.

Matilde explica os objetivos da arte de fazer papel e Katie, a estagiária, interpreta para o grupo: Camille, um americano especialista em impressões de luxo, uma historiadora de arte inglesa em seu ano sabático e dois italianos jovens que esperam impacientemente quando o processo fica mais lento por causa das perguntas dos estrangeiros. Katie não traduz quando ouve um deles dizer: "Por que têm que fazer tantas perguntas? Vamos continuar com isso."

Camille conhecia o papel *deckle-edge* — papel de bordas artesanais —, mas não sabia que o termo tem origem na moldura que determina o tamanho da folha acabada. Ela quer perguntar de onde vem a palavra *deckle,* mas, como os rapazes parecem aborrecidos, ela está tentando não interromper. Ela lerá sobre a história da fabricação do papel quando voltar para casa. *Vellum* ela sabe: couro de bezerro fino. Pergaminho: este não é mais genérico — couro de cabra, ovelha e muitos outros. Papiro, ela sabe, e quem não sabe desde a escola primária por causa da matéria sobre o Egito? Enquanto a máquina de fazer polpa continua batendo, Serena mostra os tipos de papéis que fazem e explica como imprimir uma marca d'água com arames finos costurados no molde do papel. Eles veem restaurações sendo feitas nas iluminuras de uma folha de manuscrito e em uma carta de Cosimo de' Medici para seu filho.

Camille sente uma vontade visceral de ser dona de uma pilha desses papéis.

Matilde fixa a moldura sobre um retângulo de tela e pega com uma concha um pouco da mistura empapada da cuba.

— Tem que sacudir para igualar as fibras, alisá-las.

Ela passa a bandeja ao historiador de arte. Todos se inclinam para ver a pasta viscosa, gotejante, se aplanar.

Depois que a água escoa, Matilde mostra a Camille como pressionar um pedaço de feltro para absorver a umidade, quando retirar a moldura. Matilde cuidadosamente levanta o papel para cima de outro feltro e pressiona outra vez. Os alunos assumem o trabalho, Matilde e Serena guiando-os.

Durante o intervalo do almoço, Camille compra um *panino* no bar com Rowan Volk, o especialista em impressão de luxo de Berkeley. Ele está planejando uma edição limitada de poemas sobre o luto e espera ir para casa com papel suficiente. Camille não diz que essa é a última coisa que ela deseja ler. Ele lhe mostra uma borda de ciprestes de um artista de Bolonha para a sua capa.

— Você os vê em todo cemitério no mundo mediterrâneo — ele diz — e me apaixonei pela maneira como eles pontilham a paisagem aqui. — Ele retira alguns livros de dentro de sua pasta. Ela admira os desenhos de linha e a nitidez das letras impressas no papel de cor creme. Ela só reconhece os nomes de dois de seus poetas — C.D. Wright, Jane Miller. Que sorte eles têm de ser imortalizados nestes belos livros.

— Você precisa conhecer minha vizinha. Kit Raines. Ela também é uma poetisa famosa.

— Ela mora aqui? — Um pedacinho de queijo cai em sua barba.

— Sim, há anos. Ela e Matilde são amigas. — Camille fez uma anotação mental: encomendar os livros de Kit. Ela gesticula como se estivesse tirando um farelo do queixo e sorri. Ele entende. Ela quer ouvir mais a respeito de sua gráfica. Ela acaba de compreender que o papel não é de modo algum passivo, mas desempenha um papel ativo em como o que está impresso é vivenciado. Ele primeiro vai lavar as mãos e depois folheia os livros com ela. Ele fica fascinado, ela adora isso. Ele lhe mostra os fólios costurados à mão, como as capas duras são forradas de papel e como o livro acabado pode ser o ponto de equilíbrio do texto. Ela tira sua caneta e desenha um cipreste fino e alto em seu guardanapo.

— Estou indo para Bolonha amanhã para me encontrar com meu artista e para ir a uma exposição de artes do livro. Quer vir? É apenas uma viagem de um dia de trem. — Ele inclina a cabeça e empurra a cadeira para trás para esticar as longas pernas. Ele é muito atraente, ela percebe.

— Seria magnífico. Vou para Veneza na segunda-feira, mas amanhã estou inteiramente livre. Eu já vi excelentes exposições de impressão, mas acho que não compreendia que você está atrás de um *conceito* para as palavras, ou diria uma extensão para as palavras?

— Sim, ambos. Camille... Veneza. Este é um lugar para papel. Há um mosteiro na lagoa que imprime livros em dezenas de línguas. Você tem que ir lá. Lorde Byron costumava estudar armênio ali... — Ele parece saber tudo sobre papel, mas ele próprio nunca havia feito nenhum. Seus olhos, negros como obsidiana, se movem rapidamente, intensos, seguindo os dela. Eles conversam, conversam, durante todo o trajeto de volta à *bottega*.

Ao final da tarde, Serena lhes mostra como empilhar os papéis que fizeram de acordo com o tamanho e espremer cada maço sob a antiga prensa de madeira. Como lenços e cachecóis, são pendurados para secar. O formato preferido de Camille é o alto retângulo mais ou menos com as proporções de uma porta.

Caminhando para casa, Camille procura o desenho certo de sua própria marca d'água. *3C,* ela pensa, Charles, Camille, Charlie. Em seguida, não, isto é para mim. Um arco com uma pedra angular com as letras *VA,* de Villa Assunta? Onde meu trabalho será realizado. *VA,* Virgínia, onde aprendi e primeiro conheci artistas.

O aroma tostado de pão assando enche a cozinha. Susan e Julia estão fazendo uma espécie de pão chato e sem fermento.

— Eu vi a receita — Julia diz. Elas abrem a massa para um novo lote, retirando o primeiro do forno muito, muito quente. — *Carta di musica,* folha de partitura. A receita mais simples do mundo. É do sul da Itália. Veja, é um pão de textura fina como o papel das antigas partituras. Este lote está aromatizado com alecrim; o próximo, com erva-doce. É só semolina e água. Veja como se estufa, depois murcha. O milagre italiano: algo grandioso pode surgir de muito pouco.

Ela quebra um pedaço e o entrega a Camille, que dá um abraço nas duas.

— É exatamente igual ao papel que fizemos hoje! Também parecia comestível!

Elas se reúnem junto à lareira com vinho tinto e os deliciosos pães. Camille lhes conta sobre seu dia, mencionando que vai pegar o trem bem cedo para Bolonha, com Rowan. Ela pode explicar a carga energizante que recebeu do ato de fazer papel e da conversa sobre livros de arte?

— Vamos sair para jantar. Está muito tarde para cozinhar. Há muita coisa para contar.

Para o norte, em direção a Veneza

Quando Julia me convidou para a viagem a Veneza, eu aceitei imediatamente.

— Adoro Veneza. Adoro Veneza desde que eu tinha sete anos, quando meus pais me levaram lá — eu lhe disse. — Eu usava um vestido tirolesa de nossa parada anterior na Áustria. Uma pequena Heidi. Eu adorei o avental de estampa floral sobre a blusa branca de babados. No primeiro dia, deixei minha bolsa com recortes de feltro na gôndola. Tinha moedas de todos os países que visitamos e meu diário vermelho, sempre trancado a cadeado, a chave em uma fita pendurada em meu pescoço. Fiquei inconsolável. Papai fez o melhor que podia com paradas para tomar sorvete e minha mãe me levou a uma loja para comprar um diário novo com um belo papel.

— Camille deve procurar essa loja. Ela se apaixonou por papel feito à mão. Ela está em Bolonha hoje com esse Rowan que conheceu na oficina. Ele é impressor de livros de luxo, de Berkeley.

— Rowan Volk? Ele publica as famosas Edições Volk. São obras de arte. Em bibliotecas de livros raros por toda parte.

— Não sei. Pode ser. De qualquer modo, eles se uniram. Tudo que sei é que ele é muito magro e tem barba. Ela quer convidá-lo para jantar quando voltarmos para casa. Você e Colin virão conosco?

— Sim. Adoraria. Não sabem o quanto uma escapada é perfeita para mim esta semana. — Percebi que botei a mão no meu ventre.

— Sei que Fitzy ficará feliz na casa do Leo. Annetta lhe dá sobras.

— Susan vai hospedar Archie em uma fazenda fora da cidade. Ela receia que, como ele não "fala" italiano, não vai entender o que lhe disserem.

— Ah, eu conheço a família Bruni, são maravilhosos. Talvez Archie nem queira mais voltar para casa.

A organizada Susan fez todas as reservas. Estranhamente, embora todas já tivessem estado na Europa, nenhuma das mulheres conhecia Veneza. Como irão reagir àquele mundo aquático? Fico petrificada quando alguém diz: "Tem gente demais" ou "Veneza cheira mal" ou "Não gosto de Veneza". Quando ouço isso, eu penso: *Bem, eu não gosto de você.* Você precisa ser surdo e cego para não reagir à beleza de Veneza.

O que vem por aí — uma oportunidade de atravessar pequenas pontes, erguer os olhos e olhar através de janelas góticas para tetos de afrescos, olhar para o outro lado do Grande Canal, para os portentosos volumes de Santa Maria della Salute erguendo-se da lagoa, olhar as cores dos *palazzi* rodopiando pela superfície da água. Olhar, olhar, olhar. É tudo que eu quero fazer.

˜

O TREM PARA VENEZA chega convencionalmente, mas este é o fim do normal. Fora do apinhado terminal, entramos em um caos de *vaporetti* expelindo passageiros com bagagens demais, um amontoado de turistas esperando para embarcar, elegantes táxis aquáticos para aqueles que não conseguem enfrentar as barcas abarrotadas e, no Grande Canal, a primeira visão das gôndolas, aquelas gráficas silhuetas negras deixando-se levar pela correnteza como em uma gravura de Veneza.

Susan reservou um táxi aquático, de couro e madeira brilhante. Nosso condutor parte com uma rápida manobra, jogando água nas pessoas que pegam o barco ao lado. Ele rapidamente diminui a velocidade — se todo mundo fizesse manobras acrobáticas pelo canal, as ondas combinadas de todos os veículos danificariam ainda mais os prédios. Já, e há séculos, as portas estão gastas ou remendadas com tábuas na base, os degraus de embarque há muito submersos.

Tendo feito seu gesto teatral, ele não tem mais pressa alguma. Empilhamos nossas bagagens de mão na cabine, casacos também, já que está quente, até mesmo úmido. Para não perdermos nada, vamos para o convés descoberto.

Apoiando-se no topo da cabine, Julia apoia o queixo nas mãos e olha fixamente. Susan trouxe sua câmera boa dos seus dias de agente imobiliária. Ela direciona o zoom para os jardins que avistamos.

— Gente, isto é *demais* — ela repete sem parar. E é verdade. Que show de slides — fachadas intricadas em tons carmim, ocre e pêssego, e dourado; cúpulas contra o céu ensolarado, marmorizado. Estacas listradas em cores vivas, barcaças carregadas de lixo, garrafas d'água e engradados de legumes e verduras. Um barco comprido carregado de telhas se inclina temerariamente, mas uma coisa é certa: os venezianos sabem como trilhar esses canais. Deslizamos por uma fileira de *palazzi* particularmente esplêndidos lançando suas cores na água, e eu vejo Camille virar o rosto, as faces banhadas em lágrimas. Estão deslumbradas — todas de olhos arregalados, bocas entreabertas. Inocentes no estrangeiro, como diria Henry James. Talvez todos nós nos tornemos inocentes quando viajamos. Mais abaixo, a austera igreja de Palladio, Il Redentore, arrancada do ar por mão gigante e colocada no cais. É uma oferenda para nós, um edifício tão perfeito. Lembro-me da luz fria em seu interior, branca como um pingente de gelo. Todas as cores de Veneza drenadas. Você se sente purificado se ficar parado naquela luz. (Irei lá amanhã.)

Estou um pouco enjoada. Entro na cabine e pego meu caderno de anotações. Que palavras são adequadas a este lugar? Impossível. Anoto rapidamente: vibração, reflexo, cintilação, labiríntico, mil espelhos, pontilhismo, volátil, elegantíssima, vórtices de água, espumas como asas de anjo, água, água, por toda parte.

Estamos aqui. Graças a Susan. Ela marcou uma grande vitória em algum aplicativo de última hora. Este hotel é um palácio, quase um museu — aqueles afrescos no saguão são de Tintoretto. Somos conduzidas à nossa suíte de dois quartos (quatro camas suntuosas, todas com dossel), uma sala de estar entre os quartos e um terraço de frente para o Grande Canal. Quadros enormes, brocado, couro, banheiras de mármore dignas de princesas.

— Você está de parabéns — eu digo a Susan. — Colin e eu geralmente ficamos nessa minúscula estalagem em um minúsculo canal. É uma gracinha. Mas isto, *madre* santíssima, é incrível. Poderíamos estar visitando o doge! Obviamente, Susan, você tem um instinto fenomenal para imóveis sob todas as formas.

— É verdade. Tenho, sim. É mais forte do que eu.

Julia acena para barcos que passam embaixo.

— Nunca perca esse instinto! — ela diz a Susan. — Isto é genial. Nunca me hospedei em nenhum lugar nem remotamente parecido com este.

— O que você disse a eles? — Camille pergunta. — Que somos esposas de sheiks? Estou pasma. Colocaram flores. — Ela indica um jarro de rosas em uma cômoda pintada.

❧

APRENDI A NÃO ME INTROMETER com visitantes de primeira vez. Se você conhece bem um lugar, você tende a dar suas opiniões, bloqueando as impressões isentas que as pessoas têm por si mesmas. Susan as conduzirá de A a B. Eu vou mergulhar na majestosa banheira, depois dar uma longa caminhada. Combinamos de nos encontrar para drinques às seis. Drinques! Bem, um pequeno consolo: um *Shirley Temple* com uma cereja, aqui vou eu.

❧

— PRIMEIRO, PARA SAN MARCO — Julia orienta. Ela está liderando, enquanto atravessam pontes e descem estreitas *calli*. Entram em um pórtico na extremidade da grandiosa *piazza*. Admiradas, elas veem na extremidade oposta San Marco, elevando-se no alto como um caravançarai em uma miragem a leste. Familiares, dos livros e filmes, longas arcadas ladeiam a *piazza,* e a torre inclinada ancora todo o cenário no solo. Elas seguem os acordes do, seria possível, mambo "Cerejeira rosa" até o Caffè Florian. O sol de final de novembro as aquece enquanto se instalam de frente para a bela fachada da basílica. Susan consulta a história em seu celular, Julia pega seu guia turístico na bolsa e Camille simplesmente olha fixamente para o leão de asas e os portentosos cavalos empinados que parecem prestes a saltar na *piazza.*

— Nosso problema deve ser que viemos de um lugar sem nenhum leão alado — ela observa.

— Símbolo de São Marcos. O local foi construído para abrigar seu túmulo. Muita comoção a respeito dos restos mortais dos santos naquela época — Susan diz.

Julia mostra-lhes a foto dos cavalos em seu livro.

— O que estamos vendo são cópias. Bronze. Os verdadeiros são de cobre. Estão no museu. — O garçom traz seu almoço: massa com mariscos e saladas. — A história é muito antiga, talvez da Grécia do século II, então de algum modo migraram para Constantinopla, onde ficavam acima da pista de corridas de cavalo, o Hipódromo. Os cruzados os roubaram e os enviaram para Veneza. Um grande espólio de guerra.

— Então, nada dos quatro cavaleiros do Apocalipse? — Camille pergunta.

— Não, foi antes disso. Você começa a cavar e quase todos que são cristãos têm uma explicação pagã — Julia diz. Ela continua a ler. — Ouçam isto: Napoleão os roubou e levou para Paris. Eles viajaram muito. Ele os instalou sobre o Arco do Triunfo e, depois de Waterloo, de algum modo eles voltaram para casa. *Mas,* na Primeira Guerra Mundial, foram enviados para Roma e, na Segunda Guerra Mundial, foram escondidos em um convento em Pádua.

— Acho que esta vai ser a história de Veneza — Susan diz. — Camadas, sobre camadas, sobre camadas. Todas flutuando.

⁂

Durante o jantar, eu ouvi sobre a visita que fizeram à basílica. Foi interessante. Há anos não visito seu interior por causa das hordas de turistas, mas hoje elas entraram sem dificuldade. O começo do inverno é melhor. Talvez eu vá amanhã, agora que elas descreveram os círculos de placas de mármore decoradas do mosaico do piso que repetem os círculos de tésseras de vidro dourado no teto e as curvas por toda parte.

— Nossa arquitetura é bastante quadrada — Susan observa. Pergunto-me se Colin notou isso, o quanto a arquitetura interna é arredondada. Camille possui um olhar especialmente apurado; foi ela quem fez essas conexões dos círculos.

Estamos em Veneza: pedimos a sequência dos quatro pratos. Julia anota em seu caderno:

— *Risotto all'onda* — ela diz. — À onda. Perfeito para o meu *Aprendendo italiano*. E perfeito para Veneza, um estágio de cozimento comparado ao movimento das águas. Olhem para isso, arroz negro. Sabem por quê? — Eu não digo. — Tinta de lula.

Susan franze a testa.

— Tinta de lula ondulante. Nossa! O sabor é melhor do que parece pelo nome.

Em seguida, vem um *orata* assado em crosta de sal. O garçom ataca o peixe com uma pequena serra, habilidosamente tira a pele e as espinhas, levantando pedaços em lascas e servindo-os com simples batatas cozidas em cada prato. Julia pediu, apenas para provar, *moeche*, pequenos caranguejos machos da lagoa, crocantes e suculentos. Do lado de fora da janela, barcos noturnos trilham as águas do canal, escuras como tinta de lula. Tomo alguns pequenos goles do excepcional vinho Friuli, de modo que não chamo atenção para a minha abstinência. (A maioria das italianas grávidas que eu conheço não abre mão de um copo de vinho tinto com o jantar.) Celestial, uma insinuação de maçã e um travo mineral adstringente. Normalmente, Colin e eu dividimos uma garrafa. Susan pede uma segunda garrafa e faz um brinde à viagem ao redor da mesa.

Camille se mostrou preocupada a noite inteira, mas de repente pergunta:

— Vocês notaram a entrada para o Palácio do Doge, aquela porta gótica ao lado da San Marco? Chama-se Porta della Carta. Porta de papel. Adoro o nome. Porta de papel! Ressoa bem. Portas que você pode abrir, portas que são transitórias, portas impossíveis de ser trancadas, portas transparentes entre dois estados de ser ou portas que você achava que estavam fechadas para você, portas que não são portas.

— Bela metáfora — eu digo. — Você poderia trabalhar com isso.

— (Eu poderia trabalhar com isso.)

— Por que uma porta tão sólida é chamada assim? — Susan pergunta. Como ninguém sabe, ela procura. — Talvez por estar perto de um arquivo público. Talvez porque as pessoas que faziam pedidos ao conselho ficassem do lado de fora com pedaços de papel na mão.

— Pode ser também — Camille diz. Papel, pensa. Amanhã, encontrarei bons papéis. Alguns para Rowan também. — Hummmm, Rowan. Ela morde o lábio. Onde fui me meter?

Susan larga o garfo.

— Este foi um excelente jantar e estou mais do que satisfeita. Se alguém quiser sobremesa, eu aceito um pedacinho. Mas de volta aos cavalos: eles parecem vivos. Fiquei admirada que alguém, algum fabricante, lá no século II ou III, visse exatamente como nós. Nem sei bem o que estou dizendo, mas é como se ele pudesse entrar aqui agora e pudéssemos retomar uma conversa que começamos ontem. Vocês notaram nos cavalos de cobre verdadeiros que o artista deu um talho nos globos oculares de modo que refletissem a luz? Ele queria o brilho de vida naqueles cavalos. Ele está nos dizendo isso.

Fico entusiasmada de ouvir isso.

— Sim! O corte em forma de lua crescente chama-se *la lunula*. Pequena lua em latim, como nas suas unhas. — Levanto meu dedo indicador para mostrar a meia-lua na base da unha.

— E alguém soube descrever o corte nos olhos dos cavalos assim. Vivi tanto tempo sem saber todas essas coisas incríveis — Julia se lamenta.

— Você sabe o que precisa saber, amiga. — Susan come uma colherada do *crème brûlée* de gengibre e desliza a sobremesa por cima da mesa para Julia. — Gengibre. Anote isso em seu caderno. Deve ser um dos condimentos que os venezianos trouxeram de suas incursões em busca de relíquias dos seus santos.

Elas estão capturando o espírito de Veneza muito bem.

◈

O VENTO SOPRA por cima da água. Um vento que vem de Constantinopla, através dos séculos, lançando uma baforada de pó das corridas no Hipódromo? Apertando nossos casacos em volta do corpo, o capuz levantado, refazemos nosso caminho de volta ao hotel. Em nossa própria sala de estar, fazemos o que mulheres têm feito através dos tempos. Vestimos nossos robes e nos enrolamos nos sofás para conversar. É quando fico sabendo grande parte do passado delas, e elas, parte do meu. Por volta das duas da madrugada, a cabeça de Julia pende em um cochilo, em seguida acorda com um salto.

— *Seppioline* — ela diz —, pequenos chocos. Gosto da palavra. Também *branzino,* perca do mar, *orata,* pargo. Eles soam dourados e cor de bronze.

— *Buona notte* — ela diz. — Estou morrendo de sono.

Todas nós vamos dormir.

◈

ÀS QUATRO, Camille receia que o fato de estar se virando na cama de um lado para o outro possa perturbar Susan. Ela se levanta da cama, veste seu robe e sai na ponta dos pés para a sala de estar. Come dois chocolates deixados pelo serviço de quarto e folheia as revistas de moda do hotel até que reflexos de água oscilando no teto a atraem para a sacada. A cidade ainda está adormecida. O vento foi soprar em outras paragens e as estrelas parecem gritar com estridência, mas é apenas o barulho metálico dos barcos batendo nos ancoradouros ao longo do cais. Qual foi a palavra que ela acabara de ler em uma das revistas? *Gibigianna.* Ela a pronuncia em voz alta. Os lampejos da luz refletida na água, que evocativo. Rowan iria gostar desta palavra. Rowan. Charles, morto há dezoito meses, e ela está dizendo *Rowan.* Bem, isso é o mínimo depois de ontem. Sexo era a última coisa em minha mente, ela pensa. Desde que Charles morreu, sexo é um assunto que afasto da mente. Acabou. E eu sou *velha,* então tudo bem. Tive mais do que a minha cota, todos esses anos de liberdade e conexão fácil com amor e desejo. Tenta visualizar Charles sobre ela, olhando intensamente em seus olhos, Charles depois na pia do banheiro, suas costas largas e nádegas inexistentes, a rápida lavagem de seu "equipamento", como ele dizia, uma olhada em seu reflexo no espelho e a sorridente surpresa que podia ver em seu rosto. Uma das coisas que ela mais amava nele era o fato de nunca perder seu assombro de que algo como fazer sexo fosse permitido. Ele era perpetuamente o rapaz de dezoito anos que se deu bem com a rainha do baile de formatura. Agora isto. *Traição* lhe veio à mente. *Deslealdade.*

Ela senta-se na espreguiçadeira úmida. Eu mereço sentir frio, ela pensa. Em Bolonha, Rowan segurou sua mão quando atravessaram uma rua movimentada. Ela olhara para baixo, como se estivesse segurando um peixe. Assim que chegaram à calçada, ela fingiu mudar a bolsa de posição e retirou a mão. No museu, ele a guiara duas vezes pelo cotovelo. Há dezoito meses que não era tocada. Uma onda de corrente elétrica percorreu sua mão. Rowan não é nem um pouco como o grande Charles. Ele é magro, com um nariz romano e sobrancelhas rebeldes. E a barba. Ela não sabe o que pensar da barba.

Depois da excelente exposição de impressão gráfica, onde Rowan demorou-se sobre cada design e layout de capa, pararam para almoçar e examinaram os livros que ele havia comprado. Ela adorou saber a respeito das fontes tipográficas e das tintas. As mais poderosas amizades não começam quando uma pessoa descortina um mundo novo para você? Rowan mal comeu. Tinha muito a dizer a respeito de vários impressores, como muitos não conheciam a ligação crucial entre forma e conteúdo, enquanto outros a apreendiam muito bem. Ela adorou sua intensidade. A sua própria se inflamou quando conversaram sobre livros, sobre arte. Ela tem lido sobre pigmentos antigos, como eram feitos de caroços de pêssego queimados, bagas, cochonilhas e ossos carbonizados. Será que juntos poderiam aprender a fazê-los?

Depois do almoço, no museu Morandi, foi ela quem mais falou. Para sua surpresa, ao notar a relação com a arquitetura das formas cilíndricas e quadradas em um dos quadros, ela colocou a mão no ombro de Rowan enquanto gesticulava.

— Parece a linha do horizonte abstraída de algum ângulo pequeno de Bolonha — conjeturou.

Rowan destacou as bordas ondulantes das caixas, garrafas e bules de chá de Morandi. Ele sorriu.

— Parecem feitas com moldura, como os papéis de ontem.

Com Charles, ela nunca havia, realmente, discutido arte, somente de passagem, nunca se ligara a ele nesse nível de si mesma.

Charles não era indiferente à arte, mas seu interesse, ela percebia, era superficial, em vez de apaixonado. De repente, ela se perguntou se isso teria sido uma das razões por ela ter parado de pintar. Ela queria o interesse total de Charles, e arte não era o canal.

Ela investiu tanto em sua vida a dois, com todo o vigor, diversão e desafio que havia nisso, que acabou se trancando para fora. Nunca notou quando o casamento que amava começou a embotar sua ânsia de fazer arte. E, bem, houve aquela viagem a Nova York. Ela não queria pensar nisso. O casamento a mantivera em um casulo confortável, ela pensa. Asas se recolheram. Isso é injusto. Eu era feliz. Admita — feliz, mas tolhida. Algemas de seda.

❦

Quando chegaram de volta a San Rocco, Rowan ofereceu-lhe uma carona até em casa. Quando saíram da colina mais baixa em direção à cidade, ele disse:

— Eu moro na próxima rua. Aluguei o lugar para o meu ano sabático. Que tal eu preparar para nós um rápido macarrão *arrabiata*, minha especialidade? Bem, é até onde vão meus conhecimentos culinários. Isso e molho pesto.

— Me parece muito bom. Eu disse a Julia, a nossa chef residente, que eu poderia chegar tarde.

❦

Rowan aproximou sua cadeira da mesa para ela se sentar e fatiou o pão.

— Você é casado? — ela perguntou.

— Não. Já fui. Quando tinha vinte e poucos anos, me apaixonei por uma médica com dois filhos, de seis e sete anos. Ela era nove anos mais velha do que eu e, nossa, tinha um ex detestável. Ele era médico da emergência do hospital onde ela trabalhava. Em resumo, fomos casados por dez anos e eu ajudei a criar seu filho e sua filha. Eles eram jogados de um lado para o outro com o ex, e nada nunca parecia se resolver. Muitos problemas, especialmente com a garota. Não tenho orgulho disso, mas não conseguia amá-los tanto quanto deveria. Tess trabalhava por longos períodos. Ela era inteligente. Animada. Meu trabalho nem de longe a interessava. Começamos a nos afastar. Eu não conseguia lidar com as crianças depois que se tornaram adolescentes. Lorie, sempre a rainha do drama, surtou na manhã de Natal quando tinha dezesseis anos porque eu não comprei para ela o computador certo. Ela saiu da sala batendo os pés, gritando que odiava todo mundo. E Jack. Problema. Nesse mesmo final de ano, ele apareceu com um caso de gonorreia. Dezessete anos. Esses tipos de problemas eram constantes. O último capítulo foi a grande revelação da noite de Ano Novo. O ex me chamou e disse que estava tendo um caso com Tess, e que isso já vinha acontecendo havia dois anos. Foi a gota d'água. Uma história doentia para dois médicos.

— E era verdade?

— Sim, e tem mais. Vivem juntos desde então. As crianças, não quero ir lá. Desastres ambulantes.

— Mais ninguém desde então? Isso foi há muito tempo.

— Sim, sabe, alguns namoros. Dois envolviam relacionamentos com ex-alunas, ansiosas para ouvir sobre cada *r* e *k* que eu imprimia. Ambos vicejaram e feneceram. Ambas jovens, cedo ou tarde iriam querer um bebê. — Ele nos serviu outra vez.

Ela revive o que aconteceu depois do jantar, quando ele acendeu a lareira e, no meio de mais conversa sobre Morandi, talvez mais Morandi do que ele queria ouvir, ele a puxou para si e beijou-a com firmeza. Em seguida, só se lembra de sua barba em seus seios nus, depois ela deita-se no sofá enquanto ele se levanta e tira a camisa e a calça. Ela tira seu suéter. Ao menos a luz é turva, ela pensou.

— Não sei... — ela começou a dizer, mas ele já estava em cima dela e suas mãos por toda parte. Aquelas mãos brancas como porcelana que manipulam o menor dos tipos de impressão, aquelas mãos. Ela está seca, mas a boca dele não está. Tudo dá certo. Ela ri e ele também. Movem-se com tanta força que ela chegou a temer pelo sofá.

— Como isso foi acontecer? — Ela ainda tem os braços ao redor dele e pode sentir os nós de sua coluna. Ele teria orquestrado isso? Espírito livre da Califórnia transa com outra garota hippie?

— A partir do momento em que você desenhou um cipreste no guardanapo ontem. A partir do momento em que você se apresentou: Camille. Sempre adorei camélias. E você estava tão encantada na aula de papel.

Não, ele é arrebatado. Ele é quem parece ser. Obviamente, hábil em mais do que tipografia.

E, assim, aconteceu.

⁂

DEVEM SER CINCO DA MANHÃ. Vou ficar um trapo o resto do meu dia em Veneza, ela pensa. Não tenho que solucionar nada. Eu não estou, apesar de toda a agonia, contente? Charles. E Charlie! Não ficariam perplexos?

Camille voltou para sua cama. Susan parecia não ter se mexido. Sacudiu seu travesseiro e resolveu dormir. Ela não tinha a eloquência de Rowan — apenas o considerara uma pessoa de aparência interessante quando o conhecera —, nada que explicasse por que fizera sexo, sexo realmente bom, considerando-se que estavam em um sofá de vime, com alguém que ela mal conhecia. Que viúva, ela pensou. Mas estou muito arrependida ou achando que deveria estar? Não estou acostumada a ser uma agente independente. Qual a desvantagem? Estou acostumada a levar todos em consideração. Não tenho que fazer isso. Talvez o surpreendente deva ser não que eu tenha tido uma transa casual, mas que alguém me deseje, na minha idade. (Na idade dele também, na verdade.) Eu nem sequer me incomodei com minhas coxas ou minha cicatriz de biópsia, ou se havia suado em Bolonha.

Senti-me agressiva. Na verdade, eu me deixei levar por uma enorme onda de liberdade. Achei que isso já tivesse acabado.

Ela dormiu.

※

Sou a primeira a me levantar. Caminho pela *calle* até um bar já apinhado de habitantes do local a caminho do trabalho. Em uma mesa tranquila com meu cappuccino e meu pão doce, sinto falta de Colin e de "nossa" estalagem, com quartos pequenos pintados com cenas da *commedia dell'arte*. Em nossos dias em Veneza, caminhamos por quilômetros toda manhã, visitando exposições atuais, passando tardes preguiçosas em nosso quarto, depois saindo para *ombre*, drinques assim chamados por causa dos bares pequenos e escuros que praticamente jogam um copo de vinho tinto comum no balcão. Seguem-se demorados jantares à beira do canal.

Ótimo, consegui um sinal. É uma hora mais cedo em Londres, mas Colin já está debruçado sobre as plantas do hotel saudita. Ele atende imediatamente.

— Ainda estou abalado — ele admite —, mas estou sentindo algo que nunca sequer considerei, esta espécie de intimidade mais profunda. Não poderíamos ser mais próximos um do outro. Mas agora somos. E me ocorre que, sabe, os DNAs se entrelaçando, esta nova pessoa, nos envolve de uma maneira diferente.

— Envolve. Palavra interessante. O que você diz é verdade, mas isso o faz se sentir *seguro* de que quer ir em frente como *papai* de alguém? Nunca compreendi o básico que outras pessoas parecem dar como certo. Nascimento. Morte. Sementes sabendo como ser folhas de beterraba ou girassóis. O sol sempre se levanta. Enxergar, o nervo ótico, pelo amor de Deus. Milagre! Uma pessoa idosa olha para trás, para a criança que foi e aquela criança ainda parece existir. Agora, estou presa em um desses mistérios. Nem sei como meu telefone está ligando para você deste bar italiano. — Faço uma pausa. — E dormir. Quem entende por que caímos inconscientes e começamos a inventar mil histórias em alguma tela interna?

— Kit, fique calma. Você está ficando fora de si, mas tem razão. Esta noite sonhei que estava cavalgando uma baleia. De onde veio isso? Dou uma risada.

— Bem, essa parece óbvia. Mas, sim, por que seu cérebro lhe apresenta esta imagem?

— Tenho uma reunião, amor. Essa imagem é a razão de você amar poesia.

— Ei, conversaremos depois. Imagino que todo mundo já esteja de pé e pronto para sair agora. Vamos ao Rialto, depois ao mercado. Julia está em uma missão para aprender todos os nomes de peixes do Adriático, uma façanha e tanto. Ela vai surtar quando vir os nomes em latim nos balcões gelados de peixe, e até mesmo o nome do barco de onde veio o peixe. Depois, uns museus, talvez só ficar andando por aí. Camille quer ir a lojas de material de arte e Susan quer comprar alguns livros sobre jardins venezianos, oh, o jardim Peggy Guggenheim. É muito provável que depois disso ela comece a procurar esculturas para Villa Assunta.

— Parece ótimo. Mas pense em mim. Pense em nosso quarto favorito com todos os atores mascarados pintados nas paredes. — Em nossa primeira viagem, sucumbimos à compra de máscaras e nós dois ficamos completamente assustados quando as usamos enquanto fazíamos amor.

As máscaras me assustam desde quando eu era criança no Halloween, até mesmo a boneca Raggedy Ann de papier-mâché que minha mãe fez para mim. Você coloca a máscara e *você* desaparece. Todas as máscaras para turistas à venda ao redor de Veneza me causam repulsa. Espero não ficar com a "máscara da gravidez". Anotação para mim mesma: protetor solar, fator 50, mesmo no inverno.

❦

À NOITE, já havíamos esquadrinhado toda Veneza — canais mais distantes com cordas de lençóis e camisas penduradas de um lado ao outro no alto, gatos de rua esgueirando-se por passagens estreitas com luzes ofuscantes brilhando no final, *piazzas* repentinas onde crianças jogam futebol e água, o denominador comum: tudo limitado pela água. Por sugestão de Julia, para o jantar, atravessamos as águas até Mazzorbo, uma ilha onde produtores de vinho aventureiros ressuscitaram um antigo vinho, construíram uma pequena hospedaria e um restaurante. Susan arranja um táxi aquático para nos levar até lá. Adoro essa pequena ilha ao lado da dinâmica Burano, a cidadezinha mais colorida do mundo. É uma venda de tintas viva. Mazzorbo é o oposto, tranquila, cheia de mato, escassamente povoada. (Comecei a escrever *ilhas de águas estagnadas,* mas escrevi *lavadas pelo tempo.* Boas palavras para estas ilhas da lagoa: lavadas pelo tempo.)

O restaurante é elegante, vítreo e discreto. Julia consulta o garçom. Até mesmo eu desconheço algumas palavras do cardápio. Tudo é local e estão usando algas e outras plantas que crescem em água salobra. *Salicornia,* Julia decide, é aspargo do mar, suculenta que cresce em dunas em nosso país. Camille lê *squab* na tradução em inglês, pensando que está pedindo algo com *squash*, abóbora. Já no meio da refeição, descobre-se que ela está apreciando pombo, que ela jamais pensaria em pedir.

— Muito mais saboroso do que peru — ela diz. — Lembrem-se de que é a semana de Ação de Graças nos Estados Unidos.

Elas conversam sobre suas tradições, a corrida para o jogo de futebol americano, os passeios nos bosques. Julia lembra-se de fazer sopa de abóbora dentro de uma moranga e o fundo se soltar quando ela a levava para a sala de jantar.

— Foi a maior sujeira!

Susan disse que, depois que as meninas decidiram ser vegetarianas, eles sempre iam a um restaurante indiano no Dia de Ação de Graças. Camille geralmente convidava uma mesa de alunos, primos e amigos de Charlie.

— Minha maior lembrança era do cansaço: os infindáveis preparativos, a faxina, com o almoço parecendo acabar depressa demais. Eu sempre jogava fora o molho de *cranberry* que ninguém comia.

Mas era adorável. Charles na cabeceira da mesa, batendo as facas e perguntando quem queria carne escura, quem queria carne branca. A soneca no fim da tarde, a casa em silêncio.

O fabricante de vinhos produziu um branco extraordinário de uma variedade quase extinta. Dourado e untuoso, o vinho parece cantar. Elas quase não ousam pedir uma garrafa porque é extraordinariamente caro, mas o fazem. Dividido por quatro, é bastante acessível. Camille deixa todas chocadas quando repentinamente faz um brinde a "sexo desinibido no sofá". *Madonna!* Tomo um gole do vinho. O sol de Veneza se derreteu no copo.

Uma das experiências mágicas no planeta Terra: partir a toda velocidade em um barco aberto cruzando as águas escuras em direção a Veneza.

Vespas amarelas

Chris chegou a Cormons ontem à noite. Quando Susan para o carro no estacionamento ao lado do hotel, ele está dando partida em uma Vespa amarela estilo retrô. Ele salta da moto, abraça todas elas e as ajuda a levar as malas para dentro.

— Como foi Veneza? Olhem. — Ele aponta para uma fileira de Vespas. — O hotel deixa os hóspedes as usarem. Já dirigiu uma?

Julia teve uma bicicleta motorizada no colégio. Camille andou algumas vezes na garupa da motocicleta que Charles tinha na faculdade de direito. Susan nunca subiu em uma, mas está pronta para instruções. (Aposto que está! Cuidado, Friuli!) Eu andei em algumas nos anos em que estou aqui, mas agora eu não me arrisco a serpentear por estradas acidentadas. Como degustação de vinho está fora dos meus limites de qualquer modo, vou alegar que tenho trabalho a fazer e dar atenção ao meu projeto Margaret por algumas horas. O campo parece empolgante, o que pudemos ver do campo enquanto Susan enfiava o pé na tábua. Estou ficando cautelosa e, se eu fosse religiosa, teria murmurado algumas preces suplicantes ao longo do trajeto. Julia e Camille pareciam acostumadas a ultrapassagens agressivas e arranques de velocidade. Susan é uma motorista italiana inata. Para ela, dirigir é um esporte sangrento.

Enquanto as demais se instalavam, Chris e Julia sentaram-se no bar. Ela abre seus arquivos e ele vê por que ela era uma editora de primeira linha. Julia pesquisou e priorizou a área de Friuli. Ela organizou hotéis, restaurantes, cidades e pontos de interesse, mantendo em mente a variedade.

— Podemos visitar minhas escolhas e depois escolher o que funciona melhor para os grupos — ela diz. — Deixei o vinho por sua conta, e este é o foco principal.

— Sim, mas é a comida, as pessoas e lugares fascinantes que tornam as excursões excepcionais.

— Chris, é *você* quem torna suas viagens excepcionais. Eu vi isso logo no começo. Você tem uma efervescência natural que é contagiante. Você se diverte e assim todo mundo se diverte também. — Ele tem o sorriso e o elogio fáceis, Julia pensa. Nenhum sombrio veio de raiva.

— É muita gentileza sua dizer isso. Você não me viu atrasado seis horas no aeroporto de Frankfurt, prestes a me derreter em uma poça de manteiga. Ou tentando achar o pronto-socorro à noite quando alguém está vomitando em jatos!

Julia já estudou a cozinha regional. Durante o almoço no hotel, ela sugere *frico*.

— Perfeito para um dia frio, embora a gente devesse ter podado videiras para abrir o apetite. *Frico* é local. Um dos grupos de alimentos básicos daqui! É como se algo fantástico tivesse acontecido a *hash browns:* batata e queijo ralados, fritos com pouco óleo, até ficarem crocantes por fora e cremosos por dentro.

— Já posso até sentir o gosto — Chris diz.

— Eles usam queijo Montasio. Nunca ouvi falar, mas é de vacas locais que se alimentaram de algo bom.

Já se antecipando ao jantar, Julia varre o menu. Fica desconcertada com várias palavras: *guazzeto*, *abbrusolita*, *scalognato*. A comida não tem absolutamente nada a ver com os pratos toscanos que ela passara a conhecer tão bem.

Carne de cervo aparecia em várias preparações, fígado de veado em uma.

⁂

Chris segue abençoadamente devagar enquanto elas se orientam em suas Vespas.

— Estamos em um filme de Fellini! — Susan grita, mas ninguém ouve.

— Isto aqui deve ser um paraíso no verão! — Julia grita, mas ninguém ouve. Todos captam alguns trechos de Chris cantando, que maluco, "America is beautiful", seguida de "Roxanne".

Homens de roupas rústicas, com rostos castigados pelas intempéries e fortes apertos de mãos abrem as portas das salas dos barris. A degustação ocorre em um barril emborcado. Nenhuma camiseta, como na Califórnia, nenhum azeite aromatizado, nenhuma caneca, nenhum furor de compras. Os vinhos são trazidos um a um, sempre servidos em copos apropriados. Como vêm a saber, os homens são os proprietários. Eles têm cães batendo a cauda. Eles têm trabalho a fazer. O trator aguarda ao lado da porta, eles deram apenas uma passada rápida por ali, vindos dos vinhedos. Chris compra caixas e os proprietários também dão garrafas para as mulheres. Chris empilha tudo do lado de fora para pegar mais tarde.

⁂

Três vinícolas visitadas, mais duas a visitar, mas estas ficam longe demais para motoristas de Vespas novatos. No final da tarde, Chris e Julia pegam a van. As outras permanecem no hotel com seus livros comprados em Veneza. Camille, provavelmente a menos obcecada por vinho e comida, digita em seu laptop. Ela estava enamorada demais de Veneza para ir embora. *Quando fiquei parada diante da Porta della Carta,* ela escreve a Charlie, *um projeto tomou forma. Após semanas (décadas?) buscando, contemplando arte, esboçando, refletindo, sonhando, compreendi que eu queria minhas próprias portas de papel. A oficina com Matilde foi afortunada, porque me deu a ideia de trabalhar com papel de uma maneira nova. Estou impaciente para começar a trabalhar agora e considerando pular o restante da viagem a Friuli. Mas tudo está me fascinando.* Pensou em suas telas da escola de arte e além, enfiadas sob uma cornija em sua casa em Chapel Hill. Haveria um mínimo de talento lá? Ela ganhara uma bolsa de estudos. Lembrava-se de uma natureza-morta de rosas em um vaso verde, algumas paisagens. *PS*, ela acrescentou para Charlie: *Dê uma olhada em minhas pinturas no sótão. Há alguma a admirar?*

⁂

Encontro uma poltrona junto à lareira no andar térreo e escrevo algumas páginas sobre Margaret.

São lembranças fáceis de quando éramos próximas naqueles dois anos antes de eu conhecer Colin. Líamos em voz alta uma para a outra, viajávamos pela Itália em seu Alfa, sentávamos a uma mesa com uma garrafa de vinho, debruçando-nos sobre os poemas de Anna Akhmatova, Cesare Pavese e Nâzim Hikmet, analisando tipos de frases em Italo Calvino e Katherine Mansfield. Ela constantemente me dava presentes — almofadas da Turquia, loções das farmácias inglesas em Florença, mapas, guias turísticos da Itália dos anos 1920, outros livros, livros, livros. Ela não cozinhava, mas adorava trazer os melhores pêssegos brancos ou uma trufa branca quando eu a convidava. Se não gostasse de algo que pediu em um restaurante, ela afastava o prato e selecionava outro porque a vida é muito curta para ficar decepcionada com coisas que você pode controlar. Eu era fascinada por ela e acho que ela estava um pouco apaixonada por mim. Talvez apaixonada pela vida que eu tinha diante de mim. Ela já estava com sessenta e oito anos quando nos conhecemos, mas, como minhas três novas amigas, ela não prestava atenção à sua idade. Eu também não. Ela dizia "nasci com a energia de duas pessoas". Muitas vezes percorremos a trilha de San Francisco de carona, de La Verna a Assis, e o caminho de Rilke, de Sistiana ao castelo Duino, onde o poeta escreveu as grandes elegias. Além de sua Casa Gelsomino aqui, ela mantinha um apartamento em Roma que possuía quando viveu durante muitos anos com uma mulher cujo nome nunca foi mencionado e que era deixado de lado quando episódios sobre a era de Margaret nessa cidade eram mencionados. Passávamos fins de semana lá, para ver exposições, um apartamento no quinto andar de um prédio sem elevador, com um terraço com vista para o Tibre. Um só quarto. Camas de solteiro. Não perguntem. Nada aconteceu. Como eu disse, ela continua sendo ela mesma, um enigma. Ela ficou aborrecida quando eu me apaixonei, mas pareceu fascinada quando conheceu Colin e elogiou sua inteligência despretensiosa e sua paixão por arquitetura. Ela passou a preferi-lo a mim.

Ela teria achado divertida toda essa caça aos vinhos e toda a maquinação de viagens para mulheres se interessarem, se divertirem, se sentirem estimuladas? Gosto de imaginar que sim. Ela sempre era muito rápida para identificar as maneiras pelas quais as mulheres são rebaixadas. Uma escapada de mulheres pode facilmente ser olhada com condescendência, enquanto uma viagem de homens para caçar não seria. Não que nenhuma das duas promova o bem geral. *Isso* sempre preocupara Margaret, embora ela própria às vezes fizesse viagens sibaritas, especialmente depois de uma difícil missão jornalística em uma área perigosa ou inóspita. As injustiças do mundo eram seu combustível. Eu também sinto o peso da imensa crise do mundo, mas o que posso fazer, além de fazer doações e votar em candidatos sensatos, pelos problemas dos imigrantes, pelo aquecimento global, pelo terrorismo? Fazer compostagem dos meus vegetais?

Tenho certeza de que Margaret estaria lá no local com os refugiados, escrevendo a crônica do que via e pensava, imprensando as pessoas (em sua maneira glacial) contra a parede com perguntas. Posso ver sua mente trabalhando no contexto das imigrações mundiais através da história, os efeitos de longo alcance da diáspora, as histórias individuais que não podemos nem imaginar. Esse deveria ser o livro que ela estava destinada a escrever e que permaneceria — ao contrário de suas escritas sobre a tentativa de assassinato de um primeiro-ministro ou os delitos de algum político esquecido. Temas inflamados inspiram jornalistas e aqueles livros escritos sob uma febre de fervor desaparecem assim que as notícias volúveis mudam. Ela de fato escreveu sobre italianos do sul migrando para a Alemanha em busca de trabalho. Esta migração maciça do Oriente Médio seria um tema familiar para ela.

Devia haver uma palavra para o que estou pensando — imaginar o livro que alguém deveria escrever, ainda que essa pessoa esteja morta. (O alemão possui inúmeras palavras precisas para emoções não cadastradas em outras línguas. *Sehnsucht*: nostalgia pelo passado de outra pessoa ou por algo sentido, mas não perdido pessoalmente.) (Eu tenho esta *Sehnsucht* por Margaret.)

No íntimo, acredito que a poesia tem um trabalho crucial a fazer, toda arte tem. Que notícias permanecem dos habitantes das cavernas? Não quem caçou mais animais ou governou a selva. A impressão de mãos de fuligem e sangue nas paredes das cavernas persiste, bem como as esquemáticas figuras de pessoas e animais que desenhavam. A arte permanece. Ainda assim, a máquina de moagem inexorável dos acontecimentos mundiais me mantém ansiosa. Margaret, isso é parte de sua imortalidade: ela é essa outra voz em minha cabeça. Ela desafia. Ela me imprensa contra a parede. (Ah, qual é aquela palavra em alemão para o desassossego que os pássaros sentem nos dias anteriores às suas migrações?)

⁂

CHRIS QUER IR À *ENOTECA* antes do jantar na cidade. Aqui estão reunidos muitos dos produtores de vinho da região Collio, recém-barbeados, cabelos lustrosos penteados para trás, usando belas camisas e suéteres. Conversa sobre vinhos, nada além de conversa sobre vinhos. Chris e Julia cumprimentam com apertos de mãos os homens que visitaram e se apresentam a outros. Não parecem toscanos. São mais robustos, muitos têm cabelos e olhos claros e parecem mais reservados. Gerações vivendo perto da Eslovênia, misturando-se aos austríacos, produziu uma raça diferente aqui.

— Não é fantástico que estes sujeitos sejam amigos? — Chris observa. — Entre grandes vinicultores como estes, é de pensar que fossem críticos em relação a seus concorrentes. Certamente é o que eu vejo na Toscana e na Califórnia. Mas há um sentimento fraterno aqui, muita inclinação sobre o copo, cabeças balançando, vinho girando.

— Você não acha lindo que os homens se beijem e se abracem? — Julia sussurra.

O garçom traz uma tábua de queijos para o grupo. Ele cutuca Julia e aponta para as fatias finas de presunto cor-de-rosa.

— *Il migliore* — ele diz —, *il prosciutto della famiglia D'Osvaldo*.

— O melhor, o presunto feito pela família D'Osvaldo. E realmente é. Julia resiste ao impulso de retirar a larga borda de gordura de cada fatia. A fatia quase transparente tem um sabor suavemente curado.

Ela enrola uma fatia e a entrega a Chris.

— Deveríamos ver se nós, você, pode fazer uma visita ao lugar que produz isto. É espetacular. A gordura parece manteiga com sal.

Julia amplia sua percepção de *prosciutto*, que anteriormente ela poderia facilmente ter deixado passar quando as travessas de *antipasti* foram trazidas. Ela anota o nome rapidamente.

No bar, Camille e Susan pedem uma prova do friulano, depois o estranho *ribolla gialla*. Susan experimenta um pequeno gole.

— Parece algo que os deuses romanos beberiam em suas orgias. — Ela franze os lábios.

— Mel, pão tostado, melado, melão — Camille brinca.

— Isso parece café da manhã. — O garçom lhes serve um *pinot grigio* cor de limonada. — Ora, este cintila. Não se parece nada com um *pinot* da casa comum. — Susan levanta seu copo para a luz e o vinho emite reflexos acobreados. — Pimenta branca, mineral, oh, que tal pó de pedra. — Ela ergue o copo. Em um suéter tipo túnica, verde-floresta, com suas faces coradas pelo vento e os cabelos ainda mais espetados do que o habitual, ela parece um duende. A risada de Susan ilumina a sala e ela encontra muito motivo para risos, uma qualidade que deve lhe ter sido muito útil com clientes mal-humorados à procura de sancas em áreas suburbanas. — Vamos voltar e pegar Kit. Vocês notaram que ela não está bebendo... e ela bebeu naquele dia na casa do Leo. Acha que ela pode estar grávida? Vamos perguntar a ela.

— Eu também estava me perguntando! Mas não podemos perguntar. Talvez ela só esteja sem vontade de beber. Você vai buscá-la.

Eu vou provar um outro... qual? — Camille faz sinal para o garçom. — O que mais devo experimentar?

Ele serve um Sauvignon, Ronco delle Mele.

— "Colina de maçãs."

Mas nenhuma maçã nunca foi tão boa. Um traço cítrico, jovial, mas não como a nota forte de *grapefruit* dos Sauvignons da Nova Zelândia que eles saborearam o verão inteiro em Castelo de Areia.

— Gosto deste. Vou querer três garrafas para levar. — Ela espera ter feito uma descoberta para Chris e Julia.

Ela está adorando a polinização cruzada entre suas amigas: a maneira como está desenvolvendo um interesse mais particular por comida e vinhos — certamente nunca mais vai voltar para quiche congelada. Tornou-se mais interessada em design de jardins renascentistas, bem como Julia. Estar com Susan a faz querer ser determinada e ambiciosa. Susan e Julia estão respondendo mais à arte. Susan voltou para casa da última feira de antiguidades com uma bonita natureza-morta de cerejas, que agora fica pendurada na cozinha. Todas elas devem mergulhar na poesia de Kit.

Estudando a língua, elas descobriram diferenças em aptidão. Julia está aprendendo rapidamente, Susan é diligente com listas de verbos e prática em pronomes. Ela não se intimida muito em falar com as pessoas que encontra em San Rocco, Veneza ou onde quer que seja. Ela ri de seus erros, enquanto Julia se desculpa e segue em frente. Quando resolve estudar, Camille vê que logo se distrai. Ela se pergunta se será velha demais para aprender conjugações verbais ou se está saturada por uma sobrecarga sensorial e simplesmente não consegue se concentrar. Como Rowan chamava isso? A síndrome de Stendhal, que recebeu o nome do escritor que quase teve um colapso diante de tanta beleza em Florença. Camille fica estudando os mesmos particípios passados sem parar. Quando alguém fala muito rápido, um véu cai sobre ela e ela tem vontade de cochilar.

Julia e Chris parecem tão conectados que os produtores de vinho presumem que ela seja a mulher dele. Foram convidados para jantar. Camille vê Chris virar-se para ela e gesticular. Ela ouve o homem com quem ele está conversando gritar:

— *Certo. Tutti!* — Certamente. Todos!

Julia aproxima-se do bar.

— Estamos todos convidados a jantar no restaurante do irmão daquele homem. Onde está Susan? — Julia parece afogueada, alegre, como se as pontas de seus cabelos fossem soltar faíscas.

— Ela já vai voltar. Foi chamar Kit. Estes vinhos não são espetaculares? Sabe, Kit parece estar evitando vinho e nos perguntamos se ela não estaria grávida.

— Ah, não. Ela é esperta demais para isso. — Gravado em Julia: o enorme risco de ter um filho. — Estou adorando os brancos; são tão complexos quanto um bom tinto. Não estou acostumada com isso.

೧

TODAS ELAS CONCORDARAM em não dizer outra vez "Não estamos mais em nossa zona de conforto". Durante o jantar, Julia tem vontade de repetir a frase. Ela está completamente estupefata com a surpresa da comida que o irmão do fulano que os convidou apresentou. *Escargots* cozidos em molho de tomate com carne de porco. Não como o refinado *escargot* francês, mas um prato substancial e generoso. Eles não conseguem encomendar. Chega o *gnocchi* de ameixa. Estão sentados com cerca de vinte homens e algumas mulheres em um salão arqueado, forrado de prateleiras de vinho de ferro. Julia não ficou sabendo qual era a ocasião ou talvez não fosse nenhuma ocasião especial, simplesmente a vida diária em Cormons. Galinhola, do outro lado da fronteira, na Eslovênia. *Capriolo*: cabrito montês, perna, ela disfarçadamente traduz em seu celular. Ela nota que o copo de Kit permanece vazio. Nesta companhia, ela teria que estar totalmente alcoolizada ou, sim, estar grávida para resistir aos excelentes vinhos. Se ela estiver, Julia pensa, espero que estivesse tentando isto, um último suspiro antes que a cesta de óvulos se esvazie. Seus olhos se encontram com os de Kit mais adiante na mesa, ergue seu copo e vê Kit levantar seu copo de água com um leve movimento da cabeça para frente e para trás e as sobrancelhas erguidas. Deste gesto silencioso, Julia conclui que Camille tem razão.

Chris coloca a mão em seu joelho e ela não se esquiva.

— Isso é pra lá de bom. Ultrapassa qualquer coisa que eu pudesse esperar. É o tipo de cidade em que se poderia viver. Vi uma casa de tijolos peculiar fora da estrada quando estava vindo para o hotel. Talvez eu devesse me livrar de Napa e me mudar para cá.

— Agora você está influenciado por nós! Está enlouquecendo também. — Ela também está pensando: Que grande ideia. Talvez depois que você rompe um absoluto, o seguinte seja mais fácil. De repente, ela se pergunta se Wade passou para outra mulher depois de Rose, e seu estômago se revira. O irmão do produtor de vinho — Mikal é o seu nome — se aproxima para perguntar se estão se divertindo, as adoráveis americanas.

— *Squisita* — Julia consegue dizer. Excelente.

— *Mille grazie*.

Chris inicia uma discussão sobre vinhos locais e explica que voltará na primavera com mais adoráveis americanas.

✢

CAMILLE, SUSAN E EU saímos cedo, bem, já eram quase onze horas, e Chris e Julia mudaram-se para uma mesa pequena depois que o grupo se dispersou. Julia achava que deviam experimentar umas duas sobremesas para fins de pesquisa. Alguns dos homens sentaram-se à extremidade da mesa bebendo *grapa*. Todos cavalheiros, levantaram-se quando saímos, fazendo pequenas mesuras e dizendo *buona notte*. Todos estão cansados, exceto eu. Toda essa carne vermelha a que não estou acostumada, e quero dizer realmente vermelha, excitaram minhas sinapses. Dois tipos de veados, o grande que parece uma rena e o pequeno cervo que às vezes vejo no meu terreno. Até comi um pouco do *goulash* que Mikal passou ao redor da mesa no final. Que chef robusto saudável, corvino, esse Mikal, e que mesa farta. Desde que estou na Itália, não encontrei uma cozinha tão diversificada quanto a de Friuli, uma mistura tão feliz de todos aqueles infelizes estados beligerantes que capturaram esta região. Não era de admirar que Julia quisesse sobremesa. Eu também vi aquela *sachertorte* no menu.

Durante a tarde, enquanto todas estavam fora, escrevi um poema, o que sempre me revigora. Descansei e depois fiz uma pequena caminhada ao longo de um riacho. Em meu trabalho, eu tento incluir algo que vejo e algo que acontece. Um tique secreto. Estou convencida de que isso me mantém com os pés no chão. Tenho certeza de que Julia sabe a respeito do bebê. Ela olhou para o meu copo e depois para mim de forma zombeteira. Vou esperar até estarmos todas juntas e então lhes contarei. Como ainda não fui ao médico (porque depois disso a gravidez se torna real), não acho que deveria contar, mas Julia tenho certeza de que adivinhou. Susan dirige devagar depois de uma noite de tanta bebida. Quando ela começa a cantar "Blue Moon", eu acompanho. A cabeça de Camille oscila, zonza de sono. Muito tarde para ligar para Colin. Mais três dias e ele estará em casa.

Fingi estar dormindo quando Julia entrou. Ela não ficou comendo *sachertorte* a noite inteira. Ela se enfiou na cama por volta das cinco e não se mexeu até Susan bater na porta às oito e meia. Eu estava relendo *Austerlitz*, de W.G. Sebald, porque me lembrei de que ele escreveu sobre fortes em forma de estrela e vamos ver um hoje. Escolha de Julia, juntamente com Udine e Aquileia para a excursão de Chris.

— Levantem-se, levantem-se! — Susan chama. — Estão servindo panquecas fofinhas com uma espécie de creme espesso no meio. Mil calorias por mordida. A van está esquentando o motor porque está um frio glacial.

E lá vamos nós para Aquileia e Palmanova. Para Maniago e Udine, de volta a Cormons, depois para casa. Isso encerra a pesquisa de Julia sobre lugares interessantes para os grupos de Chris visitarem em Fruili. *En route*, Camille diz:

— Detesto fazer isso, mas estou morrendo de vontade de voltar a Veneza. Tenho essa ideia que parece carvão em brasa no meu cérebro, e algo me diz que preciso explorar agora mesmo. Também estou adorando isto e quero ver os mosaicos em Aquileia... como é que se pronuncia uma palavra com seis vogais? Mas, depois disso, pensei em pegar um ônibus ou trem, depois passar as duas noites seguintes de volta em Veneza. Kit, qual é o hotel em que você e Colin costumam ficar?

Discutimos a logística, com Susan consultando horários de trens e ônibus, Chris dirigindo, Julia tirando fotos de paisagens pela janela. Estou tentando ler a respeito de Aquileia, assim chamada por causa de uma águia que ficou sobrevoando enquanto um romano determinava os parâmetros da cidade com um arado. Ou assim dizem. Está decidido. Voltaremos de carro para San Rocco, Chris devolverá seu carro e nós combinamos de pegar Camille na estação de trens de Pádua no caminho de casa. Digo sem muita ênfase que pode não ser fácil dirigir em Pádua, mas estes são americanos e eles têm absoluta fé em sistemas de navegação em seus relógios e celulares, sistemas que desconhecem os motoristas italianos. Susan reserva meu (antes) hotel favorito para Camille por duas noites. Viajar com outras pessoas (gatos em bando) pode levar à loucura. Excentricidades, logística, equívocos e talvez uma mulher grávida que deseja ficar sozinha.

~

AQUILEIA ME FASCINA. COMO muitos assentamentos romanos, este era estratégico, um porto fluvial e sede de onde lançar ataques pelo Danúbio. Chegou ao seu auge em 14 d.C. Será que a cidade vai fascinar o grupo de Chris? Paramos primeiro na basílica, construída em 313 d.C. Sim! Vale a pena uma viagem à Itália apenas para ver isso: o mais antigo e maior piso de mosaico do mundo cristão. Por que nunca estive aqui? A Itália sempre pode surpreendê-lo. Sinto falta de Colin. Estamos acostumados a explorar juntos, nos refugiar em nosso próprio mundo de associações e reações. Sinto falta de uma perna que não está faltando. "Qual a sua parte favorita?", eu lhe perguntaria. A minha é a dos três pescadores (dois deles seriam anjos?) baixando sua rede formada de minúsculas peças pretas em um mar sombreado onde nadam todos os tipos de peixes. Uma sensação de êxtase percorre meu corpo. Não consigo parar de sorrir enquanto caminho por essas extensões de mosaico.

※

Por que viajar? Por isto! Através de éons, a mão do artista se estende para pequenas peças de mosaico. Uma profusão de animais, peixes e pássaros se espalha pelo assoalho. Um pavão — deve ter sido divertido encaixar as pedras azuis no leque da cauda. Um veado do tamanho do cabrito montês que nos serviram ontem à noite. Burro, lagosta, garça, perdiz, carneiro, um galo bicando uma tartaruga — os artistas se fartaram no mundo natural. Há um contexto alegórico e bíblico — Jonas e a baleia, anjos, talvez outras histórias que eu não identifico, e imagens pagãs também, um cavalo alado e um homem lânguido dormindo sob uma pérgula. Camille se abaixa para fotografar um grupo realista de caracóis.

— Qual sua parte favorita até aqui? — pergunto.

— Adoro este grupo de caracóis. Mas você viu os pescadores? Acho que são apóstolos. Esta rede, completamente transparente, mas feita de pedrinhas, no mar, é fantástica. E o polvo enroscado! (Ok, Colin, posso viajar sem você!)

— Tantos peixes por toda parte. Revela o mundo deles, eu suponho. Isto era um porto, o mar próximo, água por toda parte. Tenho certeza de que alguns peixes podem ser identificados. Talvez os vejamos em nossos pratos no almoço.

— Como isto sobreviveu? Li que a cidade foi destruída pelos hunos e uma ou duas vezes por terremotos.

— Acho que ficou soterrado e coberto de alguma forma. Lama, palha, terra e algumas partes dos pisos afundaram. Os austríacos em algum momento assumiram o comando e o descobriram. A cidade data de 181 a.C. Pense em todas as hordas que passaram por aqui.

※

HÁ MUITO MAIS A SER VISTO, mas é rápido. Uma fileira de colunas caneladas onde era o fórum. Nos museus arqueológicos — bustos e estátuas de mármore, o âmbar e o vidro de quando Aquileia os comercializava, urnas funerárias, moedas, pedaços de um barco romano. O fato de a maior parte da cidade ainda não ter sido escavada me faz querer ser uma arqueóloga com muito dinheiro.

Há uma certa confusão ao levarmos Camille para a estação de trem, como sempre há confusão em um grupo de viagem quando alguém sai da trilha. Ela nunca entrou em mais detalhes sobre o episódio de "sexo no sofá". Será que ela vai se encontrar com esse Rowan em Veneza? Disse que quer explorar uma ideia. De qualquer modo, ela vai fazer seu próprio passeio.

Adiante. Prosseguimos de carro até Palmanova. É aqui onde eu mais penso em Colin porque os venezianos consideravam este forte em forma de estrela de nove pontas também como um lugar utópico para se viver. Palmanova, construída como uma fortaleza cercada por um fosso, também o foi como uma cidade ideal. Isso deixaria Colin intrigado. Li em W.G. Sebald que fortes projetados com esse formato quase sempre já estavam ultrapassados quando a construção terminava por causa dos progressos em estrutura surgidos nesse ínterim. Isso combina com toda a filosofia de Sebald de um mundo em permanente dissolução, de que tudo começa a ficar obsoleto no momento em que surge. Estamos perpetuamente atrasados. Que visão de mundo melancólica, bem trágica. (Margaret concordaria com ele.)

Palmanova, construída em 1593, destinava-se a proteger os residentes contra turcos, austríacos furiosos, quem quer que tentasse escalar ou destruir as muralhas. Os venezianos conceberam a ideia: a beleza reforça o bem da sociedade. Que utopia sublime. Todos deveriam ter o mesmo tamanho de terra. O plano era idealístico, o *centro* um hexágono, com dezoito ruas concêntricas irradiando do centro e quatro anéis rodoviários cortando as radiais, um belo design. O problema foi que ninguém veio. Finalmente, em 1622, prisioneiros venezianos foram libertados para ocuparem uma cidade vazia. Creio que é verdade, como Sebald observou, "Quanto mais você se entrincheira, mais tem que ficar na defensiva". Eu não gostaria de viver em um forte, por mais ideal que fosse a *piazza* central em forma hexagonal.

Por mais interessante que seja teoricamente, não temos certeza se deveria ser uma parada para a excursão. Julia toma nota loucamente. Chris acha que não, apesar do aspecto histórico ser fascinante. Susan nos faz parar em um café.

— Eu os traria aqui — eu digo. Estamos tomando um café em pé no balcão. — Pode-se pensar em muitas atrações. Susan estende o braço além de mim para pegar o açúcar. Como os italianos, ela passou a usar grandes quantidades no café.

Eu li um pouco.

— No que eu penso de imediato são as pinturas em três painéis sobre a cidade ideal, por artistas anônimos, por volta de 1480 (um deles costuma ser atribuído a Piero dela Francesca). Palmanova deve ter sido influenciada por aquela obsessão do século anterior com cidades matemáticas. Eram planejadas com proporções, perspectivas e pontos de fuga específicos (tudo sem a confusão de verdadeiros seres humanos, mercados, animais).

— Concordo — Julia diz. — Chris só teria que preparar o pano de fundo, todos ficariam fascinados.

(Para o meu caderno de notas: imagino se essas pinturas de grupos de edifícios tinham algo a ver com palácios de memória mnemônica sobre os quais eu li. O layout desta cidade pode ser um deles. Tantas janelas e portas para armazenar palavras. Posso imaginar alocar informações em cada quadrante criado pela teia de ruas; então, cada um se torna um *prompt* de memória. Eu mesma testei o método, usando os aposentos de minha casa de infância como repositórios para *stanzas* de um longo poema que eu queria decorar, Véspera de Sta. Agnes, de Keats. Funcionou, embora o poema esteja para sempre ligado ao quarto de dormir azul dos meus pais, a passagem coberta, com móveis de cana-da-índia e ventiladores de teto.)

Como um italiano, Chris usa dois cubos de açúcar em seu café.

— Têm razão, Julia, Kit. Caminhando por aqui me dá vontade de estudar o plano da cidade. De cima, deve se parecer com uma mandala angular.

— Você definitivamente é um garoto da Califórnia! — eu digo. Julia ri.

— Bem, estou encantada.

— Eu também. Talvez seja isso que todos nós temos em comum, nos encantamos facilmente. — Droga, estou sentindo falta de Colin. Ele devia estar aqui. Quero conversar sobre tudo isso com ele. Comemos uma massa leve no almoço, a minha com bochechas de vitela, e partimos para a Udine dos nossos sonhos.

Julia encontrou um hotel no centro, adequado, mas não à altura das expectativas dos clientes de Chris. Quem pode culpá-los, estão pagando *um sacco di soldi* por sua grandiosa excursão. Muitos deles não virão nunca mais para essa região — por que não se permitir o luxo? Julia se desculpa — não parecia antiquado nas fotos —, mas o lugar é bom, um pouco desgastado, mas com quartos grandes e banheiros equipados com antigas pias de mármore.

Susan e eu saímos para uma longa caminhada pela cidade. Julia e Chris estão digitando suas informações e pesquisando possíveis locais para *agriturismi* (fazendas abertas a hóspedes) nas proximidades. (Estão no quarto dele, eu noto.)

— Por favor, façam anotações e tirem fotos. — Julia acena um adeus.

Susan é excelente com direções, enquanto eu tenho a tendência de me perder alegremente. Procuramos o museu, o teto alto de Tiepolo no Oratorio della Purità, e o empoeirado retrato de São Francisco, de Caravaggio, na Galleria d'Arte Antica, que descobrimos se tratar de uma boa cópia.

— Você não poderia comprar aquela casa com as parreiras? Não poderia trazer seus livros e se instalar imediatamente? — Susan absorve Udine. É uma cidade habitável, digna. — Uma coisa que eu aprendi desde que estou morando aqui — ela continua — *"the good life"*, acessível a qualquer um. Por que se contentar com pouco? É incompreensível para mim que tenhamos entusiasticamente considerado a ideia de nos mudar para uma agradável, oh, sim, comunidade de aposentados. O que não sabíamos! — Passamos por senhoras bem-vestidas com seus cachorrinhos na coleira, crianças de bicicleta, homens jogando cartas e apreciando o sol da tarde em um café. Passamos por uma loja de roupas de bebê. Eu mal relanço um olhar.

— Tudo verdade, concordo. Mas não é perto de um grande aeroporto. Impossível pra mim.

— Ah, certo.

<hr>

Tendo encontrado uma pousada no campo em uma vinícola para a turnê, Julia volta para seu quarto. Precisa lavar os cabelos e organizar suas roupas para amanhã. Quer conversar com seu pai. Para ele, é final da manhã agora. Ele provavelmente tomou o café da manhã em sua varanda com vista para o rio. Como gostaria de abrir a porta e unir-se a ele! Olha rapidamente para seu calendário. Apenas um pouco mais de três semanas até ele chegar para as festas. Há uma semana que ela não fala com ele. Ele adoraria ver as cidadezinhas de Friuli. Ela precisa de privacidade para refletir sobre o que transpirou nesta viagem e o que quer que aconteça. Na noite de ontem, depois de três sobremesas, depois de um forte *digestivo*, ela e Chris voltaram de carro sozinhos do restaurante para o hotel.

— Suba por um instante — ele dissera. — Podemos repassar o resto da viagem. Parece que vamos ter que fazer algumas escolhas.

Dentro de seu quarto, ele fechou a porta e eles se beijaram. O beijo foi terno, depois se inflamou. Eu não quero isto, lembra-se de ter pensado, ser como uma dessas cenas de filme cheias de clichês em que eles começam a andar de costas em direção à cama, tirando as roupas, ávidos, e colocados em posições impossíveis, impossíveis para o prazer da mulher, de qualquer modo — levada de costas, imprensada de pé contra a parede e possuída. Mas ele a segurou, beijando sua garganta, suas orelhas.

— Você é maravilhosa — ele disse.

"Não, você é que é." Ela escreve em um papel de carta do hotel, contando a história a si mesma. Nós nos beijamos. Finalmente, sentamo-nos na beira da cama e ele deixou-se cair para trás, as mãos sobre a cabeça.

— Nunca esperei me sentir desta forma. Você é alguém que eu conheço, que conheci toda a minha vida. Nunca fiquei conhecendo alguém tão facilmente. Tem certeza de que não nos encontramos em outra vida?

Eu sou tanto repelida quanto atraída por seus olhos, um castanho-amarelado como uma conta de vidro olho de tigre, o outro o azul desbotado de uma velha camisa de *chambray*.

❧

— Eu sei. Eu sei. — Descansei a cabeça em seu peito, ouvindo a batida forte de seu coração. Conversamos sobre os vinicultores, a noite, o choque do cabrito montês em nossa língua, se Kit está grávida. Ele adora Susan e Camille. E diz que, com todas nós, ele se sente liberado. Eu também conheço esta sensação. Minhas amigas multiplicam minha vida.

Depois daquele excesso de degustação de vinhos, eu simplesmente cochilei, adormeci. Eu disse: "Estamos bem." Silêncio. Lembro-me de dizer "Seus olhos me excitam", depois ouvir um leve ronco. Mais tarde, acordei e descobri que havíamos nos estendido lado a lado na cama, Chris enrolado em torno de mim, segurando minha mão, sua respiração regular atrás de minha orelha. Desvencilhei-me e saí silenciosamente para o meu quarto. Kit estava virada para o outro lado, embora eu desconfie de que tivesse acordado. Eu me enfiei embaixo da coberta, ainda com minhas roupas.

❧

(Meus métodos de composição às vezes podem ser suspeitos. Como eu sei a respeito dessa cena? As páginas estavam dobradas dentro de nosso guia de turismo.)

❧

Susan foi para o quarto para telefonar para suas filhas na Califórnia. É de manhã lá. A noite já está caindo aqui por volta das dezessete horas. Estamos caminhando para o dia mais escuro do ano. Será que a minha colherinha de protoplasma sente a Terra movendo-se em seu eixo? Volto a passar em frente à loja de bebês e examino os macacões, o minúsculo suéter amarelo, delicados vestidos bordados que somente avós comprariam (minha mãe vai se endividar), meias enfeitadas com rendinhas, sapatinhos de pele de carneiro inacreditavelmente minúsculos — estamos na Itália, afinal de contas. A outra vitrine exibe carrinhos de bebê dobráveis, babás eletrônicas, cadeirinhas de balanço e verdadeiras carruagens brancas e azul-marinho, altas e imponentes, que parecem projetadas para herdeiros reais. Fico perplexa, não tendo pensado até agora em toda a parafernália em meu/nosso futuro. Compartilho as receosas superstições dos italianos. Eu não pensaria em comprar nada até praticamente estar a caminho da maternidade. Mas bato uma foto dos sapatinhos e a envio para Colin.

Parece que foi bem antes de ontem que estivemos em Aquileia. Isso é viagem: o tempo se expande e se comprime de maneiras inacreditáveis. Apenas para apreciar a praça mais agradável que eu já vira, peço um *gelato* de avelã em um café na Piazza della Libertà e passo meia hora olhando os transeuntes e os padrões cambiáveis das sombras. O grande poeta Czeslaw Milosz tinha razão. A tragédia da vida é ter apenas uma vida quando há tantas possibilidades à nossa disposição. Uma pessoa não deveria passar uma vida, ou ao menos parte dela, em Udine?

༄

CAMILLE COBRIU UMA LONGA EXTENSÃO DE TERRENO durante sua tarde em Veneza. Ela enviou para casa frascos e pacotes de pigmentos de uma milagrosa loja de material de arte. Seu projeto está tomando forma para ela agora e ela ainda nem sequer pegou em um pincel. Ela se abasteceu de papel feito à mão e trabalhará com Matilde e Serena conforme precisar de mais.

Pesquisando em respeitáveis livrarias, ela gastou quase mil euros em livros de couro velhos com páginas de desenhos e gravuras de edifícios venezianos e casas de campo, alguns tomos de poesia renascentistas e, em uma livraria comum, ela se fartou de livros de arte — Giorgione, Palladio, Veronese. Como se sente, ela só pode comparar a se apaixonar, quando todos os sentidos estão aguçados e intensificados, quando emoções estranhas a esses sentimentos desapareçam. Sente-se como uma lente ao sol. Depois de dois trens, um *vaporetto* e quilômetros a pé, seu joelho novo lateja. O músculo de sua panturrilha se contrai com câimbras a cada passo de volta ao hotel. Ainda assim, não se deve pedir comida no quarto em Veneza.

Após um descanso, ela se força a se levantar e devagar caminha de volta a uma tratoria de seis mesas pela qual havia passado anteriormente. Sem outros para ouvir, seu italiano se aprimora. Ela faz seu pedido sem nenhuma dificuldade. Sobre uma tigela de mariscos e um peixe grelhado, ela conhece americanos na mesa ao lado, um jovem casal de Baltimore viajando pela Europa pela primeira vez. Após a costumeira conversa sobre "De onde você é?" e observações a respeito de Veneza, a mulher pergunta a Camille:

— Você é aposentada? Ou trabalha?

Camille responde:

— Eu era professora. Agora sou uma artista em tempo integral.

༶

ELA TEM O DIA SEGUINTE inteiro para passear. A alegre empolgação lhe dá descargas de energia ligeiramente atenuadas por seu joelho irritado. Ela para frequentemente para tomar café ou água. Elas não tinham conseguido ver os Carpaccios quando estiveram ali antes. Ela adora o quadro de Santa Úrsula dormindo em seu quarto enquanto o anjo para à sua porta, trazendo-lhe a folha de palmeira do martírio. Por que ela sofre o martírio? Ela fugiu do casamento planejado por seu pai, levando com ela em vários navios outras onze mil virgens. Ele a havia prometido ao bárbaro Conan. Ela está prestes a sofrer seu destino. Está em paz agora em seu adorável aposento com o cachorrinho ao lado da cama.

Por acaso, Camille descobre o museu Carlo Scarpa, na verdade seu projeto de loja para a indústria Olivetti de máquinas de escrever, escondido em plena vista bem na Piazza Grande, mas quase imperceptível. Um lugar para se mergulhar ainda mais fundo, seja o que for em que ela esteja mergulhando. Ela se demora nos detalhes, os cilindros de latão sustentando as escadas de mármore, linhas predominantemente modernas, executadas tão serenamente que parecem atemporais, a escultura em um quadrado de água, sempre a água, fazendo-o lembrar de que você está em Veneza. Aqui estou eu, ela pensa, com Scarpa, o incrível arquiteto. Estou iniciando um longo romance com ele. Ela retorna à livraria e compra um livro detalhado e ilustrado sobre Scarpa, depois corre para o palácio e jardim Querini Stampalia para uma rápida olhada na versão revista de Scarpa. Susan deveria estar aqui para ver o jardim. Camille ergue os braços acima da cabeça e sacode os cabelos para trás. Agora estou pegando fogo, ela pensa. Temerosa de flexionar o joelho. Ela manca um pouco no caminho de volta ao hotel, mas cantarola "I Set Fire to the Rain". Temos que jantar com Colin e falar sobre arquitetura veneziana. Scarpa adorava as letras romanas. Contarei a Rowan tudo a respeito.

APÓS O JANTAR, ela dorme com Scarpa, saboreando o que ele amava: design japonês, estuque polido, materiais de base usados com materiais preciosos, água, sempre para este filho de Veneza, água. Água, água batendo nas portas, penetrando por baixo das portas, portas abrindo-se para a água, portas dos fundos abrindo-se para ruelas estreitas, umidade, água, a mente encharcada, o corpo encharcado e levado pela corrente.

SETE HORAS DEPOIS, ela acorda com Charles em sua visão de um sonho em que ele caminha ao longo do Spit Creek nos fundos de seu quintal. Nenhuma narrativa: lá está ele, roupas de sábado, tênis, apenas andando, como fez milhares de vezes ao longo do caminho até a ponte que ele próprio construiu sobre o riacho para uma curta trilha no bosque.

Ele vai ver se o ciclâmen branco floriu, Camille pensa conforme se ergue das profundezas do sono. Então, desperta. Ela abre as cortinas no exato instante em que a proa de uma gôndola passa por sua janela. Dos canais de Veneza para Spit Creek. Charles, que bom para você. Fico feliz que esteja verificando o jardim.

⁖

Passamos nosso último dia finalizando a pesquisa. De Udine, seguimos uma pista até Maniago, uma cidade famosa pela produção de facas. Chris queria achar um lugar em que seus clientes pudessem encontrar artigos únicos para comprar ou importar para suas lojas de varejo.

As facas dos artesãos podiam inspirar assassinos elegantes. Delgadas e esculturais, as pontas finas fazem você querer pegar uma e talvez perfurar o coração de alguém. Parecem refinadas demais para estripar ou esfolar algum animal. Comprei uma cor de jade para Colin. Os cabos são de chifres, galhadas ou nas belas cores de Perlex, o que quer que isso seja. Talvez ele use para cortar barbantes de pacotes. (Ah, corte o cordão umbilical.) Após uma breve visita ao museu de cutelaria, sabíamos tudo que desejávamos saber sobre fabricação de facas e voltamos para Cormons para nosso último jantar.

⁖

Tendo levantado cedo e já na estrada, Chris aumenta o som de k. d. lang, todos nós berrando "Aleluia", e em seguida sua incomparável interpretação de "Crying" com Roy Orbison; álamos sem folhas na margem da estrada passando zunindo por nós, todos felizes por terem visto novas atrações e paisagens, Chris ultrapassando tratores, marcando o ritmo com a base da mão sobre o volante, até alcançarmos mais trânsito e a van diminuir a velocidade, agora todos em um estado de transe de viagem. Adormeço.

⁖

CAMILLE PEGOU SEU TREM facilmente, chegando à estação de Padova a tempo de esperar e esperar pelos outros. Seus sistemas de navegação não se preocuparam em tomar conhecimento de construção de estradas. Ela já estava em pé em frente à estação há uma hora, até ver a van entrar na pista de táxis, Susan inclinando-se para fora da janela, acenando.

— Lá está Camille, olhem só para ela: parece um pouco desgrenhada, mas vibrante. — Susan atirou os casacos na traseira para que ela pudesse entrar. — Acham que ela se encontrou com o tal de Rowan em Veneza?

Camille se acomoda. Ela comprara uma sacola de sanduíches na estação. Caímos de boca nos *panini* e Chris aumenta a música outra vez. Sam Cooke. Todos sabem a letra de "You Send Me" e "Change Is Gonna Come".

Invasão

Antes de entrar em San Rocco, a turma precisa se organizar. Chris para em um supermercado e elas compram mantimentos para a noite. Chris irá jantar com elas e Camille convidou Rowan. Kit resiste, querendo uma noite a sós com Colin. Elas vão pegar Archie, que parece relutante em se reunir com sua família depois dos saborosos ossos de carneiro, depois de ter tido permissão para dormir ao pé da cama e correr livremente perseguindo estúpidas galinhas d'angola pela fazenda. Elas deixam Chris no hotel, depois Kit, que salta do carro ao ver Colin descer correndo pelo caminho de entrada para encontrá-la, os braços abertos e um largo sorriso iluminando seu rosto.

Susan começa a descer o caminho de entrada e as três soltam um suspiro coletivo. Viagem fantástica, mas é ótimo estar em casa. Conforme reduzem a marcha na descida, Julia se inclina para a frente.

— Ah, não. Deixamos a porta da frente aberta. Esperem. Nós não iríamos deixar a porta aberta. — Um caixote de embalagem se destaca à direita. Um painel de luz se projeta do vão da porta sobre o jardim. — As luzes estão acesas.

Susan para na frente de casa, em vez de dar a volta para os fundos como geralmente fazem.

— A porta está aberta — Camille repete. — Droga! Alguém invadiu a casa.

— Talvez Grazia esteja aqui. Mas seu carro não está. — Julia desliza a porta da van, abrindo-a. Archie salta para fora e corre para dentro de casa.

— Archie — Susan grita —, venha cá! — Ela receia que alguém ainda possa estar dentro da casa. — Archie! — Irracionalmente, ela pressiona a buzina. Silêncio. Julia e Camille saem cautelosamente da van e caminham para a lateral da casa, para a porta da cozinha que sempre usam, já que têm somente a enorme chave de ferro para a porta da frente. Silêncio.

Susan continua apertando a buzina. Se ladrões continuam lá dentro, ela quer chamar a atenção deles. A entrada parece normal. Mas Julia e Camille encontram a janela perto da cozinha quebrada. Uma mesinha de jardim puxada para baixo da janela permitiu que alguém entrasse. Julia aponta para duas pegadas nítidas. Elas voltam para a frente e as três resolvem entrar juntas. De repente, ouvem alguém gritando seus nomes de trás da casa. Leo se aproxima, perguntando o que houve, proferindo maldições de Madonna a cada respiração, qual o problema, oh, *Dio*, e Annetta correndo atrás dele, quase berrando.

Juntos, entram cuidadosamente na casa. O corredor parece normal. A primeira coisa que veem na cozinha é Archie, atônito e paralisado em sua melhor posição de *pointer*, olhando fixamente para a lareira da cozinha. Três gatinhos brancos enroscam-se em um cesto de pães forrado com uma toalha. Uma fartura de comida e água os cerca, e seu benfeitor se deu ao trabalho de espalhar jornais para a conveniência deles. Na pia, pratos e talheres, dois copos de vinho. Julia reconhece a sobra de macarrão com ragu que havia deixado no freezer.

— Santo Deus, eles jantaram.

— Pode acreditar nos copos de vinho? Que vinho eles abriram? Oh, onde está minha natureza-morta de cerejas? — Susan observa.

— Onde está nosso novo processador de alimentos? — Julia inspeciona a cozinha, mas não dá por falta de mais nada.

— Ora essa! — Camille exclama. — Fomos roubadas. Mas eles deixaram gatos! Isso é uma loucura. Jantar? Eles jantaram? Sabiam sem sombra de dúvida que havíamos viajado.

Em seguida, Julia encontra as gavetas da sala de jantar reviradas, guardanapos e jogos americanos espalhados, talheres por toda parte no chão, os ladrões aparentemente desinteressados. O sofá e as almofadas espalhados pelo meio do assoalho. Como Leo observa, conforme tudo começa a entrar em foco para as mulheres, cada espelho, gravura e quadro foi retirado das paredes. Todos estão alinhados ao longo das paredes, com certo cuidado.

— Estavam à procura de um cofre — Leo diz. — Estavam interessados em dinheiro.

Ele ligou para seu amigo Eugenio, o chefe de polícia, cuja filha de seis meses havia mastigado azeitonas no jantar.

Camille atravessa a sala e desce o corredor para o seu quarto. Ela avista um bracelete no chão na soleira da porta e, dentro do cômodo, montes de roupas reviradas, o colchão fora de lugar na cama. Isso não pode estar acontecendo; ela fecha os olhos. Levaram minhas joias. Como a polícia ainda não havia chegado, ela não queria tocar em nada. Os anéis de ouro branco no piso lhe dão esperanças de que ela não tenha perdido todas as tocantes lembranças que Charles lhe dera ao longo de seu casamento — o cordão de ouro com um fecho de safira comprado em Charleston quando ela fez cinquenta anos e ele havia dito: *Por causa de nossa felicidade, por todos os anos que compartilhamos.* As pérolas com uma fileira de ametistas entrelaçadas e a romântica cascata de brincos com quatro diamantes. Bodas de prata. Ela nunca teve uma grande quantidade de joias, mas as que tem são boas. Realmente boas. Ela usava uma a cada dia e pensava na ocasião em que a ganhara, um momento de meditação sobre a boa sorte que tivera no amor. Seu presente de casamento, uma esmeralda em forma de gota com minúsculos diamantes ao longo da corrente. Por favor, que não tenha sido levada, murmura em voz alta. Antes dela, a esmeralda tinha sido presente do pai de Charlie para sua querida mãe quando se casaram. Nenhum dos outros objetos que ela possui tem metade do significado emocional deste.

Annetta começa a trabalhar, arrumando a sala de jantar, até que Susan a faz parar.

— Digitais — ela diz. — Alteração da cena de um crime — ela diz, esquecendo-se de que Annetta não fala nada de inglês. Ela indica as pontas de seus dedos e Annetta exclama:

— *Certo, cara!* — Claro, querida!

Camille passa a mão pelo braço de Susan.

— Receio que todas as minhas joias tenham sido levadas. Sou uma idiota. Deixei minhas bolsinhas de joias na gaveta de baixo.

— Oh, minha amiga. Receio que sim. — Ela e Julia já inspecionaram o andar de cima, onde, misteriosamente, nada parece ter sido remexido, a não ser os colchões colocados em pé.

— Em casa, estou sempre escondendo meu estoque de joias em sacos plásticos embaixo do açúcar, no baú de brinquedos embaixo dos tambores de Charlie, em uma caixa de tampões. Nunca as guardei entre lençóis no armário de cama e mesa, embaixo de minha lingerie, o lugar óbvio, nem embaixo de colchões ou travesseiros, em estantes ou bolsas, falsas embalagens de espuma de barbear ou de sopa de tomates. Muito menos em livros com buraco no meio. E agora, meu Deus, que estupidez. Eu poderia tê-las deixado na secadora, embaixo de uma pilha de camisetas. Eu já usei muitos esconderijos engenhosos antes. Tão bons que eu geralmente esquecia *onde* as havia entocado. Charlie sempre implicava comigo sobre os lugares onde escondo meus tesouros. Certa vez, uma bolsinha ficou perdida por seis meses, depois foi encontrada na caixa de ferramentas de Charlie na garagem.

Susan tinha muita experiência com casas de clientes roubadas enquanto estavam à venda. Ela já ouvira falar de todo tipo de esconderijo, mas, antes desta viagem a Veneza, ela encontrara um novo para suas próprias joias.

— Acabei de verificar. Minhas coisas ainda estão no seu esconderijo. Quisera ter mencionado isso para vocês. Sabe a escova ao lado do vaso sanitário? Naquele recipiente de aço inox? Notei que todo banheiro italiano tem um, por causa do design ruim do vaso sanitário. Coloquei tudo que não ia levar na viagem em um saco plástico e guardei embaixo da escova no recipiente.

Camille esboça uma risada.

Os *carabinieri* chegam. Eugenio, o *maresciallo*, o delegado, dá um enorme abraço em Camille. Os três homens em seus elegantes uniformes davam a impressão de poder resolver grandes crimes. Um deles fala um inglês excelente, tendo vivido em Nova Jersey por vários anos. Eles vasculham a casa. Um deles tira fotos. Inútil procurar impressões digitais, afirmam, os ladrões não são idiotas, usam luvas. Eles determinam, como já havíamos verificado pelo modo como os cacos da vidraça se espalharam pelo chão, que eles entraram pela janela do corredor dos fundos e saíram pela porta da frente. Susan pensa: *Sherlock Holmes.* Quando Julia triunfalmente aponta para as pegadas, eles dão de ombros ao mesmo tempo. Todo mundo usa sapatos esportivos daquele tipo.

Entramos no quarto. Roubado. Tudo. Os *ladri* se deram ao trabalho de desamarrar o rolo de joias, abrir a bolsinha de cetim azul, remover o conteúdo e deixar os invólucros na pilha de roupas de baixo e gavetas reviradas. A bolsinha vermelha da esmeralda, desaparecida. A única peça de bijuteria, um colar de contas de vidro, fora rejeitada e jazia no assoalho, mas um dos policiais acidentalmente o esmigalha sob sua bota. Camille pega o bracelete de ouro branco, deixado perto da porta. Provavelmente acharam que não valia nada.

Mais abraços da polícia, que está especialmente comovida e ficam repetindo uns para os outros que as pérolas eram de minha mãe, as joias da mãe de extrema importância para eles. Então, tem início uma discussão sobre esconderijos. Um cofre? Absolutamente não. Eles reiteram que os ladrões não são estúpidos, têm ferramentas para arrombar um cofre. Deveríamos ter câmeras de vigilância? Não, *signori.* Acha que eles não usam máscaras? Julia duvida de que tenham comido seu ragu e bebido o Chianti *reserva* de máscaras e luvas.

O atraente chefe de polícia aconselha:

— Escolha um vaso de flores no jardim e cave um buraco no fundo.

Ou lá, o alto e musculoso demonstra, enfiado no topo de uma viga da cozinha.

— Não podem olhar em cima de todas as vigas da casa — ele explica —, assim como não podem cavar dentro de *todos* os vasos de flores.

— Isso está ficando surreal — Susan murmura.

Camille não disse que, toda vez que ela quiser seus brincos, não quer ter que desenterrá-los do jardim. Além do mais, escorpiões adoram viver embaixo de vasos de plantas. Está ficando tarde. De qualquer forma, ela agora não tem mais nada para esconder de ladrões de joias.

Susan pergunta aos *carabinieri* sobre procurar junto a negociantes de ouro pelas joias furtadas.

— Inútil. — Eles vestem seus casacos. — O ouro já estará derretido pela manhã.

— Ciganos — concluem. — Estão acampados fora de Florença e estão saqueando as cidades do interior. Esses trabalhos menores geralmente são feitos por mulheres. Quando são vistas, alegam ser faxineiras. Os gatinhos, no entanto, isso é um toque novo. — Vão embora. Nada a oferecer. Nenhuma pista a seguir.

Annetta e Leo também fazem as rodadas de abraços e vão para casa. Ficamos olhando para os três gatinhos traquinas que Archie está rodeando, obviamente encantado. Julia liga a máquina de lavar. Ninguém quer tocar nas roupas remexidas pelos ladrões, que, de algum modo, ficaram sabendo da ausência delas. Que pena que não saquearam o quarto de Julia, em vez do de Camille. Essa Susan. Esperta. Quando Julia deixou Wade, ela guardou cada joia que possuía, exceto um único cordão de ouro que seu pai lhe dera, bom para usar em qualquer ocasião, em um cofre no banco, em Savannah. Claro, Lizzie há muito tempo já vendera os tesouros da mãe de Julia.

Leo passa pela casa de Kit e conta o que aconteceu. Ela e Colin correm para lá, no exato momento em que Chris chega de táxi, totalmente alheio ao que acontecera. Rowan chega também, saltando do carro com uma braçada de lírios.

❧

— Vocês todos foram ótimos em nos ajudar a limpar este caos — comenta Susan. Ela abre uma garrafa de Prosecco e faz um brinde. — Podia ter sido pior!

Um homem enviado pela polícia chega para fechar a janela com tábuas e Susan lhe passa uma taça também.

— Infelizmente, não — Camille responde diversas vezes. Não, ela nunca fez um seguro para suas joias além do seguro geral da casa. (Outro erro.) — Nos repetiram um milhão de vezes sobre como o lugar aqui é seguro — Camille diz.

Todos se lamentam com ela, mas Susan observa:

— Todos sempre dizem o quanto é triste a perda de tais presentes sentimentais, e sim, é verdade, mas também estou pensando, sim, como é triste a perda de todo esse ouro a dois mil dólares a onça.

— E o que foi aquilo sobre não procurar as joias porque já estariam derretidas pela manhã? Esmeraldas não derretem. Safiras não derretem. — Susan se coloca por trás da cadeira de Camille, as mãos protetoramente nos ombros dela.

※

— Vou cozinhar — Julia diz. — Vamos para a cozinha e eu darei uma tarefa a cada um. Chris, pode colocar no fogo a água para o macarrão? Susan, salada. Rowan, por favor, ponha a mesa. Kit, você e Colin têm que ficar para o jantar. Precisamos de apoio moral. Vocês dois poderiam abrir o vinho e pegar os copos grandes? Várias garrafas, eu diria. Eu faço um carbonara de matar. Camille, você simplesmente fique onde está.

— Sei que é uma frivolidade — Camille continua — ficar tão transtornada por bens materiais. Sei que é um problema de Primeiro Mundo.

— Não seja tola — Julia contesta. — Você nunca vai se recuperar disto.

— Vou lhe comprar um diamante tão grande quanto o Ritz — Rowan brinca. — Aliás, o que há naquele enorme engradado lá fora? Os ladrões deixaram um presente para vocês?

Susan ri.

— Aquilo é o começo do meu novo negócio. Explico melhor depois. Tivemos um dia e tanto.

※

NÃO FOI A NOITE FESTIVA que haviam planejado. Mas não foi a pior. Todos contaram suas histórias de perdas. Um caminhão encostara na frente de uma casa em Napa quando os proprietários estavam ausentes e levaram tudo, até a geladeira. Um carro roubado, uma bicicleta, uma amiga que teve a bolsa arrancada das mãos. Camille não se sente consolada. Julia serve uma montanha de *spaghetti alla carbonara* para cada um e eles comem tudo. Colin mantém o braço ao redor de Kit.

Chris e Rowan insistem em passar a noite ali. Eles ajudam a fazer camas em dois quartos no andar de cima. Os *carabinieri* haviam garantido que os ciganos não voltariam e também prometeram patrulhar a estrada a cada hora, mas todos se sentem mais seguros com a casa cheia e são capazes de dar *buona notte* com mais calma do que esperavam. Archie adormece junto à lareira com três gatinhos aconchegados contra ele, como se ele fosse a mãe.

— Oh, *Madonna serpente* — Susan diz. Sua primeira imprecação toscana (ouvida no olival) e é um modo forte de praguejar dizer que a Madonna é uma cobra.

DURANTE A NOITE, Rowan se preocupa. Sorrateiramente, ele desce as escadas descalço e abre a porta de Camille devagar. Ela ainda está acordada, cochilando sobre um livro.

— Vim ver como você está. — Ele senta-se na beirada da cama. — Que golpe. Sinto muito. O que posso fazer? Posso apenas abraçá-la enquanto você adormece?

Camille desliza debaixo das cobertas.

— Sim, por favor. — Depois de tantas palavras, é o simples calor humano que a reconforta.

Em cima, Susan dorme. Ficou acordada até tarde, ansiosa demais para dormir, disparando e-mails.

Julia atravessa o corredor até o quarto de Chris. Ele está nocauteado, mas senta-se ereto imediatamente, achando que os ladrões estão de volta.

— Julia! Droga! Que pesadelo para você. Mas, uau! Você é uma visão.

Ela despe a camisola pela cabeça e atira as cobertas para trás.

— Você vai embora amanhã. Quando teremos a oportunidade de estar juntos outra vez?

Fechos e correntes

Eu sabia que a história do furto na Villa Assunta estaria espalhada por toda a cidade quando eu e Colin chegássemos para tomar café. Estamos instalados no Bar Beato Angelico, com cappuccinos e pães doces, porém mal podemos tomar um gole de café ou dar uma mordida no pão por causa das pessoas que vêm até nossa mesa para discutir o terrível acontecimento.

Vamos tomar um trem para Florença no fim da manhã. Colin marcou uma consulta para nós com uma obstetra, alguém recomendado por um dos arquitetos que trabalham em seu projeto. Estou nervosa, sempre nervosa com a perspectiva de pés em estribos e alguém dizendo *apenas relaxe*. Tenho evitado o martírio.

Em San Rocco, quando algo ruim acontece, as pessoas tomam o caso como uma ofensa pessoal. Todos lamentam e sentem-se constrangidos com o fato de que as simpáticas americanas tenham sido roubadas, e cada um tem uma teoria. Um certo sujeito de má reputação, que vive de biscates, se apresenta com uma série de culpados. Ciganos, claro. Sempre que algo acontece, os ciganos são culpados. (Não que aconteça muita coisa.) Uma turista ficou indignada porque teve a carteira roubada, e então a carteira foi achada em uma cadeira ao lado de onde ela estivera tomando café mais cedo. Adolescentes bêbados invadiram uma casa em construção. Um cachorro comeu carne envenenada, mas muitos acharam que ele merecera depois de um mês inteiro latindo para a lua a noite toda. É claro que uma mulher mais velha possui muitas joias. Ela devia saber que não devia deixá-las embaixo das roupas. Seu esconderijo era ruim. Por causa da grande falta de confiança nos bancos e uma tendência a evitar revelar renda que será taxada, muitos italianos guardam dinheiro em casa. Olhem embaixo dos vasos de plantas! A maioria possui um lugar infalível para esconder valores, e não é atrás de livros ou na ponta de um sapato. Uma pena, segundo o consenso, que parte das joias tivesse vindo de sua mãe.

Faço especulações com Colin:

— O que acontece depois de tudo isso? A mulher do ladrão pode neste momento já ter escondido em uma meia o punhado de brincos de pérolas, a esmeralda e o colar de pérolas que não puderam ser derretidos. Talvez seu terrível marido tenha arrancado as partes em ouro, mas talvez os tenha deixado intactos para ela, o amor de sua vida, e dentro de poucos meses ela poderá tirar o colar de pérolas de cor creme e colocá-lo no pescoço com o fecho de ouro. Poderá olhar no espelho e tentar imaginar de onde elas vieram. Talvez ouse usar o lustroso colar de pérolas. Neste mesmo dia, Camille poderá estar no mercado e ver uma mulher se inclinar para comprar maçãs, as pérolas balançando-se para a frente.

— Não é uma das maiores perdas do mundo, não é importante diante dos pobres lutando para sobreviver, guerras intermináveis e terroristas, ou pessoas que não respeitam a Terra o suficiente para cuidar dela, e assim por diante — Colin diz.

— Mas sim, o mundo é privado também, e quando sua casa é invadida e a coleção de uma vida inteira de pertences intensamente pessoais é arrancada de você, uma profunda tristeza tem início. Camille sentiu-se esvaziada. Mentalmente agredida. Realmente furiosa. A questão é que perder joias não é em absoluto como perder dinheiro. É romance, patrimônio, um conceito interior de beleza. É por isso que aqueles brincos frágeis encontrados em tumbas etruscas nos emocionam com sua noção da antiga dona que os usava. Ela toca os lóbulos de suas orelhas há dois mil e seiscentos anos, e você sente. Eu amo o anel de minha mãe — seus olhos tão azuis, sua generosidade — e o anel de minha tia mesquinha — ela terá amado algum dia? — cintila em meu dedo mínimo. Eu sem dúvida preferiria perder o dinheiro que valem.

— Certo. Você sempre tem razão. Se você compara a importância de acontecimentos mundiais, sua própria vida sempre parecerá frívola. Você começa de onde eu paro, meu amor.

— Não seja ridículo. Aliás, enrolei um monte de dinheiro e estoquei dentro de uma garrafa de vinho vazia. Está tampada e guardada junto com meus vinagres.

— As notas se desenrolam. Como vamos tirar o dinheiro de uma garrafa?

— Fácil. Quebre a garrafa. Agora, vamos partir para a consulta que muda tudo.

❧

Pelos meus cálculos, estou com dez semanas e já passei do prazo para este exame. Na verdade, eu comecei a tomar vitaminas do pré-natal assim que tive certeza. O embrião logo se transforma em feto. A criatura no momento pesa apenas sete gramas, mas possui pulmões, coração, todos os órgãos vitais já funcionando. Isso faz meus joelhos começarem a fraquejar. Algo com três centímetros já possui estômago e unhas. Como disse Sylvia Plath: peguei "o trem de onde não se pode descer". Como já sabem, estou perpetuamente surpresa com as funções básicas da vida. Como uma aranha sabe como construir uma teia intricada, como as estrelas giram pelo céu, como o coração continua batendo. Eu naturalmente ficarei atônita com a criação de outro ser humano para o planeta.

IV

O que é mais precioso?

Conforme a história circulou pela cidade, TODO mundo fez um relato às três mulheres sobre suas próprias perdas ou perdas de amigos e da família. Como sagas de trabalho de parto contadas às mulheres grávidas, essas histórias não ajudavam, inspiravam ainda mais temor. Mas cumulativamente, Camille precisava ver que ela não era a única, ao menos, e, comparada àqueles que haviam perdido as economias de uma vida inteira enfiando em uma caixa de leite na geladeira, ela estava entre os que tiveram sorte de ter perdido apenas joias. (Ela rejeitou isso.)

Durante o almoço no restaurante de Stefano, ela confessou a Rowan que alguma parte primordial dela, no fundo de sua medula, se perguntava se fazer amor com ele incitara os deuses a retirar os presentes que Charles lhe dera. Ele riu, descartando completamente a ideia. Mas algo primitivo nela temia a retaliação. Rowan contra-atacou:

— Isso é diferente: você acabou de chegar de Veneza entusiasmada com sua própria vida, com esse projeto sobre o qual não me contou muito. Você voltou para casa com material e livros de arte, pigmentos, poesia e arquitetura. Abarrotada de riquezas. Estranho que as lembranças de sua vida interior, todos os fechos e cordões, quando você pensa nisso, desaparecessem no mesmo instante que esses novos estímulos aparecem. Você concorda?

Stefano coloca na mesa um prato de *crostini*.

— O que é tão grave? — ele perguntou. — Tudo melhora com isto e um copo de vinho.

Camille permanece em silêncio. A interpretação de Rowan é misteriosa, algo sobre o qual refletir. Mas, então, ela diz:

— Não, não posso saltar para esse nível místico. Não gosto da ideia de olho por olho, é muito mesquinha. Olhe para as pessoas que são terrivelmente ricas, e nada é retirado delas para que possam seguir em frente com o projeto de comprar um helicóptero para seu iate. Por que eu, professora de arte em tempo parcial com um marido frugal, tenho que perder para poder ganhar?

Rowan ri.

— *Touché*. Mas ainda estou impressionado com a coincidência das duas ocasiões. Se você tomar isso como um símbolo, talvez ajude.

Depois do almoço, eles vão para a casa dele. Ela acorda tarde no dia, lânguida e saciada, mas com uma pontada de tristeza. Pensa em quantas vezes na vida ela se voltou para o sexo em vez de focar naquilo que deveria ter perseguido. Por que ela não começou o trabalho que agora sabe que quer fazer?

Os presentes começam a chegar. Leo traz moedores de sal e pimenta que ele fez com madeira de árvores frutíferas. Ele até deixa pacotes de sal grosso e pimenta em grãos para moer. O dono da loja de roupas de cama e mesa onde elas compraram toalhas de mesa convida Susan a entrar e lhe dá três panos de prato de algodão, feitos à mão, quase bonitos demais para serem usados. Stefano lhes dá um desconto de cinquenta por cento. Na loja de vinhos, Giampaolo lhes dá uma garrafa de *grappa*. Quatro adoráveis bilhetes são deixados presos no portão. Patrizia, a mulher que colhia verduras e que Julia encontrou na estrada, aparece à porta com um tabuleiro de lasanha. Todos esses presentes espontâneos deixam as mulheres refletindo durante várias noites sobre seu significado — o espírito amoroso do que é dado, a enorme subtração do que é tirado.

Camille procura ser otimista. As joias serão devolvidas em um saco de papel deixado na porta da frente. A polícia subirá pelo caminho de entrada com a sirene disparando alegremente. Recuperaram tudo! Os ladrões estão na cadeia! Toda vez que se veste, ela sonha com o colar com o fecho de cristal de alegres diamantes que Charles lhe dera em um aniversário importante ou com os brincos de pingentes de ametistas da cor de uvas toscanas. Ela se recorda de quando suas pérolas antigas (Mamãe!) se soltaram em um restaurante, fazendo com que os garçons e Charles debandassem para baixo das mesas. Não vou substituir as joias, ela pensa, nem que pudesse. Lamento que não as passarei para minha neta, mas tudo bem. Agora que sei como é perdê-las, não vou passar por isso outra vez. Charles — perdido. Todos os seus presentes — perdidos. Esta perda associando-se à perda dele, perda sobre perda atravessando-me, uma caixa cheia de cimento atirada no oceano. Ela se lembra de algo do sonho que tivera com ele no passeio pelo bosque. "Ciclâmen." Ele se virara e, sorrindo, dissera: "Mais preciosos do que joias."

⁂

No começo, ele não viera para a Itália. Agora, novamente pode passear pela sua mente. Ela não esperava este fantasma errante. Quando seus pais, sua irmã mais velha, primos, amigos morreram, e foram muitos até agora, todos eles recuaram depois do período de luto inicial, voltando à tona quando ela se lembrava de que *Sophie adorava anêmonas* ou *A casa de mamãe cheirava a este óleo de eucalipto e bolo de chocolate* ou *Billie Holliday estava cantando naquela noite em que Ralph...* Seus pais, tão amados, nunca visitaram seus sonhos. Sua mãe aproxima-se mais dela quando Camille busca suas receitas amareladas e quebradiças de quiabo frito com fubá e bolo de caramelo ou *muffins* de açúcar mascavo e suflê de milho. Seu pai volta quando ela ouve alguém assoviar como um passarinho ou quando passa por um campo de golfe, ou vê alguém entornar uma dose de Bourbon de um só gole. Sua irmã, Sophie, cujo câncer de mama entrou radicalmente em metástase, aparece somente em imagens rápidas: pulando corda, caindo de seu cavalo, desmaiando suavemente em seu casamento. A imortalidade, ela sempre pensou, é como você continua vivendo nas lembranças dos que ficaram. Ela se entristece ao constatar que tão pouco resta no dia a dia. Mas está começando a sentir-se encorajada pela força para *mudar* o que a atravessa com tanto vigor.

Se ela tivesse permanecido em casa, reflete, teria retomado seu clube do livro, pegado Ingrid na escola, mantido o contato com ex--colegas de trabalho, comparecido a palestras do departamento de arte, talvez optado por Cornwallis Meadows — com sorte, uma unidade de esquina com alimentador de beija-flores e um balanço na varanda. Aquela simpática Catherine da orientação, mudando-se do norte, iria tomar chá comigo durante a tarde. Nada errado nisso. E se eu tivesse perdido Villa Assunta? Milhares de imagens se formam: Veneza, seu estúdio, a oficina de papéis, a barba de Rowan áspera em seus seios, Julia rindo na cozinha, todos brindando e compartilhando todas as novas experiências durante o jantar, as manobras loucas e alegres de Susan no Fiat azul, incontáveis explosões de sabor, admiração com os mercados, a doce San Rocco e a luz atravessando a *piazza* como um relógio do sol durante todas as horas do dia, os três gatos dos malditos ladrões saltitando pela casa e entrando em seus corações. Oh, sim, eles têm nomes: Bimba, Ragazzo e Vino, este último conferido depois do jantar em que o atrevido saltou do colo de Susan pra cima da mesa e lambeu seu copo.

A esfera de Susan

Para abrir o engradado que deve ter chegado durante o jantar e o saque dos ladrões, Susan pede ajuda a Leo. Talvez um dos ladrões tenha caminhado vagarosamente até a porta, copo de vinho na mão, e assinado um protocolo pela entrega. Desgraçados insolentes. Construído e pregado como se contivesse a *Mona Lisa*, o caixote, em vez disso, contém um astrolábio e uma estátua de pedra pesada como a pedra de Gibraltar.

☙

Quando Susan deixava o jardim de esculturas de Peggy Guggenheim em Veneza, ela passou por uma loja de antiguidades cheia de objetos que não se imaginaria que meros mortais pudessem possuir apenas por dinheiro. Entre enormes quadros barrocos, rebuscados relicários com anjos de mármore e mobiliário esculpido, decorado em dourado e forrado de brocado, ela avistou um astrolábio enferrujado — ela não tinha certeza do nome no momento, mas sabia que era um tipo de instrumento de mapeamento do céu — montado em uma base de arabescos de ferro. A seu lado, uma estátua de pedra de jardim, um pedestal encimado pela figura esbelta de Mercúrio com um sorriso tenso, quase presunçoso. Pequeno, talvez um metro e vinte de altura no total. Ela pensou: Este é o tamanho que os deuses deveriam ter. Ligeiros e ágeis movendo-se entre as nuvens, a Terra e o submundo. E Mercúrio não havia ido ao submundo? Seduzido alguém na descida? Ela adorava seu chapéu pontudo com asas que parecia virado para trás, e os calcanhares com asas de suas sandálias. Seria maravilhoso ter asas adaptáveis, apenas se alçar e atravessar o Grande Canal. O dono da loja abriu a porta.

— Posso ajudá-la, *signora*? Está admirando meu Mercúrio? Ele é o deus dos viajantes como a senhora, como deve saber.

— Não sabia — Susan respondeu —, mas ele podia ser o deus de um belo jardim. — Ela cumprimentou-o com um aperto de mãos e entrou na loja.

— *Sono* Renzo Sciavonni — ele disse, apresentando-se. Seu terno apertado brilhava como prata de lei e seus cabelos lustrosos e alisados para trás exigiam tantos produtos que Susan se viu tentando imaginar como seria o armário de seu banheiro. Ela disse seu nome e mencionou ter um jardim na Toscana que precisa de um deus.

— Obviamente seu jardim já tem sua deusa. — Ele sorriu. Sempre o educado flerte italiano, mesmo na superpovoada Veneza.

— *Grazie, signore.* — Susan riu muito alto. O instrumento globular de bronze a intrigava. — Fale-me sobre isto, sei que não é um relógio de sol. Sei que de algum modo ele representa o céu. — Ela inclinou-se para examinar as esferas entrecruzadas perfuradas por uma longa flecha, o ângulo de inclinação da Terra, presume.

— *Brava*. Você está admirando um astrolábio esférico, também chamado esfera armilar. Veja como meu inglês é bom! Os antigos eram espertos. Este instrumento lhes deu a capacidade de calcular altitudes de estrelas, posições da Lua e da Terra, suas próprias posições.

Eles lhe pertenciam. Susan mentalmente colocou-os no jardim de Villa Assunta. Um jardim viceja pelos elementos e espaços que atraem a atenção. Ela imaginou Mercúrio saudando-a e a seus amigos quando descessem do carro. Imaginou como o astrolábio pareceria misterioso em um canteiro de artemísias e milefólios. Estas duas plantas seriam tão antigas quanto os deuses romanos? Será que os astrônomos calculavam e saltitavam entre canteiros de orelhas-de-cordeiro e cravos?

Os preços também eram astronômicos. Renzo estava disposto a conceder um desconto de até dez por cento, mas não contava com a capacidade de negociar da melhor corretora de imóveis de Chapel Hill, Carolina do Norte, que conjugava curiosidade, charme e simples experiência para fazê-lo reduzir o preço em trinta por cento, incluindo o transporte. Não pôde deixar de admirá-la.

⁂

LEO FORÇA E ARRANCA AS TÁBUAS, mas recorre a Colin e um carrinho de mão para retirar Mercúrio da caixa. Ali ele se ergue, sentinela do jardim da frente. Ela coloca o astrolábio diante do muro de pedra de um terraço perto dos bancos de ferro que tirara da *limonaia* quando chegaram. Que local perfeito para sentar-se e contemplar aqueles homens brilhantes da Antiguidade que inventaram tal instrumento. Nerds, devem ter sido, como suas filhas e seus colegas no Vale do Silício.

Susan está pensando no jardim na primavera e no verão, mas seu pensamento é como este astrolábio — em anéis entrelaçados. Ela está projetando: aquele momento quando um único pensamento se estende em um arco que aterrissa no futuro. (*Ah, você está extrapolando, que maravilha*, Aaron costumava dizer.) Por impulso, ela dera seu cartão ao *Signor* Sciavonni.

— Por favor, me envie um e-mail quando adquirir outras antiguidades de jardim — ela disse. — Adoro relógios de sol, treliças de ferro e leões de pedra erguidos nas patas traseiras. Até aquelas, sei que são comuns, estátuas das quatro estações.

Ela deixou a loja com luzes pulsando em sua cabeça. Ela já vira bandeiras de porta de ferro trabalhado, fontes com cabeça de leão e portões extravagantes no mercado de antiguidades de Arezzo e parara para olhar sem ver além de cada uma.

Agora estava ligando os pontos.

Andando de volta ao hotel, evitando os cotovelos e as sacolas de compras dos turistas, ela telefonou para Molly Dodge, em Chapel Hill. Em casas que Susan havia colocado à venda, elas haviam trabalhado juntas muitas vezes encenando as propriedades com quadros, aparadores e abajures da loja de antiguidades de Molly e dando, assim, personalidade a interiores sem graça, ou mesmo mobiliando completamente uma casa cujos donos haviam se mudado. Ela gostava especialmente de arrumar mesas para convidados imaginários e criar serenos quartos de dormir com cortinas em *Toile de Jouy claro*.

— Ciao, bella — Susan quase gritou acima do ruído dos turistas. — Estou ligando de Veneza!

— Não brinca! — Molly gritou de volta. — Estou com tanta inveja que nem consigo falar. — Conversaram sobre as novidades de casa, os olhos de Susan marejando de lágrimas, um ataque feroz de saudades de casa, de sua vida anterior, bem no meio do Campo Santo Stefano. Então, ela se lembrou do vazio de seu escritório depois da morte de Aaron, de como a companhia parecia um dirigível desinflado. De como também ela se sentia como um dirigível desinflado.

— Estou superbem. Minhas amigas são simplesmente incríveis. É como um apartamento na universidade, mas não tem ninguém bagunceiro, bêbado ou rompendo relações. Estamos vivendo uma aventura atrás da outra. Mas estou ligando porque tive uma grande ideia. Acabei de comprar duas antiguidades de jardim especiais para a casa que alugamos na Toscana. Você simplesmente não pode encontrar nada nem remotamente semelhante a elas em nenhum outro lugar.

Molly sabia. Ela possui um comprador de móveis e bricolagem na França, e cada vez menos objetos por um preço cada vez maior parece ser a regra.

Elas decidem que Susan comprará metade de um container para enviar para a Artful Dodge Antiques. Fontes, bandeiras de portas, portões, móveis de jardim, estátuas, balaustradas, pias de conventos, pés de mesa — as possibilidades são infinitas! Elas irão ver como esse esquema se desenrolará.

— Depois volte para casa, menina! Sentimos sua falta. Não era incrível quando vendíamos casas? E conseguimos vender todas aquelas belezinhas pelo máximo de dólares!

— É verdade. Agora, os jardins sulistas serão transformados. Vai ser divertido!

Julia despeja vinho tinto em sua panela de assar carne e o reconfortante cheiro de cebolas refogadas atrai todo mundo para ver o que ela está cozinhando.

— Hora de começar a celebrar outra vez — Susan lhes diz —, e tenho notícias a compartilhar.

Ela termina de colocar a mesa para seis; em seguida, tira as taças de Prosecco e serve o vinho. Ela as guia para o frio lá fora, lançando luz sobre seus tesouros.

— Eles agora estão tomando conta de nossa casa e o astrolábio ajudará, caso percamos nossos pertences no universo.

Nesse exato momento, Colin e eu começamos a descer a colina em direção a elas, balançando nossa lanterna. Susan lança um facho de luz sobre o sorriso arcaico de Mercúrio e as marcações matemáticas nas fitas metálicas do astrolábio.

— Estes são para nós, mas eles provocaram uma ideia que eu agora estou perseguindo com o maior entusiasmo. Mais sobre isso depois!

Rowan chega e todos nós vamos para dentro, para junto da lareira. Ele trouxe algumas de suas publicações e ele, Camille e eu nos debruçamos sobre elas antes do jantar. Rowan tem sua fama, senão sua sorte. Bibliotecários de livros raros compram seus livros, de Berkeley a Oxford, como colecionadores de primeiras edições e livros raros.

Estou seduzida por sua oferta de publicar uma edição limitada do meu trabalho; ele é o melhor. Fico encantada de ver que tem seguido meus poemas mais recentes nas revistas literárias, poemas difíceis — rápidos instantes do meu inconsciente. (Impossível para a mente consciente, escritora, realmente representar o inconsciente. Falha interna, mas eu tento.)

Ele também trouxe um queijo pecorino da Sardenha, chamado Fiore di Monte, que Julia adora e não para de cortar em lascas e empilhá-las sobre uma tábua com fatias de focaccia, azeitonas que ela assou com pimentas e raspas de casca de limão. Não têm nenhuma pressa de jantar. Rowan mantém vivo o fogo da cozinha e a música de Ennio Morricone tocando. Quando a trilha sonora de *A missão* começa a tocar, Julia diz:

— Ah, por favor, toquem isso no meu próximo casamento, funeral, seja lá o que for.

À mesa, Susan lhes conta que telefonou para Molly de Veneza e que concordaram em tentar a sorte como importadoras.

— Este negócio funciona bem para mim porque posso encontrar incríveis antiguidades de jardim e embarcá-las para casa. Molly paga a meu banco na Carolina do Norte quando vendê-las, de modo que não estarei ganhando dinheiro italiano. Não quero me envolver com impostos italianos. Eu não posso ganhar dinheiro aqui, mas posso importar daqui, totalmente legal.

— Você é incrível! Sempre surge com algo inesperado. Ah, você nos trouxe para cá com dois petelecos na tela de seu computador. — Susan serve mais vinho e o copo de Camille capta um reflexo convexo inclinado de uma cozinha cheia de calor.

— Sim, e você tem razão — Julia diz. — Chris explicou que, como sua consultora, eu sou paga em dólares americanos.

Chris! Ele já partiu. Julia levou-o ao trem para Roma hoje de manhã. Ele telefonou de seu hotel, já sentindo falta de San Rocco e de Julia. Amanhã, estará de volta a Napa, de volta aos negócios, a seu filho, que está em casa para passar as férias, e ao planejamento da próxima viagem.

— Não vai ser um problema para mim — Camille observa.

Julia fez uma salada de beterraba com burrata, acompanhada de *stracotto*, que, para Susan, parece simplesmente um bom ensopado de carne.

☙

NAS QUATRO LOJAS DE ANTIGUIDADES de San Rocco, Susan encontra duas esfinges vintage de terracota; um trogolo de pedra, um cocho para animais e charmoso como uma semeadeira; um gazebo Liberty (art nouveau) que pode ser desmontado e ficar plano; uma treliça de ferro forjado suficientemente pequena para caber em um vaso de clematis trepadeira. É muita diversão. Villa Assunta se transforma em um jardim de exposição temporária para o tesouro de Susan. Ela percebe que terá que alugar um depósito à medida que sua coleção cresce, caso contrário a propriedade vai começar a parecer um bizarro pátio de ferro-velho.

Um fondo é do que ela precisa. Nas ruas laterais, ela viu uns dois avisos ALUGA-SE nos depósitos de pedra na parte de baixo das casas, em geral pequenos demais para um carro. Carregados de cadeados de ferro, forjados à mão através de sucessivas épocas, suas largas portas se abrem para a rua. Dentro, vigas pesadas suportam a casa em cima. Os cômodos úmidos são como se garrafões de vinho, verdes, empalhados, e ânforas de azeite de oliva ainda alinhassem as paredes. Ela anda pela cidade inteira, mas agora não vê nenhuma placa dizendo *AFFITTASI*.

No final da piazza elíptica de San Rocco, enfurnada em uma frente de loja não mais larga do que a extensão de dois braços, ela passou por uma agência imobiliária com vidro oval chanfrado e ondulado nas portas de nogueira emparelhadas. Ao longo da lateral de uma das portas, um mostruário exibe anúncios de casas à venda. Naturalmente, Susan examinou os apartamentos tipo mansarda e as nobres fazendas desfiguradas por brilhantes piscinas turquesa. (O que ela poderia fazer com uma piscina em Villa Assunta!) Ela olha fixamente para um monstro aparentemente olímpico, imaginando uma borda de pedra, bolas de buxo de diferentes tamanhos no final e, huumm, como uma queda d'água poderia ser incorporada?

Antes de perguntar a respeito de um fondo, ela para a fim de tomar um café e consultar várias palavras que expliquem o que está procurando. Melhor não parecer totalmente despreparada. Recentemente, as três mulheres têm estudado com uma professora particular que Grazie recomendou. Signora Perruzi vem depois do almoço por duas horas, duas vezes por semana. E há trabalho de casa. A língua parece intimidante, sem fim.

Quando Susan pede um café, Violetta sugere uma *ciocolata calda*, um chocolate quente. *Sì*, Susan balança a cabeça, e logo sua noção de chocolate quente explode — este é denso. Sua colher poderia ficar em pé. Que revelação. Ela vai surpreender Julia com isto amanhã.

SUSAN TOCA A CAMPAINHA. Dentro do escritório, encontra Nicolà Bertolli. Ela está no balcão de recepção, mas não é, como Susan presume inicialmente, a recepcionista. Ela é ela. Pequena, curvas voluptuosas, terninho tipo Prada chique e lábios vermelhos que mancham apenas ligeiramente seu enorme sorriso.

— Ouvi falar das três americanas. É um prazer conhecê-la — ela diz em inglês perfeito. Indica os confortáveis sofá e poltronas de linho cor de noz pecan espremidos no fundo do escritório, e sentam-se. Ela diz a Susan que seu marido, Brian Henderson, é inglês. Eles administram juntos o escritório de San Rocco, mas ele também tem um escritório em Florença como o representante na Toscana da Lloyd Bingham Estate Sales and Rentals. Brian apaixonou-se por Nicolà e pela Toscana quando estava estudando no estrangeiro e descobriu no fim do curso que não poderia ir embora.

— Ele ainda é muito inglês — Nicolà diz —, mas tem uma alma italiana e quatro filhos italianos, todos já crescidos e vivendo na Toscana. Ainda passamos muito tempo na Inglaterra. Eu adoro Londres e ele tem família em Sussex.

Susan conhece a famosa companhia britânica, mas não tinha nenhuma ideia de que houvesse uma filial por perto. Nicolà deve ter mais ou menos a sua idade. Elas se avaliam mutuamente, ambas fashionistas que poderiam ser competitivas, mas decidem que são amigas.

— Adoro seu cabelo — Nicolàs diz, lançando para trás seus próprios cabelos soltos. É uma declaração dizendo, eu creio, Não se meta comigo!

— Bem, eu mataria por aqueles sapatos! — Susan retruca. Como será que ela os calça, com todas aquelas tiras de gladiador, e a longa extensão de pernas até a saia de *tweed* de aparência inglesa. Na nossa idade e vestindo uma quase minissaia! Acho que vou comprar uma, Susan pensa. Minhas pernas estão ótimas, exceto pela pequena explosão de vasos rompidos atrás do meu joelho.

Nicolàs fala sobre villas locais à venda, sobre listas de propriedades para alugar por toda a Itália. Sobre como é difícil administrar casas que as pessoas alugam a estrangeiros. Ela sabe do roubo e pergunta se foi Susan quem perdeu as joias.

— As minhas estavam escondidas embaixo da escova do vaso sanitário — Susan diz. — Tentei dar a Camille um colar meu, mas ela disse que nunca mais vai querer joias. Obrigada por perguntar. De volta à história por trás da história, meu marido Aaron e eu possuíamos uma agência imobiliária bastante grande na Carolina do Norte. Não como a Lloyd Bingham, mas, sim, tivemos muito sucesso. Aaron morreu há três anos e meio, e, aos poucos, eu fui saindo da empresa. Nós a amávamos. Sou obcecada por casas. Uma das minhas partes favoritas era decorar uma casa para exposição. Você precisa vir à Villa Assunta. Temos nos divertido muito trazendo-a de volta à vida. Eu e minhas duas amigas estamos apaixonadas por ela.

— Conheço a propriedade. Muito subestimada. Possui uma perspectiva magnífica naquela extensão plana de terreno. Estão pensando em comprá-la?

— Acabamos de chegar, em outubro. Nós três estamos em encruzilhadas, de modo que estamos apenas vivendo o dia a dia. Quem sabe!

— Está aqui para ver outras casas, para comparar?

— Ah! Não. Oh, agora fiquei constrangida. No momento, estou procurando apenas um fondo. Um depósito modesto! Provavelmente não é absolutamente algo que você represente. — Ela olha para as lustrosas brochuras sobre a mesinha de centro.

Nicolà ri.

— Como você deve saber, nós representamos tudo. E eu encontrarei um fondo para você. Qual é a finalidade?

Susan explica seu novo plano e Nicolà fica fascinada.

— E Susan, esta "preparação" do imóvel que você mencionou. Isso não é feito aqui e deveria ser. Geralmente, essas veneráveis propriedades são bastante melancólicas. Eu sugiro aos proprietários comprar novos abajures e roupas de cama e mesa, melhorar a cozinha, pintar paredes que não foram tocadas em trinta anos. Eles não querem se livrar da *madia* de sua avó ou comprar um fogão moderno. Não percebem que os compradores mudaram. O charme rústico não exerce mais a mesma atração de antes. Especialmente a mobília de madeira de lei da sala de estar. Precisamos conversar sobre isso. E os jardins de lugares magníficos podem parecer abandonados, cheios de mato, quando chegamos com arquimilionários russos, ou americanos, desculpe-me, que esperam comprar o que levou séculos para ser feito, mas exigem uma visão esterilizada do que isso é. Os clientes de hoje não são como os anteriores, quando desejavam grandes aventuras em reformas. Agora as pessoas querem tudo perfeito quando descarregam suas malas cheias de aparelhos eletrodomésticos e cosméticos de spa. Eu vi uma mulher chorar quando viu a enorme exposição de utensílios de cozinha de alumínio — cem panelas de todos os tamanhos. Ela disse que dá Alzheimer. Plantas sempre floridas. Forno de pizza, sim, embora quase nunca o usem. Nada de pane de luz! Internet instantânea. E no entanto, eles anseiam pelo ambiente acolhedor que os trouxe até aqui, para começar. Não consigo imaginar quem compra aquelas enormes e descaracterizadas reproduções de castelos e aquelas recriações pseudotoscanas sem alma. Algum decorador precipita-se de Londres e deturpa tudo com um cinza gustaviano escandinavo. Esses lugares são absolutamente sem graça. Nós, Brian e eu, estamos atrás de experiência autêntica. Mas sem nada tedioso. — Ela fala depressa, quase um desvario.

— Entendo. Não é fácil. Agradar aos dois lados — Susan responde. — Para dizer a verdade, talvez nós mesmos sejamos como esses clientes exigentes. Não ficamos muito empolgadas quando os canos de ferro enviam um cheiro fétido e úmido das profundezas da Terra. O que os italianos têm contra isolamento em volta das portas? Mas você tem razão, é decepcionante estar em um lugar desnudado. Há aquele ponto perfeito entre tradição e o presente. Aliás, o que é uma *madia*?

— Toda casa tinha uma, um recipiente de castanheira onde se deixava o pão crescer. Geralmente, as gavetas embaixo do recipiente se abrem, como um armário. O estranho é que, como você precisa levantar a tampa para usá-lo, não pode colocar nada em cima quando não está sendo usado.

— Ah, então é isso! Temos um na cozinha. É lindo, mas atrapalha. Julia guarda tigelas dentro dele. Terei que dizer a ela que ela deveria estar sovando pão. Eu não sabia o que era, mas vi uma deixada aberta e usada como bar em um restaurante. Inteligente.

Susan gosta de Nicolà. Ela podia conversar a manhã inteira.

— Escute, você e Brian poderiam vir jantar em nossa casa? Sei que parece um pouco precipitado, mas adoraria que vocês conhecessem minhas amigas e prometo um excelente jantar. Não que eu vá cozinhar!

                          ❧

AS TRÊS MULHERES RESOLVEM que, durante todo o inverno, elas convidarão os amigos nas sextas-feiras à noite. Julia usará esses jantares como pesquisa básica para seu *Aprendendo italiano*. Concordaram que até quinta-feira a lista de convidados deve estar definida, de modo que cada uma possa fazer a sua parte. Susan, as flores e a mesa; Julia, a comida; Camille, as compras e deveres de *sous-chef*.

Susan descreve o projeto de escrever/cozinhar de Julia a Nicolà e o florescente interesse de Camille em fazer arte depois de adiar por décadas.

— Ela está cada vez mais empenhada. É como se estivesse orbitando a lua em busca do lugar certo para pousar. — Susan veste seu casaco e estende a mão para Nicolà. — Eu estava com medo de entrar por causa do meu péssimo italiano. — Ela tira do bolso uma folha de papel onde havia escrito *Vorrei affitare um fondo*. Gostaria de alugar um fondo.

Nicolà ri e pega o papel de sua mão.

— Quando você for fluente, colocarei isto numa moldura para você.

Susan dirige-se à estrada romana calçada de pedras para voltar para casa. Entra na vila com uma lista de particípios passados na mão, como Kit sugeriu. Ela pratica durante todo o caminho de volta.

Festas de fim de ano

Inverno. Colin e eu nos levantamos e nos deparamos com um mar branco de névoa vaporizada no vale abaixo de nós. É empolgante abrir as venezianas e se inclinar para fora da janela no ar *freschino*. Durante toda a manhã, o mar se ergue, finalmente envolvendo a casa, e depois o vapor evapora com o sol do meio-dia. Tiro três escorpiões de minhas botas guardadas no celeiro. Nossas meias de lã cheiram a ovelhas de onde vieram. Colin aperta os parafusos das venezianas, de modo que os ventos do norte não as façam bater durante a noite.

"Você tem que ter uma mente de inverno", disse o poeta Wallace Stevens. Eu tenho: estou planejando grandes realizações durante os meses de recolhimento. Não que o inverno daqui chegue à austeridade do inverno em Minnesota. Mas as casas de pedra retêm uma frialdade. Ficamos bastante confortáveis com aquecedores que ressoam de leve quatro notas musicais quando começam a funcionar, e com um scaldaletto, um tipo de colchonete felpudo que se coloca sobre o colchão e que todos os italianos que eu conheço usam de novembro a abril. É elétrico. Com o calor do ambiente e das cobertas em cima e o forro macio embaixo, você se sente como um urso úmido, roncando em uma caverna.

Primeiro, vou dar uma festa. As festas de fim de ano estão chegando e, antes que minhas novas vizinhas se espalhem com suas famílias em visita, é hora de apresentá-las aos meus melhores amigos italianos e alguns dos estrangeiros. E eu quero comemorar. Tenho azevinho silvestre no terreno e visco nas forquilhas das amendoeiras. Minha casa ficará cheia de rosas.

Posso facilmente preparar uma festa, embora não seja inspirada no departamento de doces e bolos. De uma mulher na cidade, posso encomendar um divino rocambole de avelã. Eu adoro comida de inverno — costelinhas, as batatas dauphinoise de minha mãe, carne de porco com repolho roxo e castanhas, todas odes ao inverno.

⁂

Quando eu estava crescendo em Coral Gables, Minnie, nossa governanta, costumava me dizer que o destino acontece em grupos de três; quer fossem bons ou ruins, ela acreditava que Deus enviava os eventos de nosso destino em grupos de três.

Eu estou indo para três bons eventos.

Um: depois da consulta à dra. Caprini (cabritinhos, que loucura), eu me senti exultante. Quem jamais poderia esperar uma experiência mística enquanto está deitado em uma mesa de exame? Quando a ultrassonografia já estava em andamento (ventre ainda côncavo) e a imagem aquosa daquela minúscula mancha cinza e preta menor do que um camarão pequeno (cabeça visível) apareceu, eu quase esmaguei a mão de Colin. Tive vontade de gritar! E depois tive vontade de chorar, e chorei. A dra. Caprini também parecia entusiasmada e absolutamente despreocupada com o fato de eu ser, como dizem, uma "primigesta de idade", significando alguém com mais de trinta e cinco anos que está grávida pela primeira vez. Ela estava, na verdade, encantada por eu estar grávida, considerando-se minha idade (oitenta e cinco por cento das mulheres são estéreis até os quarenta e quatro anos) e a inclinação do meu útero.

— Esta é uma criaturinha determinada — era sua opinião. Ela possui mãos frescas e competentes, cabelos grisalhos presos em um coque apertado e um queixo marcante. Nenhum pirralho iria fazer traquinagem enquanto ela estivesse no comando. Gostei dela. Ela disse:

— Você vai ficar bem. Tem um corpo jovem. Você não vai ter gêmeos, e sou grata por isso. Basta um. — Eu ri. Senti calafrios. — Ainda não dá para ver o sexo — ela disse, estreitando os olhos para a figura embaçada.

— Tudo bem, não temos certeza de que queremos saber, de qualquer modo. — Mais exames depois, livros para ler, uma vitamina a tomar, uma dieta rica em proteínas, legumes e verduras — tudo é fácil por enquanto. Meus seios parecem botões de rosa Eden prestes a florir, pressionando para se abrir, explosivos. (Roseiras altas e esguias ao longo do lado da casa em Coral Gables. Sinto falta da minha mãe todos os dias.)

Dois: a equipe de Colin ganhou um prêmio por design inovador e uma condecoração pela excelência em adaptação ao local. A obra foi um centro de estudantes universitários em Manchester. Em seguida, soubemos que a firma de Londres de Colin irá se expandir no começo do próximo ano. Estão abrindo escritórios em Dubai e Miami. Dubai porque é Dubai, Miami porque de lá chegaram três grandes encomendas: um museu, um complexo municipal e um cais de destino com lojas e restaurantes. Ele descobriu na última viagem que tem a opção de permanecer em Londres, com mais flexibilidade de tempo para trabalhar em projetos italianos, ou a possibilidade de passar parte do tempo no escritório de Miami, se quiser, em um cronograma baseado em projeto. Isso significa que a vida aqui fica mais fácil; as brutais viagens indo e vindo de Londres podem diminuir. E Flórida — se tivesse havido um trabalho disponível depois que minha mãe morreu, eu provavelmente ainda estaria lá. O lugar pelo qual sempre anseio está muito mais próximo à ideia que a maioria das pessoas tem da Flórida. É preciso cavar fundo para a minha Flórida, mas ela está lá, uma paisagem primitiva de areias quentes e folhagens revoltosas, jacarés com cômicas mandíbulas abertas, árvores pingando, recobertas de musgo, e orlas marítimas inacreditáveis.

Será que a pequena srta. X vai respirar pela primeira vez lá? Ou o jovem sr. X vai respirar pela primeira vez em Florença, o ar dos Médicis, intrigas da Renascença, o oposto de primitivo? Colin vê tudo isso como arrebatamento e possibilidade, não como estresse, então eu também estou vendo dessa forma, apenas de vez em quando me deixando levar pela incerteza e, bem, pelo estresse. (Não existe nenhuma palavra em italiano para estresse, é importada do inglês: *lo stress*.)

Estamos pensando em remodelar meu pequeno celeiro de pedra. Se Colin o equipar com uma impressora de grande formato e outros equipamentos de que necessita, ele poderá trabalhar mais daqui de casa. No momento, ele tem suas bancadas de desenho montadas em um quarto vazio. Um arquiteto na cidade o deixa imprimir em seu escritório. Não é a situação ideal.

Há pouca luz no celeiro de pedra, apenas a que entra pela porta em arco construída com largura suficiente para passagem de uma carroça, mas ele pode embutir uma claraboia na parte de trás que não ficará visível, se pudermos obter a licença. A porta para carroças pode ser toda de vidro, e há uma porta lateral. Em pé, ao lado da entrada, um astrolábio. Farei uma surpresa a ele, se eu conseguir fazer com que Susan ache outro para mim. Quando procurei saber a função de um astrolábio, deparei-me com uma referência a Heloísa e Abelardo, aqueles malfadados amantes filosóficos que eram apaixonadamente românticos no começo dos anos 1100. Casos de professor/aluna raramente chegavam a bom termo. O tio furioso de Heloísa mandou castrar Abelardo por seu namoro com sua sobrinha, mas não antes de um filho ser concebido. Ele se chamou Astrolábio. Creio que eles achavam que seu amor era tão dimensional quanto os céus, e o menino Astrolábio simbolizava seu amor astronômico. Mas, quando falo sobre isso com Colin, ele apenas diz:

— Huumm. Devemos chamar o nosso de Sonograma?

— Bem, que tal Abelard? É um nome bonito.

— Está de brincadeira. Richard é um nome bonito. James. Plácido. Alessandro. Mas Abelard? Ele seria chamado de Abe ou Lard. — Ele me empurra de volta para a cama, beijando meu pescoço, soprando no meu ouvido, fazendo cócegas em mim até eu ficar sacudindo as pernas no ar. — Mas eu sou parcial com Balthazar.

Três: vamos nos casar. *Gesù!* Estou incrivelmente entusiasmada. Assim como Colin. Não nos importávamos antes de ter sido arrastados para o modo namorado/namorada. Agora, toda noite durante o jantar conversamos sobre quando, onde e como. Estamos ouvindo músicas na cozinha, dançando entre ver como estão as vagens e o frango girando na rotisseria no forno. Lanço a ideia de nos casarmos em Coral Gables, na mesma capela em que meus pais se casaram e eu fiz a primeira comunhão. (Eu fui extremamente religiosa durante seis meses.) Sugiro nosso jardim nesta primavera com os jasmins dependurando-se da pérgula e a exuberante roseira Lady Banks arqueando-se sobre a porta. Mas será que realmente quero estar enorme em um efêmero vestido de casamento? Tem que ser antes. Ele imagina a Grécia. Somente nós em uma ilha. Ou no Dia de Ano-Novo? Como nenhum de nós dois nunca se casou antes, a documentação exigida para estrangeiros é menos complicada.

Na verdade, há mais de três destinos no momento. Na minha própria esfera, os versos me sobrevêm quando adormeço, quando acordo, e me lembro perfeitamente de todos eles.

Durante o dia, escrevo poemas que me surpreendem. Estou me permitindo incluir fragmentos de emoções, pequenas porções de conhecimentos esotéricos que apreendo em minhas leituras, e uma forma mais solta, os versos quebrados mais informalmente. Quando cada poema termina, eu me volto para o meu projeto Margaret, que deu uma reviravolta quando estávamos examinando o celeiro e eu encontrei sua mala. Ela a deixou aqui durante suas idas e vindas aos Estados Unidos, depois que vendeu sua Casa Gelsomino.

Tenho medo de abrir o celeiro, já que há dois *barbagianni* morando lá. Na última vez que fui lá, para guardar os ventiladores de verão, abri a porta e as duas corujas, altas, do tamanho de uma criança de um ano, me olharam do alto de uma viga e bateram as asas — uns sessenta centímetros de extensão de asas, no mínimo. Seus olhos me perfuraram. Elas grasnaram sons sobrenaturais e eu levei um susto, larguei os ventiladores e saí correndo, agitando os braços e gritando.

Hoje, elas não estão em casa. Temos um arquivo de malas de viagem estocadas nas prateleiras dos fundos, de mochilas a sacolas de esporte, uma coleção de malas de rodinhas e gigantescos monstros dobráveis com que eu espero jamais viajar novamente. A dela está guardada com estas.

— Pode levá-la até em casa? — eu peço a Colin. — Vou examiná-la mais tarde.

Encontramos uma sacola surrada, de couro de bezerro, cheia de tubos de tinta a óleo ressecada, pincéis endurecidos, trapos, as chinelas dele de pintura e, em uma tela enrolada, uma natureza-morta bastante boa de ameixas azuis em uma tigela de estanho. (O verso de luz sobre as frutas abriu caminho para um poema.)

— Ah, aqui está Jeremy! — Colin diz. — Ele tem obra na Tate agora. Será que ele vai querer esta tela de volta? — Jeremy demorou-se tempo demais em um verão.

— Você poderia perguntar. Acho que ele abandonou tudo isto. Essas ameixas parecendo tão suculentas... Poderíamos pendurá-la aqui como um memorial a todas as noites que ele nos manteve falando sobre ângulos visuais e a obra de Emil Nolde, e sobre a estudante de pós-graduação com quem ele estava transando.

꧁ ꧂

COLIN CONTRATA UM CAMINHÃO para levar embora todos os materiais de pintura arruinados de Jeremy e toneladas de tralhas que vão se empilhando tão devagar que você não percebe que acumulou um monte de entulho — valises mofadas, mangueiras furadas, uma mesa com a perna quebrada, latas de tinta, fertilizantes de plantas tão secos e endurecidos que parecem cimento, lixo, lixo. Esvaziado, o celeiro repentinamente pareceu espaçoso o suficiente para se imaginar paredes brancas, chão de pedras alisadas por uns dois séculos de cascos de cavalos; finalmente limpo e uma longa mesa de trabalho com algumas bonitas luminárias industriais acima dela.

Após o almoço, abro a mala de Margaret. Ela enfiara sachês de *pot-pourri* nos bolsos laterais. A pilha de roupas exala um aroma de bosques de samambaias, bolor e especiarias, talvez curry. A mala deve ter ficado guardada ali por uns cinco anos. Não encontro a pilha de papéis imediatamente, um grosso maço de folhas de papel amarradas com uma fita fina amarela e enfiado em uma bolsa. O título diz *Observações incendiárias*, com *Margaret Merrill* escrito à mão embaixo. Folheio as páginas digitadas em espaço simples, algumas marcadas com emendas e riscos na tinta roxa que ela preferia em sua caneta Mont Blanc.

— Colin! — grito do alto da escada —, não acredito: Margaret deixou um manuscrito!

Esvazio a mala em cima da cama: um roupão de banho de seda *jacquard* que parece de homem, três suéteres, aquelas botas de camurça cor de laranja que eu sempre admirei, um frasco de perfume Dior que azedou, camisola de algodão, saia preta, depois, no fundo, uma caixa contendo um colar de pérolas e as contas de Murano que eu dei a ela um dia, mas nunca a vi usar. Agora, creio que ela as achava cafonas.

Colin se aproxima, remexe na pilha de roupas e pega um suéter azul com fitas de gorgorão enfiadas.

— Este é bonito. Estamos encontrando tesouros hoje. Você usaria este? Ou aquele vestido que eu trouxe para cá da outra vez, aquele que parece ter saído do *Grande Bazar*?

— Muito berrante. Oh, talvez eu use. Mas, olhe. Isto definitivamente é um manuscrito. Não reconheço este material em nada já impresso. Tem que ser um livro não publicado que ficou mofando em nosso celeiro durante anos. Sabe o que isso significa? Um Margaret Merrill perdido?

— Bem, sim, para você. Duvido que o mundo vá se inclinar mais sobre seu eixo. — Afastamos as roupas, nos sentamos na cama e começamos a ler. Um romance? A epígrafe diz: *Prefiro uma gota de sangue a um copo de tinta. (George Seferis.)*

— Soa verdadeiro. Margaret desprezava a teoria.

Viramos para a primeira página, que começa: *A chuva caía em grandes ripas cinza por todo o vale. Eu acabara de chegar à casa, ainda estava saboreando* casa, *meus degraus de pedra em cantiléver para a sala de jantar que, para minha satisfação, sempre dão aos convidados um momento de vertigem, as cadeiras de veludo mostarda em volta da lareira, janelas que se abrem para a vista de uma torre gigantesca no* palazzo *adjacente.*

— Huummm, essa é a Casa Gelsomino. Será que isto é autobiográfico? — Passo as páginas e leio aleatoriamente. — Ela terá escrito um livro de memórias?

— Deixo isso com você. Preciso trabalhar. — Colin pega o suéter azul e o cheira. — Lembra-se? Ela sempre tinha um cheiro. Não fresco como o seu, lençóis secando ao sol. Mais como incenso que os sacerdotes agitam em volta de um caixão, um pouco fumarento e proibido. Ou pior, como se ela tivesse acabado de sair de um antro de haxixe onde alguém foi assassinado. — Ele riu.

— Ela realmente tinha algo de *noir*.

༄

Margaret. Maud e Freya eram fáceis de investigar e fáceis de trazer à vida no papel. Eu amei muito Margaret, e, mais tarde, nem tanto. Quando li meus poemas de San Rocco em uma livraria em Washington — fiquei encantada de ser convidada —, ela por acaso estava na cidade. Eu já a conhecia havia vários anos nessa época, minha amiga espirituosa, tão cosmopolita, famosa em todo um espectro de escrita. Meus primeiros anos — quando eu me perguntava se iria ultrapassar *A Glass of Morning Rain*, meu primeiro livro, que me angariou o cargo em Boulder. Eu era o estudo de caso da escritora lutando para ser reconhecida, lidando com rejeições e repúdios, tentando conseguir publicar outro livro, droga, tentando publicar poemas. Então, consegui. Esse mundo se abriu para mim quando enviei meu trabalho baseado na Itália. (Talvez eu tivesse aprendido a escrever apenas após várias estações do ano de solidão à minha escrivaninha.) (Como sinto falta dessa concentração que eu conseguia alcançar na época.) Como sequência, houve um abecedário, ou acróstico alfabético, baseado nas letras do alfabeto italiano; depois houve outro, inspirado por palavras italianas de que eu gostava. Tentei encaixar cada palavra — *cipresso, mirtillo, girasole, luna, chiacchierone, sera, cielo* — em paisagem ou acontecimento. Creio que foram trinta nesta série. Os mais populares, se posso sequer usar esta palavra em relação à poesia, foram os poemas em prosa sobre a vida diária em San Rocco. Procurei torná-los autênticos, desejando poder colar nas páginas a giesta amarela florindo nas encostas, as cordas desgastadas do anão que carrega lenha nas costas para os fornos de pizza, as bengalas que Leo esculpe em madeira, os aventais inteiros como vestidos, estampados em azul-marinho, que as mulheres mais velhas usam em casa — todas as sensações táteis que constantemente chovem sobre mim neste lugar assombroso. Esse trabalho foi meu primeiro livro, *A Glass of Morning Rain*. Ok, trocadilho com meu nome, desculpe.

A leitura em Washington transcorreu bem. Você sabe quando a plateia está interessada. Comecei a gostar da experiência e me senti amparada por Margaret ao fundo. Equipe Kit, pensei. Durante as perguntas, depois que terminei a leitura, alguém levantou a mão e quis saber:

— Qual a reação das pessoas do local ao seu livro? Elas gostam dos poemas?

Eu não sabia se algum habitante do local já os tivesse lido e estava formando a resposta quando, do nada, Margaret, parecendo uma estrela de cinema dos anos 1930 em um terninho de linho branco, levantou-se e disse:

— Não! Não vão gostar. Vão achar que os estrangeiros deveriam cuidar da própria vida. Vão encontrar maneiras de ser condescendentes e, além do mais, elas não gostam de formas contemporâneas. Para elas, os poemas não precisam de nenhuma rima. — Ela sentou-se.

O quê? Fiquei atônita e simplesmente disse:

— Aí está. Eu honestamente não sei, mas Margaret Merrill morou durante muito tempo na Itália. Talvez ela saiba. Eu escrevi os poemas com amor. Gostaria que sobrevivessem à tradução, se isto acontecer. Alguma outra pergunta?

O que deu nela para interromper o *meu* evento? Reconhecendo seu nome, muitos se voltaram para olhar para a mulher contida e solene, agora examinando um caderno de anotações, mas com o queixo empinado. Ela parecia estar olhando com desprezo para aqueles de nós que estavam muito abaixo. O clima foi quebrado e o evento terminou.

Por que eu não a confrontei? Por que não o fiz? Uma falha de caráter, sem dúvida. Minha família simplesmente deixa as coisas cozinharem em fogo lento até que um súbito aumento de calor cause uma explosão repentina. É assim que eu sou. É o que eu faço. Fiquei quieta e calada durante o jantar após a leitura. Ela me levou a um lugar animado e barulhento, cheio de políticos (uh), onde seis homens se aproximaram para dizer como admiravam sua *exposé* da Máfia. Ela pediu ostras (uh) e champanhe "para comemorar o começo de uma grande carreira". Nem uma palavra sobre sua interrupção.

Mais tarde, de volta ao meu hotel, mandei um e-mail para Colin. *Estranho, estranho. Acho que Margaret tem ciúmes de MIM. Não ria!*

A conversa de onze mil quilômetros

Os jantares de sexta-feira à noite acrescentaram quatro capítulos ao *Aprendendo italiano* de Julia. Enquanto cozinha a tarde inteira, ela instala seu laptop na bancada da cozinha e conversa com Chris. Ela pica cebola e alho e coloca na panela para refogar, achando que ele está tão perto que pode sentir o cheiro dos temperos chiando no fogo. Ele lhe conta do progresso do chardonnay deste ano. As provas de barril prometem um produto excelente. Alguns respingos de azeite de oliva acertam a tela do computador e ela a limpa com um pano. Pronto — o grande sorriso de Chris em seu escritório em Napa. Ela gosta de sua escrivaninha, dois barris de vinho com uma placa irregular de sequoia em cima. Ele senta-se em uma cadeira de bar giratória de couro de boi e chifres. Com uma camisa jeans, ao contrário das roupas ajustadas que veste na Itália, ele parece mesmo do Velho Oeste. Seu sorriso transmite através do ciberespaço a energia que ela conhece bem. Ele está cozinhando com ela conforme ela lhe fala do nhoque de semolina com *parmigiano* que está colocando no forno, sobre os peitos de pato com redução de vinagre balsâmico e raspas de casca de laranja que já tem prontos para servir.

Doze à mesa esta noite. Susan fez um arranjo com pequenos vasos de ciclâmen branco pelo centro da mesa, pratos brancos e uma toalha verde. Está empolgada porque Nicolà e Brian estão vindo. Camille convidou Chiara Bevilacqua, a proprietária da livraria, e sua companheira, nome ainda desconhecido, além de Rowan, Annetta e Leo, Colin e Kit. Camille esteve encerrada o dia todo, emergindo à hora do almoço para esquentar uma porção de sobra de lasanha, que ela levou para seu quarto, prometendo que estaria à disposição para abrir as garrafas de vinho e arrumar a travessa de *antipasti*. Julia e Susan estão empolgadas por Camille. Ela está trabalhando! Após semanas rodando no ar, mergulhando e circulando e voando mais alto e precipitando-se novamente, o silêncio em seu estúdio soa como música para elas.

— Estamos em pleno inverno — Julia diz a Chris. — O outono ainda estava por aqui quando você foi embora, mas houve uma nítida mudança. Ouvimos corujas a noite toda. — Julia faz uma pausa para procurar um descanso de panela. — Você devia estar aqui. Volte! — O brócolis rapidamente cozido no vapor, misturado com as cebolas, o alho e umas duas anchovas, exala um cheiro amargo, mas um amargo bom. Chris observa enquanto ela começa a preparar, para o dia seguinte, um rocambole de peito de peru que Gilda, no Hotel Santa Caterina, demonstrou na aula de culinária que Julia frequenta duas manhãs por semana. Ela dá cortes fundos no enorme peito em lados opostos e o achata.

— Gilda diz para recheá-lo com o que quiser e eu vou tentar várias combinações, mas, no momento, estou copiando o que ela fez, espalhando uma camada de vitela moída, uma camada de farelo de pão e alguns pistaches picados — ela enrola a carne ao longo do comprimento e a amarra com barbante em quatro lugares.

— Você está me matando, sabe disso. — Chris aproxima-se na tela. — Vou comer macarrão com molho de tomate pronto na janta desta noite. Como vai escrever sobre este rocambole para seu livro?

— Há muito o que dizer sobre peru aqui. *Tacchino*. São enormes, se comprar um inteiro. Duas vezes o tamanho normal. Só este peito parece um peru inteiro! E... juro, você não saberia que está comendo peru. É suculento e saboroso. Achei que era carne de vitela. Sanduíches de peru? Esqueça! Este é o melhor. E pistaches. Eu não sabia que são muito usados em receitas toscanas. Estou pesquisando isso. Por que pistaches?

— Não sei. Achei que só servissem para quebrar sua unha quando trazem uma tigelinha com um Campari Soda. Sinto a sua falta. É a única pessoa com quem eu poderia ficar discutindo pistaches durante horas. — Ele hesita. — Julia, eu estava pensando. Diga *não* imediatamente se eu estiver enganado. Você gostaria que eu procurasse saber da Lizzie em San Francisco, se ela ainda estiver lá? Sei que você não tem notícias há meses e sei que quer ter tempo para resgatar a sua vida de volta, mas você deve sofrer com isso.

Julia deixa a colher sobre a bancada. Ela não respondeu.

— Ei, você aí? É só uma ideia. Você não perguntou se eu conhecia a região da Scott and Sutter Street? Eu poderia ir ao último endereço dela e, o mais discretamente possível, ver se consigo descobrir alguma coisa.

— Chris, Chris. Obrigada. Eu realmente reprimo minha preocupação, tenho que fazer isso, mas tenho medo de *resolver* cair sobre a minha espada outra vez.

— Pense no que eu disse.

— Obrigada. É maravilhoso que você se ofereça. Ela pensaria que enviamos um espião. Você é um amor por pensar nisso. Mas não...

— E se eu simplesmente vestir o capuz? — Como interpretar isso? Ele a ouviu hesitar. — Você já passou por muitas situações difíceis. Não quero interferir.

— Ah, aqui estão os gatinhos. Pode ver Ragazzo? Veja como cresceram rápido.

— Ah, assunto encerrado. A deixa são os gatinhos! Fofinho!

Julia riu.

— Certo. Vamos voltar aos *nossos* assuntos. Quando eu converso com você, quando estou *com* você, sou apenas eu, não parte de um esquadrão zumbi em Savannah! Por falar nisso, você sabe que meu pai está vindo para o Natal. Resolvemos ficar aqui alguns dias, depois ir para Roma. Roma! Mal posso esperar. Ele quer ir a Nápoles também.

— Você está me matando outra vez. O que eu não daria para passar os feriados em Roma com você. Ele sabe a sorte que tem?

— Sabe! Lizzie era a luz da vida dele, mas agora eu voltei a ser. Você vai conhecê-lo. Ele é especial, e não é só porque ele é meu pai. Você vai passar o Natal com seu filho? — Lizzie no Natal. Sal na ferida aberta. Fantasmas de antigos Natais, na verdade.

— Parte do tempo. Ele vai subir para Tahoe depois e eu vou colocar meu trabalho em dia, de modo que, quando eu chegar à Itália no final de março, não tenha que me preocupar. — Eles terminaram de dar os últimos retoques na turnê de Friuli, que acontece em abril. Já está completamente esgotada.

— Tenho que continuar com a sobremesa. Conversamos amanhã?

— Já estou esperando.

Dispersando-se

É A ESTAÇÃO QUE TEM MUITO A SER APRECIADO, A começar por San Rocco. Cordões de luz, com lâmpadas que parecem resgatadas dos anos 1940, penduram-se sobre as ruas. O governo municipal ergueu um decididamente patético e desordenado pinheiro no meio da *piazza* principal. Crianças da escola o decoraram com guirlandas de macarrão gravatinha pintadas de dourado e algumas pinhas que haviam recolhido no parque da cidade. As três mulheres o acham charmoso, algo completamente contrário ao Natal como o conhecem. Nenhuma loja de shopping mall toca músicas natalinas sem parar, nenhum "O Holy Night" trazendo lágrimas aos seus olhos nos corredores de brinquedos que serão esquecidos em quarenta e oito horas depois do Natal. A vitrine da confeitaria cintila com frutas de marzipã rosadas, roxas e cor de abricó, folhados de amêndoas, merengues estufados, recheados de creme, quincãs cristalizadas e castanhas. A feira semanal exibe baldes de azevinho e visco, algumas árvores de abetos (ainda mais desordenadas do que a árvore da cidade), as raízes envolvidas em aniagem e prontas para plantar depois de uma breve temporada em local fechado. Serão enfeitadas com cartinhas para Babbo Natale, chocolates, flocos de neve de papel e um cordão de luzes coloridas piscantes que podem causar um incêndio a qualquer instante. As igrejas exibem cenas da natividade; algumas são complicadas versões de pinturas renascentistas, outras são feitas de materiais caseiros, como uma caixa de fósforos para a manjedoura e uma caixa de sapatos para os estábulos dos burrinhos de plástico. Camille fica particularmente encantada com os Reis Magos feitos de limpadores de chaminés e carneiros feitos de lã de aço e palitos de dente.

As três amigas adoram as primeiras noites de inverno na cidade, os bares cheios de gente alegre fazendo brindes, as manhãs com as lojas cheias de mulheres caçando e colhendo para a cozinha dos feriados, o ar carregado de *festa*. Susan encontra-se com Nicolà para um chocolate quente. Camille leva Serena e Matilde para almoçar no Hotel Santa Caterina. No Natal, Julia nunca deixou de fazer compras para Wade e Lizzie (bem, no ano passado Lizzie estava MIA — *missing in action* — desaparecida em combate); agora ela faz compras para os amigos. Nenhum confortável roupão de banho amarelo. Nenhuma colônia estonteante para tocar levemente sob os deliciosos lóbulos das orelhas dele. Ao menos pode comprar luvas de pele de carneiro para seu pai e meias de cashmere cinza perolado. Vários livros serão entregues a Chris, inclusive um enorme tomo sobre a Sicília. Para Susan, uma fita métrica em centímetros e em polegadas, um cachecol de lã macia coral que Julia pode ver esvoaçando pelo teto solar do Fiat em grande velocidade. Para Camille, um perfume sexy que ela jamais compraria para si mesma, almíscar e gardênia, e uma caneta de pena, de vidro, com alguns frascos de tintas artesanais em violeta, azul-marinho e âmbar.

COLIN TRAZ BRAÇADAS DE LENHA para esta noite. Eu acabei de arrumar galhos de ciprestes ao longo do console da lareira. Ele manteve o fogo aceso o dia todo enquanto transformávamos o térreo para nossa festa.

Colin limpou espaço nas salas de estar e de jantar e armou mesas dobráveis emprestadas em cada ponta de nossa tradicional mesa para doze pessoas. Agora, podemos encaixar vinte e duas ali, em nossa festa de véspera de Natal. Para música, meus amigos irlandeses expatriados, Brendan e Sally. Ele traz sua guitarra e ela canta como um anjo. Ele é bom em animar todos a participarem. Leo e Annetta vão me ajudar a assar grandes lombos de porco em sua lareira e, esta tarde, eu peguei o histórico, épico, rocambole de avelã, que sem dúvida será o ponto alto da festa para Julia. Esta quantidade de pessoas para um jantar é normal na Toscana, mas um grande esforço para mim. Ah, espere, esqueci Riccardo, nosso amigo tradutor que trabalha para o Vaticano e só vem nos fins de semana. São, portanto, vinte e três. Vou ter que espremer mais um lugar à mesa.

※

Gianni pega Cleve Hadley do lado de fora da alfândega no aeroporto Fiumicino e volta direto para Villa Assunta, onde Julia anda de um lado para outro, alternando entre esperar na janela da frente e correr de volta ao forno onde está assando o bolo de limão preferido de seu pai. Ele deve estar exausto, ela pensa, e prepara a cama dele. A mesma cama Chris... Ela coloca um vaso de ervas aromáticas — tomilho, sálvia e hortelã — em sua mesinha de cabeceira, com uma garrafa de água e até pequenos chocolates, como um bom hotel.

Cleve vai ficar para o Natal e depois ele e Julia viajarão por uma semana. Ele quer visitar a Biblioteca da Sociedade Geográfica Italiana e vagar pelos corredores do Vaticano, cujos atlas e mapas antigos adorou quando era um rapaz em sua primeira viagem. Ele planeja tomar chá na Galleria Doria Pamphili e apreciar um Negroni com vista para a Piazza Navona, chova ou faça sol.

Susan irá de trem para Milão amanhã para encontrar suas filhas. Vão alugar um carro e viajar direto para San Cassiano, um vilarejo de montanha nas Dolomitas, para passar o Natal. Após uns dois dias, planejam explorar a região de Trentino-Alto Adige. Só posso imaginar Susan em um carro alugado adernando sobre o desfiladeiro Falzarego, que deve ter mais de dois mil metros de altura. Ela trará as filhas a San Rocco apenas por um fim de semana, começando uma dança das cadeiras, sobrepostas com Camille, mas não com Julia. As filhas irão conhecer Julia para jantar, quando Susan levá-las a Roma em seu caminho de volta para casa.

Charlie, o filho de Camille, com a filha Ingrid, chegarão tarde no dia de Natal, vindo da casa da família de sua mulher em Copenhague. Ele ficará com o quarto em frente ao do pai de Julia, e Ingrid dormirá no nunca usado quarto dos fundos. A mulher de Charlie, Lara, irá se reunir a eles depois de uns dois dias. Camille planeja levá-los a Veneza para a noite do Ano-Novo.

Susan arranjou hotéis e traslados e até uma pessoa para ir limpar Villa Assunta duas vezes por semana durante o assalto. Ninguém consegue saber direito os itinerários e horários uns dos outros. Estarão em casa para o Dia de Reis. Isso elas sabem. Kit e Colin partem para a Flórida amanhã, tão logo arrumem o caos depois de sua festa.

Camille e Susan estão prontas para decorar os salões. Já entregaram lá as rosas brancas para a festa de Kit esta noite. Susan entra em Villa Assunta com o carro carregado de uma das miúdas árvores de Natal do local — abetos, um tipo de pinheiro — amarrada no teto do Fiat. Na feirinha especial de Natal, elas escolheram bolas de cerâmica pintadas, ouropel, cordões de minúsculos sinos pelos quais os gatinhos vão enlouquecer e enfeites cintilantes. Para Julia, trouxeram uma caixa de *marrons glacés,* um par de brincos de quartzo rosa feitos por um designer local e um aparelho que espreme o suco dos ossos de aves. Não é provável que se torne um favorito da cozinha, mas a novidade as atraiu e é este o espírito dos presentes de Natal, certo, o momento *Oh, meu Deus, o que é isto?*. Susan arrasta para dentro um caixote de clementinas que acabaram de chegar da Sicília e Camille finca a árvore em um vaso de terracota e o arrasta para a sala de estar. Julia já espalhou pelo térreo três jarros de rosa-mosqueta e de azevinho carregado de frutos vermelhos. Susan colhe mais azevinhos da encosta em direção à casa de Leo e faz arranjos com seus galhos e as rosas brancas de caule longo para a sala de jantar. O abeto enfeitado com ouropel e um cordão de luzes faz Susan querer cantar "Silent Night", o que ela faz. Camille e Julia riem na cozinha. A *villa* cintila.

Cintila ainda mais com a entrada de Cleve Hadley. Julia grita "uhrrus" e atira os braços ao seu redor, fazendo-o dançar pelo saguão de entrada, enquanto Susan e Camille ajudam Gianni com o casaco e a mala de Cleve. Ele parece mesmo o pai de Julia. Boa compleição, cabelos em tufos da cor de gelo, uma barba pontuda e bem aparada. Em forma e bronzeado, ele é pequeno e meticuloso, mas dá a impressão definitiva de que está muito bem.

Depois de uma turnê pela casa, Julia o leva à cozinha, onde ela já tem sopa e *bruschetta* prontos. Ele está encantado.

— Em toda a minha vida, nunca vi uma sala de jantar tão encantadora, nem mesmo em Savannah, onde existem salas de jantar espetaculares. Você poderia entrar no jardim do afresco, perambular pela pérgula de rosas. Imagine quantas pessoas tiveram o mesmo pensamento ao longo das décadas em que jantaram aqui. Ah, esta sopa é exatamente o que o médico mandou.

Embora o voo tivesse sido tranquilo, ele está agitado por ter viajado dezessete horas. A sopa de macarrão e grão-de-bico faz todos sentirem vontade de tirar um cochilo.

— Este azeite, por que é verde? — Julia lhe conta mais do que jamais imaginou sobre azeite de oliva, as propriedades, a história, a extração. — E é muito saboroso. — Ele sorri.

— Devemos descansar um pouco — Susan diz. — Temos que estar prontos para a festa desta noite. — Cleve ergue as sobrancelhas, mas balança a cabeça, assentindo. Julia acomoda seu pai no quarto dele. Ela e Susan vão à cidade para a hora marcada com o cabeleireiro. Cleve toma uma ducha, depois desaba na cama e resvala em um delicioso sono de *jet lag*.

Portas de papel

Camille não tem a menor intenção de descansar por mais de quinze minutos. Finalmente, finalmente, somente esta semana seu projeto desabrochou e ela está se deleitando na experiência de concentração intensa, uma sensação vertiginosa de ser catapultada para frente. Talvez seja o e-mail que recebeu de Charlie: *Mãe, olhei as pinturas no sótão. Que pena você ter guardado seu talento lá em cima. Tive ondas de culpa. Todos aqueles cuidados com que você sempre me cobriu! As pinturas estavam empoeiradas, mas luminosas e cativantes. Eu as trouxe para baixo e as limpei. Estou me divertindo muito pendurando-as no corredor, na sala de jantar e uma acima da cama em seu — agora nosso — quarto de dormir. É o meu favorito — um espelho em uma parede envelhecida, refletindo um vão de porta aberto e iluminado, com misteriosos objetos que não são perfeitamente identificáveis.*

Ah, um portal acenando, repleto de presságios, já naquela época. Ela se apegou a isso durante dias, ainda dando voltas, ainda temerosa. Ela podia rabiscar uma pequena aquarela do crisântemo pompom amarelo, solitário, de Susan, dentro de um copo alto ou um detalhe arquitetônico de borda de pedra na lareira da sala de estar. Rowan admirava esses trabalhos, encorajava-a e, ainda assim, ela esperava. Mas o fim do ano está se aproximando, mais um ano vindo em sua direção, sua contracorrente já podendo ser sentida em seus ombros, no vazio em seu estômago, na base de sua coluna. Demasiados fins de ano movendo-se ruidosamente para o esquecimento. Agora, ela sente uma impaciência consigo mesma. Uma agulha espetando-a.

Três noites atrás, ela acordou às quatro da manhã e dirigiu-se silenciosamente ao seu estúdio. Todos os materiais meticulosamente arrumados. Arrumados demais? Ela inspecionou pilhas de papel, tubos de tinta e pincéis e lápis e telas. Meu arsenal, pensou. Apertou o robe em volta do corpo e sentou-se.

— Hora de começar. — Falou em voz alta. Uma freira lendária um dia pintou nesta casa, Grazia lhes contou. Em um exame mais minucioso, Camille descobrira que as garras e pés do pássaro branco e preto no afresco formavam as iniciais *NM*. Freira esperta. Sem nome, mas em quantas vidas ela tocou.

Na noite, Camille pinta um vão de porta em um pedaço de seu papel feito à mão. Para por um longo tempo, depois anima a porta com símbolos particulares, uma escrita que parece escavada, em vez de pintada, e alguma escrita que vai de trás para frente. O xale da mulher no afresco da sala de jantar torna-se um padrão abstrato reminiscente dos mosaicos em Aquileia em Friuli: ao longo da borda, quadrados em forma de ladrilho como os de Scarpa. Tinta. Aquarela. Óleo. Num impulso, ela cola uma página em cima da outra, depois outra, quinze, uma pilha. Agora, a porta é grossa. Um objeto, não uma pintura. Porém, leve. As lágrimas se derramam conforme ela trabalha. Isto é além de onde ela acreditava que podia ir. Ela adora o que vê. Ela fez um artefato estranho. Uma porta de papel, uma nova entidade misteriosa, nem escultura, nem livro, nem pintura. Ela reconhece que fez algo inteiramente dela. *Carne da minha carne.* Novo.

A criatura da lagoa negra, ela ri, se refresca do calor escaldante de sua bancada de trabalho. Ela inspeciona as bordas irregulares em toda a volta, pensando em um álbum de recortes com cadeado, o diário de bordo de um navio no fundo de um baú, o diário que ela escrevia aos nove anos, a chave perdida do diário. Ela mergulha seu melhor pincel em ocre queimado e acrescenta uma borda fina na parte inferior. Onde parar? Quando suficiente é realmente suficiente? Ela mistura uma minúscula quantidade de azul com branco para fazer um tom lavado, como a luz translúcida do céu quando o sol está flamejante.

Aquela nuança desmaiada cerca o resto da porta. *CT*, ela marca com tinta na parte de baixo e, em seguida, acrescenta *#1*.

Obrigada, NM.

Portas que se abrem com um leve toque, portas transparentes, portas translúcidas, portas que são verdadeiros bastiões cravejados de pregos, mas não as imagens planas de portas toscanas que se veem em pôsteres. Minhas portas são entradas para, o quê?, vida, o que a vida principalmente é, o inconsciente. E não foi isso que Kit disse sobre seus poemas, ela está mapeando o inconsciente.

Depois de ter acrescentado sua escrita cuneiforme ilegível, escrita reversa, escrita espelhada, os padrões inspirados em mosaicos, ela sentiu-se resvalar para o que chamaria de um estado alterado, se isso não soasse muito Nova Era. Mas de fato é um tipo diferente de consciência, quase uma suspensão. Ela não conseguia explicar aquilo a si mesma e resolveu não tentar, mas pegar uma pesada folha de papel outra vez e ver o que surgiria em seguida.

Esta começou com uma porta dentro da porta, como se vê em alguns portões medievais para as pessoas atravessarem enquanto a enorme porta externa da fortaleza permanece trancada. Em apenas sua segunda tentativa, ela pega a tesoura e recorta uma forma para a luz aparecer da folha de papel seguinte. O sol arde de cima e atravessa a pequena porta e a escrita acima é rasurada e ilegível. O que significa? Significa cor. Interação de formas. Um aro vermelho em volta do sol, um feixe de letras. Outro feixe de letras. Raios de escrita em uma língua privada cujo significado ela pode receber em sonhos. A chave para uma escrivaninha; a chave de ferro da *villa*. Uma aldrava de cabeça de cavalo de sua casa na Carolina do Norte. Ela está batendo lá, batendo e batendo e se perguntando por que ela não atende sua própria porta. Sim, estado alterado.

〜

ROWAN CHEGA AO FINAL DA TARDE. Estão todos reunidos antes da festa para trocar presentes, já que tanto ele quanto Susan partirão amanhã.

— Posso lhe mostrar uma coisa? Na verdade, é o seu presente. Espero que goste.

Ele segue Camille até o estúdio onde o abajur sobre a bancada de trabalho ilumina a pintura *#1* e o material espalhado para a *#2*.

— Você estava comigo quando eu descobri o papel, depois tivemos aquele dia em Bolonha vendo livros de artistas e mais papel. Você me disse aonde ir em Veneza. Não sei como lhe agradecer.

Rowan passa o braço pela sua cintura e se inclina sobre a porta de papel. Fica em silêncio por um tempo longo demais. E se ele estiver tentando desesperadamente pensar em algumas palavras diplomáticas de incentivo para encobrir seu constrangimento por ela. Mas ela olha de soslaio para ele e vê o doce esboço de um sorriso, como ele parecia quando estava contente demais para falar. Ela vira aquele olhar três vezes, agora quatro. Ele sacode a cabeça devagar, puxa-a para mais perto.

— Brilhante. Brilhante. Deixe-me dizer, eu a reconheci. — Ele a solta e ergue a porta de papel, os braços estendidos. — Camille. Acredite em mim. Isto é único, não existe nada similar. Você tem que seguir em frente com isso. Você acertou em cheio. Meu presente de Natal! Ha! Isto pertence a paredes melhores do que meu amarelado escritório. No momento, vamos pendurá-la acima de sua bancada para inspirá-la. Foi aqui que você começou a grandiosa obra de sua próxima década! Querida, você definitivamente acertou na mosca.

— Espere, tem certeza? Eu... — Ela começa a rir e para.

Rowan examina o novo trabalho que ela começou esta tarde.

— Eles têm uma aura de mistério, mas ao mesmo tempo são diretos, fortes. É como se sua mente dos sonhos estivesse lançando imagens para você pegar.

— É basicamente isso que estou buscando. Mas um pouco vem apenas de fragmentos do dia a dia, expressões que pareciam exigir que fossem escritas ao contrário. E o pássaro. Vê seus pés? As letras *NM*, é a freira de que lhe falei. O mosaico, o xale no afresco. Coisas que o dia me atira para eu pegar.

— Continue aberta. Você está. É como o barro da Carolina do Norte a moldou.

— O quê?

— Ah, você sabe, o mito da criação de que os deuses nos deram forma da argila local.

— É verdade. — Camille sente-se alarmada com a extravagante apreciação. — Não volte! Eu preciso de você aqui para me animar a continuar.

— Você vai ficar bem. Melhor do que bem. E eu voltarei com as andorinhas.

— Daqui a tanto tempo. Nós vamos esquecer um do outro? A última coisa que eu esperava desta viagem era achar um *namorado*!

— Ok, namorada, me dê algum crédito. Manteremos contato. Eu escrevo cartas de verdade. Estarei de volta no fim de maio.

À luz de velas

Todos levam presentes para a sala de estar, onde Susan acendeu um fogo crepitante na lareira. Julia acende velas no parapeito das duas janelas.

— Eu trouxe um vinho especial — Rowan anuncia. — É um *amarone* 2001. Chris ficaria orgulhoso. Vamos pegar os copos grandes. — Cleve estremece diante disso. De sua bolsa, Rowan tira seus presentes, cuidadosamente embrulhados em papel pardo, amarrados com barbante e raminhos de alecrim. — Apenas *pensieri* — ele diz —, presentinhos.

— Sempre o editor de livros de luxo — Camille diz. — Ainda bem que eu tenho outro presente para você, já que o meu primeiro foi rejeitado. — Ela lhe entrega uma caixa vermelha.

Ele exibe um grosso suéter verde de gola em V.

— Para o dia mais frio em Berkeley — ele comenta.

Todos brindam, desamarram as fitas e soltam exclamações. Julia jamais tinha visto um espremedor de ossos, mas parece encantada. Ela passa uma travessa de *crostini* de nozes e gorgonzola.

— Só um petisco, porque Kit está dando um grande jantar. Eu conheço o menu.

Na *bottega* de Matilde, Rowan desenhou e fez livros em branco — perfeitos diários de viagem — que trouxe para elas. Ele usou capas de papel ocre feitos à mão, cada um estampado com um desenho vintage de barco a vela, bicicleta ou biplano. Julia lhe dá um saco de seus *biscotti* de limão para o voo de volta à Califórnia amanhã. Susan tem duas pequenas almofadas cheias de ervas para ele.

— Ajudam a dormir — ela explica.

Tudo foi desembrulhado e admirado com exclamações. Os copos de *amarone* parecendo tinta captam a luz do fogo, a pequena árvore brilha com bravura, os *crostini* desaparecem. Cleve exclama diante das luvas e meias: exatamente o que ele precisa.

— Sinceramente! — diz. — É um conforto ter as luvas e as meias certas. — Ele senta-se ao piano, até então intocado. Estranhamente, ele toca "Summertime", as três teclas quase mortas soando. Todos se reúnem ao seu redor e cantam alto, as mulheres do sul todas se lembrando da versão de Janis Joplin, a versão de Ella, e Rowan, cuja memória cultural seria mais na linha de "California Girls", dos Beach Boys, pode apenas observar. Cleve para e tira três caixinhas do bolso de seu casaco.

— Vocês, meninas, desculpem o *meninas*, mas é o que vocês são para mim. Não quero que se esqueçam de onde vieram. Tive a sensação de que isso seria fácil pelo que Julia me conta. — Nas caixinhas, cada uma encontra um fino cordão de prata com um pingente esmaltado em branco de uma *Magnolia grandiflora* — uma magnólia-branca.

Ainda sensível ao roubo de suas joias, Camille segura a dela na palma da mão enquanto as outras imediatamente a colocam no pescoço.

— Muito bonito, papai. Foi alguém de Savannah que as fez?

— Sim, a filha de Alison. Ela está dando aula na faculdade de arte agora.

Alison, a vizinha ao lado de Julia, gorda e afortunada. Julia sente uma pontada de angústia pelo fato de Cheryl, bem uns dez anos mais nova do que Lizzie, estar desenhando joias delicadas enquanto Lizzie fracassa... Mas não. Ela olha atentamente para o meticuloso trabalho, as pétalas acetinadas debruadas em filamento de ouro.

— Oh, *brava* Cheryl. Aqui, Camille, deixe-me colocá-lo para você.

— Você é um amor! — Susan diz. — Isto é tão nostálgico. Eu tenho uma magnólia gigantesca no jardim de casa. — Que sujeira elas fazem, pensou, com suas pétalas espessas constantemente caindo. Mas, ah, aquelas poucas semanas de florescência, quando o perfume explode através das janelas abertas para dentro de casa à noite e você sabe que é o sopro do Sul. Você respira aquela fragrância e pensa: *Por que viver um dia em qualquer outro lugar?* Ela aproxima-se da janela e olha fixamente para as pequenas luzes pelas encostas ao longe. Todos estão em casa. Todos se reunindo. Não Aaron. Não entrando apressado com os braços carregados de presentes embrulhados em papel de bolinhas. No Natal, sua gravata-borboleta de seda vermelha, terrível, seus ombros quadrados de *fullback* na faculdade, tão alto e empertigado, acendendo a lareira. Quando as meninas eram pequenas e ficavam empolgadas. Agora, logo estarão pegando o avião que as trará a quarenta mil pés no ar acima do oceano para se encontrarem com ela em um país estrangeiro. Onde não há nenhum copo de *julep* na mesa da família. Nenhum coral da igreja metodista. Nenhum *open house* anual, o cheiro de canela e cravo do vinho quente, com nozes pecã tostadas e palitos de queijo na mesinha de centro, o fragrante pinheiro de folhas longas que chega a tocar o teto, tinha que tocar o teto, as indecentes pilhas de presentes e as janelas embaçadas do frio.

 Ela retorna ao grupo e se volta para a vida diferente atual, Cleve agora martelando "Angels we have heard on high...".

 Camille chama todo mundo para a cozinha. Sobre a mesa se vê um sofisticado processador de alimentos novo.

 — Presente adiantado de Charlie! Ele não pôde substituir as joias, mas pôde encomendar isto para nós.

Amigos

Eles escalam a colina, viram no topo do caminho de entrada e de repente avistam Fonte, velas acesas tremeluzindo em cada janela.

— Esta é a sua vida, Susan Ware — Julia sussurra. Ela segura o braço de seu pai.

Camille e Rowan vêm por último.

— Quer ir para o meu apartamento depois do jantar? — ele pergunta. — Guardei outra garrafa daquele *amarone*. Temos que comemorar *Portas de Papel #1*. Comemorar da melhor maneira possível.

— Me deixe completamente apaixonada! — Camille diz. — Sim! Adoraria passar uma noite aconchegante com você. Não, não uma noite aconchegante, mas uma noite escandalosa. Não quero pensar, mas é a última vez por um longo tempo.

— Ha. Que pena que sejamos velhos demais para causar escândalos.

Camille sente-se triste e excitada. Amanhã Rowan estará de volta a Berkeley para passar o Natal com sua irmã mais velha e sua mãe de idade avançada, enquanto ela estará delirante de empolgação por rever Charlie e Ingrid.

— Sei que detesta ir embora, mas também está feliz de voltar para casa? — Eu terei um dia inteiro para me recuperar, ela pensa, apagar todos os vestígios e adquirir meu semblante de mãe.

— Sim. Adoro minha mãe. Minha irmã e eu compartilhamos os cuidados com ela. Não é um fardo.

Camille lembra-se de sua própria mãe dizendo: *Qualquer homem que não goste de sua mãe tem que ser avaliado.* Charles adorava sua mãe. Ela sabe que Charlie a ama.

Que bom amigo eu encontrei, ela pensa. Mas você não faz sexo com um amigo, ao menos não no meu mundo. Então, o que ele é para mim? Amante! Ela ri alto.

— O que é engraçado? — ele pergunta.

— A vida de um modo geral. — Eles apressam o passo; está começando a cair uma chuvinha de neve.

☙

SERÁ QUE ALGUMA COISA pode parecer mais acolhedora e calorosa do que uma casa rústica de pedra no campo, toda iluminada para o Natal? Comprei todo o suprimento de velas de San Rocco. Na casa inteira, até mesmo nos banheiros, não há nenhuma luz elétrica acesa, a não ser na cozinha. Stefano emprestou-me dois ajudantes de sua cozinha para me ajudarem esta noite. ("Meu presente de Natal para você.") Colin e eu não vamos ter que nos levantar a todo instante para retirar e trazer pratos. A mesa está posta — toalha de linho branco como a neve e enormes guardanapos de linho que arrematei na feira de antiguidades, todos com monogramas diferentes de mulheres há muito tempo desaparecidas que arrumavam suas mesas para convidados. Espetei raminhos de azevinho nos meus cartões de marcação de lugares, o único toque de vermelho. Há um número suficiente de pessoas bilíngues para eu ter certeza de que nenhuma zona morta de conversa atolará a dinâmica da mesa. Rosas brancas (obrigada, Susan), hortênsias brancas (fora de estação) por toda parte, emitindo sua própria luz aos aposentos. A loja de flores da cidade, do tamanho de um closet, transborda de flores que alguém com um caminhão trouxe das estufas da Holanda. Nenhuma guirlanda ou buquê. Somente flores cortadas. Por quê? Porque a maioria é destinada ao cemitério, que fica enfeitado durante todo o período de festas. Graças aos mortos temos tal abundância.

Todos chegam. *Buona sera,* Olá, *Ciao,* Olá. Trazem presentes e vinho. É adorável beijar faces frias. Eu queria especialmente que os americanos Wally e Debra conhecessem as três mulheres. Eles se aposentaram e vieram de Chicago para cá. Eles se lançaram na aprendizagem de construir muros de pedra e em ajudar, financeira e praticamente, na *scuola materna,* na escola de ensino fundamental e em viagens culturais. (Aqueles que realmente aprendem a viver aqui.) Debra escreve um boletim bilíngue que todos nós lemos para saber o que está acontecendo. Ah, o contingente da Villa Assunta. A última noite de Rowan. Amanhã ele retorna a Berkeley para seu último semestre ensinando sobre a edição de livros de luxo no Mills College. Dou um grande abraço em todos.

— Todos os bons anos sabáticos têm que chegar ao fim, *amico* — murmuro. Ele me dá três de suas publicações, tesouros.

Susan está com uma aparência incrível em um casaco cintado de veludo vermelho sobre um vestido justo de cetim branco. E este deve ser Cleve Hadley, que nome sulista. Já me sinto protetora em relação a ele, percebendo o quanto deve ter sofrido com Julia por causa da neta viciada. Nossos bons amigos Guido (oh, devastadoramente atraente, da maneira que faria sua mãe adverti-la para ter cuidado com ele) e Amalia, Nicolà e Brian, Stefano e em seguida a espirituosa expatriada canadense Belinda e seu marido alemão, diplomata (aposentado), Karl, também batem os pés e sacodem a mistura de chuva e neve. (Como fazer chover: planeje uma festa.) Karl raspou seu para-choque em um muro de pedra ao estacionar e parece sair vapor de seus ouvidos. Eu lhe entrego um copo de Prosecco, cheio até a borda. Belinda está usando o que parece ser um *kilt* escocês ("infeliz", minha mãe diria) e eu a vejo examinar meu traje extravagante com ceticismo. Vejo minha imagem no espelho e gosto bastante desta versão surpresa de mim mesma.

Todos se dirigem para perto da lareira. Colin conseguiu um fogo forte e parece orgulhoso disso, ou de alguma outra coisa. Ele é lindo, meu homem. Um homem de sorte, ele é. Colin parece, como dizer, ele parece gentil. Você vê suas longas pestanas (Não era Elizabeth Taylor que tinha uma fileira dupla de cílios?), como seu olhar se demora enquanto seus lábios se viram para cima de uma forma arcaica. Você sabe que ele está *lá*, presente e confiável. Ele não parece, como muitos homens, se conter, reservar julgamento. Sua aura parece estar dizendo *Você está perfeitamente bem, querida*. Durante a sobremesa, ele vai anunciar nosso pequeno retardatário. Eu não quis dizer nada no começo porque achei que a conversa iria girar somente em torno de bebês, bebês, a noite inteira. Toco meu ventre para sentir a leve e firme ondulação, como na praia quando eu era criança e cobria meus pés com areia molhada.

Os garçons de Stefano passam minhas travessas de antepasto: diversos *salumi crostini* de fígado de galinha (*crostini neri*, o único item de que uma festa toscana não pode prescindir), *crostini* de ervilhas e mascarpone, tigelas de azeitonas apimentadas assadas, *prosciutto* enrolado em palitos de pão, queijos, folhas de endívia recheadas com salada de espelta, pastéis de cogumelos e lascas fritas de legumes.

Para o jantar, espalhei as três mulheres entre os convidados para que todos façam novas amizades. Para o meu lado direito, reclamei o charmoso pai de Julia, um cavalheiro à moda antiga. Ele está usando uma gravata larga com estampa cashmere, um blazer camelo com botões de chifre e seus lustrosos sapatos "wingtips" parecem feitos sob medida. Tudo a seu respeito é elegante na medida certa. (É de cortar o coração o que esta família tem que suportar.)

Fitzy dá um salto para o console da lareira. Ele é totalmente branco, a cauda emplumada balançando-se entre as flores. Imperial e imparcial, ele examina todos com olhos de citrino assustados, um *lar familiaris*, um deus doméstico, crucial para uma casa romana. Ele pisca para mim, aquela que o alimenta, olha para o meu vestido, o vestido de Margaret resgatado da mala, pendurado ao sol para arejar. Quando o experimentei, Colin insistiu que eu o usasse. "Você ficou com um ar exótico, como a favorita em um harém turco", alegou. Seda dourada com mangas de boca larga (cuidado com os molhos à mesa), uma faixa de brocado ametista na cintura e uma tira larga de veludo carmesim corrugado na bainha arrastando-se pelo assoalho (ela era um pouco mais alta). Sinto-me glamorosa, como uma mulher em um romance de D.H. Lawrence, ou uma *literata* de Bloomsbury aguardando ansiosamente um dissoluto fim de semana no campo. Espero que não pareça que estou usando um roupão de loja de segunda mão.

Todos aqui? Não, Riccardo não. Trem tardio? Luca e Gilda estão a caminho, embora seja difícil para eles fugirem de seu hotel e eles geralmente chegam justamente quando estamos nos sentando à mesa. Esperaremos. Qual a pressa?

Muitas das pessoas que amo em San Rocco se reúnem à nossa mesa. Julia, Camille e Susan, aqui há apenas uma estação, tão naturalmente se tornaram uma parte de meus dias, que não posso imaginar esta encosta sem elas. Como são mais velhas, pode-se pensar que eu esteja respondendo às suas auras maternais, mas, embora todas sejam mães, elas não parecem tê-las. Ou talvez já tenham abdicado delas. Ainda assim, sinto que uma benevolência recairá sobre meu bebê por causa de sua presença. Se eu estiver chorosa e exausta com um recém-nascido, encontrarei consolo à mesa da cozinha delas. Eu sei que eu poderia ligar à noite, que nos sentaremos na *piazza* nas longas tardes de verão tomando limonada e passando o bebê de mão em mão. Amigas, imagino, mas como já tiveram suas grandes perdas, estão liberadas de uma forma que as torna vulneráveis e abertas. Rimos. Estamos ligadas também por compartilhar este pequeno pedaço da Toscana.

Guido está à minha esquerda. Sempre flertamos. Amalia e Colin não se importam nem um pouco, conhecendo-nos muito bem. Guido é um pouco mais novo do que eu, esbelto como um espeto de carne, com olhos negros como potes de alcatrão. Sua família, colonizadores do século XIII, é a proprietária da maior *villa* da província. São grandes produtores de vinho e seu castelo é a atração que faz San Rocco prosperar mais do que outros vilarejos. Amalia também vem daqueles aristocratas à beira da ruína que um dia cunharam sua própria moeda e nunca sabiam a extensão de seus domínios. Ambos são flores tardias e requintadas em velhos talos espinhosos. Você não acharia Amalia bonita a menos que conhecesse o retrato de Leonardo da Vinci de Ginevra de' Benci. Ela é a cara daquele enigmático e remoto retrato — mas Amalia tem cabelos melhores. A expressão de Ginevra é sombria, mas o rosto de Amalia frequentemente se ilumina com um sorriso elétrico. (Diz-se que Ginevra era uma poetisa. De toda a sua vida, os únicos versos que restam: *Imploro seu perdão/ Sou uma tigresa das montanhas.*)

A campainha soa estridentemente e Colin abre a porta para Riccardo, Luca e Gilda, que ganham um rápido copo de prosecco e são levados para a mesa. São nove horas, é hora dos ravióli de batatas e dos vinhos Collio que Chris nos deu. (Tim-tim, Chris, sozinho na Califórnia. Volte logo.) Não que ela jamais cozinhasse, mas Margaret me ensinou este macarrão com lagosta (um chefe e breve amante lhe deu a receita), inacreditavelmente fácil e delicioso. Um pensamento me ocorre: Margaret é uma divindade doméstica. Leo e Annetta, minha família italiana e sempre hospitaleira, ajudam a passar as bandejas e encher os copos.

Riccardo, homem de palavras e ótimo tradutor de meus poemas e de outros poetas muito maiores do que eu, dá início aos brindes. Eu o coloquei ao lado de Susan, especialista em jardins, porque ele é um cultivador de rosas e também porque possui uma plantação de açafrão. Ele colhe os estames à mão e os seca, aumentado sua pequena renda com vendas locais. (Eu tenho um frasco para Julia.) Tenho certeza de que encontrarão tópicos em comum. O fato de estar no Vaticano a semana inteira o abastece de anedotas horripilantes ou divertidas. Ele se levanta para fazer um brinde ao papa, se sincera ou ironicamente, não sabemos. Ele menciona o futuro promissor, depois termina com alguma piada sobre a atual política dos Estados Unidos, e que eu não consigo ouvir muito bem, já que estou supervisionando os garçons servirem os assados de carne de porco recheada, purê de batatas e feixes de legumes amarrados com cebolinhas. Cleve, eu sabia que ele seria capaz de reconhecer uma situação, levanta-se e agradece a todos por receberem sua filha e suas amigas tão calorosamente. Ele responde às alfinetadas de Riccardo sobre a louca política americana com uma referência engraçada às festas *bunga bunga* de Berlusconi, fazendo de conta que era isso que ele pretendia ter esta noite (uma leve farpa de Savannah, mas conciliatória), e então, suavemente (doce melado, mel de tupelo) brindando a mim e a Colin, ele diz que gostaria de dar as boas-vindas a todos nós em Savannah, Geórgia, quando pudermos ir. Vejo as sobrancelhas de Julia se erguerem ao ouvir isso, mas então ela se levanta e, com voz trêmula, nos agradece em italiano. *Brava!* Ela diz simplesmente o quanto ela e suas amigas têm sorte por terem tirado Villa Assunta, por assim dizer, da cartola.

— Faz você acreditar em destino — ela concluiu. — Somos muito felizes por termos este destino e de estarmos aqui esta noite.

Camille e Susan se levantam e tilintam seus copos com os dos demais convidados ao redor da mesa.

— A Kit e Colin, nossos anfitriões maravilhosos — Camille acrescenta. Seguem-se ondas de conversas. Mais política.

— Ao menos, nós italianos reconhecemos os fascistas quando vemos um — diz Stefano.

— Ah, agora reconhecem — diz Susan, rindo.

Sally menciona a próxima exposição na galeria Strozzi. Brian conversa sobre imigrantes que aparecem no litoral das ilhas do sul, tantos, ele alega, que as ilhas estão prestes a afundar.

— Eles querem o mesmo que nós queremos — Debra insiste.

— Deviam ter ficado em casa e lutado por seu país — Karl rebate. Gilda anuncia que vai dar um curso de corte de carne em sua escola. Cada aluno terá um porco inteiro, aprenderá a usar facas e como aproveitar todas as partes do animal, exceto o berro. Isso faz meu estômago se revirar. Levanto meu copo de água para Leo e murmuro *Grazie!*. O porco assado — sublime. Dou uma mordida na pele crocante e estalante.

Riccardo cita uma ode de Horácio. (Mais uma razão para amar a vida aqui.) O mundo inteiro está onde vivemos, não um lugar limitado. Quando me mudei para cá, sentia como se aqueles antolhos para manter os cavalos orientados em uma única direção tivessem sido removidos. Os homens de Stefano tiram os pratos e apresentam a extravagante salada, com queijo de cabra do local e beterrabas amarelas.

❧

Antes da sobremesa, Brendan estende a mão para trás, pega seu violão e começa a tocar "Per Te", uma das canções favoritas do cantor italiano Jovanotti em Cortona. Do outro lado da mesa, Colin faz um brinde a mim. Alguém nota meu copo de suco de laranja vermelha? (Talvez apenas Wally, um abstêmio que teve problemas há muito tempo.)

Rowan se levanta e agradece aos italianos à mesa por receberem tão bem mais um estrangeiro. Ele é atraente, a seu modo boêmio e com seus traços fortes. Gilda ergue o copo em homenagem a Julia e seus talentos culinários.

— Ela é mais conhecedora do que somos. Temos inveja de suas habilidades!

Julia sacode a cabeça, dizendo "não", e se inclina para dar um abraço em Gilda e Luca. Sobremesa. Devo dizer, faz-se silêncio quando Annetta e eu trazemos o magnífico rocambole. Ao mesmo tempo, Colin empurra sua cadeira para trás e ela vira com um estalo sonoro.

— Senhoras e senhores — ele começa. Os que falam inglês riem e os italianos se entreolham encolhendo os ombros. — A Kit! Vocês a conhecem como uma aplicada escritora. Alguém que veio para cá para dar um novo foco ao seu trabalho, o que ela fez. Alguém que não queria seguir um caminho esperado. Ela não contava em se apaixonar por alguém ainda tentando se firmar em sua carreira. — Faz uma pausa, olhando para mim. — Ela tem sido minha estrela guia. Nós adoramos viver junto a vocês. Nós amamos todos vocês. Como vocês sabem, tenho quarenta anos. Kit tem quarenta e quatro. Nosso futuro está traçado, certo? Somos livres para viajar, para trabalhar como loucos. Livres. Bem, ergam seus copos, por favor, porque queremos brindar ao futuro interrompido. — Os garçons servem um excelente champanhe a todos. — Queremos lhes contar sobre nossa inesperada boa sorte. Estamos esperando um bebê. Em junho, seremos pais.

Brendam inicia um rufar de cordas no violão enquanto todos se levantam, com gritos e aplausos, todos estupefatos, exceto que vejo os sorrisos conhecedores das três mulheres. Todos correm para nos abraçar. Os italianos começam a cantar a canção da vitória dos times de futebol. Amalia chora, as três mulheres balançam a cabeça querendo dizer "*Nós sabíamos, nós sabíamos*", Riccardo (talvez estarrecido) retirando-se para o canto para acender um charuto, Nicolà começando a dançar perto do fogo, Belinda indo unir-se a ele em sua ridícula saia *kilt*. Wally e Debra apoderam-se das garrafas e mantêm todos os copos cheios. Em meio a tudo isso, ninguém se esquece do rocambole de avelã. Julia parece perplexa. E vêm o *limoncello*, a *grappa* e as garrafas de licor Averna, uma tábua de queijos e nozes para quebrar.

Uma tigela de clementinas. Todos se demoram por ali. Não há nenhuma necessidade de irem embora. Temos o resto de nossas vidas. Uma noite magnífica para nós em Fonte delle Foglie. *Sou uma tigresa das montanhas.*

V

Em contato

Ciao, *Kit. Festa esplêndida! Notícia fantástica! Claro que já sabíamos, desde o jantar em Cormons. Apenas um breve obrigado daqui das Dolomitas, onde a palavra aconchegante deve ter sido inventada, mas de uma forma contemporânea, não do tipo relógio cuco. Nosso chalé é todo de madeira branqueada e polida, banheiras fumegantes, roupões aveludados e vistas para a vastidão distante. Mas... nada de neve! Minhas filhas estão esquiando por uma pista feita com máquinas de jatos de neve. Espero que ninguém quebre uma perna. De cada lado da pista, as encostas estão cobertas de vegetação queimada e rasteira. Não há multidões, nem filas para os teleféricos. Eu os uso para apreciar a vista. Podemos atravessar a pé pelos pastos até um refugio. Ah! Sopa de batatas e maçãs, carne de cervo com trufas. Julia ficaria em estado de graça! Estou sentada no amplo terraço ao ar livre sob um sol pálido. Pedimos fondue no café da manhã! O ar é embriagante, como se tivéssemos perdido pressão na cabine e uma mascara de oxigênio tivesse caído sobre nós. As maçãs — incríveis. Vermelhas e agridoces. Comemos o cesto inteiro deixado em nosso quarto. Ciao de San Cassiano. Espero que estejam se divertindo na Flórida.* A presto, *Susan.*

PS: Estou enviando uma cópia desta para J e C, já que estou quase sem bateria.

Olá, Susan, olá, Camille

Vocês foram muito gentis com papai. Ele adorou vocês duas! A festa de Kit e Colin não foi fabulosa? Fizemos muitos amigos novos. É melhor tomarmos cuidado — podemos nos assentar tão completamente em San Rocco que jamais iremos embora. O Natal foi estranho, mas tranquilo. Fizemos um passeio à tarde pela região das escadarias da Praça da Espanha, apreciando um prosecco *ao ar livre, depois jantar, excelente, em nosso hotel. Depois, assistimos ao filme* A fonte dos desejos, *antigas exploradoras da Itália. Mais jovens — e mais românticas. Tolice, mas chorei. Nenhum de nós dois mencionou Lizzie ou Wade. Estou me tornando mestre de viver o momento. Depois de dias maravilhosos em Roma — amenos —, viemos para Nápoles no trem de alta velocidade ontem. Outro mundo. Levarei um longo tempo absorvendo as estonteantes diferenças entre as cidades italianas — Atlanta, Charlotte e Raleigh não são profundamente diferentes, certo? Bem, a rápida viagem de Roma a Nápoles o coloca diante de uma distorção. Racista, imagino, mas ouvi dizer que os italianos têm uma máxima: depois de Roma começa a África. Bem, realmente Nápoles parece terrivelmente diferente. Apenas do táxi ao hotel, papai e eu agarrávamos as mãos e eu gritei umas duas vezes, mas o motorista apenas riu. Finalmente, relaxei quando percebi que os outros motoristas esperavam que o nosso cortasse, costurasse e adernasse, e que nem se importavam de dirigir atrás de uma Vespa com três ocupantes e carregando uma bicicleta horizontalmente. Um deles fumava, o outro puxava para dentro a roda da frente da bicicleta quando necessário e outro manipulava a roda de trás, todos rindo e gritando cumprimentos aos amigos. Ninguém parecia perturbado com isso além de nós. Susan, você se encaixaria muito bem aqui! Hoje passeamos ao longo de Spaccanapoli, a rua reta (o* decumanus romano*) que divide Nápoles ao meio, subimos vielas que pareciam cenários de assassinatos e saímos em uma rua estreita onde é vendido todo tipo de parafernália — a maioria operada com bateria, de modo que as figuras se movem — para as estruturas de presépios que vimos por toda San Rocco. São incrivelmente elaborados. Não é de admirar que esse trabalho manual tenha se tornado típico de Nápoles. Totalmente brega, é claro, mas eu me vi abaixando e exclamando de admiração sobre a minúscula mulher* *passando roupa, o homem enfiando pães no forno, o vendedor de legumes e verduras, os animais da manjedoura sacudindo a cabeça, anjos de gesso (comprei alguns) e assim por diante. Papai achou que acabei exagerando. Seguimos depois a uma famosa pizzaria para almoçar e eu sei que é uma heresia, mas não achei a pizza nenhuma maravilha — massa elástica, de pão, e pouco tomate e queijo — embora a* mozzarella *fosse de búfala. Prefiro a crosta crocante e fina da Toscana! De volta ao hotel antes de nos aventurarmos a um passeio à tarde — um belo* palazzo *com um bonito pátio. Embaixo da minha janela, alguém revira o lixo com uma varinha. Na verdade, o contraste me atinge de uma forma empolgante. Um lugar onde você não sabe o que esperar. Não nos tornamos conscientes disso? Contem-me como estão sendo suas viagens. Saudades! Julia*

Queridas amigas,
San Rocco parece ainda mais íntima no Natal. Charlie e Ingrid estão adorando o lugar. Ingrid, com quase quinze anos e tendo acabado de tirar o aparelho dos dentes, pediu aos pais para se mudarem para cá. Ela está encantada, tendo ouvido falar de uma escola secundária chamada liceo, *onde ela estudaria latim e grego. (No entanto, ela nem foi tão bem assim em espanhol!) Ela está amando o chocolate quente tão espesso, que parece um pudim, e os merengues recheados de creme que derretem na boca. Mais do que tudo, ela adora a* villa. *Acho que evoca* O jardim secreto. *Charlie e Lara também estão estarrecidos com cada cômodo e também com o modo de vida. Até mesmo Lara, que sempre coloca defeitos, como minha mãe diria, está silenciosa. Ela anda de um cômodo a outro, balançando a cabeça e sorrindo. Isso é bom. É claro, ela faz exceção aos gatos e está sempre os espantando de cima dos móveis.*

— Em que vocês estavam pensando, para ficar com três gatos? — ela perguntou, incrédula.
— Não estávamos pensando — respondi docemente.
Nós quatro grelhamos um desses gigantescos bifes locais e assamos batatas na lareira. Comemos uma enorme salada verde que Patrizia deixou aqui. Annetta trouxe uma crostata *de amora. Julia, nós nos saímos bem. Amanhã à noite, estamos convidados por Gilda e Luca para uma festa*

no hotel. Minha família ficará impressionada e emocionada. Estou me divertindo muito vendo nossa cidade através dos olhos deles. Charlie, garoto esperto, está sintonizado a tudo que está vendo. Lara quer descansar, já que viaja o tempo todo. Mas ela está fazendo um esforço.

Susan, obrigada novamente por encontrar o apartamento para nós em Veneza. Mal posso esperar para ver seus rostos quando chegarmos! Charlie pesquisou toda a arte — ele é capaz de subir aos céus numa nuvem como a Virgem Maria. Ele reservou uma mesa para nós para a noite de Ano--Novo. Bem no Grande Canal. Esperamos que tenha neve. Quer que eu visite sua loja de antiguidades, Susan? Mal posso esperar para estar lá. Eu tenho uma conexão espiritual com aquela miragem nas águas. Depois que eles voarem de volta de Veneza, vou me dar um dia sozinha. Será triste vê-los partir, mas como você sabe, essa cidade significa muito para mim. E — estou ansiosa para retomar de onde paramos em Villa Assunta. Boa viagem. Tenham muitas epifanias antes do dia da Epifania, Dia de Reis, quando novamente brindaremos juntas. Xxxooo (abraços e beijos), Camille.

Atravessando a ponte

Ande por lá, olhe as vizinhanças. Chris não reconheceria Lizzie ainda que a visse nua na rua. Ele precisava ir de carro a San Francisco para ajustar o design dos rótulos de sua vinícola. Agora que seu filho, Carter, está terminando o mestrado em Davis, Chris quer acrescentar seu nome ao rótulo posterior de Magnitude Vineyard. Carter vai ser um vinicultor astuto; seu paladar é criterioso, especialmente durante as periódicas provas de barril, quando você tem que saber, enquanto o vinho está se desenvolvendo, como o vinho *será*. Sendo a quarta geração de vinicultor, Carter está casado com as secas colinas da Califórnia e mal pode esperar para voltar para casa e começar a modernizar — ele diz isso educadamente, "inovar em torno do que já funciona bem". Chris entende o recado. Mude-se, papai. Tudo bem para ele. A namorada, também se formando em enologia, virá também. Delicada, esbelta como um canudo de refrigerante, americana de origem japonesa. Seus avós, nascidos em Sacramento, foram presos e levados para um campo de concentração até o fim da Segunda Guerra Mundial. Seus cabelos lisos e soltos chegam à cintura e ela está sempre brincando com eles, jogando-os para trás, juntando-os nas mãos, levando-os ao topo da cabeça e soltando-os, em geral enquanto dá uma opinião abalizada. Pode ser útil. Pode ser irritante. Carter a quer ali e Chris tem a filosofia de sempre permitir ao seu garoto o que ele quer, desde que razoável. Ele tem certeza de que foi por isso que Carter se tornou um adulto generoso.

No final de fevereiro, as verdes colinas Marin brilham. Enquanto Chris desce a 101 com uma velocidade um pouco mais alta do que o fluxo de carros, o tráfego se move suavemente. Ao emergir do túnel, ele se depara com a visão completa da cidade branca flutuando em águas agitadas cor de cobalto, as pontes como cintilantes brinquedos metálicos Erector e imaculados triângulos de velas singrando em direção a Alcatraz. Chris se apaixonou pelo lugar quando se mudou para cá e, mesmo agora, sente uma onda de empolgação. O que está acontecendo na Costa Oeste agora reverbera no resto do país somente uma década mais tarde. Ele sabe disso.

Ele entra na área da marina, imaginando morar em uma das casas coloniais espanholas dos anos 1930, um pequeno pátio onde Julia arruma a mesa para amigos. Ele se vê cantarolando, depois para. Será que eu sempre tenho que pensar em San Francisco, *city by the bay*, Tony Bennet cantando no Fairmont? Um pouco embaraçoso, sentir um nó na garganta de emoção toda vez que *I left my heart* começa a tocar. *Ah, papai, que chatice!*, Carter diria.

Setembro, a linda jovem — Lauren? — apoiada nos cotovelos no bar, *high on a hill*, primeiro emprego, o fim de seus verões nos campos poeirentos, desagradáveis, da fazenda de seus pais em Modesto — colheitas, desgostos e uma sensação prevalecente de exílio — o choque da chegada na fria cidade *halfway to the stars*. Ele desvia bruscamente para a direita quando um motociclista quase bate no seu para-choque dianteiro. San Francisco, como nenhuma outra cidade, nem mesmo Roma. Mesmo agora, repleta de técnicos. Ao menos, eles compram vinho quando não estão bebendo pálidos sucos verdes. Ou *fornecendo* essas folhas verdes.

Algumas poucas semanas em San Francisco e ele soube que o desejo de fugir que sentiu durante toda a sua adolescência tinha razão de ser. Ele cresceu exilado — deste ar penetrante e das colinas ondulantes com vistas de tirar o fôlego, onde todos são jovens e vorazes pelo que está por vir. A última borda, o fio da navalha do país. Ele a adora, adora o magnífico oceano, as ondas geladas, geladas, ao longo das arrebatadoras praias de Point Reyes. A Califórnia é superpovoada, mas a terra propriamente dita permanece primitiva e solitária. O oposto de seu amor mais íntimo, Itália, com suas paisagens e cidades moldadas de um ponto de vista humano. Que sorte ter os dois lugares, como Julia e suas amigas, apaixonando-se por um estilo de vida tão diferente de sua herança sulista. Julia, e se tivessem se encontrado há vinte anos? Os filhos que poderiam ter tido, as viagens, a construção da Vinícola Magnitude, sua publicação de livros, a vida em dois países. Mas, por outro lado, ele tem Carter. Só pode agradecer por isso.

Acelerando em direção à cidade, ele se sente exultante. Aqui não, isso acabou. Um avião tem que voar acima do polo e aterrissar em um lugar antigo, suave, limitado por um mar ainda mais azul.

෴

Abaixo de Lower Pacific Heights, o ambiente se torna bastante degradante, embora atualmente esteja pontilhado de cafés modernos. Ele está procurando o último endereço conhecido de uma Lizzie Hadley. Não, ela provavelmente teria o sobrenome do marido. O idiota. Tyler, Wade Tyler.

Ele tenta pensar no que Julia disse sobre Lizzie, e não na crônica de sua espiral descendente, de sua completa ruína. Não tem paciência com pessoas que considera estúpidas. Teve uma tartaruga de estimação chamada George. Colecionou conchas. Nenhuma pista sobre sua aparência. Espere, Julia mencionou seus dentes pequenos quando viram uma barista sorrir em Friuli. *Lizzie possui dentes assim, pequenas pérolas.* Não muito para prosseguir. Duvido que ela sorria muito. Especialmente se tiver o sorriso dos viciados em metanfetamina.

Uma fileira de casas vitorianas sujas e sombrias, três delas consertadas por reformadores otimistas. Algumas árvores longas e esguias cercadas de fezes de cachorro. Outras casas ao menos pintadas, com vasos de agave ou ervas na entrada e janelas de venezianas. Indigente em San Francisco não é exatamente como indigente em outras cidades. Os imóveis são valiosos demais para os proprietários deixarem uma propriedade ficar em ruínas. Ele sabe com um único olhar: este bairro está enobrecendo. Os viciados logo começam a se deslocar para as periferias mais distantes da cidade. Ele reduz a velocidade no cruzamento. A segunda casa, a pior do quarteirão, roxa, descascando, parece um possível habitat da droga. Julia mencionou roxo, e não completamente abandonada. Uma mulher de cabelos lisos e lânguidos fuma nos degraus e um sujeito esquelético apoia-se contra a grade, verificando seu telefone. Chris estaciona mais abaixo da rua e volta a pé para a loja da esquina, diagonalmente oposta à casa. Outra casa vitoriana cor de lavanda parece possível, mas uma mulher negra e idosa sai de lá e começa a varrer a entrada. Ao lado dela, pintores em roupas apropriadas para lidar com materiais perigosos, sob lonas enceradas, raspam décadas de pintura com chumbo. Mais uma casa prestes a mudar de estado.

Ele compra um saco de batatas fritas, balas de hortelã e uma garrafa de água. O paquistanês dono da loja mal desvia os olhos de seu computador enquanto registra a venda.

— Conhece alguma casa para alugar por aqui, ou alguma à venda? — Chris pergunta.

— Tudo à venda — é a resposta lacônica. Ele estreita os olhos para a sua tela. Ele usa uma camiseta frouxa com a figura de um esqueleto.

— Bom para investimento, com certeza.

— Sabe por quanto estes babacas estão vendendo? Reforme e triplique seu dinheiro.

— E aquela roxa de três andares?

— Não. É um centro de reabilitação. Reabilitação de quê, eu gostaria de saber.

Bingo.

— Estão se recuperando?

— Parece que alguns deles estão.

— Então, não está para alugar, nem para vender?

— Pertence à Prefeitura. Todos são pagos. Bom trabalho.

— Acho que já ouvi falar. — Ele indica a mulher fumando nos degraus. — Eles vêm aqui fazer compras, imagino.

— Aquela, sim. O cara rouba uma cerveja de vez em quando. Eu simplesmente finjo que não vejo. Pobre otário. Não consegue nem conversar. Só gagueja. — Ele sopra o ar pelos lábios e os balança com o dedo, choramingando.

— A casa ao lado, alguém deu uma boa ajeitada nela. — Ele não queria parecer muito curioso.

— Pagou trezentos mil. Colocou outro tanto na reforma, agora vale mais de um milhão.

— Tudo isso e você fica morando ao lado de um centro de reabilitação.

— É isso mesmo. E quebram a janela de seu carro.

— Quantos moram lá?

— Havia oito. Dois deles eu não vejo há meses. Um sujeito tatuado, até mesmo ao redor dos olhos. E uma garota do sul, toda presunçosa, mas quando fui assaltado no ano passado, ela ouviu o vidro sendo quebrado, veio correndo para cá, chamou a ambulância para mim e ficou tomando conta da loja até meu cunhado chegar aqui.

— Nossa. Assaltado?

Ele vira o rosto, mostrando seu nariz adunco e uma cicatriz ondulada que atravessava sua face e entrava pelos cabelos.

— Taco de beisebol. Levaram a colossal quantia de setenta e dois dólares. Quanto a mim, ganhei um mês de inferno.

— Isso é péssimo. Lamento muito. — Ele resolve ser franco: — Ei, na verdade estou procurando uma mulher sulista. Cerca de trinta e cinco anos. Sua família não tem notícias dela há algum tempo. Isso é confidencial, mas me pergunto se essa mulher que veio socorrê-lo possa ser ela. Quantas garotas sulistas existem em centros de recuperação? Este do outro lado da rua é seu último endereço conhecido.

O paquistanês parece desconfiado.

— Não sei informar. Atravesse a rua e pergunte àqueles fracassados.

— Ah, tudo bem. Provavelmente é um erro, de qualquer modo. Obrigado, amigo.

— Ah, bem. Que diabos! A mulher se chama Liz. É esse nome que você está procurando? Ela já foi embora há muito tempo. A ambulância a levou. Provavelmente teve uma overdose.

                                                    ⁂

CHRIS PROSSEGUE PARA O DESCOLADO ESTÚDIO de design gráfico em uma parte arborizada da Pacific Street e pede a ligeira modificação de seu rótulo. A imagem da frente, um bico de pena simples de uma videira em brotação, continua a mesma, mas ele fez uma modificação na parte de trás. A jovem que trabalha com ele usa uma saia preta godê em painéis rígidos e uma blusa branca com mangas largas, *Comme des Garçons*, ou talvez algo ainda mais atual, botinhas pretas, seus cabelos — estruturados ao máximo — caindo como a asa de um corvo sobre metade de seu rosto. Chris lembra-se da mulher fumando nas escadas no centro de reabilitação de Lizzie. Seus cabelos cor de rato em tranças rastafári. Olhos perdidos no espaço. As pernas entortadas para o lado, de modo que se alguém quisesse, poderia ver entre suas pernas. Chris não queria. Droga, não. Mas seu olhar desolado, vidrado, tristonho, mal notando sua presença quando ele passou, faz um frêmito de compaixão percorrer seu corpo, por ela, pelo potencial perdido de Lizzie, pela tristeza de Julia, até mesmo pelo idiota Wade, pelo que ele passou com as duas mulheres que amava.

                                                    ⁂

CARA JULIA, ELE ESCREVE, *tentei ligar, mas recebi a mensagem de não disponível. Sei que você disse para eu não procurar por Lizzie. Eu anulei isso porque você hesitou e tenho certeza de que você quer ter notícias. Eu não planejei encontrá-la, só ver se ela continuava lá. Fui ao cruzamento. O dono da lojinha em frente a conheceu. Ele disse que ela não está mais lá. Uma ambulância a levou.*

    Ele lhe contou sobre o assalto e Lizzie mandando-o para o hospital e continua: *Há outros na casa que podem saber onde ela está. Quer que eu volte lá e pergunte? O caso parece bastante sério e grave.*

Ele prosseguiu, escrevendo sobre seu dia, parando para servir um vinho branco de seu vizinho mais abaixo na estrada e fatiar um frango assado que comprara no Whole Foods.

Estou me perguntando o que você está fazendo, onde você está. Algum dia, quero mostrar-lhe San Francisco... Un abbraccio forte!

Um forte abraço. Agora, perguntando-me, esta noite, onde estará essa Lizzie?

Amêndoas: a primeira flor

No fim do inverno, nasce um dia bem-aventurado. Um ar ameno desce. Suficientemente suave para se abrir uma janela. Margaret sempre afirmava que sistemas de pressão ficavam bloqueados em Gibraltar, permitindo que o cálido Mediterrâneo do nosso lado fizesse a sua mágica. Verdade ou não, eu sempre imagino tempestades monumentais mantidas a distância por um enorme rochedo. A amendoeira logo do lado de fora do meu estúdio floresce, ainda que hesitantemente, as flores discretas exalando um leve perfume, não de amêndoas, mas da pasta branca que uma de minhas amigas costumava comer no jardim de infância. Um inverno tão ameno que eu nem cheguei a arrancar os gerânios brancos nos vasos ao longo do muro de pedras. Agora, só vou ter que aparar as folhas e galhos mortos e eles irão reviver para o verão.

O pouco inverno que houve nós o perdemos enquanto estávamos na ensolarada Flórida. Voltamos para cá para dias de longas caminhadas pelas montanhas, nossas botas espalhando lama através das folhas úmidas, para um par de *caprioli* arisco, saltando entre nossas oliveiras, e para os grunhidos de javalis procurando frutos do carvalho à noite. Todos os nossos amigos estavam prontos a servir *ribollita* e salsichas e ensopados, especialmente Julia, que fez um curso de carne de porco toscana com Gilda durante o inverno. Eles fatiaram e analisaram porcos locais, especialmente os javalis — porcos selvagens —, que são assiduamente caçados, mas ainda conseguem duplicar sua população a cada dois anos. (Margaret disse que queria escrever *Wild Bores I Have Known*, fazendo trocadilho com as palavras *wild boar* — porco selvagem — e *bore* — pessoa maçante, chata.) Julia está fazendo suas próprias salsichas temperadas com erva-doce e grelhando o enorme fígado, que eu consegui evitar. Seu primeiro *fricasée* tinha um cheiro forte de caça, mas, depois que ela dominou a parte de imersão em vinagre, seus *daubes* — a receita francesa de ensopado — ficaram suculentos e tão macios que as carnes soltavam dos ossos.

Com Colin em Londres, tenho o dia para mim e estou precisando dele. Desde que voltamos, eu ainda não desfiz as malas completamente. O trabalho que fiz lá continua em cima da minha escrivaninha, uma pilha de anotações e uma pasta com seis poemas. O manuscrito de Margaret também faz parte da pilha, seu trabalho e o meu agora irremediavelmente entrelaçados. Em vez de mergulhar naqueles destroços de naufrágio, saio para cortar galhos de amendoeira e colocá-los em um jarro na bancada da cozinha. Primavera. Chegando.

Aos cinco meses, tenho uma curva lunar. O pequeno caminhante da lua dá passinhos de bebê uma ou duas vezes ao dia. No meio da noite, eu a sinto, sem peso, dando cambalhotas. Ou ele, solto e flutuando no barco da mãe. Resolvemos não saber o sexo. Não sei por quê, exceto que isso nos dá uma margem maior para imaginar o mistério deste ser misterioso.

Nunca, desde quando brincava com bonecas, pensei em mim mesma como mãe. Alinhei-me com as muitas mulheres escritoras que nunca tiveram filhos e que sabiam que a maternidade é a sentença de morte para a criatividade. Imagine Virginia Woolf com um grupo de pirralhos. Jane Austen. Eudora Welty. Colette. Simone de Beauvoir. Edith Wharton. Elizabeth Bishop. Willa Cather. Bem, Margaret também, assim eu pensava.

Agora estou correndo por aí para encontrar contraexemplos para um novo modelo a seguir. Sylvia Plath — sabemos como isso terminou. Joan Didion, não ideal. Jhumpa Lahiri. Zadie Smith. Ela é um exemplo forte. Não me ocorre nenhuma outra, mas continuarei pensando. Minha mãe afirmava que ela se dedicou duplamente a mim porque a gravidez e o parto eram tão horríveis que ela nunca teve coragem de tentar outra vez. A minha tem sido agradável, mas aí vêm os meses em que meu corpo se expande para fora e eu fico apenas segurando uma bandeira agitada neste navio que zarpou. Quem sabe, se Virginia Woolf tivesse gerado filhos meigos, talvez não tivesse carregado os bolsos de pedras e entrado no rio Ouse.

Nosso médico de família em Miami ficou feliz em ver que havia errado. Também me deu boas notícias: se você tem um filho depois dos quarenta, tem quatro vezes mais possibilidade de viver até os cem anos. Isso tira um pouco da ansiedade de deixar um estudante universitário sem mãe. A srta. X pode estar com seus cinquenta e poucos anos quando eu for levada para o além.

A pessoa mais surpreendente que eu encontrei em nossa viagem à Florida foi meu primeiro amor, agora amigo, Ger. Tive que me encontrar com ele e Stacy, a mulher que alugou a casa dos meus pais, por causa da madeira da porta de tela da varanda que apodreceu. (Além de que eu queria ver a casa.) Dois batentes de janela no quarto de minha mãe precisavam ser trocados. Concordei também em pintar a cozinha e colocar uma nova máquina de lavar louça. (O aluguel que pagam é tão baixo que eu achei que eles próprios poderiam ter feito isso, mas não.)

Ger não notou. Eu estava usando um cardigã volumoso e legging. Somente quando Stacy saiu para fazer café foi que ele perguntou em uma voz anasalada:

— Quais são as suas novas?

Eu sem dúvida exibi um sorriso radiante e disse:

— Estou esperando um bebê para junho.

Ele engoliu em seco enquanto se esforçava para não perguntar como isso era possível. Respondi por ele:

— Eu também fiquei chocada. Acidente! Estou exultante. No começo, fiquei atônita. Como você sabe, eu nunca pude...

As filhas de sua companheira entram correndo, simpáticas, só rabos de cavalo, babados e aparelhos nos dentes. Fico feliz por ele. Se voltarmos, ou eles vão ter que se mudar ou talvez eu venda a casa para eles, o que é difícil de imaginar. É meu único grande bem; o pouco dinheiro que meus pais me deixaram (reduzido pela longa doença de minha mãe) eu usei para comprar Fonte delle Foglie. Meus pais adoravam cada muro e caminho e buraco de fechadura de nossa esparramada casa de estuque, afastada da rua e cercada de palmeiras e carvalhos vivos cheios de musgos pendurados. Eu disse a Ger que Colin tem a possibilidade de trabalhar perto de Miami e que devemos ficar algum tempo ali. Perguntei quais eram os planos dele.

— Acho que vamos nos casar. Ela me faz feliz e espero que eu faça o mesmo por ela. Quem não adoraria essas meninas? Elas alegram qualquer lugar. Sabe, esta casa ainda tem o seu odor e de sua família. Às vezes, eu acho que vou vê-la descer correndo as escadas com uma braçada de livros ou sua mãe deitada na espreguiçadeira no solário. Aquele xale de seda cor-de-rosa que ela jogava sobre as pernas, a cabeça em uma nuvem de fumaça. A oficina de seu pai ainda tem suas ferramentas todas arrumadas na placa de eucatex. De qualquer forma, estamos pensando em nos mudar em breve. Recomeçar em uma casa desses conjuntos habitacionais à beira-mar. Banheira de hidromassagem, churrasqueira Weber e tudo o mais. — Ele abriu um largo sorriso, conhecendo meu desdém por casas de conjuntos habitacionais.

Odor ofendeu um pouco, mas eu sabia o que ele queria dizer.

Vi amigos que deram gritinhos agudos e que pularam para cima e para baixo. Dois escritores do programa de redação literária da Universidade de Miami me convidaram para comer comida cubana. (Frango ao alho = *soul food*.) O chefe do departamento, também um poeta, convidou-me para dar aulas como professora adjunta a qualquer hora que eu quisesse. Bom saber.

⁘

POR ÚLTIMO, O MELHOR, surpreendentemente, ah, *Madre di Dio*, nós nos casamos. Por que não agora, pensamos. Eu arranjei tudo em dois dias e deixe-me dizer que essa é a melhor maneira — sem estresse, sem enormes despesas e deixando o elemento espontaneidade intacto.

A cerimônia foi realizada na capela de madeira onde eu fui batizada e onde meus pais se casaram. No final, tínhamos apenas Ger e Stacy, um colega de trabalho de Colin e de seu sócio, três das minhas amigas de colégio (todas divorciadas!) e seis dos amigos mais chegados dos meus pais e que haviam ajudado a me criar. O sacerdote episcopal parecia reumático e entediado, mas citou os votos com voz forte. Gladys, a melhor amiga de minha mãe, leu um poema que eu pedi, de Jaime Sabinas. Melanie, que partiu para a universidade comigo e foi minha colega de quarto até largar os estudos para viajar com uma banda, simplesmente disse que cantaria uma canção surpresa. Achei que o sacerdote iria entrar em fusão nuclear quando ela começou a gritar "Let's Stay Together", de Al Green. Depois, levamos todos para jantar e pronto. Todos brindaram, relembraram e, em seguida, Melanie tornou-se a DJ e todos dançaram "I'll Be There". Os pais de Colin não puderam comparecer, mas enviaram um bom cheque e um conjunto de lençóis que não vão servir numa cama italiana. Pedi a Ger para guardá-lo na casa de minha mãe.

Estamos casados. Eu queria ficar com o anel de casamento de safira e diamantes de minha mãe e Colin queria que eu ficasse com a larga aliança de ouro com uma única esmeralda de sua avó. Estou carregada de ouro e cintilando. Eu dei a ele a aliança de casamento de meu pai, sem mencionar que ela havia sido cortada de seus dedos inchados pela água e consertada. Mandamos gravar as palavras *Para sempre* na parte interna das alianças. Palavras extremamente importantes.

EM AVIÕES, NO APARTAMENTO QUE ALUGAMOS, nas noites insones — este homem com quem me casei às vezes canta em seu sono, o que pode ser seu traço mais fascinante —, eu escrevi, li, fiz anotações. Após absorver o manuscrito de Margaret, eu sei que não encontrarei mais nada. O que eu tenho é mais do que suficiente para o livro que quero escrever para que sua obra não seja esquecida. O resto, os segredos que descobri, a complexidade de seu caráter, as tristezas e surpresas eu deixarei em paz, exceto por escolhas judiciosas. Eu sempre achei que ela se apaixonara por Colin. Descobri por quê. Achei que ela estava com inveja de mim — o que eu poderia ter feito que ela já não tivesse feito melhor? — e descobri por quê. Outras coisas. Ela ainda é uma incógnita e continuará sendo. Mas creio que eu devo ter me aproximado mais dela do que de qualquer outra pessoa que conheci, inclusive Colin. E ela deixou uma novela paradigma.

Quando me pergunto o que devo fazer, o que devo escrever, quando uma questão moral se apresenta, ou mesmo quando candidatos políticos debatem (ela possuía um claro radar para besteiras), é a Margaret em minha cabeça que eu consulto. *O que Margaret pensaria? Margaret iria mergulhar de cabeça.* Em geral, há uma resposta clara para eu considerar, talvez para eu discordar, mas lá está ela, Rosa dos Ventos, mantendo-me no curso. Talvez todos precisem de um mentor assim.

ANOTAÇÃO

O início de um poema, depois de ler o manuscrito de Margaret:

Eu sei o que eu sei. Você não sabe.
Como você pode ser e não ser eu? Mas aquele poema de Ovídio
que eu li durante a siesta *sobre a mesma* siesta *em 8 a.C.*
Mais fácil do que chamar em um telefonino
enquanto zunindo por uma autoestrada, eu toquei
no velho Publius Ovidius Naso.
Toquei na esposa do mercador do rio
e em um galo branco morto
por uma raposa há mil e trezentos anos. Mas você Não Sou Eu.
E eu só trabalho aqui. O dono saiu, não há ninguém
aqui para atender sua chamada. Suas configurações
foram alteradas por um host *remoto.*
E se todos acendessem uma única e pequena chama,
poderíamos retomar a luz. Ao menos.
Coma mais, pese menos. Apoie-se em mim.
Eu reconheceria sua mão em um balde de mãos.

(O POEMA DA SIESTA de Ovídio — ou como dizemos, *riposa* — poderia ter sido escrito hoje. "A esposa do mercador do rio": Ezra Pound. O galo, um poema chinês antigo e anônimo, eu acho. Perdi a referência.)

No esconderijo descoberto da mala de Margaret:

Fiquei grávida (Escrita de Margaret, 2008? Não tenho absoluta certeza do ano.) em janeiro do meu último ano em Georgetown. Como eu estava morando em casa, foi fácil manter em segredo minhas formas em mutação, até mesmo de meu pai. Minha mãe o havia deixado dois anos atrás. Eu resolvi me mudar para a casa do alojamento na universidade para lhe fazer companhia, tentar encher a casa de atividade. Ele adorava meus amigos. Ele não se importava de descobrir ao acordar que teria que atravessar a sala na ponta dos pés se duas garotas tivessem ficado para passar a noite.

O pai do meu filho soa pomposo. Ele era, na verdade. Era algo chekhoviano: eu estava apaixonada por, vamos chamá-lo de Mark. Ele estava apaixonado por minha amiga Millicent, que amava a si mesma. Fora isso, ela ia de paixonite em paixonite. Todos nós tínhamos vinte anos. Não tínhamos a menor ideia do que estávamos fazendo. Depois de uma festa em minha casa certa noite, quando meu pai estava fora da cidade, Mark ficou depois que Millicent foi embora com um esnobe estudante de direito, um idiota já identificado como alguém que provavelmente iria entrar na política. Você reconheceria o nome, mas não faz parte da minha saga fazer sexo com alguém que apenas goste de mim. Mark ficou para ajudar-me a lavar copos, limpar cinzeiros, jogar fora caixas de pizza vazias e depois nós nos sentamos diante da lareira para uma de nossas frequentes conversas sobre "O que Millicent quer". A conversa desviou-se para nossos próprios planos. Eu sabia que iria viajar. Eu já estava claramente no caminho de escritora. Ele havia se inscrito para a faculdade de direito, como muitos de nossos amigos, mas faltava-lhe a ambição que distinguia nosso grupo. Ele sempre soube que voltaria para Richmond para assumir seu lugar na longa linhagem familiar de advogados com uma grande clientela local. Eu vi reuniões de conselho de museu, sociedade histórica, retratos na sala de jantar, ele tornando-se corpulento. Não era para mim. Mas, oh, realmente, eu vi seus ombros quadrados, rosto como a estátua de Davi, os mesmos lábios carnudos e o olhar confiante, sereno, enquanto avaliava Golias. Eu queria correr minhas mãos por seu corpo de mármore tonificado. Isso eu fiz, depois de repartirmos uma garrafa de vinho, ter começado a cantar canções de acampamento, rindo, e então ele me pegou no colo como Rhett fez com Scarlett e me levou para a minha cama de infância, onde fizemos amor loucamente três vezes. Mark dormiu até de manhã. Michelangelo devia ter esculpido um Davi adormecido além do jovem de pé, tensionado. Fiquei acordada a noite inteira. Subjugada. Essa não foi minha primeira vez, mas eu nunca tinha experimentado o verdadeiro ato sexual. Uma grande alegria em nossos corpos girando e subindo. Ele me amaria. Meus lábios pressionaram sua espinha dorsal úmida. Em certo momento durante a noite, ele se virou e me abraçou. Foi a noite mais longa da minha vida e isso inclui aquelas em um hotel de blocos de concreto no Iraque com a artilharia metralhando e bombas nas ruas.

Depois de protestos amorosos, elogios amorosos e várias xícaras de café, ele foi embora para as aulas. Depois, nada. Eu só o vi mais uma vez sete semanas mais tarde. Enquanto isso, Millicent o resgatou. Eu deixei de ser sua amiga. Quando percebi, estava grávida, senti-me obrigada a contar a ele. O pai de uma criança. Ele ficou — bem, vocês já imaginaram. Isto não pode acontecer, tem certeza, por que você não... Sua boa formação veio à tona, ainda que escassamente. Ofereceu-se para me ajudar a "cuidar disso". Contraditório, pensei. Ele até mesmo me acompanharia.

Faz tanto tempo, querido leitor. Era uma época de cabides e duchas químicas, mas abortos não desconhecidos. Eu ainda posso ver meu próprio rosto austero no espelho enquanto encarava os fatos impossíveis. Velha história. Sempre nova para o portador.

Em meus romances, sempre havia diversos modos de uma história funcionar. Na vida, as conclusões são poucas. Ficar com a criança, entregá-la para adoção. E "a criança" é uma pista. Se for Adam ou Lucinda, a conclusão muda.

Quando Mark telefonou no dia seguinte, eu lhe disse que havia arranjado o aborto. Ele deixou um envelope com oitocentos dólares na minha caixa de correio. Mole-mole. Fiquei com raiva dele. Como eu podia ter "amado" um tolo tão insensível? Nunca mais ouvi falar dele.

Não vou entrar nas agonias da minha decisão. Não fiz o aborto. Abandonei o grupo com que andava, mudei minha maneira de vestir para blusas largas, saias sem forma e sempre carregava meus cadernos agarrados à minha frente. Desse modo, eu terminei o semestre. Em abril, confessei para o meu pai, que deixou cair seu copo de xerez no sapato. Após a formatura, à qual não compareci, meu pai me levou para Nova York, onde ele havia encontrado um apartamento tipo estúdio para mim no West Village. Consegui um estágio sem remuneração no Village Voice. Estranhamente, ninguém fez perguntas conforme eu ia crescendo como um balão. Eu deveria contar a Mark que estava carregando a criança? Achei que ele havia perdido o direito ao querer se livrar da criança. Eu adorava o trabalho; os editores estavam impressionados, realmente impressionados. Mais tarde, depois do nascimento do bebê, eles me ofereceram um emprego de verdade.

Às vezes, me senti insuportavelmente sozinha. Aquele verão foi o primeiro de meus frequentes ataques de intensa solidão. Afastada de minha mãe, que partira para uma nova vida com um indiano do leste quinze anos mais novo, eu não tinha mais ninguém para quem telefonar. Meus outros parentes teriam ficado horrorizados, para sempre se referindo a mim como "desventurada", além de seus julgamentos anteriores (mimada, insolente, esperta demais para seu próprio bem e teimosa). "Ela sempre foi uma criança voluntariosa", certa vez ouvi por acaso.

Eu bebia chá gelado do lado de fora, na escada de incêndio, e folheava meu caderno de endereços. Para qual amiga ou amigo telefonar? Mas (esperta demais para seu próprio bem) eu sabia que uma fofoca dessa magnitude não poderia jamais ser mantida em segredo.

Senti-me como Gregor na história, que acordou e era um inseto com seis pernas e uma casca. Metamorfose, de fato. Mudando de fina como uma hóstia a bulbosa. Exceto no trabalho, eu perdi meu âmago central. Foi um verão de leitura de Elizabeth Bowen, Henry James (eu passei por sua casa) e o livro de Betty Friedan explicando "o problema sem nome". Foi um verão de sopa de tomate em lata, galinha assada pela proteína, proteína, proteína, e leite achocolatado — eu ainda era em parte uma criança. Nunca pensei que eu poderia cuidar de um bebê, embora meu pai tenha se oferecido para me ajudar a criar ele ou ela, não "a criança".

Através de recursos de pesquisa no trabalho, encontrei um serviço de adoção na Park Avenue e os entrevistei. Em escritórios envidraçados com pinheiros das Ilhas Norfolk em vasos, uma parede de fotos de pais adotivos fitando com adoração pequenas trouxinhas enfaixadas em seus braços, e nenhuma foto das mães biológicas destruídas, desoladas ou liberadas, mostraram-me, depois da entrevista, arquivos de quatro casais. Eu menti e disse que não sabia quem era o pai, mas que ele era um aluno de Georgetown. Lamentava um período promíscuo depois que meus pais se separaram. Eu imaginei que poucas adoções ocorriam sem algumas mentiras protetoras. "Mentiras do amor", minha mãe as chamava. Mentiras que você conta para proteger alguém ou você mesma da verdade.

Estipulei: bem educados, divertidos, amorosos, inteligentes, estáveis. Não tive que dizer que não fossem pobres porque qualquer pessoa pagando o preço que cobravam tinha que ser rica. Todos os quatro pareciam promissores. Pedi para olhar outros, mas por fim voltei para o casal no topo da pilha. Ela era uma violinista com um rosto franco que parecia surpresa, cabelos lisos e negros, como os de Mark. Talvez a linha de seu maxilar fosse oval como o meu. Ela estudou em Colby, depois Juilliard. O homem era alto como Mark, com um nariz adunco e olhos que pareciam que ele acabara de fazer uma observação espirituosa. Sua profissão me intrigou: engenheiro naval. O pai de meu filho. Ele poderia ser. Claro como eu, provavelmente sardento quando criança, ele parecia firme e confiável. Eu buscava pais que fisicamente poderiam estar biologicamente ligados ao bebê.

O nome no arquivo estava coberto com fita branca. Segurando a pasta no colo, eu habilmente levantei a fita com a unha enquanto conversava com o diretor sobre termos e condições. Provavelmente, essa foi minha primeira ação no sentido de me tornar uma repórter investigativa. Olhei para baixo, alisando minha saia. Edward e Amanda Knowles. Apertei a fita novamente e acertamos os detalhes. Ao fim do encontro, eu disse:

— O senhor pediria a eles para considerarem manter o nome que eu dei ao bebê?

— É incomum, mas perguntarei.

— Então, obrigada. O bebê tem um bom lar.

Mantenha-se calma e prossiga. Mas eu era jovem, sozinha e — imaginei um ossinho da sorte — algo estalou dentro de mim. Prossegui e entrei em um mundo alterado.

❧

Para dar sentido às informações que encontrei no manuscrito de Margaret, copiei algumas partes em meu caderno de notas, achando que as palavras que passavam ao papel através da tinta iriam me ajudar a compreender sua vida oculta e por que ela havia deixado o maço de escritos para eu encontrar, ou não. Será que ela sabia que não voltaria? (Problema sem nome. Fino como uma hóstia. Direitos. Julgamento. Fofoca dessa magnitude. Caminho de escritora. Retratos na sala de jantar. Correr minhas mãos. Fazer amor loucamente. Reprodução. Enfaixado. Claro como eu. Mundo alterado. Horrível acordar como um inseto.) (Ovídio também escreveu *Metamorfoses*.)

❧

Minha própria gravidez, o oposto da dela. A minha fez a história dela ganhar vida de uma forma, que não teria acontecido se eu a tivesse lido alguns meses depois que ela abandonou a mala, quando *minha* gravidez estava além de qualquer possibilidade ou mesmo interesse. Gravada em minha consciência: a imagem de Margaret (vi fotos antigas da jovem bela e esbelta, de olhos sagazes) em uma noite quente, sentada com as pernas cruzadas na escada da saída de incêndio, tomando algo gelado e sentindo grandes espaços em branco ao redor das bordas de sua mente. Um pequeno rádio tocando *dance music* lá dentro. Música de um mundo que ela teve que deixar de lado.

Lo studiolo: o estúdio

Camille olha ao redor de seu quarto de pintura, notando repentinamente a transformação que ocorreu. O que começou como um espaço de arte confinado a um canto, com uma generosa superfície de trabalho, prateleiras simples, uma poltrona e um abajur de leitura transformou-se em uma colmeia agitada de livros de arte, cartões de museus em quadros de avisos, gravuras de museus, outra bancada de trabalho, três cavaletes, tubos, pincéis e pilhas de papel que ela faz toda semana com Matilde. Em novas prateleiras, ela arrumou pequenos potes de minúsculas pérolas, chumbinhos revestidos de cobre, contas de vidro e estanho facetado, tésseras finas, douradas, para mosaicos — como os mosaicos de Aquileia provaram ser marcantes — e minúsculas pedras semipreciosas em cores de joias, uma caixa de fitas antigas compradas no mercado de antiguidades em Arezzo, colas especiais, uma coleção de canetas de ponta de vidro e frascos de tinta — azul-lago, violeta, vinho, branco. Em uma das paredes, onde a luz incide, estão penduradas suas portas de papel, brilhantes e vívidas como o Livro de Kells, os manuscritos com iluminuras que ela adora em San Marco, em Florença, ou mesmo miniaturas persas. Ela gosta especialmente das marginálias, como os monges gostavam. Ela faz referências em toda direção histórica, no entanto as portas de papel são indubitavelmente contemporâneas. Os desenhos fazem ângulos e se dividem; ela usa quadrados de cor em padrões que poderiam ser da Espanha moura se não fossem os contrastes gritantes e os desenhos hachurados.

Dezoito e contando. Cada qual tão vivo para ela quanto uma pessoa. Ela adora o papel táctil e o uso moderado de ornamentos para uma textura e dimensão diferentes. As palavras, linhas, desenhos são todos intuitivos, embora anos ensinando introdução à história da arte lhe proporcionem uma fonte de imagens. O projeto continua se ampliando e puxando-a com ele, mesmo quando ela gostaria de parar e tentar pintar uma paisagem de inverno ou uma natureza-morta de romãs em uma tigela de vidro.

No Natal, Charlie notou. "Você está colocando toda a sua vida neles", ele havia dito. E ela só havia feito dois na ocasião. A visita ampliou as possibilidades de seu próprio trabalho e acrescentou uma camada nova, mais profunda, ao relacionamento dos dois. Agora, de vez em quando um deles envia uma foto e uma observação sobre um processo. Ela se sente mais próxima a ele do que já se sentiu desde que ele voltou da faculdade empolgado com seu primeiro semestre de arte de estúdio, desenrolando suas enormes telas no chão, os olhos iluminados com aquela chama que ela também sentira um dia.

Camille arruma seu espaço, pensando não em suas perdas, como tem feito por muitos meses, mas em sua boa sorte. Uma pontada de felicidade por ter criado um rapaz como Charlie. Sorte no amor, um lar feliz, saúde. E *isto* — todas as suas sinapses disparando. Olhando à volta de seu estúdio, ela murmura, não para um deus — mas talvez para a freira NM, uma musa: *Estou a caminho.*

~

NA COZINHA, ELA ENCONTRA JULIA lendo junto à lareira. Ela tem um brilho dourado à luz do fogo, os cabelos presos em um coque no alto da cabeça e amarrados com uma fita azul, e a manta rosa sobre o colo. É difícil imaginar, pela paz desta cena, seu papel de protagonista em um drama doméstico tão cruel. Luz azulada de começo de noite bruxuleando à janela, sim, alguém deveria pintar esta cena.

Já é tarde e Susan ainda trabalha lá fora, aproveitando este dia de quase primavera. Camille observa-a da janela. O que vem por aí? Susan já comunicou que haverá muita ação de bulbos. Camille prepara um chá e leva o bule com *biscotti* para a mesa em frente ao fogo.

— Que gentileza — Julia diz, pegando dois dos *macaroons* de avelã que ela mesma fez.

— Quando Susan entrar, quero mostrar uma coisa para vocês duas. — Ela puxou os pés para cima e começou a olhar uma revista.

— O que está lendo?

— Os poemas de Kit. São estranhos.

— Sim, concordo, mas estranhos no bom sentido.

— Sem dúvida. De onde vem isso? Nós a conhecemos. Ela é como nós. Mais jovem, sim. Mas basicamente normal.

— Talvez nós não sejamos, nenhuma de nós! — Camille brincou. — Realmente, os poemas... eles são a camada que vem depois de você ter descascado duas. Não que eu me compare com Kit, mas olho para uma de minhas portas de papel e o que está lá não estava em nenhum lugar ao meu alcance *antes* de eu começar a trabalhar. O que eu crio nasce do ato de estar criando.

— Ouça isto:

A gata parece sem ossos quando dorme. Mas ela acorda, espreguiça-se. Olha pela janela, para os pássaros. Seus olhos movem-se rapidamente de um lado para o outro. Ela não faz a menor ideia de que se trata de um mundo caído.

— "Parece sem ossos", ela diz, onde eu diria "relaxa". Depois, algo tão simples e preciso. Em seguida, opa, esse salto no cosmos. É como se ela tocasse a língua com um aguilhão, trazendo-a à vida com um choque. É isso que fazer arte parece a você?

— Deve ser o que parece a *ela*. Eu apenas me perco. Uma espécie de transe, se isto não soar muito tolo. Eu adorava brincar com os moldes de vestidos de papel da minha mãe, com todas as linhas azuis que pareciam mapas de constelações. Eu decalcava os vestidos e aventais em grandes folhas de papel, depois os coloria. Lembra-se de quando as mulheres queriam ter uma sala de costura? Lembre-se das bonecas de papel. Você alguma vez invejou a vida de Betsy McCall?

— *McCall's Magazine!* Sim, eu recortava suas roupinhas todo mês! Betsy tem um maravilhoso Dia de Ação de Graças. Betsy vai à praia. Ela e a mãe em trajes de banho iguais. Eu queria me chamar Betsy, e não Julia.

— Eu, não. Eu tinha uma boneca que fazia xixi: Betsy Wetsy. Mas a maneira como meu projeto evoluiu tem muito a ver com a boneca de papel Betsy! E todas as bonecas de papel gêmeas estrangeiras que eu colecionava. As crianças polonesas com cianinha preta, as holandesas com rostos quadrados e tamancos de madeira, as louras do Meio-Oeste americano em macacões e chita.

— Pare! Olhe para nós. Os homens estariam alegando primeira influência de uma mãe tocando Bach no violoncelo e um encontro precoce com os recortes de Matisse.

Enquanto conversam e Camille serve mais chá, Susan entra a passos largos pela porta da cozinha, tirando as luvas e as botas enlameadas. Archie sacode-se, fazendo os gatos correrem.

— Nós vamos ficar chocadas em poucas semanas. Há bulbos brotando *por toda parte*. Jacintos! Não sei que outros tipos de flores, mas este jardim vai explodir.

Camille leva uma xícara para Susan. Archie, instalando-se diante do fogo, atira as pernas no ar e dois dos gatos saltam sobre ele. Ragazzo pula no colo de Julia, ignorando a rixa.

— Hora de tomar nota, vocês duas. Olhem para esta cozinha. — Camille aponta ao redor. — Pensem em quando chegamos aqui. Agora os parapeitos das janelas estão cheios de ervas aromáticas e ciclame cor-de-rosa, há uma fileira de livros de culinária no console da lareira, o conjunto de espátulas azuis de Julia na bancada, uma tigela de limões, travessas de cerâmica na parede. Três gatos, pelo amor de Deus, esta manta de *mohair* rosa, lenha empilhada, prateleiras de vinho cheias. O que acham?

Susan é rápida para responder:

— Nós transformamos isto aqui em um lar. Tem razão, a cozinha era maravilhosa antes, mas agora é nossa. A melhor cozinha onde eu já cozinhei. Sabe que não existe nenhuma palavra italiana para *lar*? Apenas *casa*. Acho isso estranho em uma cultura onde o lar é tudo.

Camille continuou:

— Eles também não têm *animal de estimação*, apenas algo sobre animais que você alimenta à porta. Mas, espere, quero levantar uma questão. Eu estava olhando para o meu estúdio. Eu não havia colocado as duas imagens, agora e antes, lado a lado. Fiquei impressionada. Em menos de cinco meses, nós mudamos *tudo* que encontramos ao chegar. Dando um salto para agora, a hora muda esta noite, aliás, veja o que fizemos aqui. Está tão admirada quanto eu?

Julia retira uma dúzia de ovos da geladeira.

— Tudo bem se comermos omelete e salada esta noite? O armário está vazio; temos que fazer compras amanhã. Sim, é absolutamente verdade. A cozinha certamente tem um cheiro diferente! De um cheiro asqueroso de rato e ralo para flores e ervas, alho e melão. Tem razão, Camille. Estou pensando em meu quarto também, todos os meus cachecóis na prateleira das cobertas, as fotografias de oliveiras de Susan que ampliei, minha escrivaninha com pilhas de receitas e guias de viagem. O que todas nós aprendemos! Encontrar as cortinas de seda desbotadas na feira foi um golpe de sorte. Eau-de-Nil, não foi o que disse, Camille?

— Sim, adoro aquela cor, água do Nilo. Elas são decadentes. Você deixa Savannah orgulhosa. E aprendendo italiano! É uma mudança drástica. Não que sejamos fluentes, de jeito nenhum. Jamais vou aprender aquele subjuntivo.

Elas circulam pelos cômodos do térreo, soltando exclamações diante das modificações. Para o hall de entrada previamente vazio, Susan arrastou uma mesa redonda onde mantém um vistoso arranjo de flores. É onde deixam a correspondência e bilhetes umas para as outras. O tampo do piano na sala de estar tornou-se outro lugar para as flores de Susan. Esta é uma sala da manhã; bem cedo, o sol inunda a sala através das janelas, iluminando o piso de tijolos com blocos de luz. Ela mantém samambaias ao estilo sulista nos largos parapeitos de pedra o inverno inteiro. No depósito no andar de cima, ela encontrou uma tapeçaria mostrando quatro mulheres delicadas montadas em cavalos de crinas sedosas. Um pouco surrada agora, ela ainda tem um ar régio acima da lareira.

— Quem poderia imaginar? — Camille pergunta. — Acho que eu esperava que fôssemos simplesmente entrar, desfazer as malas e morar aqui do jeito como a casa estava. Um alargamento do campo de visão, sim, mas o panorama inteiro é uma dádiva incrível.

Pouco fizeram com a sala de jantar, onde o afresco da freira domina de tal forma que nada mais é preciso, exceto comida na mesa.

— Vamos comer aqui esta noite. — Julia abre a *madia* e tira jogos americanos e guardanapos. — Este é meu cômodo favorito. Já temos muitas lembranças de nossas festas. Lembram-se quando Rowan fez um gesto indicando o afresco e seu copo de vinho voou por cima da mesa?

— Bem, sim, já que aterrissou no meu colo. Ele se recuperou rapidamente com uma citação de Catulo sobre vinho. Eu preciso estudar a cena do jardim, *com'era* — Susan diz. Como era. Ela adora *era*, o passado imperfeito de *foi*, onde tudo continua em movimento, mesmo depois de terminado. *C'era uma volta...* começam os contos de fada, *era uma vez...*

— Lembram-se de quando um pássaro entrou e pousou na mesa, olhou para cada uma de nós e depois voou para fora outra vez?

— Foi uma visitação de nossa freira pintora. — Camille não é dada a incursões em misticismo, mas acredita um pouco nisso.

❧

Julia suspira e começa a ralar o parmesão, enquanto Camille e Susan voltam às suas tarefas habituais, alimentando os animais, arrumando a mesa e abrindo o vinho.

— Lar! Estamos em casa! Não sabíamos que podíamos, que iríamos realizar isto. Vocês já têm um instinto em relação a isto, vão querer ficar? Podem imaginar deixar este lugar? Ou poderiam voltar para casa amanhã?

— Ainda não fomos à Sicília. Eu só estou começando. — Camille pensa na pilha de papéis feitos à mão em sua prateleira. Sente falta de Charlie — não de Lara — e de Ingrid, que se apaixonou pela Itália durante o Natal e pergunta quando ela pode voltar. Isso não é melhor?, pergunta-se. Apresentá-los a este país? Melhor do que o *brunch* de domingo com uma quiche comprada pronta, em casa, na Carolina do Norte, até mesmo a semana anual em Bald Head Island? — O nível mais profundo, no entanto, é que continuamos a ser americanas. Não há nada que possamos fazer a respeito disso! E sulistas. Todas nós já ficamos em uma plantação de algodão à noite, relâmpagos faiscando por todo o céu, com torres de transmissão elétrica tamborilando como alguma música da galáxia.

Julia franze o cenho.

— O quê?

— Sabe o que quero dizer. Na Itália, temos que viver *"como se"*. Como se pertencêssemos a este lugar.

Susan passa os copos de vinho.

— Pra mim, tudo bem com *"como se"*. Ficar para sempre? Eu poderia. Sinto menos falta de casa do que imaginei, mas sinto pontadas de emoção pela minha varanda da frente e jardim todo dia. Eu não vejo minhas filhas com frequência, de qualquer modo. E sei que eu estava repetindo os anos, com pequenas variações. Tudo bem, nada errado com isso. Eu apenas adoro acordar com um sentimento de expectativa, *"o que há de novo hoje?"*, e não *"já sei o que me aguarda hoje"*. — Ela lhes mostra a flor silvestre e precoce que encontrou hoje. Annetta chamou-a de *bellavedova*. Ela reuniu apenas uma dúzia, embora estejam por todas as colinas, íris pequenas, misteriosas, hastes longas e finas, nas cores *chartreuse* e vinho. — Eis o primeiro presente da primavera, a "bela viúva". — Ela pega Archie e rodopia com ele. — Nosso tempo aqui não está nem na metade. Vamos deixar esta conversa de futuro para mais tarde.

Julia diz:

— Sempre vou querer ter isso em minha vida, de uma maneira ou de outra. Adoro cada minuto aqui. — Ela se vira e fita a janela onde o vapor se condensa e escorre. Lágrimas. Sempre longe da vista dos demais, sua garota quase invisível, agora fazendo mais falta do que antes. Turbilhão, ninho de cobras.

Ela sacode os cabelos para trás.

— Acredita em como estas gemas são *cor de laranja*? — Ela bate as gemas até formarem uma espuma cor de limão. Como responder a Chris? Ela não telefonou de volta desde que ele localizou a última residência de Lizzie. Ela mistura o queijo ralado e um punhado de tomilho e salsinha. Um vídeo de Jacques Pépin ensinou-a a fazer a omelete perfeita. — Estão prontas? — Ela manobra a virada e entrega a primeira omelete fofa, meia-lua, em um prato.

Depois do jantar, Susan leva seu laptop para a mesa. Camille e Julia resmungam, depois riem. Quando Susan faz isso, ela tem algum plano. Ela digita rapidamente por alguns minutos, em seguida ergue os olhos.

— Querem ir a Florença? — Fotos de um apartamento com afrescos aparecem em sua tela. — Achei uma oferta fabulosa de última hora. Ainda está disponível. Olhem para isto. — Elas veem o Arno, com *palazzi* ocre, siena e tom marrom-dourado refletindo-se na água. — Esta é a vista da sala de estar. E tenho mais notícias. Nicolà e Brian pediram-me para avaliar um possível aluguel que estão considerando para seu portfólio. Todas nós podemos ir a Capri no começo de abril.

— Receio que algo terrível aconteça. Nós continuamos a expandir em círculos cada vez maiores. — Julia imagina *terrível*: Lizzie despejando comprimidos na palma da mão, engolindo-os, as semanas depois que ela partiu pela última vez — a angústia na boca do estômago que parecia que ela estava se afogando.

— Como é mesmo aquele ditado italiano? Primeiro raízes, depois asas. — Camille também não se sente merecedora de tais prazeres. Pensa em compras, sempre comprando suas melhores roupas em liquidações ou de catálogos. Charles gostava dos shorts e suéteres Lands'End. Ela preferia sedas estampadas na Off Fifth e *cashmere* Neiman Marcus em liquidação.

— Bobagem. Pensem em todos os ricaços comprando propriedades régias em Londres e deixando-as paradas, vazias. Acham que qualquer um deles se preocupa em ser castigado por causa de um fim de semana no apartamento de luxo, para alugar, de alguém em Capri? Isso é coisa de mulher. O que merecemos? Este é nosso ano fácil. Somos velhas. Merecemos um pouco de leveza. Superem isso.

Julia e Camille amam Susan por isso.

Florença: fim de inverno

PRIMAVERA, PRÓXIMA. LUFADAS DE AR FRAGRANTE E o inchado rio Arno correndo célere, cor de caramelo. Poucos turistas, glamorosas vitrinas que fazem você jurar que vai esvaziar o closet, *palazzi* encantadores com portas maciças que você anseia abrir: Florença.

Julia para na ponte, nomeando as cores que vê: canela, curry, cúrcuma, sálvia. Apreciando um cappuccino, ela se demora, sentindo o cheiro do rio túrgido, deixando a brisa da manhã brincar com seus cabelos.

Buscando sinais de primavera, Susan passa a manhã vagando pelos Jardins Boboli, que acha grandiosos e estranhamente deprimentes, partes tão vazias de plantas que ela para em um banco, desenhando sua própria versão de como o parque poderia ser. Aqueles Médici megalomaníacos não teriam jardins tão desnudados. Ela fotografa a famosa estátua do anão gordo urinando, Netuno com um tridente que parece um grande garfo de coquetel e um maravilhoso cavalo saindo da água, Perseu em seu dorso, exortando-o a prosseguir. Caminhando serenamente pelo jardim, o que deveria ser relaxante transforma seu cérebro em um enxame de possibilidades.

Ela encontra um banco na sombra, onde passa meia hora estudando preposições. O italiano de Susan é uma força da natureza. Ela é destemida. Ela fala rápido. Devagar, ninguém o compreende, ainda que gramaticalmente você esteja certo. Ela estudou diligentemente o inverno inteiro e encontra-se frequentemente com Annetta para uma caminhada, Nicolà para almoço e Riccardo para drinques. Com cada um, ela fala italiano o tempo todo. Ela sabe que deve ser doloroso para Riccardo — tradução é seu *métier* —, mas dão boas risadas com suas gafes e ele frequentemente vai jantar na casa delas.

Ela aprendeu ainda mais trabalhando como voluntária no hospital. Apenas enche copos de água, ajuda pacientes pós-cirúrgicos a darem pequenos passos ao longo do corredor e, às vezes, quando alguém pede, lê o jornal em voz alta, para grande benefício seu e divertimento para a pessoa de cama que está ouvindo. Ela é corrigida e lembra-se na próxima vez.

Ela ergue os olhos para o Palazzo Pitti e balança a cabeça. Sim, que estupidez a minha, ela pensa. É claro! O design do jardim era para ser visto de *lá*. A perspectiva deve abarcar todo o parque. Ela é um pontinho no caminho, mas o clã dos Médici tinha a visão completa sem a inconveniência da lama. Ela caminha ao redor de um magnífico lago de bordas de pedra. Se ficarmos em Villa Assunta, ela pensa, precisaremos de água. Não uma simples piscina, certamente não de uma piscina olímpica. Algo natural, uma pedra *pietra serena* local rodeada por, o quê?, algo alto na ponta, com uma cascata. Desenhe e sonhe, ande por aí e veja.

Camille permanece no apartamento, de maneira pouco usual secando os cabelos com um secador, tentando usar o delineador e o rímel, e vestindo-se com esmero, até mesmo limpando qualquer sinal de poeira de suas botas. Ela sai em busca de uma ideia extravagante (para ela). Na Prada, ela olha fixamente a vitrine. Ela os viu ontem. Sente-se intimidada pela mulher pequena e esbelta de preto, que a cumprimenta à porta e permanece bem ao seu lado enquanto ela tenta olhar à sua volta de forma descontraída. Susan explicou que ficar pairando ao seu redor é serviço, não é desconfiança. Estão sendo prestativos. Algo a que, ela disse, nós simplesmente não estamos acostumados. Camille aponta para os sapatos que admira, cobiça, na verdade, na vitrine.

— Trinta e oito? — ela pergunta.

Dez minutos depois, eles são dela, sapatos aveludados vermelho-escuros, com uma tira fina no tornozelo e saltos bem altos. O joelho que vá para o inferno. Agora, terá que inventar uma ocasião para usá-los. Após as formalidade iniciais, vendo a óbvia empolgação de Camille, a vendedora tornou-se amistosa e mostrou a Camille uma carteira de pele de cobra da mesma cor dos sapatos. Ela a comprou também.

Depois de suas compras por impulso, ela passa a manhã no vórtex da arte americana do século XX, uma exposição da era Kandinsky--Pollock que acabou de ser inaugurada no Strozzi. Ali está grande parte da arte que ela ensinou aos estudantes da universidade. Neste ambiente soberbo, pode-se ouvir a sinergia entre as obras sussurrando. Após meses de arte renascentista, esta volta completa ao seu próprio tempo a surpreende. Ela parou, hipnotizada pelos Rothkos, cinco deles tão maravilhosamente iluminados que parecem ganhar vida de dentro para fora. Ela passa uma hora inalando sua simplicidade aparente. Um deles parece a superfície da lua com o espaço por trás. Realmente, é apenas cinza e branco, mas como é luminoso e granulado e opaco e misterioso. Sente-se feliz. Olha longamente um Helen Frankenthaler, uma das poucas mulheres representadas. Ela adora Frankenthaler. Um garoto sério de talvez uns quatorze anos caminha de quadro em quadro com o aparelho de áudio alugado. Ele presta grande atenção a Duchamps. Ela adorou os anos em que Charlie acordou para a arte; este garoto também sente esse estímulo. Seus olhos se encontram por um instante e ele sorri. Ela sorri também. Uma pequena troca que faz seus olhos marejarem de lágrimas.

Rindo consigo mesma sobre a exuberante arte, os sapatos vermelhos, o garoto, o ar promissor, ela caminha para o Mercato Centrale, onde se encontra com Julia e Susan para o almoço. Julia passou a manhã em uma aula de culinária lá, embora não tenha aprendido muita coisa. Há muito tempo que ela domina a arte de fazer massa, assim como a fácil *panna cotta* e o tedioso *tiramisu*.

O Mercato, o paradigma de uma praça de alimentação de alto nível, está apinhado de gente, mesmo fora de estação. Que variedade: quiosques servindo hambúrgueres, *lampredotto* (não perguntem), macarrão trufado, doces sicilianos, *mozzarellas* divinas. Elas vão de balcão em balcão, levando pequenos pratos para uma mesa, depois visitando outro balcão atraente e correndo de volta. Como boa sulista, Susan opta por frituras. Ela passa às outras seu prato de crocantes abobrinhas, camarões, cenouras, batatas, flores de abóbora e bolinhos fritos de pão. Julia analisa sua massa de couve-flor e *guanciale*, um bom prato para o clima frio. Tentando sair de sua zona de conforto, Camille inspeciona, um pouco incerta, seu pedido — polenta negra com polvo grelhado. Ela receia que o polvo pareça elástico, mas está delicioso.

De volta a seu apartamento, ela desembrulha os sapatos. Erguendo-os um em cada mão, ela os sacode no ar em passos de dança.

— Cha-cha-cha!

Todas os experimentam. Camille sente uma pontada no joelho só de olhar para eles.

— Vou perder três quilos e comprar um vestido preto. Vou fazer setenta em abril.

Meu trabalho está desabrochando, ela pensa. Estou aceitando uma dica de Susan. Roupas mais justas, cores mais vibrantes. E mais rigor, como Julia. Nada mais de longas horas sobre livros de arte. Trabalho!

Já terminou com as compras. No final da tarde e amanhã de manhã, ela possui bilhetes para a Uffizi, onde planeja deleitar os olhos e encher seu caderno de anotações.

Susan parte para explorar lojas de artesanato no Oltrarno, o outro lado do Arno. Tendo comido demais, Julia anuncia que precisa de uma "soneca do renascimento".

Uma carta a enviar?

MINHA CONSULTA É RÁPIDA. MÉDICA SORRIDENTE E satisfeita! Ah, que bom! Colin e eu estamos em Florença até amanhã. Jantaremos com nossas vizinhas americanas. Elas estão instaladas em um apartamento com vista para o rio que Susan encontrou. Quando ela ligou, disse que Camille havia saído completamente da linha — pedindo polvo e comprando Prada. Sua liberação na arte desatou outras amarras. (Sem mencionar o ainda inexplicado sexo no sofá ao qual ela brindou em nossa viagem.) Como em Veneza, elas estão por toda a cidade. Susan ligou de um café badalado perto do Palácio Pitti que ela descobriu depois de sair dos Jardins Boboli. Estavam sentadas do lado de fora bebendo Campari sodas às cinco da tarde. Vamos nos encontrar às oito e espero que não estejam "altas"!

Depois de minha consulta, Colin ainda tinha trabalho a fazer. A restauração do *palazzo* está interrompida pela descoberta de um afresco em um amplo salão destinado a ser dividido em três aposentos. O pesadelo de um arquiteto. Agora, um bando de especialistas deve avaliar a pintura. De relance, eu diria que Colin vai ter problemas; uma parede inteira parece ter deslumbrantes representações das Graças, como as de Botticelli, carregando uma longa corda de flores para a Virgem, que estende as mãos para baixo para pegar as flores enquanto sobe aos céus. Colin pensa em fazer daquela parede um longo e largo corredor, reduzindo o tamanho que ele havia planejado para os quartos. Acredito que eles acabam de acrescentar um monte de dinheiro ao valor da propriedade. (Arquiteta Kit falando, é claro.)

Estou de volta ao hotel, repassando algumas anotações, organizando e às vezes apenas fitando a Piazza Tornabuoni. Um belo espaço. Minha visão está no mesmo nível de oito estilos diferentes de janelas renascentistas. Em momentos assim, fico próxima de Margaret, que amava ardentemente a arquitetura. Costumávamos nos sentar ao sol no Caffè Rivoire, com vista para a Piazza della Signoria, pedindo copos de suco de laranja, conversando sobre cada prédio ao redor daquela praça, que viu de tudo, desde a morte de Savonarola na fogueira à instalação da estátua de latão de Jeff Koons ao lado da de Davi (uma cópia). Todos os turistas do mundo vão lá, mas Margaret não notava. "Erga os olhos", ela advertia. Ou ela olhava diretamente através deles. A energia fluía de Margaret. Apenas sentada lá, como qualquer outra pessoa, tinha uma força que até o garçom reconhecia. Solícito ele era, em vez de ríspido. Durante todo o tempo em que a conheci, até sua morte aos setenta e cinco, ela nunca mudou em nada, exceto que suas roupas tornaram-se mais excêntricas. Como já mencionei, eu achava que Margaret tinha uma queda por Colin. Ela costumava trazer uma cópia impressa de um desenho recente de Renzo Piano ou de Zaha Hadid e se sentar ombro a ombro com ele, analisando as especificações e discutindo se o elemento humano estava contemplado no desenho e como a luz devia iluminar por dentro.

※

Viro as páginas de seu manuscrito para o final, onde ela guardou uma carta, endereçada, com selo, mas não fechada. Calhoun Green. Um escritório de advocacia, Green, Green & Schwartz, em Richmond, Virgínia. Ela não a enviou. Eu deveria?

Seria o conteúdo da mala destinado a mim? Ela disse que estaria de volta no outono. Depois que retornou a Washington, cada vez tivemos menos notícias dela, até que não tivemos mais nenhuma, e então a notícia final.

Eu li:

Cal, esta é Margaret escrevendo para você. Tenho certeza de que se lembra muito bem. Após tantos anos, quero lhe dizer que seu filho não foi tirado e jogado fora. Eu dei à luz um menino. Quatro quilos. Impressionantes cabelos negros, aqueles olhos azuis que os recém-nascidos têm que parecem um céu noturno de alto verão, os punhos pequeninos que se agitavam como se lutassem com o ar, um sólido pãozinho doce. Eu tinha vinte e um anos. Eu o dei para adoção. Através de uma agência em Nova York, selecionei um arquiteto naval bonito, que se parecia um pouco com você, porém mais alto, e uma musicista cuja reputação estava em rápida ascensão. Ela usava os cabelos lisos e soltos como uma cascata e tinha um queixo altivo.

Eu sei que eram bons pais. Durante o processo, eu obtive seus nomes e depois foi fácil localizar o endereço deles no Upper East Side.

Eu estava trabalhando na cidade. Eu costumava ir para um café de esquina perto do prédio deles. Números de latão polido na porta, flores da estação no pequeno canteiro junto aos degraus. Uma grade de ferro em volta do terreno. Pessoas cuidadosas. Grandes olhos castanhos, seus cabelos agora presos para cima, às vezes com alguns fios escapando, a "mãe" saiu com o bebê em um dos braços, o carrinho na outra. Com que cuidado ela o colocou no carrinho, cobrindo seus pés com um macio cobertor branco, ajeitando a almofada. Ela beijou seu rosto. Ela estava sempre sorrindo. Ela passou empurrando o carrinho pela janela do café onde eu me sentava.

Posteriormente, eu vi uma babá, uma filipina bem asseada, andando com ele pela calçada onde ele parou para olhar as folhas e apontou para cachorros, levantando seu rostinho franco para a babá, para ver se ela percebia as maravilhas diante deles. Ele usava um suéter amarelo com a figura de um barco e lustrosos sapatinhos Oxford, um homenzinho, cheio de energia, esperto e afoito. A babá tinha que correr atrás dele e segurá-lo o tempo todo.

Vi o pai duas vezes. O menino em seus ombros, balançando-se como se cavalgasse um cavalo. O pai exagerando o passo para diversão do menino. Eu estava saindo do café e dei de cara com eles. Eu e o menino nos fitamos por um instante e ele sorriu.

A última vez foi dois dias depois de seu aniversário de quatro anos. Um dia abafado em Manhattan. Eu desistira e saía do café quando o vi na calçada, vindo a toda velocidade em minha direção em um patinete, impulsionando-se para frente com toda a força. Ele era uma visão. Os pedestres à sua frente abrindo caminho para ele, seu pé dando impulso contra o calçamento. A florista do lado de fora de sua loja gritou-lhe: "Pare, Colin!" O jornaleiro saudou-o, assim como uma mendiga. Ele passou sem parar. Ele parecia saído de um sonho.

Quatro anos e meio, e então eu fui embora. Europa, relatórios, algum trabalho particular para o governo, meus romances. Talvez você tenha ouvido falar. Através das minhas fontes e mais tarde através da internet, encontrei fragmentos de informação. Os concertos, um baile de gala, um artigo sobre progressos em localizadores de submarinos. Nada de mais. Então, no ano passado. Eu estava no Afeganistão trabalhando para o Times. Eu me deparei com isto da agência de notícias:

Colin Adams Knowles, 16, filho de Amanda e Edward Knowles, morreu em 5 de agosto, depois de um acidente enquanto escalava uma rocha no Yosemite National Park. Ele era aluno da Horace Mann School, onde se destacava em línguas e literatura. Adotado quando recém-nascido, Colin era amado por sua família e muitos amigos por seu humor, inteligência excepcional e uma contagiante *joie de vivre*. No futuro, planejava estudar arquitetura. Era um pianista talentoso, gostava de tênis e futebol, e estava em treinamento para escalar Annapurna com um grupo de colegas entusiastas de caminhadas. Seus pais estão unidos na dor aos avós, Carlos e Josephine Alcazar e Sandra e Phillip Knowles, e por uma irmã mais nova, Josephine Amanda Knowles.

Pronto. Você nunca soube. Agora sabe. Ele viveu os anos que teve. Eu vivo com ele todos os dias. Agora você pode — e não falo com ironia — ter a honra também. Margaret

COLIN DIZ QUE EU devo enviar esta carta. Como eu poderia fazer isso? Ela não o fez. Mas como posso não enviar?

A vida pode ser surreal. Estou me debatendo com este dilema e ao mesmo tempo puxando minha cadeira no Cipolla Rossa e cumprimentando Susan, Camille e Julia, todas entusiasmadas com os afrescos em seu apartamento, com os novos penteados que obtiveram em um elegante salão, com o *gelato* de pistache, com a livraria Feltrinelli e com o maço de violetas que trouxeram para mim. Todas alegres e animadas. Eu permaneço plácida em meu vestido largo, sapatos firmes, sentindo minhas pernas cheias de ar.

⁓

COLIN E EU PASSEAMOS ao longo da margem do rio até nosso quarto. Acima de nós, uma lua cheia e transparente, uma bolha de sabão soprada por uma criança. As amigas resolveram voltar à *piazza* para uma saideira de *limoncello*. Amanhã, todos nós tomaremos o mesmo trem para San Rocco. Estou admirada com a energia que elas continuam a reunir. Elas parecem ter duplicado suas forças desde que chegaram. Estou caminhando de volta também com o jovem Colin Knowles, uma vida interrompida. O meu Colin ficou em silêncio por horas depois de ter lido a carta para Mark, também conhecido por Calhoun Green. Margaret, por quê? Se ela ao menos tivesse nos contado. Como fui tola em pensar que ela estivesse interessada em Colin (trinta anos mais novo), quando na verdade ela só buscava um pouco de conforto transferindo um pouco de seu sofrimento e saudade. Seu Colin perdido poderia ter se tornado um homem como Colin. Um escritor é um nomeador. O meu Colin, arquiteto, deve tê-la atingido como uma arma de choque.

A carta revelou a Margaret sombria: uma criança mantida em segredo. E depois ela continuou carregando segredos em sua vida.

Entreouvido

Quando o telefone da cozinha tocou, nós nos entreolhamos. O quê? Eu estava em Villa Assunta para jantar (Colin em Londres até amanhã). Passamos à sala de estar para a sobremesa. Conforme eu aumento de tamanho, sou atraída para grandes poltronas macias. Esta me faz lembrar Tito, que costumava aquecer seus grandes pés junto ao fogo, enquanto Luisa tricotava ásperos cachecóis vermelhos. Enquanto ajeito a almofada, acho que captei uma lufada da fumaça de seu charuto e o estranho cheiro que ele exalava de madeira recém-cortada. Estamos discutindo nomes de bebês. Lorenzo, Silvia, Flavia, Luca, Ettore, Lia. Gosto de nomes com personalidade. De um romance de Trevor, lembro-me de uma tia Fitzeustace, mas quem iria ousar impor um nome desses a uma criança? Todos gostam de Della, que sempre soa bem para mim, embora Colin goste de Junas, imponente, como o nome de uma estátua. (Não tão romântico em inglês — Eunice.)

— Tatiana — Susan sugere. — Ela seria uma dançarina.

No oitavo toque, Susan corre para atender; ninguém nunca usa o telefone fixo.

— Para você, Julia — ela diz. À porta, ela acrescenta:

— Homem. Com um sotaque sulista. Mas não é Cleve.

Julia faz uma careta ao aceitar a ligação. Continuamos a conversar, mas ouvimos o lado de Julia da conversa.

— É Julia.

— Wade! Como você achou este número? — Ela acena da porta, a boca aberta, sacudindo a cabeça, gesticulando com o polegar para baixo.

— Acho que é verdade. Não existe mais lugar para se esconder. — Ela ri sem realmente achar graça.

— Estou ouvindo.

— Isso mesmo. Meu amigo foi informar-se sobre ela...

— Bem, foi ele quem quis fazer isso.

— Um amigo, um bom amigo. De qualquer modo, isso não vem ao caso. Ele está disposto a continuar a busca, mas eu ainda não concordei.

— Espere. Ele *não* acha que é da conta dele. Ele estava disposto a fazer isso por mim.

— Wade, acalme-se. Faça o que quiser. Ele está tentando ajudar.

— Bem, vá. Já fez essa viagem quantas vezes?

— Ela já desapareceu outras vezes.

— Eu disse para ir. Direi a Chris que você está indo.

— Sim, Chris. Ele tem um nome. Eu trabalho com ele, se quer uma explicação.

— É claro que se você for eu quero ter notícias.

— Não quero que papai faça esta viagem. É demais para ele. Você sabe como Lizzie se sente perseguida, como faz sentir que a culpa é nossa por estarmos lá.

— O último endereço que tivemos. E há aquela amiga que nos ligou quando ela foi presa. Você poderia procurá-la. Honor Blackwell, acredito.

— *O quê?* Espere, o quê? Wade, você ficou maluco?

— Inacreditável. Não faço a menor ideia do que dizer, de modo que não direi nada. Vou desligar...

— A casa? Bem, isso depende totalmente do papai. A casa é dele.

— Oh, por favor. Do que está falando? Nós vivemos lá toda a vida. Ele até pagou o imposto predial. Você *não* tem o direito de ser reembolsado por manutenção. O que há de errado com você?

— Não. Não. E não. Vou desligar. — Julia desliga o telefone e volta para a sala de estar com o rosto entre as mãos.

— Será que ele sempre foi assim, completamente sem noção de nada? Como eu não vi isso em todos esses anos?

— Você está bem? — Susan pergunta. — O que afinal está acontecendo? Nós a ouvimos. Provavelmente deveríamos ter fechado a porta, mas ficamos com medo. Eu soube que era Wade quando atendi. Receávamos que fossem notícias realmente ruins.

— Qualquer coisa que venha dele é notícia ruim. Eu contei a papai o que Chris descobriu. Ele esbarrou em Wade no bar do clube. Começaram a conversar e papai contou a ele que Lizzie está desaparecida. Agora, Wade quer ir à Califórnia procurá-la. Outra vez.

— Bem, deixe-o ir. Por que não? — pergunto. — Algo pode ter acontecido a ela.

— Não duvido disso e, sim, ele vai. Tudo bem. Ela pode estraçalhar o coração dele outra vez. A outra notícia, isso é inacreditável, a namorada está grávida. Que brega. Rose alguma coisa. Tem mais ou menos a metade da idade dele. Até que ponto ele pode ser estúpido? Oh, segunda chance! Ele realmente disse isso. Que *cliché*. Ouçam isto: ele sugeriu que ela se mude para a nossa casa, que nem sequer nos pertence. Ou que ele saia e meu pai o reembolse por todas as melhorias que fizemos ao longo dos anos. E, oh, *ela* está ansiosa para que tudo permaneça em termos amigáveis. Santo Deus. Isso supera qualquer coisa, não?

❧

O QUE ME VEM À MENTE é uma citação de Wallace Stevens: *O mundo é feio e as pessoas são tristes*. Contenho-me para não lançar isso no meio da discussão. Estou pensando que talvez a mulher esteja apaixonada. Rose — por falar em nomes, esse a predispõe à inocência. Talvez ela esteja empolgada.

— Quem sabe o que disseram a ela? — pergunto. — Um cara bonitão, Wade, mesmo aos sessenta anos. Eu o procurei na internet, em sua loja. Cabelos jogados para trás, mãos fortes no leme, camisa aberta. Parece que ele saiu de uma página da revista *GQ*. Eu viraria a cabeça para olhar para ele. Tenho certeza de que Rose está projetando e parte disso envolve a ideia de um tema de filme *Não podemos todos ser amigos*. Ele parece mesmo obtuso. — Ou, como Margaret disse: *Se não estiverem dormindo com você, você já era.*

Julia deixa-se cair na poltrona com um enorme suspiro.

— Dois passos para a frente, três para trás. Agora que a ficha está caindo, fico feliz que ele vá procurar Lizzie. Ele está agindo como um idiota, mas sei que também tem um grande vazio em seu coração. Agora que a Docinho está grávida, ele está sentindo uma enorme culpa por causa de Lizzie outra vez. Que catástrofe. Ela é o forro de um casaco que eu não posso tirar.

— Julia. — Eu rio. — Posso usar essa frase? Não, falando sério, acho que algo deve acontecer. Permita-se um pouco de esperança.

— Digo isso por causa do bebê em questão. Sei que poderoso realinhamento ocorre assim que o teste de gravidez fica cor-de-rosa. Às vezes, uma mudança provoca mais mudanças. Eu não menciono isso. Não é o momento. — Sabem — eu digo —, ele agora enveredou por outro caminho, isso a liberta. Mesmo que ainda seja doloroso, isso solta seus grilhões.

Julia, admirada, olha para mim.

— Huuuum. Certo. Verdade. Mas como é impossível pensar, e sei que isso é irracional, como ele *pôde* fazer uma vida sem mim. Eu sou aquela por quem ele uma vez dirigiu vinte e duas horas sem parar para ver. — Ela não diz: *"Eu sou aquela que ele lambeu do dedinho do pé à orelha. Ele, que muitas vezes chorou depois de fazer sexo."* — Estou sempre à espera de que os cacos espalhados se juntem e assumam a forma que costumavam ter. Sempre tenho esse sonho de que estou numa esquina movimentada esperando que ele me pegue para irmos para casa. Sinto que estou tendo uma grande recaída outra vez.

— Não, isso não está acontecendo — Susan diz. — Ele não pode jogar assim com você. Nós não vamos permitir. Por que ele não foi para San Francisco e lhe deu notícias depois? Ele ainda quer que você sofra com ele. E talvez ele não tivesse a intenção, mas todo esse negócio de namorada grávida não devia ter feito parte desta conversa. Esse homem não tem limites.

Camille traz um bule e serve grandes xícaras de café americano.

— Descafeínado — ela diz. — Beba. Julia, você tem desabrochado. Continue assim. No momento, tente se focar naquilo que a impulsiona para a frente. Você caminhou sobre brasas por Lizzie. O que acontece a ela agora depende dela. E Wade? — Sua voz se enternece. — O que você teve, você não tem mais.

— Tem razão. Agora, tudo que eu preciso fazer é acreditar em você.

— Vamos seguir adiante — eu digo. — Amanhã, quero levá-las em um passeio até uma ponte romana que quase ninguém vê. Saímos do limite de seu terreno e descemos uma trilha rochosa que atravessa o vale e entra em uma área coberta de mato rasteiro onde essa ponte de pedra em arco atravessa uma *torrente* que um dia deve ter sido mais larga e mais violenta. Nesta época do ano, deve estar apenas fluindo.

Julia ergue os olhos.

— Sim, vamos montar a cavalo outra vez. Devemos fazer um piquenique? Tem certeza de que você consegue caminhar em um terreno acidentado? — Ela se sente arremessada de seu cavalo, como quando tinha doze anos, ela e o animal voando por cima do obstáculo, aquele momento no ar e, então, a queda. Por sorte, ela só teve um deslocamento de ombro.

— Sim. Sim, há um caminho de saída para a estrada do vale. Podemos pedir a Colin para ir nos apanhar. A caminhada de volta não é fácil. Boa noite, vocês três. *A domani.*

Sim, até amanhã. E espero que Julia consiga dormir.

Maravilhas

Não sem trepidação, após completar dezoito portas de papel, Camille as empacota para mostrar a Matilde, que faz um intervalo quando Camille entra segurando duas grandes caixas. Ela está dando aula para um pequeno grupo de freiras africanas que desejam restaurar textos danificados em arquivos da Igreja. Debruçando-se sobre uma única folha de papel, os cinco hábitos brancos engomados parecem pétalas de uma grande flor, suas cabeças quase se tocando no centro. As alunas de Matilde se apaixonam pelo processo de fazer papel e, como um bônus, algumas adoram o trabalho mais importante de seus projetos de restauração, que são a *raison d'être* da *bottega*. Interrompendo o trabalho em andamento, Camille sente-se pouco à vontade. Suas próprias pinturas não deveriam se dissolver no esquecimento?

Matilde e Serena desmontaram o retábulo de cinco painéis do Duomo San Rocco e espalharam as peças em cima de mesas. Camille olha através do microscópio para o intricado trabalho de gravação a ouro em torno das figuras. Matilde então lhe mostra o que uma passada rápida de removedor revela sobre a cor das vestes de São Jerônimo: um verde de lago turvo se transforma em um brilhante verde viridiano.

— É impressionante — Camille diz — que você possa salvar esta obra. Isso aqui parece uma sala de cirurgia. O que é a marca marrom? — Ela fica tão fascinada que se esquece de suas próprias pinturas humildes.

— Dano causado por vela. Isto é difícil. Não apenas cera, mas vê isto aqui? — Matilde aproxima a lâmpada sobre a mancha escura no ombro do santo. — Este dano atingiu a madeira. Tenho que consertar o gesso. Eu uso fixadores de cor, ugh, sente o cheiro? Cola de coelho e cola de peixe. — Ela recoloca a tampa dos malcheirosos elixires. Na parede, vê-se uma grande fotografia de um retábulo com etiquetas de nomes pregados em vários pontos. Por sorte, os alunos da fabricação de papel, que veem seu trabalho meticuloso e atencioso, também estão salvando esta peça crucial do patrimônio italiano. Matilde elaborou um plano de modo que uma única pessoa pode patrocinar um setor da restauração. Ela para diante da foto, apontando para o manto de Maria.

— Quem não iria querer salvar esse azul? Lápis-lazúli em pó, caro. Está vendo, apenas dois mil e quinhentos dólares para restaurar um pequeno santo, mas seis mil e quinhentos para um anjo anexo e muito mais para um santo maior. Uma turma pode cuidar em conjunto de uma seção. Ficam empolgados em saber que seus nomes constarão de uma placa quando o retábulo estiver finalmente restaurado e devolvido ao seu lugar sagrado acima do altar. — Tudo isso em um italiano que Camille consegue compreender.

— Basta! O que tem em suas caixas? Você não veio aqui para uma aula de restauração!

— Eu queria lhe mostrar o que eu tenho feito. Onde vão parar todos os papéis que eu carrego para casa. Mas você está ocupada...

— De maneira nenhuma. Vamos ver!

Sobre uma mesa vazia, Camille distribui suas portas de papel ao redor das bordas. Após uma única olhadela, os olhos de Matilde se arregalam. Ela caminha em volta da mesa, examinando e repetindo *"Dio mio"* e *"Madonna!"*.

Serena, descendo as escadas, para de repente ao ver as portas sobre a mesa.

— Camille, o que você fez? De onde elas vieram?

As freiras se reuniram à volta também, balançando a cabeça, conversando em sua língua. Matilde emudece. Camille, os braços cruzados, franzindo a testa, afasta-se um pouco para o lado.

— São maravilhosas. No verdadeiro sentido. Maravilhas. Pequenos milagres. Estou deslumbrada. — Matilde continua deslizando ao redor da mesa, murmurando e sorrindo. — Não sei o que pensar deste trabalho porque nunca vi nada parecido.

Camille sente-se igualmente empolgada e querendo desaparecer. Não está acostumada a ser o centro das atenções. Matilde diz em inglês:

— Precisamos organizar uma mostra.

Camille estremece e parece chocada. Apesar de todas as suas virtudes, Charles nunca *insistiu* para que ela prestasse atenção ao trabalho em que estava intensamente engajada quando se conheceram. Mutuamente, eles adotaram um estilo de vida. Era adorável, mas como ela pôde ter abandonado seus próprios interesses? Antes de Charlie nascer, houve as viagens a Nova York quando ela era recém-casada e ainda determinada. Oh, sim, Cyrus. Um colega de turma, ex-namorado na UVA, se saindo muito bem ali. Seus amigos, todos comprometidos com seus trabalhos e vivendo em lugares imundos, infestados de baratas, sem água quente. O choque da vergonha que sentiu em cada corpúsculo depois de sua mostra, quando saíram para bares e depois para seu árido sótão. Charles em casa, no apartamento de dois quartos em que moravam, examinando dossiês do trabalho na mesa dobrável onde comiam. Em que ela estava pensando? Eles riram, fumaram maconha e, embora ela particularmente achasse que seu trabalho era superficial, elogiava suas enormes telas brancas com traços oblíquos, inclinados, de massa branca em relevo. Ele estava vendendo para todos os colecionadores que importavam. Colchão no chão. O sexo foi inspirado. Muito mais do que sua arte. Ela foi para casa. Parecia que tinha caminhado na lua. Teve febre. O grande abraço e o sorriso de Charles. Ele havia feito espaguete e queria saber tudo sobre seu fim de semana. Como pôde fazer o que fez?

Mais tarde, soube que estava grávida. Ela não sabia se Charles era o pai. Agonia. Cyrus telefonando. Volte! Ela nunca lhe contou. Um ultraje — o DIU alojado dentro dela. Ela poderia deixar uma estúpida indiscrição de uma noite governar sua vida e a vida de uma criança? Ele/ela nasceria e ela estaria examinando suas feições? Quem é o pai? Não. Sozinha, através de uma colega da fraternidade que era enfermeira, ela arranjou um aborto. Foi sozinha para Charlotte, ostensivamente para visitar uma colega de faculdade. Depois do procedimento, ela passou a noite em um hotel do aeroporto, chorando e vendo filmes e comendo as castanhas do frigobar. Como pôde trair Charles? Ela não era confiável.

Tornou-se confiável. Todo aquele tênis. A generosa atenção com suas aulas. Ela mal podia olhar para o seu próprio canto de telas e tintas. Ela buscava a perfeição em seu lar, seu casamento, seu emprego.

— Abril — Matilde diz. — Quando os turistas voltam. A pequena galeria na *piazza*. Falarei com eles. Pode deixar as portas aqui por alguns dias?

— Sim, e quero lhe dar uma. Por favor, escolha.

— Não — Matilde responde. — Você não pode dar nenhuma delas. — A mesma reação de Rowan no Natal. Rowan. Muito tempo até ele voltar. Rowan de fato parecera impressionado. Matilde também.

— Matilde, *grazie*. Estou atônita. Totalmente empolgada por você ter gostado delas.

— Camille, você não faz ideia de quanto eu gostei. Vejo aí uma arte muito original.

Camille volta a pé para casa, devagar. Vai haver uma mostra! Julia dará um jantar de comemoração. Susan encherá a casa de flores e talvez Rowan já esteja de volta. Se eu tivesse ficado lá, ela pensa, *nada, nada* teria acontecido. Ela imagina suas portas de papel penduradas pelas paredes da galeria perto da *piazza*. As pessoas vão entrar e sair, assinar um livro de visitas, opiniões serão formadas, alguém pode querer comprar. Mas eu poderia vender? Como os artistas abrem mão de algo tão pessoal? Ou talvez as cinco freiras e minhas professoras na *bottega* sejam anomalias e ninguém mais vai gostar das obras. Eles serão educados e eu saberei. Espere, Rowan adorou-as, minhas amigas também, Charlie também, até mesmo Lara. Por que, depois de tantos elogios, eu não adquiri um maldito ego?

Como posso reparar isso?, refletiu. Da estrada, ela olhou para o vale distante, reanimado com os primeiros verdes da primavera, ondulações de sombras como pregas cinzentas nas depressões e o sol caindo rapidamente em sua própria luz dourada e diáfana. Ela tenta avistar a ponte romana secreta que Kit lhes mostrou, mas só consegue detectar a torrente branca da corredeira. Kit tem coragem. Kit segue em frente haja o que houver. As outras também. Todas sentem mais confiança em seu novo caminho do que eu, ela pensa. Não obstante, eu de fato entrei na minha arte. Estou exultante. Só tenho que me acostumar com a parte do público. Disponibilizar o trabalho.

Quando chega em casa, ela verifica suas mensagens. Matilde já programou a galeria local e contatou Rowan com jpegs de todas as portas de papel. Ele respondeu imediatamente, dizendo que iria preparar um catálogo. Ele quer que Kit escreva uma introdução. Ela tem três mensagens dele.

Julia mexe pensativamente uma panela de ragu, enquanto Susan está momentaneamente enlouquecida brincando com os gatinhos e um pedaço de barbante.

— Notícias monumentais — Camille anuncia.

Não há ninguém com quem ela mais quisesse comemorar além de Susan e Julia. Depois, ela lhes conta o que atrapalhou sua arte. O aborto *fácil*. Oh, sim. O embrião já morto agarrado ao DIU. Voltar para casa, para seu doce casamento. E, é claro, contou-lhes sobre sexo no sofá de Rowan.

Per sfizo: por diversão

Nestes dias mais amenos, Susan ataca o jardim. Ela está esperando para começar a mexer na *limonaia*, o depósito para limões durante o inverno, embora já não haja mais limoeiros. Ela pretende dar um jeito nisso assim que limpar o longo aposento de pedra. Grazia disse para jogar tudo fora, mas Susan vai ficar com a mesa redonda enferrujada, os velhos regadores, os arcos que aparecem no afresco da sala de jantar e as cadeiras de metal verde desbotado. Ela tira fotos de "antes" para o blog de design de jardins que criou. Levemente lixadas e com uma camada transparente e opaca de proteção, a mobília vintage parecerá natural para jantares de verão sob a pérgula. Leo diz que a mesa de madeira, um pouco bamba, pode ser facilmente consertada para jantar entre limões e laranjas. Susan limpa a superfície, resolvendo pintá-la depois com uma leve camada cinza. Grazia não faz a menor ideia de que estas coisas, até os regadores, custam uma fortuna nas feiras de antiguidades francesas.

Leo, que se lembra de como a *limonaia* era gloriosa quando ele era criança, oferece-se para ajudar.

— Eu costumava entrar lá só para respirar o perfume. Devia haver uns trinta limoeiros naquela época, todos nos antigos vasos de terracota clara. Tito e meu pai tiravam os vasos para fora no começo de maio, levavam para dentro outra vez antes de uma geada forte. No verão, ficavam ao longo do caminho de entrada.

— *Facciamo ancora* — vamos fazer isso de novo. Susan espera que seu italiano não seja atroz porque tem um som sexy.

Além disso, Susan não pretende jogar fora os garrafões de vinho, de vidro verde, ainda cobertos de palha trançada. Ela remove a palha apodrecida, revelando sensuais globos esmeralda, curvos como a nova barriga de Kit. Leo lhe mostra como limpar a sujeira de dentro. Ele coloca um punhado de pedrinhas com sabão dentro do garrafão, em seguida esguicha água para dentro. A parte difícil é sacudir o garrafão de um lado para o outro sem deixar que ele escorregue de suas mãos enquanto as pedrinhas esfregam o vidro. Ele enxágua várias vezes. Susan vai fazer um canteiro com esses garrafões. Alguns elevados em bases de pedra em diferentes alturas, ela decide. Ela varre, tira as teias de aranha com uma vassoura, arrasta vasos de plantas sujos de terra para fora e os lava com a mangueira. Em seu ramo de negócios, Susan sempre esteve do lado do patrão para colocar uma propriedade em forma. Estranhamente, vê que está adorando este trabalho. Os três gatos se lançam em montículos de poeira e cheiram os cantos da *limonaia*.

— Ah, vocês podem se mudar pra cá no verão — Susan diz a eles. — Você também, Archie. Saia já desse monte de lixo!

Agora, o pior trabalho: ela ataca o imundo piso de pedra, primeiro com uma vassoura, depois com a mangueira e uma escova de esfregar. Os gatos correm para o mato. Neste ponto, Camille e Julia, observando da cozinha, ficam com pena, trocam para calça jeans e galochas. A limpeza das portas da frente da *limonaia*, de ferro e vidro, usa todos os esfregões, limpa-vidros e vinagre de que dispõem. O vidro canelado brilha. Com as três trabalhando, e Leo consertando uma parede lateral de prateleiras arqueadas, a *limonaia* adquire uma outra aparência. A construção de frente de vidro se torna uma sala de jardim, galpão, um lugar para almoçar em um dia chuvoso. Susan aponta para a parte de trás.

— Camille, tem todo este espaço. Poderíamos fechar esta última terça parte para servir como um estúdio. Você poderia trabalhar com as portas abertas e sair para o jardim sempre que quisesses. A luz é espetacular.

Camille abre as portas.

— Fala sério? Vou pro céu!

Imediatamente, ela tem uma premonição de trabalhar em telas grandes.

Julia raspa a porta do forno de pizza perto da cozinha.

— Leo, você acha que isto funciona? — Estava tão coberto de hera que elas mal o haviam notado, até Susan ter mandado dois homens limparem o mato do jardim.

— *Certo!* — Leo ilumina o interior com a luz do seu celular, enfia a cabeça para inspecionar a abóbada de tijolos, intacta, e o assoalho liso do forno. — Luisa costumava fazer pão. Devemos acender um fogo para temperar o forno outra vez, antes de começarmos a assar a pizza. Ninguém usa isto há anos, a não ser as aranhas.

Susan já arranjou a entrega no final da tarde de três limoeiros grandes, uma quincã carregada de frutos e duas laranjeiras, todos em jarros. Ficarão dentro de casa, perto da mesa de madeira, até que não haja mais nenhuma possibilidade de qualquer geada. Outras plantas cítricas deverão vir, ela sabe.

꩜

— Inacreditável — Julia diz, enquanto os homens do viveiro arranjam os vasos em volta da mesa. — É simplesmente fabuloso. O ar fica impregnado da divina fragrância de flores brancas e cerosas. Está fazendo quinze graus. Vamos comer aqui fora hoje. Podemos ligar dois dos aquecedores que temos no banheiro. Vou alinhar uma série de velas na prateleira da parede dos fundos. Leo, você e Annetta podem vir? Farei a massa de limão e pistache que adoramos.

— Neste caso, tenho que consertar a perna da mesa.

Do depósito do andar de cima da casa, Susan, tendo levantado cedo, arrasta para baixo quatro cadeiras de mesa de jantar, diferentes entre si, cestos feitos à mão e caixas de vinho de madeira para a *limonaia*. Ela empilha dois caixotes para fazer prateleiras para pequenos jarros de plantas e pendura os cestos pela nova sala de jantar ao ar livre. Três garrafões verdes refletem a luz ao longo das portas de vidro. Na noite anterior, ela encomendou um tapete para área externa de um site italiano — grandes listras cinza e brancas — para ficar sob a mesa. Todo o centro da *limonaia* permanece livre para sua área de trabalho. Ela precisa de uma mesa para vasos de plantas. Vai comprar uma pá e brilhantes e novas ferramentas de jardinagem. Hora de começar a plantar sementes.

☙

— JULIA, VAMOS À cidade. Dia de feira! — ela grita.

— Já estou indo — Julia responde da janela aberta. Está falando com Chris, colocando-o a par dos progressos de Wade. — Isto está fora da sua agenda. Mas obrigada por ter dado o pontapé inicial. Fico feliz por ele estar indo e eu não. Espero que isto não soe egoísta. Eu simplesmente não posso. Já coloquei minha mão neste fogo muitas vezes.

Chris envia os detalhes de seu voo. Aterrissará em Roma em três semanas, parando em San Rocco para dois dias a caminho de Veneza, onde vai se encontrar com o grupo de Friuli.

— Vamos reconfirmar todas as reservas de Friuli e arranjar algum tempo para conversar sobre a turnê da Sicília no ano que vem — ele diz. — Mais do que tudo, quero sentar-me na *piazza* com você e ficar olhando aqueles prédios magníficos e ouvir você rir. — Depois que Friuli terminar, ele voltará à Toscana por alguns dias antes do grupo habitual da Toscana.

— Faz tanto tempo. Nós vamos nos reconhecer? Eu cuidarei da confirmação de todas as reservas, foi para isso que você me contratou! — Julia calça os sapatos. — Tenho que ir. Susan está doida para ir comprar uma pá.

— Uma pá?

— Você não vai acreditar no que ela fez com a *limonaia*. Essa mulher é fantástica. Nos falamos mais tarde? Mal posso esperar.

— Eu também. E eu a contratei por motivos muito mais maldosos, como você bem sabe.

Buganvília, uvas, figo-da-Índia

Um lugar para se esconder. O delicioso clima transmite uma alegria divina. Acordar com o aroma de flores de laranjeira e uma temperatura que diz *Você é minha, não se preocupe, eu sempre a acariciarei assim* — os poemas que estou escrevendo parecem tão naturais quanto flores de buganvília sopradas pela brisa para dentro do corredor. Só o ar fragrante já me faz sentir embalada no berço. Acima de mim, a abóbada azul se assemelha a uma xícara de chá de porcelana vitrificada invertida.

Capri, um labirinto de caminhos. Logo estou não em uma caminhada, mas um mergulho, para baixo, para baixo, para baixo, vertiginosamente, de uma forma feliz, amedrontada. Uma das atrações primordiais de Capri — escala. Em uma vida inteira, eu poderia conhecer a ilha tão bem quanto conheço o corpo de Colin. Conhecer cada alfarrobeira, cada muro de pedras com pés de alcaparra em flor, todas as eclosões de giesta amarela.

꩜

As casas (telhados curvos para captar a água da chuva) oferecem vistas de caminhos em zigue-zague, um mar transparente em camadas de esmeralda, lápis-lazúli, turquesa. Tão claro que sua mente parece igualmente clara. Se me mudasse para uma das casas brancas, logo estaria pintando as paredes de azul, colocando um jarro de manjericão perto da porta para manter os insetos afastados e dormindo durante as horas mais quentes do dia sob uma árvore. Depois de seis meses aqui, eu emergiria, finalmente, como uma escritora disciplinada. Eu desenvolveria músculos de aço nas panturrilhas. Glamorosa Capri, há muito um refúgio para párias e para os que fogem de escândalos.

A surpresa: a ilha apinhada de turistas oferece solidão. Longe da cena principal, você se depara com o *paradiso*. Aroeira, figo-da-Índia, pinheiro, asfódelo, murta. Teriam sido plantados pelas sereias que tentavam atrair Odisseu e seus marinheiros, que ficaram tão tentados que se amarraram ao mastro e continuaram a navegar?

❧

O QUE TRADUZ A essência deste lugar? Os guias de turismo não me dizem. Mas as ondas batendo nas rochas me dizem, a camisa azul do pescador proclama em altos brados, a sombra delicada de uma amendoeira em um muro branco rabisca suas respostas. Capri — vasculhando a ilha, inalando os aromas queimados do sol de hortelã-silvestre, de limão e do mar, fazendo amor sob uma luz madrepérola, brincando com a mulher que corta as ervas daninhas ao longo de sua cerca, memorizando uma explosão de buganvília cor-de-rosa e cor de abricó entrelaçadas em um muro áspero e branco, fazendo piquenique em uma praia de cascalhos e Colin inclinando-se para pegar uma uva quente que eu jogo na direção de sua boca aberta.

❧

SOMOS TÃO GLAMOROSOS QUANTO JACKIE com seus óculos de sol redondos, quanto o magro Frank Sinatra, o despreocupado Cary Grant. Ou assim nos sentimos. Colin em sua calça branca enrolada para cima, eu em um vestido de verão, amarelo e ondulante. A ilha faz questão de lhe dizer que você vive uma vida charmosa. Vejo isso em Julia, Camille e Susan, experimentando sandálias em Anacapri, em seguida contratando um táxi conversível e deixando seus cabelos voarem. Encontrando-as na *piazza*, onde já pediram drinques malucos, envolvendo suco de laranja vermelha, *bitters* e gim. Camille torceu os cabelos de mechas louras e prendeu-os no alto da cabeça. (Eu tiro uma foto e a envio para Rowan.) Julia comprou sabonetes dos monges cartuxos na forma de limões para Susan, que encontrou uma loja que faz lindas roupas de bebê. Creio que ela encontrou algo para nosso pequeno viajante. Essas três têm a qualidade #1 dos grandes viajantes: curiosidade. E elas se divertem.

❧

Todos nós descemos de Florença para Nápoles no trem de alta velocidade, depois tomamos o aerobarco para a ilha. Elas estão em uma casa elegante que Brian e Nicolà irão colocar em seu site de aluguel de imóveis. Susan já tem incontáveis anotações sobre o que os proprietários suíços precisam fazer para aumentar o nível para aluguel de imóvel de luxo. Livrar-se das flores falsas. Talheres melhores. Quem quer pratos brancos baratos e jogos americanos de palha a este preço?

Estamos aqui por quatro noites na estação abençoada antes de os turistas chegarem em massa. Esta será minha última viagem antes do que eles chamam horrivelmente de "confinamento". (Já estou com quase sete meses.) Colin pôde fugir do trabalho para esta maravilhosa escapada. Ainda que você não esteja precisando de um descanso, Capri lhe oferece um. Já estive aqui antes, somente uma vez, e em julho, quando a compressão de humanoides ao redor é puro inferno. (Mas ninguém nas lojas de grifes.) Por volta das quatro horas, as barcaças partem sem pressa, deixando uma população razoável. Na hora de coquetéis, você pode se convencer de sua sofisticação e beleza sob o toldo de qualquer bar na *piazza*.

Em sua luxuosa *villa* (*grazie*, Nicolà!) com um longo terraço com vista para as rochas Faraglione e uma extensão do mar, Julia está debulhando ervilhas frescas. Encontrou uma mulher do local para trabalhar com ela e que irá nos servir a uma mesa com uma vista tão esplêndida que nem tenho vontade de comer. Apenas ficar olhando as luzes cintilando na direção de Nápoles. Caminho até o muro que dá para o mar, puxando meu xale ao meu redor, saboreando meu ventre redondo e túrgido. Estar grávida com a pessoa que você ama. O que pode se comparar a isso? Ficar acima desta vasta expansão de águas, saber que você ama, que você pode amar, pode viver com seu amor. Colin roça o rosto contra meu pescoço.

— Você está bem?

Em seguida, ele busca corresponder às expectativas da noite, ajudando a servir as azeitonas assadas com alcaparras de Julia, seus espetinhos de *mozzarella* entremeada de tomates secos ao sol e manjericão, e depois dos drinques, forminhas de massa recheadas de camarões, ervilhas e três queijos.

Camille surge da cozinha com mais duas garrafas do vinho leve, local.

— Colin e as três encantadoras Graças! Chegamos até aqui, até uma pérgula com cachos de uvas pendentes. *Grappola*, um cacho. A sonora palavra faz você querer esticar a mão e pegar um. — Vejo Julia pegar seu iPad e registrar a palavra, uma anotação para seu *Aprendendo italiano*.

— Sim, sim — Colin diz. — Bem, Kit e eu ainda temos um longo caminho a percorrer. Estou pensando nos próximos dois meses. Mas esta noite será divina. — Colin instala seu alto-falante no pátio e toca todas as versões de *"Nessun Dorma"* que amamos. Ele fez uma jarra de limonada com hortelã e entusiasticamente bebe comigo. Não sinto falta de vinho a esta altura. Imaginar a senhorita Princesa bêbada me mantém cuidadosa.

Dançamos enquanto as constelações realizam seus arranjos. As Sete Irmãs, minha favorita. A Grande Concha derramando bênçãos sobre esta ilha. Colin tem que me segurar quase à distância do comprimento de seu braço, como valsistas do século XIX. Meu baile de praia. Nosso agitadorzinho em sua própria Gruta Azul — Blue Grotto. Eu adoro Capri. Por boas razões, nós, estetas e visitantes, migramos para cá para um sopro do ar que os deuses respiram.

De volta ao nosso B&B muito depois da meia-noite, ainda estou acordada. Nenhuma lua, mas o céu irradia uma tênue fosforescência esbranquiçada. Rouxinóis cantam nos arbustos. Pelos poemas, eu sempre imaginei um canto doce, penetrante e repetitivo. O que estou ouvindo soa como a troca da guarda. Alguém deve ter contado o número de padrões de sons e a que intervalos eles voltam a ocorrer. Um tagarela como um esquilo, outro soa como se estivesse martelando tachas, outros realmente têm o canto doce que eu esperava. Que charlatão. Acho que estou rindo quando adormeço.

Durante as manhãs, eu escrevo e Colin esboça ideias para um pavilhão, café e museu na água em Key West, oposto polar de Capri. Em nossas cálidas tardes, Colin caminha pelas trilhas íngremes e eu descanso em nosso pátio lendo *South Wind*, de Norman Douglas, um pederasta que atacava meninos locais. Repulsivo ele era, mas sabia escrever uma descrição evocativa da ilha. Eu tento encontrar palavras e expressões para admirar. Caso contrário, é fácil cair em uma adorável *siesta* com o sol nos meus pés e buganvílias misturando laranja, cor-de-rosa e magenta diante do ilusório mar Tirreno. O distante barulho das ondas repete *Tirreno, Tirreno*.

⁂

Na barca de volta a Nápoles, minhas costas começam a doer de uma forma estranha, como se eu estivesse sendo empurrada. Só estou carregando uma bolsa leve, Colin manipula as duas malas de mão. Sinto calor, e ninguém mais sente. Encontro um lugar para me sentar e deixo que a brisa forte sopre em meu rosto.

Embarcamos no trem de alta velocidade para Florença. No banheiro, sinto-me fraca. Um fio de sangue ralo mancha minha roupa de baixo. Quando retorno ao meu lugar, Colin está mergulhado em seus arquivos, mas levanta-se com um salto.

— O que houve, amor? Parece doente. Está se sentindo mal?

— Quando chegarmos a Florence, temos que ir imediatamente à minha médica. Pode ligar para ela? — Eu lhe conto sobre o sangue.

Estou junto à janela e posso esconder meu rosto. Não quero me mexer. Entrelaço as mãos debaixo do meu bebê. Fique aí. *Fique aí.*

Colin mantém o braço à minha volta e, com a mão livre, começa a procurar sintomas em seu celular.

— Tem certeza de que não foi a bolsa d'água que estourou?

Posso ver em seus olhos a perspectiva horripilante de o bebê nascer no trem.

— Não — eu digo, tentando ficar calma. — Só um pouco de sangue. E os lados do meu corpo doem. — Nesse exato momento, relâmpagos de dor disparam do meu diafragma até minhas pernas. Ele deixa uma mensagem para a enfermeira: *Emergência. Chegaremos por volta das 14:30.*

Olhando para a tela do celular de Colin, vejo *placenta prévia* e *início normal do trabalho de parto*. O atendente oferece drinques, eu peço uma Coke, achando que possa acalmar minhas entranhas. O remédio de minha mãe. Em pouco tempo, estou vomitando no banheiro. Julia me viu passar pelo corredor e me seguiu.

— Você está bem? — Ela bate na porta.

Eu respondo bem, sim, bem, não, não estou bem, e destranco a porta.

— Tem algo estranho. Ligamos para a médica. — Eu conto a ela sobre o sangue e a dor. Estou me lembrando da subida pelo caminho estreito até o ninho de águia delas em Capri, erguendo meu peso a cada degrau e apoiando-me no corrimão, o pensamento fugaz de que talvez eu não devesse estar fazendo aquilo, depois descendo mais tarde, quando voltamos para nosso hotel, uma espécie de distensão contra a qual meus joelhos e minhas costas pareciam se rebelar. Depois, eu fiquei bem.

— Você vai ficar bem. Essas coisas acontecem o tempo todo. Sei que é assustador.

— Não acontecem o tempo todo nos últimos três meses.

— Humm, bem, às vezes. E sexo pode causar sangramento.

— Não vamos entrar neste pormenor.

— Iremos com você.

— Não, Colin vai. Mas como vocês vão voltar a San Rocco? — Colin deixou seu carro na garagem de estacionamento da estação de trem.

— Vou ligar para Gianni agora mesmo. Não se preocupe. Você nos dá notícias?

⁓

O EXAME MÉDICO MOSTROU que o bebê estava com os batimentos cardíacos acelerados. O sangramento parou, depois recomeçou com coágulos. Eu estava ligada a um IV. (Vou poupá-los de meus pesadelos.) Ela me manteve internada no hospital até o dia seguinte. Colin se culpava, mas eu lhe assegurei de que podemos fazer amor (embora particularmente, algo a esse respeito começa a me parecer um pouco estranho.) Quando acordei hoje de manhã, senti cólicas, como se estivesse para ficar menstruada.

Quando a dra. Caprini me visita, ela diz que eu poderei ir embora no fim do dia se não houver mais sangramento, mas que ela quer que eu permaneça na cama em casa agora. Posso me recostar em uma poltrona, tomar banho de chuveiro, mas ela adverte: nenhuma atividade. Temos que ver se o bebê está querendo nascer agora. *Fique aí*, eu comando. Permaneça onde está, pequenino/pequenina. No lugar.

⁓

— OLHE PELO LADO BOM — Colin começa.

Eu o interrompo:

— Não, o lado bom *não* é que eu vou poder me concentrar em escrever. Se isto não tivesse acontecido, eu poderia fazer isso de qualquer modo. E que você estará cozinhando, ha! Vamos ter muito queijo grelhado.

Eu de bom grado ficarei deitada se isto ajudar o bebê a chegar ao fim da gravidez normal. Eu posso ler. Camille diz que me dará aulas de desenho. Posso trabalhar no projeto Margaret. Posso assistir a *telenovas* espanholas, o que é exatamente o que eu quero fazer. Estou profundamente abalada. Enquanto Colin assovia na cozinha, eu estou chorando no meu travesseiro.

❦

O frango de Colin não é ruim, mas não é bom.

— Julia vai nos ajudar. Ela já trouxe mais de seis potes de seu ragu congelado. Quando você come ragu, já está jantado. Disse que vai voltar mais tarde com *minestrone*.

— Energia de imigrante!

❦

Sinto-me bem, mas insegura. Um dia que passo arrumando minha escrivaninha é um bom dia. Não levantar nenhum peso, nem dicionários. Na pilha da correspondência, encontro uma carta com o endereço de um remetente de Richmond. Caligrafia confiante, sólida. Tinta de verdade. Calhoun Green. Não tenho certeza se posso lidar com o drama de Margaret hoje. Coloco-a no parapeito da janela e admiro minha fileira de roseiras começando a brotar ao longo do alto muro de pedras. Albertine, minha bela trepadeira rosa-coral; Rainha Elizabeth, que não consegue decidir se é uma trepadeira ou apenas uma roseira insubordinada; a decadente Éden, também conhecida como Pierre de Ronsard; e a Albéric Barbier, a rebelde que apresenta botões amarelos bem fechados apenas para se abrirem na cor de *gelato* de baunilha. Eu preciso dar mudas de todas elas a Susan. Quando estiverem em plena floração, estarei levando meu bebê para passear ao longo do muro, a trouxinha em um cobertor respirando pela primeira vez os perfumes das rosas? Outra vida.

Enquanto isso, envio novos poemas a revistas, organizo meus arquivos sobre Margaret e respondo a meus e-mails. Eis um convite tentador para uma leitura em Nashville em outubro. O bebê terá quatro meses. É difícil se comprometer quando não faço a menor ideia de como serão nossas vidas na ocasião. Londres? Miami? Aqui? Puxo minha manta de seda ao meu redor, aprumo dois travesseiros e ligo em *Grand Hotel*. Fitzy geralmente demonstra um desdém digno de um deus do Olimpo, mas agora pula para cima da cama e estica seu corpo branco e sedoso ao longo do meu. Instinto animal. Que seu ronronar acalme meu inquieto *bambino*.

Mudanças provocam mudanças

Uma carta é deixada pelo carteiro. Uma resposta.

Cara sra. Raine,

Obrigado por enviar a carta que encontrou entre os papéis de Margaret. Não pode imaginar o impacto. Deve ter travado uma luta consigo mesma sobre mandar ou não estas notícias para mim, notícias retidas por muitos anos. Eu poderia jamais ter tido conhecimento da existência de Colin. Seu nascimento, sua vida, sua morte, tudo isso caiu sobre mim com uma devastadora tristeza. Faz muito pouco tempo. Como tudo isso se acomodará, eu não sei.

Posso dizer com clareza: deixar Margaret sair da minha vida foi o erro do qual me arrependerei para sempre. Em minha cabeça dura, eu sabia que ela era mais do que eu poderia ter. Minha vida já era predestinada. Pensei, na época, que seria uma vida clara e regulamentada, um legado como prataria com monograma. Aos vinte anos, era o que eu queria. Eu amava o lugar de onde viera e os valores da minha família. Ela nasceu para vagar, pensar grande, se arriscar. Uma garota divertida, iconoclasta, desafiadora. Ela me amedrontava na época.

Agora, isto. Vejo o quanto ela era mais forte. Que a independência agressiva era muito mais do que eu compreendia. Como era corajosa. Que tolo eu era. É difícil escrever sobre isso, difícil admitir, mas uma parte de mim sempre se pergun-

tou se ela teria levado o aborto a cabo. Essa palavra era revoltante para mim. No entanto, minha própria e frívola autoproteção me impediu de fazer o que era certo. Para aumentar a vergonha, eu estava apaixonado por ela. Em retrospecto, minha cabeça devia estar em um torno; eu não compreendo o rapaz que pôde deixá-la ir embora sozinha dessa forma. Dois meses depois, eu tentei entrar em contato com ela. Quando seu pai atendeu à porta, ele não tinha a menor ideia de quem eu era. Ela não lhe disse o nome do desgraçado que a decepcionou. Ele disse que ela estava viajando, sem volta, e que ele não tinha informações de contato na época. Não deixei um recado ou número para lhe ser entregue. Segui em frente, para a faculdade de direito, casei-me com uma adorável jovem do lugar. Não temos filhos.

Talvez você se importe com esses detalhes, já que sua carta diz que você está escrevendo sobre Margaret. Eu segui seus livros. Ela era tão notável quanto eu esperava que fosse. Como meu comportamento tinha sido abominável, eu nunca escrevi, nem sequer para dizer que escritora maravilhosa ela era. Certa vez, quando ela fez uma leitura na National Geographic em D.C., eu compareci. Meu assento era nos fundos e ela nunca soube que eu estive lá. Não posso dizer que passei a minha vida inteira me lamentando, não o fiz. Águas passadas, e tudo isso.

Fiquei obcecado pela última linha de sua carta: "Agora você pode — e não falo com ironia — ter a honra também." Você é escritora, portanto provavelmente, se isto tivesse acontecido com você, você poderia expressar o que eu não consigo. Conheço meus limites. Eu de fato tomei outro rumo. Espero que se refira à palavra "honra", que Margaret obviamente escolheu com cuidado.

Uma semana depois de ter recebido a carta, liguei para Edward Knowles em Nova York. Ele e sua mulher, Amanda, concordaram em me receber. Voei para lá no dia seguinte. Eles conheciam o nome de nascença da mãe, tinham até mesmo acompanhado sua carreira esporadicamente. Recentemente, haviam contado a Colin sobre ela em um breve esboço. Ele planejava entrar em contato com ela. Ele queria, disseram, saber por que ela o deu para adoção.

Eu vi fotos, um retrato, um livro de bebê. Um belo menino. Li os relatórios sobre seu desempenho escolar. Brilhante em tudo, exceto francês.

Vi seu quarto, ainda intacto, com um closet cheio de equipamentos de escalada, raquetes, snorkel e equipamentos de mergulho. A foto de uma namorada que assustadoramente se parecia com Margaret. Em resumo, fui apresentado ao meu filho e acredite-me fiquei arrasado. Os pais e a filha deles, também adotada, adoravam Colin. Ele mereceu todo o amor com que o cobriram.

Sra. Raine, ficarei mortificado e entristecido por isto pelo resto da minha vida, e, no entanto, estou feliz por ter tido conhecimento deste garoto que agraciou o mundo por dezesseis anos.

Respeitosamente,
Calhoun Green

Colin e eu relemos a carta inúmeras vezes. Somos velhos para ser pais pela primeira vez. Sim, Calhoun foi fraco, mas tinha vinte anos, ainda não estava completamente formado. Margaret tinha vinte anos e teve que formar a si própria. Pelo que sei, este foi o acontecimento decisivo que moldou a sua vida. A coragem que teve na época resultou na bravata de sua vida adulta. A rejeição, a traição lhe deram uma noção deturpada de confiança. A perda deu aos seus olhos aquela profundidade de uma alma antiga que se via neles. Que o pior tivesse acontecido lhe deu uma despreocupação com o futuro.

Desencavei o que ela havia escrito sobre seus casamentos. Mais dois destaques na coluna das traições! É um pouco insolente. *Não pode me atingir.*

Ela escreveu:

Conheci Jamie Sonnenfeld na primeira noite em que voltei da Europa. Meu pai estava recebendo clientes e me pediu para ir. Jamie era o advogado renegado de uma firma de Chicago. Ele assumia os casos mais arriscados e, segundo papai, era conhecido por ser agressivo e exibicionista no tribunal. Meu tipo de homem, pensei. Eu adquiri uma violenta infecção intestinal, juntamente adquirindo Jamie durante o verão. Nós nos casamos na mansão de seus pais no Natal. Fiquei deprimida com a falsa mobília Luís e a risada alta e estridente de sua mãe. Ela caminhava como um cisne em terra. O pai parecia alguém com os olhos abertos dentro d'água. Ele me disse em voz baixa: "Jamie deu um passo maior do que as pernas." Jamie, o centro das atenções. À mesa, presumiu-se que ele tomaria as rédeas e nós o seguiríamos. Ele era espirituoso e inteligente, mas *nós* não podíamos ser. Ele acabou mostrando-se um narcisista que achava que a minha atividade literária era um transtorno temporário como a persistente infecção.

Por que recontar a saga? Os casamentos infelizes são sempre iguais? Dezoito meses, as cortinas descem. *Valete ac plaudit*, como os romanos diziam. Adeus e aplausos. Sai Margaret sem uma mesura.

Meu segundo casamento foi anunciado da seguinte forma: Margaret Ames Merrill usou um conjunto de seda *mauve* quando se tornou a mulher de Henry Elton Hodges III, ontem, às cinco da tarde, na Igreja Episcopal Saint Joseph. Seu colar de pérolas pertenceu à sua falecida avó, do mesmo nome. Seu chapéu era um cloche branco, alegrado por um ramo de violetas.

Isso é engraçado? Os cloches assumindo total precedência sobre o noivo, que só é mencionado outra vez no terceiro parágrafo. Previsível. Algo sempre vem antes de Henry.

Ficamos casados por dois meses. Discutimos na nossa noite de núpcias sobre reservas de trem e ele me deu um tapa na orelha. Chocada, eu o chutei entre as pernas e pedi outro quarto. Nós nos reconciliamos em parte no dia seguinte e pegamos o trem para a Flórida. Isso também não foi bem. Como Jamie, Henry só se preocupava com Henry. Talvez fosse a época. Logo eu estava ao telefone, falando com meu pai, que repetia como Henry vinha de uma boa família. Ele esperava desesperadamente que, depois dos "problemas" e da "personalidade volátil" de minha juventude, eu estivesse no caminho para uma felicidade normal, um estado de espírito que ele também não havia alcançado, já que minha mãe havia fugido com o podólogo da Índia Oriental que ela consultara por causa de seus joanetes. Pobre papai. Eu me separei, deixando a personalidade de Henry "desarranjada", segundo seus psiquiatras.

Os dois maridos eram *wasps* (*white, anglo-saxon and protestant*), brancos, anglo-saxões e protestantes. Ambos estudaram em Yale. Meu pai achava que minha independência era um desafio grande demais para os dois homens. Mas ele estava errado. Suas psiques eram fracas demais para perceberem que a minha independência era um bônus para eles.

Efeitos colaterais? A aceitação de que meus talentos não eram ostensivamente domésticos/matrimoniais. Ficar sozinha tornou-se algo que eu apreciava. E aguentava. Artigos a meu respeito sempre dizem "evasiva", "exigente", "independente". Não é verdade. Só não estou disposta a me submeter ao controle arbitrário. Logo voltei para casa, fiz as malas outra vez, desta vez para a Europa. Para sempre. Eu estava achando a vida americana, como disse H.L. Mencken, "um solvente poderoso". *Bye-bye.*

<hr>

Nem uma palavra de felicidade matrimonial. Nenhuma torrada trazida à sua cama em uma bandeja. Nenhuma citação de cartas de amor. Nenhuma referência a uma dor. Tudo aguçado como fio de navalha. Não fazer prisioneiros. Margaret golpeia fundo, até a verdade subcutânea: suas psiques eram fracas demais para perceberem que a minha independência era um bônus para eles.

Tangos

Elas adquiriram o hábito de compartilhar as novidades durante o café da manhã. Problemas familiares são evitados, assim como política — perturbadores demais tão cedo. Somente resenhas de livros, estreias de arte, artigos alimentares, viagem, notícias em geral, e naturalmente os pequenos assuntos: quem vai fazer as compras, quem vai levar os gatos para as vacinas e qual era aquele website sobre raviólis com brotos de urtiga porque eles estão nascendo nas valas.

Deixaram de lado as mensagens na última semana. Depois de Capri, as manhãs são vagarosas. Acham agradável demorar-se em um segundo cappuccino, embora Camille não só tenha trabalho que quer fazer, como há detalhes para resolver sobre sua exposição. A galeria está simplesmente disponível para aluguel, sem nenhuma equipe de empregados envolvida. Ela tem que cuidar da publicidade (alguns *flyers* pela cidade e um e-mail a todos os seus conhecidos), a colocação de suas obras nas paredes e encontrar alguém para ficar na galeria durante o horário de funcionamento.

Chris deve chegar esta tarde. Parando rapidamente em San Rocco, ele está hospedado no hotel de Luca e Gilda. Em preparação para a sua chegada, Julia começou a pesquisar locais de interesse perto das vinícolas que escolheu na Sicília, e como um giro de uma semana pela ilha deverá acontecer.

Ela se apaixonou por *O leopardo* e espera que algum remanescente daquela majestosa e primitiva Sicília ainda exista.

Susan faz ovos mexidos. Em grande parte, elas adotaram o hábito italiano de não comer no café da manhã, mas ela está faminta. A perspectiva de uma manhã de trabalho no jardim a deixa faminta por antecipação. Agora todos querem ovos e torradas. Manhãs de domingo com Aaron e as meninas, jornal espalhado, a conversa, algo derramado, o antecessor de Archie como filhote, geleia grudenta, janelas embaçadas por causa do ar-condicionado, o robe de tecido aveludado azul que ela usou durante anos. Ela bate os ovos até formar uma espuma e despeja a mistura em uma frigideira quente. Ela serve os pratos, em seguida abre o laptop. Molly! Sua amiga da Artful Dodge Antiques em Chapel Hill, oh, ótimo, ela está sugerindo que devemos nos concentrar para a próxima remessa de contêiner. Humm. Ela lê em voz alta:

Seria ótimo poder adquirir uma parte desse material juntas. Eu posso aparecer aí por uma semana e poderíamos ir em busca de artigos pela Toscana. Estaria bem para você assim? Diga quando. Colocaremos todas as novidades em dia. Saudações,
Molly.

— Ah, meu Deus, uma semana. — Susan ergue os olhos. — Acho que seria divertido. Seria divertido.

— Que coincidência. Acabo de receber isto da minha vizinha em Savannah — Julia diz.

Querida Julia, isto vai explodir como uma bomba. As meninas vão bem. Bill e eu, não. Após trinta anos, ele está saindo deste casamento. Com todos os seus problemas, eu não a mantive a par sobre o nosso declínio. Tentamos várias estratégias. Fins de semana separados. Não vou entediá-la com isso. As aulas de tango pareciam uma opção romântica. Acho que foram. Que degradante ter que dizer que ele está fugindo com a professora de tango. Não estou brincando. Não se pode inventar algo assim. Gostaria que você estivesse por perto. Você poderia considerar me receber como visita por umas duas semanas neste outono? Preciso resolver algumas coisas e me reorganizar. Todos sabem sobre Wade e a jovem. É verdade que ela é menor de idade? Como tudo isso se tornou público em nossa adorável comunidade? Diga-me e, se não estiver ok, eu certamente compreenderei.

Com amor, Alison.

— A professora de tango! Vão sair dançando tango rumo ao pôr do sol. Que humilhante! — Susan diz, sacudindo a cabeça. — Idiota! O que está pensando?

— Galos velhos querendo cantar — Camille diz, com uma gargalhada. — Ah, eu sei, não é engraçado. Mas *é* absurdo. Acho que você consegue reconhecer algumas coisas melhor quando é mais velha: não vai funcionar com a professora de tango, simplesmente não vai.

— OH, e isto, mais notícias.

Julia lê:

Querida Julia, Saudações de Bodrum, onde estou repousando depois de torcer o tornozelo de umas dez maneiras diferentes. Vou ficar bem, mas estou considerando uma trégua antes de continuar meu projeto. Você disse para eu ir visitá-la. Estaria disponível para uma ou duas semanas? Devo procurar um aluguel de temporada para organizar meus arquivos e até mesmo começar a trabalhar em um artigo longo. Vocês estão bem instaladas e felizes aí? Tudo de bom, Hugh.

Susan rola a página e encontra:

Querida Susan,

Espero que se lembre de nós. Compramos a histórica casa Baskins em Franklin de você. Ouvi falar de sua interessante mudança de vida através de sua colega Becka, que me deu seu e-mail. Nós estamos indo à Toscana passar férias, muito necessárias. Adoraríamos ficar com vocês por dois ou três dias. Adoraríamos levá-la para jantar. Seria divertido colocar as novidades em dia. Diga-me se em meados de junho está bem para você. Arrivederci, espero que isso esteja correto! Terry e Bob Morain.

❧

— E por falar em absurdo. Quem *são* estas pessoas com tanta ousadia? Colocar que novidades em dia? Lembro-me deles como pessoas bem agradáveis, porém nunca nos relacionamos socialmente depois da venda. O quê? Eles querem me *visitar*?
— Kit diz que nunca lhe faltarão amigos se você tiver uma casa de férias em um lugar fantástico. A notícia se espalhou. Surpreende-me que tenha levado tanto tempo — Camille diz. — Eu também recebi um desses na semana passada. Deixe-me encontrá-lo.

Cara Professora Trowbridge,

Lembra-se de mim, de Art101? Estou indo para a Europa com Amy & Rick, que também estavam nessa classe. Foi um excelente curso, agora veremos a arte pessoalmente. Espero que este ainda seja seu e-mail e que possamos passar por aí e fazer-lhe uma visita. Se puder nos hospedar, seria incrível. Poderíamos ajudar com os afazeres! Estaremos viajando durante todo o mês de julho. Esperamos vê-la. Você é uma professora fantástica.

Dylan Schultz

— Dylan era um amor. Nunca soube a diferença entre *your* e *you're*, mas adorava as paisagens holandesas. Ah, se a vida fosse tal que pudéssemos dizer simplesmente a todas essas pessoas: sim, venham, a porta está aberta, fizemos as compras, cozinhamos e limpamos e colocamos flores em seu quarto. Fiquem. Fiquem quanto tempo quiserem!
— Sério, precisamos de uma política. Algo como bons amigos três dias, família tudo bem, se planejarmos com antecedência. Esta é uma das áreas sensíveis de morar junto. Você pode não querer meus convidados ou eu os seus. — Susan já está respondendo a Molly. —

Estou dizendo a ela, se estiver tudo bem com vocês, que ela deve vir aqui por dois dias e depois sairemos em uma viagem de carro.

— Tudo bem. Ao menos a casa é grande. Podemos nos referir principalmente a um *agroturismo,* são maravilhosos e têm piscina. E precisamos afiar nossas habilidades de dizer não, algo em que nenhuma de nós é boa. Assim, não a alunos, não a proprietários de casas históricas. Mas, Julia, vai deixar Alison vir, não é mesmo? E Hugh, oh, sim, seria ótimo ver Hugh.

— Sim, Hugh. Ele não vai ser nenhum problema e tenho certeza de que, depois de duas noites, ele ficará feliz em se mudar para a cidade. Mas Alison, não por duas semanas, de jeito nenhum. Ela é minha amiga, mas, como não posso infligir uma convidada a vocês por tanto tempo, colocarei a culpa em vocês! Você trabalha em casa. O que é absolutamente verdade. Todas nós; não estamos simplesmente de férias. A regra dos três dias. Depois disso, ela vai adorar o hotel de Luca e Gilda. Spa, aulas de culinária, degustação de vinhos. Tenho certeza de que ela ainda terá os cartões de crédito daquele bozo. Ele tem muita culpa nessa história. Não vai protestar. Nós a receberemos, é claro.

— Nós conseguimos alinhavar algumas boas diretrizes. Só estamos aceitando três hóspedes, além de Charlie, que acho que virá para a minha mostra. Rowan e Chris, mas não acho que vão ficar aqui. Vamos ficar bem.

— Ei, esperem. Minhas filhas. Aqui, Eva diz que não podem ficar longe. Resolveremos isso depois. — Susan continua a leitura para notícias mais dramáticas. — Eva e Caroline vão à China para procurar seus pais biológicos. Ela quer saber onde estão os papéis de adoção e se eu assinei algum acordo de sigilo. — *Não se preocupe,* Eva a tranquiliza. *Só queremos saber. Estaremos levando o resultado de nossos exames de DNA.*

Ela responde imediatamente:

Cara Eva, realmente, venha. Quando quiser. Mantenha-me informada, já que há muita coisa em andamento por aqui e teremos que acertar as datas. Vocês terão que ir ao cofre de aluguel do banco para os documentos da China. A chave está na gaveta da direita da minha escrivaninha e os nomes de vocês duas estão na permissão para acessar o cofre. Há muitos anos que não os vejo. A senha é Waretear. Digam-me quando irão. Posso mandar abrir e arejar a casa.

Xxxx

Susan recolhe os pratos e coloca-os na máquina de lavar louça. Depois de todos esses anos, por que agora?

— Tenho que correr. Tenho hora marcada para cortar o cabelo. Chris quer tomar um drinque na cidade, depois vamos jantar no hotel. Querem que eu traga alguma coisa da cidade?

— Obrigada — Susan diz. — Podemos cozinhar, querida. Fiz isso durante anos antes de termos você como chef. Estou em uma excelente fase. Esta noite, farei meu prestes-a-ficar-famoso bolo de carne da Carolina. Camille e eu vamos nos deleitar com uma noite tranquila.

Sem nenhuma turbulência no céu, ainda assim o voo da Califórnia parece infindável, o balcão da firma de aluguel de carros sempre apinhado de gente e a saída do aeroporto, depois de dezenove horas de viagem, nada fácil. Depois, duas horas até San Rocco, o rádio a todo volume para mantê-lo acordado, com apenas uma parada em um Autogrill para um expresso duplo. Por fim, a entrada serena no Hotel Sant'Anna.

Depois de beijos e abraços de Luca e Gilda e de metade da equipe, Gilda pede massa para ele da cozinha, que Chris devora. Ele começa a explicar os detalhes da turnê da Toscana, mas Gilda lhe diz que Julia já determinou a seleção de cada quarto, a agenda da escola de culinária e a hora de pegar os clientes. Tudo que ele tem que fazer é comparecer.

Julia chegará às cinco. Ele já pediu a Luca uma garrafa de Prosecco gelado e flores em seu quarto. Romântico há dias, ele trouxe algumas velas votivas. De repente, sentindo bastante a diferença de fuso horário, ele telefona para Julia.

— Estou aqui. Estou esperando.

Ele toma banho, descansa por duas abençoadas horas de sono profundo, depois se encontra com Julia no jardim do terraço. Ela está usando uma blusa cor de laranja transparente e calça branca. O que ela fez com o cabelo? Está mais comprido, presos para cima de cada lado. Ele a vê antes que ela o veja, mas quando o faz, seu rosto se ilumina, e então, como se percebesse o quanto deixou transparecer, ela cobre o rosto com as mãos por um segundo. Rindo, ela abre os braços enquanto ele abre os dele e eles se lançam um contra o outro.

— Sabe que você sorri com os olhos?

— E você sorri com o corpo todo.

A última coisa que ele quer é dirigir, mas anseia sentar-se na *piazza* com Julia nesta noite de primavera e conversar, conversar. Gilda planejou um jantar espetacular — raviól025 com borragem, faisão cozido com frutas secas e tomilho, aspargos e a sedosa *panna cotta* de Gilda com morangos silvestres.

⁂

VIOLETTA TRAZ UMA BANDEJA com duas taças de Prosecco à mesa deles. Ela beija e abraça Chris, depois Julia, a quem ela já beijou e abraçou mais cedo. Violetta serve tigelinhas de azeitonas e batatas chips.

— Já pensou que talvez haja beijos demais por aqui?

— Melhor do que sacar armas o tempo todo — diz Julia, rindo. Primeiro brinde de muitos.

— Às nossas aventuras, todo tipo de aventuras. — Chris toca a taça de Julia com a sua. — Não amamos tudo isso? Não amamos como o sol bate nas pedras no final da tarde? Elas parecem ter uma camada lustrosa, como se fossem enceradas. — Ele faz um gesto largo indicando a *piazza*.

— Sim. Sempre estou tentando imaginar se haverá alguma marca de solstício ou equinócio, ou se os romanos apenas se sentaram aqui, bebendo hidromel até perderem a noção do tempo. E deixe-me brindar a você imediatamente por fazer aquela viagem para procurar Lizzie. Foi muita gentileza de sua parte fazer isso por mim.

— Vamos esperar que Wade a encontre. Vamos falar de seu livro! Sobre a minha partida para Friuli com uma van cheia de mulheres enlouquecidas de férias. Sobre Susan e Camille. Rowan. Archie! Tudo. Conte-me tudo.

Cinco meses se passaram.

Carpe Diem

— Eu cuido das flores. Que flores combinam com portas de papel? — Susan pergunta. — Você quer austeras e esculturais ou diversificadas e caindo em cascatas? Rosas em vasos de cristal ou imensas extravagâncias renascentistas?

Elas estão decorando a galeria, deslocando a mesa para a parede junto à entrada, limpando peitoris empoeirados, deixando quatro cadeiras de braço em uma alcova onde as pessoas podem fazer uma pausa. As portas de papel irão se destacar nas paredes, não vão ficar amontoadas. Ao longo do centro do salão, seis das favoritas de Camille, suspensas por linha de pesca transparente, flutuarão no ar. Leo, que parece capaz de fazer qualquer coisa, e Valter, dono da loja de molduras, tiram medidas. Camille os vê olhando para seu trabalho com uma expressão que diz "que diabos será isso?".

Ela desencaixota suas portas e Julia a ajuda a distribuí-las pelo chão da maneira como quer que sejam penduradas.

— Estou gostando desta experiência faça-você-mesma. — Camille levanta duas portas para ver se ficam bem juntas. — Imagine simplesmente despachar seu trabalho para Nova York e só aparecer junto com o serviço de bufê.

— Eu sou a *caterer* e estou encantada com a minha parte. Você vai adorar minhas travessas de *antipasti*, que estou misturando com algumas guloseimas sulistas, como biscoitos de presunto e palitos de queijo.

— Vou tentar não deixar as pessoas notarem meu nervosismo. Mas eu *vou* usar meus sapatos de veludo vermelho. E Rowan está reduzindo suas últimas aulas para poder vir. Muito corajoso, eu acho, já que é seu último semestre como professor.

Susan tira três toalhas de mesa de uma caixa.

— Escolha qual você quer e eu farei as flores combinarem. — Ela estende uma Busatti creme, fabricantes da tradicional linha de cama e mesa toscana, em seguida uma de brocado cor de pêssego do estoque de Grazia e uma de *jacquard* renascentista, vermelha e dourada.

— Definitivamente a creme — Camille resolve. Susan já sabia qual seria sua escolha, mas tinha uma leve esperança pela dramática *jacquard*. — Muito bem, agora eu vou me divertir. Intervalo do almoço, vamos.

No restaurante de Stefano, elas pedem *penne alla Norma*. Camille pergunta a Julia:

— Como foi rever Chris? Talvez eu esteja me sentindo incerta em relação à chegada de Rowan. Você e eu de certa forma nos envolvemos com eles rapidamente, mas estou pensando agora: e se olharmos um para o outro e pensarmos *O que foi aquilo?*.

— Duvido. Ele é muito bacana e descolado. Com Chris, pode parecer improvável, mas nós retomamos de onde havíamos parado. Começamos conversando sobre as turnês, a Sicília e seu garoto indo viver em casa. Sinto como se já começasse a conhecer seu filho, que tudo será muito natural e, se não for, se mais tarde nos cansarmos um do outro, isso não vai acabar com meu mundo. Talvez seja minha noção deturpada de que este é um… não quero dizer relacionamento póstumo. É medonho. Mas esta vida *revisitada* tem que se desenrolar de uma forma serena e boa. Sinto como se ele fosse meu melhor amigo e por acaso também o acho terrivelmente atraente.

— Isso ele é mesmo — Susan concorda. Ela corre os dedos pelos cabelos, levantando as mechas espetadas. — Não que eu tenha me deparado com alguém além de Riccardo, e acho que ele é gay sem nem mesmo admitir isso para si próprio. Portanto, isto é teórico, mas parece que vocês dois estão descobrindo o que é o amor neste estágio. — Ela ri maldosamente. — Amor em época de pelos no queixo e hidratante vaginal! — Elas começam a rir tão alto que todos se viram para elas. — De qualquer modo, você fala como alguém que entendeu perfeitamente a situação. Os relacionamentos não são nada parecidos com o que qualquer uma de nós teve antes, essa paixão que faz você passar por cima dos defeitos, o arco de um longo casamento, a complacência confortável que se instala. As décadas e décadas onde ser parte de alguma coisa parece fundamental, mas também a divide em duas e três. — Ela bate as palmas das mãos uma contra a outra. — Fim da história. Agora é *aproveite o dia*. Pessoas que gostam de estar lado a lado, como você disse certa vez, Julia. Você não disse que imaginou você e Chris descendo uma rua desconhecida de braços dados? Eu adoro isso.

— Eu disse? Você é tão inteligente e sucinta, Susan. Mas isto a faz se sentir… o quê? Sozinha? O fato de termos esses homens em tempo parcial e você não ter conhecido ninguém? Bem, há Riccardo. Ele é interessante… quanto a açafrão, rosas, tradução e as engrenagens do Vaticano. Vocês têm muito em comum. Tem certeza de que ele é gay?

— Não me interessa. Realmente. Ele gosta de almoçar e dançar nas festas e é apaixonado por literatura e jardins. É um amigo, um bom amigo. Sexo? Na verdade, ele não me atrai desta forma. Quero lançar toda a minha, como vocês sabem, considerável energia nos meus interesses. Por enquanto, ao menos. Fico feliz por vocês terem encontrado ótimos namorados e talvez almas gêmeas. Não se preocupem comigo. Já passei muito da época em que achava que precisava de uma bicicleta para dois. Vocês vão comer sobremesa?

Julia leva Susan ao pé da letra. Camille dá de ombros. Portas de papel, ela pensa. Sempre se abrindo.

Pérolas

Rowan aluga um Fiat 500X, surpreendentemente pronto e identificado com seu nome. Ele se dirige para o norte, parando apenas em uma loja de vinhos em Orte, onde certa vez passou alguns dias e, em seguida, em seu apartamento na periferia de San Rocco. Fez um tempo excelente. Ele abre as persianas, deixando entrar uma luz intensa e repentina. Embora saiba que é constantemente alugado, o lugar parece intocado desde que ele saiu. Sua senhoria, Marianna, rabiscou *Benvenuto* em um pedaço de saco de papel. Que gentil — ela deixou frutas, pão, queijo e café. Ele toma banho e troca de roupas, vestindo o suéter verde que Camille lhe deu no Natal, depois se dirige diretamente à Villa Assunta. Está levando uma mala cheia de catálogos da exposição Portas de Papel — um trabalho tipográfico, com uma foto em alta resolução de uma das portas que Matilde lhe enviou na capa. Ela escreveu a introdução, fazendo grandes alegações quanto ao brilhantismo e originalidade da obra. Pelo aniversário de Camille, Rowan fez algo mais também, um livro costurado à mão para os presentes assinarem. Os papéis são aqueles que ele fez na *bottega*, com uma capa azul, mais grossa, com as iniciais de Camille gravadas e um desenho — mão em mosaico — pintado. Sente-se imensamente satisfeito em oferecer-lhe essas lembranças simbólicas.

Ele chegou uma hora mais cedo do que esperava. Não há ninguém em casa. Anda em volta do jardim transformado. A encosta do morro atrás da casa está avermelhada de jacintos e o narciso olho-de-faisão que sua mãe adora. Mais acima, papoulas e outras desconhecidas flores silvestres brancas e amarelas espalham-se enfurecidamente ao longo da estrada que leva à casa de Kit. Grandes vasos de limoeiros alinham-se ao longo do caminho de entrada, um toque senhorial, e a pérgula escorre com glicínias brancas. Camille lhe contou sobre os espaços de Susan criados a partir das velharias acumuladas na *limonaia*. Como as portas estão todas abertas, ele espia o interior. Que excelente lugar para uma gráfica de impressão fina. Luz. Ele tem um vislumbre do que seria trabalhar ali, ao lado de Camille. Piso firme de pedra — excelente para a pesada prensa. A partir de hoje, ele está liberado de suas aulas. A liberdade é um poderoso afrodisíaco. Que livros maravilhosos estão por aí à espera de que ele os publique. Depois de seu catastrófico casamento aos vinte e poucos anos e os dois relacionamentos essencialmente insatisfatórios após, ele está otimista sobre seus sentimentos por Camille. Ela tem a sua idade. Ele não quer uma mulher mais jovem; problemáticas demais e, quando jovens demais, que aborrecimento forçar a si próprio a continuar se mostrando entusiasmado sobre coisas sobre as quais você não se importa mais. E o forte anseio que desenvolvem por filhos. Ele sente uma pontada de arrependimento pelos dois filhos difíceis que não salvou. Não pôde. E outra pontada de raiva pela mãe deles.

Camille permanece jovem porque ela está recomeçando. Possui toda a empolgação e vibração de uma jovem de vinte anos, uma empolgação que ele também sente hoje. Ela entende suas referências. Ela pensa e lê — estende a mão para tocar o papel. Ela ainda é incrivelmente atraente. Uma imagem de seus seios se ergue diante dele, cheios e com bicos surpreendentemente pequenos e róseos. Tarde, mas ele tem certeza de que encontrou o amor sem grilhões pela primeira vez.

Lá, no fundo da *limonaia*, os cavaletes de Camille já estão armados. A parte do meio abriga os vasos e apetrechos de jardinagem de Susan. Ele se inclina para ler as etiquetas nas bandejas biodegradáveis onde ela plantou as sementes: cosmos, lisianthus, manjericão, capuchinha rasteira, equinácea. Na charmosa sala de jantar ao ar livre de Julia, ela já arrumou a mesa para a comemoração do aniversário de Camille esta noite com uma vibrante toalha de mesa de listras, uma terrina verde transbordando de jacintos amarelos e varinhas de marmelo. Essas mulheres do sul, gênios em hospitalidade, ou melhor dizendo, em amizade. Ele não vai dizer que afugentou um dos gatos ladrões (Ragazzo?) da mesa.

Um Alfa Giulietta, vermelho-sangue, para devagar no caminho de entrada e um homem alto e louro aparece. Charlie. Rowan sabe imediatamente. Seu sorriso, como o de Camille, um padrão, e quase sempre estampado no rosto. O mesmo nariz empinado e aristocrata.

— Olá! Você deve ser Rowan. — Ele se aproxima com a mão estendida.

Rowan retribui o sorriso.

— Que bom que você conseguiu vir para a mostra. Parece que não há ninguém em casa. E é um grande prazer conhecer o menino prodígio. — Que filho bonito. E é um artista.

— É um prazer conhecê-lo também. Falei com mamãe da autoestrada. Já estão chegando. Um probleminha de última hora em pendurar coisas do teto, mas acho que conseguiram convencer o dono da galeria a deixá-las pendurar. Ela disse para ir entrando. A chave está embaixo de um vaso perto da porta da cozinha. — Charlie sentiu uma pontada de dor por seu pai. Quem é este cara mais velho se intrometendo, talvez transando com sua mãe? Mas ele parece direto e presente. Charlie sabe a respeito da impressão fina e quer ouvir mais.

Há dez vasos perto dos degraus, mas Rowan acerta logo da primeira vez.

— Ao menos não é debaixo do capacho. Quem falou em enganar ladrões, hein?

— Estou em cima, em frente ao quarto de Susan. — Charlie começa a subir com sua mala.

— Não estou hospedado aqui. Tenho o mesmo apartamento do ano passado na periferia da cidade. — Rowan olha ao redor da cozinha, pensando no sofá de veludo cheio de protuberâncias em seu apartamento na noite em que ele e Camille voltaram de Bolonha. Quanta coisa mudou. A noite das joias roubadas, quando ele abraçou Camille, enquanto ela dormia, chorava, amaldiçoava e dormia. Que casa magnificamente bem vivida. Agora, até mais iluminada por dentro. Então, ele nota que todos os arbustos que obscureciam as janelas foram cortados. Ele não consegue imaginar as três em outro lugar. Ele fala alto para Charlie no andar de cima:

— Quer um drinque? Parei em Orte e comprei vinho e alguns queijos. Espero que passem na inspeção de Julia.

Charlie toma uma ducha rápida, penteia os cabelos molhados para trás e vai para baixo, abotoando a camisa. No mesmo instante, Camille abre a porta de par em par, encontrando-se com ele na base das escadas com um grande abraço dançado.

— Ah, você! — Ela vê Rowan na entrada e agarra-o também, ainda dançando. — Vocês dois estão aqui!

— Sim!

— E Chris logo estará aqui também. Está apanhando algumas coisas de última hora. Charlie, pode pegar aquelas duas últimas sacolas no carro? Rowan, vamos colocar alguma música.

Susan e Julia voltaram a pé da cidade. Estão tentando caminhar cinco quilômetros por dia. Julia ergue um punhado de aspargos.

— Veremos! Parece fibroso. Pode parecer um barbante.

❧

NÃO ESTOU EM CONDIÇÕES DE IR AO JANTAR pré-exposição na Villa Assunta esta noite. Da janela do meu estúdio, posso ouvir a comoção lá embaixo. Fragmentos de risadas, quem está tocando "Heart and Soul" ao piano? Em seguida, o locutor anunciando aos berros Pink Martini e Buddha Bar, alguns dos meus favoritos. Colin irá ao jantar (ele está feliz por poder sair do confinamento na casa?) e elas convidaram outros. Riccardo, Nicolà e Brian, não sei ao certo quem mais. Presa em casa, estou enviando um presente de aniversário. Embora Camille diga que jamais comprará joias de novo, ela não conseguirá resistir às pérolas da avó de Margaret que eu encontrei na mala. Imagino que Margaret ficaria feliz em saber do ressurgimento de Camille. Um aniversário importante e na véspera de sua exposição. Quero comemorar ambos.

Amanhã, poderei ir à abertura. Colin obteve a permissão da médica para dirigir até o centro (fechado ao tráfego), deixando-me na porta. Lá dentro, há uma cadeira para mim. Sou simplesmente uma inválida, mas até agora está funcionando. Não houve mais nenhum sinal de alarme.

O pequeno feiticeiro acalmou-se em sua agitação, parece dormir quando eu durmo. Obrigado! Fique aí. Cresça. Agarre-se com suas unhas, se necessário.

Eu só vi cinco dos trabalhos em miniatura de Camille. Não se assemelham a nada que eu já tenha visto antes. Pressinto que ela possui um instinto de que são bons, mas não a confiança de acreditar em tal verdade. Suas portas de papel são misteriosas, mistério envolto em mistério. Fazem-me lembrar de Emily Dickinson. Quem poderia imaginar que uma solteirona da Nova Inglaterra, escondendo-se na casa de sua família, tivesse motivos tão penetrantes, abstratos e ocultos? De onde veio a sua obra? Da infância. Estava lá desde sempre, mas não tinham escape. Nenhuma gasolina jamais atirada no fogo! Emily era mais óbvia em ocultar seu talento (aqueles fascículos de poemas enrolados em uma gaveta), mas um paralelo correto a uma mulher do sul, décadas mais tarde, tentando ocultar seu dom, telas literalmente enfiadas no sótão. As circunstâncias (sem dúvida) diferentes, mas através do tempo, uma mulher escondendo sua paixão, até mesmo se autoanulando. Certa vez, tarde da noite em Capri, Camille me contou sobre sua aventura em um loft de Nova York que mexeu com sua cabeça. Seus pais severos sempre lhe disseram para colorir dentro das linhas, ficar perto de casa, não correr riscos. (Arriscar-se/não ganhar nada.) O lema da família parece ter sido *Você vai se arrepender.* Ela cresceu andando sempre em rebanhos. Então, aquela única noite louca e bingo! Oh, eles tinham razão! Ela estava tão grávida como se tivesse dormido com dezenas de homens. Terrivelmente envergonhada e aterrorizada, sentiu a pesada letra A em seu pescoço. Ela queria sua vida com Charles. O que ela nunca esperara fazer, ela fez. A horrível palavra aborto, também um grande A. A culpa, o alívio, a nauseante sensação de traição — tudo se apoderou de seu corpo inteiro. Charles nunca soube. Ela convidou sua mãe para visitá-los por duas semanas. Sua mãe, que constantemente dizia *eu não faria, não faça, tenha cuidado...* Camille não suportava nem ver suas pinturas.

～

ESTAMOS ANSIOSOS PARA VER A EXPOSIÇÃO, ver o trabalho refletido de seu rosto — como vê suas portas com todo mundo olhando para elas. Independentemente da obra, alguns vão olhar fixamente para o vazio. Ao menos ninguém dirá que seus filhos poderiam ter feito melhor. Mas estamos na Itália, com uma longa e ampla vida cultural, onde o operário que só terminou o ensino básico cantarola *Aída* enquanto desentope o vaso sanitário. Os alunos do *liceo* captam referências a miniaturas persas e escultura renascentista, e muitos outros simplesmente responderão à complexidade e beleza penduradas diante deles.

Quisera estar à mesa deles esta noite. Mas também estou feliz em casa, ainda agradecida por nada terrível ter acontecido. Aprecio o tempo com meus travesseiros, meus livros espalhados ao meu redor e a deliciosa perspectiva de Colin trazer para casa notícias da alegre noite na *limonaia* e, melhor ainda, uma travessa prometida por Julia. Ele queria ir, mas também queria ficar em casa. Sua sala de pedra, agora terminada, o atrai para sua prancha, onde o empolgante projeto da Flórida começa a tomar forma.

A firma foi contratada pela Prefeitura de Key West para criar um pavilhão de observação do pôr do sol com um café e uma livraria de um lado e um restaurante do outro, realmente o melhor projeto que Colin já teve. Eu lhe falei da canção que todos os italianos conhecem: *"Una Rotonda sul Mare",* inspirada pelo pavilhão de dança redondo construído na cidade adriática de Senigallia. Ouvindo a canção e tendo um vislumbre do prédio branco e redondo nas ondas rasas faz você desejar ter sido um adolescente italiano de coração partido dançando ali sob a lua. Colin é bastante romântico para se deixar levar por tais canções sentimentais de vez em quando, e é inspirado pela arquitetura. (Não há a menor hipótese de Key West construir sobre as ondas.) Agora, ele toca a música enquanto trabalha. Sabemos que este projeto significa passar muito tempo na Flórida, assim que o projeto de construção começar.

Colin está atrasado. Talvez eu não possa esperar acordada pelo delicioso prato de degustação. Li algumas odes de Neruda a aspargos, meias, batatas, seus exaltados artigos comuns. Ele escreve frases como: *Quero fazer com você o que a primavera faz com as cerejeiras.* Ele sempre me deixa em um estado de torpor. Deixo o livro cair no chão.

A abertura de Portas de Papel

Matilde surpreendeu Camille. Ela não dissera que estava convidando artistas de toda a Toscana, donos de galerias de Florença, críticos e colegas de restauração. Camille achou que ela estaria "trazendo alguns amigos". Da minha cadeira, observo ondas de pessoas chiques, ligadas às artes, fluindo em meio à população local. Toda San Rocco está aqui, transbordando para a rua. Hora da festa. Chris circulando com as garrafas de vinho, Julia com pratos de deliciosos petiscos. Todos circulam pela sala, inclinando-se para a frente para examinar as portas de papel. Gesticulando para os companheiros e falando animadamente. Camille se posiciona para o lado com Rowan e Charlie. Ela parece espantada, olhando à volta como se esperassem algo dela, mas ela não sabe o que é. Seu filho, radiante, sorridente, é bonitão. Minha idade, mais ou menos. Pergunto-me se alguma daquelas jovens artistas *fashionistas* atrás dele poderia virar sua cabeça. (Minha impressão é de que ele atura uma mulher difícil de agradar.)

Matilde entra de braços dados com um homem em um terno americano. Ele balança a cabeça. Ela fala. Faz calor na galeria. Alguém abre as janelas da frente. Susan serve mais Prosecco. Julia e Anetta trazem travessas para a mesa e, como um barco fazendo uma manobra radical, o peso da sala muda em direção à comida. Gilda e Nicolà sentam-se comigo — empolgadas por Camille também. Uma galeria pequena em uma cidade pequena, mas a energia vibra. Camille — seus sapatos vermelhos! Ela é a dona do espetáculo. Cabeça erguida, cabelos presos na nuca, clássica, como Grace Kelly. E um vestido branco ajustado com um decote profundo. Linda aos setenta! Eu gostaria de ficar em pé e aplaudir. O comprido colar de pérolas de Margaret lhe cai maravilhosamente.

Colin se torna o fotógrafo oficial. Ele arruma grupos com os braços em volta uns dos outros, fotos individuais e *close-ups* das obras. Camille esbanja o máximo de sorrisos que consegue. Imagino se alguém já terá lhe dito que Sandro Chia está aqui. Sei que ela admira seu trabalho. Matilde o traz até mim e me apresenta.

— Camille ficará encantada em saber que você está aqui.

— É uma honra — ele responde. — É extraordinário o que está acontecendo aqui. *Signora* Raine, eu também admiro sua poesia. — Matilde certamente o colocou a par. Ele é arrastado por um artista de Florença que eu reconheço. Com sua aparência, em vez de artista, ele deveria ser modelo para a Dolce & Gabbana.

Lanço os braços ao redor de Matilde.

— Eu te amo por isso, você fez um milagre por Camille. Ela está nas nuvens! Que emoção para todos nós.

— Coisas boas vão começar a acontecer a Camille muito em breve. Há dois críticos aqui. E... — Julia estende uma travessa para elas e Matilde não termina sua frase.

— Fantástico. Você está ganhando uma estrela em sua coroa, minha amiga. — Colin tira uma foto de nós duas, Matilde parecendo uma deusa pré-rafaelita, eu parecendo uma grande bolacha.

Ninguém parece querer ir embora. Julia ainda passa as travessas de alcachofras fritas, *crostini*, espetinhos de *prosciutto* e melão. Todos comem, mas os italianos olham com desconfiança para os palitos de queijo e as bolachas. Charlie enche seu prato com eles e insiste com Rowan para experimentar. Quando a sala finalmente começa a se esvaziar, tomo o braço de Colin e dou uma volta, observando cada porta de papel.

— Vamos comprar uma. Onde está a lista de preços? Poderíamos pendurá-la em seu novo estúdio.

Colin atravessa o salão até o livro de visitas e volta.

— Não há lista de preços. Apenas uma observação ao lado do livro que diz para entrar em contato com Matilde depois da abertura. Do que se trata?

— Tudo isso é muito novo para Camille. Imagino que ela não queira se desfazer delas ainda. Qual você escolheria, se pudesse escolher? — Paramos diante daquela que eu vi o florentino de terno apertado examinando mais cedo.

Nós dois amamos esta — uma série de quatro luas crescentes, começando com a mais fina. São o tênue branco-azulado do leite materno em um fundo safira. Os papéis empilhados convidam a mão. Gostaria de tirar este quadro da parede e segurá-lo. As hastes da escrita miúda parecem correr para trás e intricados desenhos geométricos em ardósia e branco correm ao redor das bordas.

— O piso de alguma igreja — Colin diz. — Não sei ao certo qual. Talvez na ilha de Murano?

— Não faço a menor ideia, mas há algo surpreendente a respeito de tudo isso. Eles enviam sua mente em muitas direções, não apenas uma. Estou me lembrando do desenho de luas de Galileu.

Camille se aproxima e nos abraça.

— O que eu não posso acreditar mais ainda do que esta exposição é isto. — Ela ergue o colar de pérolas. — Como pôde dá-las a mim? Isso e tudo o mais... Pode imaginar? Não acredito que isto esteja me acontecendo.

— Oh, acredite, você merece. — Colin lhe dá dois grandes beijos.

— Estamos encantados. Realmente, Camille, é um trabalho incrível. É possível comprar este? — eu pergunto.

— De jeito nenhum, vou dá-lo a vocês quando a mostra terminar.

— Não, você não pode começar a dar seus quadros. É uma profissional agora. Você deve dizer *Mostre-me o dinheiro!*

— Vocês vêm para o jantar? Stefano está reservando uma mesa para nós. Acho que Julia pediu outro bolo de aniversário, quando, na verdade, eu gostaria de deixar isto passar despercebido. Com tanta gente na cidade, ainda bem que fizemos reserva.

— Ah, não posso ir. Só saí para uma rápida passagem por aqui. Colin vai me levar para casa agora. Tenham uma noite fabulosa.

Tiveram.

⁂

A FILHA DE NICOLÀ, em casa da escola na Inglaterra para as férias da primavera, concordou em ficar na recepção da galeria a semana inteira. Ela tem uma pilha de livros e planos de se atualizar em trabalhos de leitura entre um visitante e outro. Já que ela só poderá começar na segunda-feira, Camille e Charlie vão passar o domingo juntos na galeria, um grande prazer para ambos. Camille não se lembra de ter tido tanto tempo assim com ele. Ela acende as luzes enquanto ele atravessa a *piazza* para trazer cappuccinos e pães doces.

— Tenho o lugar inteiramente para mim — ele diz, andando devagar de um quadro para o outro. — O que é assombroso é como você saiu da toca. Você absorveu toda a arte daqui e deixou que ela impregnasse seu cérebro. O que está nestas páginas pode ser rastreado aos seus dias aqui, mas combinado de maneiras que são exclusivamente suas.

— Obrigada, e também sinto assim, mas trabalhando sozinha nunca se sabe se o que você faz é bom ou é lixo. Você *acha*, mas alguma voz maldosa está sempre criticando, sempre perguntando *Quem você pensa que é?*.

— Não, não, não. Esqueça isso. Você está muuuito além de seus pais, que é a voz que você internalizou. Eles sempre não puseram a tampa em qualquer risco? "Não tente isto, você vai se arrepender, você tem o ensino sobre o qual se apoiar, seu marido precisa de você", e assim por diante.

— Tinham medo por mim... — Ela se lembra do quanto se sentia intimidada em Nova York e aonde isso a levou. A noite estúpida no *loft, ah, tão legal*.

— Deixe-os se revirarem em seus túmulos! Você está arrasando, mamãe. Você sabe disso.

Charlie agora dá aulas em tempo parcial na universidade. Em vez das aulas o tirarem da pintura, como sempre supôs, ele se sente estimulado pelas oficinas de estúdio e mais motivado com alunos brilhantes à sua volta com quem pode falar, respirar e sonhar arte. Ele diz a Camille que também está muito mais feliz com Lara, talvez não tão concentrado em suas insatisfações e há menos delas agora que estão morando na casa de Camille.

— Que luxo de espaço! Nós três estávamos muito apertados em nossa casa, vizinhos respirando na nossa nuca quando acendíamos a churrasqueira. Ingrid adora Spit Creek. Ela e suas amigas se espalham, pegam tartarugas, agem como as crianças que ainda são. Às vezes, ela vai até o canteiro de ciclames de papai e fica lendo no banco dele. Papai, aliás — sua voz diminui —, ficaria completamente deslumbrado com esta mostra.

Camille balança a cabeça, em silêncio por um instante, depois diz:
— O triste é que, se ele ainda estivesse conosco, não haveria nenhuma mostra. Estou tecendo minha própria teia aqui.
— Sim, tem razão. Isso vem da Itália. A Itália lhe trouxe isso.
— O que não quer dizer que eu não preferiria que as coisas tivessem continuado exatamente como eram... — Sua voz definha, de repente, deslealmente, perguntando-se se aquilo seria verdade. — Mas talvez tivéssemos encontrado uma forma de mudar a rotina. — Uma grande pergunta. Nenhuma resposta.
— E quanto ao Rowan? Gosto dele.
— Sim, ele é atencioso, sólido. Você vai adorar o trabalho dele. Ele é muito famoso no esotérico mundo da impressão artística. Julia, Susan e eu estávamos exatamente conversando sobre este tipo tardio de amor, ou caso amoroso, ou o que quer que seja. Decidimos que *carpe diem* deveria ser o nosso lema. Acho que simplesmente irei aonde eu me sinta guiada. Ninguém está com nenhuma pressa.

Ele não sabe o que responder e diz o que era esperado:
— Você, e elas também, merecem toda felicidade que puderem encontrar.

Para Charlie, a ideia de sexo aos setenta anos é perturbadora, mas ele tem um palpite de que isso está acontecendo. Este florescimento tardio — explosão, melhor dizendo —, um milagre para sua mãe, também solta algo que estava apertado dentro dele. Durante toda a vida dele, ela derramou sua paixão pela arte sobre ele e, de certa forma, ele se sentia culpado por ela se privar. Não mais. Desde sua visita no Natal, ele teve quatro sólidos meses de progresso. Sempre um pintor abstrato, ele se voltou pela primeira vez para paisagens. Trabalhar *en plein air* tem sido inesperadamente fácil. Ele começou a pensar se facilidade tem algum significado.

O americano que estava com Matilde entra na galeria.

— Aberta? — ele pergunta.

— Sim, por favor, entre. Tentaremos não fazer barulho. Estamos tendo um grande reencontro de atualização.

— Sou Steven Blassman, amigo de Matilde. Eu queria dar mais uma olhada. O evento estava tão concorrido que eu provavelmente deixei passar alguma coisa. Parabéns pelo trabalho. Realmente, muito intrigante.

Camille e Charlie falam em voz baixa. Ele tem que partir amanhã. Vai dar a si mesmo três dias em Roma, mas dali voa de volta à Carolina do Norte na quinta-feira.

— Quem é o sujeito? — Charlie sussurra.

— Provavelmente alguém que está aqui para fazer o curso de papel de Matilde.

꩜

Quando fecham para o almoço, Charlie volta para a *villa* para tentar se recobrar do *jet lag* antes de voltar para a mostra outra vez. Camille reabre a galeria e recebe quatro mulheres que estão viajando e pintando na Toscana por um mês. Ela viu duas das mulheres na *piazza* com blocos de desenho, uma delas com um cavalete montado de frente para os olivais que descem as encostas até o vale. Ela diz que fez este trabalho desde que chegou em outubro. São aquarelistas iniciantes, todas observando como focalizar os olhos em uma pintura aguça sua percepção do que estão vendo. Elas sentam-se e trocam histórias, admitindo admiração diante do "caráter estritamente bizarro", como explica uma delas, da visão de Camille.

Algumas pessoas do local que não puderam comparecer à inauguração passam para dar uma olhada. Às quatro, Camille fecha.

CHRIS PARTE AMANHÃ TAMBÉM. Ele irá pegar seu grupo no aeroporto de Veneza, iniciando a nova turnê por Friuli, que praticamente se segue à sua viagem pela Toscana. Esta noite, Susan reservou uma mesa em uma trattoria no vale. Ele espera que Julia passe a noite com ele no hotel. Ele mal a viu depois da noite de sua chegada, há apenas dois dias. Como ele já tem a van, pega todo mundo.

— "Vocês estão no ônibus ou fora dele?" — ele pergunta, enquanto o pessoal se amontoa dentro do veículo, mas ninguém parece se lembrar dos Merry Pranksters, exceto Rowan. Imagino que o Sul tenha passado ao largo do movimento hippie.

Quando o proprietário da trattoria os cumprimenta, Camille diz:

— Ele parece Baco na pintura de Caravaggio.

— É verdade! — Charlie pergunta se podem tirar uma foto todos juntos.

— Por que não? — Enrico diz, os cachos negros jogados para trás. Ele beija Susan, instala todo mundo e começa a descrever seus métodos de cultivo, as receitas antigas, os grãos perdidos que foram ressuscitados, o trigo puro e assim por diante. Susan e Julia ficam extasiadas. Os demais acham que estão prestes a ter uma aula de ciência da alimentação 101, mas quando ele começa a servir, todos recaem em um assombro silencioso. Alcachofras fritas crocantes, leves como asas de anjos, o nhoque mais delicado da Terra, o leitão macio e suculento, seu próprio *gelato* de morangos que dá vontade de se levantar e começar a dançar.

— Como vocês descobriram este lugar? — Chris pergunta, maravilhado. Ele achava que conhecia a região do avesso.

Julia diz que gostaria de ter sido ela, mas admite:

— Susan o descobriu em uma de suas expedições em busca de ornamentos de jardim. É por isso que ela está recebendo a porção maior de alcachofras.

— Não vamos contar isso para ninguém, jamais! Vamos guardar segredo.

Enrico puxa uma cadeira na quina da mesa. Lá vem outra aula sobre vinho biodinâmico. Como seu avô há muitos anos, ele enterra sangue de boi no topo de cada sulco de arado das videiras. Chris conhece os métodos, mas nunca conheceu um produtor. Julia o vê tomar algumas notas, porque o vinho é encorpado e cheio de vida. Susan traduz quando as práticas começam a soar como feitiços de bruxas. Bexiga de veado recheada com milefólio, quartzo em pó em um chifre de vaca, valeriana triturada. Quando foi que o italiano de Susan se tornou fluente? Ela tem que consultar *quartzo, milefólio, valeriana,* mas fora isso, ela se sai muito bem. Enrico concorda quando Chris observa:

— É tudo adubo, basicamente.

Durante o café, Susan e Enrico discutem bancos de sementes e como ele faz a rotação de culturas.

Todos estão encantados. Charlie adora o digestivo feito pelo próprio Enrico. Uma receita semelhante ao *limoncello*, mas feita de funcho. Colhido à mão no último outono, é claro.

— Ok, não resta a menor dúvida. Estou empanturrado. Este lugar continua a surpreender. — Charlie raspa a última colherinha de seu *gelato*.

— Não — Julia contesta —, apenas mais uma refeição deliciosa do dia a dia da zona rural da Toscana.

VI

A gestação chega ao seu termo

A PIAZZA FERVILHA DE ENERGIA. OS TURISTAS ESTÃO de volta. O sol apareceu, movendo-se pela graciosa elipse onde os romanos costumavam ir à loucura com suas corridas. Em três lugares, podem-se ver ranhuras deixadas pelos aros das rodas das carroças raspando a pedra. Como uma arena de touros, você escolhe sol ou sombra, só que não há luta, apenas garçons com bandejas no alto, servindo cappuccino após cappuccino às mesas de saias amarelas e visitantes com seus rostos voltados para o calor brilhante. Colin diz:

— Esta é a minha ideia de *paradiso*. Depois que você morre, é instalado em uma mesa de verão em uma *piazza* banhada pelo sol na Itália, com apenas o dia de liberdade à frente. Isso se você tiver sido muito, muito bom.

Quando me pergunto por que tantas pessoas vêm à Itália para encontrar uma versão melhor de si mesmas, fico imaginando. É a Itália ou este é o lugar para onde você vem quando está prestes a desabrochar?

Estou livre. Agora perto do fim da gestação, posso instalar-me em meu lugar favorito nesta manhã e apreciar o dia. Colin deixou-me no portão e, com uma grande sensação de liberdade, caminhei lentamente (arrastei-me) até a *piazza*, unindo-me primeiramente a Susan e Nicolà, que fala sem parar sobre a possibilidade de as três amigas comprarem Villa Assunta.

— O preço é bom; vocês não podem imaginar a oportunidade que estão tendo. Os preços em San Rocco agora disparam a cada três meses. Se a *villa* fosse em Cortona ou Pienza, o custo seria pelo menos trinta por cento maior. Esta área, muito menos concorrida, está superando esses lugares famosos. Acredite-me, em cinco anos, fácil, vocês poderão dobrar o investimento.

— Nós provavelmente poderíamos arcar com isso. Qualquer coisa dividida por três se torna bem mais viável — Susan faz as contas mentalmente. — Eu vendi minha casa de praia. Mesmo depois de dar uma parte às minhas meninas, ainda lucrei. Além do dinheiro da empresa que vendi. Não estou pronta para vender minha casa. Nenhuma de nós pode colocar subitamente na mesa um *sacco di soldi*, mas, sabe, somos *velhas*, fomos financeiramente espertas, trabalhamos e não vejo por que não podemos adquirir o que quisermos, se assim decidirmos. Exatamente por quanto você acha que a *villa* deve ir à venda?

— Vou fazer uma pesquisa. Minha impressão inicial é de que o preço está baixo. Grazia não consultou ninguém, a não ser sua tia, que não vendeu nada desde 1970.

Estou com Nicolà. Peguei minha herança, me arrisquei. Todas as três trabalharam a vida inteira; não são mimadas, nem têm nada garantido por direito, embora, como Margaret diria, isso também não exista. Mulheres-troféu pagam indiretamente por tudo e conhecem muito bem as pechinchas do seu diabo.

Vão em frente. Eu era bem mais nova. (Talvez abençoadamente ingênua.) Muito mais tarde, obtive os prêmios e o dinheiro de Margaret. Sorte, sorte. Não tive que esperar que maridos morressem.

Nicolà precisa ir, mas Camille e as quatro pintoras em visita a San Rocco que ela conheceu em sua exposição juntam-se a Susan e a mim para uma segunda xícara. Estou apreciando o simples prazer de visitar; essas semanas tranquilas de escrita e solidão fizeram com que eu me voltasse para dentro. Até meu *smiley face* parece sossegado nesta manhã. Camille convidou as pintoras a irem à *villa* para as vistas do vale, o jardim de Susan, detalhes como um gato branco enroscado embaixo de um astrolábio, sombras de limoeiros no gramado, uma janela dando para os verdes manchados do vale, porta da frente parcialmente aberta e luz derramando-se no hall de entrada. Conforme elas recolhem seus suprimentos e partem com suas bolsas e cavaletes, eu noto um homem mais velho e uma mulher jovem se dirigirem para um guarda-sol em vez de escolherem um lugar ao sol. Ela é delicada e chama a atenção, o perfil nobre da jovem Virginia Woolf, mas caminha com insegurança. O homem a guia pelo cotovelo. Ele parece familiar; alguém que vem visitar a cidade todos os anos? A mulher senta-se e cruza os braços. Um gesto defensivo? Ele está sorrindo, sorrindo, um homem de uma beleza estonteante, talvez uma dessas mulheres-troféu. Não, ela é bastante bonita, mas não possui o atributo agressivo de uma jovem vencedora triunfante sobre a esposa de meia-idade. Riccardo se une a nós, encontrando-se com Susan para conversarem em italiano.

— Você é estranha — ele lhe diz. — Você vai me tirar do meu trabalho de tradutor. Eu pensava que aprender línguas fosse difícil depois dos doze anos.

Brava, Susan.

— É verdade — digo. — Você fala tão bem ou melhor do que eu que já estou aqui há treze anos.

— Ah, vocês não sabem de nada! Eu estudei mais do que estudava na faculdade. Vivi e respirei italiano. E eu *adoro* falar outra língua. Sinto-me como uma nova pessoa, diferente. Acho que sou engraçada em italiano. É estranho como outra parte de sua personalidade se ressalta quando você aprende outra língua.

— Talvez essa parte estivesse o tempo todo à espera.

— *Dio mio* — Riccardo diz —, acho que sou efeminado em inglês. De onde vem isso?

A manhã transcorre agradavelmente. Estou alerta a qualquer pontada de dor. Mas não. Apenas um dia glorioso, o sol pairando sobre o campanário exatamente quando os gongos ressonantes enviam reverberações maciças, que eu espero que o jovem mestre agora dando cambalhotas em meu corpo possa sentir em seus ossos.

Colin. Colin voltando com as compras, vindo em nossa direção, em minha direção, em direção ao pequenino, pronto para me levar para casa para um passeio pelas fileiras de alfaces, manjericão, tomates, berinjela, azedinha, salsa, melões. Todas as promessas do verão.

Eliminando a distância

JULIA, CARREGANDO SUA CESTA DE MERCADO CHEIA pendurada no ombro, caminha em direção à *piazza*. 11:30. Chris chega hoje da turnê pela Toscana. Eles tiveram maravilhosos eventos em San Rocco e até conseguiram encaixar um almoço no campo, no restaurante do Enrico, um sucesso, e inteiramente diferente de qualquer outra coisa que já tivessem experimentado. Depois, partiram para Montalcino e a região de Maremma. Julia conferiu e reconfirmou todos os detalhes. Tudo que Chris tinha que fazer era se divertir e manter todos felizes. Ele está vindo de Florença, depois de deixá-las no hotel. Elas voam de volta amanhã e tudo estará terminado até o outono. Ele reservou o jantar delas esta noite em uma trattoria totalmente desconhecida, na via Parione, onde o chef fará filé-mignon em um molho encorpado e reduzido de chalotas e vinagre balsâmico. Elas vão adorar. Depois disso, darão uma fácil caminhada de volta ao hotel que Kit e Colin adoram. E então Julia terá Chris de volta.

Ela para a fim de cumprimentar a *Signora* Bevilacqua na livraria, para também na loja de queijos de Armando para comprar um pedaço de *pecorino* da Sardenha. As sandálias que comprou em Capri estão roçando a pele em seu pé direito e ela se abaixa para afrouxar a tira. Quando se levanta, vê um homem e uma mulher em uma mesa ao ar livre no bar de Violetta. Sente um nó na garganta e começa a tossir.

Endireita-se e olha outra vez. Esta sandália está irritando o seu peito do pé. Ela corre os dedos pelos cabelos, sacode-os e olha outra vez para a aparição de Wade e Lizzie tomando café na *piazza*. Ela fecha os olhos, depois olha atentamente; em seguida, vira em um *vicolo* sombreado de minúsculas lojas. Com as costas pressionadas contra o muro de pedras, ela tenta forçar sua mente a focalizar. Cinco minutos. Inspirar. Expirar.

Julia, de volta à luz do sol. Caminhando depressa em direção à *piazza*. Miragem, identidade errada, suecos de férias, alucinação. Não, Wade. Lizzie. Como qualquer outra pessoa. Aproveitando a manhã. A jovem, Lizzie, empurra sua cadeira para trás e enfia a mão na bolsa para pegar os óculos de sol. Eles a veem, Wade se levantando, quase virando a mesa. Mas os olhos de Julia estão em Lizzie, que ergue os olhos, curiosa. Lizzie, a própria Lizzie. Julia corre para ela e quase cai quando Lizzie se levanta, sorrindo, e Wade se inclina para abraçá-la também. Julia tenta falar, não consegue, mas senta-se de boca aberta diante de sua filha irreconhecível. Lizzie sem duas camadas escuras sob os olhos, com cabelos brilhantes, não sujos e escorridos. Batom. Seus dentes pequenos e sobrancelhas aladas. A própria Lizzie.

— Lizzie, Lizzie, Lizzie — ela diz. — Estou sonhando?

— Mamãe, que bom vê-la. Não é um sonho. Não é um milagre. Muito esforço. Estou bem. Finalmente.

— Wade? Você foi?

— Nós lhe contaremos toda a história. Achei que seria melhor simplesmente aparecer aqui, eliminar logo toda a distância.

— Estou perplexa. Olhem só para vocês dois. — *Meus amores*, ela não disse. Wade flutua diante dela mais parecido com um deus do que nunca, os cabelos louros com mechas brancas, o corpo elegante, forte, mais em forma do que nunca. Algo está lhe fazendo bem.

— Você está radiante. — Seu sorriso, maior de um lado do que do outro. — E você sabe disso, garota Hadley. — Quando eram jovens, ele sempre achava engraçado que ela fosse conhecida como "a garota Hadley".

Violetta aproxima-se, um olhar inquiridor no rosto. Mas Julia diz apenas, sem nenhuma explicação:

— Apresento-lhe Wade e Lizzie.

Ela pede um expresso para si, e eles querem mais cappuccino.

— Nossa, você está falando italiano! — Lizzie está olhando para ela; todos eles estão se olhando como se tivessem se encontrado dentro d'água com roupas de mergulho.

— Bem. — Ainda sem fala. — Como foi que isto, quando vocês... — Sua voz definha.

— Chegamos a Roma ontem e viemos de carro hoje de manhã. Estamos hospedados no fim da rua. — Ele aponta na direção do Albergo Lorenzo. — Não podemos fazer o check-in antes das duas. Íamos perguntar por aí onde fica a Villa Assunta. Encontrei o nome por alguma correspondência do seu advogado. Era tudo que eu tinha, nenhum endereço, somente San Rocco.

— Hum. — Julia não pretendia justificar sua tentativa de eliminá-lo de sua vida. O que ele espera? — Oh, Lizzie. Você está aqui. Você está aqui. Não consigo acreditar.

— Espero que não seja um choque ruim. É um choque para mim também. Estou tentando acreditar nisso. Por onde começar? — Lizzie diz. — Estive em uma casa de tratamento residencial por um ano. Desculpem-me por não ter avisado a vocês. Eu simplesmente não pude. Tive que me isolar de tudo. Sei o que vocês pensaram, quando atingi o fundo do poço, quando eu deveria largar o meu vício, ou melhor, que eu não o faria. Eu tive uma recaída imediata. Até pior. Decepcionando todo mundo outra vez. No hospital, o médico achava que eu estava dormindo, mas eu o ouvi dizer a vocês que, se eu não largasse naquele momento, estatisticamente morreria antes dos quarenta. Isso não era uma notícia ruim para mim na época, já que era o que eu queria, de qualquer modo. Mais tarde, porém, depois que vocês pagaram a minha fiança em Savannah, quando retornei a San Francisco e voltei a morar com meu grupo, eu me sentia sempre enjoada. Eu estava usando uma droga nova que aparecera nas ruas. Vi no espelho que meus olhos haviam desenvolvido esse tique estranho de ficar batendo as pálpebras. Eu parecia uma louca. Estava naquele bonito roupão amarelo que você me deu, todo manchado. Meu reflexo no espelho era de alguém que eu mal reconhecia e não gostaria de conhecer. De certa forma, aquele roupão foi o responsável por tudo. Quando você o levou ao hospital, era de chenile macio, naquele amarelo cheio de esperança, compreendi que você quis me dar algo que me reconfortasse, quando eu não recebia conforto de ninguém. Olhei para ele. Completamente manchado e acabado.

— Saltando um pouco, entra uma assistente social. Ela foi à casa e nos contou sobre um novo programa da prefeitura para o qual podíamos nos inscrever. Por puro tédio, talvez por não me reconhecer mais, eu me inscrevi. Na ocasião, não estava planejando parar. Talvez encontrar um lugar melhor para ficar, me cuidar mais. Minhas unhas estavam sempre sangrando. Tudo desmoronava. Eu ainda queria ficar alta, só que isso já não fazia eu me sentir bem. E isso já acontecia havia muito tempo.

Violetta coloca as xícaras de café na mesa, as sobrancelhas erguidas de maneira inquisitiva. Obviamente, algo intenso está acontecendo. Ela traz também um prato de *biscotti*.

— A primeira coisa, a pior e mais horrível, foi a desintoxicação. Fui levada de ambulância e dei entrada em uma instituição fechada onde passei por tudo aquilo novamente. Vocês bem sabem como é o processo. Desta vez, eu simplesmente aguentei e passei por todas as sessões. Talvez algo estivesse acontecendo, mas eu fiquei tão viciada, tão drogada, por tanto tempo, que acho que minhas sinapses estavam todas dormentes. Resumindo a história. Saí daquele buraco, como já tinha feito antes, mentalmente exausta, sem nenhum pensamento mais claro por causa do detox. Fui colocada em um táxi e enviada diretamente para este novo lugar de reabilitação.

"Então, eu me vi em um programa com outras vinte viciadas, todas mulheres, em uma enorme casa vitoriana na Haight. Quatro em cada quarto. Selma Hodges, a encarregada. Ela possui suas próprias teorias. Nós ríamos, zombávamos dela. Todos na casa tinham que trabalhar. A casa era imaculada. Cortinas brancas em todos os quartos, engomadas. Colchas de retalhos feitas pelas "meninas". Tínhamos turnos na cozinha e tínhamos que aprender a cozinhar. Comíamos ovos no café da manhã. Cereais. Nada de cafeína. Ela nos fazia preparar sopas e ensopados, bolinhos. Vinte mulheres mentalmente atrofiadas passando manteiga em bolinhos. — Ela ri e sacode a cabeça. Julia sente falta de ar. Lizzie dizendo algo engraçado!

— Ela mandou que nós escolhêssemos uma atividade e passássemos três horas por dia trabalhando nisso. O porão foi preparado como uma sala de costura e de tecelagem, um estúdio de cerâmica nos fundos, uma sala de computadores em cima. Escolhi cerâmica. E adoro isso. Tivemos que nos inscrever em um curso online. Eu me inscrevi, não riam, em relações internacionais. Creio que algo muito distante dos meus domínios era atraente. Tínhamos que trabalhar como voluntárias no Golden Gate Park uma manhã por semana, cortando o mato e catando o lixo como prisioneiras. Posteriormente, trabalhamos em cozinhas de casas de repouso, lanchonetes de escolas, em bibliotecas guardando livros e, depois, fomos habilitadas a empregos de meio expediente. O meu era fazer sundaes com calda de chocolate quente na fábrica de chocolate no embarcadouro. Nunca mais vou querer nem uma mordida de chocolate em minha vida. Mas, mamãe, sou boa em cerâmica. Tigelas, ao menos. Meus pratos são meio tortos e as asas de minhas xícaras sempre se quebram. Mas estou vendendo algumas tigelas pequenas na loja de amigos de Selma.

— Que tal um biscoito que parece uma pedra? — Wade passa o prato de biscoitos de amêndoas. — São duros como um quebra-queixo.

Lizzie continua:

— À noite, tínhamos as sessões de costume. Sempre desprezei essas sessões como idiotas e limitadas. Rainhas do drama protagonizando em seus tristes melodramas. Meu nome é fulana-de-tal e eu sou uma maluca, e você é uma maluca, mas de uma maneira diferente de loucura. Selma Hodges, entretanto, tinha algo mais. Talvez ela fosse afetada, mas ela sondava, ela escutava, e ela tem um senso de humor, algo que nunca presenciei em nenhum dos outros desgraçados que tentaram me salvar de mim mesma dizendo-me para fazer listas dos meus objetivos. Ela também tem um detector de mentiras, e às vezes simplesmente corta as pessoas com uma observação do tipo: *Repense isso*. Não consigo explicar tudo. Contra todas as probabilidades, comecei a me sentir confortável. O velho ditado: *Um dia de cada vez*. Mas meses se passaram. Isto é um resumo. Conclusão: estou longe das drogas há onze meses e tenho toda a intenção de permanecer limpa, limpa, limpa.

Julia, cautelosa, sente essa cautela começar a se dissolver. Quase um ano. Um longo tempo. Lizzie — eloquente, ainda que de boca suja. Parecendo normal. Querida e lembrada. A doce curva de seu maxilar, seu doce rosto oval, seu doce sorriso. A menina que costumava decorar seu castelo de areia com conchas e queria encontrar fadas embaixo dos cogumelos. Ela está limpa e presente, o sorrisinho debochado desaparecido.

Wade estende o braço e coloca a mão sobre a de Julia.

— Sei que você foi atingida com um aparelho de choque; eu fiquei pasmo. Fui à casa aonde seu amigo Chris foi, e a amiga de Lizzie afirmou que Lizzie estava "perdida no espaço". Um rapaz avariado, com uma tatuagem no rosto, sabia onde ela estava porque uma namorada dele deu entrada no mesmo lugar e abandonou o local depois de um mês. Disse que era arte e artesanato demais para ela. Politicamente correto demais. Demais, demais.

— É a Sandy. Ela não parece mais alguém como Sandy, mas deve ter sido, há muito tempo.

Lizzie empurra seus óculos de sol para cima da cabeça, agora que a sombra atingiu a mesa deles, e Julia pode ver seus olhos, os mesmos olhos verdes de Wade.

— De qualquer modo, vamos passar ao almoço e podemos terminar a saga. Há muito a ser dito. Eu só não queria telefonar e jogar tudo isso em cima de você. Não tinha certeza de que iria acreditar em mim. Aonde podemos ir? — Wade joga dinheiro sobre a mesa, mais do que suficiente, um hábito que Julia costumava admirar.

Julia afastou-se para a borda da *piazza* e enviou uma mensagem a Susan:

— Não vai acreditar nisso. Contarei tudo depois. Sente-se, se estiver de pé. Estou com Wade e Lizzie. Na *piazza*. Choque. Lizzie está totalmente bem. É como alguém que tivesse se levantado do túmulo. Vamos almoçar. Almoçar! Só para você saber. Almoçar. Como pessoas comuns.

Enviou uma mensagem para Chris: *Ligo mais tarde.*

Sentia a garganta seca. Esvaziou a garrafa de água que estava em sua bolsa. Almoço. Que loucura.

❧

ELA ESCOLHEU A TRATTORIA do Angelo, onde só esteve algumas vezes. Se fosse para o habitual Stefano, iria ter que apresentar todo mundo e ela ainda não está pronta para isso, embora saiba que San Rocco inteira logo estará comentando a aparência do seu ex-marido e da filha de quem nunca tinham ouvido falar antes.

Angelo, o proprietário, confundindo-a com Camille, a parabeniza pela exposição de arte. Estão sentados no pátio, sob um ombrelone branco. A luz pálida sob ele faz todos parecerem espectrais. Lizzie olha diretamente para Julia.

— Ainda não lhe dei nem um momento para me contar o que está fazendo aqui. Eu nem sei bem como você veio parar na Toscana e quem são suas amigas.

Lizzie pega o cardápio e o examina com interesse. Julia há anos não a vê comer sequer uma garfada, e esta é a primeira vez de que se lembra em que Lizzie demonstrou alguma partícula de interesse nela. Um aspecto feio do vício: *me, me, me*. Angelo colocou uma jarra de vinho na mesa, não solicitado, mas bem-vindo. Lizzie pede água.

— Seu pai provavelmente lhe disse que eu deixei Savannah. Quando eu estava tomando conta da casa do meu professor em Chapel Hill, conheci duas mulheres. Tivemos um entrosamento muito grande, uma tal diversão, na verdade, e tínhamos algumas questões em comum. Todas nós havíamos perdido nossos maridos. Não que o meu estivesse morto! Desculpe, Wade. Cozinhávamos juntas, passávamos muito tempo caminhando na praia. Foi revigorante fazer essas grandes amizades. Nós revelamos a visionária em cada uma de nós. Durante o verão, tivemos uma ideia louca e aqui estamos nós.

O quanto Lizzie sabe das escapadas de Wade e de seu status de papai em futuro próximo? Pule esta parte por enquanto. Bem, não. Não neste momento.

— As coisas em casa ficaram complicadas devido o romance de seu pai com outra mulher. — *Ele estragou tudo*, ela não disse, mas mordeu a parte interna da bochecha e sentiu gosto de sangue.

Ainda bem que o garçom não fala inglês.

Wade ergue os olhos, aparentemente impassível.

— Ela sabe sobre Rose. Não precisamos entrar neste assunto agora.

Julia sente uma onda de raiva — quem é ele para decidir? —, mas toma um gole de vinho.

— Ok. *Va bene*. Vamos em frente — ela diz, apenas uma ponta de rispidez na voz. — Vocês vêm jantar em casa, conhecer a *villa*. Susan transformou o jardim em uma atração turística. Camille tem seu estúdio de arte. Temos uma linda cozinha com mesas de mármore, uma enorme pia e panelas de cobre por toda parte. Estou levando minha experiência na Mulberry a um outro nível. Estou tentando, não, na verdade estou escrevendo um livro chamado *Aprendendo italiano*. Estou combinando meu estudo da língua com a cozinha italiana, verdadeira cozinha italiana. Fiz um curso em que cada um de nós tinha um porco para temperar e cozinhar. — De boca aberta, Wade olha fixamente para ela.

— Isso é fabuloso, mamãe. Você está adorando isso, posso ver. De uma forma engraçada, soa como Hopesprings House. É onde estou.

Ambas dão uma risada. A primeira que compartilham em doze anos.

— Belo nome. Espero que sim! Estou feliz em cada dia aqui. Temos viajado muito. E mais, também tenho um emprego. Ajudo a planejar turnês culturais e de vinhos para um proprietário de vinícola da Califórnia, Chris Burns. Ele está justamente encerrando nossa segunda turnê do ano. Eu faço pesquisas, cuido dos detalhes e ajudo a planejar. Adoro isso! E Chris e eu nos tornamos próximos nos últimos meses. Bote tudo pra fora.

Lizzie balança a cabeça, terminando avidamente sua massa e estendendo a mão para o pão. Até onde ela sabe o quanto seu vício foi destrutivo para seus pais, Julia não faz a menor ideia. Que rastro de destroços ela foi deixando para trás.

— De volta a você, Lizzie. O que estou fazendo não é nem de longe tão monumental quanto suas grandes mudanças.

Estão comendo. Como uma família. Observando esta gêmea boa de Lizzie, Julia mal consegue engolir. Ela havia desistido completamente? Acha que sim. A história do roupão amarelo a aniquila; chorar mais tarde.

Angelo traz travessas de carnes grelhadas e batatas.

— O que eles fazem para uma comida tão simples ficar tão saborosa? — Wade pergunta, espetando uma segunda linguiça. Seu sorriso deslumbrante, como se nunca nada tivesse dado errado. Ela não é imune à beleza dele, mesmo quando ele dá uma grande mordida na linguiça. Sendo ela mesma bonita, ela sempre, particularmente, reconheceu a prerrogativa dele. Wade parece quase não ter consciência de sua beleza, mas, na primeira vez em que o viu, ela pensou em um verso de um poema que acabara de estudar na escola. *Ele caminha em beleza como a noite.* O poeta disse *ela*, mas o verso se aplicava a ele. Em quantas manhãs comuns ele entrou na cozinha, desgrenhado do sono, e, no meio do preparo de panquecas, ela prendeu a respiração. Ele não lutou por mim, ela pensa. Ele seguiu o caminho do mínimo de resistência, como um raio. Mas ali *ela* está, Lizzie, minha garota.

— É a água e o sol. — Ela sorri. — Já volto. — No banheiro, ela abre a torneira no máximo e chora. Não pela última vez.

Se notam seu rubor e seu nariz vermelho, não dizem nada.

— Vocês já podem fazer o check-in no hotel agora. Que tal eu voltar daqui a duas horas e apanhar vocês? Desçam esta rua — ela aponta — e eu os encontro no portão às quatro. Podemos dar um passeio e conversar mais, depois farei o jantar.

Ela reúne seus pacotes e sai apressadamente pela porta; praticamente corre para casa. A confusão de que ela escapou durante esses meses andando nas nuvens toma conta do seu corpo. Lizzie: possível outra vez. Wade: ex-amor de corpo e alma, agora impossível. Ela sente como se estivesse prestes a ficar anestesiada.

Em casa, ela se deita na grama embaixo de uma pereira e adormece profundamente.

Algum lugar, alguém

SEXTO SENTIDO? QUANDO EU VI AQUELE HOMEM extraordinariamente bonito — embora *bonito* não pareça ser inteiramente preciso — e a jovem rosada na *piazza*, algo a respeito deles me chamou a atenção. Eles se destacavam do fluxo geral de turistas. Talvez emanassem uma energia elétrica. No dia seguinte, Susan passou por aqui e me pôs a par da identidade dos pródigos que Julia recebeu na *piazza*. Liguei os pontos imediatamente. Ele era o Narciso, ela uma ninfa vindo à tona do leito de um lago profundo. Eu não cheguei a conhecê-los. Julia nos convidou para a sobremesa ontem à noite, mas nós retornamos de minha consulta à dra. Caprini (tudo bem) tarde demais.

Como escritora, eu me pergunto sobre a decisão dele, *deus ex machina*, de surpreender Julia. Mais fácil para ela? Ou para ele? Ele quis se apresentar como o glorioso salvador? Veja o pássaro ferido que eu trouxe para a sua porta? É mais compreensível do ponto de vista de Lizzie. Apenas *Aqui estou, aceite-me de volta,* em vez de um telefonema ou uma carta.

Agora, já se foram. Julia deve se sentir como um refugo de naufrágio que foi lançado na praia. Liz, como agora prefere ser chamada, volta para a Hopesprings House por um tempo indefinido, Wade de volta à sua nova vida. Liz mencionou que cedo ou tarde poderia se mudar para Savannah e tentar se matricular em cerâmica na escola de arte de lá. Quando Julia levou-os ao trem, Wade puxou-a para um lado na porta da estação e pediu desculpas, a boca junto ao seu ouvido, dizendo o quanto fora tolo, mas que ele havia se colocado em uma situação que agora tinha que honrar. *Você sabe que carrega meu amor sempre.* Isso, para mim, é uma frase para abalar qualquer um, mas Julia disse-lhe que o importante era Lizzie e que ela também já estava muito distante de qualquer possibilidade de reconciliação. Abraçaram-se e Julia abraçou Lizzie com força e por um longo instante. Lizzie chorou.

Susan, Camille e eu derramamos algumas lágrimas por todos eles. E por Chris, que teve que ser alijado do drama. Ele resolveu jantar no Hotel Santa Catarina com Camille, Susan e Rowan, todos exilados da *villa*.

Na estação, Lizzie abriu o zíper de sua mala e retirou um presente para Julia, embrulhado em papel fino. Uma tigela, azul-celeste com sulcos concêntricos e alguns flocos de malaquita para refletir a luz. Algo para segurar. Na mesa da cozinha de mármore na *villa,* conforme ela brilha sob a luz, todos a olham com estupefação.

⁂

Segundo a dra. Caprini, a dilatação começará logo. O quarto do bebê está pronto. Eu estou pronta. Colin arranjou para tirar duas semanas de folga. Enquanto isso, ele trabalha em seu novo espaço no celeiro, no projeto do pavilhão do pôr do sol em Key West. Que possa inspirar poetas, poetas observadores da lua, bem como aqueles que adoram o pôr do sol. Às vezes, um único edifício pode transformar um lugar; acho que este será um deles, e no bom sentido. Colin e eu discordamos; eu acho que a pirâmide de vidro do Louvre profana o aspecto austero e histórico do museu, especialmente agora que possui a atmosfera de uma bonita estação de metrô. E o que fizeram com o Museu Britânico — não vou mais voltar lá. O distrito de Key West onde o pavilhão ficará situado é um lugar da moda. É o que é. O que Colin construir terá que conquistar corações e mentes. Eu nunca o vi tão empolgado com um projeto.

Estou pensando em Julia e lhe envio essa mensagem. Ela responde:

O adiamento da sentença de morte me faz sentir como se ossos quebrados em todo o meu corpo tenham se emendado, mas eu ainda não consigo caminhar porque eles não sabem como. Até breve.

Reflito sobre isso e leio Akhmatova a tarde inteira, alguns poemas em voz alta para o caso de que Leaf/Della possam ouvir.

❧

Colin e eu saímos para uma pizza. Ele trabalha até tarde em seu novo estúdio. Com Fitzy nos meus pés, eu termino de reler o último, iluminado, romance de Margaret. Eu leio e inspiro.

❧

Depois da lassidão do meu repouso na cama, estou energizada. Sinto-me como um raio preso em um frasco. Estou surfando ondas de energia, seguidas de mergulhos quando desejo dormir. Mas as sobrecargas de energia me inspiram a convidar as três mulheres, Chris e Rowan para um jantar simples, e Matilde também, já que ela me disse na *piazza* que tem novidades para Camille e adoraria fazer-lhe uma surpresa. É o aniversário de Susan, o importante sessenta e cinco. Colin colocará alguns bifes e legumes na grelha e eu farei uma salada. Tenho *pecorino* que Leo trouxe para mim das montanhas. Rowan ofereceu-se para ir pegar *gelato* na cidade. Julia deixou aqui uma forma de bolo de gengibre, dizendo que estava se sentindo nostálgica e quis fazer uma receita da caixa de sua mãe. Ela está com uma aparência transtornada. Seus cabelos estão desgrenhados. Seu olhar é vazio e espantado. Ao menos ela virá. Estou pondo a mesa do lado de fora agora, para o caso de eu esmorecer mais tarde no dia. Ando pelo terreno, juntando uma braçada de flores silvestres para colocar em uma jarra d'água de cobre.

Todos sabem que devem trazer suéteres ou xales; estas noites do começo do verão ficam frias por volta das nove horas. Estou pensando em servir a sobremesa na cozinha.

Matilde chega vestida com simplicidade em calça justa verde-
-azulada e uma camiseta com uma padronagem retrô, também justa.
Seus cabelos vermelho-bronze já parecem um enfeite por si só, esvoaçando em minúsculas ondas ao redor de seu rosto como um anjo da
Anunciação. Matilde é uma pessoa que Margaret teria amado. Elas
compartilham o gosto por tecidos exuberantes, blusas românticas
bordadas, coletes e saias de veludo platinado, cachecóis franjados e
brincos de pingentes. (Margaret também tinha um austero terninho
preto, estilo severo também. Matilde trabalha com um jaleco.) Matilde também é decididamente solteira, alegando não ter tempo para
ninguém que deva ser assistido. Matilde não é um nome bonito em
inglês, mas aqui reflete a rainha toscana desse nome.

— Ah, você está enorme! — ela diz, cumprimentando-me. — Está
parecendo totalmente pronta para o grande acontecimento.

— Mais do que pronta. Já até mandei fazer o berço.

— Isto é para a parede do quarto do bebê.

Ela me dá um presente, uma página de manuscrito emoldurada,
com abelhas e minúsculas flores silvestres pintadas na margem. Fico
impressionada.

— É incrível. Que bebê de sorte. Mas como você pode se desfazer
disto?

— Acho que devemos expor os pequeninos imediatamente à arte,
não acha? Olho para isto há anos, agora novos olhos podem tentar
se focalizar nele. Veja, os monges se entediaram com as letras, estas
figuras são na verdade garatujas nas margens.

Os outros chegam. Susan trazendo um elefante de pelúcia (se
parece comigo?); Camille novamente em seus sapatos vermelhos,
embora este jantar não pudesse ser mais informal; Rowan segurando
uma caixa de sapatos.

— Eu não queria ser ofuscado pelo bebê. Andei ocupado durante
o inverno. — Ele tira um exemplar de *Somewhere, Someone* (*Algum
lugar, alguém*), os poemas que eu lhe dei no Natal, agora encadernados
no formato de um livreto de coleção de poesias. O título vem de um
verso de um poema de John Ashbery, "Em algum lugar, alguém está
viajando desvairadamente em sua direção". Escrevi o punhado de

poemas curtos sob o primeiro choque de gravidez. A encadernação, feita de papel marmorizado, em azul, deve ter lhe custado semanas para fazer. A etiqueta foi colada à mão, inclinada, com os dois grandes *Ss* do título parecendo gravados como música. Clássico e primoroso.

— Colin — eu chamo —, você não vai acreditar nisso. — Sinto uma estocada forte de cotovelo ou pé raspar a parede do meu ventre.

— Sinta isso, Rowan. Ele/ela aprova. Que alegria. Adorei a tipologia, tudo. Estes sinuosos *Ss* são dramáticos. Espero que os poemas sejam bons.

— Ah, sim.

Camille aproxima-se para ver.

— Oh, Rowan. É tão lindo quanto meu livro de visitas. Vamos fazer um brinde. — Ela passa o livro para os demais, enquanto Colin enche os copos. É isso que significa ser feliz. Eu posso fazer isso. (Pontada de dor.) A desvantagem de uma imaginação vívida é que você sempre tem a capacidade de visualizar o pior. Durante semanas, cismei com as piores coisas que poderiam acontecer. Nós dois iríamos morrer. O bebê seria um desses *fetus in fetu*, o pequeno feto contido dentro do corpo de outro bebê. Ou algum bebê malformado preso ao corpo de um bebê normal. Eu acordava berrando como uma alma penada e quase enlouquecendo Colin. Minha médica perguntou-se, quando eu lhe contei, se eu precisaria de aconselhamento. Confessei a ela que eu sempre imagino o avião caindo, o elevador despencando, o tumor quando tenho uma dor de cabeça. Sou assim, tensa e ansiosa. Finalmente, sinto-me perfeitamente normal; este é um estado normal, não sou hospedeira de um extraterrestre ou o casulo de uma borboleta que irá sair e voar para longe.

— Tim-tim, um brinde a um novo livro no mundo! — Camille tilinta seu copo com o de cada um.

— E este é para alguém que está vindo desvairadamente — Rowan diz.

— Ao verão — Susan acrescenta.

— A Lizzie — Julia diz.

— Sim, a Lizzie.

— Mas não a Wade — Susan sussurra para mim.

Chris, franzindo a testa, sorrindo, mantém-se ao lado de Julia, conversando com ela em voz baixa. Colin tira o prosecco e coloca uma taça cheia de sauvignon blanc de Friuli, seu preferido, em sua mão. Talvez ela esteja se sentindo um pouco distanciada de tudo, algo como a visão que tive em sonho: uma veneziana bate com estrondo em um quarto que não é seu.

— Como está Julia? — pergunto a Camille em voz baixa.

— Recuperando-se do choque. O golpe duplo de Lizzie de volta dos mortos, os dois aparecendo do nada na *piazza* e o fim definitivo de sua relação com Wade, é simplesmente demais. Temos ficado quietas em casa, somente ouvindo boa música. Susan plantando cada vez mais canteiros de impatiens cor-de-rosa dobrada e begônias brancas. Julia tem cozinhado, estudado italiano. Chris tem estado por perto, calmo e amoroso. Como ele está cansado das duas turnês, tudo tem estado tranquilo e moderado. Rowan e eu vamos ao Marché por três dias, em Fabriano, onde há uma longa história de fabricação de papel, e Susan estará no litoral com Nicolà e Brian durante parte da semana. Ela terá oportunidade de absorver e se reconectar. Espero que você não tenha o bebê esta semana!

— Quem sabe? — Na verdade, neste mesmo instante estou sentindo uma forte pressão na região lombar. — Vamos nos sentar. Acho que estamos prontos para comer. Vocês todos, sentem-se onde quiserem. Com este grupo, não tem como dar errado.

Tudo vem para a mesa ao mesmo tempo, o que não é a maneira toscana, embora os grandes bifes florentinos não possam ser de nenhum outro lugar e os legumes estejam tostados e defumados. Trazemos presentes para Susan — uma palmeira que desabrocha neste clima, uma pá de jardinagem feita à mão e um chapéu de ráfia com estilo. Ela o coloca e admira o trabalho em madeira na ferramenta de jardim.

Matilde, sentada ao lado de Camille, tira uma carta da bolsa e a entrega a Camille.

— O que é?

— Você vai ver.

— Matilde! De quem é? — Camille abre o envelope e o lê. A conversa em torno da mesa para. — O quê? Deve haver algum engano. —

Ela lê outra vez, olha ao redor da mesa, depois se inclina para Matilde rindo e repetindo: — É impossível.

— Conte-nos! — Rowan implora.

— Matilde, leia você. Eu não posso.

Matilde se levanta.

— Amigos, romanos, compatriotas... — Ela também está rindo e agita a carta no ar. — É sério, vou ler!

☙

Cara Camille Trowbridge,

Foi um prazer para mim comparecer à sua mostra em San Rocco. Estou em dívida com minha querida amiga Matilde por me alertar para o seu trabalho. Nós nos encontramos muito rapidamente na abertura da mostra e na galeria na segunda-feira seguinte, quando tive a oportunidade de rever a exposição, que confirmou minha primeira impressão da visão singular exibida em "Portas de Papel" e o uso original de materiais para a expansão do alcance das pinturas.

Deixe-me parabenizá-la pela bela e auspiciosa entrada na fase pública de sua carreira. Estou escrevendo para convidá-la a participar de uma exposição...

☙

APLAUSOS E ASSOVIOS IRROMPEM ao redor da mesa — Rowan ergue o polegar *sim* e Susan, com um copo no alto, salta em torno da mesa em uma dança de guerra ululante e bizarra.

— Ok, ok, ouçam! — Matilde continua:

☙

... uma exposição intitulada Seis novos artistas: Visão/Revisão *em MASS MoCA, da qual sou curador. A exposição será realizada de 1º de junho a 1º de agosto de 2017, e em seguida viajaremos para o Walker*

Art Center e o High Museum em Atlanta. (Detalhes serão enviados.) Ficaríamos encantados em incluí-la nesta importante exposição de artistas recém-descobertos. Por favor, me avise por e-mail se concordará em fazer parte de uma exposição que promete contribuir significativamente para a apreciação da arte deste momento. Quando tiver sua decisão, eu entrarei em contato com maiores informações sobre a exposição e os participantes.
Aguardo sua resposta ansiosamente.

Cordialmente,
Steven L. Blassman

⁓

JULIA ABRAÇA CHRIS, DEPOIS CAMILLE. Ela volta a ser ela mesma, o choque esquecido.
— Isto é *al di là,* além de tudo que se imaginava. Não que você não mereça isso e muito mais, Camille. Mas o fato de estar realmente *acontecendo,* quando facilmente poderia não estar, se esse amigo de Matilde não tivesse confiado na palavra de Matilde e feito a viagem. Um brinde a ele. Um príncipe!
— Um brinde à sorte! — Camille exclama. Ela está estupefata, boquiaberta.
— Não, você faz sua própria sorte — Rowan diz.
Um forte trovão sacode a mesa e começa a chover. Pegamos nossos copos e partimos para dentro de casa. Todos ficam malucos com o bolo de gengibre. Está fora de contexto aqui, mas é uma guloseima de nossa infância da qual todos se lembram. E vai muito bem com *sorbet* de limão levemente ácido. Realmente, em minha vida, nunca conheci um grupo de pessoas mais simpáticas. Um bálsamo para mim, tendo perdido meus pais cedo, tendo perdido minha mentora, Margaret. Colin e eu, muito reservados e obcecados por nosso trabalho, nunca tivemos uma família de amigos tão próxima. Naquela tarde de outubro, quando as vi saindo aos tropeções da van de Gianni em suas jaquetas espalhafatosas, eu não podia sonhar que suas vidas poderiam enriquecer a nossa de uma forma tão plena. Não há uma palavra nem

em inglês, nem em italiano para aqueles em nossas vidas que se situam entre amigos e família.

※

LIMPANDO E ARRUMANDO ATÉ TARDE, e completamente exausta, deixo cair um copo no chão, espalhando água na cerâmica do piso. Agarro a pia. A menos que de alguma forma eu tenha molhado a calça, há água escorrendo pelas minhas pernas. Por um longo instante, fico paralisada.

— Colin — grito —, Colin, minha bolsa d'água estourou! Que horas são? Podemos ligar para a médica a esta hora? Oh, veja, é meia-noite. — A base da minha coluna se contrai num espasmo doloroso. — *Back labor*, já li sobre isso. O bebê estará de costas? — Estou gritando?

Ele me leva para uma cadeira.

— Está tudo bem. Tem certeza? Sim, vamos ligar para a clínica, mas está sentindo contrações agora? Sente-se, sente-se. Espere. Está tudo bem. — Sua mão treme como a de um portador de doença de Parkinson.

※

UMA ENFERMEIRA CALMA ME PERGUNTA SOBRE DORES. Descrevo os ossos da minha região lombar como prestes a quebrar.

— Tome um banho morno. Caminhe devagar, depois tente dormir e, se acordar com contrações, monitore-as. Como você estava de repouso na cama, queremos que esteja aqui quando suas dores tiverem doze minutos de intervalo. Deixaremos seu quarto pronto. Se não tiver contrações pela manhã, queremos que você dê entrada aqui e veja a dra. Caprini.

Tão normal e tranquilizadora. É o que acontece. *Não* é sinal de pré-eclâmpsia nem nada terrível o fato de a bolsa d'água ter rompido antes do trabalho de parto começar. Sigo as instruções e procuro me instalar confortavelmente recostada em travesseiros. Colin senta-se na borda da cama com o rosto nas mãos. Espero que ele não seja um desses pais que desmaiam na sala de parto. Ainda vestido, ele se ajeita ao meu lado e diz:

— Não deixarei que nada lhe aconteça. Durma, durma.

— Sabe, estou empolgada. Com medo do parto. Mas este bebê está embarcando!

— A primeira de muitas viagens. Esta pode ser nossa última noite somente nós dois.

— Ah, por favor, não tenha nenhuma ideia!

— Não se preocupe. Nem vejo como isso seria possível, a menos que fôssemos contorcionistas.

❦

Quero ficar deitada no escuro, acordada. A respiração de Colin diminui e ele parece afundar no meio das cobertas como sempre faz, independentemente de qualquer coisa. Ele tem um talento para dormir que eu não tenho. Menina ou menino? Fico contente por não sabermos; adoramos ficar imaginando um ou outro. Annetta diz que é um menino porque a barriga estava alta. Violetta diz que é uma menina porque a barriga estava alta. Sinto falta dos meus pais. De Margaret também. Eles nunca imaginaram isso, especialmente meu pai, que nos deixou abruptamente quando o caminhão, sem freios, motorista bêbado, bateu em sua traseira. O carro foi lançado na água. Sempre imaginei como deveria ter sido aquele longo voo para o meu pai, que imagem ele viu, que pensamento teve, ao colidir com as ondas. Esperei que ele nos visse como vira ao partir, mamãe e eu na varanda da frente, tomando nosso habitual refresco de amora e inocentemente acenando adeus.

As horas se passando lentamente, algumas leves pontadas de dor. Será principalmente exaustão de todo o trabalho de dar um jantar para apenas oito pessoas?

Minha mala está junto à porta do quarto, pronta para partir. Finalmente, comprei roupas de bebê e os amigos trouxeram muitos *bodies* e camisetinhas — de cor única, bolinhas, listras, inteiramente brancos, amarelos, vermelhos. Nenhum cor-de-rosa ou azul que identificasse o gênero. Quando eu nasci, minha mãe ficou na maternidade por uma semana. Ela sempre afirmava que esses dias lhe deram energia para os dias difíceis que viriam em que teria um recém-nascido e ninguém para ajudá-la. Eu estarei de volta antes mesmo que Colin consiga botar a cozinha em ordem outra vez. (Isto é, se eu não tiver pré-eclâmpsia, fizer cesariana ou se... Pare com isso.) A clínica fica a quarenta minutos de distância. Em uma emergência, eu poderia ir para a clínica de San Rocco, onde bebês felizes nascem dentro d'água em uma banheira morna. Por causa da minha idade, eu escolhi uma especialista, mas eu estaria disposta a um parto na água.

❧

Manhã. Caminho pela casa, mando notícias para meus vizinhos de que irei para a maternidade hoje. Susan vem imediatamente e começa a limpar a casa. Sou inútil. Apenas tomando chá. Ela recebeu notícias estranhas. Suas filhas fizeram o teste de DNA em preparação para começarem a procurar seus pais biológicos. Os resultados mostram que elas são irmãs.

— Nós as adotamos do mesmo orfanato, com dois anos de diferença. Não nos disseram nada. Talvez não soubessem. Deviam saber! Após dois anos, *eles* entraram em contato conosco. Outra menina disponível para adoção. Na época, nós nos congratulamos porque parecia que éramos excelentes pais.

— Bem, vocês foram. É uma boa notícia para elas, mas acho que mostra que os pais fazem disso um hábito.

Susan leva uma bandeja para a pérgula e traz pratos gordurosos de ossos. Tento imaginar entregar um bebê a um orfanato, o desespero desse ato. Margaret perdendo seu recém-nascido Colin. Ou Camille submetendo-se a um aborto para apagar aquele novo ser.

— Sente-se, tome um pouco de chá comigo. Não precisa fazer isso. Que sorte dessas duas meninas, terem Aaron e você.

— Não se preocupe — Susan diz, abrindo a máquina de lavar louça já cheia. — Estou com excesso de energia nesta manhã. Quisera que estivessem aqui para conversarmos sobre isso. Cara a cara não é o mesmo que FaceTime. Sim, acho que tiveram sorte, mas não tanto quanto nós. Que alegria elas foram, e ainda são. Irmãs! Sim, surpreendente. Pergunto-me se deveria ir com elas à China.

— Você é quem sabe, é claro, mas acho que isso tornaria a busca mais difícil para elas porque a lealdade delas para com você sempre viria à tona.

— Kit, você tem razão, e estava pensando que eu tornaria tudo mais fácil. E, francamente, as viagens até lá foram verdadeiros pesadelos. Não estou ansiosa para voltar. E como você está se sentindo?

— Algumas cólicas intermitentes, nenhuma dor forte.

— Chame se houver alguma coisa. Qualquer coisa. — Susan me dá um abraço exatamente quando Colin entra meio acordado. Felizmente, ele ouviu vozes e vestiu um short de corrida.

Ele para atrás de mim com as mãos espalmadas em minha enorme barriga.

— Saia, saia, quem quer que você seja — ele cantarola. Susan parte para o seu dia.

Uma parábola de luz

Na clínica, a dra. Caprini ouviu, examinou e perguntou:

— Você tem dilatação, mas apenas três centímetros. Por que não vai comer alguma coisa leve e volta aqui mais ou menos às duas horas? Ou antes, se necessário. Deixe suas coisas no quarto porque você definitivamente vai ficar aqui esta noite.

Meu quarto é pequeno, mas arejado, com cortinas finas cor de açafrão inflando-se com a janela aberta. Muito bem pensado, um sofá-cama para Colin, em vez de uma cadeira reclinável. Revistas de moda em uma mesinha de canto devem lembrar à nova mãe para voltar rapidamente a *la bella figura*. Eu queria me deitar imediatamente, mas a dra. Caprini insistiu que é bom se manter em movimento.

⁂

A primeira dor a sacudir todo o meu corpo me atingiu quando voltávamos para o hospital depois do almoço. No estacionamento, outra pontada excruciante. Mesmo? Assim? Curvei-me na entrada da clínica e ouvi um urro sair da minha garganta. O que aconteceu às contrações que iriam aumentando gradativamente como eu esperava? Colin gritou chamando alguém e uma cadeira de rodas foi colocada sob mim e empurrada apressadamente pelo corredor. Contrações com cinco minutos de intervalo.

— Não vai demorar nada, *signora* — disse a enfermeira, simultaneamente me ajudando a entrar em uma camisola e a subir na cama.

⁓

Cinco horas disso e eu tinha vontade de morrer. Alguma besta pré-histórica estava espancando meu corpo. Isto não pode acontecer a um ser humano, isto que é tão comum e acontece o tempo todo. Então, fico furiosa — a dor apertava, as contrações martelavam constantemente. Avalanche estrondosa, tombo de esquis. Lancha batendo com força em ondas gigantes. Pior.

Uma história antiga, a mais antiga de todas. (Eva extraída com um arranco.) Vou pular para o final, horas mais tarde, quando sou levada para o quarto branco, onde o silêncio reverberava e pessoas de máscara me espreitavam, aquela cujo corpo está sendo estraçalhado. Incentivavam-me a continuar. (Toalha torcida na pia. Torcida e torcida.) Colin ajoelhado ao meu lado, branco como o jaleco da médica, mas firme. Segurando meu braço, murmurando — o quê? Não sei dizer por causa do zumbido da dor.

O nível de barulho aumentou. Todo mundo atarefado. A dra. Caprini sorrindo acima de mim como um palhaço assustador em um espelho convexo.

— Coroando — ouvi, e pensei em uma tiara que eu usava com meu tutu cor-de-rosa e sapatilhas de balé, minha mãe batendo palmas na primeira fila.

— Você foi maravilhosa — ela disse no momento em que o bebê saltou para fora como uma ervilha de um estilingue, foi levantado, o cordão umbilical ensanguentado pendurado, um rostinho, punhos, uma parábola de luz afogueando meu rosto, eu estava chorando, rindo, Colin petrificado, perplexo, a dra. Caprini dizendo *Vocês têm um belo menino,* enquanto ele berrava (ouvirei aquele primeiro choro pelo resto da vida) e ela o colocou no meu peito e devo fazer força outra vez e, quando mais alguma coisa foi expelida, na minha alucinação parecia ser uma medusa, olhei nos olhos do espaço profundo de meu filho.

No meu quarto, pude vê-lo melhor, limpo e enrolado e, milagre, olhando à volta para o novo ambiente. Acho que ele se concentrou nas anêmonas roxas e vermelhas de Susan ao lado da cama. Nós o despimos para ver seu corpinho forte, nos revezamos segurando-o no colo, analisando seu rosto amassado, a penugem de cabelos negros, a boca apertada. Lábios, lábios bem definidos e orelhas, todas as dobrinhas. O que eu reconheci, e reconheci com clareza, foi que ele possui as sobrancelhas como um V virado para baixo, iguais às do meu pai, o formato com que as crianças desenham pássaros no céu acima da icônica casa quadrada com o sol brilhando no alto.

— Ele é nosso menino — Colin diz. Ele coloca o dedo na mãozinha minúscula e o bebê a aperta como se dissesse *Estou com você*. Nesse momento, acho que o rosto de Colin passou por uma transformação permanente.

Em 20 de junho, foi assim que a vida mudou sua trajetória e partiu na direção de uma estrela diferente. Não podíamos estar mais felizes. (Dizem que a lembrança da dor desaparece, mas eu certamente sei que ela não desaparecerá. Eu fui rachada ao meio, um machado em um melão.) No dia seguinte, quando voltávamos para casa, eu estava exageradamente consciente da ameaça dos carros e comecei a entender minha mãe sempre dizendo *Quando você tem um filho, você se torna refém do destino*. Minha nova preocupação, minha gloriosa preocupação nova. Colin não para de exibir um largo sorriso. Ele é tão apaixonado por Mozart que quase nos decidimos pelo nome Amadeus. Eu pensei em Fulvio. Nós o chamamos de Lauro Raine Davidson.

Jardim de delícias terrenas

Susan sai do chuveiro e abre a janela para deixar sair o vapor. Até mesmo o banheiro tem uma vista de uma torre medieval ali posicionada para ancorar sua visão através do vale. Mais longe, a distância, uma brilhante cúpula verde e diversas fazendas espalhadas que parecem ter estado ali por toda a eternidade. No alto verão, Susan esperava sentir falta da casa de praia da família em Figure Eight. Nesta época no ano passado, ela passava fins de semana em Sand Castle com Julia e Camille no começo de sua amizade. Ela se lembra vivamente do fim de semana em que Julia lhes contou sua história de Lizzie e Wade. Em contraste, ela se lembra com alegria dos jantares, das caminhadas pela praia, comprando sapatos e sorvete no centro de Wilmington, a aquarela de Camille de água e céu. Na lembrança, Aaron em seu estado debilitado se esmaece cada vez mais, deixando em primeiro plano o homem forte e atraente, sexy e confiante ao lado de quem ela vivera por décadas. Ela não sentiu falta de nada neste verão, exceto de suas filhas, e já está acostumada a sentir falta delas. Os dias se desenrolam um após o outro, plenos, quentes, apinhados de grandes e pequenas alegrias. Ela sai cedo para fora de casa. Café em uma das mãos, ela vagueia pelo jardim, removendo flores murchas, arrancando ervas daninhas desgarradas, parando para admirar o astrolábio. Ela retira folhas da ânfora que ajeitou com um fluxo borbulhante de água corrente derramando-se sobre um chão de cascalhos. Ela se inclina para pegar um punhado de gauras e de sálvia branca para a sua mesinha de cabeceira. Archie a segue. Os três gatos empoleirados em uma cadeira olham com uma indiferença régia.

Eu poderia deixar tudo isso?, ela se pergunta. Eu iria querer? Grazia estenderia nosso aluguel? Ela examina a cerca viva de hortênsias azuis ao longo do muro sombreado e as ensolaradas nódoas de cor partindo da casa e descendo pela encosta. Ela se pergunta se agora que elas melhoraram drasticamente a *villa* e o jardim Grazia tentaria tirar vantagem disso. A recessão, quando as propriedades arrastavam-se por três anos no mercado, acabou. Nicolà descreve San Rocco como um lugar "quente". O que Julia e Camille estarão pensando? Nossas situações são diferentes, já que têm Chris e Rowan em suas vidas. São relacionamentos novos — eles se comprometeriam com a extensão de nosso tempo na *villa*? Tivemos momentos gloriosos, mas por quanto tempo isto pode continuar? Nós nos damos muito bem. Porque somos diferentes, mas, felizmente, complementamos umas às outras. Julia faria as malas e iria para a Califórnia? Viver uma vida em dois países com Chris e as turnês? Soa divertido. Suas turnês podem se estender em infinitas direções. Tenho quase certeza de que Camille não iria morar em Berkeley. Nem tenho certeza de que Rowan vai querer continuar lá depois que sua mãe morrer. Camille está desabrochando aqui e é uma pessoa mais voltada para o interior do que Julia. Assim como posso ver Julia em uma vinícola da Califórnia, posso imaginar Camille vivendo feliz sozinha. Mas agora Julia provavelmente tem Lizzie de volta ao ninho em Savannah. Ela seria atraída de volta, iria viver na casa de seus pais com Lizzie? Wade do outro lado da cidade, cantando de galo em um terreiro novo. É cruel. Ele perdeu Julia, e, embora tente se justificar, à meia-noite ele vai saber que esse foi o erro de sua vida. O verão está passando depressa. Temos que tomar decisões logo. *Flessibile*. Flexível, foi o que aprendemos. O quanto é melhor ser *flessibile*.

Todos estão de volta de suas curtas viagens. Ela adora suas viagens exploradoras, a última na costa Argentario. Nicolà e Brian foram e também convidaram Riccardo e os expatriados irlandeses Brendan e Sally. Sol e frutos do mar, jogos de cartas e noites suaves no terraço, apenas se conhecendo melhor. Dias quentes, nadando ao largo das rochas em água fria e cristalina, voltando para a casa arejada para almoços prolongados de salada caprese, queijos, torta de tomates do vilarejo, *prosciutto* e melão, vinho branco. Cochilos e livros. Eles restauraram a mobília, compraram toalhas de mesa, reanimaram os vasos de plantas desolados do terraço e jogaram fora pilhas de revistas úmidas. O lugar parecia reanimado quando foram embora. Ela descobriu que Riccardo gosta de dançar. Ela adorou suas *playlists* italianas. Foi excesso de vinho ou ele tocou o nariz em seu pescoço quando dançaram uma música lenta de Adele?

Na semana seguinte, Nicolà arranjou outra viagem de quatro dias no meio da semana à Cinque Terre para todos. Depois disso, Susan quer tempo em casa para trabalhar mais na parte da encosta do jardim e em seu blog, que está começando a ter um excelente *feedback* dos paisagistas que ela admira. Seus links a Artful Dodge Antiques também funcionam.

Cinque Terre será a primeira viagem de Kit com Lauro, embora ela esteja por toda parte em San Rocco. Ela lamenta sua barriga flácida, mas voltou a ser completamente ela mesma outra vez. No último mês de sua gravidez, ela inflou como um balão. Achávamos que iria flutuar para os céus se cortássemos uma corda.

— Estamos prontas — Julia chama. — Kit está no topo da estrada.

Nós todas entramos juntas na cidade de manhã e, assim que atravessamos o portão, as pessoas começam a sair correndo de suas lojas para admirar o bebê, independentemente de terem feito o mesmo no dia anterior. Passamos a formar uma tropa em torno do carrinho para que ele não fique assustado com rostos diferentes assomando acima dele. Mas isso é também o que amamos na Itália, não é? Os cumprimentos fluem, ele é adorado, seus atributos são decantados. Todos adoram o nome Lauro, louro, embora seja um nome antigo, que já não é muito escolhido. Alessandro, Matteo e Lorenzo reinam atualmente na cidade, com um ou outro Luca e Marco e um recente Ettore (Heitor).

Estamos adorando o começo da manhã na *piazza* banhada de sol. Lauro fica de frente para nós. Mantemos o capô levantado para que ele não olhe diretamente para o sol. Violetta nos traz copos altos de suco de laranja fresco, uma bandeja de pães doces e xícaras grandes de café. Às vezes, Chris e Rowan se unem a nós. Colin, nunca. Após duas semanas de pouco sono, ele teve que retornar a Londres por quatro dias na semana. Sua firma deu sinal verde para seu projeto de Key West. Susan ouviu uma conversa perturbadora de Kit sobre eles se ausentarem por vários meses.

Lauro atrai a atenção de todo mundo, cada gritinho ou movimento do corpo. O pequeno e querido Lauro. Ele ri. Vira a cabeça para o lado e uma risadinha pura sai de sua boca. Como é bom testemunhar a primeira risadinha de alguém que só está neste mundo há três semanas! Não é incrível que alguém que chegou tão recentemente pareça totalmente presente e essencial?

Camille toma um pequeno gole de seu suco, fazendo esboços e deleitando-se ao sol. Nuvens rápidas passam céleres no alto, nos lançando dentro e fora da sombra. Ela não para de olhar o arco gótico do Palazzo Monferrato em torno da porta com uma bandeira que parece metade de uma circunferência. Seu desenho sobrepõe uma circunferência completa imaginária acima das pesadas portas de madeira. Ela está se concentrando nas duas aldravas gigantes em forma de cabeça de leão, desenhando-as maiores no portal de mármore xadrez. Ela está fraturando, estendendo arquitetonicamente e fazendo alguns elementos maiores do que o real. Tudo isso Susan vê olhando de relance por cima de seu ombro.

Desde o convite para os museus americanos, Camille está estimulada a trabalhar ainda mais intensamente. Na caminhada matinal até a cidade, ela está relaxada e descansada, mas, assim que chega de volta à casa, ela prepara um sanduíche rapidamente, pega um dos gatos para lhe fazer companhia e desaparece para a *limonaia* até Rowan aparecer no final da tarde. Ele está trabalhando com Matilde em papéis grandes para um livro único de um poeta americano e de um artista cubano. Ele está obcecado, já que uma coleção importante — ele não revela qual museu — expressou interesse em adquiri-lo. Camille, em sua nova glória, provoca-o dizendo que vai dar uma palavra em seu favor no High Museum. Ela acha que todos eles viajarão para ver seu novo trabalho, onde quer que ele acabe em exposição.

— De qual você gostou mais? — Susan pergunta a Julia. — Outono, inverno, primavera ou verão?

Tanto Camille quanto Julia respondem em uníssono:

— Verão.

Susan concorda.

— Nunca em minha vida houve uma série de dias tão longos e divinos. Cada dia dura uma semana.

Horas itálicas

NÃO CONSIGO ESCOLHER UMA ESTAÇÃO DO ANO QUE eu prefira. Mas desta, o primeiro verão de Lauro, eu me lembrarei como uma época abençoada que gostaria de engarrafar e guardar para dias mais difíceis que certamente virão. (Fatalista!) Memorável, deitada em uma colcha, escrevendo sob a pereira com Lauro de costas, descobrindo que pode chutar e se balançar. Fitzy gostava de abanar sua cauda felpuda no rosto de Lauro, provocando muitas risadinhas, que eu gravei em vídeo, mas na maior parte do tempo Fitzy preferia sentar-se naquilo que eu estava tentando escrever. Memoráveis, os docinhos crocantes de amora de Julia, com intenso gosto de verão, todos os pratos que servimos de folhas de sálvia fritas, abobrinha crocante e flores de abóbora; caminhadas ao pôr do sol com suas berrantes cores de pirulito, o sol oscilando e desaparecendo lentamente, depois sendo engolido rapidamente pelo horizonte; os melões de Leo, seu perfume de rosa-mosqueta bafejando por nossa cozinha. (Cantaloupe: canção do lobo. Provavelmente tendo recebido esse nome de um lugar perto de Roma.)

Memorável — vendo o assombro de meus amigos diante dos campos brilhantes de girassóis colorindo a paisagem, cada flor com quase dois metros de altura com uma face redonda, marrom, cercada de pétalas douradas. Eles se perfilam lado a lado, comprimidos, esses peregrinos que parecem querer marchar para o sol. O fato de mudarem de direção, acompanhando o arco percorrido pelo sol, me deixa admirada. (Embora eu faça o mesmo.) Não consigo deixar de antropomorfizar as flores; elas parecem seres conscientes, especialmente quando tombam antes da colheita, cabeças inclinadas para baixo, envergonhadas por lhes terem negado a imortalidade dos deuses do sol. Memoráveis — noites quentes com formas como chamas negras de ciprestes contra o céu e a Via Láctea estendendo-se acima da casa como um rio de diamantes fundidos. (Céu diamantífero. Não é uma palavra boa para um poema e soa exagerada. Mas quem consegue exagerar a beleza da Toscana?) Na Flórida, nunca vi a Via Láctea, dádiva diamantífera para nós na Terra.

Memoráveis, as chuvas dramáticas de verão que eu amo, quando os ciprestes se curvam e se curvam ao vento, e eu observo do meu estúdio, esperando ver a ponta de um deles tocar o solo e saltar de volta. Vi a primeira sensação de medo de Lauro durante uma tempestade matinal. O estouro do trovão foi ensurdecedor; ele retesou o corpo e seus olhos se arregalaram. Ele franziu a testa. Teria sentido vibrações percorrerem seu corpo? Acho que ele nos procurou. O raio realmente atingiu o modem e tivemos que adquirir um novo. Essas tempestades violentas limpam o ar, deixando o dia seguinte ameno e transparente, com uma brisa favoniana e nuvens de algodão à deriva no alto. Certa manhã, o céu parecia forrado de vidro. Colin e eu estávamos em um campo com Leo enquanto ele treinava seu novo falcão. O pássaro, feroz e assustador, planava cada vez mais alto, dando voltas contra o céu como se ele pudesse voar para sempre para cima, até estraçalhar aquela cúpula azul e estilhaços de vidro cairiam como chuva. A recompensa por voltar foi uma codorna viva para o falcão desmembrar e devorar. Colin e eu tivemos o mesmo pensamento no mesmo instante. O falcão no braço de Leo, Lauro em uma faixa presa ao redor do pescoço de Colin.

— Leo, isto não vai...

— Não, *cara* — ele me assegurou, mas eu agarrei o braço de Colin e o puxei para a estrada.

Às vezes, a terra parece magneticamente poderosa. Tento escrever sobre sua atração, seu efeito feliz sobre o corpo, mesmo arriscando metáforas que podem levar à personificação, esse gesto tão irritante e egoísta na arte de escrever. (Mas veja minha descrição do girassol anteriormente!) O céu nunca sorri. A chuva não está chorando. Melhor encontrar a imagem figurativa mais imaginativa, como a de D.H. Lawrence: *Assim como temos velas para iluminar a escuridão da noite, os ciprestes também são velas para manter a escuridão acesa em plena luz do sol.* Ler isso muda os ciprestes para sempre.

Icônicos, as estradas brancas e sinuosas, campos de papoulas e girassóis, ciprestes, muros de pedra. Tudo isso me toca, mas não me aproximo. Não faz parte da minha esfera de interesse. Estou trabalhando em um poema de falcão.

Também estou finalizando minha monografia sobre Margaret. O pai do seu Colin escreveu-me outra vez. Ele vem à Itália no ano que vem e me pergunta se poderíamos nos encontrar. Ele quer saber sobre a vida de Margaret. Respondi dizendo que sim, se eu estiver aqui, embora ele se vá decepcionado. Margaret continua uma incógnita.

Antes de partir pela última vez, ela parecia preferir Colin a mim. (Agora eu sei que ela gostava de dizer seu nome e imaginar seu garoto no corpo de Colin, mãos, boca, voz.) Ela planejou uma estadia de uns dois meses em Washington para reuniões, para fazer seu checkup anual — tinha uma persistente tosse seca da qual não conseguia se livrar — e para fazer pesquisas para um novo romance que criara em sua cabeça sem ainda escrever uma única palavra. (Ou assim eu pensava. O manuscrito na mala contém uma novela de cem páginas praticamente perfeita.)

Após um mês em Washington, ela escreveu dizendo que tinha sido diagnosticada com câncer e que *não iria aturar isso* se os tratamentos iniciais não funcionassem. Esôfago. Agressivo. Ela disse quando começaria a radiação. Sem dizer a ela, peguei um avião de volta e apareci à sua porta na manhã do tratamento. Ela ficou admirada e chorosa. Tinha certeza de que ninguém jamais fizera um gesto assim por ela. Parecia bem com os tratamentos. Fiquei ao seu lado até o tratamento se tornar rotina, depois voltei para casa. Mais tarde, cirurgia, um tratamento brutal que envolvia engolir platina e a notícia de que ela não poderia mais comer alimentos sólidos. Ela estava cheia de humor negro. *Pareço uma gárgula*, escreveu. *Não venha. Meus cabelos parecem uma assustadora peruca roída pelas traças e não quero mais ver ninguém.* Uma cuidadora fazia comida para ela em um processador de alimentos. *Ao menos não é Gerber's.* Após algumas semanas, o humor findou. *Não deveria acontecer nem a um cachorro.*

Então, outra rodada de quimioterapia. *Não consigo falar. Quando você não consegue falar, não consegue comer, o que resta?, e não me diga que eu sempre posso escrever.*

Estou indo vê-la na semana que vem, escrevi. Ao menos desta vez, serei eu a falar! Comprei minha passagem, culpada, culpada por não ter insistido e ido antes. Ela escreveu de volta: *Não venha. Não quero que me veja assim. Não quero. É verdade. Não quero que você venha. Fique aí com seu belo rapaz.*

— O que devo fazer? — perguntei a Colin.

— Parece que ela está falando sério. *Fique com seu belo rapaz.* Nossa, ela ainda consegue dar uma alfinetada, não é?

Como sabemos, ele também hesitou... Cancelei a viagem.

॰

Uma semana depois, ela cortou primeiro o pulso, depois a garganta na banheira. Na porta do banheiro, colara um envelope para a faxineira que esperava no dia seguinte. *Não abra a porta,* ela instruía. *Ligue para 911. Minhas desculpas.* Também dentro do envelope ela deixou cinco mil dólares. (A gorjeta mais estranha de que já ouvi falar.) Seus gestos finais me assombram: a mão na torneira, abrindo a água do banho, como se preparasse um bom banho de imersão, colocando a faca e a navalha na saboneteira, entrando. Quente demais? Então, doloroso imaginar, que pensamentos percorreram sua mente quando ela se reclinou na banheira? Aquele momento. Eu nunca vou conseguir ir além daquele momento. Margaret. Seu brilho iridescente. Lampejo de brilho na lâmina da faca. Cortar o câncer. Margaret, sempre relevante.

॰

Então, a realidade de que Margaret se fora. Saíra do planeta. Não deixara nenhum outro bilhete. Tenho certeza de que ela achava que suas razões eram óbvias. E eu comecei a ter que viver com meu fracasso como sua amiga. Eu poderia... Eu deveria... As recriminações nunca param.

Seu advogado/executor me informou que Margaret queria ser cremada e não queria nenhuma cerimônia funerária, mas pediu que suas cinzas fossem espalhadas no meu olival e no Tibre, do qual ela desfrutava de uma vista panorâmica durante seus anos em Roma. Sim, claro.

Uma semana depois de seu suicídio, chegou um cartão-postal. Endereçado a mim. *Pense em mim como em uma longa viagem em que estou recolhendo informações para o melhor livro de todos. Kit, você é uma amiga rara.* Ci vediamo dopo, *Margaret.*

Ci vediamo dopo, Até logo. Um pouco informal para uma despedida final. Pregada acima da minha escrivaninha, a foto no cartão-postal que eu vejo todos os dias é a do Vesúvio lançando fogo e lava. Último rito, último suspiro, última gota, últimas palavras.

༄

Minha amiga de fogo e lava. Seu filho. Lizzie. Charlie. Meu filho. As despreocupadas filhas chinesas procurando a mãe biológica. Os embriões abortados de Susan e Camille, para nunca existirem. Venho escrevendo durante todos estes anos sobre *busca*, sobre questões de chegada e partida, sobre explosões criativas mais tarde na vida — minha tapeçaria de vida e amizade abundantes. Agora, no final, vejo que andei escrevendo sobre a força desencadeada em sua vida quando você se torna mãe. (Estou no começo.) Isto é de um poema de Robyn Schiff com que me deparei hoje:*... o maxilar mais poderoso do mundo é aquele que suga.*

Verdade, mães. (Minha mãe saberia disso?) Ficar sabendo sobre o Colin de Margaret, ouvindo as sagas de minhas três amigas, eu entrei em um novo estado de consciência que unca tive na época do útero invertido. Oh, sim, salte antes de olhar.

Margaret, minha amiga. (Com que doçura as rosas brancas de Susan se entremeiam entre as gavinhas da trepadeira de glicínias.) O que você tem a ver com Susan, Julia, Camille? Comigo, nesta conjuntura?

Dei seus romances para elas. Elas ficaram fascinadas, empolgadas, emocionadas com eles. Camille usa suas pérolas. Minha liberdade para escrever eu devo a você. (Você se certificou de que eu não pudesse lhe agradecer.) Sou sua *doppelgänger* (Sou sua sósia. Gosto disso. Eu a represento agora). Ambas autoexiladas de uma idade jovem. Após quatro anos excruciantes em que minha mãe teimava em não viver, cheguei aqui pronta para uma mudança. Como você disse de si mesma certa vez, *entrei na Itália como uma noiva em seu vestido entra na igreja*. Você era mestre em respostas afiadas, a que ainda flertava com garçons e sentava-se sozinha na *piazza* a uma hora da madrugada fumando charutos. Você escrevia até altas horas, depois saía caminhando ao amanhecer para se acalmar. Lembro-me de uma noite em Vassaliki quando cheguei tarde e você estava dançando sozinha com seu longo cachecol. Todos observando. Nossa Scheherazade. Se não fosse por você, eu teria tido a coragem de dizer a um estranho: "Tem tempo para um drinque?" Como você continua a me incitar a prosseguir, eu, por minha vez, faço o mesmo com Julia, Susan e Camille. A amiga que você foi para mim, eu me tornei para elas. Espirais de amizade. O que mais eu tenho a oferecer? Posso escrever seus nomes, a cor de seus olhos, seus deslizes da língua, suas piadas, as luas de suas unhas, seus pulos em águas claras. Eu escrevo com tinta.

Algumas semanas depois do suicídio de Margaret, fiquei surpresa quando seu advogado me informou que ela me deixara os rendimentos da Casa Gelsomino, seus futuros royalties (se houvesse) e uma pilha de ações e investimentos. Alguns dos quais ela herdara do pai. Tudo o mais e seus papéis ela deixara para Georgetown.

O mínimo que eu posso fazer é escrever o maldito livro sobre sua obra. Ao menos eu posso esquecer a estocada irracional à minha leitura em Washington, quando ela alardeou sobre os italianos não gostarem que estrangeiros escrevessem sobre eles. *Minha Itália e você não pode tê-la!* Sou mesquinha por ter ficado ressentida com isso.

Ela também podia ser mesquinha. Ela podia ser magnânima. Ela podia ser rude (*o pior efeito colateral é a dolorosa diarreia*). Ela podia ser sublime, como em sua ficção. Ela era uma amiga como nenhuma outra. Que enorme sorte tê-la conhecido. Memorável, Margaret. Especialmente neste verão incrivelmente idílico da minha vida, o polo oposto de sua inimaginável saída deste mundo.

───✢───

O QUE ESTOU ESPERANDO PARA REVELAR às minhas amigas são as notícias agora confirmadas. Vamos partir por dez meses. No mínimo. Esta é a grande oportunidade pela qual Colin tanto tem ansiado. Não uma reforma, não um hotel ou uma construção de serviço como uma ala de hospital, ou mesmo um salão de conferências em uma universidade. O pavilhão é uma virada de jogo para Key West. Uma mudança na carreira de um arquiteto. A chance de a cidade erigir algo simbólico do lugar, um monumento duradouro para residentes e visitantes. *Monumental* não é o adjetivo que os arquitetos geralmente ouvem dos clientes. Colin entende todas as implicações.

Após algum malabarismo, a firma dele aceitou alugar a casa dos meus pais, permitindo-nos morar lá enquanto o projeto estivesse em andamento e que outros arquitetos trabalhando no escritório de Miami morem lá posteriormente. De volta à minha casa. Lauro no meu quarto de infância. Eu instalada no gabinete do meu pai. Os ritmos circadianos dos dias e das noites da Flórida nos dominando. Mas a conclusão final: estaremos de volta antes que o pavilhão esteja tocando música em uma noite de primavera, pessoas se reunindo no final da tarde para fazer a contagem regressiva dos minutos até o pôr do sol.

Antes de partirmos, meu projeto com minhas amigas terminará. Elas irão embora? Como irão prosseguir? O que este ano sugere a respeito do próximo? Minha própria pergunta agora tem uma resposta. Estou indo embora. Estou voltando.

Suposição

— A Itália inteira sai de férias em agosto? — Julia coloca na mesa uma cesta de ameixas. Ela se apoia em uma cadeira de cozinha na casa de Annetta e Leo. À pia, Annetta lava longos tubos sangrentos sob a torneira. Julia não tem certeza se incluirá isto em seu *Aprendendo italiano*.

— Se você não mandou pintar a cozinha ou desentupir o cano ou consertar o piso, não se dê ao trabalho de tentar fazer isso agora. — Annetta joga os tubos gordos em um balde de água fria. — A pessoa de quem você precisa está na praia.

— Ou então apenas em casa dando festas, mas certamente não respondendo às mensagens — Leo acrescenta. — Você atinge o ápice no dia quinze de agosto. É Ferragosto, o maior feriado da Itália.

Julia sabe que é quando a Santíssima Virgem Maria subiu aos céus. San Rocco se prepara durante dias para uma festa comunitária na *piazza*. Trezentas pessoas sentadas para jantar e não, não com pratos de papel e talheres de plástico — pratos brancos, garfos e facas de verdade.

— O que é isto? Achei que estivessem preparando ganso.

— Claro, ganso — Annetta lhe diz. — O ganso que comemos no verão. — Sua irmã esvazia o balde, espalha os tubos em uma toalha sobre a mesa da cozinha e começa a arrancar pequenas penas flexíveis da carcaça dos gansos. Julia olha intrigada, até que a irmã de Annetta, Flavia, faz um movimento indicando sua garganta.

— Ah! Você vai rechear os pescoços. — Ela não se lembra da palavra para pescoço e usa *gola*, garganta, em vez de *colo*. Ela se lembra de um vídeo perturbador de alguém forçando a comida goela abaixo de um ganso. Estes ao menos estão mortos. — O que você coloca dentro?

— Ah, qualquer coisa, carne, linguiça, batatas, o que quiser. Estamos usando os fígados, *odori, pecorino,* ovos, farelo de pão, alho. Você amarra a parte de cima, coloca o recheio e amarra a parte de baixo. Eu fervento um pouco. Nunca comeu isto? — Ela olha para Julia com incredulidade. Nunca comeu pescoço de ganso recheado? Coitadinha.

— Depois disso, vão para o forno lá de fora. Leo já acendeu o fogo. Serão fatiados e muito apreciados.

Muito bem, Julia pensa. Sempre algo novo, mas antigo sob o sol.

— Somos trinta fazendo isto esta noite. Talvez no ano que vem você participe. O penne será servido com o ragu de ganso e em seguida ganso assado com batatas. Todos devem trazer uma salada ou legume. Para sobremesa, a tradição do verão, fatias de melão.

Julia já preparou travessas de berinjelas, tomates, abobrinhas e pimentões grelhados. No ano que vem, ela pensa, nós três estaremos arrancando essas penas? Onde estaremos em Ferragosto no ano que vem?

Às quatro horas nesta tarde, Gianni trará Hugh do aeroporto de Roma. Como o voo de Istambul é rápido, Julia acha que um pequeno descanso é tudo de que ele vai precisar antes de ser apresentado à intensa vida social do verão em San Rocco. Ele escreveu que estará buscando um poleiro por algum tempo. Bombardeios terroristas na Turquia não o detêm, mas seu tornozelo quebrado (ele finalmente admitiu), sim.

༄

A SAGRA DEL'OCO, FESTA DO GANSO, de San Rocco, não só representa o ápice do verão, como a comemoração é a maior reunião da comunidade do ano. A *sagra* marca o fim da estação favorita dos toscanos. Como Nicolàs explica para Susan:

— É quando melhor nos reunimos. A *contessa* dançará com o lixeiro, o carteiro com a *marchesa,* garotos estarão convidando suas colegas de classe para dançar pela primeira vez. O vereador comunista dança com a médica de extrema-direita. Começa com o prosecco e dança na *piazza*, continua com o banquete, com acordeonistas errantes, faz-se uma pausa para discursos que todo mundo ignora, continua com mais dança, desta vez sem inibições, e termina com queima de fogos.

Chris comprou bilhetes ontem, já que este é sempre um evento que se esgota. A interminável mesa para trezentas pessoas ocupa metade do comprimento da *piazza*. Nas laterais da *piazza,* são montadas longas mesas de apoio e grelhas, para linguiças e peixes, para aqueles turistas que inexplicavelmente não comem carne. Susan reserva lugares com seus nomes. Já agora, no meio da manhã, não é fácil encontrar lugares adjacentes, mas ela encontra, notando que há vários amigos nas proximidades. Ela sabe que Julia está empolgada; os demais estão dizendo para si mesmos que *isto é muito ganso.*

✧

Lauro também vai. Ele deve ser exposto ao intenso amor pela comunidade que todos nós sentimos em uma noite como esta. Espero jamais perder a *sagra* em toda a minha vida.

Nós nos reunimos na Villa Assunta para os *antipasti* que precedem o banquete. O jardim de final de verão de Susan: a alameda de limoeiros e laranjeiras carregados, bordas sinuosas de begônias brancas entremeadas erraticamente de dálias miúdas, cerca viva de hortênsias em sua maior parte azuis, embora algumas revertidas a brancas, lindas faixas de lavanda, santolina e alecrim ao longo de caminhos, e artemísia oscilante, enlouquecida, juntamente com flox lançando brotos fora de época. Adoro sua inóspita gaura-rosa suavizada pela arroxeada erva-dos-gatos. É um luxo.

— Estou trabalhando em pontos de transição — ela aponta para uma ramificação de terreno — onde o jardim dá lugar às vistas.

Ela já convenceu Grazia a plantar seis ciprestes, esbeltos como bailarinas de dez anos, que se afastam na distância, guiando os olhos.

Mancando e apoiando-se em uma bengala, Hugh emerge de seu descanso e é apresentado a todos.

— Este jardim é o paraíso. Depois de Istambul, que eu adoro, mas que é seriamente caótica, este lugar reduz meus batimentos cardíacos só de admirá-lo.

Ele é magro como uma vara, mas porta bem a elegância acadêmica privilegiada — camisa de linho folgada e calça branca, espadrilles de camurça cinza (tornozelo ainda roxo e inchado), os cabelos brancos e lisos penteados para trás como um astro de cinema dos anos 1930. Colin diz a Rowan:

— Quero estar assim quando tiver oitenta e poucos anos.

Chris providencia uma degustação de vinhos brancos na *limonaia*. Ele envolveu cada garrafa em um pano de pratos e temos que adivinhar a uva e o fabricante.

— Boa sorte — Camille diz. — Este tem o sabor do cheiro de giz e, oh, de água de rosas. E verde... herbáceo.

— Excelente! — Chris diz. — Qual é a uva?

— Malvasia, produzido por aquela vinícola de Friuli, qual é mesmo? Istriana.

Chris está perplexo.

— Raccaro Malvasia Istriana. Este é o mais difícil.

— Lembro-me dele com aquela torta de frutas silvestres.

O seguinte deixa todo mundo intrigado, exceto Julia, que adivinha imediatamente seu vinho caseiro, sauvignon de Livio Felluga.

— Droga — Susan diz, tomando outro gole. — Nós todos deveríamos ter adivinhado isto desde o momento do engarrafamento. Quantas garrafas eu levei para as lixeiras de reciclagem?

As esperanças de Chris se elevam, mas, depois disso, todos erram tudo, exceto o pinot grigio. Ele revela as garrafas, depois todos simplesmente bebem e passeiam pelo jardim.

Depois de quase um ano de absolutamente nada, até mesmo o vinho branco me parece forte. Alguns goles. Colin e eu concordamos que é hora de contar os nossos planos a todos. Julia traz aquilo que desejamos o verão inteiro, flores de abóbora e anéis de cebola fritos. Nós nos reunimos ao redor da mesa. Colin começa:

— Um brinde de boas-vindas a Hugh. — Todos erguem os copos.

— E outro para agradecer a vocês por tornarem este verão incrível para nós.

Aquele céu de vidro está prestes a se quebrar. Este único momento mudará o curso da ação, colocará a mudança em movimento. Seguro a manga de Colin.

— Espere, espere, espere.
— Kit, temos que contar.
— Eu sei, mas eu não quero.
— Lembre-se do pavilhão. Não é para sempre. Nós queremos isso. Eles vão ficar bem.

— Ok. Deixe-me fazer isso. — Noto que Susan olha para mim com uma expressão preocupada. — Vocês todos! Bomba! Temos novidades. Vocês sabem que Colin tem uma oportunidade fantástica... — Falo de seu design etéreo e do cronograma de execução. — Acho que será inspirador para Key West. Agora, vocês já sabem aonde estou querendo chegar. Nós temos que ir. Vamos partir dentro de algumas semanas, talvez por um ano... — De sua faixa em volta do pescoço de Colin, Lauro solta um grito estridente. Todos riem.

— Lauro, é isso que todos nós queremos fazer! — Julia grita. — Quando?

— Vão perder a colheita de azeitonas? — Susan pergunta.
— E a casa? — Camille quer saber.
— E Fitzy?
— Droga, e nós?
— Vocês têm que ir?
— Onde vão morar?
— Vão mesmo voltar?

Vamos respondendo o mais rápido possível.
— Vamos morar na casa dos meus pais.
— Colin voará para o local. É rápido.
— Fitzy irá também.

Levanto as duas mãos.
— Parem, vocês três! E quanto a vocês? Nós voltaremos. Vocês vão estar aqui? — As três mulheres se entreolham, olham para nós, olham para o céu.

Irracionalmente, Camille diz:
— Temos três gatos.

Hugh passa o braço ao redor dos ombros de Julia.

— Eu cheguei em um momento de crise?

— Não, nós precisamos conversar, mas não agora. Temos que ir para o jantar. Você consegue dançar com este tornozelo?

Rowan diz:

— Outro brinde? Este é para Kit e Colin. Iremos a Key West para cortar a fita e ver aquele pôr do sol. Até lá, sentiremos sua falta. Boa sorte! — Rowan tomou uma decisão também. Ele alugou seu apartamento por seis meses, embora tenha que voltar para a Califórnia até novembro para tomar conta de sua mãe enquanto sua irmã estará ausente. Ele e Camille estão felizes com o status atual. Nada mais de sexo no sofá rangente; eles passaram a um patamar superior, a um *matrimoniale,* tamanho *queen.*

⁂

O QUE SERÁ QUE TODOS OS HOMENS ITALIANOS sabem dançar? Nada daquela relutância e passos lentos independentemente da música. Como eles sabem o que estão fazendo, você consegue seguir facilmente. Colin, e vejo que Chris e Rowan parecem indecisos, movendo os pés de um lado para o outro, enquanto os italianos dançam da cintura para cima. Seus ombros se movem, a mão espalmada com firmeza nas costas da parceira, guiando-a. A banda do vale toca as músicas tradicionais de casamentos, batizados, debulha de trigo. Fios de lâmpadas cruzando a praça de um lado para o outro tremulam, depois continuam acesas conforme o anoitecer se instala e as lojas em volta da praça brilham, cada qual iluminada a vela, assim como as janelas dos *palazzi*. Mais abaixo do nosso lugar à mesa, aceno para o grupo de expatriados e Guido, Amalia, Luca e Gilda.

Eugenio, chefe dos *carabinieri,* estende a mão para mim. Ele dança, com incrível facilidade, como se tivesse passado a vida em aulas de dança. Colin fica satisfeito em esperar com Lauro e me observa rodopiando pela *piazza* com Ricardo, Leo, Gianni, Stefano. Sou quem eu costumava ser, garota que gostava de festas. Julia, Camille, Susan também. Todas dançando. Camille, com aqueles sapatos vermelhos, levada por Leo. Susan em um vestido de verão justo, laranja, e Julia usando algo cor-de-rosa e esvoaçante. O homem com síndrome de Down gira agarrado à sua mãe. Chris, agitando os braços acima da cabeça, dança como se estivesse em uma *rave*. Riccardo é muito bom! Ele faz Susan rodopiar por toda a praça e eles riem. Hugh, em nosso espaço à mesa, parece estar dissertando para três italianas. Será que ele está falando com elas em latim? Que homem intrigante. Julia diz que ele quer ficar. Será que gostaria de viver em nossa casa? É sempre bom ter alguém em casa para impedir que os ciganos invadam e lhe deixem três gatos.

Todos se servem de *antipasti* e massa. O que você tiver trazido, coloque nas mesas. Depois disso, voluntárias servem o ganso e batatas porque quem quer se levantar duas ou três vezes? O menu é o mesmo todo ano. Eu sempre adoro os pescoços recheados, mas acima de tudo as batatas crocantes assadas na gordura de ganso. Mesmo durante o jantar, a dança continua, como continuará até as três da madrugada. Feliz, Lauro dorme em seu carrinho na ponta da mesa.

Hugh brande uma enorme perna de ganso.

— Isto é incrivelmente bom!

Ele passa as cebolas e pimentões assados que Julia alentou com pitadas de pimenta Aleppo e lascas da pimenta da horta de Leo.

— Querida, isto é um toque de gênio com o ganso.

Quando a banda para de tocar para comer, Lucio Dalla estrondeia de um alto-falante, fazendo com que qualquer um com um fragmento de romance na alma queira se levantar e dançar sob o luar, fazendo quem quer que tenha lábios querer pressioná-los contra o ouvido de alguém que ama. Muitos ao redor da mesa cantam acompanhando a música, especialmente "Caruso" e "*Tu non mi basti mai*", e, ao final de cada música, todos os homens mais velhos do lugar levantam-se e erguem seus copos, gritando *Grande Lucio!*. Ele atinge as notas emocionais, operísticas às vezes, mas você pode ouvir a música de colheita do camponês em sua voz, a música que sua mãe tocava no rádio enquanto fazia a massa e a música que tocava na praia em sua juventude. Quando "Caruso" começa a tocar pela segunda vez, é um dueto com Pavarotti. O caos se instala; todos de pé, balançando-se e cantando. Vejo lágrimas nos olhos de Chris. Grande romântico! Rowan puxa Camille para o meio da *piazza* e prova que ele *sabe* dançar quando motivado.

A música, sim, as canções que muitos ouviram quando se apaixonaram pela primeira vez, sim, mas a mesa comprida atravessando a *piazza* significa mais. É aqui que nos encontramos, deixando de lado problemas, maledicências e diferenças, nesta grande sala de estar para todos nós que vivemos neste pequeno lugar que poderia caber na palma da mão da Madonna, que, neste dia, ascendeu ou não aos céus. Os fogos começam, para homenagear seu grande voo ao paraíso — aglomerados de luzes caindo em cascata, pufes dourados de dentes-de-leão, candelabros venezianos roxos e verdes, foguetes de prata emitindo faíscas, estouros e explosões pelo vale, crianças correndo com estrelinhas. Com ou sem palavras, todos nós sentimos cada *sagra* passada e também sentimos um futuro em que já não estaremos aqui, daqui a um século, dois séculos, sabendo que algum rastro de luz cadente esta noite registrou que *estávamos juntos, você e eu estávamos aqui neste lugar sob o céu.*

A banda jovem começa a tocar, fazendo as moças e rapazes saírem para dançar separadamente, sem se tocar, girando, balançando a cabeça e enviando sinais com as mãos para o alto. Nós nos reunimos à mesa dos melões e na loja de *gelato* que faz especialmente para esta noite um sorvete especial de azeite de oliva. Todos se cumprimentam! Grazia nos abraça. Parece que ela tem um namorado, um homem calvo com olhos fundos e lábios exangues de Halloween. Ela parece feliz, exibindo seu sorriso fluorescente. Garotos chutam bolas de futebol contra a parede da igreja. Velas se extinguem nas janelas e algumas fecham as venezianas quando os sinos tocam a meia-noite. Chris volta às danças de discoteca de Fresno com Violetta e Annetta. Eu ouço partes da conversa de Julia e Hugh sobre comida turca. A mulher de Eugenio, grávida outra vez, senta-se imóvel enquanto ele impressiona a todos com quem dança. Para alguns, a noite é uma criança. Para nós, hora de ir para casa.

Permita que voltemos, eu digo para as saias infladas da Madonna conforme ela desaparece no céu.

Salte antes de olhar

O FATO A RESPEITO DE CINQUE TERRE É O MAR. Redemoinhos matizados de águas límpidas turquesa e azuis. Camille prefere Corniglia a todas as demais cidades de Cinque Terre. Calcada acima do mar, a vila parece, vista de longe, uma panela aberta de tintas de aquarela, manchas retangulares de água, cobre, rosa, ouro rosado, romã, creme, empilhadas no alto de colinas de vinhedos.

Ontem, Susan dirigiu o Land Rover de Nicolà, o Fiat sendo pequeno demais para mim, Lauro e toda a parafernália de bebê. Hugh ficou na *villa*. Deixamos o carro na estação e carregamos toda a bagagem para o trem local que corta os vilarejos. Que fiasco carregando a cama portátil, o carrinho, as malas, et cetera, et cetera. E Lauro sabe choramingar. Todos com bagagem leve, já que não há nada a fazer nas cinco terras além de caminhar, nadar, comer. Naturalmente, Susan está aqui para verificar um futuro imóvel de aluguel de Nicolà e Brian, uma casa branca independente com vistas abrangentes. O resto de nós a acompanha. O aniversário de Julia, #60, é na sexta-feira, de modo que também estamos carregando presentes para ela. Do trem, para chegar à casa, tivemos que subir centenas de degraus carregando tudo. Estávamos ofegantes ao chegar. Dentro, bálsamo instantâneo. Susan abriu todas as portas de vidro, deixando entrar a brisa marinha e as vistas de azul, azul e mais azul. A faxineira de Nicolà supriu a geladeira com o básico. Logo estamos no terraço com uma jarra de suco de laranja vermelha gelado que veio em um Tetra Pak, mas que está delicioso. Susan segura Lauro para sua primeira visão do mar. Camille começa a cantar "Eddystone Light", uma música de acampamento que todas sabiam, menos eu. Na época em que eu ia acampar, cantávamos "Stayin' Alive". O que provocou "Eddystone" foi um verso sobre o pai apaixonando-se por uma sereia. Olhando para estas águas límpidas e rochedos acidentados, imagina-se que elas resvalavam para cima para pentear suas tranças.

❦

COMO JÁ ESTIVE AQUI ANTES (e Lauro está ficando pesado), quero pular a caminhada e aproveitar esse tempo para escrever. Apesar de haver extensões de terreno plano, inevitavelmente você se depara com subidas íngremes, escadas e, infelizmente nesta época do ano, multidões. Gente demais. Somos loucas em vir para cá no final de agosto. Obrigada, Nicolà e Brian — uma casa tranquila longe do alvoroço.

❦

CAMILLE E SUSAN SAEM CEDO para caminhar. Quando Camille resolve encontrar um café local e ler, Susan continua em direção a Vernazza. O novo projeto de Rowan com o poeta lhe deu a ideia de fazer pinturas inspiradas em escritores italianos. Kit lhe disse que Eugenio Montale tinha uma casa em Monterosso. Ela quer passar algumas horas lendo seus poemas sobre Cinque Terre. Será que ela vai encontrar apenas vistas marinhas e flores? Bem, talvez fosse divertido tentar — esboços espontâneos em giz vermelho ou nanquim. Enquanto isso, ela pede um pão doce e um cappuccino, o livro aberto, seu olhar atraído pelo mar.

Com Kit e Colin indo embora, ela pensa em outubro, quando o aluguel de Villa Assunta expira. Ela se imagina fazendo as malas, desmontando seu estúdio e a sala de trabalho na *limonaia*, despedindo-se de todos em San Roco, os olhares admirados de Violetta e Stefano, Leo e Annetta oferecendo um último jantar, um almoço de despedida com Matilde. De volta para casa na Carolina do Norte. Ah, que Charlie fique na casa grande. Ele tem espaço para trabalhar lá, sua mulher irritável está mais feliz e Ingrid tem espaço para respirar quando as coisas estão tensas, do que Camille desconfia que deve acontecer com frequência. Ingrid está estudando latim. Camille pode levá-la em turnês por Roma nos verões. Uma daquelas unidades de ponta em Cornwallis, com vistas de esquina e uma varanda com balanço, agora que já nos divertimos. Charlie e família indo para o *brunch* de domingo do chef. Rowan? Ele irá visitá-la. Eles se encontrão em Istambul ou San Francisco ou, onde? Em Copenhagen. Ela não conhece a Escandinávia.

Ela tenta se concentrar nos poemas. São elusivos. Lendo-os, tem a sensação de estar socando um travesseiro. Quem está neles? Não há ninguém, apenas nuanças de um "você" que começa a parecer o próprio poeta. Camille suspira e encerra a leitura. *Agora que já nos divertimos?* Ela se vê refletindo sobre isso. *Nos divertimos?* Fui convidada para expor em importantes museus e chamo isso de diversão? Será que sempre deverei me recolher em algum canto achando que não mereço nada disso? Ela morde a junta do polegar. Eu mereço abrir mão de minha casa e me mudar para uma unidade de esquina — sobre o que elas riram? — no cruzeiro de luxo descendo pelo rio Estige? Sou *stupido*!

O garçom bate a conta na mesa. Ela vai ocupar a mesa por muito mais tempo? Ela olha furiosamente para ele, pede outro café e enfia o livro de Montale na bolsa. Lembra-se do sensual Keats de "Ode a um rouxinol", *ah, taça cheia do caloroso sul*. A saudade. Um grande gole de tempo, lugar e calor. É assim que sinto o dia de hoje, sol de fim de agosto incidindo em um dos mais encantadores lugares do globo. Multidões, muitos ao telefone, distraídos, movendo-se em ondas pelas ruas e caminhos. Não é de admirar que Montale flutuasse acima delas, ela pensa, e focalizasse sua atenção em cigarras, pés de tamarisco e girassóis.

☙

AFOGUEADA E SUADA, Susan volta ao café e pede um copo grande de cerveja.

— Grande lugar para caminhadas, excelente! Mas não somos os primeiros a pensar em vir aqui. As trilhas estão apinhadas de gente;

é como uma marcha forçada. Temos que voltar em abril ou novembro. — Ela pega lenços de papel em sua pochete e enxuga o rosto e o pescoço. — Vamos voltar para casa. — Elas estão encarregadas de comprar os ingredientes para o jantar.

— Esta noite será divertida para Julia — Camille diz, reunindo suas bolsas — com uma cesta do que acabou de ser pego pelo peixeiro. Talvez ele tenha alguns daqueles moluscos, amêijoas.

— Onde está Julia?

— Acho que ela ia à praia em Monterosso. Ela ainda está abalada, você sabe.

— Sim. Ela está melhor. E pensar em tudo que foi de repente virado de cabeça para baixo e chacoalhado. E é real. Viu as fotos que Liz acaba de mandar dos três vasos cinza que ela fez?

— Ela tem talento. Adoraria ter alguns para a Villa. Ah! Será que eu poderia encomendar uns dois? Mas não cinza. Um verde-claro, como a sálvia, fica bonito com qualquer flor.

— Eles deviam ter entrega de compras em domicílio por drones aqui. — Cada uma carrega duas bolsas.

— Não iria funcionar: os céus estão tão abarrotados quanto as ruas.

❧

JULIA TOMA O TREM para a praia de Monterosso. Ela encontra um espaço para sua toalha. Duas mulheres que estariam em roupas largas em casa espreguiçam-se em seus duas-peças em cadeiras de plástico ao seu lado. Uma ao celular, a outra tricotando. Julia senta-se e passa protetor solar no nariz. A mulher que está tricotando pergunta de onde ela é e conversam por alguns minutos. Elas são duas viúvas de Viterbo. Quando Julia resolve nadar, pede a elas que fiquem de olho em seu telefone e sacola.

Pela quantidade de corpos esparramados nas cadeiras de praia e na areia, ela receia que o mar esteja morno, mas não. A água está fresca e agradável. Ela nada para além das crianças e dos que estão se refrescando com água até a cintura. Somente água salgada fria pode instantaneamente infundir tão grande descarga de energia. Ela sente-se à vontade na água, considerando que cresceu com verões em Tybee, um barco a vela e acampamento com equipes de natação. Ela se lembra do orgulho de receber o distintivo de Salva-vidas Júnior da Cruz Vermelha, um medalhão que sua mãe pregou no seu maiô. Ela gira e vem à superfície como uma foca. Dar cambalhotas, nadar de costas, bater os pés, amarrar fortemente a si mesma e rolar em cima da água — é uma alegria para a qual nascemos. Fresca e profunda, a água límpida, ao contrário do turbulento cinza-azulado do Atlântico que ela adora, com as ondas violentas e as correntes de sucção contra as quais foi avisada, ao que parece, no dia em que nasceu. Ela pratica o nado lateral, a maneira preferida de sua mãe nadar, lembrando-se dos verões com seus pais, Cleve sempre disposto a correr para as ondas, deixando a crista espumante derrubá-los inúmeras vezes, tirando seu calção de banho dentro d'água e lavando a areia, balançando-a nos ombros, correndo por uma praia branca como farinha de trigo, Julia enrolada em uma toalha grande, tremendo. Flutuando, Julia vê rochas altas erguerem-se abruptamente à esquerda. Um garoto parado no topo salta, mergulhando na água que deve ter uns doze metros de profundidade. Ela vai vadeando até a margem e protege os olhos da claridade. Outro menino fica em pé no topo, olhando para baixo, seus dois amigos incentivando-o a pular. Ele sacode a cabeça, recuando. Qual será a altura daquele rochedo? Julia caminha até o início da trilha que leva ao topo. Uma garota de cerca de dezesseis anos em um biquíni mínimo escala as rochas à sua frente.

— Você vai saltar? — Julia quer saber.

— Sim. Parece divertido. E você?

— Não. Só vou subir para ver como é. — Isso jamais seria permitido nos Estados Unidos, Julia pensa. Mas aqui as pessoas traçam seus próprios destinos.

Julia arranha o joelho nas pedras, olha para baixo. Já se sente tonta. No topo, quatro garotos tentam ganhar coragem. Um deles diz:

— Você tem que pular bem para fora.

DE CIMA, a água é de um azul deslumbrante. Se você pular e não tiver sorte, pode estourar a cabeça como um melão caindo de um caminhão em alta velocidade.

Julia aproxima-se cautelosamente da borda. Como a água parece sublime. Límpida. Clara até o fundo. O medo sobe em seu corpo como o mercúrio de um termômetro em uma criança febril. A menina que disse que seria divertido saltar desiste, depois de olhar para baixo. Um dos meninos vai, os braços se agitando. Só para testar, Julia anda até a borda. Olha para baixo, para as minúsculas figuras na praia, olha para o horizonte. *Via, via*, diz um dos garotos. Vai, vai. Ela sente um rápido choque de surpresa.

Ergue-se na ponta dos pés. E salta.

～

CAMILLE E SUSAN ENCONTRAM PEQUENAS BATATAS NOVAS, enormes tomates suculentos, berinjelas pretas e lustrosas para assar com pimentões. Por último, pegam *sorbet*. Esta noite, pretendem ficar "em casa". O vinho é difícil de levar até a casa, mas elas conseguem carregar tudo, além de suco de laranja fresco e um saquinho de limões.

Caminhando de volta, Camille diz a Susan:

— Fiquei sentada nesse terraço maravilhoso, imaginando voltar para casa em outubro. Como seria.

— Está maluca? Eu não vou a lugar algum. Aqui é minha casa agora. Minha vida é muito mais *interessante* do que eu poderia ter imaginado. Temos amigos fabulosos. Veja o que aconteceu a você aqui! Itália! Esta noite devemos conversar, realmente conversar.

Susan tem pesquisado na internet sobre imóveis como sua casa em Chapel Hill. Suas meninas concordaram quando ela vendeu a casa de praia, mas iriam querer desistir da casa onde foram criadas? Elas adoram voltar para casa, para o pão de ló, os biscoitos de manteiga de amendoim, jantares na varanda fechada com tela, seus quartos, um azul, outro amarelo. Ainda assim, se Susan ficar, elas provavelmente vão adorar ainda mais vir à Itália: o novo substituindo a saudade do antigo. Estão na China agora. Ninguém ainda respondeu ao enorme anúncio que publicaram no jornal com as primeiras fotos delas mesmas, datas, onde foram encontradas e o nome do orfanato, que ainda existe, mas não divulga mais informações. Susan duvida de que tenham mais algumas, já que não tinham nas épocas de adoção. Eva foi deixada em um ônibus, Caroline fora de um santuário. Ambas tinham a data de seu nascimento pregada em seus cobertores. Susan sempre imaginou as mães escrevendo essas datas, preparando-se para deixar a casa, imaginou-as no momento do abandono. Fugindo da cena, o que ela deve ter sentido. Um alívio enlouquecedor? Se Eva e Caroline encontrarem alguma coisa, isso estará sujeito a exame de DNA. Que surpreendente se localizarem pais trágicos, de olhos arregalados. As pessoas que abandonam filhos por algum motivo desesperador se apresentam por causa de um anúncio? Sabem ler? A vergonha não os manteria em silêncio? Uma imensa chance aleatória, estatisticamente contra as meninas. Ela pensa nos seus quartos, intactos desde a faculdade, as camas de dossel da casa da avó, uma herança sulista acrescentada às suas origens, em seus apartamentos minimalistas na Califórnia, sua dedicação ao trabalho. E uma à outra. Nenhum outro relacionamento parece surgir, um fato intrigante, mas Susan não pode se intrometer em sua privacidade. Ela fita o mar a distância. Ela é a mãe delas.

Susan poderia vender sua casa, comprar um apartamento pequeno para visitas. Ela se lembra do homem com narcolepsia, a esbelta Catherine que pretendia deixar o Norte. Para que comprar alguma coisa? Por que não cortar o cordão umbilical? Se ela quiser voltar, pode alugar uma base temporária. Pontes foram destruídas.

༄

LAURO GOSTA DAQUI. Quem não gostaria? A brisa o faz querer dizer *halcyon*. Ele está tranquilo, nocauteado depois de mamar, uma névoa leitosa descendo conforme ele cochila. Eu estacionei seu carrinho sob um pé de maracujá-roxo, um móbile vivo, enquanto eu trabalhava, passando de um projeto a outro o dia inteiro, parando apenas para frutas e queijos. *Meriggiare,* descansar à sombra em um dia quente.

Nicolà tem um imóvel atraente para alugar. Ao menos a mobília básica é colorida. A escassez de móveis combina com Cinque Terre, onde a entrega de itens pesados deve ser um pesadelo. Susan planeja rearranjar as camas para capitalizar com as vistas e recomendar modernizar os banheiros minúsculos e a cozinha dos anos 1970. Mais trepadeiras e vasos de ervas. Estamos todas felizes aqui. Tal simplicidade dá a sensação de desafogamento. Azul é bom para a alma. Garota da Flórida, sempre estou melhor quando posso ver o mar aberto.

Julia é a última a retornar. Susan e Camille carregaram as compras subindo todos aqueles degraus e resolveram ler em seus quartos. Desconfio de que estejam dormindo. Julia abre a geladeira e tira melão e queijo e uma coxa do frango assado que comemos ontem à noite.

— Estou faminta — ela diz, trazendo um prato para o terraço. Seus cabelos pendem em mechas secas de sal, os ombros da cor de ameixas, dolorosamente queimados. Ofereço uma loção pós-sol.

— Estou bem, obrigada. Acho que peguei no sono na praia por alguns minutos. Não vão acreditar no que eu fiz, mas contarei a vocês mais tarde. — Ela ataca o frango, sorrindo e lambendo os dedos. — Isto é muito bom. Quer um pouco? — Ela espeta outro pedaço. — Do que eu preciso é um banho e uma soneca. Algo muito bom me aconteceu hoje. Não vou só contar a vocês, vou lhes *mostrar*. Como vai nosso garotinho aí?

Lauro faz pequenos ruídos como se estivesse conversando com as rolas-carpideiras que arrulham na pérgula da casa ao lado. A mulher de lá toma banho de sol nua. Através das videiras, não posso deixar de notar seus impressionantes seios como duas bolas de massa de pizza fermentando.

Um pouco surreal. Só espero que ela não se queime e fique da cor de uma batata-doce. Seu marido (vestido) lê o jornal, depois o deixa cair sobre o rosto quando começa a roncar em seu sono. Parte do panorama! Julia e eu rimos baixinho. Por que roncar é sempre engraçado? Ele estará deitado na boca da caverna, espantando ursos? Abaixo de nós, uma mulher pendura a roupa lavada, lençóis floridos agitando-se. Este vilarejo é uma colmeia, cada casa um alvéolo de mel.

JULIA MANTÉM A SIMPLICIDADE. Ela é a maestrina, instruindo Susan a preparar as batatas *sautée* e a mim, colocar a mesa no terraço. (Esperemos que nossa vizinha não jante nua.) Camille é daquelas que tiram a pele de tomates. Na Ligúria, o manjericão genovês cresce grande e pungente, com folhas crespas. Susan encontrou burrata fresca em Vernazza em sua caminhada. Pequenos mariscos sobre macarrão em forma de conchas como entrada, depois o peixe assado com tomilho, azeite de oliva e limão.

O vinho é leve e suave. No terraço, enquanto o peixe assa, Julia esvazia uma garrafa em uma jarra de vidro que coloca em gelo.

— *Quaffable*, vocês não amam esta palavra? Agradável de beber em grandes quantidades. Chris nunca diz *quaffable*.

Todas estão de banho tomado, cabelos molhados, shorts limpos e descalças. Lauro dorme, aconchegado em seu pequeno leito. Julia pega seu celular e procura uma foto. Camille serve o vinho e passa os copos.

— Eis as minhas novidades. — Julia exibe uma foto de uma mulher caindo reta como uma flecha de um rochedo para dentro d'água. Ela está no meio da queda, os dedos dos pés em ponta, os braços apertados contra os lados do corpo. Elas passam a foto de uma para a outra.

— Assustador — Susan comenta. — Esta quem é? *Não* é você, é, Julia? — Ela passa o telefone a Camille, que olha atentamente.

— Este é o seu maiô ou ao menos é azul como o seu.

Inclino-me acima de Camille para ver.

— Julia. Conheço este rochedo. Você saltou? Que coragem!

— Saltei. Não sei explicar. Eu simplesmente me vi escalando e olhando para baixo. E saltei. Talvez eu quisesse fazer alguma coisa que me tirasse do estado em que fiquei desde que entrei na cidade e encontrei todo o meu passado sentado lá na *piazza*. Foi tudo inconsciente, mas... — Ela para e toma um gole de seu vinho. — Ah, foi muito bom. Quando caía, achei que iria cair para sempre, mergulhar até o fundo e vir à tona do outro lado do mundo. Deve ter sido apenas um instante, mas pareceu um longo momento, caindo. Então, atingir a água como um painel de vidro. Fui muito fundo, mas, de algum modo, me lembrei de tomar fôlego no último instante. Subindo, subindo através da água, eu mantive os olhos abertos. A água era tão transparente que eu achava que podia respirá-la como se fosse ar. O maior choque foi subir como uma flecha, rompendo a superfície, tomando um grande gole de ar, depois nadar até a praia. As duas mulheres que estavam sentadas ao lado da minha toalha aplaudiram. Uma delas ficou me observando. Ela tirou a foto. Fico contente de tê-la!

— Mande-a para Lizzie!

— Ora, cole-a no seu currículo.

— Não foi nada de mais! Aqueles meninos estavam fazendo isso sem pensar.

— Sim, mas você estava pensando!

— Saí da água sentindo a alma lavada, espiritualmente limpa. O medo foi intenso, mas o salto foi renovador. Senti-me leve, oxigenada. Quando saí da água, deixei uma pele para trás.

— Isso é uma coisa sulista, imersão? Como batismo no rio? — Susan para à porta da cozinha, o timer do forno tocando.

— Querida, significa que é hora de seguir em frente — Camille diz.

— Outra vez? Acabamos de fazer isso. — Julia apoia-se contra a parede, encarando as amigas.

— Julia, senhorita Ícaro, isto está com uma cara deliciosa. Estou faminta. Vocês não estão?

A caprese pode ser o exemplo paradigmático de caprese de todos os tempos. A massa com amêijoas parece uma versão mais suave do mar. Julia fecha os olhos e saboreia a suculência salgada, desejando poder dar uma garfada a Chris.

Resolvi abordar o assunto:

— Vou sentir muita falta de todas vocês. Se viajarem de volta, vão a Coral Gables. Acho que você iria adorar a cozinha de minha mãe, Julia. Meu pai cozinhava. Minha mãe sentava-se à bancada com um Mojito e eles conversavam. Ouvíamos José Feliciano, "Light My Fire", sem parar. Piso de ladrilhos mexicanos, já ultrapassados a esta altura, mas realmente aberta para fora e com uma varanda de tela, a única maneira de comer ao ar livre sem que os mosquitos a levantassem de sua cadeira e a depositassem em um lago de jacarés. Poderíamos grelhar frutos do mar maravilhosos, tão bom quanto a Itália!

— Vai ser estranho sem você aqui, até simplesmente ir a pé à cidade de manhã.

— Minha mesa no bar é sua mesa. — (Como foi de Margaret.) Arrisco-me: — O contrato de aluguel de vocês não acaba logo? Vão tentar estendê-lo?

Susan fala inequivocamente:

— Eu quero ficar. Adoro isso aqui. As aventuras que temos tido! A *villa* é um sonho. Eu fiz um jardim que... que me define, define quem eu sou. Ou quem eu quero ser. Tudo é inesperado! Nunca tive uma experiência melhor.

— Camille, você é modesta e espetacularmente bem-sucedida. Você mereceu! Agora, nós vamos reconhecer o gato morto na mesa? O que vocês querem que aconteça?

— Pensei nisso o dia todo. Sei que temos evitado o assunto há algum tempo. Acho que estávamos esperando que voltasse a ser você mesma, Julia. Todas vocês sabem que sinto uma terrível falta de confiança, mas o simples fato de ter sido escolhida para as exposições em museus americanos continua a derrubar minhas reações de retrocesso diante de rejeições de conselhos de arte. Para mim está claro. Estou envolvida com Rowan, mas, na verdade, nós vamos construir uma relação que nos convenha. Ele tem laços na Califórnia, negócios e família. Eu gostaria de visitá-lo de vez em quando. O que nós três decidirmos a respeito da *villa* não vai ser um empecilho. Um dos prazeres de ser mais velha, a meu ver, é que você é livre. Está além de se importar com o que os vizinhos possam pensar.

— Penso da mesma forma com Chris — Julia diz. — Ele é muito querido. Divertido. E atencioso, como nenhum homem que eu tenha conhecido, exceto meu pai. Mas "sim" e tudo o mais, não. Fui esmagada como um sapo na estrada quando deixei Wade. Eu jamais imaginei que pudesse gostar de ser independente. Adoro! Acho que um amor maduro pode ser diferente. Kit, você deve sentir que estar com Colin é uma liberdade, não uma obrigação.

Balanço a cabeça. Sim, é verdade. Ele é meu *lux mundi*, a luz do meu mundo.

— Mudando de assunto. — Susan serve o peixe e passa a jarra de vinho. — Votar? Conversar mais? Eu digo que devemos comprar a *villa*. Não é algo drástico, falando como uma corretora de imóveis!

— Para mim, parece drástico — Camille diz, rindo —, mas muitas coisas me parecem drásticas.

— Sempre podemos vender se decidirmos nos mudar para a Tailândia! Perguntem a Nicolà. Já não fazem mais essas *villas*. São únicas. Sempre serão valiosas. Não estou tentando convencê-las, a decisão é realmente, realmente pessoal.

— Logo meu acordo de divórcio estará no banco. Eu posso fazer isso. Meu pai está guardando a casa para Lizzie, caso ela se mude de novo para Savannah. E também tenho minhas economias.

— Nicolà e Brian disseram que negociarão com Grazia por nós. Não acredito que o meu italiano esteja à altura. — Susan já investigou todos os custos e procedimentos. Ela ficou surpresa em como o processo é direto quando não há exigências de inspeções ou advogados envolvidos.

— Convidem Grazia e a tia para jantar — aconselho. — A maioria das transações em San Rocco ocorre com um aperto de mãos.

— Esperem, não vamos nos apressar. Eu não quero um aperto de mãos ainda! Este assunto me deixa nervosa. Tenho que pensar sobre isso, conversar com Charlie.

— Leve o tempo que precisar, querida. Ha! Uma semana. Então, teremos que decidir.

— Tenho um brinde, se conseguir me lembrar dele. Peguem um pouco de vinho. São duas *stanzas* de um poema de W.H. Auden:

A sensação de perigo não deve desaparecer:
O caminho é sem dúvida tanto curto quanto escarpado,
Por mais gradual que pareça daqui;
Olhe se quiser, mas você terá que saltar.

Uma solidão de dez mil braças de profundidade
Sustenta o leito em que nos deitamos, querida:

Embora eu a ame, você terá que saltar;
Nosso sonho de segurança deve desaparecer.

Julia pisca para conter as lágrimas quentes, os olhos já vermelhos da água salgada.
— Eu realmente saltei. — Ela sorri. — Eu posso saltar.
Aquele "salto" chama a atenção na última *stanza*, mas o que me impressiona é a profunda compreensão: os amantes se deitam em dez mil braças de solidão. Sim, é verdade. Amor e amizade são as atenuantes.
Camille passa o braço pelos ombros de Julia.
— Ei, podemos fazer o que quisermos.

⁓

Charles sobe visceralmente pelo seu corpo, sua presença sólida. Sempre a primeira imagem a vir à superfície: sua boca contra o ombro dele na cama, a imensa segurança de seu corpo. A imagem dói e ela sabe por quê. Ela o está deixando para trás, um colosso na memória. Uma urna de cinzas que ela deve espalhar em Spit Creek e entre seus ciclames silvestres.
— Durmam com isso, vocês três — digo. — Gloria Steinem disse que sonhar é uma forma de planejar. Qual é o plano? Vamos tomar um pouco desse *sorbetto* de limão. E, Julia, você tem presentes para abrir.

Algo que eu pretendia dizer

O AR ESTÁ CHEIO DE SONS; O CÉU, DE SINAIS; O CHÃO É todo memorandos e assinaturas; e cada objeto, coberto de pistas… Assim escreveu Emerson e ele tem razão. O mundo é, em todos os pontos, sensível. Esta é a minha religião. Pagã, suponho. Eu o imagino escrevendo isso ao lado da janela em seu estúdio em Concord em um agradável dia de começo do outono. Folhas de plátano estão caindo e tordos gorjeiam pelas árvores brilhantes. Alguém lhe deixou um livro com letras douradas e capa cinza. Como leitora (e suponho cozinheiros, arquitetos, músicos ou fabricantes de móveis recorrem a seus antecessores como este também), eu muitas vezes sinto uma conexão sináptica (para além do significado) com palavras que estou lendo. Não simplesmente, sr. Emerson, um *Estou com você*. É mais como *Eu o conheço*. Eu leio de seus sons, sinais, assinaturas, tão vivos hoje quanto naquela manhã distante. Sinto a pulsação de *Eu me levanto como um poema* (Marina Tsvetaeva), ou mesmo indo muito mais para trás: *Flectere si nequeo superos Acheronta movebo: Se não posso mover os céus, moverei o inferno* (Virgílio, *Eneida*).

O poema do salto, de Auden, que eu citei naquela noite em Cinque Terre, veio inteiro, saiu direto de minha boca. Eu estava na tinta que fluiu de sua pena. *Uma solidão de dez mil braças de profundidade/sustenta o leito em que nos deitamos… Você sente isso no nível celular* — mas tenta articular *como* e não consegue.

Escrevendo o progresso de sua história de peregrinas, vim a conhecer exatamente este mesmo vínculo com Julia, Camille e Susan.

Com quantas pessoas você sente tal conexão? Não apenas *Eu protejo você e você me protege*. Eu levanto esta questão perto do fim porque quero expressar o que é a verdadeira amizade. Além disso, é o que eu espero se, em um dia de verão, alguém ler esta história que eu contei no caderno em branco estampado de flores amarelas (sem muito espaço vazio agora) com a lombada de velino (agora um pouco suja). Que alguma voltagem percorra as palavras para que o leitor sinta *Estou com você*.

Lembre-se, este livro começou há muito tempo em um dia de outono, quando eu pegava gravetos para a lareira. Conforme o ano nos carregou em seu arco, escrevi nossas histórias. (Margaret ainda à espera de seu livro.) Que o romance é verdadeiro, não ficção, somente eu sei. Colin não viu sequer uma palavra. (Algum dia, talvez, eles me dirão como eu consegui imaginar seus pensamentos.)

O que deixei de dizer? *O todo de qualquer coisa nunca é dito (Henry James)*. E não deveria ser, devo acrescentar. É aqui que as últimas páginas de um livro podem ser arrancadas por alguém que não quer saber o fim (ou talvez por um colecionador que está fazendo um livro só de últimas páginas).

Mas, se eu puder plantar algumas florzinhas nas fendas do meu muro de pedras, eis os acréscimos:

- Seus nomes completos? Mary Camille Acton Trowbridge. Susan Anne Frost Ware. Julia Lee Hadley. Quando criança, Camille era chamada de Mary Camille. Susan era chamada de Suze e Julia sempre foi apenas Julia. O meu? Sou Catherine Elizabeth Raine, Kit desde que Cathy não funcionou, nem mesmo aos dois meses de idade.
- San Rocco é implacavelmente bela. (Eu não disse isso o suficiente.) No mostrador do relógio do prédio da Prefeitura, um minúsculo esqueleto segurando uma foice marca o passar das horas, um lembrete nada sutil de que o tempo vai alcançar todo mundo. Gravado embaixo, em 1600: VOLAT HORA PER

ORBEM, *o tempo voa pelo mundo*. Na outra ponta da *piazza*, o banco em um antigo *palazzo* possui dois relógios — um marca as horas, o outro, os minutos. Prefiro este. Tente manter tanto o tempo longo quanto o curto em mente, creio que é o que significa. A inscrição ali é o velho "o tempo voa", mas na frase original mais profunda de Virgílio, TEMPUS INREPARABILE FUGIT, significando *o tempo irrecuperável voa.* (O tempo pressiona contra esta história, uma vez que as mulheres são mais velhas do que as que geralmente protagonizam em livros.)

- San Rocco é feita de pedras douradas, finos tijolos romanos e fachadas de estuque com majestosas janelas. Por causa da enorme *piazza,* o céu desempenha um papel ativo. Sem ser cortada ou oculta por prédios, a longa cúpula azul completa o todo. No final da tarde, sentado do lado de fora com seu *aperitivo*, você tem consciência do céu não como um pano de fundo, mas como um milagroso evento de nuvens, reformulando-se e transformando-se o dia todo; você está ciente do tempo que vem, do sol raspando as pedras e da brincadeira da luz sombreando e revelando portas, becos, contornos fantasmas de antigas janelas e arcos. Raios realçam a mão de alguém abrindo uma cortina, o brilho prateado de talheres conforme Stefano traz o almoço, o campo elétrico em volta do pelo ruivo de um gato dormindo à porta dos Correios. Como o céu faz parte da arquitetura, Colin. Algum dia discutimos isso? Já se viu que mártires e santos tinham pedras preciosas em seus corações. Rubis, eu acho, com imagens entalhadas na superfície. Para aqueles de nós que moram aqui, cada um carrega junto a si a silhueta de San Rocco enfeitada de pedras preciosas.
- *Vagitus*, o primeiro choro de um recém-nascido. Eu o ouvi e Colin também. Para nós, Lauro emitiu o som da Terra girando em torno do Sol. Lauro, abordado apenas de relance até agora. Estou encaixando-o nas últimas páginas: uma deliciosa trouxinha de energia complicada com um olhar inquisitivo em seus misteriosos olhos azuis. Ao contrário de nós, caras pálidas, sua pele possui uma tonalidade escura — a avó nicaraguense de

Colin enviando seu amor de Léon, onde ela se balançava em sua cadeira em um pátio cercado de plantas tropicais em seus noventa e cinco anos. Os pés de Lauro, uma pequena mancha de nascença cor de vinho na parte de trás de seu calcanhar esquerdo, como se uma pequena asa tivesse sido cortada. Farinha do meu saco. Quem ele será? Ainda não sabemos. Eu sou sua mãe. Dizem que soldados morrendo de uma morte horrível ou prisioneiros torturados chamam por suas mães. (Eu também o faria.) Para sempre, sou a mãe de alguém. O destino dele está tão selado quanto o meu.

- O processo de escrever um romance: a casa de pedra se torna uma casa transparente e eu posso escrever no vidro.
- O que as espera: Sicília para todos. A viagem de pesquisa de Chris e Julia estendendo-se por toda a ilha. Terminarão em minha cidade siciliana favorita: Siracusa. As filhas de Susan chegando mais tarde para viajar pela Puglia. Não encontraram nenhum dos pais na China, enviando mensagem alegremente para Susan: *Algumas pistas que não deram em nada. Acho que vamos ter que nos contentar com você!* Amigos de casa virão nos visitar. Os mais antigos ciclos agrícolas levam na direção da colheita de azeitonas, à estação de castanhas e cogumelos, à época escura do ano, todos caminhando *pazzo* em cinco centímetros de neve na *piazza*.
- Hugh planeja tomar conta de nossa casa até o ano que vem. Ele convidou todo mundo para o Dia de Ação de Graças. Camille e Rowan irão a Veneza. Camille! Como superou suas próprias expectativas! Agora ela está lançando um novo projeto. Eu vi sua maravilhosa versão do famoso salto em águas azuis. Julia vai viajar para ver Cleve, em seguida ambos vão à Califórnia para visitar Lizzie (rapidamente — um ano não é suficiente para ter limpado duas décadas de drogas do cérebro), depois conhecer o filho de Chris e ver a vinícola. Elas começam a vida que eu conheço e Margaret conhecia: *va & torna*. Vai e retorna. Todas estão bem. Por enquanto, os deuses permitem que elas vivam na liberdade de seus últimos anos.

- O que nos espera. Desfazer as malas em minha outra casa. Uma oportunidade maravilhosa para Colin. (Seu pavilhão no oceano, ele espera, parecerá inevitável e determinante, não como algum híbrido arquitetônico que se choca contra a paisagem como meteoros.) No sul da Flórida, não haverá nenhum ninho verde no jardim para fazer amor. Se tentássemos tal loucura, seríamos engolidos pelos mosquitos, lagartos rastejariam sobre nós e poderíamos perturbar o memorável cochilo de um jacaré. A varanda de tela com um sofá-cama está oculta por bananeiras e orelhas-de-elefante. Pela graça de ventiladores de teto e o cheiro do lírio-do-brejo, o amor acontecerá. (Controle de natalidade, uma nova questão.) Como me restam poucos amigos em Coral Gables, e Colin viajará a Key West alguns dias da semana, darei aulas de composição na Universidade de Miami na primavera. Prioridade: terminar o tributo a Margaret. Lauro se sentará, engatinhará, caminhará. Até retornarmos, sentirei falta de minhas amigas da Villa Assunta todos os dias.

Há mais a dizer, mas a tinta está secando, como um *culaccino*: o círculo deixado por um copo molhado na mesa. O fim pertence a elas.

Minhas palavras deslizam da página e flutuam acima da escrivaninha, rearranjando-se no que eu pretendia dizer.

Primeira noite

Onde mais um banco terá um teto com afrescos de Baco com um adorno de cabeça de folhas de parreira? Ele parece libertino, prestes a entornar seu copo de vinho sobre os clientes na fila do caixa, aguardando para lidar com as complexidades de retirar dinheiro. Susan sabe que ela irá enfrentar muita burocracia, já que o seu dinheiro, de Camille e de Julia para a compra da casa fora transferido para a sua conta.

Duas horas mais tarde, cada *centésimo* tinha sido transferido para Grazia. Ontem, sentaram-se no escritório do contador e ouviram o interminável contrato lido em voz alta, um remanescente da época em que muitos não sabiam ler. A partir deste momento, livre e claramente, Villa Assunta pertence a Julia, Camille e Susan. Grazia chorou, embora quisesse vender. (Deveríamos sempre chorar quando conseguimos o que queremos?) Todas saíram para um prosecco comemorativo depois que tudo foi assinado e ela brindou, até ficou um pouco bêbada, depois chorou outra vez. Ela vai passar na *villa* mais tarde para pegar alguns poucos itens que quer. Do grande depósito no andar de cima, ela não escolheu nada. Susan está ansiosa para mergulhar nas caixas fechadas, certamente cheias não só de cortinas mofadas, mas verdadeiros tesouros. O aposento lhes dá um novo espaço para inventar, mas está destinado a se tornar mais um quarto para hóspedes e familiares.

Três proprietárias estarão fazendo malabarismos com a questão das visitas durante anos.

Quando Susan trabalhava na Ware Properties, seguia a tradição de enviar três dúzias de rosas aos novos proprietários quando eles se mudavam para o imóvel. Ela encomendou rosas vermelhas para Grazia e amarelas de haste longa para Villa Assunta. Do jardim, ela já tem jarros de suas derradeiras rosas pela casa, até nos banheiros. Julia está preparando o jantar. Durante a semana, uma festa com Chris, Rowan, todos os seus amigos italianos e os expatriados para dizerem adeus a Kit e Colin e para batizar a casa como delas. Mas esta noite apenas as três.

❧

JULIA PREPARA MERENGUES para servir com *coulis* de frutas vermelhas. Camille organiza os vinhos e copos e põe a mesa com uma das toalhas de linho de Luisa (agora delas próprias). Ela tem saquinhos de presente com sabonetes e gel de banho de limão para cada lugar.

— Esta prata! Pode acreditar? Toda nossa agora. Se algum dia vendermos, devemos oferecê-las a Grazia outra vez. Ela pode mudar de ideia.

— Não vamos falar sobre vender no dia em que compramos! — Susan arruma seu grande buquê de rosas amarelas.

— Nós atravessamos o divisor de águas. — Julia bate as claras fervorosamente. — Depois disso, para sempre estaremos dizendo "antes de comprarmos", "depois de comprarmos…" — Os aromas de tortinhas de tomate e patos com peras sendo assados no forno enchem a cozinha.

— Parece drástico, empolgante, ainda estou nervosa — Camille admite. Ela está olhando sua playlist, mas não seleciona aquela favorita Yo-Yo Ma com Ennio Morricone, por medo de desatar em uma torrente de lágrimas. *A missão* lhe cai bem em um dia calmo, mas neste de emoções galopantes, não. Melhor não. Em vez disso, sintoniza em uma estação de óperas. Os Três Tenores soltam a voz. — Esta casa foi destinada a ouvir grandes árias. Oh, estou totalmente sem fala; isso é muito importante. Nós somos gênios?

— Imaginem, nós fizemos isso. Quisera acreditar que Aaron estivesse olhando de uma nuvem para nós aqui embaixo, admirando-nos.

— Charles iria ficar perplexo.

— Podemos ouvir "Geórgia"? Preciso ouvir isso esta noite. Quem sabe o que Wade vai pensar, e quem se importa?

A letra melosa os leva de volta, mas Susan de repente muda de link e entra Louis Armstrong: Bright blessed day and dark sacred night. Abençoado dia claro, sagrada noite escura...

— Vamos nos aprontar e comemorar. — Susan corre para cima.

Em seus quartos, vestem-se para o jantar. Julia em uma miniblusa de seda cinza-metálico, Camille em calça de linho azul-marinho e blusa para o último suspiro do verão. Susan já se transportando para o outono com uma blusa cor de cobre e saia cinza-claro. Elas se revezam fotografando-se umas às outras na soleira da casa, lembrando-se de quando abriram a porta pesada e rangente há quase um ano e viram direto através da janela dos fundos onde as últimas folhas da tília incendiavam-se em amarelo à luz do fim de tarde. Nas fotos, cada qual, por sua vez, segura no alto a chave de ferro.

— Porta de papel! — Camille diz. — Foi uma porta de papel, hein!

Na sala de jantar, sob os auspícios das rosas amarelas refletidas em um espelho redondo, o feliz afresco da freira, e o grandioso espelho folheado a ouro acima da lareira, elas puxam suas cadeiras para a mesa. Quando tocam os copos, os espelhos captam faíscas de luz do vinho transparente, do prendedor nos cabelos de Julia, das centelhas das velas, dos talheres antigos.

Onde esta história para, elas olham para um espelho refletindo um espelho onde a história começa e reflete um espelho onde a história continua.

Agradecimentos

Meus sinceros agradecimentos e minha gratidão ao meu agente, Peter Ginsberg, da Curtis Brown Ltd, e à maravilhosa equipe da Crown/Hogarth: minha editora, Hilary Teeman, Molly Stern e à diretora editorial Lindsay Sagnette. Agradecimentos especiais também a Jillian Buckley, Elena Giavaldi, Cindy Berman, Rachel Rokicki, Rebecca Wellbourn e à designer Elina Nudelman.

Eu tenho muita sorte de ser representada em palestras e conferências pela Steven Barclay Agency. Um grupo sensacional!

Robin Heyeck, da Heyeck Press, me orientou sobre o processo de impressão tipográfica e produção de papel. Sou eternamente grata a ela por isso e também pelas belíssimas edições dos meus primeiros livros de poesia.

Pelos grandes momentos na Figure Eight, sou grata a Emily Ragsdale, Franca Dotti e Frances Gravely.

A Lee Smith, que leu um *draft*, *mille grazie*.

Edward Mayes, meu marido, que me presenteou com um dos seus poemas para minha personagem Kit, e fez do processo de escrever este livro muito mais que um prazer. Recebi apoio também da minha família – Ashley, Peter e William. Will sempre resolve qualquer problema no computador com uns poucos e rápidos toques. Meu sobrinho, Cleveland Raine Willcoxon III, já falecido, esteve em meu pensamento ao longo das etapas deste livro. Seu nome percorreu todo o texto. *Cin cin,* Robert Draper, por me apresentar a Cormons, em Friuli.

A personagem Margaret é um tributo a Ann Cornelisen e Claire Sterling (ambas falecidas), duas audaciosas escritoras que conheci, assim que fui morar na Toscana. Embora Margaret seja ficcional, ela foi inspirada pelo talento e a independência dessas duas mulheres.

Quatro mulheres sob o sol da Toscana tem origem em um dos maiores tesouros da minha vida – meus amigos. Em cada página, eu lhes dedico meu amor.

Impressão e Acabamento:
GRÁFICA STAMPPA LTDA.